ADONIS

아도니스

ADONIS
아도니스   vol.9

초판 1쇄 인쇄일 | 2019년 01월 09일
초판 1쇄 발행일 | 2019년 01월 17일

지은이 | 남혜인
펴낸이 | 박성면
펴낸곳 | (주)동아

출판등록 | 제406-2007-000071호

주소 | 경기도 파주시 문발로 115, 세종출판벤처타운 201-A호
전화 | (031)8071-5201
팩스 | (031)8071-5204
E-mail | bear6370@hanmail.net
홈페이지 | http://blog.naver.com/lion6370

정가 | 11,800원

ISBN 979-11-6302-130-8(04810)
ISBN 979-11-5511-397-4(SET)

ETERNAL BLISS
ADONIS
아도니스

Part 02
vol.09
남혜인 장편소설

동아

27. 로안느,
여름 편

27. 로안느, 여름 편

아주 먼 옛날.

라오스 신은 날실과 씨실을 엮듯 섬세하게 세계를 구축했다.

신이 짜맞춘 섭리의 톱니바퀴들은 엄격한 법칙으로서 엉망으로 엉킨 실몽당이 같던 세상을 정돈했다. 공간은 하늘과 땅으로 나뉘었고, 시간은 과거에서 미래로 흘렀으며, 물체는 위에서 아래로 떨어졌다.

신은 질서가 잡힌 세상에 온갖 생물들을 탄생시켰다. 생물들은 갓 알에서 깨어난 아기 새처럼 창조주 라오스를 주신으로 섬기며 그가 옳다고 말할 정의를 따르고자 하였다.

"내가 할 일이 더는 없구나."

그러나 라오스는 무엇이 옳다 그르다 확실히 정해 주지 않고 어느 날 신기루처럼 사라졌다. 절대신이 떠난 원초적인 세계는 금세 혼란스러워졌다.

"가진 것 다 내놔!"

남의 것을 빼앗아 가지고 싶다는 탐욕.

"살려 줘!"

이 무질서한 세계에서 살아남고 싶다는 본능.

"내가 제일 강하니 모두 나를 따라라."

"지식이 힘입니다. 저를 따르면 적어도 굶진 않을 겁니다."

"라오스 신을 의심치 마십시오. 이 모든 게 신의 뜻입니다."

세계의 꼭대기에 올라서고 싶다는 야망!

정의가 없는 날것의 세상에서 이게 옳다, 저게 옳다, 그게 옳다. 수많은 정의들이 충돌했다. 몬스터 전쟁, 이종족 전쟁…….

역사에 다 기록되지도 못할 만큼 수많은 전쟁들이 발발하여 대지를 피와 눈물로 적셨다.

그렇게 죽음을 거쳐 세계가 질서를 갖추어 가던 어느 날, 많은 무리들을 하나로 통합한 인간의 국가가 등장했다.

로안느 왕국.

라오스의 다섯 사도 중 한 명이었던 로안느가 세운 국가였다. 그녀가 신으로부터 부여받은 이름, 로안느는 국가의 이름이 되었으며 로안느 왕국은 수많은 국가들이 난립하는 와중에도 남부 최강국의 자리를 지켰다. 북부에 나타난 바하무트 제국이 수많은 국가를 집어삼킬 때도 로안느 왕국은 버텼다.

바하무트는 강력한 군사력으로 주변국들을 약소국으로 전락시켰으나 로안느 왕국만큼은 파괴할 수 없었다. 무슨 연유인지 군사력의 핵심인 황족이 왕족 앞에서 약해졌기 때문이다.

로안느에 내부 분열을 일으켜 안쪽부터 부수려 해도 로안느는 은발 은안의 왕을 중심으로 똘똘 뭉쳐 쑤실 구석이 없었다. 부패의 씨앗을 심어도 싹은 트지 못했다.

이처럼 탄탄한 로안느의 부패는, 뜻밖에도 평화에서 시작되었다. 휴전에서 비롯된 승리의 도취감과 느슨한 안온이 잘 짜인 미늘 갑옷 같던 로안느에 틈을 만들어 낸 것이었다.

전쟁이 끝났다 믿고 국왕의 치세를 찬양하던 로안느에는 침투할 틈이 산재했다. 바하무트를 등에 업은 블랙폭시는 헐거워진 로안느의 어둠 속에서 크기를 불렸으며 불안에 떨던 한 여자에게도 손을 뻗었다.

루리아 로안느.

루리아는 약소국 베고이샤의 수많은 왕녀들 중 한 명으로, 유년시절부터 큰소리 한번 내지 못하고 살다 로안느의 늙은 왕에게 바쳐졌다. 운 좋게도 은빛의 왕자 페르난도를 낳아 호화로운 삶을 거머쥔 그녀는 어린 시절 느낀 수치심을 보상받겠다는 듯 사치를 즐겨 왔다.

그러나 모든 방면에서 뛰어난 레제 로안느가 왕의 여자가 되자 황홀한 미래는 불투명해졌다. 세력, 권력, 재력, 지력, 능력 모든 게 레제보다 모자랐다.

겉으로 티는 내지 않았으나 극심한 불안감과 자격지심에 휩싸인 루리아는 블랙폭시가 내민 손을 잡을 수밖에 없었다.

그리하여 블랙폭시에게는 전폭적인 후원을, 국왕에게는 총애를 받는 루리아가 전횡을 일삼기 시작한 것은 어찌 보면 당연하다 할 수 있겠다.

─그때부터 시아이외의 역사는 시작된다.

루리아는 페르난도에게 세뇌하듯 어미의 사랑을 속삭이고, 국왕에게 구걸하듯 여자의 사랑을 속삭였다. 이 모든 게 권력과 사치를 위한 사랑이었다.

그랬기에 젊은 루리아는 언제나 외로웠고 사랑에 굶주려 있었다.

루리아는 새삼스레 그녀의 호위 기사를 주목했다. 어렸을 때부터 그녀를 따르며 헌신했던 기사는 루리아를 가슴 깊이 사랑하고 있었고, 루리아도 이를 알고 있었다.

외로웠던 루리아의 마음은 오랜 시간 한결같았던 기사의 사랑에 세차게 흔들렸고, 한순간에 사랑에 빠졌다.

기사의 순정은 루리아의 유혹 앞에서 속절없이 무너져 내렸다. 불장난이 깊어질 때쯤 루리아는 '시아이외'를 낳았다.

루리아는 시아이외가 왕의 아이라 믿어 의심치 않으며 은발 은안이 아님에만 실망했다. 하지만 기사는 아기의 몸에서 제 혈족에 유전되는 신체적 특징을 발견하고 제 아들이라는 걸 눈치챘다. 기사는 루리아가 이 사실을 알게 되면 '사랑'을 위해 시아이외를 죽일지도 모른다고 생각했기에 입을 다물었다.

그러나 시간과 상황은 그의 편이 아니었다.

루리아는 점점 변하고 있었다. 날이 갈수록 기사와의 사랑에는 따분함을, 권력을 향한 사랑에는 쾌락을 느꼈다. 루리아가 기사를 남자로 찾는 횟수는 줄어 갔고 기사도 루리아의 마음이 변해 가는 걸 알았다.

루리아가 권력에 대한 사랑을 키우는 동안, 기사는 아들에 대한 부성애를 키웠기에 상처받지 않았다.

문제는 루리아의 변심이 아니라 로안느 왕족이 첫 번째 생일에 선물 받는 왕가의 반지였다. 반지는 로안느 왕궁에서 배리어를 무시하고 마법을 쓸 수 있게 해 주는 귀물로 왕가의 피를 이은 자만이 사용할 수 있었다. 시아이외가 무럭무럭 자라나 반지를 쓸 시기가 되면 왕자가 아니라는 사실이 바로 들통날 터였다.

기사는 결국 블랙폭시를 찾아가 고민을 털어놓았고, 블랙폭시는 기능이 동일한 가짜 반지를 만들어 주었다.

블랙폭시가 그런 귀찮은 일을 감수한 이유는 루리아가 변절할 때를 대비해 약점을 잡기 위해서였다. 하지만 사치에 미친 루리아는 블랙폭시에 지나치게 의존했다. 따로 약점이 필요 없었다. 그리하여 블랙폭시는 시아이외의 존재를 눈 밖에 두었다.

그 후, 기사는 시아이외를 전담해서 키웠다. 왕위 쟁탈전에 참가할 수 없는 시아이외에게 관심을 주는 사람은 기사뿐이었다. 기사는 시아이외의 유일한 부모이자 스승이자 친구였다.

그래서 기사는 일기장을 남겼다.

계속 지켜 줄 수 있다면 다행이겠지만 혹시라도 제가 없을 때, 아무것도 알지 못하는 아들의 미래가 걱정되어서였다.

그리고 십여 년 전, 페르난도와 시아이외를 비교하는 루리아의 언행이 날이 갈수록 심해지다 결국 시아이외에게 크나큰 상처를 남겼을 때, 이성을 잃은 기사는 시아이외를 감싸며 루리아에게 대들었다. 블랙폭시를 헐뜯고 그녀를 비난했다.

루리아는 기사에게 배신감을 느끼며 분노했다.

기사가 죽었다.

시아이외는 울며 기사의 유품을 정리하다 숨겨진 일기장을 발견했다.

블랙폭시의 눈에 띄지 않기 위해 숨죽여 살기 시작했다.

"반?"

"아."

시아이외는 제 역사를 되짚느라 손을 멈췄음을 깨달았다. 펜은 흰 종이에 오점을 남기고 있었고 이아나와 리키젠은 그의 검은 점을 바라보고 있었다. 시아이외는 흠을 감추듯이 더러워진 종이를 쓰레기통에 버렸다.

"많이 피곤하시면 이쯤 할까요?"

"아닙니다. 생각을 좀 하느라. 계속하죠."

일기장에 나왔던 부패 행위들이 명백한 증거물로 앞에 놓여 있자 쓸데없는 상념이 자꾸만 머릿속을 어지럽혔다. 시아이외는 지끈거리는 이마를 주무르고 서류를 다시 쥐었다.

시아이외, 리키젠, 이아나가 머리를 맞대고 앉은 책상 위에는 루리아 세력과 블랙폭시가 로안느에서 저지른 비리 자료가 문서의 형태로 쌓여 있었다.

에이지가 카마트로스를 창단한 날부터 수집해 온 블랙폭시의 자료, 시아이외의 일기장을 기반으로 얻은 루리아의 비리 자료, 리키젠이 아르하드의 도움을 받아 조사한 귀족가문의 자료들이었다.

7월 중순, 세 사람은 루리아 세력과 블랙폭시를 무너뜨리기 위해 감히 변명할 엄두도 내지 못할 만큼 명백한 증거들을 서류로 정리 중이었다.

"시아이외 님, 메벨너 백작가 서류 완성했습니다."

시아이외는 리키젠이 건넨 자료를 쓱 훑었다. 손댈 게 없을 만큼 완벽하고 반박할 여지가 없을 만큼 치밀한 정리였다.

"메벨너 백작이 이 자료를 보면 기절하겠네요."

"백작이 중증 고혈압을 앓고 있다 하니 기절이 아니라 뒷목 잡고 숨넘어가지 않겠습니까?"

"너무 편한 죽음인데요. 처형식까진 죽으면 안 되죠. 백작에게 혈압약이라도 한통 선물해야겠습니다."

리키젠과 시아이외는 거리낌 없이 속내를 드러내며 싸늘한 농담을 지껄였다.

둘은 죽이 잘 맞았다. 리키젠은 카마트로스 소속은 아니었지만 이제 대부분의 사정을 들어 알고 있었고, 시아이외는 그런 리키젠을 편히 대했다. 안 그래도 친분이 있던 두 사람은 서류를 함께 정리하며 절친한 친구가 되어 갔다.

"끄으응."

하루 일과를 마친 세 사람이 이젠 모임 장소가 된 프리더스 서점에서 기지개를 켜며 나왔다.

시아이외는 뻐근한 목을 주무르며 별이 총총 떠 있는 밤하늘을 바라보았다. 고요하고 아름다운 하늘과 달리 지상은 더러운 진흙탕이다. 시아이외는 이 끈적끈적한 늪에서 어서 벗어나고 싶었다.

'앞으로 6개월이면 끝나.'

로안느는 그의 목을 옥죄는 가죽끈이었다.

시아이외는 어서 로안느를 떠나 새로운 국가로 가고 싶었다. 그곳에서 제 취향의 문화를 새롭게 꽃피운 후, 아름다운 것들만 보며 여생을 보내고 싶었다.

"오늘도 수고하셨습니다."

시아이외가 갑갑한 기분을 털어 내기 위해 일부러 활기차게 말했다.

"내일 뵙죠."

"당신도 수고했습니다."

이아나는 시아이외에게 인사를 하고도 떠나지 않고 그를 물끄러미 쳐다보았다. 왜? 시아이외가 의아해하는데, 이아나가 불쑥 말했다.

"잘해 주세요."

아.

시아이외는 미소를 숨기려 턱을 손으로 쓸었다.

프리실라.

"우리, 연애할까요?"

시아이외가 도망치는 프리실라를 붙잡은 날, 프리실라는 충동적으로 그리 말했고 시아이외는 여유 없이 수락했다.

대체 언제부터일까?

프리실라를 사랑하게 된 건⋯⋯.

시아이외는 프리실라를 처음 만난 날 분명 호감을 느꼈다. 하지만 남녀가 아닌, 일 관계에서의 가벼운 호감이었다. 시아이외는 언제나 가벼운 호감으로 사람을 만났기 때문에 그 호감은 특별하지 않았다.

마음의 벽이 지나치게 단단했기에 그가 타인에게 무거운 감정을 품은 적은 단 한 번도 없었다. 이제껏 사귀어 온 아리따운 연인들에게도 마찬가지였다.

하지만 프리실라는 처음 만났을 때 그의 착각을 깨부순 것처럼, 그의 마음속 벽도 깨부수고 어느새 그 안에 자리 잡았다.

길다면 길고 짧다면 짧은 시간 동안 시아이외는 프리실라와 많은 일을 겪었고, 많은 감정의 교류를 했다. 그러다 어느 순간, 프리실라의 매력에 홀딱 넘어가 버리고 말았다. 프리실라는 너무 귀엽고, 예쁘고, 멋지고, 아름답고, 당당했다.

"물론입니다."

시아이외가 단언했다.

그는 자신이 이렇게 될 줄은 몰랐다. 남녀 간의 사랑을 비웃었고 제가 그 감정에 휩쓸릴 일은 없다고 생각했건만, 감정은 재해와 같았다. 원치 않았음에도 이리 허둥대고 있으니.

"저는 프리실라를 새로운 국가에 데려가고 싶습니다."

로안느에서 소유했던 것들을 죄다 버리고 새 출발을 할 예정이었던 시아이외가, 옆에 꼭 붙들어 놓고 싶은 존재는 프리실라가 최초였다.

프리실라와 함께라면 저 밤하늘보다 찬란하고 아름다운 삶을 누릴 수 있으리라.

시아이외의 각오를 확인한 이아나는 싱긋 미소 지었다. 저번

무도회에서 시아이외가 드러냈던 번민은 씻은 듯이 사라져 있었다.

이아나, 리키젠과 헤어진 시아이외는 감옥 같은 궁으로 돌아갔다. 그리고 궁 앞에서 생각지도 못한 사람과 마주쳤다.

"형님?"

페르난도였다.

"오, 시아이외."

페르난도는 거만하게 손을 들었다. 시아이외는 저놈이 웬일인가, 하고 속으로 생각하며 인사했다.

"오랜만입니다."

페르난도는 시아이외의 궁에 거의 오지 않았다. 별 도움도 되지 않는 음습한 아우에게 관심도 없는데 왜 오겠나? 이복형인 슈나이더가 더 많이 왔을 정도니 말 다했다.

"곧 국왕이 되시지요. 축하드립니다."

"으음."

페르난도는 제 은발을 만지작거리며 거드름을 피웠다. 과시하려는 목적이다. 시아이외는 그의 은발과 은안을 무척 부러워했던 적이 있지만 이젠 우습기만 했다.

"즉위 준비 때문에 바쁘실 텐데 어쩐 일이십니까?"

"흠흠. 어머니가 네 결혼 상대를 물색하고 계신다지?"

이게 갑자기 왜 이딴 소리를 하지? 시아이외가 속내를 감추며 진하게 미소 지었다.

"그렇긴 합니다만 영 불편합니다. 저보다 형님이 먼저 결혼하셔야 하지 않습니까? 곧 국왕이 되시는데, 국민을 따뜻하게 보살필 부인을 어서 들이셔야지요."

마음에도 없는 소리였다. 한 여자가 뭣도 모르고 희생되기 전에 국왕 자리에서 끌어내릴 것이다.

"내 성에 차는 여자가 없어, 쯧."

페르난도의 투덜거림에 시아이외는 속으로 그를 맹렬하게 비난했다.

그럴 만도 하지요.

형님의 손에 맞아 죽은 소녀가 몇입니까?

페르난도와 루리아는 숨긴다고 숨겼지만 시아이외는 이미 모든 것을 알고 있었다.

페르난도는 앞에선 멋진 왕자인 척 멀쩡하게 굴지만 뒤에선 어린 소녀들을 가학적으로 탐했다. 자기보다 약한 여자아이들, 그러니까 자기가 멋대로 해도 좋은 여자애들에게 포악한 성정은 오롯이 드러났다.

'더러운 놈.'

어떤 평계를 갖다 대도 더럽다. 쓰레기 자식.

"그렇지요. 형님의 '격'에 맞는 사람이 어디 흔하겠습니까. 어머니가 힘 좀 쓰셔야겠습니다."

시아이외는 페르난도를 한껏 비꼬면서도 악의가 없다는 것처럼 실없이 웃었다.

"흐흠."

저를 치켜세워 주는 걸로 이해한 페르난도가 헛기침을 했다. 그러더니 시아이외의 눈치를 슬쩍 보았다.

"전에 네 궁에서 어떤 여자를 봤는데."

"……?"

갑자기 그의 궁 이야기가 왜 나오나.

"제 궁에서 괜찮은 여인을 만나셨습니까? 시녀일까요?"

"아니, 궁에 속한 사람은 아니고. 그, 네 궁에 한동안 머물던 작고 어린 평민 여자 있잖느냐."

시아이외의 멀쩡던 얼굴이 확 굳었다.

"네 여자냐?"

"……"

페르난도는 시아이외의 침묵에서 답을 얻었다.

"너 여자 취향이 좀 바뀌었느냐? 농익은 미인들만 가끔 만나는 듯하더니."

"취향이…… 변할 수도 있죠."

시아이외는 간신히 입술을 떼었다.

"흠흠. 어차피 결혼 때문에 헤어져야 하지 않느냐. 그 여자, 딱 내 취향이던데 내게 넘기는 게 어떠냐?"

프리실라는 나이에 비해 엄청난 동안이었다. 나이는 둘째 치고 프리실라의 외양은 페르난도의 취향에 딱 부합했다.

옷자락 밑으로 소름이 오스스 돋았다. 페르난도는 한번 관심을 보인 것에는 유별나게 집착했다.

"헤어질 여자라도 지금은 진심을 다하고 있습니다. 형님은 가진 게 많지 않습니까? 가진 게 없는 불쌍한 아우의 여자는 내버려 둬 주시면 안 되겠습니까?"

"음. 그게."

시아이외는 아쉬운 듯 입맛을 다시는 페르난도가 다른 개소리를 지껄이기 전에 등을 돌렸다.

마음 같아선 미쳤냐고, 죽고 싶으냐고, 절대 안 된다고 소리를 지르고 싶었다. 하지만 페르난도에게는 못 하게 하면 더 하고 싶어 하는 청개구리 같은 심보가 있다. 괜히 오기를 가지게 해서는 안 되었다.

시아이외의 낯이 얼어붙었다.

'더러운 놈이 감히 누구를.'

시아이외는 살의를 갈무리하며 페르난도를 버려두고 궁으로 들어갔다. 페르난도는 예전에 우연히 보았던, 새처럼 웃던 귀여운 여자를 떠올리며 영 아쉬운 듯 혀를 찼다.

"오늘도 수고하셨습니다."

"너도."

이아나와 리키젠은 일을 마치고 학술원 기숙사로 돌아갈 때마다 다양한 주제로 진지한 대화를 나누었다.

철학, 상업, 과학, 정치, 외교…… 주제가 뭐든 대화는 언제나 알찼다. 리키젠은 박학다식하고 사고방식이 독특했기 때문에 이아나는 대화할 때마다 사고의 지평선이 넓어지는 느낌을 받곤 했다.

"넌 오웬 후작가에 어떤 복수를 하고 싶지?"

하지만 오늘은 리키젠의 복수가 주제였다.

"당연히 후작가를 세상에 존재하지 않았던 것처럼 깨끗하게 지워 버리는 거죠. 전 오웬의 문장만 봐도 화가 머리끝까지 치솟거든요."

리키젠의 복수는 성공할 것이다. 슈나이더가 테오도르로 귀환하면 왕궁에는 피바람이 불 터. 리키젠의 원수인 오웬 후작가도 피바람에 희생될 예정이었다.

오웬 후작가는 루리아의 가장 큰 지지 세력이며, 블랙폭시의 마약 유통을 돕고 노예 경매를 눈감아 주는 등 로안느에 암운을 드리우는 데 큰 역할을 했다. 국왕을 독살한 독의 유통 경로도 후작가와 연결되어 있었다. 개국 공신 가문이지만 오웬 후작가는 재기불능이었다.

"오웬가의 사람은?"

이아나가 묻고 싶은 복수는, 그러니까 이거였다.

"사람은 어디서부터 어디까지, 어떻게 복수할 건데?"

"음……."

씨근덕거리던 리키젠의 숨소리가 점점 차분해졌다.

"저도 그 부분에 대해서 많이 고민했어요. 처음엔 오웬 후작가가 입막음을 하려고 제 가족들을 모두 죽인 것처럼, 저도 식솔부터 고용인까지, 죄가 있든 없든 오웬 후작가와 관련된 모두를 죽이고 싶었는데요."

리키젠은 인상을 찌푸린 채 고개를 저었다.

"지금은 그러기 싫습니다. 연좌제가 싫거든요."

"왜 싫은데?"

이아나는 연좌제를 증오하지만 감정적으로는 이해했다. 리키젠 정도면 오웬 후작가를 불살라도 할 말이 없었다.

"왜라니요?"

리키젠이 희한한 소리를 다 듣는다는 듯 되물었다.

"그게 연좌제의 피해자인 당신이 할 소리인가요? 제가 연좌제를 싫어하는 이유가 뭔데?"

이아나는 한 방 먹은 기분으로 눈을 깜빡였다. 리키젠이 미간에 인상을 쓰며 안경을 고쳐 썼다.

"아니, 물론 당신 때문만은 아니에요. 제가 그 피해자기도 하고, 죄 없는 사람들이 무슨 죄인가 싶기도 하고, 오웬 후작이랑 같은 놈이 되기 싫기도 하니까."

회귀 전의 오웬 후작가는 아무것도 모르고 잡일만 했던 하인들까지 전부다 처형당했다. 그때도 분명 리키젠이 손을 댔을 테니 그의 의사가 반영되었을 텐데도 말이다.

하지만 지금 리키젠은 이런저런 이유를 대며 그러기 싫다고 한다. 변한 걸까?

"아무튼 그래서 제 가족을 죽이는 데 관여한 놈들만 제 손으로 직접 처단하려 합니다. 나머지는 뭐, 죄가 있으면 슈나이더 왕자가 로안느 법에 따라 공정하게 처리하겠죠."

이아나가 슬쩍 웃었다.

"그래. 그럼 네 원수들은 어떻게 처단할래?"

"저도 고민 중입니다. 어떻게 죽여야 제 묵은 원한을 풀 수 있을까요? 이 모든 사태의 원흉인 오웬 후작의 차남 웰스 오웬은 찢어 죽여도 모자랄 것 같은데 말이죠. 으음. 제가 어릴 적부터 상상해 온 복수 방법들이 있는데 한번 들어 보실래요?"

"말해 봐."

각목으로 두들겨 패서 죽이기, 화형으로 죽이기, 마약 과다 복용으로 죽이기 등등. 리키젠은 좌판에 물건을 너저분하게 늘어놓는 잡상인처럼 구체적이고, 다양하고, 폭력적인 복수들을 열거했다.

리키젠은 담담하게 이야기했지만 이아나는 그가 아프다고 호소하는 것처럼 느껴졌다. 유년 시절부터 저런 것들을 생각해 왔을 리키젠의 영혼에는 피멍이 들었으리라.

이아나는 조용히 들어주기만 할 뿐 별다른 의견을 내놓지 않았다. 복수는 리키젠의 것이니까.

대화를 하다 보니 학술원에 금방 도착했다.

리키젠과 작별한 뒤, 이아나는 당연하다는 듯 하인리히의 마탑으로 갔다.

여름의 무더위가 기승을 부리는 시기였지만 밤은 달랐다. 시원한 공기가 낮의 열기를 몰아내며 대지를 식히고 번잡한 소음 대신 풀벌레들의 잔잔한 노래가 귓가에 내려앉았다. 사람으로 혼잡하던 풍경은 어둠으로 가려졌다. 이아나는 시원하고, 조용하고, 어두운 여름밤이 참 마음에 들었다.

"이아나."

그런데 정말 이상한 일이다. 탑의 입구에서 팔을 벌리고 선 아르하드를 발견한 순간, 좋았던 밤풍경은 시야에서 지워지고 아르하드만 보였다.

"어서 와."

아르하드는 이아나가 올 시간이 되면 창문을 내다보며 기다리다가 당연하다는 듯 입구로 마중을 나오곤 했다.

ADONIS
아도니스

쿵. 쿵.

익숙한 일인데도 이아나의 조용하던 심장은 점점 시끄러워졌다. 느릿느릿 여유롭던 걸음걸이는 조급해졌다.

이아나는 자석이 들러붙듯 아르하드에게 안겼다. 단단한 쇄골에 뺨을 묻은 채 긴 숨을 내쉬었다.

'좋아…….'

아르하드의 서늘한 피부가 좋았다. 코를 박으면 밀려드는 차가운 향기도, 지쳐서 힘을 쭉 빼고 기대도 단단하게 받쳐 주는 몸도 무척 좋았다. 마치 나무에 편히 기댄 채 시원한 바람을 맞는 듯했다.

"오늘도 수고했어."

자상한 목소리도, 상냥한 말도 좋았다. 자기가 이아나의 보금자리라는 듯 당연하다는 듯 맞이하는 태도도 좋았다.

그의 모든 것이 좋았다. 좋은데, 그중에서도 아르하드가 저를 사랑한다는 사실이 제일 좋았다.

그리 생각해 버린 스스로를 깨닫자마자 이아나의 얼굴이 화르르 달아올랐다. 아르하드의 옷깃을 붙잡은 손가락에 힘이 들어갔다.

'어쩌지?'

그냥 말해 버릴까?

이아나의 고민이 끝나기도 전에 아르하드가 그녀를 세게 끌어안는가 싶더니 놓아주고 대신 손을 잡았다.

"들어가자."

키스는 안 하나?

"……!"

이아나는 그런 생각을 하며 아쉬워하는 스스로를 깨닫고 흠칫 놀라 고개를 푸르르 흔들었다.

달칵.

이아나는 아르하드를 뒤따라 서재로 들어갔다. 아르하드가 책상 앞에 앉자 이아나도 그 옆에 놓인 의자에 앉았다. 책상에는 서류가 산처럼 쌓여 있었다.

아르하드가 미리 준비해 둔 차가운 차를 작은 얼음들이 담긴 찻잔에 조르륵 부었다. 이아나는 거대한 서류 더미를 툭 건드렸다.

"이렇게 바쁘신데 제가 이렇게 찾아와도 되는 겁니까?"

건국 준비에, 카마트로스 일에. 아르하드는 요즘 정말 바빴다. 이아나는 매일 밤마다 찾아오는 자신이 방해가 되는 게 아닐까 하는 생각이 들었다.

부드럽게 찻잔으로 떨어지던 차줄기가 뚝 끊기고, 아르하드가 정색했다.

"바쁘지. 바쁘긴 한데 널 마중 나가고 대화하는 시간은 내가 하루 일과 중 가장 좋아하고 유일하게 쉬는 시간이니까 제발 빼앗지 마."

"……빼앗을 생각 없습니다. 방해가 되더라도 저는 당신과 함께 있고 싶으니까요."

이아나가 별 뜻 없이 드러낸 솔직함에 티 포트를 쥔 아르하드의 손에 힘이 꽉 들어갔다. 이아나가 아르하드의 눈치를 살폈다.

"그래도 될까요?"

"······대체 뭘 묻는 거야, 마지막으로 한 번만 더 말하는 건데, 절대 방해가 아니다. 네가 날 찾아오지 않으면 난 쉬지 않고 일하다가 과로사로 죽어 버릴 거야. 진심이다."

농담인 줄 알고 이아나가 작게 소리 내어 웃자 아르하드는 그 웃음을 애써 피했다. 금이 쩍 간 사기 손잡이를 들키기 전에 빠르게 손을 놀렸다.

이아나는 더위를 식히는 차가운 차를 마시며 서류 한 장을 읽었다. 서류에는 그들이 세울 나라의 수도 후보들이 적혀 있었다. 후보 중에는 아르하드의 주력 거점이라 익숙한 이름인 세마스티어가 있었다.

"변동 사항이 없는 한 수도는 세마스티어야. 이견 있어?"

"아뇨. 좋습니다."

"그래. 나라 이름이 고민되는데, 그건 천천히 정해도 되겠지. 그리고 테오도르를 떠나 세마스티어로 가면 네게 정식으로 새로운 성을 내리고 내 기사로 임명할 거다."

성. 이아나는 로베르슈타인이 아닌 다른 성을 갖는다는 게 믿기지 않으면서도 설렜다.

"네가 원하는 성으로 해."

아르하드가 선택의 자유를 주었지만 이아나는 이미 정했다. 이아나가 아공간에서 라이즈를 꺼내 들었다.

"라이즈. 당신이 지어 준 이름으로 하고 싶습니다. 저를 의미하는 검의 이름이니 성으로 써도 좋겠죠."

"그래? 네가 좋으면 그렇게 해."

아르하드는 만족하는 눈치였다. 아르하드가 좋아하자 이아나도 기분이 좋았다.

이아나는 서류를 원위치에 내려놓고 다른 서류산의 꼭대기에 놓인 서류를 보았다. 테오도르의 상황에 관한 보고서였다.

—위프헤이머가 바하무트를 대표하여 전쟁을 선포한 국왕 탄신일, 아니 국왕 서거일로부터 이 주가 지났다.

위프헤이머는 위풍당당하게 전쟁을 선포한 주제에 왜인지 한동안 미적거렸다. 그러다 슈나이더의 군대가 동부에서 바하무트군과 충돌한 날, 위프헤이머는 마침내 로안느의 수도 테오도르에 지옥을 열었다.

위프헤이머의 게이트는 불안정성으로 인해 사람은 통과하기 어려웠지만 몬스터들은 죽어도 상관없으니 얼마든지 통과시킬 수 있었다. 서식지와 연결만 시켜 놓으면, 몬스터들은 세뇌가 되었든 되지 않았든 게이트 너머에서 느껴지는 생명의 기운에 이끌려 자연스럽게 건너왔다.

위프헤이머는 게이트 수십 개를 오픈해서 이전과는 비교가 되지 않을 정도로 위험한 몬스터들을 보내고, 소수의 바하무트 제국의 기사단과 마법사단을 불러와 시가전을 유도했다.

하지만 위프헤이머의 전쟁 선포 이후 긴장하여 힘을 잔뜩 끌어 모은 로안느의 저력은 만만치 않았다. 방어의 대마법사인 신가드라 솔사비어 공작을 중심으로 테오도르 시민들이 똘똘 뭉쳐 성공적으로 방어해 내고 있었다. 슈나이더가 동부에서 선방하며 바하무트군을 역으로 밀어냈다는 소식까지 전해지자 로안느군은 더욱 힘을 냈다.

"아르하드 군, 도저히 자네의 비밀을 알지 못하겠어! 옆에서 지켜보든가 해야지. 아니 근데 로안느 꼴이 이게 뭔가? 뭣이, 위프헤이머! 그 다 늙어 빠진 못된 늙은이가 아직 죽지도 않은 데다 전쟁 선포까지 했다고!"

불의 마탑을 버리고 로안느 왕국으로 온 마이마예 레비아제도 분개하며 로안느의 방어에 힘을 보탰다.

거기에 카마트로스와 수인 용병들까지 로안느를 도우니 로안느와 바하무트의 힘겨루기는 언뜻 보기에는 팽팽했다. 보고서에서도 그리 서술되어 있었고.

하지만 이아나와 아르하드의 생각은 달랐다.

전쟁을 선포한 주제에 바하무트 황족은 감감무소식이고, 위프헤이머도 수족을 부려 전투를 수행할 뿐 직접 싸우는 경우는 드물었다. 이아나가 적군을 처리하면서 위프헤이머의 행방을 수소문하고 다녔지만 얼굴 한번 보기가 어려웠다.

놈들에게 더러운 꿍꿍이가 있는 게 분명했다.

"이아나. 혼자 의심만 하고 있다가, 어제부로 확신한 사실이 있다."

아르하드가 이아나가 심각하게 읽고 있던 서류를 손으로 내리며 눈을 마주쳤다.

"바하무트 황족은 황위를 승계하는 중이다. 그래서 남부로 내려오지 않는 거야."

"황위 승계요?"

이아나가 놀라 물었다.

"왜 그렇게 생각하시죠?"

"황족이 소유한 악마의 파편들이 하나로 합쳐지고 있는 게 느껴져."

피를 통해 공유받는 영혼 조각의 존재감이 뚜렷해지고 있었다. 마치 떨어져 있던 액체들을 한데 모아 방울 하나로 만드는 것처럼 말이다.

"황태후 샤일린스와 황녀 이사벨라가 소유하고 있던 파편을 황태자 테일런에게 이전하고 있는 것 같다."

이아나는 그 말뜻을 바로 알아차렸다.

바하무트 황족은 대대로 악마의 파편을 모아 왔다. 그리고 모아 온 파편의 소유권을 모두 당대의 황제에게 건네어 힘을 집중했다.

그리고 바하무트 제국의 황위 승계란, 현 황제를 포함한 바하무트 혈족 모두가 차기 황제에게 악마의 파편 소유권을 이양함을 말했다. 즉, 파편이 하나로 합쳐지고 있다는 건 테일런이 황위를 승계 중이라는 것이다.

소유권 이양은 심장에 들러붙어 있는 악마의 영혼을 피가 이어진 혈족에게 옮기는 것을 의미한다. 이 과정은 엄청난 심력을 소모함과 동시에 오래 걸렸다.

"황태자가 황제가 되려면 아이가 있어야 하지 않나요? 현 황태자에게는 아이가 없다고 알고 있는데······."

이아나는 바하무트가 근친으로 대를 잇는 방법을 떠올렸다. 황태자는 황제가 되기 전 아이를 미리 낳아야 했다.

"테일런은 바하무트의 전통에 관심 없어. 자기 대에서 파편과 심장을 모두 모아서 악마를 완성하려 하거든. 바하무트는 악마를 완성하면 영생을 얻을 수 있다고 믿으니 다음 대의 아이를 만들 이유가 없지."

아르하드의 추측은 몹시 그럴듯했지만 이아나는 여전히 이해가 가지 않는 부분이 있었다.

"왜 굳이 전쟁 선포를 해 놓고 승계를 하는 거죠?"

"지금 이 상황에서 승계를 하는 이유는…… 잘 모르겠다. 다만, 내 짐작이지만 전쟁은 황태자 테일런의 뜻이 아니었을 거다. 놈은 이렇게 성급하게 개전을 할 성격이 아니야. 다른 황족이 일을 벌이고 악마의 파편을 찾아 전 세계를 방랑하던 테일런이 돌아와서 뒤늦게 개입했을 거라고 생각해. 그래서 전쟁이 지지부진하게 진행되는 거겠지."

이아나의 표정이 묘했다.

"테일런 바하무트를 아주 잘 아시는군요."

직접 만난 적이 없을 텐데.

"모아 온 정보들이 있으니까."

아르하드는 태연하게 대답했고 이아나는 모래알들이 까끌대는 듯한 기분이 들었음에도 그러려니 넘겼다.

"이해했습니다. 당장 쳐들어올 것만 같던 황족이 미적거리는 이유가 그 때문이었군요."

"그러니 지금이 기회다. 승계 작업이 끝나기 전에 테오도르 어딘가에 있을 위프헤이머를 찾아 죽여야 해."

황족이 활동할 때 위프헤이머까지 건재하여 힘을 보태면 곤란했다. 가능한 한 빨리 죽여야 했다.

위프헤이머를 죽이는 일은 이아나의 최우선 임무였다. 아르하드가 도왔다간 놈이 아르하드의 존재를 눈치채고 황족에게 정보를 전달할 위험성이 있으니 이아나가 죽여야 했다.

이아나가 위프헤이머를 죽이는 날, 아르하드는 근처에 대기하고 있다가 이아나가 위프헤이머를 죽였을 때 튀어나올 악마의 파편을 회수할 것이다.

"승계 작업이 언제 끝날까요?"

"그건 알 수 없어. 하지만 작업이 끝에 이르렀다는 건 느낄 순 있다."

"알겠습니다. 그 전에 죽이도록 노력하죠. 일격 필살을 위해 만전을 기하겠습니다."

이아나는 라이즈를 고쳐 쥐며 어딘가에 있을 위프헤이머를 떠올리며 허공을 노려보았다. 라이즈를 꼭 쥐고 다짐하는 이아나를 바라보며 아르하드는 서류를 놓고 손에 턱을 받쳤다.

"차를 다 마셨으니 대련하러 가 볼까?"

심각한 이야기를 하다 보니 어느새 찻잔은 텅 비어 있었다.

"네!"

이아나는 아르하드의 제안을 반겼다. 최근, 몹시 중요한 단계에 들어섰기 때문이다.

둘은 탑의 지하 수련장으로 향했다.

챙!

짧게 인사를 나눈 후 검을 맞부딪쳤다.

두 사람의 실력이 비슷했기 때문에 한 시간 정도 싸우다가 그날도 승부가 날 가망이 없어 보이면 한쪽이 힘을 뺐고, 그러면 대련은 끝이 났다.

하지만 오늘은 특별했다.

이아나는 마침내 회귀 전의 실력을 되찾는 데 성공했다. 서른
네 살에 이룩했던 경지를 겨우 열여덟 살에 이룬 것이다.

그것은 매우 기묘한 감각이었다.

목표이자 한계점이었던 회귀 전의 경지에 도달하자, 이아나는
저를 옥죄고 있던 끈적끈적한 고치를 뜯고 나온 듯한 기막힌 해
방감에 휩싸였다.

이아나는 고치 너머의 세상을 눈에 담았다. 끝이 보이지 않는
깜깜한 하늘이 펼쳐져 있었다.

쇠사슬처럼 단단한 실오라기들을 모조리 뜯어냈다. 구속되어
있던 날개가 자유를 되찾아 커다랗게 기지개를 켰다.

그러자 기이한 고양감이 숨차도록 밀려왔다. 이 날개로, 하늘
의 끝이 어디든, 얼마든지 날아갈 수 있다는 벅찬 자신감이 샘
솟았다. 회귀 전에도 느껴 본 적 없었던 무적의 기분이었다.

마침내 이아나는 과거의 허물을 버리고 날기 시작했다. 높이,
더 높이 날았다. 점점 빨라져 어둠을 꿰뚫는 한 줄기 빛이 되었
다. 깜깜한 하늘이 타들어 가듯 밝아졌다. 눈앞에서 태양이 폭발
한다면 이런 기분일까? 시야가 새하얘서 아무것도 보이지 않았
다.

그 순간, 이아나를 마주한 아르하드는 가슴 한복판에 미지의
구멍이 생겨난 듯한 섬뜩한 환각을 느끼고 있었다.

이아나의 검극이 노리는 작은 점.

그곳을 중심으로 휘몰아치는 시공간의 소용돌이가 그의 모든

것을 분해하려 들었다. 검은 아직 그의 심장에 도달하지 않았음에도 환각은 실제인 양 생생했다.

소멸의 환상은 결점 하나 없던 아르하드의 방어에 우악스레 빈틈을 만들었다. 전례가 없었던 일이었다.

"······!"

이아나의 검은 그 허점을 비수처럼 파고들며 그의 환각을 현실화하려 했다. 막지 못하면 죽는다는 생소한 위기감이 신경을 타고 찌릿하게 퍼졌다. 덕분에 환각에서 벗어난 아르하드가 이를 악물고 온 힘을 다해 검을 내리쳤다.

채애앵!

검 두 자루가 충격을 버티지 못하고 부러져 바닥을 나뒹굴었다. 한껏 가까워진 두 사람은 서로를 피하지 못하고 세게 부딪쳤다.

아르하드는 여전히 검 자루를 세게 쥐고 있는 이아나의 손을 보고 그녀를 떨쳐 내려 했다. 하지만 이아나가 물 먹은 솜처럼 기대 왔기에 멈칫할 수밖에 없었다.

"······?"

아르하드는 엄청난 공격을 날린 주제에 무방비하게 안겨 드는 이아나를 붙잡고 혼란을 느꼈다. 이 행동이 방심을 유도하는 건지, 그냥 승부를 끝낸 것인지 헷갈렸다.

고민은 짧았다. 이아나가 미인계를 쓸 리 없지 않은가?

아르하드가 미동이 없는 이아나를 조심스레 끌어안았다.

"이아나?"

이아나는 멍할 뿐 반응이 없었다. 낌새가 이상하자 아르하드는 긴장했다. 이아나를 품에서 떼어 내 어깨를 세게 붙잡았다.

"왜 그래? 이아나!"

"아."

이아나는 어깨에 통증을 느끼고 나서야 희열감에서 겨우 벗어났다. 힘이 풀려서 다리가 후들거렸다. 아르하드가 붙잡지 않았다면 털썩 주저앉고 말았을 것이다.

이아나는 어지러움을 느끼며 이마를 짚었다.

"아뇨. 아무것도……."

"아무것도 아닌 게 아니잖아."

아르하드는 이아나를 앉힌 후, 찬물에 적신 수건을 가져왔다. 한쪽 무릎을 꿇고 앉은 아르하드가 땀에 흠뻑 젖은 이아나의 얼굴을 다정하게 닦아 주었다.

이아나의 흐릿한 망막에 걱정 가득한 얼굴이 맺혔다.

"오늘 대단하던데, 혹시 요즘 무리했어?"

그 얼굴 위로 다른 얼굴이 겹쳐지기 시작한다.

회귀 전의 자신을 넘어섰더니, 이번엔 회귀 전 마지막으로 보았던 어두운 얼굴이 보인다. 좌절한 듯, 체념한 듯, 분노한 듯했던 메마른 얼굴. 회귀 전에는 이겼다는 비겁한 생각만 들게 하던 그 비참한 얼굴이.

보기 싫어!

"이…… 읍."

이아나는 팔을 뻗어 아르하드의 목을 꽉 끌어안고 키스했다.

이제는, 당신의 그런 얼굴을 보고 싶지 않아.

봐 봤자 전혀 이긴 것 같지 않을 거야.

이아나는 회귀 전의 자신을 넘어섰듯 이따금씩 심장을 저리게 하는 아르하드의 마지막 모습도 없애 버리고 싶었다.

조급한 마음은 난폭한 입맞춤이 되었다. 어느새 주저앉아 버린 아르하드는 이아나의 힘에 떠밀려 균형을 잃었다.

매달리듯 키스하다 둔탁한 충격에 정신을 차렸더니 아르하드가 밑에 깔려 있었다.

이지로 빛나던 눈동자가 탁한 염기로 펄펄 들끓었다. 그녀가 좋아했던 서늘함은 어디로 가고 그의 몸은 열기가 옮겨 붙은 듯 뜨거웠다.

열 오른 체온이 뒷머리에 닿았다. 잡아당기는 힘에 얼굴을 내리자마자 화염 같은 입술이 덮쳐들었다. 굵은 핏줄이 솟은 팔은 허리를 조이고, 애가 단 손가락들은 목덜미를 더듬었다.

안달 난 입술에서 전해지는 집요함에 이아나는 잠깐 도망치고 싶다 생각했으나, 입술은 이 순간을 기다려 왔다는 듯 밀착했다.

더위가 엄습했다.

여름의 더위와는 다르게 뱃속부터 온몸을 덥히는 미지의 더위가 민망하여 어쩐지 안절부절못하게 된다. 그러나 그보다 더 뜨거운 아르하드의 체온이 전해질 때면 부끄러움보다는 야릇한 쾌감이 몸 구석구석에 스며들었다.

서늘한 아르하드가 좋았지만 뜨거운 그는 더 좋았다. 이렇게 아르하드가 돌변할 때마다 이아나는 솔직한 심정으로, 무척 만족스러웠다.

어느새 몸이 뒤집혀 등이 바닥에 닿았다. 끌어안긴 채로 빈틈 하나 없이 강하게 짓눌려 숨이 막혔다. 호흡이 뒤죽박죽으로 뒤섞여 어지러웠다. 심장이 터질 듯이 뛰었다. 세차게 흐르는 피는 용암처럼 뜨거워 온몸이 끓을 정도였다. 너무 더운 나머지 축축한 입술을 비집고 앓는 소리가 났다.

이아나는 입술이 떨어지는 걸 느끼고 천천히 눈을 떴다. 아르하드가 잔뜩 헝클어진 그녀를 낮게 내리뜬 눈꺼풀 너머로 집요하리만치 들여다보고 있었다.

뱀 두 마리가 서로를 조이듯 시선이 얽혀 들었다. 습한 숨결이 치명적인 독이 되어 서로에게 엄습했다.

아르하드가 부푼 입술을 달싹거렸다. 흐릿한 금안은 정염에 굴복한 채 이아나에게 뭔가를 호소했다. 아르하드는 요즘 이렇게 무슨 말을 하고 싶어 미칠 것 같거나, 무슨 말을 듣고 싶어 애걸하는 표정을 자주 짓곤 했다.

이아나는 그 말이 무엇인지 이미 알고 있었다.

이아나가 그의 입술을 어루만졌다. 지금 당장 원하는 것을 말해 보라는 듯이.

하지만 대화는 없었다.

아르하드가 바닥을 짚은 손으로 주먹을 꽈악 쥐더니 이아나를 가두었던 팔을 풀고 힘없이 몸을 일으킨다. 이아나는 늘어지는 몸을 뉘인 채, 쓸쓸해 보이는 그의 옆모습을 쳐다보았다.

아르하드를 다 알고 있다고 자부하는데도 가끔 참 낯설었다.

'이해할 수 없어. 대체 왜 이렇게 참지?'

처음엔 그러려니 했다. 그런데 최근 아르하드가 돌아 버릴 것 같은 표정을 지으면서도 억지로 참는 걸 빈번하게 발견하면서, 그 태도가 점점 이상하게 느껴졌다.

'나한테 그렇게 먼저 고백받고 싶나? 왜?'

이아나가 뚫어져라 쳐다보고 있자 아르하드가 시선을 피하며 분위기 전환을 꾀했다.

"오늘 정말 대단하더군. 죽을 뻔했어. 혹시 내가 너한테 잘못한 거 있는 거 아니지?"

"잘못한 거…… 글쎄요?"

이아나가 몸을 일으키며 의미심장하게 중얼거리자 아르하드가 신경 쓰이는 듯 쳐다봤다.

"오랜 시간 기다려 왔던 벽을 넘어섰을 뿐입니다."

"그런 거야? 축하해."

"그러니까 당신한테 이길 날도 얼마 안 남았어요. 열심히 하겠습니다."

이아나가 아르하드를 똑바로 마주 보며 선전포고를 날리자 아르하드가 웃었다.

"지금도 충분히 열심히 하고 있는데."

"더 열심히 할 거예요. 당신을 이기고 싶으니까."

"그래, 그래, 꼭 이기도록 해."

아르하드가 아이 대하듯 이아나의 머리를 토닥거렸다. 가볍게 듣는 듯해서 발끈한 이아나가 그를 노려보았다.

"건성으로 듣지 마세요."

"나 지금 엄청 진지한데."

"그런데 왜 이기래요? 당신은 져도 상관없습니까?"

"누가 상관없대? 나도 지는 게 싫어서 최선을 다하고 있어. 하지만 넌 검을 나보다 훨씬 더 좋아하고, 또 그만큼 노력하고 있으니까 너한테 져도 기분이 나쁘진 않을 것 같아. 그리고 나는…… 다른 쪽으로 더 간절하게 이기고 싶어."

망설이는 목소리에 열망이 깃들었다.

"그 승부에서만큼은 너한테 절대 지고 싶지 않아."

다른 쪽. 이아나와 아르하드는 여전히 '누가 먼저 못 참고 이 지지부진한 관계를 파토 낼 말을 꺼내느냐'라는 감정 승부 중이었다. 상대방이 그 승부를 인지하고 있음을 둘 다 알고 있지만 입 밖으로 언급한 적은 없었다.

이렇게 명시한 것은 이번이 처음이다. 아르하드가 그만큼 애가 달았다는 뜻이었다. 이아나는 오해했음을 깨달았다. 그녀는 감정 승부보다는 검술 승부에 열을 올리지만 아르하드는 그 반대였다.

너무 궁금했다.

'나에게 먼저 고백하지 않는 이유가, 승부에 이기고 싶기 때문인가? ……왜?'

나는 검술 승부에서 당신을 이기고 싶은 게 당연하지만 당신은 왜?

감정적 우월감을 느끼고 싶은 건가……라는 못된 추측을 해봤지만 아르하드는 그런 치졸한 사람이 아니었다.

이러는 이유가 분명 있을 텐데 뭔지 감도 안 잡혔다. 물어봐도 무슨 소리냐며 아닌 체할 것 같았다.

"이아나."

지금도 그는 이아나가 먼저 말해 주기를 원하는 듯 애절한 신호를 보내고 있었다.

아르하드가 불쌍한 개처럼, 이젠 제발 붙잡아 달라는 듯 손을 내밀었다. 절박하기까지 한 가엾음에 이아나의 심장이 찡하게 울렸다.

'이유가 뭔진 몰라도 이렇게까지 원하는데…….'

이아나는 홀린 듯이 손을 뻗었다.

사실 이아나는, 아르하드가 검술 승부에 져도 상관없듯 감정 승부에서 져도 괜찮았다. 착각이었지만, 아르하드의 승리라고 생각했던 기사맹세도 거리낌 없이 했었다. 승부욕은 아르하드가 괜히 싸움을 걸어와서 생긴 것이었다.

아르하드를 향한 마음이 깊어지면서 이아나의 승부욕은 점점 사그라졌다. 지금처럼 아르하드가 너무 간절해 보일 때마다 마음은 더 약해졌다.

하지만 손이 닿기 직전, 이아나는 벌떡 일어나며 속으로 다짐을 곱씹었다.

'안 돼. 이건 동정에 가깝잖아.'

이아나는 처지를 바꾸어 생각해 보았다. 아르하드가 검술승부에서 그녀가 불쌍하다고 져 주면 정말 화가 날 것이다. 상대방의 동정으로 얻은 승리는 진정한 승리가 아니었다.

'당신이 검술 승부에 진심으로 임해 주는 것처럼, 나도 이 승부에 최선을 다할 거야.'

이 감정 승부에서 패배란 참고 또 참아도 참을 수 없어 감정을 뱉고 마는 것.

'나를 이기고 싶다면, 내가 말하고 싶어 돌아 버리도록 좀 더 노력해 봐. 내가 당신을 이기고 싶어 열심히 수련하는 것처럼

말이야. 당신만 애가 타지, 난 아직 여유 있거든.'

마음을 깨달았으나, 그 마음을 전하고 싶어 미칠 정도는 아니었다. 아르하드의 연인이 되어 줄 준비가 되었으나, 연인이 되고 싶어 초조하진 않은 것이다.

그도 그럴 게 말만 안 할 뿐이지, 감정적 교류든 신체적 교류든 얼마든지 할 수 있었다. 지금으로도 이아나는 충분했다. 동정심이 아니라면, 아직은 먼저 고백해야 할 이유가 없었다.

"당신도 열심히 하셔야겠네요."

그래, 열심히 하란 말이다.

최근 들어 쌓이기 시작한 앙심이 고개를 들었다.

당신, 노력해도 모자랄 판에 요즘 나를 피하는 것처럼 느껴지는 건 착각이야? 키스도 오늘처럼 내가 먼저 해야 해 주고. 물론 시작하면 아찔할 정도로 몰아붙이긴 하지만, 그래도.

이아나는 불만을 속으로 꾹 누르며 아르하드의 손을 잡아당겼다. 담담한 표정을 가장하며 그를 일으켜 세워 주었다.

아르하드는 한숨 같은 웃음을 지었다.

오웬 후작가.

5대 개국 공신 가문 중 하나로, 현재 공·후작 통틀어 세력이 두 번째로 강한 가문이다. 현 시대에, 오웬 후작가는 건국 이래 늘 최강이었던 타루이트 공작가의 아성을 넘볼 만큼 덩치가 커져 있었다.

현 오웬 후작, 마틴 오웬은 유능하지도 무능하지도 않았다. 다만 능력에 비해 야망이 큰 야심가였고, 부와 권력을 얻기 위해 수단과 방법을 가리지 않는 악당이었으며, 처세술이 몹시 뛰어난 박쥐 같은 사내였다.

"후우······."

마틴 오웬이 담배 연기를 혹 뿜어내며 창밖을 내다보았다.

테오도르는 조용할 날이 없었다. 병장기가 부딪치는 소리와 마법이 터지는 소리, 고함 소리와 비명 소리가 소란스러웠다.

많은 수도 귀족들이 피난을 갈 때 마틴은 평온하게 저택에 머물렀다. 바하무트가 저만은 건드리지 않을 것을 알고 있기 때문이다.

'둘째가 마약 때문에 블랙폭시와 엮였다는 사실을 알았을 때는 정말 족보에서 파 버리고 싶은 심정이었지.'

하지만 블랙폭시의 간부 브루스가 둘째 아들을 통해 마틴에게 동맹을 제안했고, 마틴은 악명 높은 블랙폭시에게 두고두고 보복당할 바에는 아예 손을 잡자 싶어 제안을 받아들였다. 위기를 기회로 만든 것이다.

덕분에 마틴은 근 20년간 돈과 권력을 쓸어 담았고, 당시 개국 공신 가문 중 세력이 가장 약했던 오웬 후작가는 타루이트 공작가와 어깨를 나란히 할 정도로 덩치를 키울 수 있었다.

'물론 최근에 블랙폭시가 바하무트 산하 조직임을 알았을 때는 나도 후회했었지.'

마틴도 로안느의 국민이며, 유서 깊은 후작가의 주인이었다. 제 손으로 적국 바하무트의 입에 로안느를 떠먹여 줬다는 생각에 속이 쓰렸다.

하지만 후회는 짧았다. 마틴은 끝까지 바하무트와 함께하기로 마음먹었다. 이미 엎질러진 물인 데다, 바하무트와 로안느의 전력을 저울질해 봤을 때 로안느는 필패였다. 로안느에는 미래가 없었고 그도 돌아갈 수 없는 강을 건넌 후였다.

무엇보다, 브루스가 간악한 혀로 마틴을 꼬드겼다. 바하무트가 세계 정복을 하겠다고 했지만 사실 이 넓은 세상을 통제하는 게 불가하다는 건 알고 있다. 바하무트는 각 왕국에 허수아비 왕을 왕좌에 앉히고 바하무트에 충성하는 귀족들을 관리자로 둘 예정이다. 로안느에서는 그게 바로 너다.

마틴은 그 말에 홀라당 넘어갔다.

'바하무트가 시키는 대로만 한다면 로안느는 내 것이나 다름없어. 멍청한 루리아와 꼭두각시 페르난도의 비위를 더 맞춰 줄 필요도 없지. 하. 로안느가 내 것이라.'

상상만 해도 배가 부르다. 마틴은 흠, 하고 기분 좋게 연기를 음미하고는 담배를 재떨이에 비벼 껐다.

"집사!"

"예, 주인님."

마틴이 부르자 문밖에서 대기하고 있던 집사가 머리를 조아리며 들어왔다.

"첫째는 알아서 잘할 테니 됐고, 둘째는 뭘 하고 있나?"

"둘째 도련님은 여우들과 함께 외출하셨습니다."

"이런 상황에서도 그놈은……. 됐다! 슈나이더 왕자의 비보는 아직도 없나?"

"없습니다."

"쯧."

마틴이 혀를 찼다.

'블랙폭시 놈들, 말로는 슈나이더 놈이 동부로 가자마자 죽일 기세더니. 대체 뭘 하는 거야?'

요즘 버러지들 사이에서 슈나이더의 인기가 대단했다. 마틴은 슈나이더가 선방하자 불안해졌지만, 애써 불안감을 떨쳐 내고 긍정적인 미래를 생각했다.

'죽인다고 했으니 죽이겠지. 그 괴물도 갔고.'

마틴은 수십 년 전 젊을 적 로안느를 공포에 밀어 넣었던 남자를 떠올리며 부르르 떨었다.

'그리고 페르난도는 곧 국왕이 된다. 동부에 가 있는 슈나이더가 할 수 있는 건 없어.'

그때부터 슈나이더의 세력을 숙청해야 해서 눈코 뜰 새 없이 바쁠 예정이었다. 마틴은 책상 위에 쌓인 서류를 뒤적거렸다. 서류에는 숙청할 귀족들의 정보가 한가득 적혀 있었다.

여름 내내 기승을 부리던 더위가 주춤거리기 시작하는 8월 중순. 이아나는 서류 정리를 마쳤다. 슈나이더가 페르난도를 끌어내릴 때 써먹을 명분은 이제 차고 넘쳤다.

하지만 현재, 슈나이더는 동부에서 벗어날 수 없는 몸이었다. 2주 전인 7월 말부터, 그에게 엄청난 위기가 닥쳤기 때문이다.

테오도르에서는 그가 선전하고 있다는 소문이 파다하나 과연 그럴까. 이아나는 연락이 잘 되지 않는 슈나이더에게 편지와 서류 한 본을 텔레포트 마법으로 전달했다.

정리를 마쳤습니다.

내전의 방법과 시기는 저하의 선택입니다.

결정을 내려 주십시오.

그리고 '바하무트 황제'와의 싸움, 정말 괜찮으신 겁니까? 저하께서도 매번 괜찮다고 말씀하시고 주변에서도 저하가 그 괴물을 상대로 선전하고 계시다며 찬양하지만, 정말로 저희 쪽에서 개입하지 않아도 되는 겁니까?

일정을 짜야 하니 저하께서 현재 어떤 상황에 처해 계신지 정확히 알아야 합니다. 서면이나 마법 통신으로 저하의 상황을 한 점의 거짓 없이 상세히 알려 주시길 바랍니다.

"정말 고맙네."

한편, 슈나이더는 측근에게 치료를 받으면서 앞에 서 있는 남자에게 진심으로 감사를 표하고 있었다.

남자가 넉살 좋게 웃었다.

"제가 저하께 감사 인사를 받게 될 줄 몰랐습니다."

"마땅히 해야지. 손 하나라도 아까운 상황일세. 라이언. 내가 그렇게 러브콜을 보냈는데도 졸업하고 훌쩍 사라져 버리더니 거

물과 함께 좋은 시간을 보내고 있었나 보군. 실력도 훨씬 좋아
졌어."

슈나이더가 말을 붙이고 있는 남자는 재작년 검술학부 부장,
라이언이었다. 라이언은 면도를 하지 않아 거뭇해진 턱을 쓰다
듬었다.

"아, 하하. 그게, 저도 방랑하다가 우연히 만나 친해진 마법사
님인데…… 설마 소문만 자자하던 그분일 줄은."

라이언이 하늘 위를 흘끔 보았다. 한 중년 남자가 높은 하늘
을 부유하며 바하무트 측 진지를 살피고 있었다. 슈나이더는 중
년 남자와 라이언, 그리고 그들과 함께 도착한 일행이 몹시 든
든했다.

"자네가 대마법사 엔슈이라와 친분이 있고, 그의 동료들과 함
께 나를 도우러 온 건 신의 뜻이 아니겠나."

엔슈이라.

열 명의 대마법사 중 한 명으로 물과 바람, 공간 마법에 일가
견이 있어 '창공'의 이름을 받은 대마법사였다. 하늘의 모습을
멋대로 조종한다는 엔슈이라는 위프헤이머와 함께 최고의 자리
를 다투는 대마법사로, 짙푸른 색의 마나를 사용하는 것으로 유
명했다.

슈나이더는 마나 제어의 정석이라 불리는 엔슈이라의 푸른 마
나를 눈여겨보았다. 그의 마나는 드높은 하늘같았다. 생동감이
넘쳐 살아 있는 것 같았다.

'저게 정말로 마나인가?'

색이 덧입혀져서 그런지, 마나보다 훨씬 완전한 느낌의 기운

이었다. 아니, 색이 문제가 아니었다. 심장을 간지럽히는 특별한 기시감이 문제였다.

'예전에 이종족이 저주를 깰 때 썼던 힘이나, 성물에 서린 힘과 비슷해. 느낌은 좀 다르지만 생명이 충만한 느낌이야.'

슈나이더는 엔슈이라의 마나를 빤히 바라보다가 눈을 감았다.

며칠 전에 받은 이아나의 편지가 머릿속에 떠올랐다.

"······."

이아나의 편지를 받은 슈나이더는 며칠째 답신하지 못했다. 그는 편지를 받은 날부터 계속 번뇌의 수렁에 빠져 있었다.

"후우······ 으윽."

슈나이더는 길게 한숨을 쉬었다가 온몸이 쓰라려서 신음을 흘렸다. 테오도르에 있을 때 상처 한번 입을 일 없었던 그의 몸뚱이는 깊은 상흔으로 엉망진창이었다. 슈나이더가 현재 살아 있는 건 기적이나 마찬가지였다.

'성물과 그 남자의 변덕이 아니었다면 난 이미 죽었겠지.'

슈나이더는 적의 자비 덕분에 이때까지 살아남을 수 있었다.

바하무트의 황제, '필리어드 사르폰 바하무트'.

슈나이더는 처음 그를 맞닥뜨렸을 때를 생각하면 아직도 눈앞이 아찔했다.

6월 말, 슈나이더는 동부에 도착하자마자 흩어져 싸우고 있던 동부 귀족들을 한데 결집했다.

바하무트가 치고 들어오는 속도가 너무 빨라 허둥지둥했으나 그들은 모두 바하무트와의 전쟁을 겪어 본 적 있는 중장년층이었다. 슈나이더는 그들의 경험을 높이 샀다.

"솔직하게 말하겠다. 난 이런 대규모 전쟁이 처음이다. 기록으로는 수십, 수백 번 읽어 통달했지만 부족한 점이 많을 터. 과거 바하무트와 싸워 본 적 있는 자네들이 내 부족함을 채워 주길 바란다."

슈나이더의 세력이든 페르난도의 세력이든, 귀족들은 일단 바하무트를 막아야 한다 싶어 경험을 토대로 한 방안들을 아낌없이 제시했고, 슈나이더는 그에 귀를 기울였다. 이 와중에도 욕심을 내서 제 이득을 유도하거나 슈나이더가 싫어 불퉁하게 구는 자들이 있었으나, 그런 것들은 알아서 걸렀다.

슈나이더를 필두로, 로안느군은 허를 찌르는 전략들을 구사하며 필사적으로 방어했다. 그 덕분일까? 포대에서 엎질러진 콩처럼 쏟아져 들어오던 바하무트군은 공격의 속도를 늦췄다.

겉보기엔 좋은 흐름이었다.

하지만 슈나이더의 감은 여전히 경종을 울리고 있었다.

'저놈들, 꿍꿍이가 있어.'

슈나이더는 바하무트군이 자의로 공격 속도를 늦춘다는 느낌을 받았다. 준비를 마치고 전쟁을 시작했을 바하무트를 이렇게 쉽게 저지한다는 건 말이 되지 않았다.

하지만 뭐 어쩔 텐가.

슈나이더는 비탈길에서 굴러떨어지는 수레 신세였다. 눈앞에 갑자기 뭐가 나타나더라도 부수고 나아가야만 했다. 그러지 않으면 그가 산산조각 날 신세였다.

펑! 펑!

약 이 주, 슈나이더는 매번 전장으로 나가서 아낌없이 마법을 뿌렸다.

"아악!"

옅은 은빛의 마나로 형성된 마법이 전장에 작렬할 때마다 비명이 터져 나왔다.

왕궁의 성물을 얻은 이후, 슈나이더는 마법에 빠르게 숙달하였다. 뛰어난 재능으로 질주하는 도중 추진력까지 붙은 것이었다.

그러던 어느 날이었다.

"……!"

그날도 전장에 나가 있던 슈나이더는 모골이 송연해지는 섬뜩함을 느끼고 반사적으로 방패를 올렸다.

콰아앙!

방패를 들자마자 큰 충격이 슈나이더를 강타했다.

슈나이더가 덜덜 떨리는 방패 안쪽에서 식은땀을 흘렸다. 독사의 독니 같은 단검이 방패를 반파한 채 파고들어 와 있었다. 분명 저를 노리는 공격에 대해 알람 마법을 걸어 놨음에도, 어떤 전조도 느끼지 못했다.

슈나이더는 단검이 날아온 방향을 보려다 방패를 다시 황급히 들어 올렸다.

콰지직!

마나를 힘껏 불어 넣어 방어했음에도 방패를 뚫고 들어온 장

검이 슈나이더의 팔을 찍었다. 슈나이더는 타는 듯한 통증에 이를 악물면서도 앞을 노려보았다.

"과연, 어려도 로안느 왕족이라는 건가……."

전신이 새까만 중년 남자가 메마른 웃음을 지으며 서 있었다. 남자의 뒤로는 슈나이더를 보호하고 있던 기사들이 모조리 쓰러져 있었다.

남자가 중얼거렸다.

"오랜만에 이런 불쾌감을 느끼는군. 하지만 나쁘지 않아."

"누구냐."

"필리어드 사르폰 바하무트."

남자는 담담하게 제 이름을 밝혔고, 슈나이더는 숨이 턱 막혔다.

"바하무트 황제?"

슈나이더는 믿기 어려웠다.

필리어드 사르폰 바하무트는 부왕 하리오스 맥시엄 로안느와 같은 시대를 살아간 사람이었다. 그러니 분명 육십이 넘은 나이일 터였다. 아니, 그 이상일지도 몰랐다.

부왕 하리오스는 시간의 흐름 속에서 빠르게 늙어 갔었다. 팽팽했던 피부는 쭈글쭈글하게 흘러내렸고 흉흉한 근육은 기름진 살덩이에 자리를 빼앗겼다. 그의 마지막 모습은 병에 걸려 골골대는 노인이었다.

그런데 눈앞의 필리어드는 안색이 창백할 뿐 젊었고, 육체는 말랐지만 돌처럼 단단했다. 굶주린 흑사자 같은 사내였다.

"황제라. 그 말은 이제 옳지 않다. 난 여기 오기 전 모든 것을 내려놓았으며, 곧 내 아들이 황좌에 오를 것이다."

슈나이더의 머릿속이 일시에 뒤엉켰다. 페르난도가 즉위를 준비하듯, 현재 바하무트에서도 승계가 진행 중인 모양이었다.

뿌드득.

필리어드가 손에 힘을 더했다. 슈나이더는 끼긱거리며 방패를 꿰뚫으려는 검을 은빛의 마나를 끌어 모아 방어했다. 슈나이더의 마나는 필리어드의 마나와 팽팽하게 대치했다.

빠드드득.

균형을 깬 건 필리어드의 순수한 완력이었다. 방패에 금이 가는 걸 느낀 슈나이더는 방패를 내팽개치고 필리어드와 거리를 벌렸다. 필리어드는 쫓지 않고 슈나이더가 하는 양을 느긋하게 지켜보았다.

"저하!"

멀리서 바하무트군을 상대하고 있던 기사들이 흥분해서 달려왔다. 필리어드의 습격은 너무나 갑작스럽게, 충격적으로 이루어졌다. 한쪽 방어선을 모조리 뚫고 슈나이더를 공격했기에 방어고 뭐고 할 틈이 없었다.

"멈춰! 전열을 흩트리지 말고 바하무트군과 싸워라!"

벼락처럼 떨어진 명령에 기사들이 멈칫했다.

"불복은 처형이다! 어서!"

기사들은 슈나이더를 걱정하면서도, 대부분 슈나이더의 명을 따라 전열로 복귀했다. 몇몇만 남아서 거리를 두고 필리어드를 경계했다.

"기사들에게 보호받지 않아도 되겠나?"

흥미롭다는 듯 말하는 필리어드를 보며, 슈나이더는 빠르게 머리를 굴렸다. 착각일까? 필리어드에게서 살의가 느껴지지 않았다. 만약 그가 저를 죽이고자 했다면 이미 죽였을 터였다.

"내가 자네를 죽이지 않을 거라 판단한 거라면, 그 판단이 맞아."

필리어드가 슈나이더의 생각을 읽은 양 능청스레 말했다.

"어째서?"

"대화를 하고 싶어서."

병장기가 충돌하고, 마법이 폭발하고, 피와 살이 튀는 전장에서 필리어드는 산책하러 나온 듯이 여유로웠다. 슈나이더는 초조해지기 싫었지만, 관록의 차이가 뼈저리게 느껴져 저도 모르게 위축되었다.

슈나이더가 입술을 짓씹으며 말했다.

"그럼 전쟁을 멈추고 정식으로 회담을······."

"그건 안 돼. 내 가족들에게 밉보이면 안 되거든."

"그게 무슨."

"말 그대로다. 난 필사적인 모습을 연출해야 해. 내 피붙이들은 자네를 죽이라고 자유를 준 거니까."

'자유?'

슈나이더가 이해하지 못하고 머뭇거리자 필리어드가 픽 웃으며 제 턱을 쓰다듬었다.

"쓸데없는 말이 늘었군. 왕자가 이해하도록. 아무튼 하리오스 맥시엄 로안느가 죽었다지? 끝이 몹시 초라했다고 들었다."

"······."

"이십 년! 백 년도 채 살지 못하는 인간에게는 몇 번이나 변하고도 남는 긴 시간이다. 내가 전쟁이고 뭐고 아무래도 좋아진 것처럼, 하리오스도 어떤 식으로든 변했겠지."

"하고 싶은 말이 뭔가?"

"바하무트와 로안느는 언제나 동세대끼리 대치했다. 후대의 왕자인 자네는 내 상대가 안 돼."

필리어드가 손을 슥 내밀었다. 필리어드는 죽이지 않을 거라 말했으나, 긴장한 슈나이더는 제 몸에 두른 실드 위로 실드를 중첩해서 일으켰다.

딱!

필리어드가 손가락을 튕기자 실드가 일시에 찢겨져 나갔다. 순식간에 무력화된 슈나이더가 눈을 부릅떴다. 마나가 검은 먹구름처럼 몰려들어 슈나이더의 목을 꽉 졸랐다.

"큭!"

목이 졸린 슈나이더가 목 주변을 더듬거렸으나 마나는 손으로 떼어 낼 수 있는 물질이 아니었다. 필리어드는 잡히는 게 없어 손을 허우적거리는 슈나이더를 비웃었다.

"왕자, 마나로는 절대 나를 상대할 수 없다. 왕족이 아무리 마나 제어를 잘하더라도, 마나는 근본적으로 우리의 것이니까."

저게 무슨 개소린지는 몰라도, 허튼 개소리는 아니었다. 슈나이더는 마나의 속박에서 도저히 벗어날 수 없었으니까.

그런 왕족이 우리를 상대로 수백 년간 버틸 수 있었던 것은, 첫째…… 왕족을 수호하는 '특별한 힘' 때문이다. 내가 이렇게 자네의 목을 조르고 있어도, 자네의 죽음이 가까워지면 기이한 힘이 발휘될 것이다."

슈나이더의 안색이 하얘질 때쯤, 그의 심장에서 붉은 기운이 흘러나와 목 주변의 마나를 떨쳐 냈다. 마나는 화들짝 놀라 도망갔고 슈나이더는 주저앉아서 숨을 기침처럼 뱉었다.

"방금 봤겠지만, 우리 바하무트 황족은 로안느 왕족을 직접 죽일 수 없다. 정체불명의 힘이 우리를 약화하고, 우리로 말미암은 죽음을 막거든. 거기에."

필리어드는 땅을 짚은 슈나이더의 손에 단검을 내리꽂았다.

퍽!

"윽!"

슈나이더가 반사적으로 신음을 뱉었다. 하지만 계속 이렇게 당하고 있을 수만은 없다는 오기로 정신을 차렸다. 그가 이를 악물고 검을 뽑아냈다.

스스스스.

그러자 놀라운 일이 발생했다. 상처가 빠르게 아물며 고통이 사라지고 있었다. 처음에 입었던 상처도 이미 없었다. 혼란스러워하는 슈나이더에게 필리어드가 단조로운 목소리로 말했다.

"상처까지 치료해 줘. 대체 그 힘의 정체가 뭘까?"

"저하!"

슈나이더를 지켜보고 있던 기사들과 마법사들이 기겁해서 달려들었다. 하지만 그들은 필리어드의 공격 반경에 들어서자마자 잔인하게 찢어발겨졌다.

슈나이더가 무력감과 굴욕감을 이기지 못하고 부들부들 떨었다. 수하들이 덧없이 죽는 걸 보면서도 실력의 격차가 너무나 뚜렷해서 막을 수 없었다.

"난 나를 방해하는 게 싫어. 그러니 다음부터는 자네를 보호하는 병력은 물리도록 해. 개죽음뿐이니까……. 내 신경에 영 거슬리면 그냥 다 죽여 버리고 전쟁을 끝낼 수도 있으니 주의하도록."

다음부터. 슈나이더는 필리어드가 당분간 저를 죽일 생각이 없다는 사실을 깨달았다. 이젠 자존심이 완전히 무너져 내려 악에 받친 슈나이더가 소리를 질렀다.

"대체 나를 살려 두려는 이유가 뭐냐! 손을 댈 수 없다는 궤변은 집어치워. 다른 이의 손을 빌리면 되니까!"

로안느 왕족을 직접 죽이지 못한다는 희한한 소리를 지껄이곤 있지만 방금 전처럼 저를 죽기 직전까지 몰아갈 수는 있을 터. 그때 다른 이를 시켜 목을 친다면 슈나이더는 영락없이 죽은 목숨이었다.

"똑똑한 왕자로군. 하지만 그러지 않을 거다. 우리 일족은 태생적으로 잘나가는 놈들을 혐오하고 로안느 왕족은 언제나 우리에게 그런 혐오감을 줘 왔지. 너희는 직접 목숨을 끊어야 의미가 있어. 아, 난 이제 그런 거에 관심 없다. 단지 자유를 누리고 싶을 뿐이다."

필리어드가 슈나이더의 얼굴에 어른거리는 패배감이 지루하다는 듯 쯧, 하고 혀를 찼다.

"내가 자유를 오래 누릴 수 있게 한껏 발버둥 쳐라. 그러나 평범한 발버둥은 곤란하니 빠르게 성장해라. 그때까지는 전쟁에서 계속 비껴 주도록 하마."

"대체······."

자유, 자유! 대체 뭔 소리인지. 슈나이더는 이해할 수 없는 필리어드의 태도에 화가 치밀었지만 꾹 눌렀다. 필리어드는 그에 아랑곳 않고 말을 이었다.

"자네는 로안느 왕족의 특별한 힘은 이어받았으나 많이 서툴러. 왕족이 우리에게 맞서게 해 준 '두 번째 방법'은 습득하지도 못한 것 같군. 내가 그걸 얻도록 도와주지."

"도와줘? 수련이라도 시켜 줄 생각인가!"

"비슷해."

슈나이더는 머리를 굴렸다. 흥미에서 비롯된 자비가 제게 향한다는 것에 분노를 느끼면서도 거부할 수 없는 현실을 받아들여야만 했다. 굴욕적이지만, 필리어드가 마음을 바꾸기 전에, 빨리.

"거절하지 않겠다. 그러나 당신은 후회하게 될 거다!"

슈나이더의 눈에서 불꽃이 튀었다. 그 불꽃이 몹시 마음에 든 필리어드가 웃었다.

"후회는 이미 지나칠 정도로 했다. 난 이제 뭐가 어떻게 되어도 상관없어. 현재의 즐거움을 오래도록 누리고 싶을 뿐. 아, 그리고."

필리어드가 주변에서 뒹굴고 있던 슈나이더의 방패에서 검을 뽑아냈다.

"전쟁에서는 비겨 줄 것이고, 자네의 성장은 도와주겠다고 했지만, 상냥하게 가르침을 내리겠다거나 자네를 멀쩡하게 돌려보내 준다는 말은 하지 않았다."

"……!"

안색이 새파랗게 질린 슈나이더를 향해 필리어드가 기묘한 표정으로 웃었다.

"죽고 싶어진다면 항복하도록. 그게 자네의 한계일 테니."

그 후로, 필리어드는 장난치듯 전쟁을 이끌어 갔다. 승전도 패전도 없이 전쟁을 마무리 지으며 바하무트 황족에 대한 두려움을 로안느군에 새겼다.

바하무트 황족이 나타나면 마나 지배가 어렵다는 말이 괜히 나온 게 아니었다. 필리어드는 마나가 황족의 것이라는 말을 증명이라도 하듯, 전장의 마나를 숨 쉬듯 당연하게 지배했다. 로안느 측은 큰 피해를 봐야 했다.

강해지도록 도와준다던 필리어드는 슈나이더를 괴롭히기만 하다가 삶과 죽음의 경계에서 헐떡거리는 모습을 본 후에야 돌려보내 주었다.

슈나이더는 죽음을 견뎌 낼수록 눈부시게 강해졌다. 성물 덕분인지 상처 회복도 기적에 가까울 정도로 매우 빨랐다. 하지만 싸움이 거듭될수록 슈나이더는 눈앞이 캄캄해졌다.

페르난도를 제거하고 로안느의 왕이 되더라도, 바하무트 제국과 싸워 이길 자신이 없었다. 필리어드 같은 괴물이 바하무트에 셋이나 더 있었다.

선왕들은 어떻게든 바하무트와의 싸움을 이겨 냈다. 슈나이더도 이겨 내야만 했다. 하지만 20년의 공백. 슈나이더는 사치스러운 평화에 안주했던 그 시절이 너무 후회스러웠다.

그렇게 2주가 지났다.

며칠 전에는 이아나의 편지를 받았다.

그리고 오늘…… 전장에 예상치 못한 원군이 나타났다.

"역시 전쟁을 해야 이런 놈들이 알아서 기어 나온다니까. 어려운 상대일수록 싸우는 재미가 있지. 그렇지? 엔슈이라."

창공의 엔슈이라. 그가 갑자기 제자들을 이끌고 전쟁에 참가한 것이다.

엔슈이라의 푸른 마나는 놀랍게도 필리어드의 통제를 받지 않고 오로지 엔슈이라의 뜻에만 따랐다. 엔슈이라는 그도 모자라서 필리어드의 마나 지배를 방해했다.

필리어드는 즐겁게 엔슈이라와 공방을 주고받다 로안느군을 놔주었다.

로안느의 군의 피해는 평소보다 훨씬 적었다. 엔슈이라의 제자들과 실력이 일취월장한 라이언이 분주하게 움직이며 로안느군을 지원한 덕분이었다.

다만 엔슈이라와 싸우는 와중에도 필리어드는 슈나이더를 잊지 않았다. 그에게 평소처럼 지독하게 당한 슈나이더만 엉망이었다.

⎯⎯⎯⎯⎯⎯⎯⎯⎯⎯

이것이 바로, 이아나가 알려 달라 요청한 현재 상황이다. 아군의 사기를 꺾지 않기 위해 필리어드와 호각인 것처럼 위장하고 소문을 냈지만, 사실은 필리어드에게 호되게 당하고 있는 중이었다.

"후우."

슈나이더는 또 한 번 한숨을 쉬었다.

필리어드를 뒤로하고 테오도르로 돌아갈 수는 없다.

아니, 돌아가더라도 바하무트가 지원하는 페르난도를 상대로 반란을 일으킬 수 있는 걸까. 반란이 성공하더라도 저 바하무트 제국을 막을 수 있는 걸까.

필리어드를 상대하며 자신감이 바닥을 보이기 시작한 슈나이더의 얼굴은 어두웠다. 슈나이더가 주먹을 꽉 쥐었다. 손톱이 손바닥을 파고들었지만 손바닥보다 심장이 더 아팠다.

"저하, 조급해하지 마십시오."

옆에 서 있던 라이언이, 얼굴이 거무죽죽하게 변해 가는 슈나이더에게 따끔하게 말했다.

"마음이 조급하면 될 일도 되지 않습니다. 지금 현재, 저하께서 하실 수 있는 일에 차분한 마음으로 최선을 다하시다 보면 원하는 바를 이루실 수 있을 겁니다."

원론에 가까운 진부한 말이었다. 하지만 그 말은 슈나이더에게 현재 가장 필요한 말이었고, 우습게도 그 슈나이더를 번뇌의 늪에서 단숨에 끄집어냈다.

슈나이더가 새삼스럽다는 듯 라이언을 바라보았다.

"자네 정말 괜찮은 사람이로군."

"예? 갑자기……."

라이언은 매사에 긍정적이었고, 검술 실력도 일품인 진국이었다. 상대방이 처한 상황을 살피는 통찰력과 단순한 격려로 가려운 곳을 북 긁어 주는 센스까지.

슈나이더는 뛰어난 라이언이 탐났다.

"할 거 없으면 내 휘하로 들어오게."

"죄송하지만 아직은 어딘가에 묶이고 싶지 않습니다. 몰랐는데 제게 방랑자의 기질이 있었던 모양입니다. 좀 더 자유를 누리고 싶습니다."

라이언이 머리를 긁적이며 거절하자 슈나이더가 한숨을 폭 쉬었다. 요새는 거절만 당하는 것 같았다.

"그래. 난 지금 내가 할 수 있는 일을 해야지."

슈나이더는 거절의 쓰라림을 뒤로하고 바하무트의 국기가 펄럭거리고 있는 적지를 노려보았다. 현재 그의 목표는, 필리어드와 맞설 수 있는 실력을 갖추는 것이다. 필리어드가 왜 쓸데없이 자비를 베푸는 건지도, 바하무트 제국 측에서 왜 이런 상황을 가만 두고 보는 건지도 모르겠지만, 잃어버린 20년을 만회할 시간을 얻은 건 천운이었다.

때마침 엔슈이라가 막사 안으로 들어왔다.

"엔슈이라 님, 감사합니다."

슈나이더는 엔슈이라에게 정말, 진심으로 감사를 표했다. 로안느 사람도 아닌데 함께 싸워 줘서 더더욱 고마웠다.

"아니오. 더 늦기 전에는 나서려 했소."

그 아무리 대단한 엔슈이라라도 필리어드를 상대하기는 벅찼는지 안색이 파리했다. 엔슈이라는 슈나이더의 상태를 살피더니 혀를 찼다.

"로안느는 대대로 바하무트를 막는 방패 역할을 해 왔지. 하리오스가 죽고, 이제는 왕자가 그 역할을 맡아야 할 텐데 어렵겠군. 어찌해야 하나."

"그래서 부탁드릴 게 있습니다."

슈나이더가 눈을 빛냈다.

"엔슈이라 님이 필리어드의 마나 지배를 막은 방법을 가르쳐 주십시오."

불가사의한 이종족의 힘.

성물에 서린 신비로운 힘.

필리어드가 말한 두 번째 방법.

마나라기엔 이질적이었던 엔슈이라의 푸른 기운!

슈나이더는 그 네 개가 동일함을 직감했다. 그는 그 힘을 얻어야만 했다. 그래서 엔슈이라의 앞에 무릎을 꿇었다.

"부탁드립니다!"

"왕자, 아직 신력을 알지 못하나?"

"신력?"

새로운 단어. 슈나이더는 벼락을 맞은 듯 전율했다.

"마나와 다른 힘입니까?"

"흐음. 로안느 왕실 쪽에는 신력의 지식이 없는가. 하긴 모르고 신력을 쓰는 경우가 대다수지. 로안느 왕족은 그 경우였나 보구려. 왕자는 아직 깨우치지 못한 상태고."

엔슈이라는 결심했다.

"왕자, 내게 신력 제어를 배우시오."

"예!"

슈나이더의 얼굴에 죽음을 각오한 결연한 빛이 서렸다.

그날 밤, 슈나이더는 펜을 들어 이아나의 편지에 답장을 써서 보냈다.

그리고 며칠 뒤, 슈나이더에게 페르난도가 국왕으로 즉위했다는 소식이 전해져 왔다.

"페르난도 국왕 전하 만세!"

"만세!"

선왕이 서거한 지 두 달이 지난, 8월 말.

페르난도는 이제 왕세자가 아니라, 국왕이었다. 그는 왕궁에서 며칠 내내 축포를 올리며 즉위를 자축했다. 어지러운 시국에도 하늘에서는 화려한 폭죽이 펑펑 터졌다.

공석이었던 왕의 자리가 채워졌으나 문제는 아무것도 해결되지 않았다. 테오도르는 혼란의 도가니였으나 페르난도의 세력은 희희낙락했다. 국민이 고통받든 말든 전혀 관심 없다는 듯 호화로운 파티만 벌여 댔다. 부어라 마셔라 흥청망청 놀기만 하는 페르난도의 행태는 다른 귀족들의 공분을 샀다.

"전하께서는 대체 뭘 하시는 거지?"

"이런 상황에 어떻게 파티들을 벌이실 수 있나."

한편으로는, 페르난도가 나서 봤자 뭐가 달라지겠냐는 회의적인 목소리도 나왔다.

"답이 없군. 위프헤이머 그 악마를 죽일 수 있는 사람은 정녕 없단 말인가?"

위프헤이머와 그의 게이트 마법은 정말 치가 떨렸다.

로안느의 맹렬한 방어에 최근 들어 조금 잠잠해진 바하무트 군대보다는, 게이트를 통해 끊임없이 넘어오는 몬스터들과 이따금씩 나타나는 위프헤이머가 더 문제였다.

위프헤이머는 전쟁 선포 이후 전 세계에 게이트를 주기적으로 열어젖혔지만 그 빈도는 테오도르가 압도적이었다. 하루가 멀다 하고 새로운 몬스터들이 쏟아지는데 죽여도 죽여도 끝이 없었다. 위프헤이머가 하늘에서 뚝 떨어진 듯 갑자기 나타나서 대형 마법을 펑펑 터뜨리는 것도 도저히 막을 방법이 없었다.

"슈나이더 저하께서는 동부에서 황제를 저지하는 것만으로도 힘드실 텐데……."

"이런 상황에 다른 바하무트 황족들까지 나서면……."

이러다 로안느의 천오백 년 역사가 통째로 바하무트로 넘어가는 게 아닐까? 불만과 함께 불안도 점점 커져 갔다.

상황이 상황인 만큼, 학술원은 9월이 되기 전에 학생들에게 무기한 휴학을 허가했다.

무술원과 마법원의 학생들은 대부분 남았다. 타국의 학생들은 용병으로 활동하며 돈을 만지기 위해, 로안느의 학생들은 조국을 지키기 위해서였다.

다른 학부의 학생들도 적지 않게 체류했다. 현재 로안느뿐만 아니라 전 세계가 몬스터로 난리였다. 로안느처럼 바하무트에게 공격당하고 있는 국가들도 있었다. 그런데 학술원은 이상할 정도로 안전했다. 바하무트의 병력이든 몬스터든 왜인지 학술원만큼은 공격하지 않았다. 배리어 때문일까? 이유가 뭐든, 차라리 학술원에 있는 게 낫다고 판단한 학생들은 전투를 돕고 있었다.

"하인리히, 오랜만이군."

그 안전한 학술원에, 위프헤이머가 들이닥쳤다. 하인리히의 마탑에 기별도 없이 쳐들어온 위프헤이머는 로브를 뒤로 젖히며 비웃듯 인사했다.

"그 재미없는 낯짝은 여전해."

"오랜만일세, 위프헤이머. 오자마자 시비 걸지 말고 자리에 앉지."

하인리히는 침착하게 위프헤이머를 맞이했다.

위프헤이머는 성큼성큼 걸어와서 하인리히의 의자를 빼앗아 앉더니 그가 보고 있던 책을 뒤적거렸다.

"그래, 불쌍한 손주를 위한 연구는 어떻게 되어 가나?"

"자네가 신경 쓸 필요 없네."

위프헤이머가 수염을 씰룩거렸다.

"쯧, 한때 내 라이벌이었던 자네가 이리 허접해져 정말로 유감일세. 악마의 파편을 소유할 정도로 능력 있으면서 허약한 손주를 위해 일생을 바치다니. 예전부터 천성이 쓸데없이 물렁하다고는 생각했지만……."

"짧게 끝내지. 무슨 일로 왔나?"

"뭐, 오랜만에 자네 얼굴도 보고."

위프헤이머는 방 안을 쭉 둘러보았다. 이지가 미끈거리는 눈망울이 하인리히의 방에 관한 정보를 모조리 쓸어 담았다.

"학술원 구경도 하고."

이번엔 의자에서 일어나 창밖을 통해 학술원의 전경을 내다보았다. 위프헤이머의 뇌로 갖가지 정보가 빨려 들어갔다.

"자카라 발젠타가 남겼다는 배리어의 핵도 구경하고."

위프헤이머가 손을 내밀자 그를 조용히 관찰하고 있던 하인리히가 미간을 좁혔다.

"학술원에 손을 댈 생각인가? 바하무트는 민간인을 건들지 않을 텐데?"

"그렇지. 노예가 될 놈들이니까."

바하무트의 파괴욕은 저보다 위에 있는, 혹은 위에 서려는 강자들에게 향했다. 나머지 버러지들은 착취의 대상이니 죽일 이유가 없으면 목숨을 붙여 놓는 게 바하무트의 방식이었다.

"학술원 조무래기들이 요즘 좀 귀찮게 군다고는 하는데 별 관심 없어. 자네도 있고. 최초의 대마법사 자카라 발젠타의 흔적을 확인하고 싶을 뿐이니 가져오게."

"……."

"나는 바하무트 황실의 대리다. 명을 거역하는 건가?"

하인리히는 결국 위프헤이머가 원하는 대로 핵을 가져다주었다. 그것을 꼼꼼히 뜯어본 위프헤이머는 오만하게 웃었다.

"흐음. 자카라 발젠타의 마법의 정수가 담겨 있다더니. 별것 아니군. 잘 봤네. 그보다, 학술원 걱정은 접어 두고 자네나 잘해. 자네 요즘 위험하다고."

위프헤이머의 의미심장한 말에 하인리히의 심장이 철렁했다.

"내가 왜?"

"글쎄? 크크크."

위프헤이머는 의미 모를 수상한 웃음을 짓고는 떠났다.

하인리히는 위프헤이머가 휘저어 놓고 간 학장실에서 우두커니 서 있었다. 그는 제 행적을 되짚어 보며 위프헤이머가 저런 말을 할 만한 이유를 찾으려 했다.

비주류 마법의 연구, 인재 리스트를 뽑아 넘기는 일 등등, 황실이 간간이 명하는 일들은 모두 완벽하게 이행하고 있었다.

'위험 요소는 아르하드 군이나 내가 가진 파편뿐인데.'

황족이 아르하드의 존재를 알아챘을 리는 없었다. 만약 그랬다면, 위프헤이머가 저런 경고를 할 필요도 없이 바하무트 황족이 아르하드를 죽이러 직접 강림했을 것이다.

'그럼 내 악마의 파편을 가져갈 시기가 됐다는 건가?'

하인리히는 씁쓸한 표정으로 아르하드에게 연락했다.

그 시각, 아르하드는 이아나와 함께 있었다.

2주 전에 비리 증거 정리 작업을 마치고 슈나이더에게 결단을 내릴 것을 요청했다. 물증과 심증 모두 완벽하게 준비했으니, 페르난도와 루리아가 빠져나갈 구멍은 없었다.

여론도 전쟁터에 나가 바하무트를 열심히 막고 있는 슈나이더의 편이었다. 페르난도와 그를 따르는 귀족들의 평판은 형편없었으므로 슈나이더가 억지 증거를 들고 와서 놈들의 목을 치더라도 대다수의 왕국민들은 그를 지지할 것이다.

그러니 슈나이더에게는 두 가지 선택지가 있었다.

첫 번째는 납작 엎드린 채 블랙폭시와 페르난도의 힘을 조금씩 깎다가 승산이 높을 때 승부를 보는 것. 두 번째는 지금 당장 바하무트, 블랙폭시, 페르난도의 관계와 국왕파의 비리를 모조리 까발리며 질타하고 혁명을 일으키는 것.

첫 번째 방법은 너무 오래 걸린다. 그 전에 로안느가 완전히 망가질 수도 있었다. 지금 페르난도 세력의 꼴을 보고 있자면 헛웃음밖에 나오지 않았다.

두 번째 방법은 위험성이 컸다. 블랙폭시는 지금이야 바하무트와 관련 없는 척하지만, 슈나이더가 모든 것을 까발리면 음지에 숨어 살아가던 짐승이 양지로 강제로 끌려나올 때처럼 발광할 것이다. 좋다고 폭주할지도 모른다. 바하무트도 연관성을 들키는 순간부터 블랙폭시를 적극적으로 활용할 터였다.

그리고 페르난도의 세력이 건재한 상황에서 슈나이더가 정리한 증거들을 내밀며 타도를 외치는 건 몽둥이를 휘두르며 박쥐떼에 달려드는 것이나 다름없다. 화들짝 놀란 박쥐떼는 더 큰 어둠, 바하무트로 날아가 빌붙을 가능성이 컸다.

무얼 선택하든 슈나이더는 잃는 게 많을 터.

서신과 정리본을 전해 받고도 슈나이더는 한동안 소식이 없었다. 그러다가 오늘 이아나 편으로 편지 한 장이 도착했다. 카마트로스에도 편지가 왔다. 슈나이더가 이아나의 조직과 카마트로스가 동일 조직이라는 걸 인지하지 못했기 때문이었다.

"뜯겠습니다."

이아나와 아르하드는 함께 읽으려고 개봉하지 않은 편지를 가져왔다. 편지에는 뜻밖의 내용이 적혀 있었다.

증거 자료는 잘 받았네. 읽다가 분에 못 이겨 책상에 몇 번이고 이마를 박다가 혹이 났지.

자네의 조직이 나를 도와주어 정말, 정말로 감사해. 내용이 굉장해서 정보 전문 조직인가 싶지만 그럴 리는 없겠지?

그리고 반란 시기는 상황이 여의치 않아 뒤로 미루려 한다. 선택의 여지가 없어. 그리고 현재 내 상황을 솔직하게 고백하겠네.

필리어드 사르폰 바하무트가 나를…….

엔슈이라와 라이언…….

신력…….

…….

이렇다네. 필리어드는 내가 도망치면 동부의 로안느군을 몰살할 걸세. 분하지만 그를 죽이기 전까지는 동부를 벗어날 수 없을 듯해. 설령 지금 상태에서 돌아가더라도 나는 바하무트로부터 로안느를 지킬 수 없을 거야. 부끄럽지만, 나는 너무 약해. 여기서 실력을 좀 쌓고 가겠네. 내가 준비가 끝날 때까지 부디 기다려 주게.

그동안 자네 조직은 내 휘하의 귀족들, 카마트로스 조직과 협력해서 페르난도 파 귀족들과 블랙폭시를 조용히 제거하는 데 힘써 줬으면 해. 신가드라 솔사비어 공작이 나를 대리하여 귀족들을 이끌 테니 도움이 필요하다면 언제든 솔사비어공에게 말하게.

그리고 만약 페르난도가 최악의 짓을 하려 하거든, 뒷일은 내가 책임질 테니 반 죽여서 가둬 놓기만 하라고도 말했네. 자네가 놈을 패도 괜찮네.

적다 보니 너무 염치가 없어서 얼굴에 열이 오르는군.

올해가 지나기 전까지는 무슨 일이 있어도 반드시 돌아가겠네. 다시 한번 감사해.

이아나가 받은 편지에는 슈나이더의 적나라한 사정이 민망한 어투로 적혀 있었고, 카마트로스에 온 편지는 비슷한 내용이 담겨 있었으나 자세한 사정이 빠져 있었다.

이아나는 편지에 쓰인 슈나이더의 사정을 한 번 더 꼼꼼하게 읽은 후 말했다.

"필리어드는 무슨 생각인 걸까요?"

필리어드 사르폰 바하무트는 아르하드에게 모든 파편의 소유권을 빼앗겼다. 테일런에게 넘길 파편이 없었다. 승계 작업은 테일런, 이사벨라, 샤일린스 사이에서만 이뤄지고 있을 터. 승계에서 자유로운 필리어드가 남부로 내려온 것은 그리 이상한 일이 아니었다.

이상한 건 필리어드의 수상쩍은 태도뿐이었다.

"슈나이더 왕자가 매일 죽다 살아나는 것 같은데 정말로 내버려 둬도 괜찮은 겁니까?"

"신경 쓰지 말라니까. 슈나이더에겐 아주 잘된 일이야. 고통스럽겠지만 하늘이 내린 성장의 기회다."

"하지만 저러다가 왕자를 죽이기라도 하면……."

"절대 죽이지 않을 거다. 편지 내용을 보아하니 슈나이더를 죽일 때까지만 자유를 얻는 듯한데 이십 년간 갇혀 있다가 풀려났으니 최대한 오랜 시간 자유를 즐기고 싶을 거야."

"흐음."

이아나는 미심쩍어했지만 아르하드는 그녀의 의문을 완전히 해소해 줄 수 없었다. 저번의 테일런에 관한 추측을 비롯하여 그의 모든 확신은 회귀 전의 경험을 토대로 하기에, 더는 뭐라고 설명할 수 없었다.

필리어드 사르폰 바하무트.

그는 바하무트 혈족인 데다 악마의 파편을 거의 다 완성한 만큼 매우 강했다. 문제는 젊었을 적 지독하게 여자를 밝혔고, 심각한 쾌락주의자였으며, 지나치게 오만했다는 것이었다. 그는 한순간의 방심으로 바하무트 황족이 천 년 넘게 모아 온 파편의 소유권을 모조리 잃었다.

샤일린스와 남매의 분노는 엄청났다. 필리어드는 이십 년간 아무것도 못 하고 갇혀 살아야 했다.

당시 들끓는 분노에 거의 반은 미쳐 버렸던 샤일린스와 남매가 필리어드를 죽이지 않은 이유는 그가 가족이어서가 아니었다. 혹시라도 어린 테일런이나 이사벨라가 잘못되면 샤일린스가 새로운 자손을 잉태해야 했기 때문이었다.

샤일린스는 당장이라도 필리어드를 목 졸라 죽이고 싶었지만 참았다. 대신 그에게 복수했다. 쾌락주의자였던 필리어드가 아무것도 하지 못하게, 심지어는 죽지도 못하게 구속해서 이십 년 넘게 가둬 둔 것이다.

그리고 갇혀 있는 내내 생각 말고는 할 게 없었던 필리어드는 권태감에 정신이 반쯤 나가 버렸다. 또, 욕망과 동떨어진 채 자기 자신만 되돌아봐야 했기에 뜻밖에도 악마의 영향력에서 벗어났다. 파편을 모으겠다는 욕망보다는 오로지 '자기 자신의 감정'에만 충실하게 되었다.

그가 이십 년 내내 곱씹은 온갖 감정들 중에는 무료감도, 권태감도, 지루함도 있었다. 제 잘못에 대한 자책감도 있었지만, 가족에 대한 미움도 있었다.

회귀 전 아르하드가 바하무트 공략을 시작했을 때도 필리어드는 살아 있었다. 아르하드가 우연히 필리어드를 만났을 때, 그는 실실 웃으며 제가 품은 감정을 고백했었다.

필리어드는 오로지 재미와 복수를 위해서 아르하드에게 바하무트에 대한 정보를 모조리 넘겼다. 그 후, 황족의 편에서 아르하드와 치고받고 싸우다가 죽었다.

'자유도 자유고 재미도 재미지만, 놈의 진정한 목표는 슈나이더의 실력을 키우는 거다. 바하무트 황족이 하는 일을 방해하고 싶을 테니까.'

잘된 일이다.

"그럼 우리는 앞으로 어떻게 할까요?"

"슈나이더의 말대로 해야지. 세부적인 내용을 고민해 보자."

아르하드와 이아나는 머리를 맞대고 계획을 세웠다. 그리고 그 대부분의 계획을 이아나가 나서서 처리해야만 했다. 위프헤이머가 테오도르에 머무는 한 카마트로스 일에서 완전히 빠질 수밖에 없는 아르하드는 입맛이 썼다.

"나는 탑에서 서류를 처리하는 것 외엔 하는 일이 없군."

"서류 결재도 중요한 일이니 그런 말 하지 마세요. 당신이 하루 종일 일하는 모습을 보면 존경스럽기까지 합니다."

그때, 하인리히가 연락해 왔다. 그는 위프헤이머가 탑에 왔었다며 무슨 일이 있었는지 상세하게 설명했다.

[위프헤이머가 나보고 위험하니 너나 잘하라며 비웃더군.]

이아나는 소스라치게 놀랐고, 아르하드는 침착하게 물었다.

"왜 위험하다는지는 말하지 않았습니까?"

[그래. 하지만 위프헤이머가 의미심장하게 굴긴 해도 거짓말은 잘 하지 않지. 바하무트 황족이 파편을 하나로 모으기 위해 날 죽이려는 걸까? 아니면 다른 이유일까? 내가 배신자인 걸 알았다든가. 계속 이대로 지내도 되겠나?]

하인리히는 불안해하고 있었지만, 아르하드도 정확한 이유를 몰랐기에 그 불안감을 해결해 줄 수 없었다.

별 소득 없이 대화가 끝난 후 아르하드는 생각에 잠겼다. 이아나는 고민하는 아르하드를 가만히 지켜보다가 시계를 보았다.

"약속 시간이라 가 봐야 하는데…… 가지 말까요?"

이아나가 약속을 깨겠다고 말할 만큼 아르하드는 심각해 보였다. 시계를 흘끗 쳐다본 아르하드가 고개를 저었다.

"아니야. 다녀와. 난 생각을 좀 해 봐야겠다."

달칵.

이아나는 문을 열고 나오면서 그를 다시 한번 돌아보았다. 그는 몹시 어두운 표정으로 사색에 잠겨 있었다.

책상에는 언제나처럼 서류가 산맥을 이루고 있었다. 그의 하루 결재량이 기가 막힐 정도인데도, 매일같이 새로운 서류들이 도착해서 저렇게 쌓였다.

요즘 일을 너무 열심히 해서일까?

거칠한 얼굴은 피곤해 보였고, 몸은 조금 말랐다.

"……."

이아나는 머뭇거리다가, 다시 아르하드에게 돌아갔다. 아르하드가 정신을 차렸을 땐, 이아나의 입술이 그의 이마에 살포시 닿아 있었다.

"무리하지 마세요."

이아나와 아르하드의 눈이 마주쳤다.

"저는 아직 여유가 있고, 또 능력이 있으니까, 제가 할 수 있는 일이라면 뭐든 맡겨 주십시오. 당신이 무리하지 않도록 제가 더 노력하겠습니다."

그리 다짐한 이아나가 조금 부끄러워하며 도망치듯 빠르게 방을 빠져나갔다.

"……."

아르하드는 이아나가 나가 버린 방문을 물끄러미 바라보다가 펜을 쥐었다. 할 일이 많았다.

서류에 침착하게 사인을 해 나가던 아르하드는 몇 장 하지도 않고 펜을 내팽개치듯 놓았다. 무너지듯 책상에 얼굴을 묻고 손으로 머리를 감싸 쥐었다.

"하아."

이마를 받치며 머리를 들었다. 그의 얼굴은 열이 오른 감기 환자처럼 새빨갰다.

갈증이 났다. 어질어질했다. 심장이 너무 빠르게 뛰어서 터질 것 같았다.

사랑한다고 미치도록 말하고 싶다.

정말 사랑한다고, 너를 세상에서 제일 사랑한다고. 예전에도, 지금도, 앞으로도, 살아 있는 한 영원히 사랑할 거라고. 너무나 사랑한다고!

심장에 겹겹이 쌓인 애정을 언어로 뱉어 낸다면 늙어 죽을 때까지 다 말할 수 없을 터였다.

하지만 준비되지 않은 이아나에게 제 부담스러운 마음을 퍼붓고 싶지 않았다. 고백해 버렸다간 그때부터 계속 이아나에게 부담을 주고 강요해 버릴 테니 참아야 했다. 준비된 이아나가 먼저 고백할 때까지 그는 그저 노력하며 기다리고 싶었다.

'아니, 그건 핑계다.'

사실, 사실은 아르하드는 사랑에서 단 한 번, 딱 한 번만 그녀를 이기고 싶었다. 견디지 못한 이아나가 그 부끄러워하는 입술로 먼저 사랑을 읊어 주길 미치도록 원했다.

알량한 자존심 때문이 아니었다. 아르하드에게 있어 인생의 목표이자 '승리'는 그저 이아나를 얻는 것이니 먼저 고백해도 상관없었다.

일 년 전, 그의 마음을 어렴풋이 눈치챈 듯 왜 이마에 키스를 했냐고 묻는 이아나에게 고백할 수도 있었다.

그럼에도 그날, 네가 먼저 관계를 깰 때까지 기다릴 거라고 감정싸움을 건 것은, 네가 준비가 될 때까지 강요하지 않겠으나 날 사랑하도록 최선을 다하겠다는 정중한 선전포고이자, 이젠 내 정신병을 치료하고 싶다는 절절한 의지였다.

이아나가 정말로 나를 좋아하는 게 맞나? 정말로 영원히 떠나지 않는 게 맞나? 내가 못 참고 입에 담아 버린 사랑을 이아나가 싫어하면 어쩌지? 한번 내뱉으면 둑이 무너진 강처럼 터져 버릴 마음을 부담스러워하면 어쩌지? 도망쳐 버리면 어쩌지?

회귀 전의 이아나가 그를 너무 적대해서 감히 말조차 꺼낼 수 없었던 순정은, 불안이라는 정신병을 앓고 있었다. 병은 수시로 발작해서 아르하드를 겁 많은 얼간이로 만들곤 했다.

아르하드는 무한의 굴레처럼 돌고 도는 불안감의 고리를 이제 끊어 내고 싶었다. 그리고 이 병을 완치하려면 어떤 것에도 강요받지 않은, 이아나의 진심만이 담긴 자발적인 언어가 필요했다.

이아나는 거짓말을 하지 않으니까. 한번 마음을 정하면 죽을 때까지 변하지 않는 지독한 여자니까.

그러니까 지금의 관계처럼 그가 강요해서 마지못해 가짜로 사귀어 주는 게 아니라 이아나가 먼저 고백해서 진짜 연인이라는 관계를 맺는다면 이 끔찍한 불안증에서 영원히 벗어날 수 있을 거라고 아르하드는 확신, 아니 광신했다.

그렇기에 단 한 번! 딱 한 번만이라도 이아나에게 이기고 싶었다. 이것이 그가 처음이자 마지막으로 소원하는 승리였다. 이 승부에서 이기기만 하면 아르하드는 평생 이아나에게 지고만 살아도 좋았다.

그러니 기다리겠다. 언제나 너를 기다려 왔으니, 이번에도 인내하며 기다리겠다. 이것이 나의 마지막 승부이고, 마지막 기다림이다.

인내는 쓰면서도 달콤했다. 언제나 그를 좌절케 했던 승부의 끝이 보이기 시작했기 때문이다.

조바심이 나는 건 사실이지만 참을 수 있다고 생각했다. 하지만 요즘 정말 절절하게 깨닫고 있다. 그가 신뢰했던 인내심에도 끝은 있었다.

이아나는 언제부턴가 아르하드가 참기 어려운 언행을 구사하기 시작했다. 두 달 전부터였을까? 종종 저렇게 사랑스러운 말과 행동을 할 때마다 아르하드는 정말 돌아 버릴 것 같았다. 이아나에게 심경의 변화가 있는 건 분명한데, 그럼에도 아직은 아니라는 듯 말을 해 주지 않으니 정신줄이 하루에도 수십 번씩 끊겼다.

아르하드는 지끈거리는 미간을 꾸욱 누르며 눈을 감았다. 이아나가 이런 한심한 꼴을 보지 않아서 다행이었다.

끼익.

아르하드가 의자를 뒤로 젖혀 창밖의 하늘을 보았다. 지상은 전쟁으로 난리가 났으나 하늘은 더없이 맑았다. 맑고 푸른 하늘을 한참 동안 바라보고 있자니 터질 듯 뛰어 대던 심장도 점점 진정되었다.

'……오늘 떠날지 말지를 결정하자.'

이아나에게는 말하지 않았으나 아르하드는 최근, 놀랍게도 한계를 느끼고 있었다. 정신적 한계는 아니고, 그의 몸이 하나라는 물질적 한계였다.

이아나와 떨어지기 싫어서 테오도르에 남아 있었지만 사실 아르하드는 여기에 머무를 이유가 이아나 말고는 없었다. 공개적인 활동이 불가했기에 탑에 처박혀 서류 처리만 해야 했고, 이것조차 매우 비효율적이었다.

아르하드가 책상 옆에 쌓인 서류의 산을 툭 쳤다. 무너질 것처럼 흔들거리는 산은 아르하드가 아무리 결재해도 높이가 낮아

지지 않았다.

서류 대부분은 그의 세력권에서 보내온 것들이다. 안 그래도 건국 문제로 처리할 서류가 많았는데 바하무트가 몬스터 게이트를 열고 전쟁을 선포하는 바람에 손쓰기 어려울 지경까지 이르렀다. 바로 처리해야 할 급한 일도 있었는데 그러지 못해 좋은 시기를 놓친 적도 꽤 많았다.

그런데 이 문제는 아르하드가 동부로 가면 해결된다. 보고를 올리라고 할 필요도 없이 아르하드가 직접 둘러보고 명령을 내리면 되기 때문이다.

'내가 이렇게 웅크리고만 있으면 될 일이 아니야. 냉정하게 판단하자면, 나는 슈나이더가 황족의 방패막이가 되어 주는 동안 동부로 가서 건국 준비를 하는 게 맞다.'

이성으로는 그리 판단하면서도 미적거린 이유는 바로 이아나와 떨어지기 싫어서였다. 하지만 이젠 이아나와 자신을 위해서라도 떠나야겠다고 생각했다.

이아나의 곁을 떠난다니, 예전 같았으면 무슨 사정이 있더라도 절대 하지 않을 생각이다.

하지만 비정상이었던 아르하드는 변했다.

그는 회귀 전부터, 그러니까 태어났을 때부터 뭘 가져도, 뭘 이뤄도 성취감이 없었다. 욕망만이 존재하여 재화든, 권력이든, 지식이든 아무리 먹어 치워도 언제나 배가 고팠다. 아무리 채워 넣어도 부족한 느낌은 아르하드가 더 많은 것을 가지도록 하면서도 그에게 지긋지긋한 권태감을 불어넣었다.

회귀 후에는 그런 성향이 더욱 심해졌다. 악마의 기억을 되찾았기에 세상에 무척 염세적이었던 데다, 이미 가져 봤던 것을 다시 가지려니 영 흥미도 안 생겼다.

이아나를 만나기 전까지 변화를 주지 않기 위해 줄에 매달린 꼭두각시 인형처럼 살았다. 만난 후부터는 오직 이아나만 바랐다.

그랬던 그가 사랑 때문에 만족할 수 있게 되었고, 변했다.

사랑.

누군가는 사랑을 하찮게 여길지도 모른다. 대체 그게 뭐라고 모든 걸 다 버리고 매달리느냐고 비웃을지도 모른다.

하지만 사랑은 단순히 성적인 욕망만을 뜻하는 게 아니었다. 경애, 박애, 우애, 조국애, 모성애……. 대상이 무엇이든 몹시 귀히 여기는 모든 마음이, 즐겁거나 애틋한 모든 감정들이, 사랑이라는 한 단어로 묶였다.

천칭은 세상의 균형을 유지하려 한다. 그러나 균형만이 존재했다면 세상은 그저 정지해 있었을 것이다.

사랑은 그러한 세상에 변화를 일으키고 불균형을 유도한다. 그럼으로써 세상은 움직인다.

그렇다면 '시간'을 만들어 내는 건 '사랑'이라고 봐도 좋지 않은가.

그녀에게서 사랑받고 싶었고, 광적인 사랑에 눈이 멀었기에. 모든 것을 잃는 한이 있더라도, 시간을 되돌리고 싶다고 간절히 바랐기에. 신력을 생산할 수도 없고 권능을 가질 수도 없었던 최악의 영혼에서 시간에 간섭하는 위대한 권능이 피어났듯이…….

아르하드의 멈춰 있던 시간은 이아나를 향한 사랑 때문에 흐르기 시작했다.

아르하드는 이아나를 위해서라면 뭐든 하고 싶었다. 이아나를 위한다고 생각하자 그녀를 위한 나라를 세우고 싶어졌다. 그러자 신기하게도 개인적인 욕심도 샘솟았다. 신성 시대에서는 직접 당했고, 회귀 전에는 못마땅했던 것들. 태생적인 이유로 비웃고 경멸당하고, 강자라는 이유로 죄를 떠넘기고 약자라는 이유로 죄를 전가받는 모습들을 더는 보고 싶지 않다는.

그런 국가를 토대부터 탄탄하게 다지기 위해서는…… 가야만 했다.

'악마의 파편 때문에라도 가 있는 게 낫고.'

일의 흐름은 바하무트의 전쟁 선포 후 황위 승계.

뭘까? 갑자기 황위 승계를 한 이유가? 위프헤이머가 하인리히에게 경고한 까닭은?

심상찮았다. 놈들이 한 행동의 원인이 뭐다, 라고 확실하게 말할 수 없으니 로안느에 있는 게 점점 더 위험하게 느껴진다.

'이아나는 놈들이 나타나더라도 기척을 감출 수 있어. 하지만 난 공명 때문에 그럴 수 없다.'

황족은 그를 발견한 순간부터 그와 사생결단을 낼 때까지 뒤쫓을 것이다. 그러니 로안느를 떠나 있는 게 나았다.

'놈들을 죽일 수 있다는 확신만 있다면 지금 당장 황궁에 쳐들어가 붙으면 되지만 놈들의 실력을 알 수 없으니 기각이다. 어찌 될지 알 수 없어.'

부정적으로 생각하면서도, 아르하드는 자꾸만 '하지만'이라는 말을 떠올렸다. 이아나 때문이었다.

'그렇게 따지면 우리 쪽의 실력이 바하무트와 비교했을 때 어떤지도 불명이야.'

이아나는 요새 눈부시게 성장하고 있었다. 얼마 전 대련을 하다 말고 이상 행동을 한 이후로, 이아나는 정말 급속도로 실력이 늘고 있었다.

아르하드도 빠르게 예전 실력을 되찾아 가고 있지만 이아나에게서 상대하기 벅차다는 느낌을 받거나, 섬뜩함을 느낀 적이 한두 번이 아니었다.

'하지만 최우선은 안전이야.'

고민을 거듭하던 아르하드는 결정을 내렸다.

'어쩔 수 없나.'

아르하드는 왼손 약지의 반지를 쓰다듬었다.

이아나와는 언제든 연락할 수 있다. 그는 이아나와 얘기할 수 있는 것만으로도 좋았다. 그의 마음이 식량 창고라면, 이아나와의 대화는 밀 포대였다. 이야기를 나눌 때마다 당분간 배불리 먹을 수 있을 만큼의 밀포대가 창고에 쌓였다.

그렇다고 밀만 먹고 사는 건 너무 가혹한 처사다.

보고 싶을 때면 언제든 찾아올 수 있으니…… 당분간은, 그것으로 되었다. 겨우 몇 달만 떨어져 있는 거니 괜찮을 것이다.

사실 도망치는 건지도 모른다.

심장을 뜨겁게 달구는 사랑스러움을 견디지 못하고 먼저 사랑을 고백해 버릴까 봐, 그것이 두려워서, 겁쟁이처럼.

"이아나, 잠시 이별이다."

일을 마치고 돌아온 이아나에게, 아르하드가 매우 갑작스럽게 이별을 고했다.

이아나는 깜짝 놀랐다.

"무슨 소리십니까?"

아르하드는 차분하게 상황을 설명했다.

"……그러니 난 여기를 떠나서 건국을 준비할 거야."

"그렇군요. 그게 맞긴 합니다."

이아나의 표정이 복잡했다. 상황은 이해했으나 기분이 이상했다. 아르하드는 떠나려는 이아나를 붙잡으면 붙잡았지, 먼저 이별을 고한 적은 없었다.

이아나가 영 집중하지 못하자 아르하드가 설핏 웃었다.

"인수인계를 할 테니 집중해."

이아나가 퍼뜩 고개를 들었다.

"이아나, 로안느의 일은 네가 총괄해라. 오늘부로 너는 카마트로스의 주인이다."

"네? 제가요?"

아르하드의 폭탄 발언에 이아나는 눈을 깜빡이며 반문했다.

"그래. 네가 내 일을 좀 넘겨 달라며? 내 옆에서 일하면서 업무사항은 모두 숙지했을 테고. 카마트로스 주인인 척해 본 적도 많으니 어렵진 않을 거다."

"그건 그렇지만 너무 갑작스럽고, 심하게 큰 일이 아닙니까. 하시라면 하겠습니다만…… 제가 할 수 있을까요?"

이아나가 은근히 부담스러워했다.

"네게 경험이 부족하다는 걸 알아. 하지만 경험 부족은 경험으로 채워 넣어야지. 이번 기회에 채워."

"으음."

회귀 전 총사령관까지 역임했던 몸이니 경험이 부족하진 않았다. 그저 부담스러웠다.

회귀 전엔 슈나이더의 명을 기반으로 행동했었고, 군대를 지휘할 때 병사의 목숨을 아끼지 않았다. 하지만 지금은 달랐다. 한 명, 한 명이 아르하드의 사람이었다. 그들의 목숨 하나하나가 무게추가 되어 부담감이 되었다.

"너는 할 수 있어. 네 능력이 뛰어나니까 이런 큰일을 스스럼없이 네게 맡기는 거다."

달콤한 말이었다. 이아나의 귀가 쫑긋했다.

"넌 분명 내가 생각한 것보다 훨씬 더 완벽하게 일을 처리하겠지."

"알겠습니다. 혼신의 힘을 다하겠습니다."

이아나의 표정이 비장해졌다. 하지만 여전히 부담감이 덕지덕지 묻어나고 있었다.

"이아나, 네가 모든 책임을 지라는 게 아니야."

아르하드가 왼손으로 이아나의 왼손을 감싸 쥐었다. 반지 한 쌍이 달그락거리는 소리를 내며 얽혔다.

"내가 항상 네 뒤에 있다는 거, 알지? 어려운 일이 있거나 상담하고 싶으면 언제든 연락해. 이아나, 내가 늘 말했지. 나는 네가 의지해 주는 게 좋아."

그제야 이아나의 표정이 풀어졌다. 제 뒤에 아르하드가 있다고 생각하자 부담감이 잦아들고 자신감과 의욕이 샘솟았다. 이아나가 맞잡은 손을 악수하듯 흔들었다.

"되도록이면 의지하지 않겠습니다. 저 혼자서도 깜짝 놀라실
만큼 완벽하게 일을 마칠 수 있어요."

"좋아. 그래야 너답지."

한동안 이아나와 마주 보고 웃던 아르하드의 표정이 서서히
가라앉았다.

"황족은 정말로 조심해. 혹시라도 놈들이 나타나면 바로 맞붙
지 말고 내게 즉시 연락해라. 네 실력이 일취월장하고 있다는
건 알지만 방심은 금물이다. 너, 예전처럼 함부로 행동하면 정말
혼난다."

전적이 화려했던 이아나의 얼굴이 붉어졌다.

"명심하겠습니다."

이제 아르하드의 속을 썩이고 싶지 않았던 이아나가 단단한
목소리로 다짐했다.

그리하여 며칠 뒤, 아르하드는 모든 인수인계를 마쳤다. 이아
나는 카마트로스 모두의 지지를 받으며 진짜 카마트로스의 주인
이 되었다.

"조심하세요."

이아나는 간편하게 짐을 꾸린 아르하드를 배웅했다.

"매일 저녁 연락하는 거 절대 잊지 마."

"네."

아르하드는 작별 인사로 이아나에게 진한 키스를 남겼다.

키스는 언제나처럼 열렬했지만, 키스 직후 아르하드가 보인

뒷모습은 무척 낯설었다. 이아나는 아르하드의 등을 물끄러미 바라보았다. 하지만 아르하드는 돌아보지 않았다.

피잉…….

텔레포트를 시전한 아르하드의 모습이 사라졌다.

미련 한 줌 없다는 듯 떠나 버린 아르하드의 빈자리를 이아나는 멀거니 쳐다보았다. 돌이 얹힌 것처럼 심장이 무거웠다.

'내가 없으면 죽을 것처럼 굴어 놓곤…….'

아닌 척했지만 역시 섭섭하고, 서운했다.

괜히 바닥의 돌부리를 발로 툭툭 치던 이아나는 심장 한편에 애써 그 감정들을 밀어 두었다.

'일하자.'

일할 시간이었다.

−로안느, 여름 편 終

28. 로안느,
가을 편

28. 로안느, 가을 편

푹푹 찌는 불쾌한 여름에서 청량한 가을로 넘어가는 시기.

이아나는 반격을 시작하기 위해 카마트로스의 주인 신분으로 로안느의 대귀족들과 대면했다.

솔사비어 공작, 타루이트 공작, 클라우드 후작. 차례대로 슈나이더의 스승, 처가, 외척으로서 슈나이더의 편이다. 여기에 라이너스 왕자의 외조부인 위니프리드 공작까지.

'저자가 카마트로스의 주인.'

솔사비어 공작 외엔 주인이 바뀌었다는 걸 아는 사람은 없었다. 솔사비어 공작은 침묵했고, 대귀족들은 이아나를 꼼꼼히 훑었다. 관록 있는 중년 여성이 아닐까 싶었다. 긴장을 할 만도 한데 그들을 앞에 두고도 밀리는 기색이 없었다.

"다들 슈나이더 왕자 저하께 미리 얘기 들으셨을 겁니다."

귀족들이 무거운 표정으로 고개를 끄덕였다.

슈나이더는 최근 그의 귀족들에게 루리아와 페르난도의 뒤에 블랙폭시가 있고, 블랙폭시의 뒤에 바하무트가 있음을 밝혔다. 그제야 일의 연관 고리를 깨달은 대귀족들은 분노했고 좌절했다.

페르난도의 세력만으로도 만만찮은데 블랙폭시와 바하무트까지 동시에 상대해야 한다니. 대귀족이 넷이라도 정면 승부를 꾀하는 건 불가했다.

귀족들의 대표인 신가드라 솔사비어가 말문을 텄다.

"저하의 명대로 정예들을 모아 연합을 만들었습니다. 로안느의 부패 귀족들에게 불만이 있는 결사 단체로 위장할 거고, 비밀리에 움직이며 페르난도 파 중소귀족들부터 칠 겁니다."

"빠르군요."

"빠르지 않으면 물어뜯길 판이라."

페르난도가 국왕으로 즉위한 이후, 그들은 매시간 전쟁터로 내몰렸다. 꼬투리 하나만 잘못 잡혀도 숙청될 터였기에, 그들은 묵묵히 전투를 수행하고 있었다. 페르난도가 그런 그들을 무작정 숙청할 순 없을 테지만 안심할 수도 없었다.

"좋습니다. 자료는 한 부씩 가져가십시오."

귀족들은 이아나가 나눠 준 두꺼운 자료를 한 장 한 장 넘겨보며 욕지기가 치밀어 오르는 것을 겨우 참았다. 자료에는 숙청할 귀족들의 명단과 그들이 저지른 비리들이 상세하게 나열되어 있었다.

어느 정도는 귀족이니 그러하다, 라고 넘길 수 있겠지만 여기 쓰인 것들은 그 정도를 훨씬 넘어섰다.

"보면서 제 말 잘 들으십시오. 워낙에 수가 많고 촘촘히 결탁해 있어서 치는 순서가 중요합니다. 아래쪽부터 가닥가닥 끊으며 공격하지 않으면 놈들은 단숨에 뭉칠 겁니다."

이아나는 원탁 뒤의 커다란 사각 판에 아래쪽부터 숙청 귀족의 이름을 써 갔다. 얼기설기 엮인 썩은 뿌리, 그 뿌리들이 향하는 거대한 구근, 땅을 꿰뚫고 자라난 비루먹은 나무. 그 꼭대기에는 루리아와 페르난도의 이름이 놓였다.

"이 뿌리 하나하나를 풀어헤치며 끊어야 합니다."

이아나는 밑에서부터 선을 쭉쭉 그으며 쳐야 할 순서를 정했다. 설명에는 막힘이 없었다.

"킨튼 자작은 저택에 첫 번째와 네 번째 탈출구에 블랙폭시에게 공수받은 최상급 함정을 설치했습니다. 함정의 범위에 닿자마자 온몸이 녹아내리는 무향무취의 독 마법이므로 중급 이상의 실드 마법을 펼치고 잠입하십시오."

이에 더해, 이아나는 회귀 전의 경험을 기반으로 조언을 해 주었다.

이아나는 회귀 전 블랙폭시와 맞붙어 싸우고 부패한 귀족들을 처리하러 다닌 전적이 있었다. 처음에는 가물가물했지만 지금 그녀가 쥐고 있는 명단은 회귀 전에 족친 귀족들의 명단과 매우 비슷했고, 에이지에게 받은 정보들을 읽다 보니 그 기억은 더욱 선명해졌다.

귀족들은 쏟아지는 정보를 귀담아들으며 간담이 서늘해졌다.

저 모든 것을 수집하고 정리하는 데 필요했을 엄청난 정보력과 재력이 두려웠다. 하지만 회의가 길어질수록 두려움은 감탄으로 변해 갔다. 긴 회의가 끝난 후 귀족들은 이아나를 둘러싸고 악수를 청했다.

"고생 많이 하셨습니다."

"그대들이 슈나이더 저하를 돕는다는 건, 아직 로안느에 희망이 있다는 거겠지요."

회의장에 무거운 결의가 서렸다.

"올해가 가기 전에 끝냅시다."

회동 이후, 로안느 귀족계에는 조용히, 은밀한 피바람이 불기 시작했다.

"누, 누구, 악!"

"으읍!"

저택이 통째로 불살라지기도 하고, 한 귀족 가문의 식솔 전체가 암살당한 채로 발견되기도 했으며, 행적이 묘연해지기도 했다.

카마트로스도 일을 저지르기 시작한 귀족 결사단체를 뒤에서 은밀히 도왔다. 실력 좋은 몇이 뒤따라가서 결사 단체의 정체가 누출되지 않도록 증거물이 될 수 있는 것들을 깔끔하게 없앴다.

블랙폭시에게 위기감을 심을 만한 중요 귀족 고객들을 제거한 후에는 최정예 요원들이 그들로 위장하고 거래를 이어 가며 죽음을 감추었다. 카마트로스의 자금력은 거대한 성과 같아 위장하느라 거금을 써도 벽돌 한 장에 난 작은 흠집 수준이었다.

게다가 에이지가 심혈을 기울여 정보 유출과 소문 확산을 차단하기까지. 이런 치밀함 덕에 블랙폭시도 돌아가는 상황을 알 아채지 못했고 대청소는 매우 효율적으로 이루어졌다.

"으하하하!"

국정에 관심이 없었던 페르난도는 아무것도 눈치채지 못하고 파티만 즐겼다.

"허허허. 전하, 제가 가문 대대로 수백 년 묵혀 둔 최상급 와인을 가져왔는데……."

"전하, 훌륭하십니다. 로안느의 미래가 밝습니다."

이는 대귀족들이 분노를 숨긴 채 호화로운 파티를 부추기고 번드르르한 말로 아첨했기 때문이기도 했다. 그들은 페르난도가 무슨 말만 해도 칭찬 세례를 했다. 페르난도는 고고하던 대귀족들이 자신의 비위를 맞춰 주자 콧대를 세우고 좋아했다.

"쳐라!"

그사이, 카마트로스는 블랙폭시를 습격하며 그들의 관심을 끌었다. 덕분에 블랙폭시는 카마트로스만 만나면 온갖 쌍욕을 퍼부으며 입에 거품을 물었다.

이아나는 기척을 숨긴 채 카마트로스와 결사단체를 지원했으나, 대부분은 위프헤이머를 찾아다녔다. 대형 마법을 뿌리는 위프헤이머를 발견하더라도 공격을 가하지는 않았다. 선명한 적안으로 그의 모든 것을 통찰할 뿐이었다.

그러다 보니 한 달이 빠르게 흘러갔다.

"으헤헤, 이힛!"

"히히히히!"

"하아, 하아."

한 작은 건물이었다. 제정신이 아닌 듯한 웃음소리와 술병과 물건이 깨져 나가는 소리, 달아오른 신음 소리, 질 낮은 욕설을 지껄이는 혀 꼬인 목소리 등등 비틀린 쾌락을 한껏 품은 소리들이 섞였다.

테오도르 전체가 전쟁터로 변해 웃음소리가 잦아든 지 오래지만 이곳은 사정이 달랐다. 블랙폭시 아지트 중 몇 곳은 전쟁 전과 같이 음습한 욕망을 푸는 장소로서 제 역할을 다하고 있었다. 이 안의 미친놈들은 즐거우니 웃음이 끊일 수가 없었다.

콰앙!

아지트의 문이 쾅 하고 걷어차이며 열렸다.

"뭐야!"

만취하지 않은 사람들이 화들짝 놀라 벌떡 일어났다.

"흠."

문을 박차고 들어온 이아나가 주변을 휘둘러보았다. 자욱한 담배 연기와 지독한 술 냄새, 여기저기 널린 토사물.

그리고 쓰레기들.

썩은 내가 진동했다.

죽어도 될 것들밖에 없었다. 여기 있는 놈들은 죄 없는 사람들을 끔찍하게 괴롭히고 수틀리면 죽이는 악질들이었다.

특히, 벽 쪽 소파에서 마약에 찌든 채 정신을 차리지 못하는 놈들은 블랙폭시와 열성적으로 어울린 덕분에 제거 명단에 올라 있는 귀족들이었다.

이아나는 거기서 찾고 있던 인상착의의 남자를 발견했다.

"보초 서던 놈들이 죽었어!"

문밖에서, 바닥을 형편없이 뒹굴고 있는 몸들을 발견한 이들이 소리를 질렀다.

"죽어라!"

귀족들의 경호원들이 괴한들에게 달려들었다. 이아나가 손에 쥐고 있던 검을 가볍게 가로로 그었다.

푸확!

덤벼든 놈들이 모조리 피를 뿜으며 쓰러졌다. 이아나의 가면을 알아본 사람들은 덜덜 떨었다. 누가 중얼거렸다.

"……카마트로스?"

무정한 이아나는 대답하지 않고 검을 휘둘렀다.

검질 몇 번에 아지트를 깔끔하게 정리한 이아나가 딱 하나 남은 생존자에게 다가갔다.

"흐에, 헤헤."

놈은 마약에 취해 제정신이 아니었다. 함께 몸을 섞던 여자가 이미 죽었는데도 계속 움직이고 있었다.

이아나는 놈의 따귀를 세게 때렸다.

퍽!

목이 부러질 것처럼 돌아갔다.

"으헉! 으이익."

놈은 강하게 얻어맞고도 정신을 차리지 못했다. 고꾸라지려는 놈의 멱살을 붙잡은 이아나가 한심하다는 듯 내려다보곤 문밖을 향해 말했다.

"들어와."

밖에서 대기하고 있던 리키젠이 들어왔다.

"······!"

참혹한 광경에 놀라 멈춰 선 것도 잠시, 리키젠은 마음을 다잡고 손을 까딱거리는 이아나를 향해 다시 걸어갔다. 이아나가 멱살을 잡은 놈을 가리켰다.

"맞지?"

리키젠은 이아나에게 맞아 망가진 얼굴을 길게 들여다보았다. 냉정한 낯에 짙은 증오가 스멀스멀 차올랐다.

"네. 그때보다 훨씬 늙었지만 잊을 수 없는 얼굴이네요."

리키젠의 확답을 들은 이아나가 놈의 뒷목을 쳤다.

"흐헉!"

기절했던 오웬 후작가의 차남, 웰스가 깨어났다.

"물, 무울. 으으, 얼굴은 또 왜 이렇게 아파?"

한동안 끙끙하고 앓던 웰스가 이상함을 느끼고 주변을 둘러보았다.

온통 새까맣고 창문 하나 없는 방이었다. 앞에는 나무 테이블이 있었고 그 너머로 의자 하나가 그를 마주 보고 있었다. 주변이 너무 어두워서 식별할 수 있는 물체는 아주 가까이에 있는 그것들뿐이었다.

"뭐야?"

마약의 후유증으로 두통이 엄습했지만 중요한 건 그게 아니었다. 웰스가 의자에서 일어나려다가 균형을 잃고 기우뚱하며 다시 앉았다.

웰스는 아래를 내려다보았다. 의자에 팔, 다리, 몸통, 목 등 온몸이 꽁꽁 묶여 있었다.

"쯧."

아무래도 마약에 취해 있는 동안 난동을 부렸거나 구속 놀음을 하며 욕망을 푼 거라고 생각한 웰스가 혀를 찼다.

"야! 정신 차렸으니까 이거 풀어! 물도 가져와!"

웰스가 문을 향해 소리를 질렀다. 그가 이렇게 명하면 수하들이 헐레벌떡 들어와서 원하던 것을 대령해야 마땅하나 대답은 들려오지 않았다.

"야! 어이!"

아무리 불러도 반응이 없자 웰스는 점점 짜증이 나기 시작했다. 난폭한 성격답게 웰스가 발작하듯 의자에 묶인 몸을 덜거덕거리며 고래고래 소리를 질렀다.

"이 새끼들, 요즘 안 팼다고 빠졌다 이거지? 여기는 또 어디야! 내가 잠들었으면 저택에 데려다 놨어야 할 거 아냐!"

끼익.

웰스가 난리를 쳐 댄 지 얼마 지나지 않아 문이 열리고 빛이 들어왔다. 그는 씩씩거리며 문을 바라보았다가, 생면부지의 잿빛 청년이 들어오는 걸 보고 인상을 일그러뜨렸다.

"씨, 야, 너 뭐냐?"

웰스가 물었지만 청년, 리키젠은 대답하지 않고 그를 고요히 내려다보았다.

"아앙? 뭐냐고!"

리키젠이 불쑥 물었다.

"저 압니까?"

"미친놈이냐? 내가 널 알면 이런 질문을 하겠냐! 아무튼 이거 풀어. 네놈이 이러고도 무사할 줄 알아! 나는 오웬 후작가의 차남 웰스 오웬이다!"

큰소리를 떵떵 쳐 대는 오웬의 차남은 리키젠을 기억하지 못했다.

"그럴 줄 알았습니다. 인간 망종에게 기억되고 싶지 않았는데 다행이네요."

"뭐야? 이 어린놈의 새끼가!"

웰스가 침을 퉤 뱉었지만 리키젠에게 닿지 않고 바닥에 떨어졌다.

그때 이아나가 문으로 들어왔다. 붉은 머리칼을 가진 차가운 외모의 미인이 제 옆에 서자, 웰스가 분위기 파악도 못 하고 휘파람을 불었다.

"기억한대?"

"아뇨."

"알려 줄 거야?"

"절대. 저 쓰레기에게 제 원한을 구태여 설명할 필요가 있겠습니까? 저 더러운 놈의 머릿속에 제 가족이 잠시라도 있는 게 싫습니다. 차라리 아무것도 모르는 게 낫습니다."

리키젠이 무슨 말을 하든, 웰스는 이아나의 예쁘장한 외모와 발군의 몸매를 위아래로 훑어보며 침을 흘렸다. 어젯밤 여자들에게 한바탕 욕망을 풀었음에도, 며칠 굶은 것처럼 군침이 돌았다.

"이봐, 언니. 이것 좀 얼른 풀어 주라. 나 오웬 후작가의 차남이야. 나랑 오늘 같이 놀자. 천국을 맛보게 해 줄게. 응?"

이아나의 무심한 적안이 웰스를 향했고, 웰스는 킬킬대며 윙크를 하다 말고 그대로 얼어붙었다.

왜일까? 여자가 제 목을 뜯어 버릴 괴물처럼 보였다.

숨이 턱턱 막히고 눈앞이 흐려졌다. 살면서 한 번도 겪어 보지 못했던 끔찍한 두려움이 벌레 수백 마리가 되어 온몸을 기어다녔다.

벌레가 남기고 간 마비독에 온몸이 경련했다. 공포에 익숙하지 않았던 웰스가 눈물을 찔끔찔끔 흘렸다. 웰스의 가랑이 사이가 서서히 젖었다.

"히, 히이익."

"닥쳐."

웰스가 드디어 방정맞은 입을 닥쳤다. 그사이 각목을 들고 온 리키젠이 웰스에게 나지막하게 말했다.

"전 당신에게 원한이 있습니다."

"원, 원한?"

웰스는 누군가 싶어서 멍청한 머리를 맹렬하게 굴렸다. 워낙 원한을 살 짓을 많이 해서 특정 인물이 떠오르지 않았다. 특히, 이 감정 없어 보이는 잿빛 청년은 정말 기억에 없었다.

"궁금하죠? 그런데 무슨 원한인지는 가르쳐 주지 않을 겁니다. 그냥 당신이 해를 끼친 사람 중 한 명이라고 생각하면서 죽으세요."

"주, 죽어?"

웰스가 화들짝 놀랐다.

"이봐, 그러지 말고 날 놓아줘. 날 놓아주기만 하면 삼대가 먹고살 수 있는 금은보화를……."

"아직 당신을 어떻게 죽일지는 정하지 않았습니다. 그래서 제가 이때까지 생각해 온 방법들을 다 써 보려고요. 하다가 마음에 드는 방법으로 죽이겠습니다."

웰스의 말을 무시하고 제 할 말만 한 리키젠이 각목을 높게 들어 그의 머리를 내리쳤다.

퍽!

"*끄악!*"

처음으로 펜이 아닌 무기를 들어 사람을 때렸다. 리키젠은 손아귀에 남은 폭력적인 감각과 고통에 헐떡거리는 웰스의 표정이 마음에 들지 않아서 인상을 찌푸렸다.

하지만 그도 잠시, 이를 악물고 웰스의 온몸을 폭행하기 시작했다. 이아나는 리키젠이 웰스를 때리며 점점 냉정을 잃는 모습을 가만히 지켜보았다.

리키젠의 힘은 강한 편이 아니었고, 웰스는 죽지 않을 만큼 두들겨 맞았다.

퍼걱!

각목이 부러졌다. 리키젠의 손바닥도 찢어졌다.

"하아, 하아."

그제야 정신을 차린 리키젠이 피가 퐁퐁 솟고 있는 손을 보며 입술을 깨물었다.

엉망이 된 웰스가 중얼거렸다.

"사, 살려 줘."

"쓰레기가 살려 달라는 말도 하네."

홱 쏘아붙인 리키젠이 분에 못 이기고 각목을 발로 걷어찬 후 방을 나가 버렸다.

이아나는 이니스와 토우를 불러냈다.

"저놈을 반 정도만 치료해 줄 수 있어?"

[우와아. 엄청 더럽다.]

[살아갈 가치가 없어 보이지만 네가 원한다면.]

정령들이 이런 말을 할 정도면 정말 쓰레기인 모양이었다. 저런 놈을 치료시키는 것도 미안했고 신력도 아까웠지만, 리키젠의 원한을 완전히 없애기 위해서는 필요한 일이다.

이아나는 웰스의 급소를 후려갈겨 기절시킨 후 조잘거리는 정령들을 달고 문밖을 나섰다. 멀찍이 떨어진 곳에서 리키젠이 벽에 머리를 박은 채 씨근덕거리고 있었다.

이아나가 다가서자 리키젠이 중얼거렸다.

"놈을 때리면서 냉정을 잃다니 수치스럽습니다. 단련이 덜 됐어요."

"원수를 눈앞에 두고 냉정한 게 더 이상해."

"그런가요?"

리키젠이 상처 난 손을 움켜쥐며 부들부들 떨었다.

"직접 때려죽이는 건 안 되겠네요. 기분이 너무 나쁩니다. 이런 건 제 취향이 아니에요."

"그럼 내가 대신 때려 죽여 주랴?"

"아뇨. 제가 직접 처단할 거예요."

"그러려면 손부터 나아야겠군. 손 줘."

이아나가 리키젠의 다친 손을 낚아채서 정령들에게 치료를 부탁했다.

"정령님들, 감사합니다."

[애는 삭막하긴 해도 착한 인간이구나.]

[아까 그 남자는 너무 더러웠다.]

조잘대는 정령들을 돌아간 후, 리키젠이 이아나에게 고개를 숙였다.

"곁에 있어 주셔서 감사합니다."

리키젠이 덜덜 떨리는 손을 움켜쥐었다. 손이 저려서 경련하는 게 아니었다. 처음으로 맛본 폭력의 감각에 적응하지 못하는 것이었다.

"당신이 지켜봐 주는 게 정말 의지가 돼요. 혼자 복수를 하겠다고 큰소리쳤던 제가 할 말은 아니지만요."

"맞아. 눈에 뵈는 것 없이 때리던 놈이 할 말은 아니지. 그래서 다음엔 뭘 할 거지?"

"고문을 해 보려고요."

"때리나 고문하나 느낌은 똑같을 텐데."

"다르지 않을까요? 단순한 구타와는 달리 고문은 국소부위에 최대의 고통을 가하는 거잖아요."

"흠."

이아나가 생각하기에, 육체에 고통을 주는 유의 보복은 리키젠에게 적합하지 않았다. 적절치 못한 보복으로는 분노도 제대로 풀리지 않을 터였다.

하지만 리키젠은 지금 스스로 길을 찾는 중이다. 그가 먼저 의견을 묻기 전까지, 이아나는 제 생각을 말하지 않고 입을 다물기로 했다.

"고문 도구는 많으니까 마음껏 써."

이곳은 카마트로스의 고문실. 고문을 할 수 있는 온갖 도구들이 즐비했다.

"시간은 많아. 방법이 수십 가지는 된다며? 하나하나 해 보면서 네가 정말 원하는 복수를 해. 난 네가 뭘 하든 무조건 너를 지지하고 도울 테니까."

이아나는 리키젠의 어깨를 토닥거렸다. 리키젠의 코끝이 빨개졌다.

"……."

리키젠이 안경을 벗고 눈가의 눈물을 닦아 냈다. 리키젠이 우는 모습을 남에게 보이는 건 처음이었다. 그것을 알지 못한 이아나는 그저 리키젠을 토닥거려 줄 뿐이었다.

이아나는 리키젠을 기숙사에 데려다주고 다시 학술원 밖으로 나섰다. 웰스의 납치와 폭력은 빠르게 이루어졌기 때문에 여전히 어두운 밤이었다. 이아나의 활동 시간은 밤이었고, 아직 할 일이 많았다.

타다닥!

그녀는 무의식적으로 반지를 만지작거렸다.

아르하드가 떠난 지 한 달이 지났다.

카마트로스를 총괄하기 시작한 지도 벌써 한 달, 블랙폭시와 치고받고 싸우느라 바빠서 시간이 벌써 이렇게 지났다.

무더운 여름은 선선한 가을이 되었다. 한 계절이 끝났음에도 테오도르는 여전히 전쟁의 소용돌이 한복판에 있었다. 그리고 오늘, 이아나는 결단을 내리고 에이지를 찾았다.

"역시 이아나 양! 로보다 일을 더 잘하는 것 같아."

에이지는 이아나를 만나자마자 칭찬부터 했다.

"로가 동부로 가는 선택이 옳았어. 덕분에 동부 세력권이 빠르게 정리되고 있대."

아르하드는 현재 동부에서 몬스터를 토벌하며 망가진 땅을 복구하고, 본인의 세력을 세마스티어와 근방의 영지에 응집하고 있었다.

그 활동이 크게 두드러지지는 않았다. 세상은 현재 마도시대 초기로 회귀한 듯 신국 난립의 시대를 겪고 있었다. 많은 국가들이 망했지만 그만큼 새로운 나라들이 탄생했다. 이런 상황에서도 욕심을 낸 귀족들이 건국을 마구 선포한 탓이었다.

아르하드는 시류에 자연스럽게 편승했다. 게다가 동부는 슈나이더가 바하무트의 관심을 한 몸에 받아 주고 있었으므로 일이 비교적 순탄하게 진행되었다.

이아나는 에이지와 이런저런 이야기를 나누다가 본론으로 들어갔다.

"에이지, 당신도 이제 블랙폭시에서 빠져나와. 위험해."

에이지가 블랙폭시의 정보 조직에 몸담은 채 수집해 온 위험한 정보들이 로안느를 살리기 위해 세상에 풀리고 있었다.

그가 실에 꿰어 온 투명한 구슬들이 세상에 와르륵 쏟아졌다. 그러니 현 상황에서 가장 위험한 사람은 에이지였다. 에이지는 마르가리타에게 의심받았던 전적도 있었다. 만약 에이지의 배신을 확신한 바하무트가 갑자기 그를 잡아간다면 손쓸 도리가 없었다.

에이지가 뺨을 긁적거렸다.

"사실 나도 위기감을 느끼긴 해. 날 바보로 아는 것도 아니고, 나한테만 바하무트 황실의 정보가 차단되고 있거든. 황실에서 요즘 나를 호출하지도 않고……. 페인, 브루스, 내가 정기적으로 만나는 모임이 없어진 지도 벌써 몇 개월이나 됐네. 페인이 이따금 나를 부를 때가 아니면 블랙폭시 간부들과 접할 일이 없어."

이아나의 표정이 얼어붙었다.

"빠져나오는 게 좋겠다. 위프헤이머가 하인리히에게 한 말도 신경 쓰이고, 그런 상황들도 수상쩍어."

"흠……."

에이지는 고민하는가 싶더니 흔쾌히 고개를 끄덕거렸다.

"그래. 그럼 페인과 브루스를 죽일 때까지만."

그놈들만 생각해도 등에 휘갈겨진 흉터들과 리본으로 망가진 뇌가 욱신거렸다. 에이지가 이를 빠득 갈았다.

"그 새끼들만큼은 반드시 죽는 꼴을 보고 싶어. 그 후에 잠적해서 동부로 빠져나갈게."

분노를 활활 태우던 에이지의 표정이 묘하게 어색해졌다.

"그럼 난 자유가 되는 건가? 내가 블랙폭시 소속이 아니게 된다니……. 리본 중독 때문에 배반하더라도 블랙폭시를 통해 계속 리본을 구해야 하는 처지였는데 이아나 양의 정령들이 치료를 해 줘서 정말 해방될 수 있겠구나. 이상한 기분이야."

"계속 나와 아르하드를 도와야 하니 자유의 몸은 아니지."

"달라. 그건 내가 원하는 거니까."

옆에서 담배를 피우며 대화를 가만히 듣고 있던 도르시아니가 흐음, 하고 손가락으로 뺨을 톡톡 두드렸다.

"에이지가 배신한다면 에이지를 황후에게 추천했던 나도 더는 바하무트에 있지 못해. 안 그래도 마르가리타를 갑자기 죽여서 의심받고 있는걸. 나도 배신할까?"

아무렇지도 않게 배신을 말하는 도르시아니는 여전히 이상한 여자였다.

"그렇게 쉽게 배반해도 되나? 당신이 속한 진리의 탑이 바하무트와 협력 관계라면서?"

"진리의 탑은 결집력 있는 단체가 아냐. 한 번씩 모여서 진리에 대해 논하거나 세상 모든 책이 모여 있는 그곳의 도서관에서 책을 읽을 뿐 다들 따로 놀지."

도르시아니는 담배의 재를 떨어 낸 후 다시 입에 물었다.

"세상을 움직이는 절대 섭리—진리를 알고 싶은 광인들이 모인 곳이 진리의 탑. 시초는 빙원에 흐드러지게 피어난 꽃들의 군락이었지."

도르시아니의 돌발적인 말에 이아나가 귀를 쫑긋 세웠다.

"군락에서 흘러나온 생명의 기운은 빙원에 다른 생명들을 꽃 피웠어. 얼어붙은 땅을 구원하고 싶었던 한 고대의 마법사는 탑을 세우고 그 기이한 현상을 연구하기 시작했지. 그것이 진리의 탑의 시작이란다."

이아나는 그녀의 말을 새겨들었다. 그녀가 말하는 꽃밭은 '페임드라의 일부'가 분명했다.

"악마의 파편과 마법은 진리에 닿아 있는 매혹적인 소재지. 하지만, 진리의 탑 마법사들 중에서 파편 소유자는 나뿐이야."

다들 뛰어난 마법사였고, 그중에는 악마의 파편을 목격했던 이들도 적잖게 있었다. 그러나 파멸이 예정되어 있다는 걸 알았던 탑의 마법사들은 파편 흡수를 거부하고 황족에게 파편 위치 정보를 넘겼다.

"진리의 탑은 파편을 넘길 뿐만 아니라 파편을 연구할 수 있게 해 주는 대가로 황족을 물심양면으로 도왔어. 바하무트 제국의 산하 기관처럼 말이야. 그러니 나 하나 배신해도 바하무트는 진리의 탑을 버리지 못해."

"당신은 왜 악마의 파편을 받아들였지?"

"진리를 직접 느껴 보고 싶었으니까? 드래곤 프릴리아누의 가디언이 된 것도 그래서야. 드래곤을 보러 갔다가 꾀였지."

"나중에 죽는다는 걸 알면서도?"

"죽음보다 진리가 더 매혹적이야."

역시 정신이 좀 이상한 여자다.

"재밌는 거 알려 줄까? 현재 바하무트 황제를 막고 있는 엔슈이라도 진리의 탑 소속이야. 바하무트에는 노출되지 않아서 모를 테지만."

그건 좀 놀랍다.

도르시아니의 말을 정리해 보면 진리의 탑은 진리를 추구하되 가치관은 제각기 다른 마법사들이 모인 곳이었다. 제멋대로인

인간들이 모여 있으니 이리저리 튀어 대는 게 당연했다. 즉 도르시아니의 배신은 지극히 개인적인 행위라는 거다.

"악마의 완성이 가까워지고 있어. 바하무트에 있으면 조만간 나를 죽이려 할 거야. 네 애인도 악마를 완성하는 게 목표니 언젠간 나를 죽이겠지. 어딜 가든 죽어야 한다면, 이쪽에서 죽고 싶어."

도르시아니가 담배의 끝부분으로 이아나를 가리켰다.

"너 때문에."

이아나는 아르하드를 배반하지 못하는 도르시아니에게 로베르 슈타인의 지식, 즉 신성시대의 지식을 가끔 알려 주고 있었다. 도르시아니는 그럴 때마다 몹시 즐거워했다.

"재밌어. 네 곁에 있으면 난 진리에 닿을 수 있을 거야."

"당신은 진리에 왜 이렇게 집착하지?"

"네가 검에 집중하는 이유와 같아. 그게 내 인생이니까."

도르시아니가 입꼬리를 끌어 올려 웃었다.

"내 부모는 둘 다 진리의 탑 소속이었고 나는 십 대 후반에 세상 밖으로 나오기 전까지는 거기서만 자랐어. 마법과 진리에만 파고들면서 성장기를 보냈지. 그래서 다른 거엔 별로 흥미 없어. 죄다 진리에 의해 강제되는 꼭두각시 인형들처럼 보이거든. 세상에서 벌어지는 모든 일이 인형극 같아."

"인형극······."

마치 이 세상의 모든 존재가 진리에 이끌려 다닐 수밖에 없다는 말 아닌가. 이아나는 도르시아니의 말에 반발했다.

"이 세상에서 살아가기 위해 진리에 따르는 건 어쩔 수 없지만, 생물에게는 '의지'도 존재한다. 생물은 진리에 순응하되 본인의 의지에 따라 삶을 개척하고 있어. 그들의 인생은 강제적, 꼭두각시, 인형극 따위의 단어로 폄하당할 만한 게 아니야."

"그런 걸까? 그러네. 나도 가끔 변덕스럽게 굴어서 내 삶을 뒤트니까."

도르시아니는 의외로 순응했다.

"응, 결심했어. 배신할래."

그렇게 도르시아니의 배신도 확정되었다. 바하무트 입장에서는 뼈아픈 손실이었다.

"에이지. 브루스와 페인의 위치는 아직 특정되지 않았나?"

"응. 그렇게 들쑤시는데도 기어 나오질 않네."

블랙폭시의 수장들은 따로 약속을 잡을 때가 아니면 서로 어디 있는지 모른다. 에이지는 학술원을 다니고 있으니 예외였지만 말이다.

"따로 알아보니 브루스 그 쓰레기 자식이 납치한 피난민들을 신나게 노예로 만들고 있는 것 같긴 하더라. 브루스부터 집중적으로 찾아볼게."

"조심해. 위험하다고 판단되면 즉시 빠져나오고."

"오케이."

"그리고 위프헤이머가 왜 꾸물거리는 것 같아?"

위프헤이머는 최근 들어선 공격도 거의 하지 않고 어딘가에 틀어박혀 있었다. 로안느를 공격하지 않을 때는 뭘 하고 있는 걸까?

"테일런 황자의 황위 승계로 인한 전쟁 지체도 이유겠지만,

그 늙은이는 마법 연구를 하고 있을 거야."

대답은 도르시아니에게서 나왔다.

"전쟁 중이라 실험체 조달이나 대규모 마법 실험이 쉬우니까. 브루스가 실험체를 무한정으로 공급하고 있을 테니 신났겠지. 위프헤이머는 그런 노인네란다."

"그래? 그럼 당장 죽여야겠군."

에이지가 눈을 크게 떴다.

"어, 그 말은……."

"준비가 끝났어."

도르시아니가 옆에서 휘파람을 불었다.

이아나가 담담하게 말했다.

"위프헤이머와 마주치면 놈을 죽인다."

에이지, 도르시아니와 헤어진 후, 이아나는 언제나처럼 어둠 속을 달렸다.

사아악!

검이 깨끗한 궤적으로 움직였다. 궤적을 막아서고 있던 것들이 모조리 도려내져 바닥으로 후두둑 떨어졌다. 어떤 장애물도 그녀를 막지 못했다. 검이 빛을 흩뿌리며 궤적을 그릴 때면 장애물은 아무 저항도 하지 못하고 허물어졌다.

'아.'

기묘한 쾌감에 이아나가 속으로 신음을 흘렸다.

요즘, 이아나는 검을 들 때마다 하늘로 날아오르는 듯한 부양감에 휩싸이곤 했다. 뭐든 할 수 있다는 오만함에 스스로를 잃을까 두려울 정도였다.

회귀 전의 실력에 도달했을 때, 이아나는 자신이 어떤 '벽'을 깨부쉈다는 걸 깨달았다. 그때부터, 회귀 전과도 비교가 되지 않을 정도로 실력이 가파르게 상승하기 시작했다.

어째서일까?

로베르슈타인 때문은 아니다. 로베르슈타인의 지식과 검술을 습득했으니 실력 증진에 영향이 있었음은 부정할 수 없으나. 오로지 로베르슈타인 때문이었다면 작년 가을 지식을 얻었을 때부터 성장에 속도가 붙었을 것이다.

로베르슈타인의 실력이 이아나의 실력과 그리 차이 나진 않았다. 어떤 부분에서는 이아나가 로베르슈타인보다 훨씬 더 날카롭고, 기술적이고, 뛰어났다.

'로베르슈타인은 검술에 필사적이지 않았어.'

무한정한 시간의 축 위에서 살아가는 신들이 노력을 하는 건 매우 힘들었다. 그들은 무얼 하든 속도가 느렸고 필사적이지도 못했다. 무한한 시간과 심판의 권능을 보유했던 로베르슈타인도 마찬가지였다. 검술은 권태감을 해갈하는 취미 수준이었다.

그러나 마도시대 생물의 삶의 속도는 신들의 것과 다르다. 신들과는 달리 그들은 매 순간 달린다. 절박하고 필사적이다. 그리하여 생이 한정된 생물의 삶은 찬란하고 폭발적이다.

이아나의 생도 마찬가지다.

'그럼 내가 이렇게 성장하는 이유가 뭘까.'

이아나는 의문을 던졌다.

답은 쉽게 얻었다.

내면의 긍정적인 변화.

본인에 대한 이해도의 증가.

그리고 한계 돌파.

회귀 전에는 검을 끔찍하게 사랑한 것과는 달리 스스로를 사랑하지 못했고, 본인의 심리를 잘 알지 못한 채 아르하드와의 승부에만 악착같이 집착했다.

지금은 어떤가. 열등감을 극복하고 스스로를 사랑할 수 있게 되었다. 검과 그녀가 이루고 있던 미묘한 부조화가 이제는 딱 들어맞았다. 검과 완벽하게 하나가 될 수 있었다.

그리고 신성시대의 지식을 얻고 로베르슈타인의 기억을 수용하며 본인에 대해서 더욱 깊이 이해했다. 회귀 전의 시간처럼, 신성시대의 시간 또한 먹어 치우고 소화한 다음 흘려보냈다. 이제 더는 혼란스럽지 않았다.

마지막으로 회귀 전의 시간을 뛰어넘었다. 예전의 자신을 추월하여 드디어 끝이 없던 강함을 향해 달려갈 자격을 얻었다.

'그래서야. 내가 폭발적으로 성장하는 건.'

심장에 덕지덕지 붙어 있던 모든 구속구들이 모조리 떨어져 나가고 이아나는 위만 바라볼 수 있게 되었다.

상승이란 곧 쾌감이다.

막힘없이 들판을 질주하는 듯한 감각은 황홀했다. 마치 바람이 등을 떠밀어 주는 듯했다.

이아나는 너무 즐거웠다. 제 천부적인 재능이 새삼스레 놀라우면서도 너무나 기꺼웠다. 회귀 전보다 검술이 더더욱 좋아졌다. 성취감과 행복감이 찌르르하게 이아나를 홀렸다. 미쳐 버릴 것 같았다.

"하아아……."

이아나가 숨을 고르며 정신을 차렸다. 그녀의 주변은 악몽 그 자체였다. 몬스터의 시신들이 재앙의 손톱에 찢긴 듯 너덜한 꼴로 피웅덩이에 잠겨 있었다. 이아나가 미간을 꾹 눌렀다.

'너무 좋아서 자꾸 정신을 놓는군. 경계하자.'

죽음이 너무 쉬웠다. 이런 것은 좋지 않았다.

이아나는 기숙사로 돌아오며 반성의 시간을 가졌다. 폭주를 경계하며 심신을 가다듬었다. 새로운 강함 때문에 투박해진 부분을, 세차게 두드리고 정교하게 갈았다. 그렇게 이아나는 희대의 명검이 되어 가고 있었다.

이아나가 방에 들어섰다. 프리실라가 곤히 잠들어 있었다.

프리실라를 비롯하여 의상학부 학생들은 마도공학부 학생들과 합작하여 튼튼한 전투복을 제작하느라 여념이 없었다. 이아나는 프리실라의 배 밑으로 내려온 이불을 어깨까지 다시 덮어 주었다.

"으음."

프리실라가 팔을 휘저었다. 팔목에서 팔찌 하나가 찰랑거렸다. 프리실라가 걱정되었던 이아나가 보호용으로 선물한 아티팩트였다. 제게는 필요 없는 하니델프의 실드 아티팩트 팔찌를 개조한 것이었다.

"헤, 헤에. 시아이외 님……."

전쟁 중이지만 연애도 열심히 하고 있나 보다.

씻고 돌아온 이아나가 침대에 누웠다.

'위프헤이머를 죽일 준비가 됐다.'

긴 시간 신중하게 관찰하며 내린 결론이었다.

무더운 여름, 이아나는 누구보다 음습하고 집요하게 위프헤이머를 관찰했다. 관찰하는 기간이 길어질수록 필승의 확률도 커져만 갔다.

그리고 가을. 이아나는 이제 확신한다.

위프헤이머를 백 퍼센트의 확률로 죽일 수 있다.

중요한 건 시기였다.

'검은 바람의 모습으로 끝장낸 후에 몸을 숨긴다.'

황족은 위프헤이머를 죽인 자를 주목할 것이고, 분명 지옥 끝까지 추적해 올 것이다. 그 대상은 어차피 바하무트에 밉보인 검은 바람이 좋다.

'위프헤이머가 노예에 관심이 많다고 했던가. 블랙폭시 노예상을 쳐야겠어.'

이아나는 이것저것 생각하며 약지의 반지를 습관적으로 만지작거렸다.

"……."

아르하드는 한 달 동안 한 번도 이아나를 만나러 오지 않았다. 물론 매일 한 번 연락하긴 했지만, 이아나는 그것도 아주 못마땅했다. 그녀는 최근 아르하드만 생각하면 삐뚤어지곤 했다.

'그런 눈으로 봐 놓고.'

'그렇게 키스해 놓고.'

'내가 없으면 죽고 못 살 것처럼 굴어 놓고.'

아르하드가 바쁘다는 걸 이해하면서도 이아나의 내면에 불만이 차곡차곡 쌓였다.

왜일까?

회귀 전이 떠올랐다. 저를 무자비하게 이겨 놓고 무책임하게 십 년 가까이 방치했던 아르하드가…….

본인은 위험한 일을 모두 처리한 후 황제가 되어 찾아오고 싶었다고 몇 번이고 말했지만 그건 진정으로 이아나를 위한 게 아니었다. 그때의 그는 그녀를 방치하면 안 됐었다.

지금도.

'대체 뭐야? 날 보고 싶지도 않나?'

오기가 샘솟았던 이아나도 아르하드의 행동을 똑같이 따라했다. 연락도 한 번만, 직접 만나러 가지도 않았다. 앞으로도 그럴 것이다.

이런 유치한 기분이 싫어 이아나는 눈을 꾹 감고 잠을 청했다. 하지만 번잡한 마음 때문에 잠이 오지 않았다. 이아나는 결국 인정하고 말았다.

'보고 싶네.'

내일 아르하드에게 위프헤이머를 칠 준비가 되었다고 얘기할 것이다. 그 후 일정을 정확히 정해서 알려 주면, 아르하드가 파편 회수를 위해 이곳으로 올 것이다.

아르하드를 본다는 생각만 해도 심장이 뛰었다.

이아나는 그런 스스로가 마음에 안 들어서 이불을 얼굴 위까지 꽉 뒤집어썼다.

"하하하!"

페르난도가 웃음을 터뜨리며 술을 쭉 들이켰다. 크하, 하고 손등으로 입가를 훔쳐 낸 뒤 파티의 전경을 훑어보았다.

잘생기고 예쁜 시종들이 따라 주는 독한 술, 끊임없이 놓이는 맛있는 음식, 아름다운 음악에 맞춰 춤추는 무희들. 화려한 드레스와 정장을 차려입은 귀족들.

"전하, 이것 드셔 보십시오. 궁의 요리사가 정말 실력이 좋군요. 역시 전하의 궁에서 일하는 사람답습니다."

"전하, 저 기억나십니까? 동부 바다에서만 나는 사파이어를 선물로 드렸던……."

여자든 남자든, 귀족들은 페르난도의 눈에 들고자 값비싼 선물을 바치고 달콤한 말들로 아첨했다.

"그래, 그래. 알겠으니까 파티를 즐겨라!"

페르난도는 매일매일 자기 세력의 귀족들을 끌어모아 흥청망청 파티를 벌였다. 그는 국정에 관심이 없었다. 바하무트의 준동에 잠시 불안해했지만, 어머니가 걱정하지 말라고 했다. 그러니 이때까지 그래 왔던 것처럼 어머니와 블랙폭시가 알아서 하리라. 페르난도는 그저 왕이 된 기분만 만끽하면 되었다.

왕세자일 때도 제멋대로였던 그의 성격은, 왕이 되자 고삐가 풀려 날뛰어 댔다.

누가 그에게 뭐라 할 텐가? 슈나이더? 동부의 전쟁터에서 바하무트와 피 터지게 싸우는 중이다. 뮤지니엘과 레제? 몸을 사리며 자기 궁에 칩거하는 중이다. 콧대 높았던 대귀족들? 그들도 이제 페르난도에게 아양을 떠는 중이다.

'내가 이제 로안느의 왕이다!'

페르난도는 킬킬대며 파티장을 훑다가 시선을 고정했다. 갓 성년이 되어 어리숙해 보이는 꼬마 숙녀가 그의 눈에 띄었다. 하지만 딱히 동하질 않아 그냥 입맛을 다셨다.

왕이 된 페르난도는 어긋난 욕망을 미친 듯이 발산했다. 그러기도 몇 개월, 이제는 조금 시들했다.

페르난도가 흐흠, 하고 한숨을 내쉬었다.

몇 개월 전에 마주친 시아이외의 여자는 이따금 페르난도의 머릿속을 꽉 채우곤 했다. 프리실라라고 했던가? 그 평민 여자를 떠올릴 때마다 명치끝이 뜨거워졌다.

페르난도는 그의 오랜 취향에 변화가 생겼음을 인정했다. 꼬마 계집이 아니라, 어린 외양의 성인 여성까지다.

'그 자식은 조만간 헤어진다고 해 놓고 벌써 몇 달째야?'

시아이외는 아직도 프리실라를 만나고 있었다. 못난 동생이 가엾게 봐 달라고 해서 참았건만 헤어질 생각을 안 한다.

"어머니."

페르난도가 귀족들과 한참 떠들고 있던 루리아를 불렀다.

"부르셨습니까?"

그 루리아도 이제는 제게 존대를 해야 한다. 페르난도는 입가를 씰룩거렸다.

"시아이외도 어서 결혼을 해야 하지 않겠습니까? 어여쁜 처와 함께 독립해서 대공의 삶을 살아가야지요."

"내년으로 미루고 싶다 하여 다음 해를 기약했습니다만."

"결혼은 후에 하더라도 약혼은 미리 하는 게 어떻습니까?"

루리아는 수긍했다. 요즘 시아이외는 하등 도움 될 것 없는 평민 여자에게 빠져 정신을 못 차렸다. 그러다가 마음이 깊어져서 일을 치면 곤란하기에 루리아는 어서 신붓감을 찾아야겠다고 생각했다.

"그리하지요."

루리아가 흔쾌히 대답하자 페르난도는 쾌재를 부르며 속으로 계획을 세웠다.

불쌍한 동생이 하루빨리 마음을 떼도록 형이 도와줘야 하지 않겠나. 시아이외 몰래 프리실라를 일찍 데려가도 문제가 없을 터였다.

문제가 있더라도 상관없다. 그가 왕이다. 왕국의 모든 것이 그의 것이었다. 동생의 것이라도 그의 것이었다.

그날 밤, 페르난도는 어머니와 자주 만나는 블랙폭시의 뚱뚱한 남자를 불러들였다.

"이 버러지들아, 빨리 안 가!"

채찍이 허공을 찢으며 여러 명의 살가죽을 후려쳤다.

철썩!

"아악!"

밧줄로 줄줄이 엮인 채 강제로 끌려가던 사람들이 우르르 넘어졌다. 감시자들은 눈알을 부라리며 일어나라 윽박지르거나 넘어진 이들을 몽둥이로 두들겨 팼다.

철썩!

브루스가 채찍으로 바닥을 강하게 때리자 모두가 움찔했다.

"반항하는 새끼들은 죽인다. 야, 저기 엎어져서 안 일어나는 놈 끌고 가!"

"아, 아, 갈게요. 제발 살려 주세요!"

남자가 허겁지겁 일어나며 절규했지만 블랙폭시 조직원들은 무시하고 끌고 갔다. 얼마 지나지 않아 끔찍한 비명이 사람들이 있는 곳을 향해 화살처럼 쏘아졌다.

조용해졌다. 공포에 질린 사람들은 조직원들의 명령에 빠릿하게 움직였다.

브루스가 흐뭇하게 웃었다.

'역시 본보기가 있어야 말을 잘 듣는다니까.'

브루스는 새카맣게 죽은 얼굴로 걸어가는 노예들을 배부른 왕처럼 바라보았다.

전쟁 발발 후 노예가 수십 배로 불었다. 피난민과 패잔병등 노예화하기 좋은 인간들이 기하급수적으로 늘어났기 때문이다.

너무 바빠서 유흥을 즐길 시간도 없었지만 브루스는 바쁜 게 더 행복했다. 빌어먹을 카마트로스 때문에 노예수가 줄어서 황실의 눈치를 보던 참이었는데 이젠 당당하게 어깨를 펼 수 있었다.

'황후 폐하께서는 침묵했던 이십 년이 아깝다고 말씀하셨지. 아니? 이십 년은 아주 유익했어!'

제국 본토가 대전쟁을 준비하며 칼을 갈고 군사들을 훈련하는 동안, 블랙폭시는 이십 년간 평화에 찌든 이들을 타락시키는 역할을 도맡았다. 브루스는 그 역할의 책임자였다. 특히 루리아 로 안느! 그 멍청한 년에게 마음에도 없는 입에 발린 소리를 하느라 얼마나 짜증 났던가?

하지만 노력은 빛을 발했다. 루리아가 조만간 바하무트에 국권을 넘기겠다는 조약을 쓰기로 했기 때문이다. 로안느 왕국은 조만간 바하무트의 손바닥 위로 굴러떨어질 예정이었다. 짜증 정도는 넘어가 줄 수 있었다.

'덕분에 로안느를 이렇게 쉽게 꿀꺽할 수 있게 됐어.'

바하무트에 천 년 넘게 거역해 온 로안느가 실시간으로 망해 가는 걸 지켜보는 건 정말 즐거웠다. 자신의 세대에 로안느가 망한다고 생각하니 브루스의 자긍심도 높아져 갔다.

브루스는 휘파람을 불며 상태가 좋은 노예들만 골라내 따로 모았다. 건강한 놈들만 보내 달라는 위프헤이머의 요청이 있었기 때문이다.

브루스는 위프헤이머가 요구한 숫자를 떠올리고 부르르 떨었다. 이 정신 나간 대마법사님은 사실 전쟁이 아니라 질 좋은 마법 연구 환경 때문에 남부로 내려온 게 아닐까, 하고 의심이 들 정도였다.

브루스야 기꺼웠다. 요즘처럼 노예가 넘칠 때에는 어렵지 않게 많은 양의 노예를 보낼 수 있었다. 양질의 실험체들을 제공하여 생색도 내고 환심도 살 수 있었다.

'크흐, 즐거워라.'

브루스는 요즘만큼 살맛이 났던 적이 없었다.

최근 블랙폭시의 거래처 중 로안느의 중소 귀족 가문들이 하나둘 사라지고 있었지만 대수롭지 않게 여겼다. 죽은 놈들은 악행으로 원한을 살 만큼 산 상태였기에 언제 보복당해도 이상하지 않았다.

재수 없는 카마트로스 놈들의 습격도 여전했지만, 아니 더 심해졌지만, 황족이 언젠가는 놈들의 목을 따 주리라는 생각에 관대하게 참아 줄 수 있었다.

하지만 요즘 제일 마음에 드는 건…….

'에이지 이 자식, 꼴좋다.'

새로운 정보 조직을 창설하되 에이지를 감시하라는 명이 내려졌다. 에이지에 대한 황후 폐하의 총애가 다한 게 분명했다. 아니면 에이지가 배신했을지도 모른다는 가정이 '사실'이든가.

마녀 마르가리타가 수상쩍다고 허구한 날 노래를 부르고 다니긴 했지만 정말로 배신한 걸까? 그렇게 황족에게 공포를 느끼던 놈이?

'진짜면 그 새끼 정말 간을 배 밖에 내놓고 다니는 걸 거야.'

브루스는 에이지가 배신했길 바랐다. 그 시건방진 놈이 다시 제 발밑에서 빌빌 기길 바랐다. 에이지는 유난스러울 정도로 비굴해서 괴롭히는 재미가 있었는데 지금은 그러지 못해 불만스러웠다.

그때, 에이지의 것과 비슷한 녹색 머리통이 브루스의 눈에 들어왔다. 브루스가 킬킬대며 채찍을 휘둘렀다.

철썩!

"아아악!"

폭력으로 유발된 비명 소리가 짜릿했다. 브루스는 감옥의 간

수에서 블랙폭시의 노예상 보스까지 오른 사내다. 인간을 비인격적으로 다루는 데 도가 터 있었으며 타인에게 고통을 주는 데 쾌감을 느꼈다.

"보스!"

그때, 브루스의 부하가 그에게 달려왔다.

"왕이 보냈다는 사람이 25번 아지트에 왔습니다. 왕이 보스를 뵙고자 한답니다. 루리아 왕대비 몰래요."

"에이씨, 귀찮게!"

브루스가 투덜거렸다.

"이 왕 놈이 요즘 좀 잠잠한가 싶더니 또 왜 부르냐. 파티나 계속 처할 것이지……."

페르난도가 루리아 몰래 그를 찾는 이유야 뻔했다. 질 나쁜 성적 취미 때문일 게 분명했다.

"소심한 놈. 왕이 되고서도 까발려지는 게 무서워서 나보고 몰래 오라고 하냐. 쯧쯧."

루리아도 이미 알고 있지만 눈감아 주는 거니 '몰래'라는 말은 옳지 않다. 역시 쌍으로 나쁜 연놈들이었다. 물론 제일 나쁜 건 브루스였지만 말이다.

"밤늦게 간다고 전해!"

브루스는 한참 동안 노예들을 채찍으로 두들기다 현장을 벗어났다. 망토로 몸을 두른 후 말을 타고 왕궁 앞으로 갔다.

루리아의 사람임을 뜻하는 패를 내밀자 왕성을 지키던 경비병들이 경례를 하며 브루스를 들여보냈다. 브루스는 킬킬 웃으며 당당하게 왕성으로 들어섰다.

왕의 궁에 도착하자 경비병들이 익숙하게 비켜섰다.

"여, 이쁜이네? 새로 왔냐?"

"꺅!"

브루스는 페르난도가 있는 곳으로 안내받으면서 시녀의 엉덩이를 주물럭거리고 희롱했다. 시녀는 수치스러웠으나 반항하지 못했다.

시녀는 페르난도의 방에 도착하자마자 급히 인사하고 달아나 버렸다. 브루스는 시녀의 뒤태를 탐욕스레 훑다가 방으로 들어갔다. 페르난도는 잔뜩 취한 채로 브루스를 기다리고 있었다.

"왔느냐?"

"어이쿠, 예. 납시셨습니다. 우리 국왕 전하. 무슨 일로 또 저를 부르셨습니까?"

브루스가 불경하게 대꾸했다. 허수아비 주제에 거만하게 구는 꼴이 우습지도 않았다.

페르난도의 눈썹이 휙 올라갔다가 힘없이 내려앉았다. 블랙폭시의 저 남자는 어머니도 함부로 대하지 못했다.

"밖에서 여자 하나를 데려와 줘야겠어."

"예에. 원하는 나이와 외양을 말씀해 주시지요. 언제나처럼 예쁘장한 갈색 머리의 어린 계집애를 데려오면 됩니까?"

이런 부탁을 들어준 게 한두 번이 아니었으므로 브루스는 익숙하게 물었다.

"이번엔 성인 여자야. 아무나가 아니라 특정한 사람이다."

"오호?"

색다른 부탁에 브루스는 재미있다는 듯 콧소리를 냈다.

"어디 사는 누구입니까? 귀족입니까?"

"학술원에 다니는 '프리실라'라는 평민이다. 귀엽게 생겼고 동안이야. 내 동생 시아이외의 여자다."

시아이외. 오랜만에 들어 본 이름에 브루스가 입술을 씰룩거렸다.

오래전, 브루스는 루리아의 약점을 잡고자 천한 놈을 귀한 왕자로 둔갑시켰다. 그런데 루리아는 약점을 잡을 필요도 없이 권력에 눈이 먼 여자였다. 시아이외를 왕자로 만들기 위해 바쁜 위프헤이머에게 부탁하여 만든 반지가 아까웠다.

'그놈도 죽일 왕족 리스트에 올려야겠어.'

바하무트의 황제 계승식이 끝나면 페르난도와 루리아를 뺀 모든 왕족들을 제거할 예정이다. 루리아의 자식이지만 쓸모없는 시아이외도 죽이리라.

'아무튼 페르난도 이 새끼, 동생의 여자를 빼앗으려 하다니 정말 쓰레기구먼.'

물론 멍청한 쓰레기가 좋다. 조종하기 쉬울 테니 말이다.

"어렵지 않지요. 며칠만 기다리십시오."

페르난도의 안색이 환해졌다.

"하지만 제가 몰래 구해다 드리는 건 이번까집니다. 이제 국왕이 되셨지 않습니까? 무슨 짓을 하든 국왕은 용서받습니다. 대놓고 원하는 여자를 불러들이십시오. 방해하는 놈들은 저희가 제거할 테니 걱정 마시고요."

브루스는 페르난도의 귀찮은 부탁을 더는 들어주지 않기로 했다. 로안느에서 라오스 신만큼 찬양받던 국왕이 쓰레기라며 손가락질당하는 재밌는 꼴을 보고 싶기도 했다.

페르난도는 깨달음을 얻은 듯 고개를 끄덕거렸다. 그는 왕이었다. 이제 누가 뭐라 하든 무엇이든 할 수 있는 것이다.

"아, 그리고 저도 부탁이 있습니다."

"음? 뭐지?"

"저를 여기까지 안내한 시녀, 제가 데려가게 해 주시지요."

"그래라."

페르난도가 기꺼이 승낙했다. 국왕의 최측근 수족으로서 성공한 축에 속했던 시녀의 인생이 나락으로 떨어지는 순간이었다.

브루스는 하루 만에 프리실라의 정보가 적힌 서류들과 외양이 그려진 그림을 받았다. 평범한 일반인의 정보쯤은 그가 개인적으로 꾸린 정보 조직을 통해서 얼마든지 구할 수 있었다.

프리실라는 의외로 유명했다.

"프리실라. 학술원의 의상학부 6학년. 최신 유행을 주도하는 디자이너. 사교계에서 주목받고 있음. 귀엽게 생기긴 했군. 하여간 이 쓰레기 자식, 취향 한번 일관되네. 특이사항, 룸메이트는 이아나 로베르슈타인."

글을 쭉 읽어 내려가던 브루스의 눈이 멈췄다. 눈에 익은 이름이었다.

"이아나 로베르슈타인? 이년 에이지 여자잖아? 예전에 에이지가 손대지 말라고 지랄했던……."

평소에도 눈에 자주 띄었던 이름이었다. 특별 노예 경매에 노예로 있었다던가, 검술 대회에서 우승했다던가, 슈나이더가 치근덕거린다던가.

"으흠."

브루스가 음흉한 표정을 지었다.

"할 일이 많아서 관심 끄고 있었는데 이참에 이년도 혼내 줄까? 에이지 놈 눈치도 더는 볼 필요 없고."

성격이 냉정하고 남자 보기를 돌같이 하는 계집이라는 기억도 어렴풋하게 났다. 브루스가 축축한 혓바닥으로 입술을 더듬거렸다.

'건방진 계집을 밑에 깔고 아양 떨게 만드는 게 내 특기지.'

브루스는 프리실라를 납치할 때 이아나도 납치해야겠다고 결심했다.

말랑말랑하고 부드러운 여자의 몸은 촉감이 좋지만 가끔 질릴 때도 있었다. 무술로 탄탄하게 다져진 여자는 색다른 별미로서 즐거움을 선사할 것이다.

프리실라는 페르난도에게 넘기고, 그는 이아나를 노예로 만들어 가지고 놀 것이다. 처음엔 죽도록 반항하더라도 결국엔 욕망을 못 이겨 애걸하도록 조련할 것이다. 긍지가 들어찬 깨끗한 눈은 흐리멍덩해지리라.

아끼던 여자가 다 망가진 꼴을 에이지를 불러 보여 주면 얼마나 재밌을까? 생각만 해도 즐거워서 브루스가 음흉하게 웃었다.

밝은 낮, 평범한 피난민의 모습으로 학술원에 입성했던 놈들이 있었다. 깊은 밤, 그들은 온통 검은 옷으로 차려입고 여자

기숙사로 침투했다.

놈들은 어둠에 녹아들었다. 등불을 들고 복도를 걷던 사감은 옆을 스쳐 지나가는 그들을 인지하지 못했다.

선두에 서 있던 남자가 손짓했다. 뒤쪽에 있던 남자가 스르르 다가와 굳게 닫혀 있던 방문을 가볍게 열었다.

양쪽에 놓인 두 침대 중 한쪽에서만 느릿하게 숨소리가 들려왔다. 밝은 금발이 이불 아래로 삐져나와 흐트러져 있었다.

다른 침대는 텅텅 비었다. 침대의 주인은 잠시 자리를 비운 게 아니라 이 밤에 아예 잠들지 않은 듯했다. 야밤에 대체 어딜 갔는지, 이불은 그녀의 성정처럼 깔끔하게 각이 잡힌 채 정돈되어 있었다.

선두의 남자가 미간을 좁히며 뒤쪽에 수신호를 보냈다.

'적발이 없다.'

분명 기숙사로 들어가는 것을 보았고, 나오지 않는 것도 확인했다. 그런데 어딜 갔단 말인가?

남자는 혹시나 해서 기감을 넓혀 주변을 살폈다. 그들이 잡아야 하는 여자가 보통내기는 아니었던 탓에 혹시나 몸을 숨기고 있나 싶어서였지만 아무리 봐도 없었다. 학술원 검술대회 우승자에 요즘 활약을 하고 있다지만 풋내기다. 바하무트 상위 기사단 소속인 그의 기감을 피해 갈 수는 없었다.

'어찌합니까?'

'일단 금발만 잡아간다. 흔적을 지워.'

부하들이 침투한 흔적을 지우는 사이, 남자는 이불을 획 치워냈다. 잠들어 있던 금발 여자의 코와 입을 약품이 묻은 손수건으로 막았다.

"으으음."

잠들어 있던 프리실라는 세차게 흔들어도 일어나지 못할 만큼 더욱 깊은 잠에 빠져들었다. 남자는 작은 체구의 프리실라를 어깨에 걸치고 부하들과 함께 자리를 벗어났다.

새벽, 이아나는 기숙사로 돌아왔다.

이아나는 평범한 학생으로 위장하기 위해서 일과 후 기숙사에 들어가는 모습을 보였다. 그 후 유령처럼 밖으로 나가 적을 상대로 대학살을 벌이고 새벽에 돌아오는 일상을 반복했다.

이아나가 갈색 로브를 옷걸이에 걸고 침대에 풀썩 누웠다.

"음?"

순간, 어색함을 느낀 이아나가 맞은편의 침대를 보았다.

"프리실라?"

프리실라의 침대가 비어 있었다.

이아나의 머리에 물음표가 빼곡하게 떠올랐다. 이아나가 돌아오는 새벽에, 프리실라는 늘 잠들어 있었다.

이아나는 찝찝함을 느끼고 방 이곳저곳을 살폈다. 수상한 흔적은 없었다.

'오늘은 새벽부터 일하러 간 건가.'

피곤했던 이아나는 다시 침대에 누워 애써 잠을 청했다.

이아나가 깨어났을 때는 정오가 다 되었을 때였다.

"……."

이아나가 흐트러진 머리를 쓸어 넘기며 프리실라의 침대를 보

았다. 새벽에는 피곤해서 그러려니 넘어갔지만 일어나서 생각해
보니 꺼림칙했다.

전쟁 발발 후, 프리실라는 하루에 한번 기숙사에서 이아나를
만나 오늘은 무얼 하고 내일은 무얼 할 거라고 수다를 떨었다.
하지만 어제는 아무 말도 없었다. 이른 새벽의 외출은 예정되어
있지 않았다는 소리다.

이아나는 대충 씻은 후 의상학부 건물로 향했다.

"앗, 이아나 님!"

이아나를 알아본 의상학부 학생이 화들짝 놀라 인사했다.

"프리실라가 지금 학관에 있습니까?"

"오늘은 오지 않으셨어요."

"확실합니까?"

"네. 요즘 같이 작업하고 있거든요. 왜 안 오시나 걱정하고 있
었어요."

이아나는 건물 뒤편으로 가서 아공간에서 원석 하나를 꺼냈
다. 바람이 불지 않는데도 둥근 원석은 이아나의 손바닥 위를
데구루루 굴렀다.

이 원석은 마르가리타에게 잡혀갔던 에이지를 찾을 때 엄청난
역할을 했던 서부의 특산물이었다. 이아나는 수인족을 통해 원
석을 다량 구매했다. 지인들의 양해를 구해서 그들의 피를 묻힌
원석 몇 개를 아공간에 넣어 두었고, 그중에는 프리실라의 것도
있었다.

'정확한 좌표를 추적할 수 있다면 좋을 텐데.'

하지만 좌표 추적 마법은 고난도에 불완전하며, 현 마도공학

기술로는 아티팩트에 새길 수 없었다.

'그리고 그건 사생활 침해겠지.'

이아나는 원석이 이끄는 방향으로 달려갔다. 원석은 학술원 밖으로 이아나를 인도했다.

이아나의 심기가 불편해졌다. 전쟁이 터진 이후, 프리실라는 학술원 밖으로 외출한 적이 없었다. 시아이외와 데이트를 하더라도 학술원 내에서 했다.

이아나는 속도를 높였다.

그리고 웅장한 건물 앞에서 멈춰 섰다.

왕궁이었다.

'왕궁에 왜?'

이아나는 곧장 시아이외를 떠올렸다.

'시아이외가 새벽부터 프리실라를 데려간 건가? 그럴 이유가 없는데. 아니면 저녁부터 외박을…….'

거기까지 생각한 이아나의 얼굴이 살짝 붉어졌다.

'말은 해 주지……. 음. 아니야. 그것도 우스워.'

친구일 뿐인 이아나에게 보고하듯 오늘 뭘 할 거라고 이것저것 말해 주는 것도 어찌 보면 이상했다. 연인과 보내는 은밀한 시간에 대해 미리 얘기하는 건 더 이상했다.

이아나는 생각을 끊고 왕궁에서 등을 돌렸다.

학술원으로 돌아온 이아나는 식당으로 가서 식사를 마치고 검술학부로 향했다. 왕궁까지 들렀다 왔는데도 다행히 강의 시간에 늦지 않게 도착했다.

입구에 들어선 이아나를 한 무리의 학생들이 반겨 주었다.

"대장님!"

"여기예요."

9월이 되어 새로운 학기가 시작된 지도 벌써 몇 주가 지났다. 전쟁으로 난리인데도 학술원은 꿋꿋하게 개강했고, 덕분에 이아나는 마지막 학기를 무사히 시작할 수 있었다.

검술학부를 비롯한 무술 학부의 대부분의 수업이 몬스터, 혹은 바하무트 병력과 싸우는 실전 전투로 대체되었다. 이론 강의도 학년에 관계없이 공통으로 들어야 하는 전공 강의로 재편성되었다.

"그렇게 부르지 마."

이아나가 열댓 명의 학생들 쪽으로 가서 앉았다.

"대장님을 대장님이라고 불렀을 뿐인데 뭐가 문제예요? 대장님을 대장님이라고 안 부르면 뭐라고 부르나요."

"그냥 조장이라고 부르면 되잖아."

"조장이나 대장이나."

"카산 선배."

"넵. 조장님."

개강 오리엔테이션에서, 검술학부는 전 학년을 골고루 섞은 서른 개의 조를 발표했다. 조에 속한 학생들의 실력은 다양했다. 검술학부 교수들이 학생들을 실력 순으로 줄 세운 후 균형 있게 배정한 덕이었다.

그리고 거기서 가장 실력 있는 학생이 조의 조장을 맡았다. 이아나는 4조의 조장이었다. 3학년이 조장인 조는 이아나의 조가 유일했다.

4조에 속한 고학년들은 이아나의 실력을 인정하고 있었기에 전혀 불만이 없었다. 이아나에게 장난을 걸고 있는 카산도 6학년이었지만 이아나가 조장인 걸 인정하다 못해 반겼다.

"안녕하세요."

이아나는 츠레비스 벤덤과 인사를 주고받았다.

휴학을 했다가 복학하는 바람에 이제 4학년이 된 츠레비스도 우연히, 이아나의 조에 속해 있었다. 검술대회에서 이아나에게 굴욕적인 패배를 당했지만 승복한 그는 이아나의 조에 속한 것에 아무런 토도 달지 않았다. 아니, 은근히 기뻐했다.

다른 이들도 마찬가지였다. 특히 이아나를 선망하고 있던 후배들은 그녀의 조에 속한 것에 뛸 듯이 좋아했다.

"오늘은 전부 이론 수업이네요."

"임무 맡아서 나가는 게 더 재밌는데."

국왕 때문에 국정이 엉망이라지만, 그래도 머나먼 고대부터 이어져 온 국법은 건재했다. 로안느 왕국은 늘 그래 왔듯 학술원에 막대한 보상을 대가로 바하무트와 싸워 주기를 요청했다. 이에 9월 초부터 지금까지, 검술학부는 전투 의지를 보이는 학생들을 몇 개의 조로 나누어서 특정한 임무들을 부여했다.

로안느 군대를 도와 바하무트 군대와 싸우는 것부터, 몬스터 서식지를 습격하는 것까지……

그리고 고학년 일곱, 저학년 여덟 총 열다섯으로 이뤄진 이아나의 조는 겉으로 드러난 실력으로 평가했을 때 최상위권에 속했다. 이름을 떨치는 것으로 따지면 1위였다. 위험한 임무들을 모조리 완벽하게 성공했기 때문이다.

이아나의 조원들이 이아나를 선망하는 눈초리로 흘끔흘끔 쳐다보았다. 임무는 이아나의 지시만 따르면 늘 성공했다. 이아나가 조언을 해 준 덕에 개개인의 실력도 폭발적으로 늘었다. 조원 모두가 그 점을 인지하고 있었다.

또한 그들은 이아나와 함께 임무를 수행하면서, 그녀가 학술원에서 보여 줬던 실력은 새 발의 피라는 사실을 깨달았다. 이아나 덕분에 그들은 항상 안전할 수 있었다.

'저 나이에 대체 어떻게 저런 실력을 갖출 수 있었을까?'

그들은 이아나의 조에 속해 있어 행복했다. 주변에서 쏟아지는 질투의 시선에 어깨가 펴지는 건 당연한 일이다.

'이아나 님, 충성!'

이젠 이아나의 지시를 믿고 이행하는 걸 넘어서서 맹목적으로 따를 정도였다.

"이론도 중요하니까 꼼꼼하게 배워."

이아나는 조원들의 요구로 말을 놓았는데, 존경심에 반말의 강제력까지 부여되자 조원들은 상관의 명령이라도 받은 것처럼 수업에 집중했다.

이론 수업이 끝나자 늦은 오후가 되었다.

이아나는 기숙사에 들렀다. 프리실라는 여전히 없었다.

고개를 갸웃한 이아나는 로브를 둘러쓰고 외출했다.

이아나는 낮에는 학술원의 수업을 받거나 임무를 수행하고, 늦은 밤에는 카마트로스 활동을 하는 일상을 반복하고 있었다.

오늘도 평범한 일상이었다.

매우 조용히 뒤쫓아 오는 기척만 아니었다면 말이다.

웬만한 실력자가 아니라면 눈치채기도 쉽지 않을 미행이었다. 이아나는 아무것도 모르는 척 느릿하게 걷다가 인기척이 전혀 없는 골목으로 몸을 틀었다.

이아나는 골목에 들어서자마자 입술을 비틀었다.

'이 앞에도 있군. 한패인가.'

이아나는 곧바로 뒤에서 쇄도하는 바람을 느꼈다. 허리춤에서 검집을 풀어냄과 동시에 뒤로 휘둘렀다.

빠악!

"커헉!"

검집이 이아나를 덮치려던 남자의 눈을 세차게 후려쳤다. 남자가 눈앞이 새하얘져 멈칫한 사이, 이아나가 발검했다.

촤악!

이아나는 무너지는 남자가 손에 쥐고 있던 것을 보았다. 딱 봐도 나쁜 의도로 쓰일 듯한 천이었다.

새까만 옷으로 얼굴까지 모두 가린 남자들이 이아나를 둘러쌌다. 이아나는 침착하게 상황을 파악했다.

'내가 학술원에서 나온 지 얼마 되지 않아서 따라왔어. 이아나 로베르슈타인을 미행했다는 소리다.'

이아나가 물었다.

"정체를 밝힐 텐가?"

그들은 대답 없이 이아나에게 달려들었다. 이아나는 공격을 적당히 방어하면서 복면인들의 행동을 살폈다.

'조무래기들이 아니라 숙련된 무인들이야. 치명타를 피하면서 나를 붙잡으려 하는 걸 보니 목적은 납치인가?'

이아나는 그들이 자신을 노릴 만한 이유를 생각해 보았다.

'요새 학술원 임무 때문에 눈에 띄었나?'

'이아나'가 원한을 살 만한 일은 그것밖에 없었다. 하지만 이아나의 감은 그게 끝이 아니라고 말하고 있었다.

이아나는 고민했다.

'죽일까, 말까.'

갈등은 짧았다.

약이 오른 복면인들의 공격은 점점 거칠어지고, 이아나의 눈빛은 서서히 차갑게 가라앉았다.

"불렀…… 어라. 이놈들은 뭐야?"

에이지는 아지트로 들어오다 말고 멈칫했다. 이아나의 앞에 피떡이 되어 널브러져 있는 남자들이 있었기 때문이다.

"'이아나 로베르슈타인'을 납치하려 한 놈들."

그 말의 의미를 즉시 이해한 에이지의 표정이 변했다. 에이지는 남자들의 복면을 벗겨 내 얼굴 생김새를 살피다가 눈썹을 치켜세웠다.

"이놈들, 북부인이야."

"그럼 바하무트인?"

"지금 로안느에 있을 북부인이라면 개들밖에 없지. 뭐야. 뭐하다가 이아나 로베르슈타인이 저쪽에 노출된 건데? 요즘 학술원 임무 때문에 너무 활약한 거 아냐?"

"그 정도는 아냐. 그리고 바하무트인들이라면, 학술원 임무가 마음에 안 들었을 경우 학술원 전체에 싸움을 걸었지, 학생 중

하나를 납치하진 않을 듯한데."

"그건 그렇지."

에이지와 대화하는 사이, 호출했던 하인리히가 도착했다.

"힐, 정신 마법으로 정보를 캐낼 수 있겠습니까?"

"해 보겠네."

하인리히는 남자들의 머리에 손을 얹는 것도 잠시, 꺼림칙한 표정으로 손을 떼었다.

"위프헤이머의 정신 마법이 있네. 함부로 건들면 안 돼."

"즉, 이놈들은 이번에 로안느에 온 바하무트 소속의 기사라는 거군요."

바하무트의 기사들은 위프헤이머에게 강제로 정신을 개조당한 경우가 많았다. 대부분이 정신 강화나 감정 죽이기, 혹은 비밀 유출을 방지하는 종류의 마법이었다.

"패밀리어 같은 정찰용 마법은 아니겠지요?"

"아닐세. 그런데 대체 무슨 짓을 한 건가?"

"글쎄요……."

일단 카마트로스의 주인이라는 걸 들켰을 리는 없었다. 만약 그랬다면, 훨씬 강한 놈들을 보냈을 터였다.

이아나가 양손에 장갑을 꼈다.

"놈들을 취조하겠습니다. 일단 이놈부터."

에이지와 하인리히가 지목당한 남자를 제외한 다른 이들을 끌고 나갔다. 이아나는 로브를 벗어 던진 후, 남자의 팔다리를 밧줄로 묶고 그의 머리에 물을 퍼부었다.

촤악!

남자가 정신을 차렸다. 그는 이아나를 보자마자 흠칫했다.

"날 납치하려 했던 이유가 뭐냐."

"……."

퍼억!

남자가 아무 말도 하지 않자 이아나가 검집으로 그의 머리를 후려쳤다.

"불어."

남자가 무슨 말을 하기도 전에 가혹한 폭력이 가해졌다. 이아나가 검집에 묻은 피를 털어 내며 남자를 내려다보았다.

"말할 테냐? 말하면 살려 주는 걸 고려해 볼 테고, 말하지 않으면 고통스럽게 죽이겠다. 네 동료는 많으니 네가 말하지 않아도 상관없다. 선택해라."

이제 겨우 열여덟 살 먹은 여자가 내뱉을 만한 문장이 아니었다. 피투성이가 된 남자가 바닥에 침을 탁 뱉으며 이아나를 노려보았다.

"너, 일반인이 아니구나."

북부인답게, 어조가 북방의 것이었다.

"셋을 세겠다. 셋, 둘……."

"이유는 나도 모른다. 학술원에 다니고 있는 적발의 이아나 로베르슈타인을 잡아 와 달라는 요청에 움직였을 뿐이다."

목표가 이아나 로베르슈타인이라는 게 명확해졌다.

"어디서 요청했지?"

"……."

"잡아 온 놈들 모두 신문할 테니 거짓말하려고 머리 굴려 봐야 소용없어. 블랙폭시, 바하무트, 위프헤이머 셋 중 누구냐."

남자의 얼굴이 와락 굳었다.

"말해."

기사는 대답하지 않고 미친놈처럼 중얼거렸다. 이아나는 마나가 반응하는 걸 느끼자마자 날렵하게 움직였다. 이아나의 마나장악력으로 마법이 즉시 차단되고 남자의 목이 날아갔다.

자결 마법인지 통신 마법인지 뭔지는 몰라도 위험했다. 이아나는 조금 더 신중해야겠다고 생각했다.

죽은 남자를 처리한 후, 다음 인질을 데려왔다.

"너희가 바하무트 기사이며, 나를 납치하라는 요청을 받았음을 앞의 놈이 발설했다. 바하무트가 최근 전쟁에서 활약한 나를 제거하려는 건가?"

그가 비웃었다.

"자만하는군. 난 이번에 너를 처음 알았다. 우리 바하무트는 학술원 조무래기들이 뭘 한다고 해도 관심 없다."

"그럼 나를 왜 잡아가려 했지?"

남자는 대답하지 않았지만, 이아나는 바하무트 측 요청이 아님을 확신했다. 이아나는 다음 남자를 불렀다.

"네 동료가 블랙폭시가 날 잡아 오라고 요청했다더군. 내가 블랙폭시에 원수질 만한 짓들을 많이 하긴 했지. 너는 블랙폭시 조직원인가?"

이아나가 천연덕스럽게 유도 신문을 하자 남자가 자연스럽게 걸려들었다.

"블랙폭시 조직원은 아니다."

"그렇군. 그런데 블랙폭시가 나를 잡아서 뭘 하려는 거지?"

남자가 피식 웃었다.

"노예상 쪽의 요청이니 노예로 만들려는 거겠지."

"요청을 받은 사람은 이번에 날 습격한 너희들뿐인가?"

"따로 요청받은 이들이 많은 걸로 알고 있다. 계집 하나 잡는데 호들갑을 떤다고 생각했는데…… 널 보니 그럴 만도 했다는 생각이 드는군."

삶을 대가로 진실을 말하라고 했더니 기사들은 정보를 술술 불었다. 납치 정보가 그리 중요하지 않다는 거다. 바하무트와 블랙폭시의 연관성이라는 중요 정보에 대해서는 죽어도 입을 열지 않으니 더 확실했다.

신문을 끝낸 후에 이아나가 방에서 나왔다.

"뭐야? 뭔데?"

"블랙폭시의 노예상 쪽에서 개인적인 이유로 날 잡아오라고 요청한 거다. 바하무트 기사들이 움직일 정도면, 노예상에서도 간부급이겠지."

에이지의 표정이 진지해졌다.

"브루스야. 바하무트 기사단과 블랙폭시는 수평한 관계라, 블랙폭시 보스급이 아니면 바하무트 기사들을 따로 움직일 수 없거든. 브루스가 이아나 양과 관련될 만한 일이라면 나, 아니면 슈나이더 왕자일 텐데."

"아무튼 나를 납치하고 싶다니 납치당해 줄 생각이다."

"뭐? 뭔 소리야?"

"호랑이를 잡으려면 호랑이 굴로 들어가야 한다는 얘기야."

이아나가 진심임을 깨달은 에이지가 입을 떡 벌렸다.

"무슨 말인지는 알겠는데, 그거 괜찮은 거야?"

"위험하더라도 기회가 왔으니 잡아야지. 그리고 빨리 끝장을 보지 않으면 계속 귀찮게 굴 거야."

이아나가 로브를 입으며 말했다.

"브루스를 납치해 올 테니 그다음은 당신이 알아서 해."

에이지는 그제야 복수의 날이 제 앞으로 성큼 다가왔다는 것을 깨달았다.

"으음. 걱정되긴 하는데. 그래도 곧 복수할 수 있다고 생각하니 기쁘네."

에이지의 얼굴에 어둑한 미소가 떠올랐다.

"그리고 이참에 노예상의 뿌리를 뽑을까 해."

"어떻게?"

이아나는 자신이 세운 계획에 대해서 에이지, 하인리히와 상의했다. 에이지의 표정이 야릇해졌다.

"이름하여 노예상 대습격인가? 오늘 밤부터 바로 착수할게. 아, 그런데 잡아 온 놈들은 어떻게 처리할까?"

"죽여."

이아나는 깔끔하게 사형을 선고했다. 살려 주는 걸 고려해 보겠다고 했지, 안 죽인다고 하진 않았다.

이아나는 기숙사로 돌아가는 길에 아르하드에게 연락해서 사정을 모두 전했다.

"……그래서 납치당해 주려고요."

[…….]

아르하드는 어이가 없는지 한동안 말이 없었다.

"걱정하지 마십시오. 브루스를 역으로 납치하고 모든 증거를 지울 테니까요. 이번 기회에 노예상을 무너뜨리려 합니다."

[어떻게?]

이아나는 계획에 대해 상세히 설명하였고, 아르하드는 나쁘지 않다며 그녀의 뜻에 힘을 보탰다.

[개인적으로는 별로 권하고 싶지 않다.]

"왜요?"

이아나는 자신이 생각하지 못한 치명적인 문제점이 있나 싶어 긴장했지만, 돌아온 대답 때문에 힘이 빠지고 뺨이 달아올랐다.

[일단 납치당해야 하잖아. 거짓으로라도 네가 그런 일을 당하는 게 싫어. 그 과정에서 다칠 수 있다는 것도 싫어.]

이아나가 뜨끈해진 얼굴을 문질렀다. 뜨거운 꼬챙이가 심장을 쿡쿡 찌르고 있는 것 같았다.

아르하드의 태도는 예나 지금이나 같은데 이아나의 반응은 자기 마음을 깨닫기 전과 후가 손바닥을 뒤집은 듯 달랐다.

[싫다고 해서 무작정 반대하는 건 옳지 않겠지. 잘해 봐.]

"네……."

[네가 알아서 잘할 거라는 거 알아. 하지만 혹시라도 내 도움이 필요하면 꼭 연락해. 일이 틀어져서 잘못되더라도 괜찮은 거 알지? 같이 해결하면 되니까 혼자서 버둥거리지 말고.]

아르하드는 몇 마디 말로 이아나의 자신감을 북돋우고 든든한 받침목이 되어 주었다.

왜일까?

배수의 진을 친 양 성공을 강박적으로 추구할 때보다 받침목이 있는 지금 더 성공하고 싶었다. 긍정적인 느낌이라 기분도 좋았다.

이아나는 평소보다 훨씬 일찍 귀환했다.

기숙사의 방문을 활짝 연 이아나의 표정이 어색해졌다.

"......?"

프리실라는 오늘도 방에 없었다. 어젯밤 이후로 한 번도 기숙사에 들르지 않은 듯, 프리실라의 침대는 어제와 똑같이 흐트러져 있었다. 시아이외와 뜨거운 밤을 보내고 있겠거니, 했지만 역시 기분이 싱숭생숭했다.

'시아이외는 내가 프리실라를 걱정한다는 걸 알고 있으니, 뒤늦게라도 연락 한번 해 줄 만한데......'

하지만 사랑에 미쳐 정신이 나가면 연락하는 걸 잊을 수도 있지 않을까?

이아나는 평소 취침 시간보다 훨씬 이른 저녁이었지만 침대에 드러누웠다. 여러 가지로 생각할 게 많아 피곤했기에 곧바로 선잠에 들었다.

하지만 더러운 감각들이 피부를 간지럽히는 바람에, 한 시간도 지나지 않아 깨어날 수밖에 없었다.

'이 개자식들이 방까지 쳐들어온 건가.'

이아나는 놈들과 자신 사이의 거리를 재면서 지금 납치를 당해야 하나 고민했다.

하지만 너무 일렀다. 계획을 세운 지 몇 시간도 지나지 않았다. 계획을 성공하기 위해선 로안느의 대귀족들과 조율해야 할

부분이 있었으므로 적어도 며칠 정도는 시간이 필요했다.

'다 죽여서 실종 상태로 만든다.'

이아나가 침대에 눕혀 놓은 검을 향해 손을 더듬다 말고 멈칫했다.

'방까지 왔다고?'

뒤통수를 방망이로 얻어맞은 듯했다. 이아나가 사나운 기색으로 검을 움켜쥐었다.

침입자들은 한 명을 제외하고 죄다 죽었다.

"어제도 이 방에 왔었나?"

극악무도한 살기가 딱 하나 남은 생존자를 무자비하게 짓눌렀다. 그는 괴물의 앞에 무릎을 꿇은 채 뭍에 끌려나온 물고기처럼 쉴 새 없이 헐떡거렸다.

"말해."

위프헤이머의 마법으로 뇌가 개조된 상태임에도, 절대적인 공포는 남자의 이성을 마비시켰다. 그는 덜덜 떨며 사실을 말할 수밖에 없었다.

"와, 왔었습니다."

이아나는 즉시 시아이외에게 연락했다.

[무슨 일입니까? 지금 강제로 파티 참석 중이라 긴 연락은 어렵습니다.]

시아이외가 따분함이 그득 묻은 목소리로 물었다. 이아나는 머리가 지끈거려 미간을 문질렀다.

"프리실라, 지금 당신과 함께 있습니까?"

[네? 아니요.]

"진짭니까? 어젯밤에도 안 만났고요?"

[만나지 않았습니다. 뭡니까?]

시아이외의 목소리가 거칠어졌다.

"잠깐만요."

분노에 물든 적안이 무릎을 꿇고 있는 남자를 향했다.

"내 옆 침대의 금발 여자. 어찌했어?"

"납치를……."

이아나는 정보를 뽑을 만큼 뽑은 후 그를 죽였다.

욕이 나왔다. 납치 목표는 이아나 자신과 프리실라 둘 다였다. 브루스에게 납치한 프리실라를 넘긴 후엔 자기도 그녀의 위치를 알지 못한다고 했다.

"자꾸 이런 부탁 해서 미안해."

[별일도 아닌데 뭐. 네 부탁이라면 뭐든 들어줄 거야.]

정령들이 피 칠갑이 된 방을 깨끗하게 청소하는 사이, 이아나는 시아이외에게 상황을 설명했다.

"프리실라가 어제 새벽부터 보이질 않아서 낮에 따로 추적해 봤는데 왕궁에 있더군요. 당신과 함께 있는 줄 알고 내버려 뒀는데 납치당한 거였습니다."

프리실라와 시아이외의 관계, 그리고 프리실라가 있는 곳이 왕궁이었다는 점이 이아나의 판단력을 흘트렸다. 이상하다 느끼면서도 배려를 한답시고 제대로 확인을 하지 않은 게 위기로 돌아왔다.

"제 생각엔 프리실라를 못마땅해한 당신 주변인이 블랙폭시에

납치를 사주한 듯합니다. 루리아라든가……. 혹시 최근에 이상한
점 못 느꼈습니까?"

[……]

시아이외는 말이 없었다.

"제가 지금 왕궁으로 갈 테니 기다려요."

이아나가 방을 박차고 나왔다.

이아나와의 연결이 끊어진 후, 시아이외가 프리실라와 나눠
낀 아티팩트 반지로 연락을 시도했다. 반지의 보석은 마법의 빛
을 머금지 못했다. 연결된 반지가 부서졌다는 뜻이다.

"하."

시아이외는 한숨처럼 웃으며 얼굴을 손으로 감싸 쥐었다.

"저하!"

"어서 나오세요!"

이아나의 연락을 받기 위해 잠시 테라스에 나왔던 시아이외를
간드러지는 목소리들이 불러 댔다.

시아이외가 천천히 손을 내렸다.

드러난 얼굴은 감정이 싹 닦여 나간 것처럼 무표정했다. 여유
는 어딜 가고, 다른 사람의 영혼이 들어간 양 스산했다.

"……"

시아이외는 밝은 빛이 새어 나오는 홀 안쪽을 물끄러미 바라
보았다.

며칠 전부터, 시아이외의 모친은 그의 신붓감을 찾겠다며 수도에 머무르는 모든 귀족 여식들을 싹 불러 모았다. 그리고 오늘, 시아이외를 강제로 끌고 와서 신붓감을 고르기 전까지는 나갈 생각 하지 말라며 화려한 무도회를 열었다.

촤륵.

시아이외는 커튼을 걷고 홀 안으로 들어섰다.

홀은 온통 반짝거렸다.

루리아는 예전에 시아이외를 앞에 앉혀 두고 말했던 것처럼 포란트산 최고급 카펫을 바닥에 깔고, 자수정으로 장식한 샹들리에를 천장에 가득 달았다. 곳곳에 황금과 다이아몬드로 제작한 꽃들을 두었다. 따뜻한 스콘과 쿠키를 바로 찍어 먹을 수 있게, 녹은 초콜릿이 끊임없이 흐르는 커다란 분수도 놓았다.

귀족들은 화려하게 차려입고, 이곳에서 가장 화려한 여인에게 달콤한 말을 속삭였다. 귀족 여식들은 화려하게 꾸미고 시아이외의 신부가 되고자 그를 유혹했다.

밖은 전쟁으로 난리인데도 이곳은 화려하기만 했다.

아.

이 얼마나 화려한 광경인가.

화려하고, 또 화려했다.

너무나 화려해서 눈이 부셨다.

그렇기에 역겨웠다.

오늘만큼 이 찬란한 화려함이 역겨웠던 적은 없었다.

그리고 이곳의 주인공은 그였다.

그 사실이 너무나 끔찍했다. 그가 심장에 품은 세상에서 가장 아름다운 보석을 이 화려함이 부쉈을지도 모르는데, 화려함에 파묻혀 아무것도 모르고 광대처럼 웃고 있었던 자신이 혐오스러 웠다.

뚝.

시아이외의 안에서, 평생토록 질기게 견뎌 온 얇은 끈이 덧없 이 끊어졌다. 시아이외는 달라붙는 여인들을 밀쳐 내며 이곳에 서 가장 화려한 여인에게 다가갔다.

"어머니."

"응? 왜 그러니, 시아이외."

루리아가 화사하게 웃었지만 시아이외는 웃지 않았다.

"제 여자를 데려가셨습니까?"

"뭐, 뭐?"

루리아가 순간적으로 말을 더듬었다.

"무슨 소릴 하는 거니?"

루리아가 순식간에 감정을 감췄지만, 시아이외는 이미 그녀의 표정에 드러났던 당혹감을 봐 버렸다. 시아이외가 고개를 살짝 기울였다.

"데려갔거나, 관계자시군요?"

"알긴 뭘 알아? 대체 무슨 소리니?"

"프리실라, 어디에 있습니까?"

"그 평민 계집을 나한테서 왜 찾아? 넌 어찌 된 놈이……!"

파티의 주인공인 시아이외의 상태가 이상하자, 파티를 즐기던 귀족들이 행동을 멈추고 웅성거렸다.

"납치하셨지 않습니까? 부디 절 파티에 잡아 두기 위해 잠시 감금해 둔 것이길 바라지만, 어머니가 그럴 리가 없겠죠. 벌써 망가뜨리셨습니까? 아니면 이미 죽이셨습니까?"

"너, 지금 대체……."

"어머니가 아니라면 어린 소녀를 고문하고 성적으로 학대하는 게 취미인 페르난도 그 더러운 개새끼가 그녀를 납치한 겁니까? 어머니는 그 사실을 숨겨 주시는 거고요?"

"헉!"

놀라서 숨을 삼키는 소리들이 여기저기서 터져 나왔다.

루리아가 경악하여 입을 떡 벌렸다.

"시아이외! 네가 정말 미쳤구나. 어디서 감히 국왕과 어미인 나를 그따위 헛소리로 모욕해!"

버럭 고함치는 루리아의 목소리가 파르르 떨렸다. 시아이외는 눈 한번 깜빡하지 않고 감정 없이 말을 이어 갔다.

"어머니는 블랙폭시의 앞잡이셨지요."

루리아가 눈을 부릅떴다.

"놈들이 가르친 방중술로 국왕의 사랑을 받고, 놈들의 후원으로 화려하게 치장하고, 놈들이 제공한 귀족들의 약점으로 세력을 꾸리셨지요. 늙은 국왕으로 만족하지 못하게 된 후부터는 젊은 남자들을 불러들여 밤을 지새우셨지요. 오웬 후작을 비롯한 블랙폭시의 개들과 손을 잡고 블랙폭시의 편의를 봐 주시며 로안느를 부패의 온상지로 만드셨지요. 제 여자도 블랙폭시가 납치해서 어머니나 페르난도에게 갖다 바쳤겠지요."

눈이 돌아간 시아이외의 입은 가히 폭탄과도 같았다.

"저하!"

멀찍이서 사태를 지켜보고 있던 마틴 오웬이 사색이 되어 달려와 시아이외의 팔을 움켜쥐었다. 시아이외가 마틴의 손을 세게 뿌리쳤다. 마틴은 시아이외의 강한 힘에 뒤로 넘어졌다.

루리아가 헐떡거렸다.

"왕자가 지금 취해서 제정신이 아닌 모양이구나. 거기, 기사들! 지금 당장 시아이외를……."

"어머니, 왕자라고 부르지 마십시오. 전 왕의 자식이 아닙니다. 당신의 조국에서, 공녀였던 당신을 따라온 기사와의 부정으로 태어난 사생아입니다."

아까 전보다 더 큰 파장이 홀 전체로 퍼져 나갔다. 화려함을 엉망진창으로 망친 시아이외는 기분이 아주 좋아졌다. 광기 서린 즐거움이 기꺼워서 그는 그제야 미소 지었다.

"너, 너, 대체."

루리아는 넋이 빠진 채 주저앉아 버렸다. 시아이외는 기분이 더 좋아졌다.

"어머니, 제가 예전부터 너무 끔찍해서 버리고 싶은데도, 그럴 수가 없어 미칠 것 같았던 것이 세 가지 있습니다."

시아이외는 드높은 자존심과 자부심, 자긍심을 지닌 고귀한 소년이었다. 그런 소년의 명예와 긍지는 기사의 일기장을 본 날, 끔찍한 오물이 되었다.

"제 이름 뒤에 붙은 거짓된 성. 제가 기만해야만 했던 조국. 그리고 저를 평생토록 비참하게 만든 어머니, 당신!"

더러워서 제거하고 싶었지만 거짓이라 할지라도 그의 뿌리기에 제거할 수 없었다. 두려워서 도망치고 싶었지만 도망칠 수도 없었다.

오물을 뚝뚝 흘리며 달음박질치는 그의 뒤로 돌팔매질이 가해질 테고, 그 끝에는 블랙폭시에게 붙잡혀 맞이할 비참한 죽음이 예정되어 있었기 때문이다.

그래서 버텼다. 오물들을 털어 버리고, 훌훌 날아갈 수 있는 힘이 생길 때까지. 힘이 있는 지금, 예정보다는 일렀지만 시아이외는 제 몸에 묻어 있는 화려한 오물들을 더는 참을 수 없었다.

"오늘부로 셋 다 버리겠습니다. 그런데…… 루리아 로안느, 당신은 정말 끝까지, 저를 비참하게 만드는군요."

시아이외의 눈이 광인의 것처럼 번들거렸다.

"프리실라를 대체 어찌하신 겁니까. 당신의 목을 졸라야 말씀하시겠습니까?"

시아이외가 비틀거리며 앞으로 한 발을 내딛자 루리아가 화들짝 놀라 뒤로 물러서고, 어찌할 바를 몰라 하던 기사들이 그의 앞을 막아섰다.

그때, 열려 있던 테라스 창에서 바람이 한 줄기 불었다.

사람들이 눈을 한번 깜빡였을 때, 시아이외의 옆에는 검은 로브를 푹 뒤집어쓰고 가면을 쓴 사람이 귀신처럼 서 있었다. 귀족들이 깜짝 놀라 짧게 비명을 질렀다.

그가 반쯤 미친 시아이외를 홱 붙들었다.

"반."

시아이외는 그를 돌아보고 숨통이 트이는 기분을 느꼈다.

"찾으러 갑시다."

이아나의 한마디에 시아이외는 다시 이성을 찾았다.

"……."

홀에 침묵이 맴돌았다.

"제 방을 잘 뒤져 보면 일기장 한 권이 나올 텐데, 당신이 책을 싫어하는 건 알지만 꼭 한번 정독해 보길 권합니다."

시아이외가 주저앉은 루리아에게 짓씹듯 말한 후 등을 돌렸다. 모두가 이 초유의 사태에 어찌 대처해야 할지를 알지 못했다. 그래서 시아이외는 아무런 제지도 받지 않고 이아나와 함께 무도회장을 빠르게 빠져나올 수 있었다.

"—시아이외!"

멀리서 비명에 가까운 고함이 들려왔다.

시아이외는 그를 무시하고 이아나에게 다급하게 물었다.

"프리실라를 찾을 방법이 있습니까?"

이아나가 시아이외에게 손에 쥐고 있던 원석을 보여 주며 사용법을 설명했다. 원석은 지금도 어서 가자는 것처럼 이아나를 한 방향으로 끌어당기고 있었다.

"당신이 프리실라의 룸메이트라 다행입니다. 서두르죠."

프리실라가 사라진 지 하루 가까이 지났다. 무슨 일이 생겨도 이상하지 않았다.

가면 갈수록, 원석은 대각선 아래쪽 방향으로 가려 했다. 시아이외의 얼굴이 차가워졌다.

"지하? 이 원석, 살아 있는 사람만 추적하는 거 맞지요?"

시아이외는 프리실라가 죽어서 묻혀 버린 최악의 상황도 고려하는 모양이었다.

"아뇨. 죽은 사람도 추적합니다."

"……."

"제가 프리실라에게 실드 아티팩트를 줬으니 작동만 잘했다면 죽었을 리가 없습니다."

마이마예와 하니델프가 합작해서 만들어 낸 아티팩트는 주변에 마나만 있다면 고위급 실드를 무한정하게 펼칠 수 있게 해주는 귀물이었다. 팔찌가 마나 장악력을 빼앗긴다면 소용없지만 대마법사 마이마예가 새긴 실드 마법은 웬만하면 뚫리지 않았다. 거기에 팔찌의 주인이 아니면 강제로 뺄 수 없는 기능을 넣는 개조까지 했으니…….

"혹시 납치자가 페르난도입니까?"

"정황상 그런 것 같습니다. 제 어…… 아니, 루리아 로안느는 알지만 눈감아 준 것 같고요."

이아나는 페르난도의 성적 취향을 익히 알고 있었다. 회귀 전 슈나이더와 함께 일하다가 페르난도를 쳐 죽이고 싶었던 적이 한두 번이 아니었다.

시아이외가 입을 꾹 다물었다가 겨우 내뱉었다.

"사실 전에 페르난도가……."

그는 몇 달 전 페르난도와 나눴던 수치스러운 대화를 이아나에게 전해 주었다. 그 후로 몇 주, 시아이외는 잔뜩 곤두서서 페르난도와 프리실라의 주변을 감시했지만 페르난도는 관심을 뗀 듯 아무 일도 일어나지 않았다.

시아이외는 프리실라가 성인이어서 페르난도의 흥미가 금방 식었다고 판단했다. 그래서 주변 경계를 조금 소홀히 했다. 뼈아픈 방심이었다.

"입에 담기도 더럽지만, 페르난도의 취미가 고통을 주고 괴로 워하는 얼굴을 보는 것이니 괜찮을 가능성이 높습니다."

이아나는 분노를 억누르며 애써 이성을 유지했다.

아직 페르난도를 죽이면 안 되는데, 만약 프리실라에게 무슨 짓을 했다면 그 자리에서 죽여 버릴지도 모른다. 아니, 죽일 거 다.

이아나는 원석이 수직으로 밑을 가리키는 지점에서 멈춰 섰 다. 시아이외가 인상을 찌푸렸다.

"지하 시설인 건가."

시아이외가 왕궁 지하의 구조를 떠올리며 중얼거렸다. 왕궁 지하는 몇 개의 층으로 이루어진 데다 깊은 곳은 10층을 넘는 경우도 있었다. 온갖 함정과 위험한 장치들이 득실거렸다. 길이 꼬이고 꼬여 있어 방향 정보 하나만으로는 정확한 위치를 파악 하는 게 불가능에 가까웠다.

시아이외가 어찌해야 할지 고민하고 있는데 이아나가 명료한 답을 제시했다.

"여기서 지하를 뚫고 바로 내려갑시다."

"그게 가능하다면 좋겠지만, 왕궁 지하는 강력한 마법으로 보 호받고 있어 평범한 수단으로는 불가합니다."

"정령의 도움을 받죠."

이아나가 토우를 불러냈다. 토우가 팔과 다리를 허우적거리며 폴짝 뛰어올랐다.

[이아나!]

"토우, 미안한데 상황이 급해. 혹시 이 밑 어딘가에 있는 금발의 여자가 어떤 상태인지 확인해 줄 수 있어?"

[문제없다.]

토우가 땅으로 녹아내렸다. 몇 초 되지도 않아 토우가 지상으로 머리를 쏙 내밀었다.

[깊은 곳에서 마법을 쓰며 한 남자와 대치하고 있더군. 위태로운 것 같던데.]

프리실라가 살아 있다는 걸 확인하여 안심함과 동시에, 이아나와 시아이외의 표정이 싸늘해졌다.

"여기서 수직으로 통로를 뚫어 줄 수 있겠어?"

[지반 전체에 강력한 마법이 걸려 있어 힘은 좀 들겠지만 문제없다. 장애물을 통째로 들어내겠다.]

토우가 다시 흙으로 돌아갔다.

쿠구구구구구구구......

지하 깊은 곳에서 굉음이 올라옴과 동시에 발을 딛고 있던 땅이 지진이 인 것처럼 진동하기 시작했다.

퍼어어어엉!

거대한 삽으로 한 움큼 파낸 양 흙 분수가 위로 치솟았다. 칼로 반듯하게 자른 삼단 케이크처럼, 지하 건물 형태가 그대로 유지된 채 공중에 떠올랐다.

"가죠."

이아나의 말이 끝나기가 무섭게 시아이외는 뻥 뚫린 구멍을 향해 망설임 없이 뛰어내렸다. 이아나도 그를 뒤따랐다.

탁!

얼마나 떨어져 내렸을까, 시아이외가 먼저 마법을 이용하여 가볍게 착지하고 이아나도 옆벽을 몇 차례 걷어찬 후 어렵지 않게 바닥에 발을 디뎠다.

"뭐, 뭐야!"

그 두 사람을, 지하에 있던 두 사람이 눈을 휘둥그레 뜨고 바라보았다.

제일 먼저, 프리실라가 두 사람의 눈에 들어왔다.

프리실라는 팔찌의 실드 마법을 발동하고 있었다.

하지만 실드를 펼치기 전 무슨 짓을 당했는지, 두 손목이 족쇄에 묶여 벽에 대롱대롱 매달려 빨갛게 부어 있었고, 뺨에는 생채기가 나 있는 데다 넝마에 가깝게 찢어진 옷은 제 기능을 못하고 있었다.

망나니라도 로안느 왕족이라는 건지, 페르난도가 막대한 마나 장악력을 발휘하는 탓에 실드는 깨지기 직전이었다.

"아."

프리실라가 이아나와 시아이외를 알아보고 부르르 떨었다. 긴장이 풀렸는지 표정에 환한 웃음이 들어찼다. 하지만 그도 잠시, 금세 눈매가 일그러지고 눈망울이 글썽거렸다. 눈물이 뚝뚝 떨어졌다.

"와 줄, 와 줄 거라고 믿었……. 흐엉. 형."

"시, 시아이외."

페르난도는 동생의 갑작스러운 출현에 당혹감을 감추지 못했다. 시아이외는 엉망진창의 프리실라가 우는 모습을 물끄러미 바라보다 고개를 돌려 페르난도를 보았다.

"프리실라를 부탁합니다."

시아이외는 이아나에게 스치듯 말한 후, 페르난도에게 걸어갔다. 팔을 뻗으면 닿을 만한 거리에 멈춰 선 시아이외가 정말 궁금하다는 듯 물었다.

"무슨 생각으로 동생의 여자를 납치해 저런 꼴로 만드셨는지, 변명이라도 해 보시렵니까?"

시아이외의 목소리는 높낮이가 없어 얼핏 들으면 별 감정이 담기지 않은 것 같았다. 그래서 페르난도는 제멋대로 시아이외가 화나지 않은 거라고 판단했다.

'그래. 이놈은 화낼 줄 모르는 얼간이지.'

페르난도는 살면서 시아이외가 화내는 모습을 단 한 번도 본적이 없었다. 시아이외는 페르난도 때문에 어떤 부당한 대우를 받아도, 능구렁이처럼 실실 웃으며 넘어가곤 했다.

'그리고 이번 일은 딱히 화를 낼 일도 아니잖아?'

어차피 헤어져야 했고, 본인도 곧 헤어질 거라고 제 입으로 말했었다. 프리실라에 대한 욕심으로 벌인 짓이긴 했지만, 어찌 보면 감정이 그리 깊지도 않았던 주제에 프리실라를 끊어 내지 못하고 질질 끄는 동생을 형인 제가 도와준 것이나 마찬가지였다.

당혹감이 사라지자 이번엔 짜증이 일었다.

다 된 밥이라고 생각했던 프리실라가 몇 번 얻어맞더니 어찌한 건지 아주 강력한 실드를 시전하여 그를 튕겨 냈다. 그 이후로 손 한번 못 대 봤다.

페르난도는 화가 나서 고함을 지르고 협박을 해 댔지만 프리실라는 꿈쩍도 하지 않았다. 그는 검으로 내리쳐서 실드를 강제로 부수려다가 매우 비효율적이라는 걸 깨닫고, 마나 장악력으로 실드 마법을 파훼하려 했다. 드디어 끝이 보이려던 차에, 이번엔 시아이외가 나타나 재를 뿌리려 한다.

"말이라고 하느냐!"

분노한 페르난도가 적반하장으로 윽박질렀다.

"넌 몇 달 전에 저 여자와 곧 헤어진다고 해 놓고 아직도 헤어지지 않았다. 거짓말을 한 거니 내게 사과해라! 그리고 네 미래를 생각해서 평민 계집을 손수 떼어 주겠다는 내게 고마워해야지, 왜 방해를 하는 거냐?"

페르난도는 말이 없는 시아이외에게 어이없는 말들로 쏘아붙이다가 옷차림을 보고 현재 시아이외가 있어야 할 곳을 떠올렸다.

"지금은 네 신부를 구하는 파티를 하고 있을 시간일 텐데? 거기서 빠져나온 거냐? 쯧, 철없는 놈!"

짜증스레 혀를 찬 페르난도가 시아이외의 어깨를 퍽 밀쳤다.

"여기에 어떻게 왔는지는 몰라도, 이제 저 여자는 잊고 돌아가라. 네가 무슨 말을 하든 듣지 않겠다. 나는 왕이다. 내가 원하는 것은 모두 내 것이니 아무리 네 여자라 해도, 내가 원한다면 내 여자가 되어야 한다!"

시아이외의 요요한 자줏빛 눈동자에 어두운 빛이 넘실거리며 차올랐다. 꾹 다물려 있던 그의 입술이 열렸다.

"쓰레기 새끼."

"뭐, 뭐?"

"왕? 블랙폭시와 루리아 로안느의 꼭두각시 주제에 왕은 무슨 왕. 은발과 은안을 가졌다는 이유 하나만으로 왕이 될 자격을 얻었고 왕이 되었으면서, 겨우 꼭두각시 짓밖에 못 하는, 능력도 없고 명예도 모르는 쓰레기가."

페르난도를 정면에서 바라보는 시아이외의 눈이 바퀴벌레를 보듯 극심한 혐오감으로 번들거렸다. 페르난도는 처음으로 들어보는 신랄한 말에 당황해서 어버버 했다.

"루리아에게 직접적으로는 서투른 반항조차 못 하는 마마보이라서, 당신에게 항거하지 못하는 약하고 어린, 아무 잘못도 없는 여자아이들을 상대로."

시아이외가 방 안에 널린 각종 고문 도구와, 아직 지워지지 않은 핏자국들을 가리켰다.

"졸렬하고 비열한 행위들을 하면서 억눌린 분노와 욕망을 푸는 재기불능의 쓰레기 주제에!"

외면하고 있던 내면 심리를 정확하게 지적당한 페르난도의 얼굴이 확 붉어졌다. 페르난도가 시아이외의 멱살을 잡으려 했지만 시아이외가 더럽다는 듯 손을 세게 쳐 냈다.

"감히 내 여자한테까지 손을 대?"

"이 자식, 동생이라 봐주는 것에도 한계가……."

퍼억!

페르난도의 말이 끝나기도 전에 시아이외의 주먹이 페르난도의 얼굴을 강타했다. 페르난도는 전혀 예상치 못한 공격에 뒤로 넘어졌다.

픽! 픽! 퍼억!

"내가, 언젠가는, 너란 쓰레기를, 패 죽일 거라고 다짐하고,

또 다짐했는데, 건수를 만들어 줘서, 고맙다고 해야 하나?"

시아이외는 페르난도의 명치를 세게 걷어찼다. 페르난도가 비명을 지르며 배를 움켜쥐었지만, 시아이외는 눈이 먼 사람처럼 아랑곳 않고 계속해서 걷어찼다.

"큭!"

페르난도는 반격하려 했지만, 선공을 당해 머리가 어지러운 데다가 배가 너무 아파서 몸을 움직이기가 어려웠다. 그게 아니더라도, 엄청난 실전 경험을 보유한 시아이외의 폭력에서 벗어날 수 있는 사람은 극소수였다.

계속되는 발길질에 페르난도의 팔과 손이 으깨졌다.

"악! 그만!"

시아이외는 그만하라며 손을 허우적거리는 페르난도의 위에 올라타서 그의 얼굴을 주먹으로 내리쳤다. 궁술로 단련된 힘에 분노까지 더해진 주먹은 강철과도 같았다.

눈이 먼 시아이외가 페르난도를 두들겨 패고 있는 사이 이아나는 프리실라에게 달려갔다.

챙!

일격에 족쇄가 잘려 나가고, 너무 오랜 시간 매달려 있어 감각을 잃은 프리실라의 손이 고깃덩이처럼 떨어져 내렸다. 이아나는 힘없이 쓰러지려는 프리실라를 안으며 아공간에서 망토를 한 벌 꺼내 그녀에게 둘러 주고 신발을 신겨 주었다.

프리실라가 이아나에게 안긴 채 눈물을 글썽거리며 조용히 물었다.

"이아나 양 맞죠?"

"네."

가면을 쓰고 로브를 한껏 두르고 있었지만, 프리실라는 저를 다정하게 감싸 안은 사람이 이아나라고 직감했다. 신체 비율만 봐도 이아나라는 건 알 수 있었다.

그보다, 프리실라는 국왕에게 납치당한 저를 구하러 올 사람이 시아이외 혹은 이아나뿐일 거라고 생각하고 있었다.

"프리실라, 미안합니다. 제가 안일하게 생각해서 당신이 오랜 시간 잡혀 있었어요."

"네? 이아나 양이 미안할 게 뭐 있어요? 훌쩍, 정말 고마워요. 저 꼴이 이래서 그렇지 이아나 양이 준 팔찌 덕분에 처음에 몇 대 맞은 걸로 끝났어요. 아, 정말이지, 이런 일은 처음이라…… 그것도 국왕에게……."

프리실라는 정신없이 주절거리다 페르난도를 때리고 있는 시아이외를 발견했다.

"아, 시아이외 님이……."

프리실라는 늘 우아하던 시아이외가 시정잡배처럼 폭력을 쓰고 있자 당황했다. 그의 주먹이 까져서 피가 흐르고 있었다. 안색이 창백해진 프리실라가 이아나의 품에서 주춤거리며 일어나 시아이외에게 다가갔다.

와락!

프리실라가 그를 뒤에서 꼭 끌어안았다. 흠칫하여 주먹질을 멈춘 시아이외에게 그녀가 우울하게 속삭였다.

"내 사랑. 당신은 뭘 해도 잘생겼으니 지금도 멋지지만, 그래도 다치는 건 싫어요."

어처구니없지만 사랑스러운 말에 시아이외의 팔에서 힘이 빠지고 말았다. 프리실라를 뒤따라온 이아나가 시아이외의 어깨를 잡았다.

"당신은 프리실라를 보살피십시오."

이아나가 장갑을 꼈다.

"이 다음부터는 제가 하고 싶으니 넘겨주시고요."

오래전부터 한번 패고 싶었으나 회귀 전엔 그러기도 전에 페르난도가 참수당해 죽었다. 회귀하고 나서야 흠씬 두들겨 팰 기회를 얻은 것이다.

이아나는 시아이외와 프리실라가 멀찍이서 대화하는 사이 페르난도를 죽기 직전까지 팼다.

"이아나 양, 이제 됐어요."

프리실라가 시아이외의 부축을 받으면서 다가왔다.

"제가 마지막 한 방을 날리고 싶어요."

이아나가 피 묻은 장갑을 떼며 한 발자국 물러서자, 프리실라가 페르난도의 허벅지 앞에서 심호흡을 하며 발을 들었다.

콱!

페르난도의 눈이 뒤집어졌다.

이아나는 속으로 박수를 쳤다. 과연 프리실라다. 페르난도는 오늘부로 아이를 가질 수 없게 되었다.

"이놈을 어찌해야 하나."

이아나는 거품을 문 페르난도를 내려다보면서 고민했다.

마음 같아서는 단칼에 베어 버리고 싶지만 페르난도는 아직 살아 있어야 했다. 바하무트의 꼭두각시로 있어 줘야 했다. 바하무트는 꼭두각시 왕을 잃는다면 로안느를 완전히 정복하겠다고 마음먹을 가능성이 높았다.

결국 이대로 방치하고 가야 하나?

'절대 싫어.'

페르난도는 선을 넘었다.

자업자득. 행동에는 그에 상응하는 대가를. 눈에는 눈, 이에는 이. 한 대 맞으면 백 대를 때린다. 평소 그리 생각하며 살아온 이아나는 페르난도를 죽기 직전까지 팼음에도 괘씸함이 다 해소되지 않았다.

퍽!

이아나는 괜히 고민거리를 만든 페르난도가 짜증 나서 한 대 걷어차 버린 후 시아이외와 프리실라를 보았다.

"시아이외, 당신은 어쩌고 싶습니까?"

"당연히 죽이고 싶지만."

시아이외는 기절해서 널브러진 페르난도에게서 몸을 아예 돌리고 있었다. 쳐다봤다간 죽여 버릴 것 같아서였다.

"우리의 계획을 위해 살려 둬야 한다는 걸 압니다. 당신의 뜻대로 하세요."

"프리실라는요?"

"전 고자로 만든 걸로 만족했어요."

이아나는 페르난도를 물끄러미 바라보다가 결정을 내렸다. 이아나는 시아이외와 프리실라의 앞에 성큼 다가섰다.

"저는 페르난도를 돌려보낼 생각입니다."

이아나는 페르난도를 어찌할지 설명했다. 그녀의 선택은 시아이외와 프리실라에게도 퍽 만족스러운 것이었다.

"좋습니다. 기분이 조금은 풀릴 것 같네요."

"하지만 시아이외, 당신은 더는 로안느에서 시아이외로서 활동할 수 없게 될 겁니다. 괜찮겠습니까?"

"물론입니다. 전 이제 왕족이 아니니 상관없습니다."

프리실라가 담담하게 말하는 시아이외를 올려다보다가 그를 꼭 끌어안았다. 시아이외는 제 품안의 흐트러진 금발을 내려다보았다.

'다행이다.'

맥이 풀려 온몸에서 힘이 쭉 빠졌다. 시아이외는 제 품 안의 작은 여자를 감싸 안으며 눈을 감았다.

상상해 온 결말은 아니었다. 눈이 뒤집혀서 소리를 지를 예정도 아니었다. 하지만 개운했다. 시아이외는 해방감을 느끼며 프리실라의 지저분한 이마에 키스했다. 이마에서 전해지는 온기로 입술이 따스해졌다.

이아나는 연인을 보며 다시 한번 다행이라 생각하며 말을 이었다.

"페르난도를 축출하기 전까지 두 분이 로안느에서 공개적으로 활동하는 게 어려울 겁니다. 특히 프리실라가요. 그래서 차라리 떠나 계시는 게 어떨까 싶은데……."

프리실라에게 미안해서 이아나가 말끝을 흐리는데, 프리실라가 불쑥 말했다.

"저 시아이외 님한테 들었어요. 두 분, 다음 해에 새로운 나라로 떠나실 거라면서요? 저도 갈 거예요."

프리실라가 지쳤음에도 눈을 반짝거리며 주먹을 꼭 쥐었다.

"제 뮤즈들이 떠난다는데 당연히 따라가야죠!"

시아이외의 폭로전 이후, 로안느 사교계에는 폭풍이 불었다.

루리아의 부정, 블랙폭시와의 결탁, 페르난도의 이상 성욕 문제 등이 한 번에 터졌다.

루리아는 처음에는 전부 다 부정했다. 하지만 시아이외의 방에서 확실한 증거들이 나오자 발뺌을 포기했다.

시아이외는 눈이 돌아간 와중에도 마지막 결정타인 '블랙폭시와 바하무트의 연관성'을 밝히지 않았다. 그럼에도 중립을 지키던 대부분의 귀족들은 페르난도와 루리아를 질타했다.

루리아는 국왕은 뭘 해도 용서받는 존재이며, 대부분의 국가가 범죄 조직과 연결되어 있지 않느냐며 변명했다. 그리고 유일하게 뚜렷한 증거가 없는 외도 문제는 끝까지 부정했다. 시아이외가 선왕과 저의 아들이 맞음을 강조하며 시아이외의 착각일 뿐이라고 호소했다.

페르난도 파는 루리아를 옹호했다. 블랙폭시와 결탁한 그들은 루리아라는 배를 타고 있었다. 배가 침몰하면 그들의 미래는 몰락으로 이어질 터였다.

그 수가 적지 않아 슈나이더 파가 페르난도와 루리아를 완전히 끌어내리는 건 불가했다. 그러나 웅크리고 있던 몸을 일으켜 상대를 물어뜯을 명분은 얻었다.

그들은 며칠 내내 서로를 헐뜯으며 싸웠다.

페르난도는 이 난리에도 모습을 드러내지 않았다. 귀족들은 국왕의 일거수일투족을 꿰고 있는 루리아에게 행방을 물었다. 루리아는 초조한 기색으로 페르난도가 건강이 나빠져 궁에 틀어박혀 있다고 답했다.

시아이외의 폭로전 이후 닷새가 지났다.

"어, 저게 뭐야?"

누군가가 테오도르에서 가장 큰 광장의 시계탑 꼭대기에 대롱거리는 이상한 형체를 발견하고 눈을 가늘게 떴다. 다른 사람들도 그것을 발견하고 목을 길게 뺐다가 깜짝 놀랐다.

"사람이잖아!"

얼마나 얻어맞았는지 얼굴이 다 망가져 있어 누군지는 알아볼 수 없었다.

"여기 뭔가 붙어 있는데."

시계탑 벽에는 커다란 대자보가 한 장 붙어 있었다. 대자보의 최상단에는 유려한 필체의 문장이 크고 선명하게 쓰여 있었다.

─국왕 페르난도의 부정을 왕국민에게 고한다.

"국왕의 부정?"

제목을 읽은 사람들이 호기심을 보이며 밑의 글을 보았다.

─광장 시계탑에 매달아 놓은 국왕 페르난도는…….

깜짝 놀라 다시 위를 보았다.

"국왕!"

왕궁에 있어야 할 국왕 페르난도가 꽁꽁 묶인 채 허공에 매달려 있었던 것이다. 누군가는 신고하기 위해 부랴부랴 왕궁으로 떠나고, 나머지는 당황하면서도 다음 글을 읽어 내려갔다.

눈이 아래로 갈수록 사람들의 표정은 점점 일그러졌다.

대자보에는 페르난도가 이때까지 해 온 잔혹한 짓들, 그의 무능력함, 범죄 조직 블랙폭시와의 결탁 등등, 왕국민이 분노할 수밖에 없는 죄목이 조목조목 상세하게 적혀 있었다. 거기에 이제 왕손을 생산할 수 없다고까지 서술되어 있었다.

대자보는 자신이 왕자가 아니라는 고백과 함께 시아이외의 서명으로 끝맺어졌다.

사람들이 침을 탁 뱉었다.

"에라이, 천벌 받을 놈들!"

대자보는 순식간에 떼어지고, 페르난도는 달려온 기사들이 데려갔다. 하지만 대자보는 시계탑뿐만이 아니라 왕국 곳곳에 붙어 있었다. 왕국민들의 마음에 내재되어 있던 국왕에 대한 불신과 불만에 불씨가 놓였다.

"크아아악!"

로안느 최고의 의사들이 달라붙어 집중 치료하고, 최고급 치료약을 아낌없이 퍼부은 덕분에 페르난도는 깨어날 수 있었다.

하지만 그는 영원히 성적으로 불구가 되고 말았다.

"망할!"

분노로 정신이 나간 페르난도는 시아이외와 프리실라가 반역자라며 길길이 날뛰었다. 헛소문을 퍼뜨려 정세를 불안하게 만든 것도 모자라 감히 국왕을 죽이려 했다며 분노를 토했다.

루리아가 극구 부인하여 왕자의 신분은 박탈되지 않았지만, 시아이외는 결국 죄인이 되어 막대한 포상금이 걸린 수배령이 내려졌다. 시아이외의 여자인 프리실라와, 시아이외를 데리고 무도회장을 떠났던 검은 로브에게도 수배령이 붙었다.

하지만 프리실라는 페르난도가 깨어나기 전에 이미 아르하드 쪽으로 가 있었다. 학술원 졸업에 문제가 없도록 제도적 처리까지 마친 상태였다.

시아이외는 카마트로스의 반으로 이쪽에 남아 카마트로스 일을 돕기로 했다. 루리아와 페르난도를 완벽하게 파멸하는 게 목표였으나 아직 마무리가 덜 되었다는 이유에서였다. 외양을 가리고 어둠에서만 움직이니 발각될 일은 없었다.

"너 방금 뭐라고 했느냐? 여봐라, 저놈을 끌고 가라!"

"이리 와라. 뭐? 싫어? 그럼 죽어라!"

페르난도의 패악질은 전보다 훨씬 더 심해졌다. 성적 불구가 되었다는 박탈감이 그의 광증을 불러일으켰다.

블랙폭시는 재밌다는 듯 미친 페르난도를 더욱더 부추겼다. 루리아와의 결탁이 알려진 후로는, 거리낄 게 없다는 듯 더욱 날뛰어 댔다. 음지를 벗어나 양지에서도 마음껏 활동했다.

귀족들의 분노와 왕국민의 반발심은 커져만 갔다. 페르난도를 국왕으로 인정하지 않겠다며 항명하는 귀족들이 늘어났다. 바하무트와 전쟁 중인데도 페르난도 파 귀족과 슈나이더 파 귀족의 영지전이 산발적으로 발발했다. 나라를 더럽히는 귀족들과 블랙폭시를 죽여 없애겠다는 과격 단체도 부지기수로 나타났다.

페르난도 파 귀족들을 슈나이더 파 귀족들이.

블랙폭시를 카마트로스와 왕국민들이 결성한 과격 단체가.

바하무트 군대와 몬스터를 로안느 군대와 용병들이.

큰 힘이 투입되면 그대로 와르르 무너질 것 같은 아슬아슬한 대치 상태였다. 시간이 흐르면 흐를수록 로안느의 정세는 점점 더 깊은 미궁 속으로 빠져들었다.

그리고 브루스는 테오도르가 제 세상이 된 후에도 이아나를 포기하지 않았다. 몇 번이고 실패하는 것에 약이 올랐는지 이아나를 찾아오는 놈들은 점점 더 강해졌다.

"쳐라!"

오늘, 이아나는 개인 수련장에서 수련하고 있던 도중 습격당했다. 아주 강한 놈들이었다.

'먼저 왔던 조무래기들이랑은 차원이 달라.'

이아나는 준비를 끝내고 시기를 보고 있던 차였다. 그런데 적절한 시기에 적절한 실력의 놈들이 찾아왔다. 이아나는 아티팩트로 에이지에게 신호를 넣은 후 대충 반항하는 척하다가 붙잡혀 주었다.

홱!

팔이 뒤로 꺾이며 제압당하고 코와 입이 젖은 천으로 틀어막혔다. 이아나는 호흡을 멈춘 채 육체의 흐름에 집중했다. 천이 피부에 닿는 순간 호흡하지 않았음에도 내부로 이물질이 흘러들어 왔다.

츠츠츠츠.

이아나는 혈관을 타고 흐르는 신력을 조절하여 손가락 끝에 이물질을 모았다. 손가락 끝에 생채기를 낸 다음 한 방울의 피와 함께 모조리 내보냈다.

이아나가 기절한 척 몸에 힘을 뺐다. 남자들이 이아나를 사슬로 꽁꽁 묶어 커다란 자루에 집어넣었다.

"드디어 잡았네."

"생각보다 쉽게 잡았는데? 이 계집 때문에 그 돼지한테 무능력하다 욕먹은 게 억울하다."

"의외로 약하군. 행방불명된 놈들은 역시 호위에게 당했나."

"그런 것 같다. 오늘은 호위가 없었나 본데."

놈들은 오랜 시간 속 썩였던 이아나를 잡아서 속 시원한 기분으로 발을 놀렸다.

털썩.

이아나의 몸이 주머니에서 바닥으로 떨어져 내렸다. 바닥은 축축했고 지저분한 냄새가 코를 찔렀다. 남자들은 이아나를 벽에 있는 쇠사슬들로 한 번 더 꽁꽁 묶었다.

"자, 이제 한잔하러 가자고."

저벅, 저벅.

임무를 끝낸 남자들이 가벼운 발걸음으로 나갔다. 발소리가 멀어지자 이아나는 눈을 한쪽만 슬쩍 떠서 주변을 살폈다.

창살이 있는 감옥이었다. 주변에는 피가 말라붙은 고문 도구들이 즐비했다.

그녀가 갇힌 곳은 깊은 지하에 있는 독방이었는데, 기감을 확장하니 위쪽에서 많은 사람들의 기척이 잡혔다. 기척이 약한 걸 보아, 감시자들이 아니라 잡혀 와서 갇힌 사람들인 듯했다.

이아나는 몸을 움직여 보았다.

잘그락.

팔과 다리, 몸통까지 쇠사슬로 단단하게 묶였다. 옛날에 노예
상에 잡혀가 밧줄로 묶였을 때와는 차원이 다른 대우였다.

'이 쇠사슬, 마나 제어를 막는 아티팩트로군.'

쿵, 쿵.

둔탁한 진동음이 빠르게 땅을 울렸다. 이아나는 그쪽을 쳐다
보았다. 한 남자가 불쑥 나타났다.

"오, 벌써 깨어난 건가?"

그가 감옥 안으로 들어왔다.

"호오, 예쁘잖아."

블랙폭시 노예상의 보스, 악명이 자자하던 브루스와의 첫 대
면이었다.

"한 번에 납치될 것이지 귀찮게 말이야. 네 실력이 뛰어난 건
지 널 보호하는 호위가 강한 건지는 몰라도 납치를 부탁했던 놈
들이 죄다 행방불명되어서 얼마나 당황했는지 알아?"

초상화로 봤던 것과 똑같이 생긴 뚱뚱한 남자였다. 가늘게 찢
어져 야비해 보이는 눈과 씰룩거리는 비열한 입매가 인상적이었
다.

'브루스. 채찍의 대가에 의외로 몸놀림이 빠르다고 했던가?'

이아나가 브루스를 위아래로 훑어보았다.

브루스는 마음껏 감상하라는 듯 두 팔을 쫙 벌리고 콧노래를
흥얼거렸다. 이아나는 사양하지 않고 샅샅이 훑었다. 놈의 신체

특징, 버릇까지 모조리 파악했다. 시선이 어찌나 집요했는지, 브루스가 시선에 부담을 느끼며 속으로 이 미친 여자는 뭐냐고 욕할 정도였다.

"넌 뭐야."

관찰을 마친 이아나가 물었다. 지금 당장 놈을 잡아갈까 하다가 대화부터 나눠 보기로 결심했다. 우위에 있다 생각하며 거드름을 피우는 상태와 고문당하는 상태에서 나오는 정보는 다를 수 있었다.

"날 잡아 온 이유가 뭐냐."

"오, 날 핥듯이 쳐다볼 때부터 범상치 않다고 생각했지만 정말 대단하구나. 이런 상황에서도 그렇게 건방질 수가 있다니? 몸 굴리던 계집이 낳은 년이지만 그래도 백작가의 여식이라 이건가? 꼴에 자존심은 있다 이거냐?"

"잡아 온 이유가 뭐냐고."

이아나는 자기 할 말만 했다. 브루스가 입술을 씰룩거리다가 허리 뒤쪽에서 채찍을 꺼내 들었다.

쫘악!

이아나는 피하지도, 눈을 깜빡이지도 않았다. 채찍은 화살처럼 그녀의 뺨을 스쳐 지나갔다.

주륵.

채찍이 갈기고 지나간 이아나의 뺨에서 피가 흘렀다.

"……."

이아나는 쓰라린 뺨에서 흘러내리는 피를 혀로 핥았다. 타인의 피가 아닌 자신의 피는 정말 오랜만에 본다. 피로 물든 적안이 브루스를 물끄러미 보았다.

"어쭈, 채찍이 날아가는데도 눈 한번 깜빡 안 해? 이아나 로베르슈타인이라고 했나? 야, 그렇게 앙칼지게 쳐다봐도 하나도 안 무서워."

브루스가 채찍을 모아 팽팽하게 당겼다.

"두 번은 봐주지 않는다. 아픈 거 싫지? 맞기 싫으면 건방지게 굴지 말고 입 예쁘게 놀려라, 응? 내가 인간을 길들이는 데에는 일가견이 있거든?"

"……."

"어라, 아직 자존심을 챙기고 싶다 이거지?"

브루스가 씩 웃었다.

"좋아, 네 지옥은 지금부터 시작이니 처음은 좀 봐주도록 하마. 입 다물고 내 말 얌전히 듣도록 해라."

브루스가 이아나에게 다가와 그녀의 얼굴을 휙 붙잡았다.

"난 블랙폭시의 노예상 보스다. 블랙폭시 알지, 응?"

"……."

"왜. 안 믿기냐? 하지만 진짜야, 예쁜아."

브루스는 이아나의 예쁘장한 얼굴을 만족스럽게 들여다보았다. 그녀의 탄탄한 몸매를 훑어본 후에는 눈빛이 음흉해졌다.

"그리고 넌 내 노예가 되어서 오늘부터 밤마다 내 침대를 데울 거다. 아니, 밤이든 낮이든 가리지 않고 엉망진창으로 젖어선 야하게 신음하면서 날 찾아 대겠지."

천박한 말에 이아나가 눈살을 찌푸렸다.

"왜, 아니꼽냐? 난 네가 싫어할수록 더 꼴리는데 어쩌지?"

브루스가 이아나의 얼굴을 붙잡아 휙휙 돌렸다. 이아나는 나중에 풀려나면 놈의 손부터 찍어 버리겠다고 결심했다.

브루스가 흐흐 웃으며 말했다.

"똑똑히 알아 둬. 에이지 알지? 넌 에이지 때문에 이런 수모를 당하는 거야."

"에이지?"

"그래, 그 건방진 자식. 넌 걔가 어떤 새끼인 줄 알고 친하게 지낸 거냐?"

"에이지가 어떤 놈인데."

브루스가 이아나의 얼굴에 떠오를 배신감을 상상하며 콧김을 뿜어냈다. 이 여자는 에이지의 실체를 알게 되면 분명 실망할 것이다. 에이지의 것을 망가뜨린다고 생각하니 너무 즐거웠다.

"에이지도 나와 같은 블랙폭시다!"

알다마다. 이아나는 브루스가 대체 무슨 말을 할지 궁금해서 아무 대답도 하지 않았다. 브루스는 이아나가 충격을 받은 거라고 지레짐작하며 흥분해서 침을 튀겨 댔다.

"블랙폭시에서도 제일 더러운 놈이야. 알겠냐? 지금은 멀끔해 보여도 온갖 쓰레기 짓을 다 하면서 살아남은 비천한 노예 출신이라고. 얼마나 비열하고 더러운 놈인 줄 아냐?"

에이지에 대한 더러운 이야기들이 쏟아졌다. 제일 더러운 놈은 너다, 이 쓰레기야…… 라고 이아나는 말하고 싶었지만 그랬다간 쓸데없이 한 대 맞을 것 같았기에 나중으로 미뤘다.

"그래서? 내가 왜 에이지 때문에 이 꼴을 당해야 하지?"

"에이지의 여자잖아?"

"난 에이지의 여자가 아닌데?"

"알아. 지금은 아르하드라는 얼굴 반반한 새끼랑 사귄다며? 그래도 여전히 에이지가 아끼는 계집이잖아? 그 새끼가 살면서 너처럼 애지중지한 여자가 없었어요. 응?"

브루스가 이아나의 뺨을 탁탁 두드렸다.

"에이지도 내 채찍 맛을 보고 내 밑에서 빌빌 기었단다. 너도 기대해. 아, 그리고 네 룸메이트 년은 어디로 갔냐? 너랑 친했잖아? 너한테 행선지를 말해 주고 떠났지?"

"……."

브루스가 이아나의 얼굴을 홱 뿌리쳤다.

"알고 있구나? 왕의 씨를 받게 해 주려 했더니 주제도 모르고 시아이외, 그 은혜도 모르는 새끼랑 도망친 계집. 잡으면 가장 끔찍한 고통 속에서 죽어 가게 해 줄 예정이다."

"두 번은 못 할 짓이군."

이아나가 중얼거렸다.

인내심이 바닥났다. 그녀는 친구들을 상스럽게 모욕하는 브루스의 언행을 더 이상 참지 못했다.

"뭐? 너 방금 뭐라고 했냐?"

이아나는 대답하지 않고 기감을 확장했다. 이 근방에는 브루스와 저밖에 없었다. 마법의 기운도 전혀 없었다.

이아나의 눈동자에 차디찬 빛이 들어차기 시작했다.

"첸델프의 팔을 잘랐던 놈도 네놈이었지."

"앙? 첸델프라면……."

브루스의 눈이 험악해졌다.

"그래, 이년. 특별 경매 때 너도 있었지. 그런데 너, 내가 그 놈 팔을 잘랐다는 걸 어떻게 알아? 아, 에이지 그 새끼가 말해 준 거겠지? 하, 그 새끼 골 때리네."

브루스가 야릇하게 입꼬리를 끌어 올렸다.

"블랙폭시 기밀도 함부로 풀고 다니고……."

이아나는 가느다랗게 웃었다.

"드워프한테 직접 들었다. 판데모니엄의 열쇠를 찾는다며? 바하무트에서 그걸 왜 찾는 거냐?"

"당연히 숙원을 이루기 위해서…… 뭐, 뭐?"

브루스의 눈이 부릅떠졌다.

"내가 열쇠의 행방들을 알고 있는데."

촤아아악!

브루스가 채찍을 휘둘렀다. 이아나는 몸을 가볍게 틀어 채찍의 궤적을 피했다.

"생각이 바뀌었어. 침대는 필요 없다. 바로 고문해 주마."

"그래? 유언은 잘 들었다."

이아나가 몸에 힘을 줬다.

"이 미친년이 뭐라는……."

브루스는 뒤이어 눈앞에 펼쳐진 광경에 말을 끝맺지 못했다.

우두두두두두둑.

이아나를 구속하고 있던 최상급 마나 구속구들이 빵 부스러기처럼 부서지더니 바닥으로 떨어져 내리고 있었다.

당황한 브루스가 뒤로 주춤주춤 물러났다.

'뭐지? 구속구가 불량이었나?'

브루스는 약삭빠르고 머리 회전이 빨랐다. 하지만 그가 무슨 생각을 하기도 전에 그의 세상이 빙그르르 돌았다.

콰아아아앙!

"커헉!"

이아나가 육중한 브루스의 몸을 바닥에 내다 꽂았다. 정신을 못 차리고 고통스러운 숨을 토해 내던 브루스는 두 손에서 끔찍한 고통을 느꼈다.

"악⋯⋯."

콰직!

브루스는 비명을 지르기도 전에 부츠 굽에 입을 세게 짓밟혔다. 브루스가 허우적거리며 제 얼굴을 밟고 있는 다리를 붙잡으려 했지만 그럴 수 없었다. 두 손은 이미 떨어져 나가 멀리서 움찔거리고 있었기 때문이다. 이아나가 어느새 아공간에서 빼든 검에서 피가 뚝뚝 떨어져 내리고 있었다.

퍼억! 퍽!

이아나는 브루스를 몇 대 때려 기절시킨 후 아공간에 담아 왔던 마나 구속구로 칭칭 묶었다.

위이잉.

그 후 워프 스크롤을 찢어 브루스를 어딘가로 보내 버렸다.

아악⋯⋯.

이 새끼들 어디서⋯⋯.

이아나의 뛰어난 청각에 시끌시끌한 소음들이 미세하게 잡혔다. 소음은 지상에서 발생하고 있었다.

화르르륵!

이아나는 다음 층으로 통하는 축축한 돌계단을 뛰어 올라가며 카고마인을 불러냈다.

[이아나!]

카고마인은 반갑게 캥 하고 외치곤 이아나를 따라 불꽃 꼬리를 살랑거리며 깡충깡충 뛰었다.

[예쁜 이아나! 귀여운 이아나! 멋진 이아나!]

카고마인이 애교스럽게 외치며 이아나의 어깨에 폴짝 뛰어올랐다.

[어? 어!]

카고마인이 이아나의 뺨에 생긴 상처를 발견하곤 온몸에서 화염을 화르륵 뿜어냈다.

[어떤 놈이야? 감히! 불태워 버릴 것이다! 카아아!]

"그놈은 내가 처리했어."

[그래? 역시 이아나!]

"저기에 남아 있는 그놈의 흔적들을 모두 지우고 싶어. 이 층 전체에 불을 질러 줄 수 있어?"

[당연하지!]

카고마인이 뒤를 돌아보았다. 불꽃이 부르르 떨렸다.

[여기 뭐야? 끔찍한 사념이 아주 많아. 여기서 죽은 인간들 엄청 원통하고 고통스러웠나 봐. 정화할까?]

"그래."

이아나의 대답이 떨어지자 카고마인이 몸을 한번 말더니 뒤로 뛰어 나갔다. 뒤에서 화끈한 열기가 엄습했다. 이아나는 뒤를 돌아보았다가 경외감을 느꼈다.

붉은 화염이 공간을 통째로 녹이고 있었다. 무섭다기보다는 성스러운 광경이었다. 눈으로 보기엔 불지옥이었지만 불꽃에서 느껴지는 기운이 깨끗하고 맑았다.

이아나는 이마에 맺힌 땀을 훔쳐 냈다.

'카고마인이 날 보호해 주고 있나 봐.'

그렇지 않으면 더위를 느끼는 정도로 끝나지 않는다.

[응! 내가 널 다치게 할 순 없잖아!]

이아나의 생각을 읽은 카고마인이 뿌듯하게 외쳤다.

얼마 지나지 않아 불꽃이 일시에 꺼졌다. 카고마인의 불꽃이 지나간 곳에 있던 물건들은 녹아내리거나 타서 재로 남거나 둘 중 하나의 결말을 맞이했다.

[끝났어.]

연소를 끝내고 돌아온 카고마인이 다시 어깨에 올라탔다.

"카고마인, 지금부터는 내 몸속에 숨어 있다가 내가 위층으로 올라가면 그 전 층에 있던 걸 모두 불태워 줘. 가능해?"

[당연하지. 그런데 내가 몸속에 들어가면 엄청 부글부글할 거야. 괜찮겠어?]

부글부글? 무슨 느낌인지 모르겠지만 이아나는 승낙했다. 이아나의 허락이 떨어지자 카고마인은 이글거리는 투명한 열기로 변했다. 열기는 이아나의 피부를 통해 스며들었다.

이아나는 카고마인이 말한 '부글부글'의 뜻이 뭔지 바로 알 수 있었다.

카고마인이 온도를 조절한 덕분에 체온은 적당히 훈훈한 정도로 올라갔다. 중요한 건 몸 안에서 에너지가 펄펄 끓어 넘치고 있다는 점이었다. 에너지를 발산하기 위해 뭐든 다 때려 부수고 싶다는 충동이 불쑥불쑥 들었다.

이아나가 다음 층에 도착했다. 그곳에도 노예들이 있었다.

"뭐야!"

위에서 난리가 난 걸 알면서도 자기 층의 노예들을 꿋꿋이 감시하고 있던 감시자들은 브루스의 개인 층인 지하 최저층에서 괴인이 훌쩍 올라오자 화들짝 놀라 무기를 겨누었다.

퍼걱!

이아나는 넘치는 에너지로 놈들을 박살내고 감옥 문들을 모조리 부쉈다. 사람들은 너무 놀라서 부들부들 떨었다. 이아나가 다가가자 무서워서 눈물까지 뚝뚝 흘렸다.

우드드득.

이아나는 그들의 자유를 빼앗은 구속구들을 모조리 부쉈다. 영문을 모른 채 어색하게 몸을 움직이는 그들에게 이아나가 손짓했다.

"나와요."

그제야 이아나가 구원자임을 깨달은 사람들이 환호했다.

최하층에 갇혀 있던 노예들은 각 분야에서 한가락 하는 사람들이었다. 실력 좋은 무인이나 마법사, 혹은 손재주 좋은 장인이나 눈에 확 뜨이는 미인들이었다. 그들은 무기가 될 만한 쇠붙이들을 하나씩 꼬나 쥐고 물었다.

"검사님. 여기 갇힌 사람들을 모두 구하실 생각입니까?"

"네. 따라오십시오."

이아나는 짧게 대답하곤 위층으로 뛰어갔다. 사람들을 이끌고 도착한 위층에서도 똑같은 일을 했다. 모두 정리한 후, 이아나는 속으로 생각했다.

'카고마인, 아래층을 불태워.'

[응!]

카고마인이 대답한 지 얼마 지나지 않아 바닥에서 뜨끈뜨끈한 열기가 올라왔다.

"하아, 왜 이렇게 덥지."

계속해서 위로 올라가며 똑같은 작업을 반복했다. 이아나를 따라가는 사람들은 올라가면 올라갈수록 점점 늘었다. 사람들은 이아나를 도와 감시자들을 제거했다.

"죽어!"

블랙폭시 조직원들을 응징하는 손길들은 매서웠다. 엄청난 분노와 증오가 묻어났다. 이아나는 그들에게 분노를 해소할 기회를 주기 위해 어느 순간부터 조직원들을 처리하지 않았다. 대신 사람들을 풀어 주고 챙겨 온 치료제들을 뿌려 댔다.

"감사합니다, 검사님."

"정말 감사해요. 정말."

계속 올라가다 보니 내려오던 아군과 조우할 수 있었다.

아군의 대장이 이아나를 보고 흠칫했다.

"당신은 혹시 카마트로스의……."

이아나가 고개를 끄덕거렸다. 이아나를 뒤따라오던 사람들은 카마트로스라는 단어를 똑똑히 듣고 기억해 두었다.

이아나는 모두와 함께 아지트를 빠져나왔다. 아군에게 사람들을 인도한 뒤 홀로 아지트에 남은 이아나는 속으로 카고마인의 이름을 불렀다.

[이제 저기에 살아 있는 사람은 없으니까 통째로 폭파할게.]

퍼어어어엉!

이아나가 잡혀 왔던 노예상 아지트는 그렇게 사라졌다. 그리고 이아나는 이미 습격당하고 있는 다른 노예상 아지트들로 가서 빛과 같은 속도로 파괴를 행했다.

오늘, 귀족들의 결사 단체와 카마트로스는 미리 파악해 놓은 노예상 아지트들을 한 번에 습격했다. 불시에 가해진 뼈아픈 공격이었다. 모든 급소들이 한 번에 쑤셔진 거나 다름없었다.

브루스가 이아나에게 납치당해서 지시를 내릴 인물도 없었다. 블랙폭시 간부들은 허둥대며 주먹구구식으로 막았다. 아지트에 머물고 있던 바하무트 기사들도 얼떨결에 블랙폭시에 힘을 보탰다.

하지만 블랙폭시와 바하무트의 결탁을 숨기고 있는 처지라 행동이 굼떴고, 로안느에서 그들에게 지시할 수 있는 사람은 기사단장, 블랙폭시의 보스들, 혹은 위프헤이머뿐이었던 탓에 비효율적으로 대응하다가 허무하게 당할 수밖에 없었다.

정보가 차단되어 노예상의 참변을 뒤늦게 전해 들은 페인이 대응에 나섰으나 늦어도 한참 늦었다. 적들은 이미 임무를 끝내고 썰물처럼 빠져나간 후였으니까.

일이 마무리된 후 이아나는 아르하드에게 연락했다.

[어떻게 됐어?]

"당연히 성공했습니다. 로안느에 존재하는 노예상 아지트를 대부분 파괴했어요. 브루스가 멍청하게 저를 노린 덕분에 일이 쉽게 끝났습니다."

[그 더러운 돼지가 무슨 짓 안 했어?]

아르하드의 목소리는 신경질적으로 곤두서 있었다.

"음……."

이아나는 가면 밑으로 딱지가 덕지덕지 앉은 제 뺨에 대해서 말해야 하나 말아야 하나 고민하다 결국 입을 열었다.

"상스러운 욕을 많이 먹었습니다. 그놈이 제 얼굴을 붙잡고 획획 돌리다가 뿌리쳤어요."

[…….]

이아나는 고자질하는 어린아이가 된 색다른 기분을 느꼈다. 이런 기분은 처음이라 뺨이 욱신거리는 것과 별개로 재밌었다. 아르하드가 자기 일처럼 분노해 주는 것도 좋았다.

"채찍으로 뺨도 한 대 맞았습니다."

아티팩트 너머로 침묵이 맴돌았다. 이쯤 해야겠다 싶었던 이아나가 픽 웃으며 말했다.

"스쳐 지나가듯 맞은 거예요."

[그 자식, 살려 뒀지?]

아르하드의 목소리가 섬뜩했다.

살려 뒀으면 어쩌려고? 이아나는 어렵지 않게 짐작했다. 세상에서 가장 끔찍한 고통을 주다가 저세상으로 보낼 것이다.

"에이지 몫이라 살려 둔 겁니다. 당신 몫은 없어요. 맞은 건 제가 알아서 보복하겠습니다. 그리고 곧 치료도 할 겁니다."

[하아아.]

아티팩트 너머로 큰 한숨 소리가 들려왔다.

아르하드의 잔소리가 이어졌다. 이아나는 애정 어린 잔소리를 들으며 또 웃고 말았다.

브루스가 정신을 차렸을 때는 사방이 어두컴컴했다.

"읍! 읍!"

입이 천으로 막혀 있고 팔이 뒤로 묶여 있었다. 손을 허우적거리려 했지만 손목 아래가 허전하고 미치도록 아팠다.

브루스는 너무 화가 나서 눈물까지 났다.

너무 어처구니없이 당했다.

'이 개 같은 년.'

아직 사태 파악을 제대로 하지 못한 브루스는 어딘가에 있을 이아나를 향해 속으로 쌍욕을 했다.

'아티팩트로 의수는 얼마든지 만들 수 있어. 여기가 어딘진 몰라도 일단 벗어나야……'

브루스는 구속당한 몸을 풀려고 버둥거렸다. 하지만 앞도 잘 보이지 않고, 앉아 있는 의자에 너무 단단하게 묶여 있어서 움직임은 한없이 제한되어 있었다.

"뭐 하냐?"

브루스는 흠칫 놀라 목소리가 들려온 쪽을 돌아보았다. 두 사람이 벽에 기대서서 서커스에 끌려 나온 돼지 보듯 구경하고 있었다. 그들을 알아본 브루스가 발작했다.

에이지가 브루스에게 천천히 다가왔다.

"안녕, 브루스 씨? 아……."

불현듯 멈춰 선 에이지가 신음을 흘리며 등을 더듬거렸다.

"오늘따라 등에 있는 흉터가 되게 욱신거리네."

에이지가 지긋지긋하다는 듯 등을 퍽퍽 두드리더니 브루스를 똑바로 쳐다보며 다시 걸어왔다. 에이지가 다가갈수록 브루스는 몸부림을 쳤다.

"브루스 씨이, 그렇게 왜 이아나 양을 건드리셨어요옹. 미쳤냐? 응?"

"읍! 읍!"

브루스가 할 말이 있다는 듯 제 입을 묶은 천을 향해 눈짓했다. 흥미를 느낀 에이지가 천을 풀어 보았다.

"이 개새…… 아니, 야, 에이지. 미안해. 내가 생각을 잘못했어. 솔직히 여자 하나 때문에 이렇게 동료를 잡아 온다는 게 말이 되냐? 장난하지 말고 어서 풀어라. 여기서 나가면 너희는 다신 안 건들게. 어?"

브루스는 에이지에게 애걸하면서도 멀찍이서 무표정한 얼굴로 벽에 등을 기대고 서 있는 이아나를 흘끗흘끗 노려보았다. 일단 나가면 저년이 판데모니엄의 열쇠의 위치들을 알고 있다고 황족에 보고할 것이다. 고문관은 당연히 브루스였다. 절대 가만두지 않으리라, 속으로 이를 빠득빠득 갈았다.

"야, 에이지, 이럴 때가 아니야. 저 여자가 우리와 바하무트의 관계를 알아…… 읍!"

"들을 가치도 없었네. 그냥 닥치고 있어."

에이지는 브루스의 입을 다시 천으로 막았다. 브루스가 속으로 이 미친놈! 하고 끊임없이 외쳤다.

'이 자식 진짜로 배신한 거야!'

머리 좋은 브루스는 모든 상황을 유추했다. 이아나 로베르슈타인은 에이지와 협력하는 특수 조직 소속일 것이다. 그게 아니라면 겨우 열여덟 살 계집이 마나 구속구를 힘으로 부수고 눈깜빡하는 사이에 제 두 팔을 잘라 낼 수 있을 리가 없었다.

에이지가 배신자라면 정말 큰일이다. 여기서 빠져나갈 확률이 요원해진다. 브루스의 얼굴이 파래졌다.

'염병!'

할 수 있는 게 없었다. 마법을 쓰려 해도 구속구가 마나 제어를 막고 있었다.

"내가 늘 말했지?"

에이지가 허리춤에서 은빛 나이프를 꺼내 들어 끝을 손가락에 걸고 빙글빙글 돌렸다.

"언젠간 그 위풍당당한 거시기에 칼을 잔뜩 쑤셔 박아 주겠다고."

"웁!"

브루스가 눈을 부릅뜨며 몸을 들썩거렸다.

"이제 못 쓰게 될 텐데, 이때까지 분발 좀 하셨나요? 이 쓰레기 새끼야?"

에이지가 웃었다.

"아, 맞다. 배때기에 칼침도 수십 번 놓아 주기로 했지. 일단 거시기는 최후로 남겨 두고 배때기부터 시작할까?"

웃고 있었지만, 사신의 것처럼 싸늘했다.

블랙폭시 노예상 대습격 날, 브루스는 행방불명되고, 노예상은 거의 와해되었다. 블랙폭시는 엄청난 타격을 입었고, 그날 이후 꽤 오랜 시간 번개를 맞고 마비된 양 제대로 된 활동을 하지 못했다.

이는 블랙폭시의 조직 체계로 설명할 수 있다.

블랙폭시는 실질적 보스이자 마약상 보스인 페인, 노예상 보스 브루스, 정보상 보스 에이지의 긴밀한 협조 관계 아래 수많은 조직들로 구성되어 있었다.

에이지가 취합한 정보들을 페인에게 전달하고, 페인이 계획을 세워서 브루스에게 전달하면 브루스가 실행한다. 페인이 머리라면, 에이지는 페인의 감각, 브루스는 그의 손과 발이었다.

흑여우 수인인 페인은 수인답게 인간들을 혐오했고, 바하무트 소속이 아닌 인간들과는 부대끼기 싫어했다. 음습한 성격인 그는 어딘가에 틀어박힌 채 명령만 내리는 경우가 많았다.

그런데 노예상 대규모 습격 사건 이후부터 페인의 감각은 왜곡당하고, 손발은 떨어져 나갔다.

에이지는 페인에게 흘러들어 가는 정보를 차단하거나 조작하며 그의 눈을 흐렸다. 블랙폭시는 에이지를 열외로 한 새로운 정보 단체를 운영하고 있었지만, 로안느에서 이미 모든 정보력을 장악한 에이지를 이겨 먹을 수는 없었다.

그리고 손발의 역할을 맡았던 브루스는 행방불명되었다.

로안느는 사실상 페인이 아닌 브루스의 영역이었다. 루리아나 페르난도와 접선하는 것도 브루스가, 마틴 오웬 등 다른 귀족들을 타락시키는 것도 브루스가. 그는 로안느에서 손발과 머리의 역할을 동시에 하고 있었다.

브루스는 중요한 일들을 모두 직접 수행하는 것도 모자라서, 조직원들을 부려 깽판을 치는 일들도 도맡아서 지휘했다. 페인은 브루스가 일을 잘했기에 별 걱정 없이 그에게 로안느의 거의 모든 일을 맡겼다. 그러니 브루스가 행방불명 후, 모든 일이 마비될 수밖에 없었다.

블랙폭시의 세 기둥 중 둘이 사라지고 결국 실질적으로 블랙폭시의 머리만 남았다.

결국 페인이 전면에 나서서 사태를 빠르게 수습하고 있었으나, 블랙폭시 노예상은 로안느에서만 습격당한 게 아니었다.

남부 대륙에 흩어져 있던 모든 노예상들이 습격당했다. 카마트로스 조직원들과 조직원들 개개인이 이끄는 단체들, 그리고 아르하드의 거대한 세력이 힘을 합쳐 만들어 낸 작품이었다.

"죽여라!"

페르난도의 광증과 패악질은 여전했다. 트집을 잡는 건 물론이요, 마음에 들지 않는 사람은 그냥 죽였고, 제가 처한 현실을 잊으려고 전보다 훨씬 사치스러운 파티를 벌여 댔다. 얼마나 심한지 국왕과 귀족들도 치를 떨 정도였다.

페르난도는 변했다. 시아이외의 말에 콤플렉스가 콱콱 쑤셔지고 자존심이 박살 나다 못해 성불구까지 된 페르난도는 요 근래 비뚤어지다 못해 미쳐 가고 있었다.

루리아조차 페르난도를 통제하는 게 불가했다. 페르난도는 그녀의 말을 듣지 않았다.

"어머니, 그냥 닥치고 궁으로 들어가 계십시오. 티 파티를 하든 뭘 하든 마음대로 하셔도 좋지만 내게 이래라저래라 하지 마시라고요."

루리아가 창백한 얼굴로 휘청거렸다.

"페르난도 네, 네가 어떻게……."

"내가 왕입니다. 어머니는 대체 언제까지 내 위에 있는 양 굴 겁니까? 봐주는 것에도 한계가 있습니다!"

루리아를 거역하는 페르난도의 언행에서 반항심이 덕지덕지 묻어났다. 루리아가 보기엔 마법에 당한 게 아닌가 싶을 정도로 극단적인 변화였다.

이후, 큰 충격을 받은 루리아가 힘없이 궁에 틀어박힌 지도 꽤 되었다.

"다 어머니 때문이다."

천문학적인 상금을 걸고 수배령을 내렸지만 시아이외는 잡히지 않았다. 분노를 해소할 대상이 나타나지 않자, 페르난도는 루리아를 증오하기 시작했다.

페르난도는 제 발로 왕자의 자리를 걷어찬 시아이외를 여전히 아들이라고 주장하는 그녀에게 배신감을 느낌과 동시에 그의 마음속에 억눌려 있던 분노를 폭발시켰다.

왕은 무엇을 해도 용서받는 존재였다. 모친에게도 아무렇게나

굴어도 상관없을 터였다.

"페르난도, 그만해! 악!"

그래서 페르난도는 루리아를 말과 폭력으로 학대했다. 모친을 학대하면서 느끼는 쾌감은, 정말 놀랍게도 어린 여자아이들을 괴롭히면서 느꼈던 쾌감보다 뛰어났다.

그야말로 통제 불능의 쓰레기였다.

"브루스! 브루스를 불러와!"

페르난도는 틈만 났다 하면 브루스를 찾아 댔다. 하지만 브루스는 그에게 프리실라를 넘긴 날 이후로 보이지 않았다. 페르난도는 브루스에게 무시당하고 있는 건가 싶어 열이 뻗쳤다.

쾅!

마틴 오웬이 주먹으로 책상을 세게 내리쳤다. 그의 온몸이 분노로 경련하는 걸 본 집사는 긴장해서 침을 꿀꺽 삼켰다.

마틴이 잔뜩 뭉개진 목소리로 물었다.

"집사, 시아이외 그 빌어먹을 자식을 찾는 건 아직 멀었나?"

시아이외의 힘에 떠밀려 엉덩방아를 찧었던 기억이 아직도 생생했다. 그 치욕스러운 기억은 둘째 치고 놈이 퍼뜨린 정보들 때문에 오웬 후작가는 로안느 전역에서 대표적으로 비난받고 경멸당하고 있었다. 드높은 명예와 권력은 이미 추락해서 땅을 구르고 있었다.

"행적이 묘연합니다."

퍽!

집사는 재떨이를 이마에 세게 얻어맞고 신음했다. 마틴은 분을 못 이겨 책상 위의 물건을 사방으로 던져 댔다.

"그 자식을 찾느라 쓴 돈이 얼마인데 아직도 못 찾아!"

마틴 오웬이 부글부글 끓어 답답한 속내를 참지 못하고 머리를 쥐어뜯었다.

"시아이외…… 가만두지 않겠다. 대체 그런 자료들을 어디서 긁어모아서, 퍼뜨리고 다닌 거냐!"

오웬 후작의 비리 자료는 리키젠이 복수심을 불태우며 모아 온 자료들에 시아이외의 부친의 일기장에서 발췌하고 수집한 자료들을 더한 결과물이었다. 완성된 자료를 기반으로 카마트로스가 마틴이 대처할 시간도 주지 않고 단숨에 퍼뜨렸다.

리키젠의 존재를 알지 못하는 마틴은 시아이외를 저주하며 이를 바득바득 갈았다.

중요한 건 평판 따위가 아니었다. 주제도 모르고 떠들어 대는 평민들 따위는 얼마든지 짓누를 수 있었다. 대귀족들이 그를 경멸하는 것도 관계없었다.

마틴이 발산하는 분노의 원천은, 부정할 수 없을 정도로 명확한 불안감이었다.

'바하무트를 택한 것이 잘한 선택인가.'

금방 망할 거라고 생각했던 로안느는 몇 개월이 지난 지금도 바하무트와 잘 싸우고 있었다. 브루스가 곧 죽는다고 장담했던 슈나이더는 그 무서운 바하무트 황제와 맞서 싸우고 있었다. 꼭 두각시인 페르난도는 줄을 끊고 미쳐 날뛰고 있었다.

로안느가 바하무트를 상대로 천 년의 역사를 지켜 온 강국이라는 사실이 무겁게 다가왔다. 이러다가 큰일이 날 수도 있겠다 싶었다.

마틴은 입술을 꽉 깨물었다가 버럭 외쳤다.

"둘째 놈의 행방은 아직인가!"

집사가 힘없이 대답했다.

"도련님의 행적 또한 오리무중입니다……."

둘째가 행방불명된 지 좀 되었다. 못났지만 그래도 아들이랍시고, 마틴은 둘째의 행방을 끊임없이 수소문하고 있었다. 아들의 마지막 행적은 블랙폭시의 아지트였다. 블랙폭시를 추궁했지만 블랙폭시 측도 아는 게 없다고 했다.

아들도 그렇고. 가문의 미래도 그렇고.

강한 불안감이 그를 엄습했다.

"약을 가져와!"

집사가 후다닥 약을 가져왔다. 마틴은 파이프에 마약을 넣고 불씨를 놓았다.

"후우우……."

마틴은 약을 하고 나서야 조금 진정되었다. 담배도 좋지만 역시 약이 주는 안정감이 더 컸다.

권력을 포기할 수는 없다.

하지만 살 구멍은 마련해 놔야겠다고 생각했다. 만에 하나라도 슈나이더가 왕이 되는 날엔, 그는 죽은 목숨이었다.

그때부터 마틴은 탈출을 대비하여 비교적 몬스터가 없는 타국으로 재산을 야금야금 옮기기 시작했다. 그 흐름이 모두 카마트로스 측에 추적당하고 있다는 것도 모르고 말이다.

며칠 후.

마틴은 블랙폭시에 몇 번이고 면담 요청을 하고 나서야 페인을 만날 수 있었다.

"왜 불렀지?"

브루스 대신 책임자가 된 음울한 외양의 마른 남자, 페인은 건방지기도 매우 건방졌다.

"대체 슈나이더는 언제 죽는 거요?"

"곧. 놈은 확실하게 죽을 테니 닥치고 기다려."

"곧 언제!"

마틴이 페인의 멱살을 붙잡았다. 즉시 뿌리친 페인이 마틴의 손을 테이블에 쾅 하고 내던지더니 칼로 내리찍었다.

"아악!"

마틴은 비명을 질렀다가 덜덜 떨며 제 손을 보았다. 피가 쏟아져 나오고 있는 제 귀한 손이 믿기지 않아 어버버 했다.

"까불지 마라. 마틴 오웬. 난 브루스처럼 너그럽지 않다."

페인이 소름 끼치는 목소리로 말했다.

"죽기 싫으면 얌전히 꼭두각시 노릇이나 해."

마틴의 눈빛이 사나워졌다.

페인은 마틴의 눈깔을 파 버리려다가 참았다.

그길로 면담을 끝낸 페인은 아지트로 돌아왔다. 의자를 거칠게 밀고 앉은 그가 테이블 위의 서류들을 꼼꼼히 훑었다.

'브루스…… 요즘 이아나라는 계집에게 정신이 팔려서 바하무트 기사들에게도 그년을 잡아 와 달라고 부탁했었다지.'

페인의 앞에는 이아나에 대한 서류가 잔뜩 쌓여 있었다.

학술원 검술학부의 최고 엘리트. 슈나이더의 총애를 받는 뛰어난 검사. 요즘 학술원 임무에서 두각을 드러내고 있음. 학술원 내에 추종자가 많음. 그리고 에이지가 치근덕거리는 계집.

'에이지 그 새끼가 브루스가 이아나 로베르슈타인을 노린다는 걸 알고 선수를 친 거다. 이참에 노예상을 싹 밀어 버리겠다 작정한 거겠지.'

바하무트는 에이지의 배신을 이미 알고 있었다.

'에이지, 이 빌어먹을 새끼. 카마트로스에 붙었다니.'

페인은 에이지를 일적으로 신뢰했던 자신의 머리를 터뜨려 버리고 싶어졌다. 당장에라도 잡아 와 사지를 찢어 놓고 싶었다. 그럼에도 에이지를 내버려 두는 건, 테일런이 가만히 지켜만 보라는 명을 내렸기 때문이다.

파악!

종이를 내던진 페인이 분을 못 이기고 테이블을 내리쳤다.

그때, 페인의 옆으로 마나의 바람이 휘몰아쳤다.

"오랜만이군. 페인."

텔레포트를 한 사람은 매우 까칠한 얼굴을 한 위프헤이머였다. 하지만 그가 너무 반가웠던 페인의 표정은 달이 뜬 것처럼 환해졌다.

"위프헤이머 님, 잘 오셨습니다!"

위프헤이머는 최근 마법 연구에 집중하고 있었다. 그는 연구를 방해하는 자를 용서하지 않았기에 함부로 오라 가라 할 수 없었다.

"뭘 그렇게 반갑게 부르나."

위프헤이머가 페인의 위아래를 훑더니 혀를 찼다.

"쯧. 원래도 꼬챙이 같더니 이제는 바싹 타고 남은 나뭇가지 같구먼."

"요즘 일이 너무 많아서 그렇습니다. 위프헤이머 님, 이제 저를 좀 도와주시면 안 되겠습니까?"

"난 테오도르를 뒤집어 놓은 걸로 이미 할 일을 다 했다."

위프헤이머가 시큰둥하게 말했다.

"로안느에는 내게 대항할 놈이 없어. 하인리히 그 배신자도 내게 상대가 안 되겠더군. 그렇다고 나 혼자 로안느를 잡아먹는 건 월권이다. 로안느는 황실분들 몫이니까."

위프헤이머가 테일런에게 부여받은 임무는, 황실이 나서기 전 일차적으로 로안느의 전투 인력을 줄이는 것까지였다. 페인도 그걸 알았지만 답답함에 심장이 터질 것 같았다.

"그럼 대체 언제까지 이렇게 기다려야 합니까? 주인님들께서는 왜 몇 개월이 지난 지금도 황궁에만 계시는 겁니까? 자세한 설명 없이 늘 기다리라고만 말씀하십니다."

페인이 호소하자 위프헤이머가 야릇한 표정을 지었다.

"자네가 이해할 수 없는 차원의 흥밋거리가 있어. 벌여 놓은 정복 전쟁도 제쳐 둘 정도로 아주 흥미로운. 가끔 황성에 가서 애기를 들어 보면 아주 재밌어."

"……."

"얌전히 할 일 하며 기다리게. 황족이 괜히 황궁에 칩거하고 있는 게 아니니까. 지금 황족이 하는 일들이 그만큼 중요하다는 걸세."

페인은 도통 이해할 수 없었지만 위프헤이머가 그렇다고 하니

의문을 삼킬 수밖에 없었다.

"그렇군요. 하지만 그 때문에 전쟁이 진행이 되질 않으니 저는 골치 아픕니다."

"황족이 나서지 않는다고 해서 우리가 지금 하고 있는 일들이 전쟁이 아니게 되는 건 아니지. 전쟁은 착실하게 진행되고 있을 텐데?"

위프헤이머의 말처럼 바하무트 제국은 황족이 황성에 틀어박힌 지금도 전 세계와 전쟁을 이어 가며 대륙 전역에 피로감을 쌓는 중이었다. 하지만 페인은 몹시 불만스러웠다.

"바하무트의 총력을 쏟아부은 진짜 전쟁은 아니지요. 제가 생각하는 정복 전쟁은 주인님들이 압도적인 힘으로 밀어붙이는 일방적인 전쟁입니다. 솔직히 말해 전 이번 해 안으로 세계 정복이 끝날 줄 알았습니다."

세계에는 많은 국가들이 있지만 거대한 땅덩어리 대부분이 바하무트의 것이라 해도 과언이 아니다. 북서부 국가들은 오래전부터 바하무트의 속국이었고 남부 대륙의 중소 국가들도 블랙폭시의 세력권에 있었다. 숙적인 로안느만 끝장내면 세계 정복은 일도 아니었다. 그리고 로안느는 타락해서 그들의 손에 들어온 상태였다.

"주인님들만 나서 주시면 이 모든 답답한 상황이 순식간에 끝날 텐데!"

"참게."

"휴!"

페인이 답답함을 참지 못한 나머지 가슴을 퍽퍽 쳤다.

"그리고 전쟁이 잘 진행되고 있는 건 서부만 그렇습니다. 동부에서는 오히려 밀리고 있습니다. 슈나이더 때문에요! 저는 선황이 슈나이더를 죽이는 데 이렇게까지 오래 걸릴 줄 몰랐습니다. 슈나이더가 강한 겁니까, 선황이 약해진 겁니까?"

"흠……."

위프헤이머가 미간을 찌푸렸다.

"왕자가 그리 강하진 않을 텐데. 골방에 갇혀 있다 자유를 얻더니 일부러 시간을 끄는 게 아닌지 의심스럽군. 내가 아는 그자는 쾌락주의자니……."

위프헤이머는 필리어드와 함께 전장을 쏘다녔을 때를 떠올렸다. 필리어드는 쾌락을 위해서라면 얼마든지 포악해질 수도, 온건해질 수도 있었다. 슈나이더가 필리어드에게 색다른 쾌감을 주고 있다면, 일부러 살려 두고 있을 수도 있었다.

'아랫도리를 잘못 놀려서 이 사달을 만들고 말이야. 쯧쯧.'

위프헤이머가 속으로 혀를 찼다.

"일단 슈나이더 놈은 그냥 선황한테 맡겨 둬. 내가 따로 지켜보다가 영 안 되겠다 싶으면 폐하께 보고드리고 직접 손을 쓰겠네."

"감사합니다. 그런데 로안느 쪽도 좀 도와주시면……."

"거 문제도 많군. 또 뭐가 문제인가?"

위프헤이머가 불퉁하게 묻자, 페인이 침을 꿀꺽 삼키고 위프헤이머가 실험실에 칩거하기 시작한 이후부터 발생한 문제들을 차근차근 빠짐없이 설명했다.

국왕 페르난도가 성 불구가 되어 광인이 된 문제. 블랙폭시와 결탁한 귀족들 목록이 까발려지고, 그들이 행해 온 많은 악행들이 폭로된 문제. 오웬 후작을 비롯한 페르난도 파 귀족들이 불안감을 느끼고 흔들리고 있는 문제.

"페르난도는 꼭두각시로서 가치가 없습니다. 시기가 되면 라이너스 왕자를 왕위에 올리려고 합니다. 나이도 어리고, 페르난도와 슈나이더에 치여 산 탓에 유약하고 겁이 많다고 하더군요. 꼭두각시로 제격입니다."

"그 문제에 대해선 내가 도와줄 부분이 없어 보이는데? 자네는 대체 내게 뭘 도와달라는 건가?"

"노예상이……."

페인은 마침내 제일 최근에 터진 문제, 전 세계에 흩어져 있는 노예상 건물들이 한 번에, 불시에 습격당하고 브루스가 행방불명된 문제에 대해서도 이야기했다. 그제야 표정이 살짝 굳은 위프헤이머가 수염을 쓰다듬으며 인상을 찌푸렸다.

"어쩐지. 실험체의 공급이 끊어져서 방문한 건데 노예상과 브루스에게 문제가 생긴 거였군. 어쩌다 그렇게 된 건가?"

페인은 위프헤이머에게 이아나 로베르슈타인에 대한 자료들을 넘겨주며 사태에 대해 설명했다. 위프헤이머는 천천히 그 자료들을 읽어 보면서 페인에게 물었다.

"배신자 에이지가 이 계집과 친하게 지낸다고?"

"예."

"결론이 나왔군. 이아나 로베르슈타인은 카마트로스 소속이다. 그것도 아주 실력이 좋은."

페인이 움찔했다.

"저도 그리 생각은 했는데, 이렇게 어린 여자가 어찌⋯⋯."

"페인, 나이로 판단하는 건 삼가시게. 우리 테일런 황태자, 아니 황제 폐하께서 어릴 적 어떠셨는지 잊었나?"

페인이 부르르 떨었다.

"하지만 폐하께서는 특수한 경우셨고."

"폐하까지 갈 것도 없지. 나도 이 계집의 나이일 때 한가락 했어. 악마의 파편이 없었을 때도 말일세. 이 계집도 한 시대를 풍미할 능력자인 거겠지."

위프헤이머가 흥미롭다는 듯 이아나에 대한 정보를 꼼꼼히 읽어 내려갔다. 위프헤이머의 눈치를 보던 페인이 간절히 말했다.

"저는 이 모든 문제가 '카마트로스'에서 비롯되었다고 생각합니다. 카마트로스, 절대 평범한 소수 조직이 아닙니다. 블랙폭시 노예상을 한 번에 습격할 만큼 자본력과 세력을 갖추고 있다는 겁니다."

페인이 한숨을 푹 쉬었다.

"전 이놈들을 감당할 수 없습니다. 우리 정보를 전부 갖고 있는 에이지까지 그쪽에 있으니 어찌 상대하겠습니까? 도르시아니 그 여자도 배신한 마당에."

페인은 마르가리타를 죽여 놓고 아무렇지도 않게 찾아와 뻔뻔하게 굴었던 도르시아니를 떠올리며 이를 갈았다.

"에이지는 주인님들께서 가만 내버려 두라고 하셔서 어쩔 수 없습니다만⋯⋯. 위프헤이머 님, 카마트로스와 도르시아니만 어떻게 좀 해 주시면 안 되겠습니까? 이러다 화병으로 쓰러지겠습니다."

"도르시아니는 구미가 좀 당기는군."

위프헤이머는 도르시아니가 가지고 있는 악마의 파편을 떠올리며 입맛을 다셨다.

"하지만 곧 황족에게 파편을 넘겨야 할 테니 지금 내게 가장 중요한 일은……."

위프헤이머가 들고 있던 지팡이를 쿵 내리찍었다.

"'심장 공유 마법'을 완성하는 것이다. 지금의 내게는 마법의 완성 외에는 그 어떤 것도 중요하지 않다. 영생이 완성되느냐 마느냐의 기로에 서 있단 말이다."

영생.

그 말이 가진 무게에 페인이 부르르 떨었다.

"성공하신 겁니까?"

"성공 직전이지. 실험체가 떨어져서 문제라면 문제일까."

위프헤이머의 눈알이 광기로 희번덕거렸다.

"그러니 내게 이래라저래라 하지 말고 실험체나 착실하게 보내. 마법만 완성하면 실험실을 부수고 나와서 카마트로스고 이아나 로베르슈타인이고 슈나이더고 뭐고 다 죽여 줄 테니까."

위프헤이머는 테오도르 침략 초기, 그의 공격을 간신히 방어하던 신가드라와 마이마예를 떠올리며 조소를 흘렸다.

"마법의 근원도 알지 못하는 주제에 대마법사라는 이름을 달고 있는 놈들도 죄다 목을 따 주마. 심장 공유 마법만 완성한다면 말이야."

페인은 심장 공유 마법의 완성이 언젠가 바하무트 황족에게 죽어야 하는 위프헤이머의 숙원임을 알고 있었다.

페인이 얌전히 고개를 숙였다.

"알겠습니다."

그의 목소리는 밝아져 있었다. 위프헤이머가 활동해 주기만 한다면 무서울 것이 없었다. 그때까지만 버티면 되었다.

❧❦❧

그쯤, 이아나는 파엘라 상단에서 특별한 한 사람이 오기만을 기다리고 있었다.

"아, 언제쯤 오시는겨?"

"이러다 목 빠지겠네."

수인들이 안절부절못하며 창문 밖을 내다보았다.

그때 한명이 "오!" 하며 소리를 질렀다. 이아나는 마시고 있던 차를 내려 두고 문을 보았다.

쾅!

얼마 지나지 않아 문이 세차게 열렸다.

"나 왔다! 잘 지냈냐, 이 자슥들아!"

덩치가 우락부락하고 사납게 생긴 남자가 안으로 들어서며 우렁차게 외쳤다. 그는 블랙폭시의 페인을 제거하고 수인들의 묵은 원한을 청산하기 위해 필요한 남자였다.

"오오!"

수인들이 환호하며 팔을 높게 들었다. 이아나도 일어나서 그에게 다가갔다.

"어서 오십시오."

"오랜만이여! 잘 지냈는가?"

그가 호탕하게 웃으며 인사를 건넨 이아나의 어깨를 퍽퍽 쳤다. 압실롯 타이거, 수인들의 수장이자 용병왕이었다.

"야아, 이게 얼마만이여?"

뒤이어 다른 수인 이십여 명도 도착했다. 수인족에서 중요한 위치에 있는 이들이었다. 그들은 미리 모여 있던 수인 용병들과 반갑게 해후를 나누었다.

이아나와 수인들은 상단의 비밀 회의실 테이블에 모여 앉았다. 테이블 한쪽에는 하얀 로브를 쓴 여인과 검은 로브와 가면을 쓴 남자가 나란히 앉아 있었다. 수인들은 의자에 앉으면서 그들을 흥미롭게 흘끔흘끔 쳐다보았다.

"누구지? 인간?"

"나쁜 느낌은 아닌디."

"조용히 혀!"

압실롯이 소리를 지르자 방 안이 조용해졌다.

"이아나 양."

압실롯이 이아나를 쳐다보며 흥미롭다는 듯 물었다.

"이번에 검은 여우들을 칠 건디 우리들에게 함께하겠냐, 그리 물었지?"

"네."

지금이 블랙폭시의 수장이자 시디얀의 왕, 페인을 제거할 적기였다. 은둔 생활을 하던 그가 활동 범위를 넓혔기 때문이다.

그럼에도 위치 추적이 매우 어려웠지만 에이지가 코피를 펑펑 터뜨리며 일한 덕분에 놈의 동선 정보가 최근 완성되었다.

그리고 최근, 진자이에서 라이프 공장들의 위치를 전부 파악하였다는 소식을 전했다. 바하무트 황족이 공장에 걸어 둔 보호 마법을 파훼할 수단도 마련해 왔다.

이아나가 수인들을 돌아보며 말했다.

"예전에 수인들이 흑여우 일족, 흑호黑狐족에 원한이 있다는 이야기를 들었습니다."

"맞어. 우리의 오랜 원수들이지."

"눈에 띄면 목을 따 버릴 것잉게."

수인족이 흑호족에 가진 원한은 깊었다. 먼 옛날 그들은 흑호족의 배신 때문에 기로하이 사막으로 떠나야만 했다.

"놈들을 처리하기 위해서는 수인 여러분의 힘이 필요합니다. 여기 오신 건 함께하시겠다는 건가요?"

이아나의 말이 끝나자마자 흥분한 누군가가 주먹으로 테이블을 쾅 쳤다.

"말만 혀! 우리가 아니면 누구에게 그놈들을 죽일 자격이 있단 말인가?"

"안 그래도 깔짝거리면서 열 받게 혀서 다 죽이고 싶은 맘이 굴뚝같았단 말이여. 우리 쪽 쪽수가 딸려서 어쩌질 못했던 것뿐이구먼."

"바하무트 그 빌어먹을 염병할 새끼들만 아니면 벌써 썹어 먹었을 터인디……!"

수인들은 매우 적극적이었다.

압실롯은 가만히 듣고만 있다가 말을 꺼냈다.

"계획이 뭐여? 신이 나서 달려오긴 했다만, 너무 터무니없는 계획은 한 종족을 이끄는 수장으로서 허락할 수 없응게, 천천히 설명해 보드라고."

"먼저 소개시켜 드릴 분들이 있습니다."

이아나가 조용히 앉아 있던 두 사람을 곁눈질했다. 검은 로브의 사내가 일어났다. 그의 흰 가면에는 새가 그려져 있었다.

"여러분도 아는 분일 겁니다."

수인들의 호감 어린 호기심이 그를 향했다. 왜인지는 모르겠으나, 그에게서는 동족의 냄새가 났다. 이아나가 시저에게 고개를 끄덕였다. 시저가 천천히 가면을 벗었다.

"엇! 저분은!"

그를 알아본 수인들이 깜짝 놀랐다. 시저는 예리하면서도 선명한 금빛 눈동자를 가진 중년 남성이었다. 굵은 얼굴선과 태양에 그을린 피부, 까만색과 갈색이 뒤죽박죽 섞인 머리카락을 가진 그의 생김새는 마치 매와 같았다. 압실롯이 일어나서 시저에게 다가갔다.

"직접 보는 건 오랜만이구먼."

시저가 압실롯의 형형한 눈을 똑바로 쳐다보았다. 압실롯의 거칠면서도 압도적인 기세에 휘말리지 않고, 고고하면서도 단단한 기세로 그를 마주했다.

압실롯이 씩 웃으며 손을 내밀었다.

"살아 있어 줘서 고맙다. 마히루스 호크."

마히루스 호크가 압실롯의 손을 맞잡았다.

마히루스 호크. 조직명 시저.

매 일족인 그는 조인족의 전 수장이었다.

체술의 달인인 그는 몸이 몹시 날래서 마나를 쓰지 않고도 하늘을 가볍게 날아다녔다. 힘은 그냥 때리기만 해도 강철을 찌그러뜨릴 정도로 강했다. 눈이 몹시 좋아서 도망치는 적을 절대 놓치지 않았다. 가끔은 아주 멀리 떨어진 곳에 있는 목표물들도 포착해 냈다. 마치 천 리를 보는 듯했다.

시저는 말을 못 하는 것과 별개로 매우 조용한 남자였다. 가끔씩 지젤과 수화로 대화를 나눌 때가 아니면 있는 듯 없는 듯, 그냥 덩그러니 놓여 있는 바위 같은 분위기를 풍겼다.

이아나가 그와 가까워진 계기는 조인족이 건네준 편지였다. 기로하이 사막에서 귀환한 지 얼마 지나지 않아 카마트로스 소집일이 되었을 때, 이아나는 시저를 따로 불러내 조인족의 편지를 건네주었다.

시저는 매우 동요한 듯 떨리는 손으로 편지를 받아 봉투를 뜯었다. 묵직한 봉투 안에는 여러 장의 편지지가 있었다.

조용히 편지를 읽어 내려가던 시저의 가면 안쪽에서 눈물이 홍수처럼 쏟아져 내려 로브를 적셨다. 시저는 조용히 이아나에게 조인족의 편지들을 건넸다. 이아나가 당황해서 손을 내젓자 시저는 읽어 달라는 듯 손짓을 했다.

편지에는 몇 남지 않은 조인족들이 어떻게 지내고 있는지와, 시저의 안부를 걱정스레 묻는 말이 빼곡하게 적혀 있었다. 조인족의 몰락은 당신의 탓이 아니라고 여러 번 강조하는 말과, 편지를 전달해 주시는 분이 정말 괜찮은 분이라며 솔직히 안심했다는 말도 쓰여 있었다.

언제든 지치면 돌아오라는 말도 적혀 있었다.

시저는 손으로 이아나에게 고맙다는 뜻을 몇 번이고 전했다. 그리고 수인족과 인연을 맺고 그들의 성지인 티타누스까지 다녀 온 이아나에게, 마음을 활짝 열었다. 먼저 인사를 해 오는 것도 모자라 카마트로스 임무 중에도 따로 챙겨 줄 정도였다.

시저와의 교류가 늘어나자, 이아나는 시저와 지젤에게 수화를 배웠다. 자세한 의사소통은 어려워도, 어느 정도 깊은 대화를 나눌 수 있었다.

시저는 그의 원수가 검은 여우와 바하무트라고 말했다. 조인 족을 혐오했던 검은 여우들이 수작을 부려, 그의 가족들을 수없 이 잃었다고 말했다.

수인족과 흑호족의 묵은 원한에 관해서도 전해 들었다. 흑호 족은 비열하고 음습했다. 먹이 사슬의 중간에서 위쪽에 있는 수 인들에게 깊은 열등감을 가지고 있었다.

그런 데다, 팔딱거리는 심장을 뽑아 먹는 걸 즐겼던 그들은 여러 종족들이 대륙에서 섞여 살던 마도시대 초기에 타종족의 심장을 멋대로 먹어 수인족을 곤란하게 했다.

그도 모자라 흑호족은 수인족을 크게 배신했다. 바하무트 황 족의 발을 핥으며 애완동물이 되더니 황족의 힘을 이용해 수인 들을 학살했다. 신성한 티타누스 산을 그들이 차지하려 했다.

수인들은 티타누스의 결계를 방패 삼아 간신히 공격을 막았지 만, 수가 대폭 줄어들어 기로하이 사막에 칩거할 수밖에 없었다. 그래 놓고도 흑호족은 잊을 만하면 블랙폭시라는 이름으로 서부 에 얼씬거려 분노를 일깨웠다 했다.

"이야, 살아 계셨구먼!"

"긍께, 그때 일은 족장님 잘못이 아니었당께요."

수인들은 마히루스를 반겼다. 마히루스는 선하고 똑똑한 지도자로 기억에 남아 있었다. 마히루스는 고개를 숙여 인사한 후 다시 착석하더니 침묵을 지켰다. 수인들은 그를 이해했다.

이아나는 이번엔 흰 로브의 여성을 손으로 가리켰다. 그녀가 로브를 살짝 걷어 새하얀 외양을 내보였다.

"이쪽은 진자이 왕국 라오스 신전의 신관, 사키 셀츠스 시젠모어. 열 명의 대마법사 중 한 분으로, 치유가 전문입니다."

사키가 일어나서 수인들에게 인사했다.

"라오스의 은총이 그대들과 함께하길. 수인 여러분. 이렇게 만나 뵙게 되어 영광입니다. 인간이라서 꺼려지시겠지만, 그저 라오스 신의 종으로만 봐 주십시오. 제가 여러분께 위해를 끼칠 일은 절대 없을 겁니다."

수인들은 그녀에게도 호감을 표했다.

"아주 깨끗한 느낌의 인간이구먼."

"인간인디 불쾌하지 않어."

둘의 소개가 끝나자 이아나가 계획을 설명했다.

"시디얀에 있는 고스트 공장들을 폭파하고 거기서 일하고 있는 흑호족을 처리합니다. 알아보니, 수장, 페인을 제외한 대부분의 흑호인들은 공장에서 일하고 있는 듯하더군요."

블랙폭시는 시디얀을 제외한 서부에서는 기를 못 펴고 있다. 대신 시디얀에 틀어박혀 페인의 명을 받아 라이프 공장에서 인간의 심장을 추출하고 있었다.

"여러분께서는 시디얀의 흑호족을, 페인은 저와 압실롯 님이 처리합니다."

설명이 끝나자 누군가가 이아나에게 질문했다.

"라이프 공장의 마법에 걸려 있는 황족의 마법은 우리가 깰 수 없는디?"

"그건 사키가 해결합니다."

사키가 고개를 끄덕거렸다.

"진자이의 대신관님께서 나설 것입니다. 대신관님의 신성한 지팡이로 황족의 마법을 파훼할 수 있습니다."

사키가 말하는 지팡이는 페임드라의 나뭇가지. 라오스와 로베르슈타인의 힘이 깃든 강력한 성물이니 바하무트 황족이 직접 펼치고 있는 것도 아닌 마법은 부서질 수밖에 없다.

"현재 시디얀과 전쟁 중인 진자이 왕국군과 신전의 신관들이 시디얀을 칠 때 함께할 예정입니다."

사키의 말을 듣고 수인들은 납득했다.

"마법을 파훼하면 바하무트 황족이 올 수도 있지 않나? 놈들은 괴물이여. 우리가 상대하기 힘들 터인디……."

"바하무트 황족은 사정이 있어 황궁에 칩거 중입니다. 그러니 지금 일을 벌여야 해요."

수인들은 계획에 대해서 이것저것 물어본 후 결정을 내렸다.

이아나가 물었다.

"함께하시겠습니까?"

"당연하지이이이!"

수인들이 외쳤다.

회의가 끝나고, 이아나는 압실롯과 일대일로 대면했다.

"압실롯 님. 반드시 들어주셨으면 하는 부탁이 있습니다."

목소리에 농담기가 하나도 없었다. 압실롯이 씩 웃었다.

"뭐여? 이렇게 진지허니 긴장되는디. 말혀 봐."

이아나가 바로 본론을 꺼냈다.

"나중에 '티타누스 산'에 들어가 보고 싶습니다."

뜬금없는 부탁에 압실롯이 눈을 가늘게 떴다.

"왜?"

"그곳에 특별한 나뭇잎이 있지요?"

능글맞던 압실롯의 표정이 와자작 얼어붙었다.

"있지. 티타누스 산의 정상에."

압실롯이 팔짱을 낀 채 굳은 목소리로 대답했다.

"우리가 불모지인 기로하이 불사막에서 살아갈 수 있게 해 주는 원천. 티타누스 산의 정상에 있는 볼품없는 나뭇잎 한 장. 그것이 진정한 '티타누스'다."

압실롯의 설명에서 엄청난 거부감이 느껴졌다.

"티타누스를 어떻게 알지? 수인들 중에서도 극소수만 알고 있는 건데 말이여. 그리고 티타누스에 대해선 왜 물어봐?"

이아나가 단호하게 말했다.

"제게 필요하기 때문입니다."

"그 말이 수인들의 수장인 내게 어떻게 들릴지 알고 있나?"

"일단 제 이야기를 들어 주십시오."

이아나는 압실롯을 믿을 만한 사내라고 여겼다.

그래서 비밀 중 일부를 말해 주었다.

전생, 심장, 봉인에 대하여.

"저는 티타누스의 잎사귀, 진리의 탑의 꽃, 진자이 신전의 나뭇가지, 로안느 신전의 덩굴. 이것들을 모두 모아 로베르슈타인의 심장의 봉인을 풀 겁니다. 그리고 판데모니엄에 있는 악마의 심장을 없앨 겁니다."

이아나가 강조했다.

"세상의 균형을 무너뜨리는 악마의 심장을 제거하는 것, 이것이 언젠가는 폭삭 무너질지도 모르는 불안정한 세상을 안정화하는 유일한 방법입니다. 테라노우딘 님이 당신을 가디언으로 둔 이유이자, 드래곤들이 영원에 가까운 시간 동안 바라 온 소망이기도 합니다. 악마의 심장을 없앤다면 당신이 서부 사막에 묶여 있을 이유도 없습니다. 협조해 주십시오."

압실롯은 처음엔 믿을 수 없다는 듯 입을 떡 벌렸으나 이야기를 다 들은 지금은 납득한 듯 턱을 쓰다듬었다.

"신성 시대 최고신이 전생이라. 그래서 테라 님이 이아나 양을 특별 대우한 거였구먼. 하지만 모두 모아서 봉인을 푼다면, 티타누스는 그 후에 어떻게 되지?"

"솔직히 말해서 예측할 수 없지만, 가능하다면 봉인만 풀고 잎사귀를 다시 원래 있던 곳에 둘 예정입니다. 잎사귀가 뿜어내는 생명력은 라오스 신의 것, 로베르슈타인의 심장과는 관계없으니 괜찮을 거라고 생각합니다."

"그게 끝이라면 아주 무책임한 거여."

압실롯이 다음 말을 기다리며 이아나를 물끄러미 바라보았다. 물론 이아나의 말은 거기서 끝나지 않았다. 이아나는 압실롯을 똑바로 바라보며, 흔들리지 않는 올곧음으로 말했다.

"만일 문제가 생긴다면…… 동부로 오십시오."

"흠?"

"동부에, 새로운 국가가 생깁니다. 건국은 이미 진행 중이에요. 만일 수인족들이 터전을 잃는다면 모두 제가 있는 곳으로 오십시오. 당신들이 오지가 아닌 대륙에서도 살아갈 수 있는 토대를 마련하겠습니다."

이아나는 압실롯에게 간략하게나마 어찌 된 상황인지를 설명했다. 압실롯은 이아나의 말을 단 한 번도 끊지 않고 묵묵히 듣고만 있더니 그녀가 말을 끝내자마자 불쑥 말했다.

"아주 흥미로워. 이아나 양의 말대로만 되면 수인족이 대륙으로 진출할 수 있는 아주 좋은 기회여."

압실롯은 그리 말한 후 생각에 잠겼다.

그는 기로하이 불사막의 뜨거운 열기가 수인족의 번영을 저지하고 있다는 걸 알고 있었다. 만약 티타누스라는 기적의 오아시스가 존재하지 않았더라면 수인족은 하나둘 죽어 결국에는 멸족했을지도 모른다. 현재도 더위에 취약한 종족들은 티타누스라는 좁은 세계 주변에서만 살아갈 수 있었다.

압실롯의 본신은 '호랑이'다. 조상들이 어렵사리 기로하이 사막에 적응하여 피를 물려준 결과 후손인 그도 사막에 적응했지만, 그의 본진은 숲이나 산이었다. 가능하다면 사막을 떠나 푸른 산에서 살아가고 싶었다.

압실롯은 언제부턴가 잊어버린 그의 꿈을 떠올렸다.

"수인들이 대륙에서 당당하게 활보하는 것이 내 꿈이었지."

젊었을 적의 그에게는 대륙으로 나가 살고 싶다는 열망이 있었다. 인간들을 혐오했던 그는 인간을 몰아내고 수인들이 적합한 땅에서 살아가게 하고 싶다는 소망이 있었다.

하지만 란카와 무르시를 만나 인간에 대한 혐오를 지웠고, 바꿀 수 없는 현실에 체념했으며, 역사의 흐름에 순응했다. 지금의 체계는 너무나 오랜 시간 고착화되었으며 흐름을 바꾸기엔 그가 너무 보잘것없었다. 다른 수인들도 사막 밖으로 나가기 싫어했다.

"쉽게 결정할 문제는 아녀."

지금의 압실롯은 불꽃같은 야망을 품은 청년이 아니었다. 냉철한 이성으로 한 거대한 무리의 생존을 책임지는 지도자였다.

"이아나 양이 헛말을 안 한다는 건 알지만, 큰 집단을 이끌 때 일이 지도자의 뜻대로 흘러가지만은 않어. 생각지도 못한 많은 문제가 발생허지."

"당연합니다."

압실롯이 천천히 고개를 저었다.

"호의는 고맙지만 새 국가의 안정성도 의심스럽고, 또 처자가 살아 있을 때는 괜찮더라도 후대에는 어떨지도 걱정돼."

"그러니 수인들이 직접 삶을 쟁취해야지요."

"으음?"

압실롯이 알아듣지 못해 고개를 갸우뚱했다.

"저는 수인들이 대륙에서 살아갈 수 있는 토대를 마련하겠다고 했지, 수인들의 삶을 책임지겠다고 하지 않았습니다."

"무슨 차이지? 무책임을 말장난으로 감추는 건가?"

이아나가 침착하게 말을 이어 갔다.

"책임 회피가 아닙니다. 저로 인해 비롯된 안정성은 제가 없어지면 모래성같이 무너지기에 드리는 이야기입니다."

"……."

"초창기에는 당연히 국가가 수인들의 정착을 두 팔 걷고 돕겠지만, 계속 그럴 순 없습니다. 저는 새로운 국가에서 화합을 정의로, 강력한 법을 제정하여 수인들이 박해받지 않고 살아갈 수 있는 토대를 다질 것이나, 수인들은 그 토대에서 권리를 스스로 찾아야 합니다."

본인의 삶은 누구도 대신 책임져 주지 않는다. 스스로 책임지는 거다.

"후대를 말씀하셨는데, 로안느 여왕이 로안느를 건국할 때 로안느가 이 꼴이 될 거라고 생각했을까요? 그것처럼, 후대의 일을 제가 어찌 알겠습니까. 제가 할 일은 다음 후대도, 그다음의 후대도 안심하고 살아갈 수 있도록 단단한 바탕을 만드는 것까지입니다. 미래는 후대에 살아갈 이들의 일입니다. 찬란하게 부흥하든, 완전히 폭삭 망하든, 그들의 책임이지요."

"……!"

압실롯이 눈을 크게 뜨더니 실없이 웃었다.

"으허허. 이해해 줘. 세월에는 장사가 없어. 아무리 나라도 나이를 먹으니 도전보다는 안전을 바라게 돼. 이아나 양의 말이 맞어. 행복은 스스로 찾아야지. 괜히 몸만 사리고 의존하려고만 한 거 같아서 미안혀."

압실롯의 사과에 이아나가 고개를 저었다.

"티타누스의 얘기를 꺼낸 건 저였고, 티타누스가 사라지지 않는다면 사막에서 잘 살고 있는 수인들이 대륙으로 나올 이유가 없겠죠. 괜히 신경 쓰이게 해 드려서 죄송하군요."

"아니여. 언젠가는 사막에서 나갈 날이 왔으면 좋겠다고 생각했으니 티타누스랑 이아나 양 때문은 아니여."

"그런가요?"

이아나가 고심하는가 싶더니 조심스레 말했다.

"티타누스의 문제가 아니더라도, 대륙에서 자리 잡고 싶으신 거라면, 바하무트가 게이트를 열어 몬스터와 인간을 모조리 뒤섞어 놓은 지금이 수인들이 세상 밖으로 나올 적기라고 생각합니다. 굳이 동부의 제 국가로 오시지 않더라도요."

"으음."

"혼란의 시기에 뛰어들어야 자연스럽게 섞여 들 수 있는 법입니다. 인간들과 수인들이 어우러진 미래를 그리신다면, 지금이 움직여야 할 시기가 아닐까 합니다만."

압실롯은 이아나의 말에 감화되어 고개를 끄덕거렸다.

"나는 이아나 양의 의견에 매우 긍정적이여. 하지만 나 혼자서 결정할 문제는 아니구면. 사막에서 나오는 것도, 처자에게 티타누스를 주는 것도 수인 전원의 동의를 얻어야 혀."

"당연합니다. 시간을 두고 진지하게 생각해 보십시오."

압실롯이 온화해진 얼굴로 이아나를 마주했다.

"동부에 직접 가 보긴 해야겠어. 이거, 아주 근사한 걸 보게 될 것 같은 예감이 드는디?"

"제 주인께서 열심히 하고 계시니 분명 근사하겠죠."

이아나는 그 말을 하면서 살짝 웃었다.

그녀는 카마트로스 일을 전담하면서 동부 아르하드의 세력권에 신경을 분산할 틈이 없었다. 그래서 동부가 어떻게 발전하고 있는지는 말로만 전해 듣고 직접 보지는 못했다. 능력 있는 아르하드가 쉬지 않고 일하고 있으니 분명 멋질 것이다. 훗날 그곳으로 갔을 때 얼마나 발전했을지, 이아나도 기대되었다.

"……."

이아나의 입술 끝이 살짝 내려갔다. 아르하드를 생각했더니 가슴을 답답하게 만드는 감정들이 자연스럽게 뒤따랐다.

아르하드를 못 본 지 두 달이 다 되어 간다. 이아나는 '그립다'는 감정을 이번에 아주 절절하게 느끼고 있었다.

서부 여행을 떠나 있을 때도 그가 보고 싶긴 했지만 그리울 정도는 아니었다. 이 격차는 아마도 그때보다 지금 아르하드를 훨씬 더 좋아하기 때문에 생겨났을 것이다.

'보고 싶어.'

아르하드의 품과 얼굴, 그리고 입술이 머릿속에 아른거렸다. 그에게 세게 끌어안기고 싶었고, 그가 얼굴을 마주하며 쳐다봐 줬으면 했고, 안달 난 것처럼 키스당하고 싶었다.

'믿을 수 없어. 내가 이렇게 밝히는 인간이었다니.'

아르하드가 좋아지면서 민망한 욕망들도 늘어나는 바람에 이아나는 이따금 혼자서 심각해지기도 했다. 처음엔 자존심 상해서 이런 욕망들을 외면했는데, 이젠 그런 걸 바라는 스스로가 익숙해져서 그냥 솔직하게 자조하는 중이다.

'그런데 진짜 안 만나러 오네.'

아르하드는 아티팩트로는 보고 싶니 뭐니 해도 직접 그녀를 보러 오지는 않았다. 이아나는 조바심이 나기도 했고 조바심을 느끼는 스스로에게 신경질이 나기도 했다.

이아나는 정신 차리자 싶어 고개를 푸르르 흔들었다.

"그런데 말이지."

압실롯이 의미심장한 표정을 지으며 이아나를 쿡 찔렀다.

"만약 우리들이 사막에서 살기로 결정하고, 처자에게 티타누스를 주지 않겠다면 어쩔 것이여? 강제로 빼앗을 텐가?"

이아나는 그 부분에 대해 이미 고민해 봤다.

봉인을 깨면 성물은 파괴될까? 형태와 라오스의 심장 연결만 유지된다면 아무 문제 없을 텐데.

봉인만 해제하고 성물들을 다시 원위치에 되돌려 놓을 수 있다면 정말 좋을 것 같았다.

'그걸 알려면 라오스를 만나야 해.'

이 문제에 관해 제대로 답해 줄 수 있는 자는 라오스뿐이다.

봉인 문제가 아니더라도, 라오스와 대화를 나눠 보고 싶었다. 로베르슈타인의 기억 속에서 라오스에 대한 정보는 통째로 잘려 나가 있었고, 이는 이아나의 호기심을 자극했다.

어떤 신일까? 정말로 만나서 이야기해 보고 싶다.

살아 있는 건 분명한데, 대체 어디에 있을까?

압실롯과 이야기를 끝마친 이아나가 그와 함께 방에서 나왔다. 나오자마자 조그마한 몸 셋이 그녀에게 달려들었다.

"누나!"

"언니!"

"냐앙!"

핀, 엘리, 닛시가 이아나를 꼭 끌어안았다.

"위험한데 왜 여기에 있어?"

"수인족 대장님이 온다고 하셔서 뵈러 왔어요!"

엘리에게는 용병들이 수인족이고, 핀이 하프엘프라는 사실을 밝힌 상태였다. 어쩔 수 없었다. 엘리는 핀과 너무 친했고, 핀은 엘리에게 뭔가를 숨기는 걸 너무 어려워했다.

사실을 알게 된 엘리는 그저 신기해할 뿐, 이상해하지는 않았다. 아직 어려서 편견이 생기지 않았기 때문일 터.

"안녕하세요, 대장님!"

엘리가 압실롯에게 배꼽 인사를 했다.

"……."

웬일일까? 압실롯은 대답이 없었다. 평소 같았으면 주책없이 핀을 껴안고 난리를 쳤을 아저씨, 압실롯은 입을 꾹 다물고 엘리와 닛시를 번갈아 보고 있었다.

"음."

압실롯이 턱을 긁적였다.

"이상헌데."

압실롯이 엘리와 닛시에게 성큼성큼 다가섰다. 닛시의 뒷목을 홱 잡아채 냄새를 킁킁 맡더니 고개를 갸웃거렸다.

"냐아아아아!"

봉변을 당한 닛시가 발톱을 세우고 압실롯의 팔을 박박 긁었지만 갑옷처럼 단단한 피부에는 생채기 하나 나지 않았다. 압실롯은 발버둥치는 닛시를 움켜쥔 채, 이번엔 고개를 갸우뚱하는 엘리의 주변을 빙글빙글 돌면서 엘리를 관찰했다.

이아나가 압실롯의 팔을 붙잡아 멈춰 세웠다.

"왜 그러십니까. 이 애들에게 무슨 문제라도 있습니까?"

"아, 문제는 아닌데 이상한 게……."

압실롯이 눈을 가늘게 뜬 채 엘리에게 말했다.

"꼬마야. 너 혹시 로안느 왕족의 사생아냐?"

압실롯이 뜬금없이 폭탄을 투하했다. 이아나가 놀란 건 물론이고, 주변에서 압실롯의 이상한 모습을 지켜보고 있던 수인들도 이게 뭔 소리인가 싶어 흠칫했다.

엘리가 눈을 깜빡거렸다.

"아닌데요?"

"그려? 착각인가?"

"냐아아악!"

"알았어, 이 자슥아."

압실롯이 닛시를 풀어 주었다. 방패 같은 손바닥에서 간신히 풀려난 닛시가 엘리의 뒤에 숨어 하악질을 했다.

"잠시만요."

이아나가 압실롯을 다시 방으로 끌고 들어갔다.

"왜 아이에게 왕족의 사생아냐는 말을 하셨습니까?"

"설명하기 복잡헌디."

압실롯이 팔짱을 꼈다.

"난 드래곤의 가디언이 된 후부터, 드래곤의 가디언, 용아병, 그리고 바하무트 황족과 로안느 왕족을 볼 때 독특한 느낌을 받어. 그런데 이상한 게, 저 꼬마와 고양이에게서 로안느 왕족과 비슷한 느낌이 나."

"로안느 왕족, 말입니까."

"그려. 용아병과 가디언은 그렇다 쳐도 황족과 왕족헌티 왜 독특한 느낌이 나는 건지는 모르겠지만 말여."

이아나는 황족과 왕족이 어째서 드래곤의 용아병이나 가디언과 같은 범주에 들어가는지 알 것 같았다. 황족은 '악마', 즉 태초의 드래곤의 영혼을 가지고 있기 때문일 것이다. 로안느 왕족은 예상컨대, '라오스'라는 드래곤의 용아병이자 가디언이기 때문이리라.

이해되지 않는 것은 왜 엘리와 닛시가 로안느 왕족과 비슷한 느낌을 풍기냐는 거다.

"저 애들한테서 로안느 왕족의 느낌이라니요. 착각하신 거 아닙니까?"

"아닌디. 내가 그 느낌을 절대 착각할 리가 없는디."

머리를 긁적이며 혼란스러워하는 압실롯을 가만히 바라보던 이아나가 몸을 돌려 문을 벌컥 열고 나왔다. 엘리는 압실롯 때문에 놀라서 털이 잔뜩 곤두선 닛시를 쓰다듬어 주고 있었다.

이아나가 성큼성큼 다가가 엘리 앞에 멈춰 섰다. 엘리가 순진한 눈으로 그녀를 올려다보았다.

"엘리. 돌아가서 얘기 좀 하자."

"네, 언니!"

이아나는 무슨 상황인지 몰라 어리둥절해하는 수인들, 사키, 마히루스와 알쏭달쏭한 표정으로 방에서 나온 압실롯에게 모임의 끝을 고했다.

핀은 오랜만에 만난 압실롯과 함께 있고 싶다며 남았고, 이아나는 배웅을 받으며 엘리와 닛시를 데리고 건물을 나섰다.

하인리히의 마탑 내 엘리의 방에 도착한 이아나가 엘리와 눈높이를 맞추며 주저앉았다. 엘리의 선하고 부드러운 갈빛 눈동자가 이아나를 한가득 담았다.

"엘리."

"네, 언니."

"너 혹시, '라오스 신'을 만난 적 있니?"

이아나는 단도직입적으로 물었다.

"아뇨."

하지만 엘리의 대답은 부정이었다.

"아니면 성물에서 신의 힘을 받은 적 있니?"

"그런 적 없어요."

"그럼 라오스 신과 전혀 관련 없어?"

"아마도?"

엘리가 고개를 갸웃거렸다.

이아나는 엘리의 눈을 빤히 들여다보았다. 순진한 눈망울은 흔들리지 않았다. 이아나는 한숨을 내쉬며 눈을 내리떴다.

"언니는 신의 존재를 믿으시나 봐요. 그런데 왜 저에게서 라오스 신을 찾으세요?"

"내게 무척 중요한 일이 있는데, 그게 너희와 관련 있는 것 같아서. 이유는 말해 줄 수 없구나."

"전 잘 모르겠네요."

이아나는 엘리에게 로안느 왕족의 피가 흐르고 있을 수도 있겠다고 생각했다. 로안느 왕족 계보에 기록되지 않은 왕족의 사생아가 엘리의 조상일 수도 있었다.

이제 이아나의 시선은 닛시에게 향했다. 닛시는 질투라도 하듯 엘리와 이아나의 틈을 비집고 들어와서 냥냥거리다가 '라오스'의 얘기가 나오자마자 딱딱하게 굳어 버린 상태였다. 이아나의 시선을 받은 닛시가 움찔했다.

닛시는 정말 이상한 고양이다. 이아나를 처음 만난 날, 닛시는 귀신이라도 본 것처럼 얼어붙었고, 그 후에는 스토커처럼 쫓아다녔다. 마치 이아나를 예전부터 알았던 것처럼.

잘 생각해 보니 왕궁에서 '성물'이라는 이야기를 들었을 때도 깜짝 놀라 꼬리로 팔을 친 적 있었다. 그냥 털이 희다고 생각했지만, 이제 보니 새하얀 몸도 수상쩍었다.

'엘리는 몰라도 애는 라오스와 관련 있는 게 분명해.'

인간인 엘리는 왕의 혈통이라고 납득이라도 할 수 있지, 동물인 닛시는 그런 것으로 설명이 되지 않는 존재였다. 이아나가 닛시의 앞다리 뒤에 손을 넣어 들어 올렸다.

"닛시. 너 고개 끄덕거리거나 젓는 거 잘하니까 대답해 봐."

닛시가 힘없이 냐……, 하고 울었다.

"라오스 신을 만난 적 있어?"

닛시는 마비된 짐승처럼 미동도 없었다. 그 뒤로 이어진 수많은 질문에도 닛시는 대답이 없었다. 이아나는 닛시를 데리고 한참이나 씨름하다가 설마, 혹시나 해서 물었다.

"혹시 네가 라오스인 건 아니겠지?"

닛시는 여전히 움찔거리기만 할 뿐, 침묵했다. 이아나는 결국 포기하고 눈을 질끈 감았다.

'이건 뭐 테라노우딘의 고양이 버전인가.'

어쩌면 라오스가 정보를 유출하지 못하게 무슨 조치를 취해 놨을지도 모른다는 생각이 들었다. 아니면 이놈의 고양이가 정말 라오스든가.

이아나가 닛시를 내려놓자, 닛시는 후다닥 도망가더니 엘리의 다리 뒤에 숨어 이아나를 물끄러미 응시했다. 이아나는 고개를 갸웃거리고 있는 엘리에게 질문의 방향을 돌렸다.

"엘리, 닛시를 어떻게 만났어?"

"길을 잃고 헤매고 있던 닛시를 제가 주웠어요. 성질은 나쁘지만 처지가 딱해서 기르고 있는 거예요."

"닛시가 어디서 온 건지는 몰라?"

"어미 고양이 배 속?"

이아나는 닛시에게 손을 내밀었다. 주눅이 든 게 대답하지 않은 것에 미안함이라도 느끼나 싶었다. 닛시는 흠칫거리며 다가와 이아나의 손을 핥았다.

"네가 어떤 존재인지는 모르겠지만, 나를 라오스와 만나게 해 줄 수 없겠니?"

닛시는 이번에도 대답이 없었다.

엘리가 발로 닛시의 엉덩이를 툭툭 밀었다.

"야, 언니가 궁금하다고 하시잖아. 어서 말씀드려. 너 라오스 님이랑 관련 있어?"

닛시가 엘리를 홱 노려보았다.

"니야아아아아아앙!"

심히 화난 울음소리였다.

"아악!"

닛시는 엘리의 손을 세게 콱 물어 버리더니 침대 위로 뛰어올랐다. 우울감을 잔뜩 풍기며 몸을 말았다. 이아나는 그런 닛시를 하염없이 바라보다가 한숨을 쉬며 몸을 일으켰다. 일단 닛시를 계속 지켜보자 싶었다. 라오스와 관련 있는 존재가 근처에서 얼쩡거리고 있었다는 사실을 그냥 넘길 수 없었다.

'닛시는 패밀리어 같은 생물이고, 라오스는 닛시의 눈을 통해 나를 지켜보고 있는 게 아닐까?'

정말 그랬으면 좋겠다. 그러면 그녀가 그를 만나고 싶어 한다는 마음이 전해졌을 테니까.

이아나는 엘리도 유심히 살펴야겠다고 생각했다.

'라오스와 관련 있는 짐승을 데리고 있는 걸 보면, 엘리도 보통 애는 아니야.'

엘리는 어느새 침대에 뛰어들어 닛시를 간지럽히며 장난치고 있었다.

'내가 저 애들과 만나게 된 건 우연일까?'

만일 이아나가 보육원에 가지 않았다면 엘리와 닛시를 만날 수 없었을 터. 그렇다면 이 인연은 정말로 우연으로 빚어진 운명일까? 아니면 의심하고 있는 것처럼, 누군가가 의도한 필연일까. 이아나는 짐작할 수 없었다.

엘리와 닛시를 방에 데려다준 후, 이아나는 리키젠과 시아이외가 머무르는 비밀 아지트로 갔다. 리키젠과 시아이외가 열심히 일하고 있는 책상 위에는 서류들이 즐비했다.

이아나는 리키젠의 무표정한 얼굴을 물끄러미 보았다.

"리키젠, 너 오늘도 웰스 오웬한테 안 갔지."

"네."

리키젠은 어느 순간부터 오웬의 둘째에게 가지 않았다. 근래에는 아지트에 콕 박힌 채 이아나의 참모 역할만 하고 있었다. 이아나는 리키젠의 옆에 앉았다.

"그놈, 요즘 반 미쳐서 비명만 질러 대고 있던데."

"그렇겠죠. 마약을 과다 투여했으니까."

쾌락도 선을 넘으면 고통이 된다.

리키젠이 가장 최근에 웰스에게 가한 보복은 놈이 가장 좋아하는 마약을 과량으로 투여하여 끔찍한 고통을 주는 것이었다. 요즘 웰스는 한평생 즐겨 온 마약을 통해서 인생 최악의 고통을 겪고 있었다.

"로안느에서의 일이 끝날 때까지, 놈을 그 상태로 내버려 두려고 합니다. 이아나 님도 놈의 감금만 신경 써 주시면 감사하겠습니다."

"리키젠, 확실히 해 두자."

이아나가 리키젠의 탁한 눈동자를 똑바로 쳐다보았다.

"놈을 어찌할 거야. 아니, 그 전에 묻자. 이때까지 그놈에게 보복하면서 네 분노가 좀 풀리긴 했어?"

꾸깃.

리키젠의 손에서 서류가 사정없이 구겨졌다.

"아뇨. 풀리기는커녕 보복할수록 분노만 치밀더군요."

"그런 것 같더군."

이아나는 리키젠의 보복을 곁에서 지켜봤다. 리키젠은 웰스를 괴롭히면 괴롭힐수록 더욱더 악에 받쳐 갔다.

"놈들을 아무리 죽여도 이미 죽은 가족들은 되돌아오지 않을 테고, 가족이 겪었던 고통이 사라지지도 않을 테니까."

함께 복수하자고 손을 내밀었을 때 리키젠이 제 입으로 했던 말이었다. 리키젠이 분을 풀지 못하는 이유는 그 때문일 터.

"그냥 지금 죽이는 건 어때? 차라리 죽여서 눈앞에서 없애는 게, 네가 마음을 정리하는 데 도움이 될 것 같다."

"아뇨. 죽일 수 없어요."

"못 죽이겠으면 내가 죽여 줘?"

"못 죽여서 죽일 수 없는 게 아닙니다. 놈을 지금 제 손으로 죽이면 제가 생각해 낸 '최선의 복수'를 할 수 없기 때문입니다. 당신의 손으로 죽여도 마찬가지예요."

"무슨 말인지 이해하기 어려워. 설명해 봐."

"전에 말씀드렸듯, 당신이 저와 함께하고 있으니 어떤 보복을 하든 놈들은 지옥에 떨어질 거고, 제 가족은 구원을 얻을 겁니다. 지금 당장 놈을 죽여도 괜찮겠죠. 하지만 그건, 제가 놈들에게 할 수 있는 최선의 복수가 아니라는 걸 깨달았습니다."

리키젠이 깨달았다는 최선의 복수란 뭘까. 궁금했던 이아나는 리키젠의 말을 경청했다. 리키젠은 차분하게 말을 이어 갔다.

"웰스 오웬에게 폭력적인 보복들을 가하던 초기에, 저는 그저 제 안에 쌓여 있던 분노를 폭력으로 표출했습니다. 하지만 열

번째 보복을 할 때쯤엔 그런 제 자신이 너무 싫어지더군요."

리키젠은 웰스 오웬을 때리고, 찌르고, 목을 조르면서 느꼈다. 놈에게 고통을 주는 건 즐거웠지만 찝찝했다. 스멀스멀 기어오르는 죄악감에 자다가도 비명을 지르며 깨어나 몸서리 쳤다.

"열다섯 번째 보복을 할 때는 의문이 들더군요."

놈을 폭력으로 괴롭히다가 죽이는 게 최선의 보복인가?

"스무 번째 보복을 할 땐 깨달았습니다."

아니다.

즐거움은 한순간이고 찝찝함은 오래 남는다. 놈을 폭력으로 죽여 봤자, 똑같은 놈이 될 뿐이다. 앞으로 살아갈 날이 많았다. 리키젠은 웰스 오웬 같은 놈이 되고 싶지 않았다.

"스물다섯 번째 보복부터는 이런 생각이 들기 시작하더군요."

만약 이아나 님과 아르하드 님이 날 도와주지 않았다면? 내게 뛰어난 두뇌가 없었다면? 잘나가는 오웬 후작가의 둘째 아들인 이놈은 어떤 만행을 저질러도 평생 처벌받지 않고 멀쩡하게 살아갔겠지? 피해를 본 누군가가 항의하면 쥐도 새도 모르게 죽였겠지? 내 가족들에게 했던 것처럼……!

리키젠에게서 어두운 기운이 물씬 풍겼다.

"그런 상상들을 했더니 또 화가 나기 시작하더군요. 평범한 사람들은 웰스 오웬을 상대로 복수는 꿈도 못 꿨을 겁니다. 비단 웰스 오웬으로 한정 지을 일이 아니고, 일반적으로 피해자가 가해자에게 복수하는 건 쉬운 일이 아니죠. 왜냐하면 보통은 가해자가 피해자보다 강하니까요. 피해자가 가해자보다 더 강했다면 처음부터 피해를 입지도 않았을 겁니다."

그런데도 힘 있는 가해자가 더 큰 소리를 치는 게 현실이다.

세상은 눈에는 눈, 이에는 이라고, 피해자가 가해자에게 똑같이 복수하면 가해자와 똑같은 사람이 되는 것뿐이라고 비난한다. 복수는 복수를 부를 뿐이니 가해자를 용서하라는 평화로운 개소리만 지껄인다. 피해자는 이미 피해를 입었고, 가해자는 그에 대한 정당한 응징을 받지 않았는데도 말이다.

그러면 피해자는 억울함을 어떻게 푸는가?

"그 답은 강력한 '법'이었습니다."

법은 가해자와 똑같은 사람이 되지 않은 채로, 정정당당하게 복수를 할 수 있는 유일한 방법이었다. 하지만 오웬 후작가는 그런 법 위에서 뛰어다니는 권력자였다.

그것이 마음에 들지 않았던 리키젠은 이를 갈았다.

"놈들의 최후는 놈들이 그렇게 피해 다녔던 법에 근거해서, 놈들이 저지른 죗값에 해당되는 정당한 심판으로 장식하고 싶습니다. 잘 생각해 보니 제가 직접 목 졸라 죽이는 것보다 법에 의한 공개 처형과 몰락이 훨씬 더 근사하고 그럴듯하더군요. 제무기는 몽둥이가 아니라 책과 펜이니까요. 그래서 서른 번째 보복에서 폭력을 그만두었습니다. 놈이 그렇게 좋아했던 약을 과다 투여하기만 할 뿐이죠."

리키젠은 그의 복수가 오웬 후작가의 앞마당이었던 로안느 왕국의 법으로 놈들을 정당하게 심판하고 나서야 완벽하게 끝난다고 결론을 내렸다.

"괜찮네."

리키젠과 어울리는 방법이었다.

이아나는 속으로 흡족함을 느꼈다.

리키젠이 손바닥으로 책상을 탕 쳤다.

"오웬 후작, 염치도 없고 명예도 없는 쓰레기 자식. 어떻게 망명을 준비할 수 있는 거죠?"

그의 손바닥 밑에는 오웬 후작가의 자금 흐름이 기록된 서류가 있었다. 오웬 후작은 망명을 위해 재산을 국외로 빼돌렸다. 타국에 축적한 자금이 상당했다.

"자금의 흐름이 멈췄어.

옆에 있던 시아이외가 서류를 보며 미소 지었다.

"이제 약탈해 볼까?"

"당연하죠. 몽땅 빼앗을 겁니다."

리키젠이 스산하게 웃었다.

어느 날, 빼돌린 재산이 이 정도면 됐다고 오웬 후작이 마음 놓았을 때, 카마트로스는 국외에 있는 오웬 후작가의 저택들을 급습하여 후작의 재산을 몽땅 빼앗았다. 탄탄한 기반도 재물도 없으니 오웬의 망명은 이제 어불성설이었다.

뿐만 아니라 리키젠이 눈에 불을 켜고 오웬 후작가를 주목하고 있었던 탓에, 불안감을 느낀 오웬 후작이 살아남기 위해 했던 일들은 모조리 무산되었다.

결국 로안느에 갇힌 채 블랙폭시의 배에서 내릴 수 없는 처지가 된 것이다.

로안느에 왔던 수인들은 티타누스로 돌아가자마자 수인족의 운명을 결정하는 회의를 열었다.

"나갑시다!"

수인들은 만장일치로 사막을 나가는 것을 택했다.

수인들은 인간형만 유지한다면 대륙에서의 활동이 비교적 자유로웠기에 드워프나 엘프와는 달리 때때로 인간들의 세상으로 가서 풍요로움을 맛봤다. 수인들은 안전만 보장된다면 대륙에서 살고 싶다는 욕망을 품고 있었다.

짐승과 인간이 반반 섞인 수인들은 짐승만큼 본능적이면서 인간만큼 이성적이기도 했다.

그들은 대륙이 인간들만의 세상일 때는 대륙을 신기루처럼 여길 뿐 티타누스를 나간다는 생각은 전혀 하지 않았다. 하지만 지금은 바하무트가 판을 깔아 준 상태였다. 현재 대륙은 온갖 것들이 뒤섞여 살았던 수천 년 전으로 회귀한 것이나 마찬가지였다. 몬스터와 인간의 서식지가 완전히 합쳐진 세상, 거기에 수인들이 끼지 못할 이유가 뭐가 있단 말인가.

바하무트가 이번에야말로 대륙을 정복하겠다고 마음먹은 듯한데, 사막에만 틀어박힌 채 손을 놓고 있으면 그들도 위험했다. 바하무트가 판데모니엄의 열쇠, 티타누스를 찾고 있는 이상 놈들의 칼끝은 언젠가 수인들에게로도 향할 것이기에.

"나가자!"

대륙에 자리 잡는 데 실패해서 다시 사막으로 밀려나 수백,

수천 년을 살아가는 한이 있더라도 수인들은 감내하기로 했다.

수인들은, 그때부터 즉시 뜨거운 사막에서 벗어나기 위한 대전쟁에 착수하기 시작했다. 시작은 바하무트의 등에 탄 채 그들을 영원히 괴롭힐 것만 같던 검은 여우들을 향한 반격이었다.

⸎

불의 기운이 강한 기로하이 사막과는 달리, 일반 사막은 밤만 되면 냉기로 얼어붙곤 했다. 모래 외엔 아무것도 없는 죽음의 대지는 전염병처럼 자신의 영역을 서서히 넓혀 가는 게 특징이었다.

시디안 왕국의 국토도 풍요로운 대지였던 시절이 있었지만, 어느 순간부터 급격하게 사막의 땅에 뒤덮여 갔다.

그리고 사막의 지하에는 개미굴처럼 연결된 공장들이 있었다. 블랙폭시 역대 최고의 수장이라 불리는 페인의 업적, 라이프를 생산하는 공장이었다.

라이프.

타인의 신력을 추출하여 정제한, 불로와 생명 연장의 명약이었다. 이곳에서 만들어지는 라이프의 일부는 권력자들에게 보내져 그들을 타락시키고, 일부는 바하무트로 보내져 바하무트의 기사들과 마법사들을 죽음의 병사들로 만드는 데 쓰였다.

누군가는 죽고, 누군가는 살고, 누군가는 힘을 얻고 있을 때 사막은 죽음의 기운을 머금고 점점 넓어지고 있었다.

오늘 밤도, 사막은 평소처럼 추웠다.

"히히히."

"맛있다."

흑호족은 오늘도 어김없이 지하 공장에서 열심히 라이프를 만들고 있었다. 라이프 제조 과정은 언제나 잔혹했고, 흑호인들은 언제나 그 잔혹성을 즐기며 심장의 맛에 취했다.

그들은 싱싱한 심장을 잔뜩 먹을 방법을 고안해 낸 수장 페인을 존경했고, 그들에게 그럴 수 있는 힘을 부여한 바하무트 제국을 찬양했다.

흑호인들은 바하무트 황족의 애완동물이 된 후부터 안전하고 방만한 삶을 살아가고 있었다. 일 년 전쯤 공장 하나가 완전히 파괴된 후 긴장하긴 했지만 그로부터 아무 일도 발생하지 않자 대부분이 마음을 놓고 일상으로 돌아갔다.

하지만 오늘은 달랐다.

콰아아아아앙!

"히이이이익!"

폭포수처럼 쏟아져 내린 굉음에 여우들의 귀가 바짝 섰다.

두두두두두…….

지상에서 속을 울렁거리게 만드는 진동이 발생했다. 흑호인들이 잔뜩 긴장해서 천장 쪽으로 고개를 들어 올렸다. 천장에 쩌적, 쩌적 금이 가고 있었다.

콰아앙!

충격이 한 번 더 가해지자 천장이 무너졌다. 떨어져 내리는 잔해에는 짐승들과 인간들도 섞여 있었다. 넋이 나간 흑호인들이 가느다란 입술을 헤벌리고 뾰족한 이빨을 드러냈다.

추락하던 이들이 가볍게 바닥에 착지한 후 몸을 일으켰다.

그들은 호랑이, 표범, 코뿔소, 순록 등등 온갖 종류의 짐승을 모태로 한 반인반수의 수인들이었다. 거기에 하얀 옷의 인간 사제들까지 섞여 있었다.

"아오, 이 미친놈들."

그들은 주변의 정경을 살핀 후 한숨을 푹 내쉬었다.

수인들을 본 흑호인들이 뒤로 주춤주춤 물러났다. 구역질 나는 공포가 본능적으로 온몸을 휩쌌다.

"너, 넌, 너너너희들이 어떻게 여기에."

"됐고, 이 염병할 여우 새끼들아. 뒈졌다고 복창혀라."

고요했던 사막의 밤은 산산조각 났다.

사막뿐만이 아니라 시디얀 전체가 시끄러웠다.

"쳐라!"

"신의 이름으로!"

시디얀의 외부에서는 진자이 왕국이 토라카 왕국과 연합군을 형성해서 시디얀을 침공했다.

극서부 국가인 토라카는 수인들과 괜찮은 관계였고, 덕분에 시디얀이 바하무트의 주구라는 것도 알고 있었다. 현재 바하무트의 칼날은 토라카 북부 국가들을 난도질하고 있었는데, 토라카는 그 칼날이 자신에게 닿기 전에 진자이와 힘을 합쳐 블랙폭시부터 정리하기로 약속했다. 그날이 오늘이었다.

"이것들이 단체로 약을 처먹었나!"

"안 그래도 몬스터 때문에 정신없어 죽겠는데!"

시디얀의 범죄 단체들은 시디얀 왕국군과 힘을 합쳐 침공에

맞섰지만 야밤의 급습은 치명적이었다. 강한 수인들까지 섞여
있어 막기는 더욱 어려웠다.

상황이 점점 불리해지자, 애초에 결속력 따위 없었던 범죄자
들은 결국 왕국군을 버리고 혼비백산해서 도망쳤다.

시디얀 내부의 사막에서는 일찌감치 잠입해 있던 수인들이 공
장들을 한 번에 쳤다. 사키가 사명이라 여겨 오랜 시간 수집한
공장 위치 정보는 정확했다.

우우우웅…….

"신이시여. 당신의 종에게 힘을 주소서."

진자이 신전 대신관, 미리암 엘더리아.

왕과 동등한 위치인 미리암은 신관들과 함께 움직이며 열심히
'지팡이'를 휘둘렀다. 사람 몸뚱이만 한 지팡이는 이것저것 장식
이 되어 있었지만 바탕은 거대한 '나뭇가지'였다.

퍼어엉!

지팡이에서 빛이 번쩍거릴 때마다 공장의 방어 마법들이 흩어
졌다. 마법이 사라지면 수인들이 카마트로스가 제공한 폭탄을
일시에 터뜨렸다. 폭탄 제조의 대가 시온 사벨릭스가 심혈을 기
울여 제작한 강력한 마나 폭탄이었다.

콰아아앙!

콰아앙!

폭탄은 마법진과 마법진을 유지하는 마나석을 파괴하는 것도
모자라 단단한 지상까지 파괴했다.

그로 인해 지하 공장의 민낯이 드러나면, 수인들은 흑호인들
과 담판을 짓기 위해 그곳으로 뛰어내리고 진자이의 신관들은

납치당했던 인간들을 구출했다. 구출이 끝나면 수인들은 전투를 멈추고 공장에서 빠져나와 흑호인들이 뭘 하기도 전에 폭탄을 던져 그들을 몰살했다.

콰아앙!

콰아아아아앙!

시온의 분노가 서린 폭탄들은 공장뿐만 아니라 사막 곳곳에서 터져 댔다. 공장들을 잇는 길들이 폭탄의 힘에 무너져 내려 연결이 끊기고 공장들은 각개 격파당했다.

"시저."

전투의 현장에는 시저와 그를 도우러 온 지젤도 있었다.

"드디어 당신의 원한을 푸는 날이 오네요."

지젤은 정령들을 부려 다른 수인들을 지원하고 있었다. 지젤의 힘은 막대했다. 그녀는 정령술이 전문인 수인들조차 놀랄 정도로 많은 상급 정령들을 불러내 적들을 공격했다.

"저는 오늘을 당신의 날이라고 부르겠어요."

시저가 힘든 기색이 전혀 없는 지젤을 물끄러미 바라보았다.

"당신은 아주 오랜 시간 흑호인들을 증오해 왔죠. 당신을 좀먹던 감정들로부터 해방될 오늘이 당신의 날이 아니면 뭐겠어요?"

시저가 수화로 대답했다.

'당신의 원한도 곧 풀 수 있을 겁니다.'

지젤이 가면 속에서 웃었다.

"그렇겠죠."

툭.

시저가 망설임 없이 가면을 벗었다. 그는 오늘 시저가 아니라 마히루스 호크였다. 오래전부터 그의 정체를 알고 있었던 지젤은 손을 흔들어 인사했다.

"마히루스, 우리 열심히 해요. 이제 얼마 남지 않았어요."

마히루스가 고개를 끄덕이곤 몸을 웅크렸다.

뿌드드득.

마히루스의 몸이 이리저리 뒤틀리며 변형되었다. 맨발은 맹금류의 것으로 변하고, 몸은 매끄러운 깃털로 뒤덮였으며, 얼굴에서는 부리가 솟아났다.

길어진 그의 팔에서는 깃털이 자라나 거대한 날개가 되었다. 거대한 매 인간으로 화한 마히루스는 뒤쪽을 향해 눈짓한 후 하늘로 날아올랐다. 그러자 그의 뒤에서 대기하고 있던 수인들과 조인들이 뒤따랐다. 모두 마히루스의 수하들이었다.

조인족 수장 자리를 내려놓고 떠난 마히루스는 대륙 곳곳—특히 바하무트를 돌아다니며 노예로 살고 있던 조인과 수인을 구했고 구원받은 이들은 마히루스를 전적으로 믿고 따랐다. 바하무트와 블랙폭시, 그리고 불특정 다수의 인간들을 누구보다 증오했던 그들은 마히루스의 혹독한 훈련을 받고 적을 죽이기 위해서라면 목숨이라도 내버릴 수 있는 강병들로 화했다. 티타누스의 수인들도 강했지만, 마히루스의 직속 수하들은 뛰어난 실력은 둘째 치고 독기부터 상상을 초월했다.

"아악!"

그들은 공장의 파괴를 막으려고 안간힘을 쓰고 있던 시디얀의 왕국군들, 즉 바하무트에서 파견된 인간 군병들을 그대로 찢어

발겼다.

"이 버러지들."

궁지에 몰린 쥐도 고양이의 발을 문다고 했다. 여우들의 눈이 뾰족해졌다.

"우리가 가만히 당하고 있을 줄 알아!"

일반적으로, 맹수나 대형 짐승을 모태로 한 수인들의 특기가 체술과 거대 무기술이라면, 몸은 약하지만 머리 좋고 약삭빠른 소형 수인들의 특기는 뛰어난 마법과 암기술 등이었다.

바하무트 황족에게 뛰어난 마법을 수학하고 신력까지 섭취해 온 흑호인들의 마법 실력은 일반적인 수준을 훨씬 넘어섰다. 그들은 맹수형 수인에게서 느끼는 본능적인 공포를 뛰어넘어 마법으로 역공을 가하려 했다.

"히잇!"

하지만 쳐들어온 수인들은 정예 중의 정예였다.

도저히 이겨 먹을 수가 없었다.

수인들과 흑호인들이 치고받고 싸우고 있을 때, 공장의 책임자인 흑호인 간부들은 덜덜 떨며 페인에게 연락을 시도했다. 하지만 외부 연락을 차단하는 배리어 마법이 가동되고 있어 아티팩트는 먹통이었다.

"우리가 대체 뭘 잘못했는데!"

흑호인들은 절망적으로 울부짖었다. 수인들은 그런 그들을 보며 더욱 화를 냈다.

"이 배신자 새끼들이 뭘 잘했다고 지랄이여!"

"배신자? 태어날 때부터 위쪽에 있었던 너희들은 모르겠지!

태생의 굴레를 벗어나서 먹이 사슬의 위쪽으로 올라가려 했던 건데, 우리가 뭐가 나빠? 우리는 평생 중간에 낀 채로 치여 살았어야 한다는 거야?"

흑호인들을 제압해서 꿇어앉힌 수인들의 표정이 험악해졌다.

"니들이 먹이 사슬 위쪽으로 올라가고 싶어 하는 마음에 대해서 아무도 뭐라 안 했거든? 니들이 쓰레기인 이유는 본인의 힘이 아니라, 동족을 배신하고 인간의 애완동물이 되어서 위로 올라가려 한 거여, 이 비열한 놈들아."

"머리를 쓰는 게 우리의 방식이었을 뿐이야."

"그 똑똑한 머리를 자랑할 방법이 배신뿐이었냐? 니들보다 약한 종족 중에 웬만한 육식계 수인은 쌈 싸 먹는 똑똑하고 센 놈들도 있는데 개소리 지껄이지 말어. 너희는 그냥 정당하지만 어려운 길을 포기하고 쉽고 야비한 길을 선택한 것뿐이잖여!"

"너희가 말한 수인은 특출한 재능을 가진 극소수야. 약한 종의 수인들 대부분은 강한 종의 수인들을 못 당해. 본능적인 공포에 이성이 마비되어 버리지. 그게 얼마나 비참한 줄 알아?"

"어어. 그러셨어어? 그래서 인간의 발아래에 바짝 엎드려서 비굴하게 꼬리를 흔들었냐? 너희 지금 말에 어폐가 있다고 생각하지 않냐?"

"태생적으로 그렇게 살 수밖에 없다면, 어중간하게 중간에 낀 것보다는 최강의 주인님을 모시면서 다른 강한 놈들 위에 군림하는 게 훨씬 낫지. 호랑이 위세를 빌리는 여우 꼴이라도 말이야!"

검은 여우들의 눈이 번들거렸다.

"정당하지만 어려운 길? 웃기고 있네. 정당하니 아니니를 누가 정하는데? 약한 걸 짓밟아야 위로 올라갈 수 있는 세상에서 정당한 게 대체 왜 필요한데? 아니지. 정당한 건 우리 아닌가? 이런 세상에 가장 잘 적응해서 살고 있으니까."

"와, 말본새 봐라. 그러니까 니들은 당당하다 이거여?"

수인 군단의 대장 격으로 맨 앞에 서 있던 서우犀牛인이 콧김과 함께 분노를 화르륵 뿜어냈다.

"듣자 듣자 하니까!"

그때, 서우인의 뒤에 있던 수인 한 명이 그를 밀치고 뛰쳐나오며 빽 소리를 질렀다. 그의 머리 위에서는 하얀 귀가 쫑긋거리고 있었다.

"난 백토白兔인이다. 먹이 사슬에서 너희보다 아래인 데다가 재능도 대단치 않아. 그런데 내가 바보라서 니들처럼 배신 안 하는 줄 알어? 맨날 육식계 수인들한테 쫄고 사는 줄만 알어? 아니! 어어엄청 사이좋게 잘 지내고 있거던?"

백토인이 저를 노려보는 흑호인을 마주 노려보며 코뿔소 수인을 퍽퍽 쳐 댔다.

"너희, 애들한테 공포를 느낀다고 했냐? 근디 니들보다 먹이 사슬 밑에 있는 난 본능적인 공포가 뭐였는지 기억도 안 나. 애기 때 몇 번 느끼다 말았거든. 왜냐구? 애들이 나를 동등한 위치로 봐 준다는 걸 알고 있고, 나도 같은 눈높이에서 마주 보고 있으니까. 날 해치지 않는다고 믿으니까. 친구니까!"

"……."

"니들 말 듣고 있으니까 알겠더라. 니들이 공포를 느꼈던 건 세상을 먹고 먹히는 관계로만 봤기 때문이여. 수평이 아니라 수

직적인 관계로밖에 안 보니까 당연히 열등감과 공포를 느낀 거
고, 우리를 배신한 거랑께!"

"멍청한 토끼 새끼."

흑호인이 경멸하듯 내뱉었다.

"처음부터 수인족이 한 종족으로 묶여 있었던 건 줄 알아? 아
니? 마도 시대 초기에는 죄다 종별로 나뉘어서 싸우고 서로를
죽였어. 강한 종의 수인들은 약한 종의 수인들을 언제든지 죽일
수 있는 하등한 것 취급했지."

"……."

"수인족은 인간과 몬스터라는 공공의 적 때문에 강제로 함께
하기 시작한 거야. 안 맞는 조각들을 강제로 덕지덕지 이어 붙
인 거지. 우리 흑호족은 일찌감치 거기서 빠져나온 거고. 야, 토
끼. 수인족이 여유를 찾게 되면 어찌 될지 말해 줄까? 네가 그
렇게 믿어 의심치 않는 놈들이 네놈의 뒷덜미를 물어뜯을 거다."

"멍청한 건 너지."

백토인이 비웃음을 머금은 입가를 씰룩거렸다.

"나도 역사에서 그랬다는 걸 알거든? 알면서두 지금 우리가
형성하고 있는 공동체 속에서 태어난 나는, 이 공동체가 계속
유지될 거라고 굳게 믿는 거여. 깨질 것 같지도 않지만, 그래두
유지하려고 노력하겠다는 거여. 니들처럼 동족의 뒤통수를 후려
치지 않고."

"그럼 네가 먼저 뒤통수를 맞겠지."

"아오, 이 띨빡들이랑은 말이 안 통하는구먼!"

"인마. 좀 비키랑께."

서우인이 흥분한 백토인을 옆으로 살짝 밀며 앞에 나섰다.

"니들이 배신한 이유는 아주 잘 알았다. 이해했으. 니들이랑 우리의 가치관이 달랐던 거겠지. 니들의 길과 우리의 길이 달랐던 것이여."

"그걸 이제 알았냐, 멍청이들아? 그리고 다른 게 아니라 니들이 틀렸거든!"

"닥치고."

서우인이 차분한 어투로 그릉거렸다.

"니들이 배신한 건 '당연'했으니께 니들 입장에선 무작정 비난받는 게 억울한 거 이해혀. 근디 우리 입장에선 배신당했으니 배신감을 느끼는 게 '당연'하지 말이여."

"……흥!"

"자, 이제부터가 중요하니께 잘 들으랑께. 배신당한 우리 입장에선 니들을 증오하니까 죽이는 게 '당연'한 거여. 약육강식에 순응하는 약한 니들은 강한 우리한테 죽는 게 '당연'한 거고. 너희들이 우리한테 살려 달라 하는 거, 심하게 어이없는 말인 거 알지?"

말투는 침착했지만 그 내용에서는 피 냄새가 물씬 났다.

"……."

흑호인들의 낯이 어두워졌다. 논리적으로 할 말이 없었기 때문이다.

수인들에게서 살의가 뭉게뭉게 뿜어져 나왔다.

"납득했냐? 그럼 그냥 입 닥치구 죽어."

챙!

아악!

살육은 사막 곳곳에서 벌어지고 있었다.

아니, 사막이 아니라, 세계 각지에서 피바람이 불고 있었다. 블랙폭시의 노예상이 그랬던 것처럼, 마약상들도 오늘 밤 정리되고 있었기 때문이다.

비명과 혈향으로 소란스러운 밤이었다.

무슨 일인가 싶어 두려워하던 사람들은 카마트로스와 정체불명의 결사단체가 블랙폭시의 뿌리를 뽑고 있다는 소식이 들려오자 환호했다.

일반인들도 몽둥이를 들고 그들을 뒤따랐다. 블랙폭시에 뿌리 깊은 원한을 품고 있던 사람도 나섰고, 직접적인 피해를 보진 않았지만 블랙폭시를 그냥 싫어하는 사람도 나섰다.

"이 나쁜 놈들. 이때까지 신났었지? 너희들 세상이었지?"

바하무트와 몬스터들이 만들어 낸 불안정한 세상.

이 시기에 붙여진 시아이외의 대자보는 왕국민의 마음에 국왕 페르난도에 대한 뼛속 깊은 불신을 심었고, 블랙폭시와 결탁하여 그들의 죄를 덮어 주고 모르는 척했던 귀족들에 대한 분노를 불러일으켰다.

이런 시국에 블랙폭시라는 거대한 철옹성이 허물어질 틈이 보이자 사람들은 참지 못했다. 이성이 마비되고 공포심이 사라진 심장에 광기가 자라났다. 평화 속에서는 몸을 사렸던 사람들이 무기를 들고 문밖을 나섰다.

로안느뿐만이 아니었다. 결사 단체는 로안느에 국한해서 활동했지만, 카마트로스는 남부 대륙 전체로 손을 뻗었다.

이아나는 아르하드의 연줄과 카마트로스 조직원들이 소유하고 있는 개별 조직들의 힘을 빌렸다. 다른 암흑가 조직들과도 손을 잡았다. 힘을 합쳐 블랙폭시의 세력권을 한 번에 쳤다.

그리하여 그날 밤은 너무나 소란스러웠다.

화르르르륵…….

이아나는 블랙폭시 마약상 건물을 통째로 불태우고 나오면서 아티팩트를 가동했다. 이아나는 로안느를 비롯한 남부 대륙을, 압실롯은 시디얀을 맡고 아티팩트를 통해 연락을 주고받기로 한 상태였다.

"압실롯 님. 그쪽은 상황이 어떻습니까?"

[순조롭구먼. 공장 위치가 정확해서 치는 게 쉬웠어. 이렇게 쉽게 검은 여우들을 처리할 수 있다니…….]

이아나는 불타는 건물을 돌아보며 말했다.

"나쁜 소식이 하나 있습니다. 블랙폭시의 수장, 페인이 로안느가 아니라 시디얀에 있습니다."

불태운 큰 건물만 해도 열 개였다. 방금 불태운 건물이, 에이지가 알려 준 건물들 중 마지막이었다. 페인은 이아나가 파괴한 건물들과 시디얀을 번갈아 다닌다고 알려져 있었다.

그리고 방금 전 마지막 건물에서 텔레포트의 흔적을 발견했다. 어찌나 급했는지 마나의 흔적을 지우지도 않고 떠났기에 도르시아니를 불러 좌표를 역추적할 수 있었다.

페인이 향한 곳은 시디얀의 어딘가였다.

[그려? 나쁜 소식이 아니라 좋은 소식인디?]

압실롯이 낮게 웃었다.

[걱정 말어. 우리도 진자이 왕국의 신관과 이아나 양만 믿고 무작정 이곳에 온 게 아니니까. 언젠가는 여우 놈들을 치려고 칼을 갈아 왔고, 흑호인을 추적할 방법도 만들어 놨어. 이때까진 쓸 수가 없었지만 오늘은 다르지 말어. 알아서 씨를 말려 버릴 텡게 좌표만 대강 알려 줘.]

"그러죠. 저도 곧 가겠습니다."

현재, 로안느에서의 일은 대부분 끝난 상태라 마무리는 로안느의 귀족들이 알아서 할 수 있을 것 같았다.

이아나는 시디얀으로 가서 페인을 잡기로 했다. 압실롯에게 좌표 정보를 알려 준 후, 도르시아니에게 텔레포트를 준비하라 일렀다.

'이런, 씨!'

페인은 사색이 되어 구석으로 몰렸다.

"야아. 감회가 새롭네. 내 눈앞에 까만 여우 대장으로 보이는 놈이 있네!"

이아나에게 호언장담했듯, 압실롯은 좌표 정보를 받은 지 얼마 되지 않아 한 지하 건물에서 페인을 발견할 수 있었다.

수인족은 아주 오랜 세월 흑호인과 바하무트에 복수할 날을 꿈꾸며 놈들에게 대항할 여러 가지 수단을 비밀리에 만들어 왔다. 신력을 이용한 흑호인 추적술이 그중 하나였다. 흑호인들에게 보복할 날이 왔을 때, 단 한 마리도 놓치지 않을 생각으로 만들어 낸 이능이었다.

페인은 압실롯과 뒤에 있는 수인들을 보며 부르르 떨었다.

"네놈들이 어떻게 이곳에······."

페인은 시디얀의 참사를 보고받고 냉큼 시디얀으로 왔다. 로안느도 난리가 났지만 그의 본진은 로안느가 아니라 시디얀이었다. 시디얀에는 그의 동족들도 있었기에 그가 로안느와 시디얀 중 시디얀을 택한 건 당연했다.

그런데 지하 아지트로 와서 이것저것 지시를 내리고 있던 찰나에 천장이 무너지더니 페인이 절대 당해 낼 수 없는 무시무시한 수인들이 지하로 떨어져 내렸다.

페인은 선두에 서 있는 거대한 사내의 이름을 알고 있었다.

"압실롯 타이거······."

은퇴했다고 알려졌지만, 그 이름만으로도 서부를 수호하는 초절정 강자. 수인들의 사회뿐만 아니라 전 세계의 먹이 사슬에서도 정점 가까이에 있는 이였다. 압실롯 때문에 블랙폭시는 현 세대에서 서부에서의 활동을 포기해야만 했다.

"왕님, 어떡해요?"

"어떡해."

압실롯이 공포에 질려 있는 페인과 그 뒤의 흑호인들을 위아래로 훑으며 느릿하게 말했다.

"마지막으로 할 말 있냐. 까만 여우 대장아?"

페인은 겨우 이성을 찾으며 쥐어짜듯 말했다.

"너희가 우리에게 가진 원한은 알고 있다. 하지만 사막에서 조용히 살더니 이렇게 뜬금없이 튀어나온 이유가 뭐냐?"

"지금이 우리가 대륙으로 진출할 수 있는 최고의 시기니까. 대륙으로 떠나기 전에 니들 다 죽여 놓구 가려고."

"대륙 진출? 진출해서 어쩌겠다고? 인간과 섞여 살아가겠다고? 그게 가능할 것 같아? 너희와 달리 대륙에서 수백 년 넘게 있었던 우리 종족도 인간과 접촉하지 않고 모습을 감춘 채 살아가고 있는데 말이야!"

페인이 압실롯을 비웃었다.

"이 세상은 약육강식이다. 너희도 그걸 알고 있을 텐데? 다 함께 잘 살아 보자고 뛰쳐나온 너희는 또다시 인간들에게 이용당한 후 살해당하거나 사막으로 쫓겨날 테지. 흐흐흐."

압실롯이 주변을 슥 훑어보며 혀를 찼다. 이곳에도 역시 신력 추출기가 여기저기 설치되어 있었다.

"너희처럼 인간의 심장을 잔인하게 뽑아 먹지만 않아도 괜찮게 지낼 수 있을걸. 우리 수인족이 동물 계열이 달라도 함께 잘 살고 있는 것처럼 말이다."

압실롯이 뒤에 있는 다른 수인들을 향해 고개를 까딱했다. 수인들이 모태로 하는 동물들은 매우 다양했다. 하지만 페인은 절대 납득하지 못했다.

"지금 우리가 인간의 심장을 먹는 걸 비난하는 거냐?"

페인이 실실 웃었다.

"이 세상은 욕망으로 가득 차 있다. 인간들이 과시라는 욕망에 우리를 노예로 만들고, 너희가 허기라는 욕망에 약한 짐승들을 잡아먹듯, 우리는 위로 올라가고 싶다는 욕망에 너희를 배신하고 미식이라는 욕망에 인간의 심장을 먹었을 뿐이다. 아무도 우리를 비난할 수 없어."

"……."

"그래. 수인끼리는 그래도 공통점이 있으니 화합이 가능했겠지. 하지만 인간과 수인이 섞여 살 수 있을 것 같아? 아니! 절대! 멍청한 너희들이 화합을 바라며 인간들 사이로 섞여 든다 하더라도, 영악한 인간들은 너희를 또다시 배척할 거다!"

"말이 안 통허네. 굳이 네놈을 납득시킬 필요도 못 느껴."

압실롯이 발톱을 빼 드는 걸 본 페인이 역겨워하며 미친 듯이 웃었다.

"말이 안 통하기는 이쪽도 마찬가지다. 멸족을 자초하는 꼴이 우습기 그지없어. 그래. 지옥에서 지켜보고 있을 테니 잘해 봐, 이 얼간이들아!"

페인이 유언이라는 생각으로 소리를 지르고 있을 때였다.

"그러게. 정말 멍청한 놈들이구나."

무너진 천장 위쪽에서 매혹적인 목소리가 흘러내렸다. 압실롯의 표정이 쩽 하고 얼어붙은 반면, 페인의 표정은 확 폈다.

"주인님!"

목소리의 주인공은 하얗게 떠오른 달을 배경으로, 무너져 내린 지상에 앉은 채 지하를 내려다보고 있었다. 붉게 물들인 손톱으로 뺨을 감싸고 까맣게 웃는 그녀는 흑조 같았다.

"안녕. 버러지들아."

이사벨라 바하무트였다.

압실롯의 전신에서 투기가 아지랑이처럼 뭉글뭉글 피어났다.

"물러나라."

낮게 깔린 목소리가 이 싸움에 끼어들지 말 것을 종용했다.

수인들은 바짝 긴장해서 뒤로 물러났다. 그들은 압실롯이 진지하게 전투태세를 갖추는 모습을 정말 오랜만에 보았다. 용병 생활을 마치고 사막에 칩거하기 시작한 이후부터, 압실롯은 반쯤 힘을 빼고 싸우곤 했다. 그런 그가 이렇게 긴장한다는 건 저기 앉아 있는 까만 여자가 매우 강한 적이라는 뜻이었다.

이사벨라가 분위기가 냉각된 지하를 쓱 훑더니 혀를 찼다.

"에이. 그 자식인 줄 알고 가만있으라는 거 냉큼 달려왔는데, 그냥 짐승 새끼들이었잖아?"

이사벨라가 그대로 뛰어내려 지하에 착지했다.

꼿꼿이 몸을 바로 편 이사벨라의 전신에서 요사스러운 염기가 뿜어져 나왔다. 그것이 매혹적이면서도 두려워서 모두가 숨을 죽였다.

보석처럼 빛나는 까만 눈이 압실롯에게 고정되었다.

"사막에 있는 가장 강한 기운을 찾아 쫓아왔더니, 특이한 느낌을 풍기는 짐승 한 마리가 있구나."

"초면이군. 바하무트의 황녀."

이사벨라의 눈이 이채를 발했다.

"내 얼굴을 어찌 아는 걸까? 내 기억 속엔 네가 없는데 말이야. 너처럼 강한 놈을 기억하지 못할 리도 없고……. 그런데 틀렸어. 나는 곧 황후가 될 거란다."

바하무트 황실이 황위 승계 중이라 황족이 나타날 확률은 극히 낮았는데 만에 하나인, 그 확률이 터졌다.

'승계식이 끝난 건가?'

압실롯을 앞에 두고, 이사벨라는 긴장감 없이 허리춤에 손을 얹은 채 주변을 둘러보았다. 죄다 수인들뿐이었다.

"왜 갑자기 수인들이 사막에서 기어 나왔을까? 대륙에 난리가 났으니 대륙에서 한자리 잡고 싶었느냐?"

"당연한 거 아닌가? 이런 기회를 놓치면 얼간이겠지."

"흐음."

이사벨라가 주변을 살피는 찰나, 압실롯은 환희에 떨고 있는 페인과 다른 흑호인들을 향해 번개처럼 주먹을 내질렀다.

콰아앙!

압실롯의 주먹에서 뻗어 나간 강기가 흑호인들을 휩쓸기 직전 이사벨라가 손끝을 휘저어 배리어를 형성했다. 압실롯이 속으로 혀를 찼다.

'말을 섞지 말고 죽였어야 했는데.'

검은 여우들과의 악연도 이제 끝이라는 생각에, 마지막 유언이나 들어 주려 끌었던 시간이 놈들의 수명을 연장해 주는 꼴이 되고 말았다.

페인은 이사벨라의 앞에 납작하게 엎드렸다.

"주인님! 저자는 수인들의 수장 압실롯 타이거입니다."

"어머, 압실롯 타이거. 들어 본 적 있는 것 같아. 그래서?"

이사벨라가 흥미를 보이자 페인이 울분을 토했다.

"보고드린 대로 압실롯 타이거를 위시한 수인족이 진자이 왕국, 토라카 왕국, 카마트로스와 편을 먹고 쳐들어왔습니다. 제가 사태를 눈치챘을 때는 라이프 공장이 다 파괴되고 영토를 반쯤 빼앗긴 상태였습니다. 제 동족들은 지금 여기 있는 놈들이 전부

일 것입니다.”

페인이 분하고 원통하다는 듯 눈물을 뚝뚝 흘리며 이사벨라의 발밑을 기어 댔다. 이사벨라가 콧잔등을 살짝 찡그리며 압실롯을 보았다.

“공장의 마법들을 네가 부쉈느냐?”

“그렇다.”

압실롯은 진자이 대신관이 보유한 성물의 존재를 감추기 위해 긍정했다. 노력하면 부술 수 있는 것도 사실이었기에 거짓은 아니었다.

스스스스.

인간형의 모습을 유지하고 있던 그의 몸에서 주홍빛 털이 돋아나고 몸의 골격이 뿌득거리며 짐승의 것으로 변이했다.

“나는 네 부모를 넘어서, 네 조부모와 동시대에 이름을 날렸던 수인이다. 너희 황족이 시전한 마법이라 한들 신술로 얼마든지 부술 수 있다.”

본신의 힘을 백 퍼센트 발휘할 수 있는 수인형으로 변신한 압실롯이 이사벨라를 내려다보며 날카로운 송곳니를 드러냈다.

“그래서 어쩔 테냐? 싸울 테냐? 이 내가, 아무리 바하무트의 피를 이어받았더라도 이제 막 새 시대를 맞이한 갓난애에게는 지지 않을 자신이 있는데 말이다.”

압실롯이 만들어 내는 투기가 지하를 숨 막히도록 메웠다. 이사벨라의 머리카락과 드레스 자락이 투기에 휘말려 요동쳤다. 이사벨라는 압실롯을 바라보며 상황을 가늠했다.

‘확실히. 이때까지 싸웠던 놈들 중에서 가장 강한 놈이라서

신기하긴 한데. 어찌할까.'

심장에서 전투에 대한 갈망이 꾸역꾸역 치밀었다. 저와 비슷한, 혹은 그보다 더한 강자를 보면 놈의 숨통을 끊어 버리고 싶은 본능이었다.

'오라버니가 당분간 무슨 일이 있어도 얌전히 감시만 하라 하셨음에도 그놈일 줄 알고 왔건만…… 이놈도 만만찮게 흥미롭네. 오라버니, 어쩌죠? 지금 이놈과 싸우면 우리의 계획에 변수가 생길까요?'

"주, 주인님. 죄송합니다. 상황을 이렇게 만들다니, 죽어도 다 씻지 못할 죄를 지었습니다."

하소연하던 페인이 정신을 차리고 떨리는 목소리로 용서를 빌었다. 고민하다 결정을 내린 이사벨라는 대수롭지 않게 답했다.

"괜찮다. 라이프 재고량이 넉넉하니 이제 공장은 필요 없다. 필요하다면 다시 세우면 되는 거고. 그리고 너희에게 줄 먹이는 이제부터 넘쳐날 테니 이렇게 음습한 지하에 숨어 지낼 이유도 없단다."

이사벨라가 손가락을 튕겼다.

페인과 다른 흑호인들의 발밑에 마법진이 생겨났다.

"합!"

압실롯이 내지른 신력의 기합에 마법진이 뒤흔들리고 이사벨라의 마법이 취소되었다. 이사벨라는 평소에 자신의 마법이 깨지는 것을 볼 수 없었기에 신기해서 오, 하고 탄성을 흘렸다.

압실롯이 으르렁거렸다.

"저놈들만 보내고 뭘 하려고? 보내지 않겠다."

"뭐, 상관없으려나."

휘이이이…….

이사벨라의 주변이 점점 검게 물들어 갔다. 칠흑처럼 새까만 마나가 불꽃처럼 흔들리며 이사벨라의 전신에서 불타올랐다. 매우 불길하고 흉흉한 기운이었다.

"페인, 너희는 지금부터 나를 쫓아오며 마법으로 보조하는 데만 집중해라."

이사벨라의 입가가 말려 올라갔다.

"우리의 물건에 피해를 입힌 만큼 대가를 받아야겠다."

"그 꼴을 보고만 있을 것 같나?"

압실롯이 본격적으로 전투태세에 임하는 것을 보며 이사벨라가 웃었다.

쿠우우우웅.

대기 중에서 떠돌던 마나가 뻥 뚫린 천장을 통해 빠르게 쏟아져 내려 이사벨라를 감쌌다. 지하 공간은 밀집된 마나의 압박으로 인해 숨이 막힐 정도로 답답해졌다.

우우우웅.

이사벨라의 발밑으로 아까의 가벼운 텔레포트 마법과는 비교가 되지 않을 정도로 촘촘하고 단단한 배열이 형성되어 갔다.

위험을 느낀 압실롯이 아까처럼 마법을 방해하려 했지만 이사벨라가 통제하는 마나의 배열은 깨지지 않았고, 돌아온 건 반탄력뿐이었다. 어려도 바하무트의 핏줄이라는 거다.

그렇다면 선공뿐이다.

압실롯의 다리에 힘이 강하게 들어갔다. 압실롯은 마법이 완성되기 직전, 마법사들이 가장 위험한 순간에 달려들었다.

콰아아아!

흑호인들이 힘을 합쳐 압실롯의 공격 앞에 강력한 배리어를 만들어 내고, 압실롯이 배리어를 종잇장처럼 갈겨 내며 이사벨라의 목까지 찢으려는 순간이었다.

슉!

긴장하며 방어를 준비하던 수인들이 아연실색했다. 눈앞에 있던 이사벨라, 흑호인들, 압실롯이 몽땅 사라졌기 때문이다.

"크아아아!"

"아악!"

강제로 함께 텔레포트된 압실롯도 정신이 없었다.

콰광!

이사벨라는 텔레포트를 함과 동시에 양손으로 허리춤의 단검을 뽑아 들어 발톱을 막았다.

퍼어어엉!

압실롯의 힘에 떠밀린 이사벨라는 형편없는 꼴로 뒤로 날아갔으나, 그녀가 미리 완성해 둔 포악한 공격 마법은 사방으로 퍼져 나갔다.

콰과과과광!

"아아악!"

그곳은 다른 수인들과 진자이 신관들이 공격을 마치고 휴식을 취하고 있던 공장 중 하나였다. 예상치 못한 기습을 당한 이들이 영문도 모르고 죽어 나갔다.

압실롯의 눈에서 퍼런 번갯불이 튀었다.

"이놈……!"

콰콰콰콰콰!

압실롯의 전신에서 살벌한 기운이 터져 나왔다. 소용돌이처럼 휘몰아치는 주홍빛 신력의 궤적은 마나마저 튕겨 내며 사방을 집어삼켰다.

재해와 같은 힘의 발현에, 겁에 질린 흑호인들이 착지해서 꼿꼿이 선 이사벨라의 뒤로 비척거리며 물러났다. 이사벨라는 아랑곳하지 않고 또다시 텔레포트를 준비했다.

퍼어엉!

땅을 박차고 순식간에 그 앞에 도달한 압실롯이 불을 뿜는 주먹을 이사벨라의 면전에 꽂았다. 맞는 즉시 즉사하다 못해 온몸이 터져 나갈 힘이었다.

퍼어억!

이사벨라가 두 단검을 교차하여 압실롯의 주먹을 막았다. 단검이 깨져 나가고 이사벨라의 팔을 강타했다.

콰아아앙!

이사벨라가 그대로 뒤로 밀려나며 인상을 찌푸렸다. 마나로 꼼꼼하게 보호했음에도 부러진 두 팔이 덜렁거렸다. 하지만 강자와의 격투가 주는 여파는 짜릿했다. 고통마저도 즐거웠던 이사벨라가 혀로 입술을 핥으며 또다시 눈앞까지 쇄도한 호랑이를 요요하게 바라보았다.

"네놈이 나와 비견될 정도의 강자라는 걸 알겠다."

이사벨라의 팔이 뱀처럼 압실롯의 주먹을 휘감았다.

"하지만 지킬 게 없는 공격자와 지킬 게 많은 방어자로 나뉘면 그 격차는 크게 벌어지는 법이지. 막아 보런?"

압실롯의 팔을 붙잡은 이사벨라가 또다시 다른 공장으로 텔레포트했다.

"뭐, 뭐야!"

"수장님?"

지상에서 쉬고 있던 이들이 눈을 휘둥그레 뜨고 갑작스레 공중에서 나타난 이사벨라와 압실롯, 흑호인들을 올려다보았다.

퍼어억!

이사벨라가 지상의 이들에게 한눈을 팔고 만 압실롯을 지상에 메다꽂았다.

압실롯은 즉시 땅을 박차며 다시 이사벨라를 쫓았지만 이사벨라는 약 올리듯 도망치며 아공간에서 검은 사복검을 꺼내 들었다. 하늘을 날며 검은 기운이 줄줄 흐르는 사복검을 춤을 추듯 사방으로 갈겨 댔다.

콰콰콰콰쾅!

사복검이 지나간 곳은 초토화되었다. 수인들과 신관들이 힘을 합쳐 방어했음에도 이사벨라의 힘은 압실롯이 아니면 막을 수 없을 정도로 강해서 부상자가 기하급수적으로 속출했다.

"아하하하하!"

이사벨라가 깔깔 웃으며 마법도 사방으로 흩뿌렸다. 사방에 적밖에 없으니 할 수 있는 짓이었다. 바하무트 황족이 나타나면 전장이 초토화된다는 전설을 그녀가 이곳에서 재현하고 있었다.

"이히히히!"

"이놈들, 꼴좋다!"

주눅 들었던 흑호인들도 신나서 강력한 마법을 꽂아 댔다.

위이이잉…….

이사벨라는 압실롯의 손아귀를 피해 도망치면서 또다시 텔레포트를 준비하고 있었다.

압실롯이 이를 악물었다.

차라리 이 악마 같은 여자와 자신이 단둘이 있었다면 필사의 각오로 덤벼들었을 것이다. 아니, 바하무트 황족이 이때까지 그래 왔던 것처럼 이사벨라도 강자와의 전투에만 미쳐 줬다면 좋았을 것을, 그러지 않았다.

압실롯은 이사벨라의 공격을 방어하며 다른 이들을 지키느라 역공에 소극적일 수밖에 없었다. 이곳에는 묵은 원한을 끊고 대륙 진출의 기반을 다지고자 사막에서 나온 대다수의 수인들이 있었다.

"전부 퇴각해라! 다른 곳에도 말하고!"

그래서 퇴각 명령을 내릴 수밖에 없었다. 상황의 심각성을 깨달은 수인들과 신관들이 허둥대며 이사벨라와 반대 방향으로 도망치기 시작했다.

"너희들이 도망치는 게 빠를까? 내가 가는 게 빠를까!"

이사벨라는 또다시 텔레포트했다. 이번에는 압실롯을 내버려 두고 가 버렸다. 압실롯이 다급하게 흑호인 추적 이능을 써서 그들의 위치를 추적하려는 순간, 번개가 내리쳤다.

이사벨라는 그 후로도 몇 번이고 무작위로 텔레포트하며 습격을 반복했다.

"우후후후!"

오랜만의 학살에 즐거워진 이사벨라가 들뜬 기분으로 사막 전체에 그녀의 기감을 드리웠다.

'그러고 보니 압실롯 타이거 외에도 거슬리는 기운이 하나 더 있었지…….'

미묘하게 거슬리는 기운이었다. 벌레가 온몸을 타고 오르는 근질근질한 기분이라고 할까. 하지만 그리 강하진 않은 듯해서 이사벨라는 압실롯을 첫 번째 타깃으로 잡았었다.

'이번엔 그쪽으로 가 볼까.'

이사벨라는 결정과 동시에 텔레포트했다.

텔레포트를 한 이사벨라가 목적지에 모습을 드러내는 순간이었다. 하얗고 가느다란 목을 향해 강력한 힘이 폭발적으로 밀려들었다.

꽈아아아아아앙!

깜짝 놀란 이사벨라가 단검으로 습격을 막아 냈지만 단검은 굉음을 빚어내며 박살 났고, 단검을 부순 쇠붙이는 이사벨라의 목을 그었다.

"……!"

이사벨라는 목이 그대로 잘려 나가는 치욕을 간신히 피해 냈다. 피가 펑펑 샘솟는 목의 상처를 붙잡으며 뒤로 튕겨 나간 이사벨라가 공중에서 몸을 한 바퀴 돌리곤 바닥에 착지했다.

"무슨……!"

이사벨라의 얼굴에 당황에 가까운 분노가 떠올랐지만, 분노는 금세 희열로 변이했다. 뛰어난 동체 시력이 무서운 기세로 제게

쉐도하는 익숙한 실루엣을 잡아냈기 때문이다.

"어머."

꿈에서만 그리던 놈이 앞에 있었다.

이사벨라가 갈증을 느끼며 흉포하게 미소 지었다.

"네놈. 이놈들과 한패였느냐?"

대답은 없었다.

그저 타오르는 눈동자 속에 암흑이 담겼다.

도르시아니의 번개는 몹시 좋은 이동 수단이었다. 하늘을 가로지르며 달리는 번개는 텔레포트와 비견될 정도로 빨랐다. 시디얀으로 텔레포트한 후, 도르시아니의 번개로 빚어진 늑대를 타고 이동하던 중이었다.

파지지직!

도르시아니가 갑자기 번개의 방향을 홱 틀었다.

"황족이야. 방금 심장이 거세게 공명했어."

이아나의 심장에 퍼런 번갯불이 튀었다.

'결국 나타났어.'

황족의 등장이 예상외의 사태는 아니었다. 다만 일어나지 않았으면 하는 최악 중에서도 최악의 경우였다.

무슨 일을 하든 경계 1순위에 있던 적이 나타났다.

회귀한 이래 최악의 적. 아르하드를 곤란하게 만드는 적.

이번 생애에서 유일하게 그녀를 도망치게 만들었던 적.

바하무트.

그런데 이상하게도 불안하지는 않았다.

이성은 얼음물에 씻어 낸 것처럼 차가워졌고, 심장에서 타오르기 시작한 열기는 응집하여 극한으로 정제되었다. 이아나는 비정상적일 정도로 냉정한 상태였다.

"황족 중 누구입니까?"

"몰라. 하지만 테일런은 아니야. 소유보다는 공유의 느낌이 강한 걸 보면 이사벨라, 샤일런스, 필리어드 셋 중 하나겠지."

이아나는 압실롯에게 연락을 시도했다. 하지만 압실롯은 연락을 받지 않았다. 그가 황족에게 당해 버린 건지, 경황이 없어 받지 못하는 건지 상황이 불명확했기에 이아나는 일단 페인이 텔레포트했던 좌표로 가서 추적해 보기로 했다.

이아나는 바로 아르하드에게 연락했다.

"황족이 나타났습니다."

[황족.]

아르하드가 한숨을 내쉬듯 그 이름을 되뇌었다.

[누가 왔는데?]

"그건 알 수 없습니다. 도르시아니의 말에 의하면 테일런은 아니라는군요. 전에 말씀드렸던 대로 겨뤄 보겠습니다."

이아나가 단호하게 말했다. 그러자 답이 돌아왔다.

[나도 간다.]

"당신도요?"

[황족이 어떤 상태인지 봐야겠어. 계승식이 끝나서 활동하기 시작한 거라면 계획 조정을 해야 하니까. 그리고 가능하다면 기회가 왔을 때 숫자를

줄여 놔야지.]

아르하드를 오랜만에 본다는 기쁨보다 걱정이 앞섰다.

"정말 괜찮은 겁니까?"

이아나가 꺼려 하자 아르하드가 말했다.

[나는 상황을 탐색하면서 지켜보기만 할 거다. 공명이 발생하는 거리를 조절할 수 있으니까 걱정하지 마. 이아나, 황족과 싸우겠다고 했지? 싸워 봐. 하지만 혹시라도 '테일런 바하무트'가 나타난다면 상황을 봐서 도주해. 내가 도주 수단을 미리 준비해 놓겠다.]

"왜 도망쳐야 합니까?"

[계승식이 끝난 상태라면 위험해. 안 그래도 다른 황족보다 강한데 소유권까지 얻은 지금은 어떻게 되어 있을지 몰라. 솔직히 말해서 지금 놈이 무슨 생각을 하는 건지도 모르겠고.]

"이해했습니다."

[나는 네 뒤를 조용히 따를 거야. 일이 마무리되고 보자.]

"네."

연락이 끊겼다.

아르하드를 본다고 생각하자 가슴 한편이 근질거렸다. 하지만 그런 기분에 취해 있을 때가 아니었는지라, 냉철한 이성은 그 감정을 강제로 억눌렀다.

아르하드가 뒤에서 지켜보고 있다고 하니 케이거스 드미트리 때가 생각났다. 그때는 그저 든든하기만 했는데, 지금은 동등한 파트너 같아서 스스로가 성장했음을 느낄 수 있었다. 그 기분은 펄펄 끓는 기름이 되어 정제된 투지에 퍼부어졌다.

파지지직!

도르시아니의 도움을 받아 페인이 텔레포트했던 첫 장소에 도착했지만 흑호인들의 시신만 즐비할 뿐 아무도 없었다.

츠츠츠.

이아나는 기감을 촘촘하게 확장했다. 다수의 강한 생명체들이 기의 그물에 걸려들었지만 이아나는 그대로 넘겼다. 압실롯과 이사벨라는 궤를 달리하는 괴물들로, 평범한 강자의 기척이 촛불이라면 그들의 기척은 태양이었다.

그때, 맞붙어 있는 강력한 기척 두 개를 감지했다.

하지만 한 기척은 감지함과 동시에 종적을 감춰 버렸다.

남아 있는 기척은 압실롯의 것처럼 보였다.

"도르시아니. 내가 지시하는 방향으로 가."

"응."

그들이 올라탄 번개의 늑대는 압실롯에게 데려다 주었다.

콰지지직!

"압실롯 님."

"이아나 양!"

잔뜩 흥분한 압실롯의 주변에서 강렬한 기운이 아지랑이처럼 맺혀 이글거렸다. 피부가 아릴 정도로 강대한 압박이었다. 역시, 세계에서 몇 손가락 안에 드는 강자다웠다.

이아나가 침착하게 물었다.

"황족 중 누구입니까?"

"이사벨라 바하무트."

그 여자가 왔구나.

이아나는 곧 맞붙을 적의 특징을 머릿속에 그려 냈다.

약 일 년 전. 그때 겨우겨우 상대하면서도 핥듯이 관찰했던 적의 이미지가 그대로 붙여 넣은 듯 선명하게 그려졌다.

"그런데 저쪽은 설마 드래곤의 가디언인가."

압실롯이 흘끗대는 방향에는 흥미롭다는 듯 그를 마주 보고 있는 도르시아니가 있었다. 이아나가 도르시아니에게 명했다.

"당신은 돌아가 있어."

"거절하지 않을게."

파지지직.

도르시아니의 몸에서 번개가 튀었다.

"압실롯 타이거, 드래곤 테라노우딘의 가디언. 나중에 심도 깊은 대화를 나눠 보자고."

콰아아앙!

도르시아니가 한줄기 번개로 화해 하늘로 치솟았다. 번개가 하늘을 가르며 사라지자마자, 압실롯과 이아나가 모래 폭풍보다 빠른 속도로 달리기 시작했다.

압실롯의 상황 설명을 들으면서 이사벨라의 기척을 추적한 결과, 이사벨라는 완전히 폭주하고 있었다.

"싸우다 죽는 건 전사의 명예라 괜찮아. 하지만 뭔 수도 못 써 보고 학살당하는 건 수치구면."

압실롯은 분에 못 이겨 용병 시절에나 지껄여 댔던 저급한 욕을 우수수 뱉곤 연락 아티팩트를 가동했다.

"야. 너희 지금 어쩌고 있냐."

[수장님이 도주하라고 혀서, 계획대로 전부 대신관이 있는 곳에 모여서 텔레포트를 준비하고 있구면요. 못 온 애들은 뭐…… 그렇게 된 것 같은디

대부분은 여기 있수.]

방향을 틀어 그곳에 도착했더니, 티타누스에서 봤던 광경처럼 각양각색의 수인들이 모여 웅성거리고 있었다. 새하얀 옷을 입은 진자이의 신관들도 적지 않게 섞여 있었다.

"왔다!"

수인들과 신관들이 이아나와 압실롯을 반겼다.

"안 님. 압실롯 님."

시저와 지젤도 그들을 맞이했다.

그리고 무리의 중심에는 새하얀 두 여인이 있었다. 이아나와 압실롯은 그들에게로 성큼성큼 다가섰다. 여인들이 그들을 돌아보았다. 그들은 미리암과 사키였다. 이아나는 사키와 눈인사를 나눈 후 미리암을 똑바로 쳐다보았다.

"처음 뵙겠습니다. 미리암 엘더리아 대신관님. 이번 작전의 총책임자인 이아나입니다."

"아아."

미리암은 이아나를 본 순간부터 시선을 떼지 못하더니 나지막하게 탄성을 흘렸다.

"저는 라오스 신의 충실한 종, 미리암 엘더리아입니다. 이아나 자매님을 이리 뵙게 되어 너무나 기쁩니다."

미리암이 움켜쥐고 있던 지팡이를 가로로 눕히며 고개를 숙였다. 이아나의 시선이 지팡이에 고정되었다.

첫 번째, 뿌리.

두 번째, 덩굴.

그리고 세 번째, 가지.

과연, 이번에도 로베르슈타인의 자아가 확장되어 그녀의 기억과 감정 속을 유영하는 것이 가능해졌다. 저 지팡이는 로베르슈타인의 심장이 봉인된 페임드라의 가지가 분명했다. 만지고 싶은 마음이 굴뚝같았지만 지금 만졌다가는 상태가 나빠질 수도 있었기에 이아나는 애써 충동을 외면하며 말했다.

"급하니 지금은 통성명만 하고 끝내죠. 이사벨라 바하무트가 오기 전까지 텔레포트를 완성할 수 있습니까?"

미리암의 안색이 조금 파리해졌다.

"최선을 다하고 있습니다만……."

아무래도 규모가 규모다 보니 힘든 모양이었다.

"이사벨라 바하무트는 제가 상대하겠습니다. 계속해서 텔레포트를 준비하십시오. 압실롯 님은 저와 그 여자의 전투에서 발생할 여파를 막아 주시고요."

"혼자 괜찮겠어? 바하무트 황족은 말 그대로 괴물이여."

압실롯이 우려를 표하자 이아나가 가면을 고쳐 쓰며 말했다.

"해 보겠습니다. 밀린다 싶으면 도와주십시오."

'안 되면 아르하드도 있고…….'

설령 혼자서는 이사벨라를 상대할 수 없더라도 아르하드, 거기에 압실롯까지 힘을 합치면 백 퍼센트 죽일 수 있었다.

미리암과 사키, 신관들과 수인들이 다시 텔레포트를 분주하게 준비하기 시작했다. 그리고 얼마 지나지 않아서, 이아나는 이변을 느꼈다.

'온다.'

이아나는 마나가 지글지글 끓는 곳을 노려보며 심호흡했다.

후—......

호흡이 쌓일 때마다 이아나의 신력이 검 위로 겹겹이 뭉쳐 고밀도로 압축되었다. 투명하고 조용하여 극히 존재감이 없으면서도, 이곳에 있는 무엇보다도 강한 기운.

이아나가 이때까지 갈고닦아 온 비기였다.

이사벨라가 뭣도 모르고 이 자리에 모습을 드러낸 순간, 극한으로 정제된 맹격이 이사벨라를 휘갈겼다.

콰아아아아아아앙!

공격의 결과를 본 이아나가 혀를 찼다.

과연 바하무트 황족이라는 걸까. 장애물이고 뭐고 모조리 부수고 단숨에 목을 날렸어야 할 공격이 반쯤 막혔다.

당혹감이 역력한 이사벨라와 눈이 마주쳤다. 이아나는 핏방울들이 점점이 튀고 있는 공간 사이를 가로질러 이사벨라에게 쇄도했다.

"네놈. 이놈들과 한패였느냐?"

당황한 게 언제였냐는 듯 이사벨라가 희열에 차 광소했다.

스스스스.

상처를 움켜쥔 손 주변의 마나가 꿈틀거리며 이사벨라의 손가락 사이사이로 흘러들어 갔다. 마나는 뼈와 살로 연성되어 상처사이를 이었고, 반쯤 갈라졌던 목도 다시 붙었다.

목을 단숨에 수복한 이사벨라가 채찍 같은 사복검으로 이아나의 공격을 맞받아쳤다.

콰아아아아앙!

검과 검이 부딪친 작은 점에서 흉흉하고 억센 진동파가 발생했다. 노도와 같은 파동이 사방으로 밀려 나가며 대지를 폭파했다.

"으악!"

"와아아앗!"

그 주변에 있다가 그대로 파동에 얻어맞은 이들이 비명을 질렀다. 튕겨 나와 저 멀리 굴러가는 것은 물론이요 부상자까지 속출했다. 압실롯이 여파를 막으려고 노력했지만 그 혼자만의 힘으로는 모든 이들에게 가는 영향을 막기가 불가했다.

"......!"

한편, 이사벨라의 표정은 일그러지고 있었다.

쩌적. 쩌적.

점을 중심으로 균열이 일어나기 시작했다. 부서지는 쪽은, 또다시 이사벨라의 검 쪽이었다.

파창!

산산조각 난 검의 파편이 사방으로 비산했다. 파편들이 이사벨라의 얼굴을 깊게 그으며 지나갔다.

하지만 뺨에 생긴 큰 상흔들도 금세 수복되어 멀쩡해졌다. 이사벨라는 재빠르게 아공간에서 다른 검을 꺼내며 연이은 공격을 세게 쳐 냈다.

콰아앙!

충격파가 하늘로 치솟아 폭탄처럼 터졌다.

이사벨라가 짓씹듯 중얼거렸다.

"이 쥐새끼 같은 놈. 검은 바람이라는 같잖은 이름을 뒤집어쓰고 벌레들을 구제하러 다니더니 실력이 늘었구나. 더 단단한 목줄이 필요하겠어."

이아나에 대한 소유욕에 눈이 돌아간 이사벨라가 진심으로 전투에 임하기 시작했다. 그녀의 몸에서 요이한 기운이 폭발적으로 뿜어져 나왔다. 그것은 마나가 아니라 이사벨라의 영혼에 물든 검푸른 신력이었다.

후와아악!

마나는 그녀의 신력에 환호하며 온 세상을 새까맣게 물들였다. 어두운 밤에 더 짙은 어둠이 더해지자, 세상은 별도, 달도, 구름도 없는 암흑천지가 되었다.

"이번엔 절대로 놓치지 않겠다!"

이사벨라의 검은 머리카락과 검은 드레스가 검은 바람에 휘몰아쳤다. 검은 욕망은 검은 그녀를 더욱 검게 물들여 어둠과 하나로 만들었다.

콰아아앙!

어둠 속에서 이아나와 이사벨라가 격돌했다.

사납고 매서운 공격이 끊임없이 이어졌다. 이아나를 고슴도치처럼 만들려는 듯 검격과 마법이 변칙적으로 쏟아졌다.

이아나는 그물에 갇힌 물고기였다. 흉악한 작살들이 사방에서 폭풍처럼 몰아닥쳐 그녀를 꿰뚫으려 하고 있었다.

이아나는 침착하게 이사벨라와의 공방에 집중했다.

일격.

이격.

삼격.

사격……

어둠 속에서 겨우 눈 한 번 깜빡일 시간에 몇 번이고, 몇십 번이고 격돌했다. 격돌하면 격돌할수록 이사벨라는 거칠어졌고 이아나는 냉정해졌다.

이아나는 이사벨라와 맞붙으면서 확신했다.

이제 이 여자에게 검술로도, 이능으로도 지지 않는다.

확신한 순간, 이아나는 응축된 붉은 검기를 검에 불어넣었다. 쇄도하는 이사벨라의 검을 향해 휘둘렀다.

콰아아아아아앙!

지축을 뒤흔드는 굉음과 함께 빛이 폭발하고 어둠이 산산이 부서졌다. 사방으로 뿜어진 강력한 음파와 빛이 폭풍으로 화하여 어둠을 먼지구름처럼 몰아냈다.

"……!"

자신의 검은 무대 위에서, 또다시 검이 파괴되고, 영역마저 빼앗기고 만 이사벨라의 표정이 미친 자의 것처럼 일그러졌다. 쾌감과 분노, 희열과 경악이 한데 섞인 이상한 감정이 이사벨라를 강타했다.

"이……."

이사벨라와 이아나의 검이 동시에 쩌적거리며 부서지고 있었다. 그리고 이사벨라가 새로운 검을 뽑아 드는 속도보다, 이아나가 라이즈를 꺼내는 속도가 더 빨랐다.

이아나가 검을 꺼내느라 생긴 이사벨라의 빈틈을 포착했다.

콰득!

라이즈의 손잡이를 움켜쥐었다.

'지금!'

이아나의 뛰어난 집중력이 점 하나에 쏠렸다. 목적지는 이사벨라의 심장이었다.

늦었음을 깨달은 이사벨라가 제 빈틈을 막기 위해 황급히 배리어 마법을 몇 겹이나 겹쳤지만 단 한 점에 압축된 힘을 이기지는 못했다.

평!

퍼엉!

퍼어엉!

배리어가 모조리 부서지고 전혀 예상치 못한 곳에서 죽음을 목전에 둔 이사벨라의 안색이 창백하게 질렸다.

그러나 이아나의 궤적은 타의에 의해 흔들리고 말았다.

쿠우우우우우웅!

이사벨라의 뒤쪽에서 마나가 휘몰아쳤다. 폭탄이 터지듯 묵빛의 게이트가 형성되었다.

화악!

태풍의 눈처럼 맹렬한 기류를 만들어 내는 소용돌이의 중심에서 새카만 갑주를 찬 팔이 튀어나오더니 이사벨라를 붙잡아 당겼다.

"컥!"

궤적이 뒤틀린 이아나의 검이 이사벨라의 오른쪽 가슴을 그대로 꿰뚫었다. 이사벨라가 고통에 찬 비명을 질렀다. 하지만 그뿐이었다. 이사벨라는 삶을 유지한 채 소용돌이 속으로 질질 끌려들어갔다.

'안 돼!'

게이트 너머에 누가 있든 다 잡은 물고기를 빼앗길 수는 없었다. 이아나가 라이즈를 뽑아 당김과 동시에 왼손으로 이사벨라의 팔목을 틀어쥐어 당겼다. 게이트 속으로 빨려 들어가던 이사벨라의 몸이 멈췄다.

"크흑."

상처가 벌어진 이사벨라가 피 끓는 소리를 내며 피를 토했다. 이아나는 이사벨라를 잡아당기며 그녀의 숨통을 끊기 위해 라이즈를 바로 쥐었지만, 소용돌이 너머의 힘이 너무 강해서 이사벨라를 붙잡고 있는 데 온 힘을 쓸 수밖에 없었다.

[거기 있는 놈들 모두 잘 들어라.]

그때, 검은 소용돌이 너머에서 낮게 깔린 목소리가 회오리에 실린 듯 일그러지며 울려 퍼졌다.

[이사벨라와 흑호인들을 이쪽으로 보내.]

이아나의 손에 힘이 뿌득 들어갔다. 이런 절묘한 시점에 게이트가 형성되었다는 건, 놈이 음습하게 상황을 지켜보고 있었다는 거다.

'관찰당했나?'

이마에 식은땀이 맺혔다.

[그곳을 지옥으로 만들고 싶은 거라면 계속해도 좋다.]

이아나는 느긋한 어조의 말에 신경이 잔뜩 곤두섰다.

저 목소리의 주인은 아마도.

테일런 바하무트…….

목소리의 주인이 이사벨라를 조금 더 세게 잡아당겼다. 이아나가 힘 싸움에서 밀려 휘청거렸다. 그가 재미있다는 듯 웃었다.

[혹은, 이곳으로 따라 들어와 볼 텐가? 난 상관없는데 말이다.]

이아나는 목소리가 흘러나오고 있는 게이트를 노려보았다. 새까만 기운이 휘몰아치고 있는 게이트는 지옥으로 향하는 입구 같았다.

저곳을 넘으면 수수께끼의 땅, 미지의 권역, 바하무트의 본진 중에서도 본진인 심장일 터였다.

이아나의 이마에서 땀이 주륵 하고 흘렀다.

게이트에서 진득하고 음습한 기운이 한가득 풍겼다. 보이지 않는 검은 손들이 뻗어 나와 피부에 처덕처덕 들러붙는 것만 같았다. 이사벨라에게서도 어느 정도의 진득함은 느껴졌지만 그녀의 것은 이에 비할 바가 아니었다.

그것은.

가장 원초적이고, 유혹적인.

신성시대 시절, 죽음에 미쳐 버린 악마에.

가장 근접한…….

이사벨라가 피를 토하며 게이트 너머로 꾸역꾸역 말했다.

"오라버니. 이 자식, 이 자식을 잡아가야 해요. 오라버니도 이리로 오세요! 오라버니도 이놈을 직접 보시면 분명……."

[이사벨라, 아직은 행동할 때가 아니라고 했을 텐데.]

화난 것 같지 않은 목소리인데도 풍기는 위압감이 대단했다. 이사벨라도 흠칫하며 입을 다물었다.

이아나는 고민에 휩싸였다.

'내가 저놈을 이길 수 있을까?'

확신할 수 없었다. 게이트는 목소리를 일그러뜨리는 것처럼 감각도 왜곡해서 상대의 존재감을 애매모호하게 만들었다. 하지만 어렴풋하게 느껴지는 기운만으로도 머릿속에 경종이 울렸다. 직접 보면 더할 것이다.

만일 덤볐다가 이기지 못하면?

그녀 하나로 끝나지 않는다. 수인들, 대신관의 성물, 거기에 아르하드까지. 아르하드와 힘을 합쳐서 테일런을 죽일 수 있다면 좋겠지만, 만일 일이 잘못된다면…….

이아나는 적을 붙잡은 손에 꾹 힘을 주었다.

'하지만 이사벨라를 죽일 수 있는데.'

아니다.

이사벨라도 죽이지 못했을 가능성이 높다. 테일런 바하무트는 이사벨라를 지켜보고 있었던 모양이니 싸우다가 그녀가 위험해 보이면 이렇게 게이트를 열었을 게 분명했다.

이아나는 고민하느라 머리가 터질 것 같았다. 하지만 선택의 무게는 확연하게 기울었다. 이아나가 게이트를 노려보았다.

"그래서. 이 여자와 흑호인들을 그쪽으로 보내면 완전히 물러날 테냐?"

"아하하. 그 귀한 목소리 처음으로 들어 보는군."

질문과 관계없는 답이 이사벨라 쪽에서 들려왔다. 이아나가 이사벨라를 흘끗 쳐다보았다. 이사벨라는 테일런 때문에 이아나를 데려가는 건 포기한 듯했지만, 가면 너머의 이아나의 얼굴을 꿰뚫어 보려는 것처럼 집요하게 관찰하고 있었다.

이아나는 미리 카마트로스의 반지를 끼고 왔기 때문에 목소리는 변조되고 눈동자 색도 변한 상태였다. 가면도 카마트로스의 것은 아니었지만, 특수 제작한 가면으로 벗겨질 일은 없었다. 그런데 온몸을 미끌미끌하게 더듬는 듯한 뱀 같은 눈빛에 모든 게 까발려지는 것 같아 소름 끼쳤다.

이사벨라의 입가에서 피가 주르륵 하고 흘렀다.

"젠장, 상처가 왜 이리 안 낫는 거야."

이사벨라의 꿰뚫린 오른쪽 가슴은 느릿하게나마 회복되고 있었다. 벌어져서 피를 쏟아 내는 상처 부분을, 이사벨라가 신체 연성으로 이어 붙이고 있기 때문이었다.

신체 연성으로 붙여 놓으면 전혀 다치지 않은 것처럼 움직일 수 있는 데다가, 시간이 지나면 상처가 완전히 나아서 마나 유지를 할 필요도 없어진다.

이아나는 황족을 상대할 때 목을 끊어 놓거나 심장을 뚫지 않으면 타격이 전혀 없다는 교훈을 얻었다.

[그래. 물러나 주마.]

테일런이 나지막하게 대답했다.

"물러난다는 건?"

[너희들을 놓아주겠다는 얘기다.]

놓아주는 건 이쪽인데 저쪽이 자비를 베푸는 모양새다. 이아나는 가면 속에서 벌레 씹은 듯한 표정을 지으며 불신을 드러냈다.

"뭘 믿고."

[내가 거짓말을 할 이유가 있나? 믿지 않아도 상관없다. 그 결과는 네 책임이겠지만.]

"이봐, 황태자."

그때 압실롯이 대화에 끼어들었다.

"아니, 이제 황제인가? 직접 납시지 않는 이유가 뭔가?"

압실롯이 빈정거렸다. 이아나도 그 점이 궁금했기에 대답을 기다렸다. 음이 낮은 웃음소리가 일그러지며 흘러나왔다.

[게이트 때문에 왜곡됐긴 하지만 익숙한 목소리군.]

"익숙하긴 뭘 익숙혀?"

[압실롯 타이거. 어릴 적 네가 나와 재밌게 놀아 줬었지.]

압실롯은 인간인 주제에 이십여 년 전 어린 꼬마였던 시절을 기억하고 있는 테일런이 징그러워서 눈썹을 찡그렸다.

[지금 당장 튀어나와서 너희들을 죽이지 않는 이유가 뭐냐고? 내가 발을 내딛는 날 그곳에 있는 모든 것이 내 것이 될 텐데, 재미도 없게 일찌감치 그리할 이유가 있을까.]

태생부터 내려다보는 위치에 선 자만이 보일 수 있는 절대자의 여유였다. 회귀 전의 아르하드를 떠올리게 하는 놈이었다.

[이번은 이사벨라의 돌발 행동이었을 뿐, 우리 황실은 당분간 나서지 않는다는 점만 말해 두마. 전쟁은 군대와 군관들만으로 수행할 예정이다. 사실 어머니가 멋대로 전쟁을 선포한 것도, 그 바탕이 조급함인 듯해서 기분이 영 별로야.]

테일런의 말을 경청했지만 여전히 그 의도를 파악할 수 없다. 왜 나서지 않는지를 알 수 없으니 경계심과 불안감은 커져 갔다. 뭔가, 어둠 속에 숨어 적을 방심시킨 채, 크게 한 방 먹일 기회를 호시탐탐 노리고 있는 듯한 느낌이었다.

"의뭉스럽고 오만한 성격은 어릴 때나 컸을 때나 똑같군."

압실롯이 침을 뱉었다.

그때, 이아나의 곁으로 바람의 몸을 가진 작은 참새가 포르르 날아왔다. 참새가 그녀에게 속삭였다.

[보내 줘.]

이아나가 흠칫해서 주변을 둘러보았다.

'누가 정령을?'

근방에 시저와 지젤이 보였다. 하지 말라고 손으로 가위표를 긋고 있는 걸 보니 정령을 보낸 건 그들이었다.

'혹시 아르하드가?'

아르하드 외에 그녀에게 지시를 내릴 수 있는 존재는 없었다. 이아나는 이사벨라의 팔을 쥔 손에 힘을 세게 주었다가 결국 놓고 말았다.

"젠장. 오라버니, 잠깐만요."

이사벨라는 게이트 속으로 끌려 들어가다 말고 테일런을 제지했다. 이사벨라는 부은 손목을 움켜쥐더니 불쾌감과 야릇함을 동시에 느끼는 듯, 기묘한 표정으로 이아나를 바라보았다.

"멈춰 선 상태에서 집중해서 보니 알겠다. 너 여자였구나."

"……."

"여자든 남자든 상관없어. 아니, 네가 아름다운 여자라면 더 마음에 들 것 같아."

이아나가 대답하지 않자 이사벨라가 입술을 씰룩거렸다.

"이 계집, 목소리 한번 귀하구나. 다음번엔 절대로 이런 수모를 겪지 않겠다. 네가 잡히는 그날, 내가 오늘 느낀 수치심을 그대로 돌려주마."

이사벨라는 이아나의 대답을 기다리지 않고 게이트 안으로 훌쩍 뛰어들었다.

"크흐흐!"

이아나와 이사벨라가 싸우는 사이, 흑호인들과 수인들도 피가 터지도록 싸웠다. 그리고 수인들이 승기를 잡으려던 차에 테일런이 등장했고, 결국 흑호인들을 고이 보내 주게 생겼다.

"비켜!"

흑호인들은 눈을 부라리며 게이트를 향해 걸어갔다.

"새끼들 운도 좋네."

"이 정도로 운이 좋다는 건, 오늘은 결판을 내지 못할 운명이었던 거겠지…… 는 염병!"

수인들이 원통하다는 듯 놈들을 향해 으르렁거렸지만 흑호인들은 언제 떨었냐는 듯 기세등등하게 수인들 사이를 가로질렀다. 그 절대적인 기분은 생존한 극소수의 흑호인들에게 깊은 감흥을 남겼다.

원했던 것들을 모두 인도받은 테일런 바하무트가 게이트 너머로 낮게 웃었다.

[내 것들을 잘도 추레한 꼴로 만들어 놨군.]

"이제 꺼져!"

이아나가 하고 싶었던 말을 압실롯이 바로 질렀다.

[뭐, 좋아. 원하는 것들을 모두 받았으니 사라져 주지. 기대하고 있을 테니 앞으로도 발버둥 쳐서 끝까지 기어올라라. 우리가 나서지 않는데도 자멸한다면 실망할 거다.]

"여유 넘치는군. 오늘부로 블랙폭시가 와해됐는데도 말이다."

[아, 그 과정 봐 줄 만했지. 그러나 결국 블랙폭시의 수장은 죽이지 못

했지 않나. 어때. 이곳으로 와서 페인의 목을 따 가 볼 텐가?]

테일런이 비웃음을 섞어 물었다. 이 빌어먹을 자식은 여전하다고 중얼거리는 압실롯의 관자놀이에 핏대가 섰다.

[그리고 이사벨라가 집착하는 여자. 그래, 너.]

그때, 테일런이 이아나를 겨냥했다.

[붉은 검기를 쓰는 걸 보아하니, 네가 카마트로스의 주인인가? 몬스터 게이트 사건으로 유명해진 검은 바람도 너고?]

이아나는 대답하지 않았다. 이미 너무나 많은 정보를 넘겨주었다. 이제는 실마리 하나라도 주고 싶지 않았다. 테일런도 대답을 딱히 기대하지 않은 듯 제 할 말만 이어 갔다.

[나는 네 존재가 몹시 흥미롭다. 날 혼란스럽게 하거든.]

이아나의 머리가 복잡해졌다. 저게 무슨 뜻일까? 자기 계획을 망치고 있다는 뜻에서 한 말일까? 이아나는 무슨 말이냐고 따지고 싶은 것을 꾹 눌러 참았다.

[게이트가 감각을 왜곡하는 점이 아쉽군. 직접 보는 날을 고대하지.]

테일런은 이아나의 대답을 기다리지 않고 게이트를 닫아 버렸다. 막대한 존재감을 발산하던 검은 소용돌이가 환상이었던 것처럼 깨끗하게 소멸했다.

"후우!"

압실롯이 한숨을 크게 내쉬며 이마를 짚었다. 안도한 듯, 골치 아픈 듯, 여러 감정이 복합적으로 섞인 한숨이었다. 텔레포트를 완성해 놓고 잔뜩 긴장하고 있던 신관들과 수인들도 긴장이 풀려 그 자리에 풀썩 주저앉았다.

이아나는 순순히 물러나겠다는 테일런의 말을 믿지 못해 계속 게이트가 사라진 곳을 노려보았다. 그가 뒤통수를 칠까 봐 한참 동안 사방을 경계했지만 우려하는 일은 발생하지 않았다.

그제야 한시름 던 이아나가 쿡쿡 쑤시는 미간을 문지르며 압실롯을 보았다.

"압실롯 님."

"어! 그려! 이아, 아니, 안! 지이이인짜 대단하던데!"

압실롯이 활짝 웃으며 이아나를 향해 양 엄지를 척 들었다. 그의 사나운 얼굴에서 순수한 경외심이 잔뜩 묻어났다. 이아나는 칭찬을 좔좔 늘어놓으려던 압실롯의 입을 질문으로 막았다.

"테일런 바하무트가 어떤 인간인지 아십니까?"

이아나는 이때까지 막연하게 최후의 적으로만 생각했던 테일런 바하무트가 현실로 성큼 다가오자, 경계심을 극도로 끌어올렸다. 일단 놈이 어떤 놈인지 알아야 했다.

"음……. 내가 기억하는 건 놈이 어릴 때뿐이구먼. 하지만 그때도 보통내기가 아니었지."

압실롯이 생각만 해도 지긋지긋하다는 듯 턱을 쓰다듬었다.

"그때는 나보다 약해서, 나만 나타나면 좀 깔짝거리다가 지 부모한테 가 버리긴 했지만, 그래도 미친놈이었으."

압실롯이 진지하게 말했다.

"어떤 의미에서 미쳤다는 거죠?"

"그놈은 고차원적인 성격 파탄자여. 막판 역전을 즐기지."

압실롯의 말에 의하면 이랬다.

테일런은 상대가 노력해서 위로 올라갈 때는 얌전히 기다려 주다가, 그가 목표에 닿을 듯 말 듯한 순간에 날개를 꺾어 추락시킨다. 희망을 가지게 내버려 뒀다가 마지막 순간에 최악의 절망을 선사하는 것이다.

예를 들면, 누군가가 세상에서 가장 거대한 카드 탑을 열심히 쌓고 있다. 테일런은 그것을 가만히 지켜본다. 그리고 상대가 카드 탑을 완성하기 직전, 그러니까 마지막 카드 한 장을 놓으려 할 때 카드 탑을 톡 건드려서 무너뜨린다.

테일런은 거기서 카타르시스를 느끼는 놈이었다. 그 비극적인 쾌감을 느끼기 위해서라면 자신이 인내하거나 약간의 피해를 보는 건 개의치 않았다.

현실로 예를 들면, 테일런은 적이 계략을 짜서 저를 해치려 한다는 걸 알고 있으면서도 가만히 내버려 둔다. 그리고 놈들의 계략에 걸려드는 척해 주다가 결정적인 순간에 허를 찔러 그 계략을 무너뜨리고 적을 완벽하게 좌절시킨다.

어찌 보면 매우 어리석고 위험천만한 행동이었다. 하지만 테일런에게는 그런 짓을 할 수 있는 능력이 있었다. 절대적인 강자의 위치에 있기 때문이다.

"그 미친놈 때문에 전쟁 때 얼마나 기분이 드러웠는지. 순수 악이 있다면 저놈인가 싶었당께. 오늘 보니 그 못된 성격은 여전한 것 같구먼."

압실롯은 테일런을 신랄하게 욕했다.

"이사벨라 바하무트를 죽이기 직전에 나타난 것도, 우리의 최종 목표인 페인을 데려가서 그놈을 죽이러 따라와 보겠냐며 약 올린 것도 그래서일 거여. 어우!"

이아나는 기분이 찝찝해졌다.

'황족이 칩거하는 이유도 그래서인가? 역시 그놈…… 큰 걸 노리고 있는 건가? 아니면 단순한 자만일 뿐인가?'

새삼 그런 테일런을 제거하고 황제가 되었던 아르하드가 대단하게 느껴졌다. 아르하드가 테일런보다 한 수 위였다는 소리다. 진짜 악마와 악마의 힘을 빌린 자의 차이였을까?

하지만 왜일까.

로베르슈타인의 기억에 의거했을 때, 회귀 전이면 몰라도 현재, 고대 악마에 더 가깝다고 느껴지는 쪽은 테일런이었다. 그리고 이아나는 그 이유를 짐작할 수 있었다.

"압실롯 님, 잠시 자리를 비우겠습니다."

"그려. 상황을 정리하고 있을 테니께 천천히 볼일 봐."

이아나는 압실롯에게서 등을 돌렸다. 돌리자마자 시선이라는 이름의 화살에 우수수 맞았다. 모두가 이아나를 쳐다보고 있었다. 발을 내디딜 때마다 시선이 배로 들러붙었다.

이아나는 제일 먼저 시저와 지젤에게로 갔다.

"로와 접선하셨던 겁니까?"

"네. 저희가 이곳에 오기 전에요. 그때 정령으로 연락을 이어놓았습니다."

지젤의 눈빛이 경이로운 존재를 보는 듯 반짝거렸다. 부담을 느낀 이아나는 알겠다고 말한 후 빠르게 자리를 피했다.

멀리 떨어진 곳까지 온 이아나가 아르하드에게 연락했다.

"아르하드. 지금 어디에 있습니까?"

[…….]

말이 없다. 이아나는 초조해졌다.

"왜 대답이 없으세요. 혹시 무슨 문제라도 생겼습니까?"

이아나는 기감을 펼쳐 그의 기척을 찾았다. 어쩌나 감쪽같이 숨어 있는지, 아르하드는 이아나의 기감에 포착되지 않았다.

결국 아르하드가 준 반지의 기능 중 하나를 처음으로 개시했다. 이 기능을 활성화하면 두 반지는 서로를 끌어당긴다. 즉, 떨어져 있어도 서로를 찾아갈 수 있다는 얘기다.

좌표 추적 기능도 있었지만 이아나가 텔레포트를 쓸 줄 모르므로 아르하드 전용 기능이었다. 어찌 보면 사생활이 없는 거지만, 이아나는 그의 음습한 속박을 너그럽게 허용했다. 얼마든지 그래도 됐다. 왜냐하면 그가 그런 행동을 함으로써 이아나도 그를 속박할 명분을 얻기 때문이다.

하지만 아르하드가 반지를 빼고 숨어 버리면 어떻게 될까?

이아나는 그를 찾을 수 없다는 상상에 숨이 막혔다.

우습게도, 이 때문에 아르하드보다 더 강해지고 싶다는 기막힌 생각이 들었다. 아르하드보다 강하면 그가 반지를 두고 어딘가에 숨더라도 기척으로 추적할 수 있을 테니까.

'나 점점 이상해지는 거 같은데.'

묘하게 비틀린 생각을 하던 이아나는 뺨을 때려 정신을 차린 후, 반지가 인도하는 방향으로 빠르게 달렸다.

이아나는 곧 아르하드를 발견할 수 있었다. 그는 커다란 바위 뒤에 기대앉은 채 손으로 얼굴을 가리고 있었다.

"아르하드!"

오랜만에 보는 아르하드였다. 이아나는 그가 몹시 반가웠다.

이아나의 부름에 아르하드가 손을 내렸다. 이아나는 날듯이 뛰어가다 멈춰 서고 말았다. 그의 표정이 매우 살벌했다.

"이아나."

심장이 덜컥했다. 오랜만에 만났는데 왜 저런 얼굴을 하고, 착 가라앉은 목소리로 부르는 걸까? 이아나가 주춤거리며 다가가서 아르하드의 앞에 무릎을 꿇으며 앉았다. 그의 안색을 조심스럽게 살폈다.

"몸이 안 좋으신 겁니까?"

"아니. 몸이 아니라 기분이 안 좋아."

"기분이 왜요?"

이아나가 조마조마하며 묻자 아르하드의 낯이 더더욱 차가워졌다.

"화가 나서."

이아나는 숨이 턱 막혔다. 오늘 저지른 짓들이 순차적으로 떠올라 머릿속을 가득 메웠다. 혹시 페인을 놓치고, 이사벨라를 죽이지 못하고, 테일런에게 정보를 주고 만 제게 화가 난 걸까? 실망한 걸까?

방금 전만 해도 생각으로 꽉 채워져 있었던 머리가 하얗게 비어 버렸다. 이아나가 무슨 말을 해야 할지를 몰라 그저 두 손을 꼭 움켜쥐는데, 그런 낌새를 눈치채지 못한 아르하드가 짜증스럽게 미간을 누르며 눈을 감았다.

"황족을 지금 당장 가서 죄다 죽이지 못하는 내게 답답함을 느껴."

"네?"

"신중한 게 나쁘다고 생각하지 않아. 그렇지만 맹수를 피해 숨은 쥐새끼처럼 당당하게 나서지 못하는 내게 화가 나. 더 강해지고 싶어."

이아나는 맥이 탁 풀렸다. 손을 내린 아르하드가 심각한 표정으로 고민하는가 싶더니, 중얼거렸다.

"내 자존심도 자존심인데, 이 상태가 되어서도 여유를 부리는 테일런을 보니 우리가 성급하게 움직인 게 아닌가 싶다. 뒤에서 무슨 함정을 파고 있을지 모르니 일을 좀 더 빨리 진행해야겠어. 무엇보다 이제 네 정체는 거의 들켰다고 봐야 해. 놈들을 빨리 제거하지 않으면……."

아르하드가 그답지 않게 초조해하자, 이아나는 가슴이 먹먹해졌다.

아르하드는 회귀 전 신중에 신중을 거듭하여 테일런을 이기고 바하무트의 황제가 되었던 남자였다. 그녀가 변화를 일으키지 않았다면, 아니 그녀가 없었다면 회귀 전처럼 황제가 되고도 남았을 것이다.

하지만 아르하드는 이아나 때문에 바하무트의 황제가 되지 않겠다고 천명했고, 아무것도 없는 텅 빈 대지부터 새로운 세상을 만들기로 결심했다.

그는 절대 약하지 않았다. 이아나에게 있어, 세상에서 가장 강한 사람은 언제나 아르하드였다. 그런데 그렇게 강한 남자가 그녀 때문에 초조해하고, 약한 모습을 보이고 있었다.

"아."

아르하드가 입술을 꾹 다물고 있는 이아나를 보고 퍼뜩 정신을 차렸다.

"미안해. 오랜만에 만났는데 이런 못난 모습을 보여서."

그는 이아나의 눈치를 보았다. 다정하고 커다란 손이 이아나의 손을 덮었다. 이아나의 손을 만지작거리며 여유를 되찾은 것도 모자라 기분까지 좋아진 아르하드가 살짝 미소 지었다.

"이아나, 정말 잘했다. 싸우는 걸 지켜봤는데, 정말 대단하더군. 너무 멋져서 머저리처럼 넋을 놓고 봤어. 넌 역시 최고야."

진심이 듬뿍 묻어나다 못해 찬사에 가까운 칭찬에 이아나가 조용히 물었다.

"저는 잘못하지 않았나요?"

아르하드가 이아나의 질문에 어리둥절해했다.

"무슨 소리야. 넌 잘하기만 했는데. 이사벨라를 이기고, 테일런이 당분간 전면에 나서지 않을 거라는 정보까지 얻어냈잖아. 네 정체 노출은 테일런이 나타났으니 필연적이었고."

아르하드가 이아나와 눈높이를 맞추며 마주 보았다.

"이아나. 우리 더 강해지도록 하자. 놈이 무슨 꿍꿍이인지는 몰라도 그 꿍꿍이까지 부술 수 있게."

"……."

"이번에 확실하게 느꼈다. 너는 정말 뛰어난 검사고, 앞으로도 계속 강해지겠지. 그래서 언젠가는, 정말로 네게 질 수도 있겠다고 생각했어."

아르하드가 붙잡고 있던 이아나의 손에 힘을 세게 주었다.

"하지만 나도 계속 강해져서 네게 순순히 져 주지 않을 거다. 그런 너와 내가 힘을 합치는 한, 바하무트는 절대 우리에게 못 당해. 그러니까 함께 노력하자."

이아나가 아르하드를 물끄러미 보았다. 그녀는 아무 말도 하지 않았는데 무언의 압박을 받은 아르하드가 변명을 뱉었다.

"괜히 초조한 모습으로 불안하게 만들어서 미안해. 이아나, 난 늘 그렇잖아. 혹시라도 놈들이 내게서 널 빼앗아 갈까 봐 조급해졌어. 이실직고하자면 이번에 온 것도 바하무트의 동향을 살피기 위해서라기보단 불안해서였어. 나도 내 이런 못난 점을 고치려고 하는데……."

아르하드가 말을 다 잇지 못하고 멈췄다. 이아나가 아르하드에게 기습처럼 키스했기 때문이다. 아르하드의 목 뒤로 팔을 감으며 매달린 이아나가 몸을 밀착하자 그의 몸이 서서히 뒤로 밀렸다. 아르하드의 등과 머리가 바위에 쿵 닿았다.

냉정을 잃은 이아나는 아르하드에게 의지하듯 몸을 기댄 채 제 절제 없이 감정을 퍼부었다. 이때까지 했던 어떤 입맞춤보다 뜨거웠다. 이아나의 뺨은 그녀의 감정만큼이나 잔뜩 달아올라 있었다.

아르하드는 세상에서 가장 강한 사람이었다.

이아나는 그토록 강한 주제에 저 때문에 약한 모습을 보이는 아르하드가 정말, 정말 우습게도…….

참을 수 없이 좋았다.

그녀의 강함을 인정해 주는 그가, 함께 강해지자고, 함께 노력하자고 말해 주는 그가 정말로 좋았다.

왜 진짜 악마의 환생인 아르하드보다 테일런 바하무트가 고대의 악마 로이긴에 가깝게 느껴졌냐고?

로이긴은 최고라는 자리에 집착했고, 필요하지 않은데도 넘치도록 취할 정도로 생명을 탐했으며, 누군가를 죽이고 싶다는 잔혹한 살심에 미쳐 있었다. 그리고 선을 넘은 이후부터는 로베르 슈타인의 뜻을 전혀 존중해 주지 않았다.

그러나 아르하드는 이아나를 사랑했다. 그녀의 작은 상처 때문에 생명을 버릴 정도로, 바하무트의 황제라는 최고의 자리를 포기하고 이아나를 위한 국가를 세우겠다고 할 정도로. 모든 욕망을 넘어설 정도로 그녀를 사랑하고 있었다. 그녀를 사랑하기 때문에 악마의 파괴적인 감정을 억누르고 거기서 벗어나고자 노력하고 있었다.

이아나는 아르하드가 누구보다 악마와 닮을 수 있으면서도 그러지 않는다는 걸 알았다. 그녀에 대한 사랑 때문이었다. 악마의 모든 감정을 집어삼킨 그는 이아나를 사랑하기에 그녀의 모든 것을 존중했다.

그러니 악마를 추구하는 바하무트 황족보다 악마를 닮지 않는 게 당연하지 않나. 이아나는 그걸 알았다. 알기에, 너무나 좋았다.

물론 아르하드도 이아나가 외면한다면 누구보다 더한 악마로 돌변해 버릴 터였다. 이아나가 한눈팔 때마다 집착의 사슬로 그녀를 얽어매고 곁에 있어 달라고 목을 맨 것도 그였다.

하지만 이아나는 이제 그런 아르하드조차 좋았다. 집착해서 구속하든 말든 그의 사슬에서 벗어나고 싶지 않았으므로 아무래도 좋았다. 따뜻한, 때로는 뜨거운, 어떨 때는 집요한 그의 사랑이 이아나는 좋았다.

꾸욱.

아르하드가 제게 매달리는 이아나를 짓이기듯 세게 당겨 안았다. 제게서 벗어나지 못하도록 이아나의 허리를 조이고, 목과 머리를 감쌌다. 붉은 머리카락이 아르하드의 팔과 손에 짓눌려 짓뭉개지고 삐죽삐죽 튀어나왔다.

뜨겁다 못해 타들어 갈 것 같은 끈적한 애정이 왈칵 밀려들었다. 용암처럼 흐르는 열정이 온몸을 녹이고 뇌까지 녹여 버리니 도저히 생각을 이어 갈 수가 없었다.

오랜만의 키스는 달았다. 서걱서걱한 입술이 꿀을 머금고 있을 리 없는데도 말이다. 이아나가 서서히 눈을 떴다. 살짝 풀린 눈으로 그녀를 먹어 치우듯 응시하는 아르하드와 눈이 마주쳤다.

이렇게 좋다고 매달리면 더한 사랑으로 매달리는 그가 좋았다. 이성을 잃으면 더 미쳐 주는 그가 좋았다.

시간이 멈춰 버린 걸까. 아니면 빠르게 흐르고 있는데 그 흐름을 깨닫지 못할 정도로 이 순간이 너무나 좋은 걸까. 시간 가는 줄 모르고 열중하다가 호흡이 가빠진 이아나가 입술을 떼어 내고 숨을 몰아쉬었다.

"……전부 핑계야."

이아나의 뺨에 거칠게 키스한 아르하드가 이아나를 제 품속으로 완전히 끌어안으며 목덜미에 얼굴을 묻었다.

"불안했던 건 사실이지만, 너를 보고 싶은 마음이 더 컸어. 일을 핑계로 댔을 뿐이야. 보고 싶었어. 정말로."

목덜미를 간지럽히는 고백에 이아나의 안에 쌓여 있던 불만이 툭 튀어나왔다.

"연락할 땐 그런 말 하지 않았잖아요."

"입 밖으로 내면 참지 못할 걸 알고 있었으니까. 그리고 네가 먼저 말하는 걸 듣고 싶었으니까."

아르하드가 고개를 들어 이아나를 집요하게 바라보았다.

"나만 그랬던 건가?"

그 눈빛은 어딘가 간절하면서도, 기대감으로 일렁거렸다.

"아뇨."

이아나는 그 기대를 외면하지 않았다. 자세를 고쳐서 편하게 폭 안긴 이아나가 속삭였다.

"사실, 보고 싶었는데…… 저도 당신이 먼저 말해 주길 바라서 고집을 부렸습니다. 이 승부욕은 어쩔 수 없나 봐요."

아르하드를 보자마자 자존심은 모래바람처럼 삭아 버려 사르르 날아가 버리고 그의 곁에 있고 싶은 마음만 커졌다.

그와 그녀의 사이에 있는 얇고 투명한 벽이 답답했다. 속 시원하게 뱉어 버리고, 둘 다 알고 있으면서도 서로의 눈치를 보며 껍질처럼 뒤집어쓰고 있던 거짓된 관계를 진짜로 만들고 싶었다. 눈이 먼 감정을 솔직하게 주고받고 싶었다.

아, 그냥 말할까.

아냐. 아직은 참을 수 있어.

이아나는 아르하드와 이별하기 전만 해도 이 욕망을 충분히 참을 수 있었다. 순순히 져 주지 않겠다는 승부욕이 더 강했기 때문이다. 하지만 이젠 승부욕과 욕망의 경계선에 서 버렸다. 툭 치면 넘어가 버릴 것 같았다.

"후."

그녀의 따끈한 체온과 마음이 전해져 오자 아르하드의 몸과 마음이 스르르 녹았다. 그가 기분이 몹시 좋은 듯 낮게 웃었다. 한편으로는 불만스럽게 중얼거렸다.

"그놈의 승부욕."

이아나는 아르하드의 말을 알아들었으면서도 모른 척했다.

오랜만에 만난 그들은 그저 말없이 서로를 안고 있었다. 이아나는 아르하드의 품에서 빠져나오지 않고 그냥 안겨 있었고, 아르하드도 이아나를 놓아주지 않았다. 아니, 놓기 싫은 듯 팔에 힘을 주어 제 품에 더 끌어안았다. 그들은 따뜻하고 평온한 느낌에 심취해서 시간 가는 줄 몰랐다.

시간이 얼마나 지났을까. 멀리서 소음이 들려오기 시작했다. 얼굴을 들어 먼 곳을 살핀 이아나가 아르하드를 살짝 밀었다. 아르하드는 아쉬운 듯 천천히 풀어 주었다.

"그래. 일을 마무리해야지. 수인들이라. 이미 이야기를 나눴던 바지만 수인들을 인간들의 세상으로 끌어들이다니, 따라가기 벅찰 정도로 일 벌이는 스케일이 대단해."

이아나가 멋쩍게 웃자 아르하드도 어쩔 수 없다는 듯 웃었다.

"너는 내 길잡이니 따라가야지 어쩌겠어. 네게 뭐든 맞춰 주기로 했으니 최선을 다할 거다."

이아나의 얼굴이 빨개졌다.

이아나는 그리 말해 주는 아르하드가 좋았다. 그녀를 쫓아오는 게 좋았다. 무슨 일이 있어도, 무슨 짓을 벌여도 그녀의 뒤를 지켜 주는 게 너무나 좋았다. 정말로 미치도록 좋았다.

마음이 줄줄 흘러내려 뚝뚝 떨어지려 했다. 이아나가 겨우겨우 마음을 주워 담으며 물었다.

"당신은 어쩌실 건가요. 저와 함께 가실 건가요."

"음……. 아직 본모습을 드러내긴 일러. 그래도 숨긴 모습으로 나마 한번 만나긴 해야겠지. 가자."

이아나가 손을 내밀었고 아르하드는 그 손을 잡고 일어섰다.

그들은 수인들과 신관들이 있는 곳으로 가면서 앞으로의 일에 대해서 이야기했다.

제일 먼저 이아나의 정체에 관한 일이었다.

카마트로스의 주인이 쓴다고 알려진 붉은 검기. 검은 바람이 사용하는 검, 라이즈. 성별과 키……. 꽤 많은 정보들이 바하무트 측으로 넘어갔다.

아르하드는 괜찮다고 했지만 이아나는 스스로를 책망했다. 혹시라도 마나를 사용하면 확실하게 끝장내지 못할까 봐 신력을 쓴 거였다. 그런데 테일런이 지켜보고 있다가 결정적인 순간에 방해를 할 줄 몰랐다. 정말로 한 방 먹었다.

"놈은 패밀리어 마법을 썼을 거야. 이사벨라의 눈을 통해 너를 지켜보고 있었겠지."

"놈들이 제 정체를 추측할 수 있을까요?"

"그래. 카마트로스의 주인, 검은 바람, 이아나 로베르슈타인이 동일인물이라는 걸 금방 알 거다. 네가 여자라는 걸 들킨 게 제일 컸어. 일단 여자 검사 자체가 흔치 않고, 거기서도 실력자는 소수니까. 그리고 카마트로스의 주 활동 무대인 '테오도르'에서 '붉은' 외양의 뛰어난 검사 이아나 로베르슈타인은 매우 유명하지. 게다가 배신자로 찍힌 게 분명한 에이지와 친분이 있고, 브

루스가 널 납치하려고 바하무트 기사들을 움직이다가 행방불명
이 되기까지……."

이아나는 조금 울적해졌다.

"그리고 그게 아니더라도 이제 네가 카마트로스 소속이라는
것을 아는 존재가 많아졌잖아."

원래는 사키, 압실롯, 그리고 카마트로스의 몇몇 사람들만 이
아나가 카마트로스 소속이라는 걸 알고 있었다. 하지만 이제는
수인들 모두가 그 사실을 알았다.

이아나는 수인들에게 블랙폭시에 복수할 기회를 주기 위해서
직접 움직였다. 인간을 신뢰하지 못하는 수인들을 끌어내기 위
해서는 그들에게 호감을 산 '이아나'가 나설 수밖에 없었다.

이아나가 말하지 않았어도, 수인들은 그들과 함께하는 검은
로브가 그녀라는 것을 쉽게 눈치챘을 것이다. 수인들은 이아나
에게서 특별한 느낌도 받고 있었기 때문이었다.

"앞으로 대륙에서 활동하기 시작할 수인들 중 하나만 납치해
서 자백 마법을 걸어도 제 정체를 알아내겠군요."

"그래. 자백 마법은 최상급 정신 계열 마법에 속하니 쓸 수
있는 사람이 거의 없지만, 바하무트 황족이면 말이 다르지. 네
정보를 얻어내고도 남아."

"그럼 완전히 들켰다고 봐야겠군요. 저는 앞으로 어떡할까요?
로안느를 떠나 잠적해야 할까요?"

"아니. 계획대로 로안느에서 끝장을 본다. 이제 11월이고, 로
안느에서 우리가 해야 할 일도 얼마 안 남았잖아."

페인은 죽이지 못했지만, 그래도 블랙폭시는 끝장냈다. 그러니

그들이 로안느에서 해야 할 일은 이제 위프헤이머를 제거하고, 슈나이더를 왕으로 옹립하는 것 두 가지뿐이었다.

"정말 얼마 남지 않았군요. 위프헤이머는 제 앞에 나타나기만 하면 바로 죽일 수 있습니다. 슈나이더 왕자는 복귀하기만 해도 왕이 될 수 있고요."

이아나가 힘을 주어 말했다.

"위프헤이머가 뭘 하고 있는지는 몰라도, 이제부터는 전면에 나설 수밖에 없을 겁니다. 블랙폭시가 무너졌으니까요."

블랙폭시는 바하무트가 로안느에 진출하기 위한 발판이자 보급선이었다. 하지만 블랙폭시가 무너짐으로써 바하무트군이 로안느 내에서 지원군의 도움을 받기도, 군수 물자를 보급받는 것도 어렵게 되었다. 심지어 페르난도 세력도 카마트로스와 결사 단체의 습격 때문에 실시간으로 와해되고 있었다.

만약 이런 상황에서도 바하무트가 로안느에 영향력을 행사하고자 한다면, 위프헤이머가 반드시 로안느에 머물러야 한다.

위프헤이머는 마법으로 끊어진 보급선을 잇고도 남는다. 몬스터를 조종할 수 있고 마법 실력이 바하무트 황족인 이사벨라보다도 뛰어나니 로안느를 악질적으로 괴롭힐 수도 있을 터이다. 그를 일컫는 호칭이 괜히 '파괴'가 아니었다.

그는 광증이 도진 페르난도를 억제할 수도 있을 것이다. 페르난도와 귀족들을 협박해서 아예 '항복' 선언을 하게 만들지도 모른다. 그리되면 로안느는 바하무트에 굴복한 페르난도의 세력과, 로안느를 지키고자 하는 슈나이더의 세력으로 쪼개져 어느 한쪽이 죽지 않는 한 끝나지 않는 내전을 시작하게 될 것이다.

위프헤이머는 본격적으로 나서기만 한다면 일당백, 아니 그 이상의 힘을 발휘할 수 있었다.

그리고 이아나는 위프헤이머가 그런 계획을 가지고 '나타나자마자' 죽일 예정이었다.

"글쎄."

아르하드는 회의적이었다. 테오도르에 머무는 이아나, 그녀의 존재 때문이었다.

"이사벨라를 압도한 '카마트로스의 주인'이 테오도르에 있는 상황에서, 테일런이 위프헤이머에게 그곳에 머무르라고 할까? 아무리 놈이라도, 귀중한 전력인 데다 악마의 파편 소유자인 위프헤이머를 그렇게 어이없이 잃으려고 하지는 않을 텐데."

"일리가 있군요. 그런데 그러면 곤란하죠."

위프헤이머는 꽤 커다란 악마의 파편을 가지고 있었다. 소유권 이전은 같은 핏줄에게만 가능했기에 위프헤이머는 죽어야만 바하무트 황족에게 파편을 넘길 수 있었다.

아르하드와 이아나는 위프헤이머를 죽여 바하무트의 힘을 줄이고 그의 파편을 빼앗고자 했었다. 그런데 위프헤이머가 바하무트로 훌훌 날아가 버리면? 이건 뭐 닭 쫓던 개 신세였다.

무엇보다, 두 사람은 이때까지 로안느 국민들이 스스로 로안느를 지키도록 계획을 짜 왔다. 결속력을 다진 로안느가 카마트로스가 떠나도 바하무트에 맞설 수 있는 강대국이 되길 바랐기 때문이다. 위프헤이머는 로안느 국민들이 한데 뭉칠 최종적인 계기로 낙점해 놨었다.

그런데 위프헤이머가 바하무트 군대와 함께 철수하면 로안느

입장에서는 손 안 대고 코 푼 격이라 좋겠지만 아르하드와 이아나의 계획과는 어긋난다. 김이 푸시시 새 버려서 어설프게 마무리되는 거랄까.

"……."

아르하드는 심각한 표정으로 고민하는가 싶더니 멈춰 섰다. 이아나도 그를 따라 멈췄다. 턱을 쓰다듬으면서 한참이나 더 고민하던 아르하드가 결국 결심한 듯, 강한 어조로 말했다.

"좋아, 이아나. 지금 바로 결정하자."

"뭘요?"

"네 정체와 네 진짜 실력을 완전히 드러내는 것에 대해서."

아르하드의 갑작스러운 말에 이아나가 깜짝 놀랐다.

"무슨 뜻입니까?"

아르하드가 침착하게 말을 이어 갔다.

"네 정체는 저쪽에 다 까발려졌다고 봐야 해. 더는 숨길 이유가 없지."

"그건…… 그렇죠."

"하지만 황족은 당분간 나서지 않는다고 했다. 그럼 이 세상에 너를 상대할 놈은 없고, 네가 마음껏 날뛰어도 상관없어. 완전히 네 세상인 거다. 위프헤이머는 분명 네게 호기심을 보이고 집착할 거야. 놈의 탐구욕은 비정상이거든."

이아나는 일 년 전에 바실리스크 위에서 번들거리는 눈으로 그녀를 내려다보던 위프헤이머를 떠올렸다. 확실히, 이사벨라 때문에 묻혔지만 놈도 제게 과도한 관심을 보이긴 했었다.

"솔직히 말해서 네가 이목을 끌어 주는 게 나를 포함해서 모두가 편해. 그래서 이아나 네가 바하무트 군대고 몬스터고 뭐고 다 날려 버리면서 날뛰어 보는 게 어떨까 하는데.”

“아…….”

“어차피 들킨 것, 너의 강함을 온 세상에 똑똑히 새겨 놓자고. 너의 신념이 곧 우리가 세울 국가의 정의고, 너의 강함이 즉 국가의 강함이 될 테니.”

이아나의 심장이 뛰었다.

그때, 아르하드가 뜻밖의 고백을 했다.

“사실 검은 바람의 소문을 낸 것도 그래서야. 검은 바람의 절대적인 강함과 선한 이미지를 전 세계에 형성해 놓고, 나라를 세운 후에 최고 요직에 있는 네가 검은 바람이었다는 걸 까발려서 국가 이미지로 그대로 옮길 생각이었지. 네가 계산적인 행동을 싫어할까 봐 그 목적까지 말하지는 않았지만.”

그런 꿍꿍이가 있었다니. 이 남자는 대체 몇 수 앞을 내다보며 계산하나 싶어 이아나는 새삼스레 감탄했다.

“사실 쪼잔한 생각도 했었어. 나중에 너를 홀대했던 로안느 놈들이 후회하는 걸 보면 얼마나 즐거울까 싶었거든.”

“푸하.”

이아나는 아주 중대한 결정을 내려야 하는 이 순간에 소리 내어 웃고 말았다.

‘이 음흉한 남자.’

하지만 이아나는 그런 아르하드도 좋았다.

마음이 편해진 이아나가 물었다.

“황족은 당분간 나서지 않는다는 테일런의 말을 믿어도 되는 겁니까?"

"테일런 바하무트는 말을 하지 않을지언정 거짓말은 하지 않아. 그놈의 말은 십중팔구 진심일 거다. 그놈이 말한 '당분간'이 얼마만큼이고, 놈이 보고 있는 '끝'이 뭔지가 문제지."

한숨을 내쉰 아르하드가 이아나를 똑바로 쳐다봤다.

"아무튼, 내 생각은 이래. 어때?"

아르하드의 말은 합리적이었다. 이아나의 실력만 뛰어나다면 말이다. 그리고 이아나는 이사벨라와 싸우면서 자신감이 생겼다. 억누르고 숨기는 것에 익숙해진 상태였기에, 마음껏 날뛰어도 된다는 아르하드의 말이 어색해 잠시 망설였을 뿐이었다.

"해 보겠습니다."

이아나가 결정을 내렸다. 아르하드가 그럴 줄 알았다는 듯 힘을 주어 고개를 끄덕였다.

"좋아. 그리고 혹시라도 일이 잘못돼서 네가 바하무트에 잡혀가더라도……."

아르하드가 생각만 해도 싫은 듯 인상을 찌푸렸다.

"괜찮아. 놈들이 너를 죽일 리는 없으니까. 그냥 살아만 있어. 내가 심장을 깨 먹는 한이 있어도 너를 구하러 갈 테니."

아르하드가 웬일로 허세를 부렸다. 이아나가 고개를 저었다.

"그럴 일은 없을 테니 걱정 마세요. 잡혀가더라도, 놈들의 우리를 직접 부수고 나오겠습니다."

아르하드가 너답다며 웃었다.

대화를 나누다 보니 수인들과 신관들이 있는 곳에 도착했다.

수인들과 신관들은 머리를 맞대고 회의를 하고 있었다. 이아나는 가라앉은 눈빛으로 주변을 둘러보았다. 그녀가 아르하드와 긴 대화를 나누는 사이, 그들은 죽은 이들의 시신을 이곳에 모아 온 듯했다.

이아나가 아르하드를 뒤에 달고 압실롯에게 다가갔다.

"무슨 일입니까?"

"아. 왔…… 그쪽은?"

압실롯이 검은 로브를 뒤집어쓴 아르하드를 어딘가 불편한 표정으로 쳐다보았다. 이아나가 아르하드 대신 대답했다.

"제 파트너입니다. 동부에서 국가의 터를 닦고 있지요."

이아나가 카마트로스 주인 행세를 해 왔으니 카마트로스의 주인이 따로 있다는 사실을 숨겨야 하는 데다, 아르하드의 정체가 드러나면 안 되므로 이아나는 대충 둘러댔다. 아르하드는 파트너라는 말이 마음에 들어서 가면 속에서 슬쩍 웃었다.

"음!"

하지만 압실롯은 그가 전 카마트로스의 주인이라는 걸 눈치챘다. 그걸 티를 내지는 않았지만, 여전히 못마땅한 눈초리로 아르하드를 흘겼다.

"보고 있으니께 뭔가 기분 나쁜디…… 뭐, 처자 파트너라니 됐으. 지금 죽은 녀석들을 어찌할까 얘기하고 있던 중이여."

"무슨 문제라도?"

압실롯이 끙, 하고 앓는 소리를 냈다.

"이사벨라, 그 미친 여자헌티 잔인하게 당한 애들이 너무 많아서 시신을 그대로 티타누스로 가져가기엔 좀 그려. 그래서 화장하려구 허는디, 이런 곳에서 하고 싶진 않아서 깨끗한 장소를 물색하는 중이었구먼."

압실롯이 엄숙한 손길로 시신들의 매무새를 정리해 주고 있는 미리암을 턱짓했다.

"대신관은 라오스 신의 눈이 닿는 대신전에 가서 죽은 신관들과 함께 화장하자고 하지만…… 인간 왕국의 심부까지 들어가긴 아직 좀 그렇구먼. 인간들에게 상처 많은 애들의 모습을 보여 주기도 그렇고."

그때 지젤의 곁에서 머물고 있던 참새 형상의 바람의 정령이 포로롱 날아와 이아나의 어깨 위에 앉았다. 뺨을 콕콕 찌르는 것이 신력을 청하는 듯하여 이아나는 신력을 나눠 주었다.

이아나의 신력을 먹은 참새는 크기는 비슷하지만 이아나에게 익숙한 뱁새 형태의 시웨아가 되었다. 시웨아가 풍기는 절대적인 힘에 수인들이 깜짝 놀라서 뒤로 물러났다. 특히 지젤이 소스라치게 놀랐다.

[좋은 곳을 알아. 거기만큼 깨끗한 곳이 없을걸.]

시웨아가 깃털을 고르며 새침하게 말했다.

"어디를 말하는 거야?"

이아나가 시웨아의 머리를 쓰다듬으며 물었다. 기분이 좋아진 시웨아가 파드닥 날갯짓했다.

[전에 네가 정화한 라이프를 뿌렸던 땅!]

"아."

이아나는 시웨아의 말에 그곳을 기억해 냈다. 떠날 때 보았던 풍경도 새록새록 떠올랐다. 일 년이 지났으니 변했을 수도 있지만, 마지막으로 봤던 풍경은 무척이나 아름다웠다.

"어딘디? 정화한 라이프를 뿌렸다는 건 또 뭔 말이고?"

압실롯이 호기심을 보이자 이아나가 속으로 끙, 하고 앓았다. 귀찮아질 것 같은 예감이 들었지만, 그래도 망자를 보내기에 거기만큼 좋은 곳이 없다 싶었다.

"지도를 주십시오."

압실롯이 지도를 가져왔다. 이아나가 지도를 펼쳐 바닥에 놓자 시웨아가 지도의 구석 자리를 콕 하고 찔렀다. 찍힌 부분을 본 사키가 곤란한 어조로 말했다.

"상당히 외진 곳이군요. 여기서 멀어요. 대규모 텔레포트 준비는 오래 걸리고요."

그 말에 신이 난 시웨아가 파닥거렸다.

[내가.]

"내가 기존 텔레포트 마법진의 좌표를 수정하겠다. 그래도 상관없나?"

아르하드가 시웨아의 말을 끊으며 변조된 목소리로 말했다.

[왜 내 말 끊어!]

불만을 느낀 시웨아가 씩씩거리며 따지려 하자 이아나가 그의 동그란 머리를 쓰다듬으며 진정시켰다.

시웨아가 전에 이아나를 데리고 비행했던 것처럼 바람의 힘으로 모두를 옮겨 주면 편하겠지만, 분명 골치 아픈 문제가 생길 것이다.

그 생각을 읽은 시웨아가 날개를 접고 침묵했다. 그러다 이아나의 손길에 금세 기분이 좋아져 포로롱거렸다.

한편, 미리암과 사키를 비롯하여 텔레포트를 준비한 이들은 아르하드의 말을 이해하지 못하고 고개를 갸웃했다.

"좌표가 달라지면 텔레포트의 중심축 위치 자체가 달라집니다. 수정이 어려워서 새로 그려야 할 텐데요."

치이이잉.

아르하드는 대답하지 않고 아공간에서 검을 꺼내 모래 위에 그려진 마법진을 천천히 수정해 나갔다.

"앗!"

기껏 그려 놓은 마법진을 망친다고 생각한 이들이 그를 저지하려 했다. 그러나 이아나와 압실롯, 사키가 만류했기에 가만히 지켜볼 수밖에 없었다.

아르하드는 마법진 안에 그려진 복잡한 요소들을 반쯤 지운 후 새로운 길을 그렸다. 대충 끄적거리던 그가 검을 집어넣으며 말했다.

"끝이다."

수정은 너무나 간단하게 끝났다. 신관과 수인들이 심하게 간략해진 마법진을 내려다보며 불만을 토했다.

"다 망쳤잖아요."

"알려져 있는 텔레포트 마법진은 쓸데없이 덕지덕지 붙어 있는 게 많아. 이대로도 발현된다."

"궤변이군요. 받아들일 수 없습니다. 이런 마법진으로 텔레포트를 시전했다간 차원의 틈에 끼여서 죽을지도 모릅니다."

"잘 들어."

아르하드가 귀찮아하면서도 텔레포트 마법진의 원리에 대해 설명하자 사람들은 처음엔 불신하여 뚱한 표정을 지었다. 그러나 아르하드가 술술 뱉어 내는 고도의 마법 지식에 곧 경악하여 얼굴이 하얗게 질렸다.

아르하드의 설명이 끝나자 사막은 침묵에 잠겼다. 이아나와 시웨아는 뜻밖의 혁신을 겪고 패닉에 빠진 그들의 감정에 쐐기를 박았다.

"이분은 아주 뛰어난 마법사이십니다."

[맞아. 마법에 한해서는 이 인간을 따라올 자가 없을걸.]

마법의 창시자니까. 그치?

시웨아의 마지막 말은 이아나만 들을 수 있었다.

바하무트 황족을 실력으로 쫓아낸 이아나와 압도적인 존재감을 발산하는 정령, 시웨아가 그리 말하자 모두가 수군거렸다.

"누구지? 대마법사 중 한 명인가?"

그들은 한동안 수군거렸지만, 결과적으로는 아르하드의 마법을 믿기로 했다.

흩어져 있던 시신들을 수습해서 텔레포트 마법진 위에 올라섰다. 거대한 마법진은 모두가 들어가고도 감싸고도 남았다.

마나의 운용은 아르하드가 아닌 다른 이들이 맡았다. 마법진을 이용한 마법은 마나가 흐르는 길도 몹시 중요했다. 아르하드가 길을 상세하게 알려 주자 사람들은 지시에 따라 마나를 흘려보냈다.

우우우우우웅!

텔레포트 마법진이 빛을 발했다. 공간이 콰득, 뒤틀렸다. 차원을 접은 텔레포트가 그들을 전혀 다른 장소로 안내했다.

시야는 한순간에 뒤바뀌었다.

쏴아아아.

새벽의 빛에 물든 이슬비가 내리고 있었다.

"아……."

눈앞에 펼쳐진 광경에, 모두가 넋을 잃었다.

"아. 어떻게 이런 곳이."

푸르른 들판과 아름다운 꽃들. 건강한 나무들과 여문 과실들. 지하에서 퐁퐁 샘솟는 깨끗한 물과 비옥한 대지. 방금 전까지 있었던 죽음의 황무지에 비하면, 이곳은 낙원이었다.

'뭐야.'

이아나도 깜짝 놀랐다. 일 년 전에는 넓은 꽃밭 수준이었는데, 어느새 거대한 들판이 되어 있었다.

포로롱.

시웨아가 기분 좋다는 듯 웃으며 들판을 가로질러 날아갔다. 작은 날갯짓이 빚어낸 깨끗한 바람이 선선하게 불어 나가며 식물들을 톡톡 건드렸다.

쏴아아아…….

비를 맞으며 해갈하고 있던 꽃들이 어서 오라는 듯 살랑살랑 춤을 추고 푸르게 돋아난 잔디들이 인사하듯 누웠다.

청량한 풍경과 깨끗한 바람, 맑은 빗물은 그곳에 있던 모든 이들의 영혼을 건드렸다. 전투와 살생으로 피 내음이 나던 영혼을 순백으로 씻어 내리고, 머리를 맑게 일깨웠다.

그 감각은 파동처럼 퍼져 나가며 모두에게 감동을 선사했다. 그들은 말하는 법을 잊은 것처럼 말없이 여운을 만끽했다.

"여기가 시디얀이 맞나요?"

정신을 차린 사키가 믿을 수 없다는 듯 들판의 끝을 살피며 말했다. 들판과 사막의 경계선을 발견하고 여기가 시디얀임을 확신한 그녀가 입을 틀어막았다.

"무슨 일이 일어나고 있는 거죠? 이건 기적이에요."

땅에 손을 짚고 생명의 흐름을 느낀 지젤이 중얼거렸다.

"이 땅에서 자라나는 생명들이, 죽어 버린 땅에 새 생명을 꽃 피우고 있군요."

취한 것처럼 해롱거리던 이들이 정신 차릴수록, 이아나에게 향하는 시선은 기하급수적으로 늘어났다. 아까 시웨아가 했던 말을 들은 이들이 많았기 때문이었다.

[전에 네가 정화한 라이프를 뿌렸던 땅!]

"……."

이아나의 마음에 부담감이라는 먹구름이 우르르 몰려왔다.

"뭘 한 거야?"

조용히 풍경을 감상하고 있던 아르하드가 말문을 텄다. 이아나가 끙, 하고 앓는 소리를 낸 후 변명하듯 설명했다.

"제가 한 게 아니라 정령들이 한 겁니다. 전에 말씀드렸잖아요. 카고마인이 라이프를 정화했고, 저는 그걸 쏟아부었고, 다른 정령들이 자연을 형성했다고……."

이아나는 섭리대로 했을 뿐이다. 망자의 생명을 작은 유리병 속에 가둬 두고 싶지 않았기에 자연의 품으로 돌려보냈을 뿐인데 생명은 이곳에서 꽃처럼 방울방울 피어나 죽은 땅을 살려 내고 있었다. 역설적이게도, 죽은 이들이 잠든 묘지가 생명의 원천이 된 셈이다.

"즉, 네가 한 거구나."

이 상황이 벅찼던 이아나가 회피하려 했지만 아르하드는 명료한 결론을 내렸다. 이 풍경을 만들어 낸 건 정령들이지만, 그들을 부른 건 이아나기에 따지자면 이아나가 한 게 맞았다.

조용히 그들의 대화를 듣고 있던 이들이 이아나에게 보내는 눈빛은 더욱더 진해졌다.

"이러고 있을 때가 아니에요."

미리암이 지팡이를 땅에 쿵 하고 찍었다.

"상처받은 형제자매님들이 편히 쉬실 수 있도록, 그분들의 영혼을 라오스 신의 품에 어서 보내 드립시다."

미리암의 말에 정신 차린 수인들과 신관들이 죽은 이들을 한 명, 한 명 편한 자세로 누인 다음 눈을 감겨 주었다.

그들은 사후 세계가 존재한다고 믿으므로 덤덤하게 슬픔을 추슬렀다. 망자는 섭리에 의해 라오스의 곁으로 갈 거고, 언젠가는 그들도 그럴 테니 죽음은 영원한 이별이 아니었다. 다시 만나서 반갑게 인사할 수 있는, 일시적인 이별에 불과했다.

비가 오고 있었기에, 수인들이 불의 정령들을 불러내 시신을 태웠다. 순수하고 깨끗한 불꽃이 타락한 기운을 정화하고 편안한 사후 세계로 그들을 인도했다. 신관들은 그들이 라오스 신의 곁에 무사히 당도할 수 있기를 기도했다.

이아나는 가라앉은 눈빛으로 그 광경을 바라보았다.

삶이란 순간의 연속이다. 정말 한순간, 예상치 못한 순간에 삶이 끝나 버릴 수 있었다. 이들도, 자신들이 이렇게 덧없이 죽을 거라곤 상상조차 못 했을 텐데.

"동정하지 말어."

옆에 서 있던 압실롯이 중얼거렸다.

"이놈들은 라오스 신의 곁으로 빨리 간 것뿐이여. 나쁜 짓을 저지르지 않았으니 벌을 받지 않고 거기서 잘 먹고 잘 살 것이구먼. 그래도 삶에 미련을 버리지 못한다면 처자가 전생한 것처럼 다시 태어날 수도 있겠지. 그러면 당연히 이번 삶보다 더 행복한 삶을 살 것이고."

압실롯의 말은 인상적이었다.

화르르르륵.

죽은 이들이 많아서 화장은 오래 걸렸다. 화장 후에도 가족들의 품에 돌려보내기 위해 한 명, 한 명 수습해야 했기에 시간이 많이 소요되었다.

쏴아아아아.

설상가상으로 비까지 거세게 내리기 시작해서 불의 정령들이 영 힘을 쓰지 못했다. 압실롯이 조심스럽게 속닥였다.

"혹시 비를 그치게 할 수도 있나?"

"네."

"오우."

이아나는 옆에서 조용히 들판을 바라보고 있는 아르하드의 눈치를 보았다. 이아나의 시선을 느낀 아르하드가 말했다.

"하고 싶으면 해."

비꼬는 게 아니라 진심이었다. 그녀의 신력이 무한하다는 걸 알기 때문에 부릴 수 있는 여유였다.

이아나가 저를 흘끔거리고 있는 조그만 불의 정령에게 손짓했다. 그는 신이 나서 한달음에 날아와 이아나의 손가락을 핥듯이 감쌌다.

화르르르륵!

그곳에 있던 모든 불꽃이 일시에 크기를 키웠다.

"엇!"

소환자가 각기 달라 따로따로 분리되어 있던 작은 정령들의 존재감이 하나로 통합되었다. 깜짝 놀란 수인들이 존재감의 근원이 느껴지는 곳을 홱 돌아보았다. 그곳에는 목도리처럼 이아나의 목을 감싸고 있는 카고마인이 있었다.

카고마인이 캥 하고 울었다.

[좋아해!]

"힉!"

바람의 정령왕으로 추정되는 '시웨아'에 이어 기로하이 사막에서 드래곤과 함께 신으로 추앙받는 불의 정령왕 '카고마인'이 갑자기 튀어나오자 수인들은 기겁하고 말았다.

수인들은 일제히 예전에 파시오 뒤풀이 축제에서 이아나에게 호감을 보이던 불의 정령들을 떠올렸다. 그냥 착하고 좋은 인간이라서 그런 게 아니라 모든 정령들의 본체, 정령왕이 그녀를 좋아하기 때문이었던 건가!

이아나는 거기서 멈추지 않고 이니스와 토우까지 불러냈다.

[우리도 좋아해!]

'정령왕'으로 보이는 존재들이 한꺼번에 불려 나온 것으로도

모자라 이아나에게 애교를 떠니 수인들이 심각한 표정으로 웅성
거렸다.

"저 여자, 인간이 아니라 신인 거 아녀?"

들판을 시원하게 노닐고 있던 시웨아가 날아왔다.

[애들아!]

카고마인이 이아나의 어깨에서 뛰어내리더니 시웨아를 덥석
붙잡았다. 둘의 형체가 스멀스멀 일그러지며 섞였다. 불과 바람
의 힘이 합쳐지자 불꽃들은 더더욱 커지고 강해졌다.

토우는 땅에 녹아내려 대지에 몸을 뉘고 있는 이들을 감싸 안
고 그들의 딱딱한 몸을 부드럽고 푹신하게 만들었다. 이니스는
하늘로 헤엄쳐 올랐다. 그러자 하늘을 덮고 있던 구름들이 하나
둘 걷히고 빛줄기가 지상으로 내려앉기 시작했다.

화르르르륵…….

죽은 이들이 지상에 떨어진 태양의 조각에 안겨 있는 듯했다.
비현실적이다 못해 성스럽기까지 한 광경에 모두가 넋을 놓고
있을 때, 이아나가 아르하드를 데리고 미리암에게 다가갔다.

"대신관님."

"아…… 네."

미리암이 얼떨떨해하며 대답했다. 이아나를 인간이 아닌 초월
적인 무언가로 보고 있는 듯한 미묘한 표정이었다.

"제게 성물을 만질 기회를 주시겠습니까?"

미리암의 눈이 반짝였다.

"사키에게 얘기 들었습니다. 얼마든지 만져 보십시오."

그녀가 두 손으로 지팡이를 받쳐 들더니 이아나에게 내밀었

다. 주변에서 이게 다 무슨 일인가 싶어 멍하니 있던 신관들의 시선이 이아나에게 쏠렸다.

이아나는 조금 긴장하며 지팡이를 향해 손을 뻗었다.

그녀가 지팡이, 페임드라의 가지를 세게 움켜쥐었다.

후와아아악!

덩굴이 그랬던 것처럼, 가지도 손과 융합되어 몸의 일부가 되는 듯한 환상 같은 장면이 보였다.

쿵! 쿵! 쿵!

심장이 거세게 뛰었다. 호흡이 거칠어졌다. 장기를 쭉 잡아당겨 강제로 이어 붙이는 느낌이 아프고 불쾌했던 이아나가 미간을 좁혔다.

쿠구구구구······.

그때, 이아나는 가지 속으로 빨려 들어가는 듯한 기이한 감각을 느꼈다. 속이 울렁거릴 정도로 시야가 뒤흔들리고 있었다.

그리고 이아나의 세상이 한순간에 반전되었다.

"······!"

정적이고 고요한 세상은, 이아나가 아까 전까지 보고 있던 세상과는 달랐다. 모두의 몸이, 본래의 생김새와 비슷한 행색이긴 하나 알록달록하게 변해 있었다. 그리고 반투명하고 흐릿한 몸들은 이리저리 겹쳐져 있었다.

영계靈界.

정신적 시향계視響界.

이아나는 신성시대의 지식에 의해, 영안靈眼이 일시적으로 열렸고 자신이 지금 영계를 보고 있음을 알았다. 영계는 물질적인

부분이 아닌 정신적인 부분을 보여 주므로, 정신이 형태로 나타
난다. 그래서 영계에서는 누군가의 감정과 생각을 적나라하게
볼 수 있었다.

이아나가 불꽃들이 옹기종기 모여 있는 곳을 보았다. 희끄무
레한 형체가 하나둘 사라지고 있었다. 미련스레 육신에 붙어 있
던 영혼의 죽음이었다.

이아나는 정령들을 쳐다보았다가 눈을 크게 떴다. 그녀가 알
고 있던 귀엽고 조그마한 모습들은 없었다.

하늘을 뒤덮을 정도로 커다란 고래가 헤엄치며 물방울들을 흩
뿌리고 있었다. 태산을 닮은 장엄한 골렘은 대지가 되어 발밑에
서 웅크린 채 누워 있었다.

태풍의 눈처럼 사방에 회오리바람을 일으키고 있는 웅대한 맹
금은 세상에서 가장 커다란 화산 깊숙한 곳에 도사린 마그마처
럼 뜨겁게 녹아내리는 거대한 여우를 끌어안고 있었다.

정령왕들의 위대한 본체였다.

'아르하드는?'

이아나는 천천히 고개를 돌렸다.

거대한 황금의 눈과 눈이 마주쳤다.

그는 언젠가 보았던, 황금의 눈에 검은 몸을 가진 아름다운
드래곤으로 변해 있었다. 거대한 머리를 땅에 기댄 채 이아나를
물끄러미 보고 있는 그는 세상에서 가장 소중한 보물을 지키고
있는 것처럼, 이아나를 중심에 두고 몸을 둥글게 말고 있었다.

그의 영혼이 이런 모습을 하고 있다는 건, 이아나를 그만큼
소중히 하고 있다는 뜻이다. 그의 마음을 예상치도 못하게 눈으

로 직접 확인하고 만 이아나는 심장이 터질 것 같았다.

하지만 어쩐지 한심한 생각이 들기도 했다. 아르하드는 예전에 영혼의 모습을 인간과 드래곤의 형태로 자유롭게 바꿀 수 있다고 했다. 드래곤의 형태일 때는 이성을 잃거나 힘을 최대로 발휘할 때였다.

그런 그가 지금 드래곤의 모습인 이유는 왜일까. 혹시 그녀가 신성시대와 관련된 일을 하고 있기 때문은 아닐까? 혹시 로베르슈타인과 겹쳐 보고 있는 건 아닐까?

'그만하자.'

이아나는 애써 생각을 지우고 다시 정면을 보았다.

콰아아아…….

봉인되어서 쪼개지기까지 한 주제에, 로베르슈타인의 심장은 이아나의 영혼을 잡아당기려 하고 있었다.

어질어질했다. 전에도 이래서 기절했던 걸까?

이아나는 정신을 굳세게 다잡았다. 로베르슈타인의 심장이 그녀의 영혼을 빼앗고자 했지만 끌려가지 않고 버텼다. 치열한 줄다리기였다.

결국 영혼의 승부가 나지 않은 채 심장이 온전히 연결되었다. 팽팽하게 당겨지던 줄이 툭 끊어지자 그 여파로 봉인에 틈이 생겼다.

후와아아악!

이아나가 가지를 붙잡고 있던 부분에서 붉은 신력이 폭발적으로 뿜어져 나와 사방을 휩쓸었다.

"앗!"

깜짝 놀란 미리암이 지팡이를 놓칠 뻔했다가 간신히 붙잡았다. 미리암의 비명 소리와 함께 이아나가 보는 세상이 다시 물질계로 변했다.

이아나가 휘청거리자 뒤에서 지켜보고 있던 아르하드가 받쳐 주었다.

"흡!"

호흡이 곤란해진 이아나가 답답한 가면을 내팽개치고 정신없이 헐떡거렸다. 이번에도 신력의 양이 버거울 정도로 늘어나 몸 내부에 휘몰아쳤다. 심장이 너무 빨리 뛰어서 터질 것 같았다. 하지만 작년보다는 참을 만했기에, 이를 악물고 통증을 버텼다.

머리도 깨질 듯이 아팠다. 덩굴을 만졌을 때와 같이 온갖 기억들이 난잡하게 떠올라 시간순으로 배열하기 어려웠다. 특별히 중요한 기억은 없었다.

"괜찮아?"

아르하드가 이아나를 꼭 껴안고 걱정스럽다는 듯 물었다. 이아나는 아르하드의 다정함에 자신감을 얻고 지금 당장 확실히 해 두기로 했다. 이아나는 간신히 호흡을 고르며 말했다.

"당신의 영혼을 봤어요."

"내 영혼? 무슨 말이야."

아르하드가 의아해하며 반문했다.

"일시적으로 영안이 열려서 영계를 봤습니다."

"아, 그렇군. 신기한 경험을 했구나."

"거기서 당신의 영혼은 검은 몸에 황금의 눈을 가진 드래곤이었어요."

이아나가 작은 목소리로 속삭였다.

"왜 그런 모습이었을까요?"

곰곰이 생각하던 아르하드가 금방 결론을 내리고 픽 웃었다.

"혹시라도 잘못되면 전력으로 널 끌어내리려고 긴장하고 있었어. 온 신경을 곤두세우고 있었는데 그래서였나 보다."

살짝 얼어붙어 있던 이아나의 마음은, 건조한 듯하면서도 끔찍하게 달콤한 그 말에 하염없이 녹아내렸다. 이아나가 주먹을 세게 움켜쥐었다.

로베르슈타인과의 이번 승부는 무승부였지만 그래서는 안 된다. 강해지고 싶다. 지금보다 훨씬 더 강해지고 싶었다. 더더욱 강해져서 로베르슈타인을 뛰어넘어야만 했다.

이 남자를 자유롭게 해 주고 싶었다. 어서 악마의 심장을 파괴해서 이 남자가 자기 삶을 살게 해 주고 싶었다.

'그게 끝이야?'

심장의 기저에서 끈적이는 무언가가 어둡게 속살거렸다. 그리고 이아나의 솔직한 마음이 대답했다.

'아니.'

이아나는 아르하드에게서 악마를 뜯어내고 싶었다. 자유가 된 아르하드를 심장 속 온실 안으로 초대해 정성껏 길러, 결국 봉오리를 터뜨리고 만 꽃을 건네고 싶었다.

그 직후 온실에 가두고 싶었다. 아르하드가 스스로 쥐여 준 목줄을 붙잡고 그를 제 심장 속에 영원토록 구속하고 싶었다.

이아나는 아주 오랜 시간 아르하드를 이기고 싶었다. 모든 것을 꺾고, 끝내는 이 남자까지 꺾고 정점에 이르고 싶었다. 이 세상에서 가장 강해지고 싶었다. 그런데 어느 순간 그 목표에 질척거리는 감정이 더해졌다.

아르하드보다 강해지고 싶다.

벗어날 리도 없겠지만, 벗어날 수도 없게…….

"이아나."

어딘가 한참이나 뒤틀린 감정에 매몰되어 가다 아르하드의 부름에 정신을 차렸다. 이아나가 두 손을 들어 뺨을 짝 쳤다. 돌발적인 행동에 놀란 아르하드를 올려다보며 중얼거렸다.

"어쩌죠."

"뭘?"

"제가 점점 미쳐 가는 것 같은데."

미쳐 가는 이유는 알고 있다. 날이 갈수록 그에 대한 마음이 깊어지고 있기 때문이었다. 미치는 건 괜찮았다. 하지만 이러다가 자신의 삶을 도외시하고 아르하드에게만 몰두하게 되지 않을까 걱정되었다.

"……."

아르하드가 이아나를 품에서 부드럽게 떼어 냈다. 땀에 흠뻑 젖은 흐트러진 머리카락을 뒤로 넘겨 주었다.

"난 네가 미치더라도 좋아. 뭐든 원하는 대로 해."

이아나가 한숨처럼 웃었다. 아르하드는 지금 자기가 무슨 말을 하는지 알고 있는 걸까.

이아나는 여유를 되찾았다.

난 내 삶을 사랑하기에 나를 최우선으로 두고 싶다. 하지만 한편으로는 당신과의 교감에 내 모든 것을 마음껏 퍼다 부으며 미치고 싶기도 하다. 그래서 이아나는 두 생각을 절충해서 단순한 결론을 내렸다.

'둘 다 하면 되지.'

최선을 다해 제 인생을 살면서 미칠 때는 확 미쳐 돌아 버리면 된다. 극과 극의 중심에서 균형을 유지하면 되는 것이다.

'그러니까 강해지자.'

이아나는 투지를 불태웠다. 세상에서 가장 강해지면 인생도 완벽하고 아르하드에게도 미친 듯이 집착할 수 있다.

"자. 받아."

이아나의 생각이 어떤 엉뚱한 곳으로 날아가고 있는지 알지 못한 채, 아르하드가 바닥에 떨어진 가면을 주워 건네주었다.

가면을 받아 들면서 생각에서 빠져나온 이아나가 사방에서 시선을 받으며 난처함을 느꼈다. 정체를 숨기는 것에 익숙했던 이아나는 지금의 상황이 불편했다. 곤란해하는 이아나에게 아르하드가 속삭였다.

"괜찮아. 앞으로는 정체를 마음껏 드러내. 네가 가면 벗는 걸 막을 수 있었는데 일부러 안 막은 거다."

아르하드가 그리 말해 주니 신기하게도 마음이 편해졌다.

그리하여 모두가 오늘, 기적 같은 일들만 행했던 이의 얼굴을 똑똑히 보았다. 이제 막 성숙의 단계에 들어선 이아나의 어린 외양은 초월적인 존재에 대한 경외심을 돋웠다.

"방금 라오스 신의 힘을 받으신 건가요?"

미리암이 떨리는 목소리로 물었다.

"비슷합니다."

설명하자면 길었고, 사정을 다 설명할 수도 없는 노릇이었기에 그렇게 알아 두는 게 좋을 터였다.

"대체 당신은 누구십니까? 특별한 이종족이신 건가요? 라오스신의 사도신가요? 아니면 라오스 신, 본인이신 건가요?"

모두가 그 질문에 이아나가 뭐라고 대답할지 궁금해했다.

"저는 인간입니다. 조금 특별할 뿐인."

이아나의 대답은 단호했고 그 이외의 답은 필요 없었다. 미리암이 천천히 고개를 끄덕거렸다.

"자매님이 그렇다고 하시니, 그리 알아 두겠습니다."

미리암이 지팡이로 푸른 잔디로 뒤덮인 땅을 툭툭 두드렸다.

"자매님의 힘은 절대적입니다. 자매님은 황무지를 이런 들판으로 만드신 것처럼 죽은 세상을 살려 낼 수도 있고, 바하무트 제국처럼 살아 있는 세상을 파괴하실 수도 있습니다. 혹시 그 힘으로 무엇을 할 예정인지 들려주실 수 있으신가요?"

미리암의 표정은 진지했다. 이아나의 결정에 따라 이 세상의 미래가 결정되리라는 걸 직감했기 때문이었다.

"거창한 목표는 없습니다. 그저 제게 속한 이들이 각자의 삶에 집중할 수 있는 작은 장소를 마련하고 싶을 뿐입니다. 그리고 그것을 지키기 위해 제 힘을 쓰겠지요."

이아나가 연초부터 고민했던 시간들은 명료하고 단순한 문장으로 빚어졌다. 미리암에게 말한 짧은 말들이 그녀가 앞으로 살아갈 기나긴 삶의 목표였다. 아르하드와 그녀를 좋아해 주는 모든 이들을 지키기 위해, 이아나는 노력할 것이다.

진심 어린 말은 선선한 바람이 되어 불어 나갔다. 바람은 그곳에 있던 모두의 마음을 툭, 투둑 건드렸다.

"그렇군요. 안심했습니다."

미리암이 선하게 웃으며 고개를 숙였다.

"자매님의 소망이 꼭 이뤄지길 바라요."

화장이 끝난 후 수인들과 신관들이 정리하는 사이 이아나는 멀리 떨어진 곳으로 가서 아르하드와 정령들을 한데 모았다.

[흥!]

"……."

종종 만나게 해서 화해를 유도했지만 아르하드와 정령들의 사이는 좋아지지 않았다. 아르하드는 그들을 무시했고, 정령들도 그를 꺼려 하거나 싫어하는 감정을 내비쳤다. 특히 아르하드에게 봉변을 당했던 이니스가 제일 심했다.

[예전이랑 좀 다른 것 같긴 하지만, 그래도 싫어! 이아나, 이놈이 얼마나 미친놈인 줄 알아? 그때, 나를 터뜨렸을 때 말이야. 저놈이 너를 상대로 엄청 더러운 감정들을.]

"또 터지기 싫으면 입 다물어."

[뭐, 뭐! 해 보든가! 엉!]

이아나는 한숨을 쉬었다.

그때, 그들에게 지젤이 다가왔다.

"로 님, 안 님."

"아, 지젤 님. 수고하셨습니다."

지젤은 이번 작전과 관계없었는데도 시저를 돕기 위해 이곳까지 와서 최선을 다했다. 지젤이 고개를 저었다.

"저보다는 안 님이 고생하셨지요."

정령들이 지젤에게 접근했다. 시웨아가 포르르 날아 지젤이 내민 손가락 위에 앉았다.

[안녕, 이 모습으로 보는 건 정말 오랜만이네!]

"네, 시웨아 님. 이제 다시는 못 뵐 줄 알았는데 이렇게 뵈니 정말 반가워요."

지젤은 시웨아를 본 적 있는 걸가? 지젤은 토우, 이니스, 카고마인과도 차례대로 인사를 나누었다. 정령들은 지젤에게 유난할 정도로 친근하게 굴었다.

[시간이 다 됐어. 우리는 이만 돌아가 볼게!]

정령들이 돌아가고 차분한 분위기가 세 사람 사이에 내려앉았다. 지젤이 아르하드에게 진지하게 말했다.

"로 님, 안 님께 제 정체를 밝혀도 될까요?"

"이아나가 괜찮다면."

허락이 떨어지자 지젤이 이아나에게 고개를 숙였다.

"안 님, 허락을 구합니다."

지젤의 생뚱맞은 행동에 이아나는 얼떨떨해졌다. 지젤이 군이 정체를 밝히려 하는 이유를 알 수 없었다.

그다음으로는 호기심을 느꼈다. 대상단 상단주, 로안느 왕자, 조인족 수장. 카마트로스에는 신기한 신분의 사람들이 많았다. 상대방의 프라이버시는 지켜 주자는 주의지만, 본인이 알려 주겠다는데 거절할 이유가 없었다.

"그러세요."

이아나가 허락하자 지젤이 가느다란 손가락에 끼고 있던 반지를 빼고, 별이 그려진 가면을 벗었다. 푹 눌러쓰고 있던 로브도 뒤로 넘겼다.

"아."

이아나는 저도 모르게 감탄하고 말았다.

지젤은 정말, 정말이지 환상적으로 아름다운 엘프였다. 햇빛을 생명으로 빚어 놓으면 이러할까? 부서지는 햇살처럼 아스라한 금빛 머리칼과 안개처럼 뿌옇고 흰 피부. 오팔처럼 오묘하게 빛나는 눈동자와 선이 고운 생김새. 지젤의 얼굴에서는 세월의 흔적이 묻어났지만, 세월조차 아름다웠다.

가냘프면서도 키가 큰 그녀를 사물로 묘사하자면, 햇살이 나뭇잎처럼 주렁주렁 매달린 고목 같았다. 지젤이 가지를 늘어뜨린 버드나무처럼 고개를 숙였다.

"안 님, 정식으로 인사드리겠습니다."

아름다운 눈동자가 이아나를 향했다.

"저는 엘프들의 여왕, 뤼미에르입니다."

이아나는 흠칫했다. 엘프들의 여왕이라니?

갑자기 엄청난 거물이 튀어나와 버렸다.

하지만 드래곤이니 뭐니 특이한 존재들을 많이 봐서 감각이 마비된 덕인지 생각보다 빠르게 차분해질 수 있었다.

지젤, 뤼미에르가 웃었다.

"별로 놀라지 않으시는군요."

"워낙 신기한 일들을 많이 겪어서. 하지만 엘프 여왕이 제 근처에 있었다니, 충분히 놀랐습니다. 만나서 반갑습니다. 뭐라고 불러 드려야 할까요?"

"어떻게 부르셔도 괜찮습니다만, 당분간 뤼미에르라는 이름을 쓸 일이 없으니 계속 지젤이라고 부르시는 게 안 님께 편하겠지요."

"알겠습니다. 저는 카마트로스 임무 수행 중이 아닐 때는, 이아나라고 불러 주시면 됩니다. 그런데 지젤, 왜 갑자기 제게 당신의 진짜 모습을 보여 주신 겁니까?"

"이아나 님께 부탁이 있습니다. 꼭 들어주셨으면 좋겠어요."

"제 능력이 닿는 한 돕겠습니다. 얘기해 보세요."

지젤의 표정이 진지해졌다.

"이아나 님, 혹시 악마의 파편에 대해서 알고 계시나요? 로 님과 무척 가까운 사이시니 아실 거라고 생각합니다만."

"웬만한 건 다 알고 있습니다."

"아, 그러면 이야기하기 편하겠군요."

지젤이 심호흡을 하더니 이야기를 시작했다.

"샤우부 대삼림의 깊은 곳에는 거대한 악마의 파편이 있습니다. 현재는 봉인된 상태로, 엘프들이 대대로 감시하고 있지요."

이아나가 아르하드를 흘끗 쳐다보았다. 덤덤한 것이, 이미 알고 있는 내용인 듯했다. 의외다. 왜 바로 회수하러 가지 않았을까?

"엘프들이 그것을 왜 가지고 있는가 하면, 라오스 신께서 맡기셨기 때문입니다."

이아나가 멈칫했다. 라오스?

"다른 파편들에 비해 부정적이고 악한 기운이 아주 많이 담긴 거대한 파편. 먼 옛날 라오스 신께서는 그것이 세상 밖으로 나오면 균형이 단숨에 어그러질 거라고 하셨습니다. 그래서 저희에게 파편의 봉인을 지키라는 임무를 부여하셨지요. 저희는 말라비틀어진 신목, 페임드라를 재생하라는 임무 또한 부여받았습니다. 그분의 명을 수행하는 대가로 엘프 종족은 태어날 때부터 많은 신력을 가지면서, 장수라는 특성도 얻었습니다. 이것이 저희 엘프의 시작입니다."

짧은 말 속에 중요한 부분이 너무 많았다. 그리고 페임드라를 재생하다니. 페임드라가 대삼림에 있다는 건 알고 있었는데 엘프들이 살린 거구나 싶었다.

"파편의 봉인은 라오스 신께서 직접 하셨고, 최근까지만 해도 저희가 약간의 힘을 더하는 것만으로도 봉인을 유지할 수 있었습니다. 그러나 이십여 년 전, 갑자기 봉인이 깨졌습니다."

엘프들은 힘을 합쳐 간신히 봉인을 이어 갔습니다. 하지만 십여 년 전, 테일런 바하무트가 군대를 이끌고 샤우부 대삼림을 침공했습니다. 그는 숲을 불태우고, 저항하는 엘프들을 학살하고, 온갖 저주 마법을 퍼부었습니다. 악마의 파편을 요구하면서요.

"드래곤 밀라니코네 님과 용아병들, 엘프들이 힘을 합쳐 테일런을 막았습니다. 악마 같았던 그는 준비가 부족했음을 인정하며 훗날 다시 오겠다고 웃으며 떠났지요."

하지만 숲은 많은 시간을 들여도 복구하기 힘들 정도로 망가졌습니다. 저주받은 숲에는 정령의 흐름도 끊겼습니다. 많은 엘프들이 죽어 파편의 봉인을 유지하는 것도 힘겨워졌습니다.

저는 사태가 심상치 않다 생각했습니다. 바하무트 제국은 옛날부터 대삼림에 악마의 파편이 있다는 걸 알고 있었을 겁니다. 하이엘프 한 명만 고문해도 얻을 수 있는 정보니까요. 하지만 알고 있는 것과 침공은 별개의 문제였습니다. 침공을 했다는 건 드래곤을 상대할 자신이 있었다는 거니까요.

"저는 세상이 어떻게 돌아가는지 파악하기 위해 숲 밖으로 나와 사악한 기운의 흐름을 추적했습니다. 그러다 동부 우드럽 왕국의 세마스티어에서 일하고 있던 로 님을 만나게 된 것입니다. 로 님은 엘프와 인간의 혼혈이자, 악마의 파편을 아주 많이 보유하고 있었죠."

자연스럽게 바하무트의 핏줄이라는 걸 알았습니다. 하지만 테일런과는 어쩐지 달랐습니다. 공포스러웠지만 그럼에도 저를 해칠 것 같다는 생각은 들지 않았습니다. 로 님이 바하무트의 유일한 대항마임을 본능적으로 눈치챘습니다.

"저는 즉시 교섭을 시도했습니다. 동부의 파편을 넘길 것이며 엘프들이 바하무트와의 전쟁을 지원할 테니 영원히 숲에 손을 대지 말아 달라고요. 그것이 시대의 흐름에서 우리 엘프가 살아남기 위한 최선의 방법이었고, 로 님은 수락하셨습니다. 그 후, 저는 숲에서 나와 카마트로스 활동을 시작했지요."

그리 길지 않은 이야기에 많은 역사가 담겨 있었다.

"그래서 제게 부탁하실 거라는 게……."

"숲의 복구를 도와주십시오. 그리고 신목 페임드라를 만나 주세요."

페임드라를 만난다니! 이아나야 무조건 환영이었다. 그런데 엘프들의 여왕이 그녀에게 이렇게 부탁하는 이유가 뭘까?

"복구는 이해했습니다. 하지만 페임드라는 왜죠?"

"신목은 모든 식물의 어머니. 신목도 테일런의 침공에 타격을 입었습니다. 이아나 님이 신목을 치료해 주시길 바라요. 그리고 저는 라오스 신을 찾고 있습니다. 저희가 앞으로 어찌해야 할지, 저의 선택이 옳은 건지 답을 얻고 싶기 때문입니다."

라오스. 이아나가 긴장했다.

"신목조차 라오스의 행방을 알지 못한다고 답했습니다. 하지만 당신이라면 라오스 신을 찾을 수 있을지도 몰라요."

뤼미에르의 깊은 눈동자가 이아나를 향했다.

"당신에게서는 그리운 느낌이 나요. 처음부터 그걸 느꼈지만 왜인지 알 수 없어 모르는 척했지요. 당신은 분명 라오스 신과 관련되어 있습니다."

"……."

"그러니 신목과 대화를 해 주실 수 있으신가요? 태초부터 살아온 신목은 분명 제게도 말하지 않는 많은 것을 당신에게 알려 줄 거예요. 그로써 신의 행방에 대한 단서들을 얻는다면, 제게도 알려 주셨으면 좋겠습니다."

가야만 한다. 꼭 가야 한다.

이아나가 주먹을 꼭 쥐고 아르하드를 돌아보았다.

"가도 될까요?"

"내년에 시간 내서 가 보자."

아르하드도 허락했겠다, 이아나는 지젤의 제안을 흔쾌히 수락했다. 지젤은 환한 표정으로 웃었다.

"감사합니다."

"아, 지젤. 혹시 비스토만다라는 엘프를 알고 계시나요?"

이아나는 예전에 만났던 엘프 비스토만다가 하려 했던 부탁이 이것이 아닐까 하는 생각이 들었다.

"물론입니다. 제 측근인 것을요. 어떻게 알고 계시나요?"

이아나가 예전에 있었던 일을 말해 주자 지젤이 웃었다.

"그렇군요. 예전에 비스토만다에게 아주 신비로운 인간을 만나 숲으로 초청했다는 이야기를 들은 적 있습니다. 그분이 바로 이아나 님이었군요. 그가 말한 물뿌리개는 제가 하이엘프 장로를 통해 로 님께 선물로 드렸던 물뿌리개였고요."

지젤은 자신과 아르하드의 연락은 하이엘프 장로 중 한 명이 관리하고 있다며, 엘프의 물건 중 갖고 싶은 게 있다면 그쪽으로 언제든지 말해 달라고 했다.

"마히루스의 보복도 도왔고, 로안느에서의 임무가 끝나기도 해서 저는 동부로 먼저 돌아갈까 합니다. 다음 해에 숲으로 오시기만을 고대하고 있겠습니다."

"알겠습니다. 그런데 혹시 숲에 하프엘프 한 명을 데려가도 될까요?"

"하프엘프라면?"

이아나가 핀의 이야기를 들려주자 지젤은 흔쾌히 허락했다.

"그럼요. 엘프들은 순수한 아이들을 거부하지 않습니다."

지젤은 일찌감치 떠났다. 사막의 열기가 힘겹다는 이유에서였다. 이아나는 아르하드와 둘만 남자 물었다.

"물뿌리개도, 파훼 스크롤도 엘프 여왕과의 인맥으로 받으신 거였군요?"

"그래. 그런데 연락하는 장로 놈과는 사이가 나빠. 여왕을 부려 먹는다고 날 엄청 싫어하거든. 만날 때마다 짜증 나서 죽일까 하는 충동이 드는데, 지젤을 보고 참는 중이다."

"홋. 그런데 동부의 악마의 파편을 빨리 회수하는 게 낫지 않나요? 테일런이 선수를 치면 어찌합니까."

아르하드가 잠깐 뜸을 들인다 싶더니 느릿하게 말했다.

"엘프들의 반대도 심하고…… 웬만하면 가장 마지막에 가지러 가고 싶어. 나쁜 것만 많이 들어 있다고 하잖아. 하지만 더는 미룰 수 없으니 이번에 동부로 가면 얻어야지."

이아나는 납득해서 고개를 끄덕거렸다.

수인들과 신관들도 얼추 일을 마무리한 듯했다.

"페인이 떠난 후, 왕국군 대부분이 갑자기 모습을 감췄다고 하더군요. 덕분에 연합군이 빠르게 진격하여 시디얀의 수도까지 닿았다고 합니다. 저희는 그쪽에 합류하려 합니다."

미리암이 승전보를 전하며 작별을 고했다. 신관들이 떠나기 전에, 이아나가 사키에게 슬쩍 다가가 속삭였다.

"다음 해에 대삼림으로 갈까 합니다. 연락드리겠습니다."

"드디어! 불러만 주세요. 바로 가겠습니다."

사키는 무척 좋아했다.

신관들이 떠나고, 수인들만 남았다. 마히루스도 오랜만에 동족들과 회포를 풀겠다며 서부로 돌아가기로 했다.

압실롯이 이아나, 아르하드와 마주했다.

"이번 일로 수인 모두가 결심했구먼. 우리는 이아나 양의 나라로 가고 싶어. 우리와 인간 사이에 있는 골은 깊어서, 무작정 대륙으로 진출한다면 또 싸우기만 할 거여. 하지만 이아나 양의 나라에서, 이아나 양이 선택한 인간들이라면 함께 살아갈 수 있을 것 같어. 받아 줄 텨?"

"물론입니다."

압실롯의 뒤에 있던 수인들이 미소 지었다. 각양각색의 눈망울들이 신뢰로 반짝거리고 있었다.

"그리고 수인족의 대표로서, 말해 두고 싶은 게 있구먼."

"무엇입니까?"

"내가 드래곤의 가디언이라서 들은 게 많은데 말이지. 이 세상은 무게를 맞추는 천칭과도 같어. 천칭은 쉴 새 없이 불균형을 오가며 균형을 맞춘다는구먼. 하지만 시간이 흐르는 한, 천칭이 완벽한 균형을 찾아 정지하는 일은 없을 것이여."

압실롯은 무슨 말을 하려는 걸까? 이아나는 천칭의 이야기가 나오자 더욱 귀를 기울였다.

"혹시 몬스터가 어떻게 탄생하는지 알어?"

"악마의 악한 기운 때문이 아닌가요?"

"악마의 악. 그것두 맞지. 허지만 악마는 '변이'에 영향을 줄 뿐 탄생 자체에 관여할 수는 없으."

"그럼?"

질문한 건 이아나가 아니라 아르하드였다. 그도 이 주제에 관심이 있는지 압실롯의 이야기를 유심히 듣고 있었다.

"테라 님의 말씀에 의하면 세상 어딘가에 망자의 영혼들이 모이고, 새로운 영혼이 탄생하는 장소가 있다고 혀."

그런 곳도 있나 싶어 로베르슈타인의 지식을 뒤져 봤지만 없었다. 새로운 지식인지라 이아나가 눈을 빛냈다. 하지만 이어지는 말은 조금 착잡한 내용을 담고 있었다.

"망자의 영혼은 그곳에서 죽기 전의 '사념'을 뿜어내며 순수해지는디, 사념 대부분은 생에 대한 갈망과 누군가를 향한 증오라고 하더군. 그리고 그건 거의 다 고통스럽게 학대당하거나, 일방적으로 먹힌 짐승들의 것이라고 혀."

"짐승…… 말입니까."

"응. 그리고 사념들은 다시 파장이 맞는 영혼에 스며들어 알맞은 모체를 통해 태어나는디 그것이 바로 '몬스터'여. 몬스터들이 생명을 탐하면서 인간 같은 고등종족을 증오하는 이유가 그래서여. 강력한 사념은 변화의 힘. 덕분에 몬스터들은 날 때부터 인간을 죽일 수 있는 힘을 갖고 태어나지."

모두가 다르게 태어나니 강약이 있을 수밖에 없지만, 영원한 강약은 없었다. 죽은 짐승의 가련한 사념이, 후세엔 인간을 죽이는 강력한 힘이 되었듯이 말이다.

"꼰대처럼 말하기 싫은디 말이 길어지는구먼. 그러니까 내가 하고 싶은 말은, 세상은 '경직된 수직선'이 아니라 '유연한 원' 형태의 먹이 사슬이라는 거여. 영원한 강약이란 존재하지 않어. 천칭이 완벽한 균형을 찾지 못하고 끊임없이 이리저리 기울듯, 강과 약도 고정되어 있지 않고 얼마든지 위아래가 바뀔 수 있어. 호랑이가 여우에 당했던 것처럼 말이여."

긴 말을 끝낸 압실롯이 이아나를 똑바로 바라보았다.

"강자는 이 점을 알아야 혀. 영원한 강자는 없다는 걸. 약자도 알아야 혀. 영원한 약자는 없다는 걸. 얼마든지 강해질 수 있고 약해질 수도 있다는 인식, 거기서 생겨나는 상대에 대한 존중. 그것이 내가 생각하는 화합이여."

긴 말을 끝낸 압실롯이 한숨을 내쉬었다.

"······날것도 이런 날것이 없지. 결국 상대가 나보다 강해질 수도 있으니까 나쁘게 대하지 말아야 한다는 거잖어. 하지만 모두가 선해서 자연스럽게 오손도손 잘 지내길 바라는 건 순진한 생각이지. 섭리가 그럴 수 없게 강제하고, 이기가 그러지 않도록 유혹하니까."

그들은 굶어 죽지 않으려면 자기보다 약한 걸 무조건 먹어야 하는 섭리의 생물이다. 굶주림의 문제가 없더라도 풍요를 위해서 약한 걸 착취할 이기의 존재들이다.

"그러니까 난, 여러 존재가 함께 살아가는 국가는 노력에 따라 강약이 쉽게 바뀔 수 있는 유연한 체제여서, 이런 화합이 최대한 작용해야 헌다고 생각혀. 이게 최선 같어. 그 방법은 무식해서 잘 모르겠지만 말야."

"어려운 일이군요. 하지만 저도 대부분 동의합니다. 특히 유연한 체제여야 한다는 부분은요. 말씀하신 부분은 새겨듣고 노력하겠습니다."

"뒷방 늙은이의 말을 진지하게 들어줘서 고맙구먼."

압실롯이 씩 웃으며 손을 내밀었다.

"나는 지금 드래곤과의 계약 때문에 사막에서 오랜 시간 벗어나지 못혀. 하지만 나를 제외한 수인들은 천천히 동부로 이주해서 건국을 도울 것이여. 나는 기다리고 있을 테니 준비가 다 되면 티타누스를 가지러 오드라고."

이아나가 그 손을 맞잡았다.

"알겠습니다. 저를 믿어 주셔서 감사합니다."

"믿는 건 당연한 거구, 감사는 받을 이유가 없지? 내가 듣고 싶은 건 미래에 대한 약속이여."

압실롯이 심술궂게 말하자 이아나가 웃었다.

"저희와 함께 좋은 국가를 만들어 나갑시다."

모두와 헤어진 후, 이아나와 아르하드는 로안느로 천천히 귀환했다. 텔레포트로는 로안느 근방까지만 이동하고 그 후로는 속도를 맞춰서 느릿하게 걸었다.

오랜 시간 떨어져 있었던 덕에 이야깃거리는 떨어지지 않았다. 아티팩트로 매일 연락했지만, 목소리만으로 대화하는 것과 얼굴을 보며 대화하는 것은 분위기도, 주제도, 기분도 달랐다.

이아나는 그의 목소리만 듣는 것도 좋았지만 이렇게 얼굴을 보는 게 더 좋았다.

목소리만으로는 그가 어떤 감정을 느끼는지, 그녀를 얼마나 좋아하고 있는지가 흐릿하게 느껴졌다. 하지만 얼굴은 보고 있으면 다 드러났다. 그래서 이아나는 지금 기분이 정말 좋았다. 오랜만에 보니 더 좋은 것 같았다.

가끔 대화가 끊기면 풍경을 보며 말없이 걷는 것도 좋았다. 그냥 평범한 풍경일 뿐인데 곁에 아르하드가 있으니 가슴에 파동이 일었다. 하늘 높이 뜬 해도, 바람에 흔들리는 나뭇잎도, 깜짝 놀라 지나가는 작은 동물도 다 좋았다. 침묵이 만들어 낸 고즈넉한 분위기조차 좋았다.

이쯤 되자 이아나는 자연스럽게 깨달았다.

그냥 아르하드가 옆에 있으니 다 좋은 것뿐이었다.

그가 옆에 있으면 식사를 해도 더 맛있을 것이고, 술을 마시면 더 기분 좋게 취할 수 있을 것이고, 춤을 추면 더 즐거울 것이고, 이야기를 하면 더 집중할 수 있을 것이고, 잠을 자면 더 편히 잘 수 있을 것이다.

잃어버린 소중한 물건을 그리워하고 또 그리워하다가 겨우 되찾은 기분이었다. 그것의 귀중함을 새삼 깨닫고 더 소중히 여기게 되었다고 할까.

이아나는 감정에 솔직해지기로 했기에 이런 감정들도 시원하게 인정하며 내면에 갈무리했다. 그랬더니 조금 부끄럽긴 했지만…… 왜일까? 기분이 아주 좋아졌다.

이아나가 손을 뻗었다.

손끝은 다른 손끝에 닿았다. 그리 작지 않은 손은 저보다 더 커다란 손 안쪽으로 파고들어 엄지와 검지 사이의 오목한 부분을 스쳤다. 손바닥과 손바닥이 맞붙고, 손가락들이 손날을 감싸며 손등까지 덮었다.

아르하드가 멈칫하며 따뜻해진 제 손을 내려다보았다가, 천천히 시선을 올려 손의 주인을 보았다.

"……."

이아나가 그를 물끄러미 올려다보고 있었다. 스스로는 인식하지 못하고 있었지만 몹시 사랑스러운 얼굴이었다.

아르하드는 그런 이아나를 홀린 듯이 바라보다, 무슨 말을 충동적으로 뱉으려는 듯 입술을 열었다. 이아나의 시선이 입술의 움직임에 쏠렸다.

하지만 입술은 순식간에 가까워져 그녀의 입술에 닿았고, 혀끝에 맺혀 있었을 말은 강제로 삼켜졌다.

짧은 입맞춤이었다.

대신 아르하드의 손을 붙잡고 있던 이아나의 손가락들이 하나하나 떨어졌다. 그 사이사이로 아르하드의 손가락이 파고들더니 깍지를 껴서 그녀의 손을 세게 쥐었다.

손을 잡는 것에도 깊이가 있다면, 이아나가 단순히 붙잡은 것은 '얕은 물가'였고 아르하드가 깍지를 낀 것은 '깊은 계곡'이었다. 이런 사소한 것에서조차 아르하드는 더 많은 것을 주고 있었다.

이아나는 심장에 밀려드는 물보라가 헌신에 대한 감사인지, 애틋한 감정인지, 뜨거운 욕망인지 분간하지 못했다.

그때, 그의 입술이 이아나의 손등에 진득하게 닿았다. 이아나와 눈을 마주한 채로, 유혹하듯. 말로 표현하지 않아도 전해지는 짙은 마음에 급류에 휘말려 빨려 들어간 것처럼 이아나의 호흡이 흐트러졌다.

"……가자."

아르하드가 조금 떨어져 나가더니 이아나의 손을 살짝 당겼다. 이아나는 멈춰 세웠던 걸음을 다시 옮기기 시작했다.

겨우 말 한 마디의 공방을 놓고 긴장감이 감돌았다.

테오도르에 귀환했을 때는 오후가 다 되어 있었다.

간밤의 전투로 블랙폭시는 몰락의 수순을 밟았다. 잔챙이들은 도망쳐서 살아남았지만, 패잔병이나 다름없었기에 두려움에 떨며 숨어 버렸다.

그리고 불시의 기습으로, 블랙폭시의 영역에 머물고 있던 바하무트 기사들은 아지트를 지키기 위해 얼떨결에 전투를 벌이고 말았다. 그 결과, 많은 사람들이 '블랙폭시'와 '바하무트'의 관계를 눈치챘다.

"설마."

"아닐 거야."

사람들은 부정했다. 바하무트가 블랙폭시를 통해 세계 곳곳에 손을 뻗치고 있었다는 것을 믿고 싶지도 않았거니와 현 국왕 페르난도의 뒤에 바하무트가 있다는 것을 인정하고 싶지 않았기 때문이었다.

"그냥, 단순한 협력 관계인 거겠지……."

"바하무트, 블랙폭시, 이 쌍으로 나쁜 놈들."

불안한 마음과 별개로 사람들의 기분은 한껏 고양되어 있었다. 골치 아픈 블랙폭시가 이번 일로 엄청난 타격을 입고 침묵하기 시작했다. 무서운 위프헤이머도 모습을 감춘 지 오래되었다. 슈나이더 파 귀족들이 테오도르를 정상화하려고 노력한 덕분에 몬스터의 수도 많이 줄었다. 기분이 좋을 수밖에 없었다.

한동안 학술원이나 집에서 숨어 지냈던 사람들은 오랜만에 웃으며 거리를 쏘다녔다.

이아나는 북적거리는 거리를 두리번거렸다.

"이런 분위기는 오랜만이네요."

블랙폭시와의 대전투로 곳곳에서 사체들을 수습하고 있었지만, 이제 그런 모습들이 익숙한 사람들은 아무렇지도 않게 지나치며 그저 기쁜 듯 웃었다. 신전이 전시를 무릅쓰고 라오스감사절 축제를 열겠다고 발표했다며 흥분해서 떠들어 댔다.

"저렇게라도 웃고 싶겠지."

이아나와 아르하드는 아지트 중 한 곳으로 향했다. 거기서 에이지를 만났다.

"어이쿠, 오랜만이네요. 살이 좀 빠지신 것 같습니다? 이아나 양을 못 봐서 시름시름 앓기라도 하셨나."

한참이나 아르하드를 상대로 농담을 하던 에이지가 언제나처럼 처리해야 할 서류들을 책상 위에 놓으며 보고했다.

"이아나 양, 이쪽 일은 잘 끝났어. 페인은 어떻게 됐어?"

이아나는 황태자가 페인과 이사벨라를 데려가게 된 전후 사정을 설명했다. 에이지가 조금 우울해했다.

"페인이 블랙폭시를 재정비하겠군. 인력과 아지트 수가 준 거지 유통망이 없어진 건 아니라 복구할 수 있을 거야. 으으, 머리야."

"페인의 목을 따 오지 못해 미안하다."

"바보. 나한테 왜 사과해? 일이 복잡해져서 머리가 아플 뿐이지 나한텐 잘된 일이야. 이왕 이렇게 된 거, 이제부턴 내가 페인과의 싸움을 전담할게. 직접 놈의 목숨을 거두게 해 줘."

에이지가 이아나를 향해 윙크를 하곤 다시 심각한 표정을 지었다.

"황족은 대체 무슨 생각인지 모르겠네. 계승식이 끝나고도 왜 칩거한다는 거지? 나라면 골치 아픈 이아나 양부터 처리하고 볼 텐데……. 그만큼 자신만만하다는 건가?"

"놈의 꿍꿍이가 뭐든 우리한텐 좋은 일이지. 그래도 놈의 말을 완전히 믿을 순 없으니 경계는 해야겠다. 에이지, 지금부턴 당신도 동부에 가 있어."

"그럴까? 로, 언제 돌아갈 겁니까?"

에이지의 질문에 아르하드가 답했다.

"동부에서 급한 일들은 모두 처리하고 왔으니 나는 지금부터 일이 끝날 때까지 테오도르에 머문다."

무표정한 이아나의 귀가 쫑긋했다.

"아, 예. 그냥 저 혼자 갈게요. 오늘도 전 빨리 사라져 드릴 테니 좋은 시간 보내시고요."

에이지가 시시덕거리며 아지트를 떴지만, 아르하드와 이아나는 바로 서류 정리를 시작해서 좋은 시간이고 뭐고 보낼 겨를이 없었다.

아르하드는 책상에 쌓인 서류산과 얼굴에서 피곤이 살짝 묻어나는 이아나를 번갈아 보다가 말했다.

"오늘 처리해야 할 서류는 내가 볼게. 피곤할 테니 돌아가서 푹 자. 데려다줄까?"

아르하드가 그녀를 보내려 했지만, 이아나는 그와 함께 있고 싶었다. 이아나가 하품을 하며 눈을 비볐다.

"아뇨. 여기서 잠깐 눈만 좀 붙이겠습니다."

이아나는 평소에도 아르하드가 있는 방의 소파에서 졸 때가 많았다. 아르하드가 곁에 있으면 긴장감을 완전히 풀고 아무 걱정 없이 편히 잘 수 있었다. 아르하드도 그런 이아나를 당연하게 받아들였다.

"여긴 소파가 없는데."

"괜찮습니다. 책상에 엎드려서 자면 되니까요."

이아나는 바로 엎드려서 눈을 감았다.

그런데 이상한 일이었다. 피곤한데 왜 잠이 오지 않을까? 이아나는 결국 눈을 뜨고, 팔베개를 하며 얼굴을 아르하드 쪽으로 돌렸다. 그리고 아르하드가 일하는 모습을 관찰했다.

아르하드는 서류 처리에 집중하고 있었다. 집중하고 있는 남자의 모습은 꽤나 근사해 보였다. 그를 쳐다보는 시간이 길어질수록 이아나는 서글퍼졌다.

회귀 전의 나는, 정말 감정적으로 죽어 있었구나.

이런 좋은 감정을 모르는 사람이었구나.

심장이 욱신거렸다.

과거의 이아나가 너무 외로웠던 것 같아서……

이런 감정을 주고자 했던 과거의 아르하드를 쳐 내기만 한 게 미안해서……

그러나 감상은 거기까지였다.

그녀의 심장에 도사린 뜨거운 감정은 시린 우울감으로 식어 가던 몸을 달구었다. 감정은 점점 더 역동적으로 변해 심장이 쿵쾅 뛰어 댔다. 불이 차가운 물을 데우고, 마침내는 부글부글 끓었다. 수면에서 거품이 일고 뜨거운 김이 스륵스륵 샘솟았다. 이아나의 얼굴이 살짝 달아올랐다.

얼굴이 발그레해져 있던 그때, 이아나는 아르하드와 눈이 마주쳤다.

이아나는 자는 척 눈을 감았다. 이미 들켜 버렸는데도 말이다.

테일런은 황좌에 앉아 있었다. 서류 뭉치를 천천히 넘기며 그곳에 적힌 내용들을 유심히 읽어 내리던 그가 중얼거렸다.

"이아나 로베르슈타인이라."

"예. 카마트로스 소속인 게 분명한 여자입니다. 그리고 아주 뛰어난 검사이지요."

보고서를 작성해서 바친 페인이 속으로 이를 갈았다.

"저는 그 여자가 카마트로스의 단순한 조직원이 아니라 '보스'라고 생각합니다."

"오라버니, 제발 잡아 오면 안 돼요?"

황좌의 팔걸이에 걸터앉아 같이 보고서를 읽고 있던 이사벨라가 칭얼거렸다. 그녀의 목에는 치료제가 덕지덕지 발려 있었다. 상처가 나면 마나로 바로바로 수복했지만, 이번 상처는 그런 방식의 치료가 잘 되지 않았다.

"안 돼."

이사벨라의 청을 거절한 테일런이 손등에 얼굴을 묻었다.

"참 이상한 일이지. 이 여자에 대한 '기억'은 전혀 없단 말이야…… 그런데 카마트로스의 주인이라."

"폐하!"

그때, 위프헤이머가 텔레포트로 불쑥 나타났다. 그는 벅차오르는 희열을 감당하지 못하고 숨을 헐떡거리고 있었다.

"때마침 잘 부르셨습니다. 드디어 완성했습니다."

위프헤이머는 테일런에게 책자를 하나 건네었다.

책에는 위프헤이머가 평생을 연구해 온 심장 공유 마법의 정수가 담겨 있었다. 테일런은 흥미로운 표정으로 종이를 팔랑팔랑 넘기다 덮었다.

"수고했다. 적절한 시기에 끝냈군."

"예. 드래곤 사건 이후로 서두르기도 했고, 로안느에서 실험을 많이 한 덕분에 예상보다 빠르게 완성되었습니다."

심호흡을 한 위프헤이머가 의아하다는 듯 물었다.

"그런데 무슨 일로 부르셨습니까?"

엎드려 있던 페인이 몸을 일으켜 위프헤이머에게 무슨 일이 있었는지를 자세히 설명했다. 위프헤이머는 끙, 하고 앓았다.

"칩거하는 동안 그런 일이……."

"그래서 네 뜻을 묻고 싶은데."

위프헤이머는 잠깐 고민하더니 테일런에게 물었다.

"선황은 내버려 두실 겁니까? 슈나이더를 가지고 노는 게 재밌어서 죽일 생각이 없어 보입니다만."

"재미가 아니라 궁으로 돌아오면 다시 유폐당할 테니 시간을 끌고 있는 거겠지. 내버려 둬. 이 연극은 인물들이 많아질수록 즐거우니. 너는 이제 어찌하고 싶나?"

"흠. 제가 이 육신으로 이루고 싶던 소망은 얼추 다 이룬 듯합니다. 지금 바로 악마의 파편을 가져가셔도 괜찮습니다."

"악마의 파편을 바로 가져가는 건, 네가 평생토록 바하무트에 헌신한 삶을 너무 무시하는 처사가 아닐까 싶은데. 네 최대의 라이벌인 하인리히를 직접 처리하고 그 몸의 삶을 마무리 짓는 건 어때. 한때 그를 질투했지 않았나."

"그놈은 이제 제 적수가 아닙니다."

위프헤이머가 자신만만하게 대답하자 테일런이 웃었다.

"하인리히는 분명 실력을 숨기고 있다. 우리가 하인리히 그놈을 왜 바하무트 편으로 끌어들였겠나. 너만큼 재능이 있기 때문이었다. 그리고 도둑 계집의 아이를 빼돌린 그 노인네는 보통 능구렁이가 아니야."

위프헤이머의 표정이 묘해졌다.

"글쎄요. 솔직히 말씀드리자면 저는 아직도 믿기 힘듭니다. 정말로 하인리히 그놈이 공범입니까? 자기 외손자밖에 모르는 맹물 같은 노인네가 그런 대범한 짓을 벌이다니, 뒤통수를 맞은 기분입니다."

"현재 상황이 '기억'과 다른 부분이 많긴 하지만, 중요 사건은 대부분 동일하다. 그게 아니라면 내가 어떻게 겨우 1년 남짓한 시간 만에 모든 파편들을 다 모아 왔을까."

"그건 그렇습니다만……. 뭐, 괜찮겠지요. 하인리히를 처리하는 김에 테오도르도 망쳐 놓겠습니다. 그런데 이아나 로베르슈타인, 그 계집이 나타나면 어찌하지요. 이사벨라 폐하가 그 계집에게 졌다면 저도 승리를 자신할 수 없습니다."

위프헤이머는 하인리히를 너무 쉽게 생각했다. 이에 테일런이 피식 웃었다.

"그 여자가 나타나면 내게 신호를 보내. 패밀리어 마법으로 지켜보고 있다가 위험하면 게이트를 열어 줄 테니까. 그보다, 재 있는 걸 말해 줄까? 네가 눈이 뒤집힐까 봐 말하지 않은 게 있는데."

"무엇입니까?"

위프헤이머가 궁금해하자 테일런이 느릿하게 말했다.

"지워진 시간에서, 너는 지금의 육신과 새 육신 모두 '하인리히'에게 '살해'당했다."

"……!"

위프헤이머의 낯이 얼음장처럼 얼어붙었다.

"그게 무슨……."

"말 그대로다. 지금의 넌 하인리히에게 죽었고, 새로운 몸으로 그에게 보복하고자 했지만 또 죽었다. 그걸로 네 삶은 끝이었다. 넌 하인리히에게 완전히 졌어."

"허허. 허허허."

위프헤이머가 정말 재밌는 이야기를 들었다는 듯 소리 내어 웃었다. 하지만 웃음은 서서히 잦아들었고, 그의 표정은 한껏 비틀려 갔다. 그러다 짓씹듯 중얼거렸다.

"……정말 충격적이군요. 제가 놈한테 졌단 말입니까?"

테일런의 말은 위프헤이머의 자존심에 엄청난 상처를 냈다.

테일런이 나른하게 말했다.

"내가 거짓말을 할 이유가 없지. 그러니 이번에는 지지 말고, 하인리히의 파편을 가져와. 놈이 애지중지하는 혈육부터 처리하는 게 좋지 않을까 하는데. 아, 혹시라도 죽을 것 같으면 반드시 텔레포트로 황궁에 와서 죽도록."

테일런이 패배를 염두에 두고 있다는 걸 깨달은 위프헤이머가 손안의 지팡이를 세게 움켜쥐었다. 주름진 손에 푸른 핏줄이 투둑투둑 돋았다.

"그럴 일은 없을 겁니다."

위프헤이머의 눈에서 시퍼런 귀기가 귀신불처럼 일렁거렸다.

"놈을 죽이고, 쑥대밭으로 만든 로안느를 폐하의 품에 안겨 드리지요."

"후우!"

슈나이더가 지친 숨을 뱉으며 막사 안으로 들어왔다. 대기하고 있던 시종이 후다닥 달려가 찬물에 적신 수건과 상처에 바를 약들을 들고 왔다. 슈나이더의 갑주를 벗기고 피에 절어 상처에 들러붙은 옷을 익숙하게 잘라 냈다. 그리고 치료를 하려는데, 슈나이더가 손짓했다.

"두고 나가 봐."

"예."

시종이 군말 없이 그의 명을 따라 모습을 감추자 슈나이더는 지친 몸을 침대 위로 던졌다. 한동안 베개에 코를 박고 죽은 듯이 엎드려 있던 그가 등을 대고 돌아누웠다.

'정말 죽겠군.'

능글맞은 귀공자 같았던 슈나이더의 외양은 많이 변했다. 매일매일 반복되는 극한의 전투 때문에 사나운 살기에 물든 데다 빠르게 성숙해진 얼굴은 젊은 사람이 갖기 어려울 법한 무거운 위엄을 풍기고 있었다.

늘씬했던 몸에는 근육이 많이 붙었다. 기본적인 회복력으로는 수복이 되지 않는 깊은 상처 때문에 피부에는 흉터가 하나둘 늘어났다. 흉터는 노력의 증거였다.

'조금만 더 하면 될 것 같아.'

최근, 슈나이더는 빛이 보이기 시작했다. 요즘에도 필리어드의 자비에 기대 살아남고 있긴 했지만, 그래도 처음에 비해 상처는 점점 줄어들고 있었다. 슈나이더가 눈부시게 성장하고 있다는 말이었다.

그런데 슈나이더는 어느 순간부터 이상한 기분을 느끼기 시작했다. 성장하면 성장할수록 그런 기분은 점점 더 심해졌다.

바하무트의 선황, 필리어드에게는 이상한 점이 많았다.

"내가 자유를 오래 누릴 수 있게 한껏 발버둥 쳐라. 그러나 평범한 발버둥은 곤란하니 빠르게 성장해라. 그때까지는 전쟁에서 계속 비겨 주도록 하마."

필리어드는 그렇게 말했었고, 슈나이더는 그가 자신을 농락한다고 여겨 불쾌해했었다. 하지만 그에겐 이상한 점이 많았다. 그는 몹시 잔혹했지만, 한편으로는 지나치게 자비로웠다.

그는 적이라는 껍데기를 뒤집어쓰고 엄한 스승처럼 슈나이더에게 전쟁을 가르치고 있었다. 필리어드 덕분에 슈나이더는 언

은 게 정말 많았다. 그러니까…… 필리어드가 본인의 '자유'보다
는 슈나이더의 '성장'에 집중하는 느낌이라고 할까. 매일같이 된
통 당하는 슈나이더가 '스승처럼'이라는 말을 떠올리는 시점에
서, 필리어드는 정말로 이상한 거였다.

'착각이겠지. 그자가 그럴 이유가 뭐가 있겠나.'

슈나이더는 이상한 기분을 애써 치우고 눈을 감았다. 몸이 간
질거렸다. 한참이나 있다가 슈나이더가 몸을 더듬었을 때는, 상
처 대부분이 사라져 있었다.

그는 익숙하게 막사 한편에 놓여 있는 성물을 바라보았다. 성
물에서 흘러나오는 따뜻한 기운이 그를 치유하고 있었다. 정말
대단한 물건이 아닌가. 슈나이더는 이곳에 올 때 성물을 가져온
자신을 칭찬했다.

그때, 방 한구석에서 아티팩트 하나가 반짝반짝 빛났다. 슈나
이더는 피로감도 잊고 벌떡 일어나서 아티팩트를 가져왔다.

[저하, 그간 평안하셨습니까?]

"솔사비어 공."

슈나이더는 이아나에게 반년 안에는 반드시 돌아가겠다는 마
지막 편지를 보낸 이후로는 전쟁에만 집중하고 있었다. 필리어
드와 싸우면서 다른 것에는 신경을 쓸 겨를이 없었다. 그래서
자신을 도와주는 사람들이 더욱 고마웠다.

하지만 주기적으로 보고는 받고 있었다. 신가드라에게 자세한
보고를 받은 슈나이더는 결연하게 마음을 다잡으며 말했다.

"빨리 돌아가도록 노력하겠다."

로안느의 호조는 성장의 원동력이다. 바하무트 황족은 당분간

움직이지 않는다고 하니 시름도 조금 덜었다.

슈나이더는 수련을 시작했다. 첫 번째 장애물, 필리어드를 뛰어넘어야 로안느로 돌아갈 수 있기 때문이었다.

11월 초, 현 상황은 이렇다.

첫 번째, 블랙폭시의 괴멸.

에이지는 배신했고 브루스는 죽었고 페인은 도망쳤다. 일을 총괄하던 수장들이 모두 사라지고 수많은 간부들이 숙청당했다. 겁을 먹은 잔챙이들은 도망쳤고 조직 체계는 무너졌다.

생존한 간부들이 바하무트로부터 일시적으로 지휘권을 받아 블랙폭시를 간신히 유지하고는 있었지만 그뿐이었다. 암흑가뿐만 아니라 나라들까지 주무르던 블랙폭시는 한순간에 몰락했다. 적대관계인 다른 암흑가 조직들이 남은 몸통을 아귀처럼 뜯어먹으려는 걸 막는 것만으로도 힘들어했다.

두 번째, 로안느에 남아 있던 바하무트 군대의 후퇴.

블랙폭시의 몰락 이후 바하무트 기사들이 테오도르에서 모습을 감췄다. 그들이 바하무트로 돌아간 건지는 불명확했다.

세 번째, 페르난도 세력권 중소 귀족들의 몰락.

슈나이더 파 귀족들이 결성한 결사 단체들의 업적이었다. 이쯤 되어 상황이 어찌 돌아가는지를 깨달은 눈치 빠른 귀족들은 더럭 겁을 먹었다.

그들 중 몇몇은 대귀족들을 찾아가 슈나이더를 지지하겠다고 약속하고, 합당한 벌을 받겠다며 연명을 부탁했다. 슈나이더 측은 부패 행위의 수위가 약하거나 강제적으로 그럴 수밖에 없었던 소수는 받아들였다.

상황이 어렵게 돌아감에도 꼼짝 않고 버티는 페르난도 파 귀족들도 있었다. 오웬 후작가가 대표적으로 그러했다. 아무리 몰락의 길을 걷고 있다지만 오웬 후작가가 보유한 병력과 자금력은 무시할 만한 수준이 못 되었다. 대귀족들은 오웬 후작가를 감시하되, 오웬을 치는 날을 슈나이더가 돌아와 왕이 되는 날로 미루었다.

네 번째, 페르난도의 광증과 루리아의 칩거.

페르난도는 시아이외 사건 이후 광증이 생겼고, 제어가 불가능한 폭탄이 되었다. 하지만 가끔 무소불위의 광증이 가실 때면, 몰락에 대한 격심한 불안증으로 발작을 일으켰다.

루리아는 궁에서 나오지도 않고, 그리도 좋아했던 파티를 열지도 않았다. 오직 시녀들만 조용히 궁을 돌아다닌다고 했다.

마지막으로 다섯 번째, 몬스터 서식지 정리.

테오도르에 자리 잡았던 몬스터 서식지들이 어느 정도 정리되었다. 완전히는 아니더라도, 몬스터들이 인간을 경계하며 함부로 서식지 밖을 나돌지 못할 정도였다. 몬스터 토벌은 계속 진행 중이기에, 남아 있는 몬스터들도 곧 테오도르에서 자취를 감출 예정이었다.

지금까지의 상황을 정리해 본 이아나는 한숨을 쉬었다.

'정말로 끝나 가는구나.'

영원히 끝나지 않을 것 같았는데 그래도 끝이 보였다.

하지만 마음을 놓아선 안 된다. 지금으로 봐선 바하무트가 테오도르에서 철수했다고 봐도 무리가 없지만, 위프헤이머가 어찌 나올지 알 수 없으니까.

이아나는 창밖을 내다보았다. 이곳저곳 무너진 곳이 많아 살풍경했지만 그래도 희망을 잃지 않은 사람들이 분주하게 오가고 있었다.

아르하드가 마음껏 실력을 발휘하라고 했지만 그녀가 나설 일은 딱히 없었다. 몬스터는 적당히만 실력을 보여도 해결할 수 있었다.

'아니…… 앞으로 거의 모든 일이 그럴까.'

이아나의 본래 실력에 대적할 수 있는 적은 바하무트뿐이다.

오늘은 라오스감사절, 수확제였다.

이아나가 사라체와 약속한 여섯 파티 중 마지막 파티가 열리는 날이기도 했다.

수확제를 주최하는 라오스 대신전이 이번 라오스감사절의 수확제도 평소처럼 진행하겠다고 말하자, 페르난도도 수확제 왕궁 파티를 열겠다고 말했다.

이제 페르난도를 지지하는 귀족은 없다시피 했고, 그는 무늬만 국왕이었기에 파티에 자의로 참석할 귀족은 없을 터였다.

하지만 페르난도가 안 오면 옥새를 부수겠다는 미친 말을 지껄이고도 모자라 말을 안 듣는 귀족들은 사형시키고 그 혈족들까지 죽음을 면치 못하게 할 것이라고 으름장을 놓자 대부분의 귀족들이 참석하기로 했다. 무서워서라기보다는, 천 년이 넘는 역사를 간직한 로안느의 국보를 지키기 위해서, 그리고 페르난도가 무슨 사고를 칠까 골치가 아파서였다. 대귀족들은 기회를 봐서 옥새부터 빼앗아야겠다며 이를 갈았다.

창밖을 보며 이것저것 생각하던 이아나가 창틀에서 뛰어내렸다. 그런 그녀를 아르하드가 밑에서 쳐다보고 있었다.

동부로 떠난 프리실라가 그녀의 파티 의상을 챙겨 줄 수는 없는 노릇이었기에, 이아나는 그녀가 옛날에 제작해 준 드레스를 입고 나왔다.

이 드레스는 프리실라의 실험작 중 하나로, 일명 전투용 드레스였다. 페티코트처럼 형태를 잡는 소품을 쓰지 않고 약한 강도의 코르셋으로 허리 라인만 드러낸 검은 드레스는 이동성을 최대로 살린 심플한 디자인이었다.

튼튼하면서도 움직임에 방해가 되지 않을 정도로만 달라붙었고, 허리띠까지 있어 검을 찰 수 있었다. 검은색이라 피가 묻어도 티가 나지 않았다. 그래서 이아나의 마음에 드는 드레스 중 하나였다.

이아나가 저를 빤히 쳐다보는 아르하드에게 물었다.

"어떻습니까?"

"예뻐, 엄청. 그리고 멋있다."

역시나 진심 어린 칭찬이 돌아왔다. 이아나는 뿌듯했다.

"화장은 누구한테 부탁했어? 네 룸메이트는 없잖아."

"직접 했습니다."

화장은 이아나가 직접 했다. 원래는 무척 서툴렀지만, 프리실라가 워낙에 화장을 하며 이것저것 가르쳐 주고 강제로 시켜 댄통에 이제 스스로를 치장할 만큼 평범한 수준은 되었다.

예뻐지는 것에는 여전히 별 관심 없었지만, 언제부턴가 아르하드가 지금보다 더 저를 좋아해 주고 저에게 더 미쳐 줬으면 하는 바람은 생겨났다.

"당신에게 좋은…… 모습을 많이 보여 주고 싶은데, 당신을 만날 때마다 누군가에게 화장을 부탁할 순 없으니까요."

차마 예뻐 보이고 싶다는 말은 하지 못하고, 이아나는 아르하드의 눈을 슬쩍 쳐다보면서 제 마음을 흘렸다.

이아나는 아르하드의 눈빛이 짙어지는 걸 보면서 뿌듯해졌다. 이아나는 단순히 아르하드가 좋아해 주길 바라고 말한 거였지, 그것이 치명적인 유혹이 될 거라고는 생각하지 못했다.

"마지막 파티에 다녀오겠습니다."

마지막 파티.

마지막이라는 단어에서 이아나는 깊은 감흥을 느꼈다. 오늘로 로안느 사교계와 이별한다는 사실이 묘하게 다가왔다. 그녀가 로안느와 작별할 날도 가까워지고 있었다.

"그래. 그런데 이리 와 봐."

이아나가 의아해하면서 다가가자, 그녀를 끌어당긴 아르하드가 입을 맞췄다. 깊은 키스는 아니었지만, 주체할 수 없는 애정이 물씬 담긴 억센 짓누름이었다. 아르하드의 입술에 묻어난 립스틱 자국을 본 이아나는 조금 민망해졌다.

"저기……."

소매로 입술을 닦아 주려 했으나, 손목이 낚아채이는 바람에 그럴 수 없었다. 화장을 생각해서 겨우 가볍게 입을 맞췄건만, 이아나의 붉은 뺨을 보고 머릿속에서 모든 제어가 날아가 버린 아르하드가 결국 거칠게 키스해 버렸다. 이아나는 거부하지 않고 그의 목 뒤로 팔을 감으며 키스를 받았다.

"이아나 양! 오랜만이에요!"

이아나는 파티장에서 안젤리나와 만났다. 안젤리나는 요즘 매우 바빴다. 뛰어난 마법사인 데다 왕녀인 안젤리나는 왕국의 복구를 위해 발 벗고 뛰어다니고 있었다.

본인의 의지로 학술원에 다닌 경험, 보육원에서 아이들을 보살폈던 경험, 그리고 부왕이 죽은 날 죽음에 대한 슬픔을 참고 사람들을 구해 냈던 경험이 안젤리나에게 큰 영향을 미쳤다.

이아나가 듣기로, 그런 안젤리나에게 빠져드는 왕국민들이 기하급수적으로 늘고 있다고 했다.

안젤리나가 이아나의 옆에 딱 달라붙어서 종알거렸다.

"올해부터 테오도르 아카데미랑 발젠타 학술원이 연합해서 연말 파티를 열기로 했잖아요? 올해는 그날 졸업식도 같이 한대요."

이아나도 들었다.

몬스터와 전쟁 때문에 난리가 났지만 테오도르 아카데미는 휴교하지 않았다. 전쟁은 전염병이 아니었고, 귀족들에게는 왕국의 미래를 지켜야 할 의무가 있었다.

아카데미 학생들은 학술원 학생들을 아낌없이 지원하였다.

학술원의 전투 계열 학생들은 귀족들의 대폭적인 지원을 받아 빠르게 전투 감각을 키웠고 비전투 계열 학생들은 귀족들을 도와 왕국의 복구에 힘썼다.

그러면서 테오도르와 발젠타 학술원의 사이가 좋아졌다. 지금도 계속되고 있는 교환 학생 제도 덕분이었다. 어색하게 시작한 교류는 전쟁이 터지면서 물꼬가 트인 듯 활발해졌고, 지금은 긴밀하게 협력을 하는 체계가 되었다.

처음에는 부정적으로 평가되었던 연합 파티 개최도 긍정적으로 변했다.

"그때가 마지막이니까 이아나 양도 꼭 참석해야 해요."

"글쎄요. 상황을 보고요."

유종의 미를 거둔다는 생각으로 참석해도 나쁘지 않을 듯하지만 약속하진 않았다.

"국왕 전하 드십니다!"

그때, 페르난도가 입장했다.

매우 들뜬 기색의 페르난도를 보는 귀족들의 눈초리가 몹시 못마땅했다. 나라를 이 꼴로 만들어 놓고 뭐가 저렇게 즐거운가 싶었다.

그리고 단상 위에 선 페르난도가 폭탄을 터뜨렸다.

"로안느는 어제부로, 바하무트에 항복했다."

페르난도가 높게 들어 올린 서류에는 국왕의 옥새도 찍혀 있었다.

귀족들은 페르난도의 말을 이해하지 못하고 넋을 놓았다. 저 놈이 들고 있는 서류가 무엇일까? 페르난도가 직접 무엇인지 말해 주었지만, 그들의 상식으로는 도무지 납득이 되질 않아 침묵의 시간은 하염없이 늘어났다.

그곳에서 제일 제정신이었던 이아나는 위프헤이머를 떠올리고 있었다. 위프헤이머가 페르난도를 이용해 항복을 얻어 내지 않을까, 예상은 했지만 정말로 페르난도가 이런 사고를 치고 저리 당당하게 굴 줄은 몰랐다. 정말 제대로 미쳤구나 싶어서, 이아나는 페르난도를 어이없다는 듯 바라보았다.

정신을 차린 클라우드 후작이 얼굴이 시뻘게져서 페르난도에게 성큼성큼 다가갔다.

"이게 무슨 말도 안 되는 소리입니까!"

페르난도는 저를 늘 깔보기만 하던 클라우드 후작이 수염을 부들부들 떨며 노기를 발산하자 강한 우월감을 느꼈다. 시끄러운 귀족들이 경악해서 할 말을 잃고 입을 벌리고 있는 것에서도 쾌감을 느꼈다. 페르난도가 놀리듯이 종이를 흔들어 댔다.

"말 그대로다. 나는 옛날에 항복서 두 장을 썼고, 바하무트 측에서 어제 한 장을 받아 갔다. 이미 끝난 일이라는 거지."

"무효요!"

"무효라니? 로안느의 천 년 역사가 담긴 옥새를 찍은 문서다! 옥새는 곧 국왕의 뜻, 국가의 결정을 의미한다는 걸 후작이 모르지 않을 텐데? 이 문서가 이미 국가 간에 효력을 갖기 시작했다는 걸 어찌 부정하나?"

"이...... 이......."

클라우드 후작이 뒷목을 잡았다. 이런 미친 행동에 천 년의 전통을 내세우는 페르난도가 기가 막혔다. 귀족들은 너무 황당하면 할 말이 없다는 것을 새삼 깨닫고 있었다. 하지만 곧, 이럴 때가 아니다 싶어서 눈을 치켜뜨기 시작했다.

"전하께서 요즘 심신이 미령하시다는 것은 알고 있었지만 어떻게 이런 짓을 저지르실 수 있습니까."

비틀거리는 클라우드 후작 뒤에서 다른 귀족들이 나와 목에 핏대를 세우고 소리를 질러 댔다.

"저희 귀족들을 무시하고 독단적으로 이런 미친 결정을 내리실 수는 없는 겁니다. 용납할 수 없습니다!"

"웃기는군. 용납할 수 없으면 뭐 어쩌하게? 그리고 누가 나 혼자 결정했다던가? 귀족 과반수가 찬성한 사항이다!"

"뭐라고요?"

페르난도가 품에서 다른 서류를 꺼내 펼쳤다.

"여기에 있는 귀족들, 그리고 여기 참석하진 않았지만 항복에 찬성한 귀족 가문들까지. 봐라!"

페르난도가 광소를 지으며 귀족들 앞에 서류를 내던졌다. 신가드라 솔사비어가 그 서류를 주워 읽곤 얼굴을 일그러뜨렸다.

서류에는 확실히, 과반수의 귀족 가문의 이름이 쓰여 있었고, 가문의 인장도 찍혀 있었다. 거기에는 이때까지 결사 단체가 제거한 페르난도 세력의 귀족들도 빼곡하게 적혀 있었다. 즉, 이 명단은 페르난도 측이 대대적으로 숙청당하던 시기부터 작성된 것이다.

하지만 명단에는 최근에 쓰인 듯 잉크 자국이 선명한 이름들도 있었다. 신가드라의 입장에서는 엄청난 배신감을 안겨 주는 이름들이었다.

페르난도 파 귀족들은 이미 알고 있었던 듯 뻔뻔하게 페르난도 쪽으로 걸어갔다.

"대체 이게 어떻게 된 일이오!"

신가드라는 제 뒤에서 항의하고 있던 귀족들을 노려보며 명단에 적혀 있는 이름들을 쭉 불렀다. 불린 귀족들이 하얀 얼굴로 뛰어나와 명단에 있는 제 이름과 인장을 보았다. 그들은 경악하며 격렬하게 부정했다.

"이건 모함이오!"

"제가 한 게 아닙니다!"

"사, 사실 저는 기억나는 것 같기도 합니다……."

누군가 덜덜 떨며 말하자 그에게 시선이 집중되었다.

"어젯밤 저는 갑자기 정신을 잃었습니다. 그런데 그 전에, 그러니까…… 바하무트의 황실 마법사장과 비슷한 얼굴을 본 것 같았습니다. 일어나 보니 침대 위라 그냥 꿈인 줄만 알았습니다만."

신가드라는 아연해졌다. 그의 말에 의하면 귀족들이 세뇌 마법이나 조종 마법에 당한 게 분명했다.

페르난도는 또다시 침묵이 내려앉은 홀을 둘러보며 히죽히죽 웃었다.

그는 미쳤음에도, 자신의 미래를 예상하고 있었다. 후계자를 생산할 수 없어 세습이 불가하고, 음습한 비밀이 모두 까발려져 평판은 최악이고, 블랙폭시가 와르르 무너져 버려 받쳐 주는 세력마저 흔들리는 미친 왕.

그는 슈나이더에 의해 왕좌에서 끌려 내려와 광장에서 사형을 당할 터였다. 언제나 열등감을 느끼게 했던 뛰어난 이복동생, 슈나이더에게 말이다.

그런데 며칠 전 위프헤이머가 그를 찾아왔다. 그는 예전에 작성해 됐던 항복서와 항복에 찬성한 귀족들의 명단을 요구했다. 비록 로안느는 바하무트의 속국이 되겠지만 예전에 블랙폭시가 약속했던 것처럼 국왕의 자리에 계속 앉아 있어도 된다고 했다. 위프헤이머의 힘을 떠올린 페르난도는 희열을 느끼며 그가 요구한 것들을 넘겼다.

그리고 어젯밤, 위프헤이머는 항복이 승인되었음을 알렸다.

"이건 무효다!"

홀 안이 점점 분노로 달아오르기 시작했다.

"절대 용납하지 않겠소."

"이 더러운 쓰레기들. 네놈들에게 나라의 국권을 포기한다는 서명을 할 자격이 있느냐?"

페르난도가 우습다는 듯 낄낄거렸다.

"귀족들이 찬성하고 말고는 상관없다. 내가 바로 로안느의 국왕이다! 평민의 위에 귀족이 있고, 귀족 위에 내가 있으며 내가 바로 로안느다. 내 결정이 모든 왕국민의 결정이다!"

분노한 귀족들이 헛소리라고 외쳐 대자 페르난도가 입가를 씰룩거렸다.

"헛소리라고? 네놈들이야말로 헛소리하지 마라. 내 권위는 네놈들이 만들어 준 거다. 내가 왕이 될 때 너희는 불만스러워했지만 침묵했고, 난 적법하게 왕이 되었지. 너희는 내가 무소불위의 권력을 갖는 것에 암묵적으로 동의한 것이다."

"개소리! 페르난도, 네게는 국왕의 자격이 없다. 내 오늘 사형당하는 한이 있더라도 네놈을 죽이고 말겠다!"

귀족 중 하나가 눈에서 불길을 뿜어내며 페르난도에게 달려들었다. 하지만 왕궁에서 마법은 왕족만이 쓸 수 있었으며, 파티 회장에는 무기를 반입할 수 없었다. 페르난도는 주먹을 휘두르며 달려드는 귀족을 어렵지 않게 후려쳐 날려 버렸다.

"이 망할 놈들."

"항복은 절대 있을 수 없는 일이다!"

여기저기서 몸싸움이 일어났다. 파티 회장은 순식간에 개판이 되었다. 이것이 개싸움인지, 인간의 싸움인지 알 수 없을 정도로 꼴사나웠다.

[하하하하! 정말 우습군. 고귀한 척하는 개돼지들이 티격태격 싸워 대는 꼴이 아주 볼만해.]

홀에 낄낄거리는 목소리가 울려 퍼졌다. 싸우고 있던 모두가 멈칫했다. 익숙한 목소리였다.

"위프헤이머 포테스타스!"

"항복은 무효다!"

[무효라니? 내 손에 너희의 왕이 친히 작성한 항복서가 들려 있거늘.]

조롱하는 목소리에 귀족들이 입에 거품을 물었다. 위프헤이머의 악명에 대한 공포도 잊고 죽이겠다며 고함을 질러 댔다.

"모습을 드러내라!"

[그건 안 되겠는데? 거기에 아주 무서운 여자가 있거든. 나도 당장 네 놈들 목을 따 버리고 싶다만, 역으로 내 목을 잃을 수도 있어서 등장은 거절하도록 하지.]

귀족들의 머릿속이 순간 뒤죽박죽이 되었다.

위프헤이머는 무슨 소리를 하는 걸까? 농담을 하는 걸까? 귀족들은 위프헤이머가 모습을 드러내지 못하게 하는 여자가 누구인지 짐작조차 하지 못했다. 그저 조롱이라 여겼다.

멀찍이서 상황을 지켜보고 있던 이아나는 눈을 차갑게 빛냈다. 바하무트가 그녀의 정체를 알아챘다.

[뭐, 그렇게 억울하다면 기회를 주마. 자, 로안느의 개돼지들아, 선택해라. 순순히 항복할 테냐, 나와 싸워 볼 테냐. 너희가 항복하지 않는다면 오늘부터 로안느를 지옥으로 만들겠다. 왕궁이나 학술원의 배리어를 믿으면 큰코다칠 게다. 항복을 거부한다면, 그 배리어들을 죄다 부숴 버릴 생각이니.]

위프헤이머가 킥킥 웃었다.

귀족들은 현기증을 느꼈다. 간신히 회복시켜 놓은 로안느가 훨씬 더 엉망이 될 수도 있는 미래가 끔찍했다. 하지만……

"항복은 절대 불가!"

[그럴 줄 알았다. 그럼 뭐, 싸워야지. 로안느의 모든 것을 파괴해서 너희의 자존심, 자부심, 우월감…… 모든 것을 부숴 주마. 그리고 이것 하나 알아 둬라. 이미 로안느의 천 년 역사를 담은 옥새가 찍힌 항복서가 내 손에 있는 이상 명분은 우리에게 있다. 이 시간부터, 너희들은 반역자다.]

"큭……"

[자, 항복에 찬성한 귀족들아. 반대하는 귀족들을 죽여서 너희들의 각오를 증명해라. 많이 죽일수록 더욱 찬란한 부귀영화를 누릴 것이다. 크하하하!]

후욱!

광소를 끝으로 왕궁 위로 드리웠던 위프헤이머의 마나가 거두어졌다.

쿠우우우웅!

그리고 테오도르 전체에 위프헤이머의 마나가 휘몰아치기 시작했다. 마나의 밀도가 너무나 짙어서, 심해까지 빨려 들어간 듯 숨을 쉬기 어려웠다.

퍼어어어어엉!

로안느 건국 때부터 왕궁을 지켜 온 배리어가 깨졌다. 마법사들은 마나 제어를 방해하는 배리어가 사라진 것을 느끼고 황급히 마나를 움직이려 했다. 하지만 곧, 기겁했다.

"마나가 움직이지 않아……!"

언제나 말을 잘 듣던 마나가 요지부동이었다. 위프헤이머의 통제하에 놓인 마나는 다른 이들의 제어를 무시했다.

"크아악!"

"아악!"

하지만 마나가 제어를 무시하는 건 슈나이더 파 귀족들뿐이었다. 바하무트에 붙은 귀족들은 아무렇지도 않게 마나를 운용해서 공격을 흩뿌려 댔다. 반입한 무기를 들고 마구 휘둘러 대기도 했다.

슈나이더 파 귀족들은 막막한 기분을 느꼈다. 특히 신가드라의 얼굴은 백지장이었다. 테오도르 위로 유성우처럼 쏟아지는 마나들이 초고위급 공격 마법들뿐만 아니라, 이제는 익숙한 게이트까지 형성하고 있는 걸 느꼈기 때문이다.

저 멀리서, 끔찍한 비명 소리들이 들려오고 있었다.

"항복해라! 항복해도 살려 주진 않을 테지만 말이다!"

페르난도가 미친 듯이 웃으며 검을 휘둘렀다. 그는 위프헤이머가 준 실드 반지를 끼고 있었다. 덕분에 많은 귀족들이 그를 노렸지만, 손도 대지 못하고 튕겨 나갔다.

"크크, 위프헤이머의 실드가 깨질 것 같으냐!"

그는 이곳에서 천하무적이었다.

그렇게 생각했다.

착각이었다.

퍼어엉!

"엉?"

깨지지 않는다고 말하자마자 깨져 버린 실드에 페르난도가 어리벙벙한 소리를 내뱉었다.

퍼어어어억!

페르난도의 안면에 주먹이 꽂혔다.

"으악!"

페르난도가 얼굴을 붙잡으며 쿠당탕 하고 넘어졌다.

퍽! 퍽! 퍽!

그리고 그 위로 가해지는 폭력. 페르난도는 저항하려 했지만 불가항력으로 맞을 수밖에 없었다.

"어어억!"

어쩐지 익숙한 폭력을 떠올린 페르난도가 비명을 내질렀다.

"뭐, 뭐……."

귀족들이 엉거주춤하게 서서 페르난도를 무자비하게 발로 걸어차고 있는 한 여자를 보았다.

그녀는 예전부터 유명 인사였고, 요즘 들어서도 이름을 날리고 있었다. 이제 무시하거나 경멸하지는 않지만 그래도 귀족들이 여전히 꺼리는 사람이기도 했다. 슈나이더가 몇 년 동안 회유해도 거절하고, 귀족들이 파티에 초대해도 죄다 무시해서 건 방지기로 악명도 높았다.

그래서 학술원에서 드러난 몇몇 정보를 제외하면 거의 모든 정보가 비밀에 싸여 있는 여자.

이아나 로베르슈타인.

귀족들이 깨지 못하고 두드리기만 하던 위프헤이머의 실드를 그녀는 너무나 쉽게 깨뜨렸다. 위프헤이머가 말한 '여자'가 누구 인지를…… 귀족들은 바로 지금, 알았다.

이아나가 페르난도의 멱살을 잡아 올렸다. 페르난도의 얼굴은 피떡이 되어 있었다.

"너, 너, 이 천, 출 계집."

페르난도가 이가 다 떨어진 입술을 덜덜거렸다. 그는 이아나 로베르슈타인을 알고 있었다. 슈나이더가 집착하는 계집이었다. 하지만 다른 의미로도 알고 있었다.

"너 설마. 그때 시아이외와 같이 온……."

"그래. 내 룸메이트를 납치한 네놈을 고깃덩이로 만들려다 참 았는데, 그때 손을 으깨고 혀라도 뽑아 났어야 했나 싶군."

이아나가 페르난도의 멱살을 쥔 채 생각했다. 위프헤이머는 그녀의 존재를 알면서도 여기 있는 놈들을 방치하고 떠났다.

'내 실력을 간과한 걸까?'

그녀를 무서운 여자라 칭하며 여기에 오지 않은 걸 보면 그건 아닐 듯했다.

'이놈들이 어찌 되든 자기는 테오도르를 파괴하는 데만 집중 하겠다는 거군. 이놈들은 내 발목을 잡으라고 남겨 둔 거고.'

확실히, 페르난도 파 세력 중 알짜배기인 대귀족들은 오늘 파티에 오지 않았다. 미치광이 페르난도는 항복, 그러니까 단물만 쪽 빨아먹히고 버려진 듯했다.

빨리 해결하고 밖으로 나가 봐야 했다.

퍽! 퍽! 퍽!

이아나는 보는 사람이 두려워질 정도로 페르난도를 두들겨 패서 기절시키고 페르난도를 눈을 부릅뜬 고위 귀족들에게 던져 주었다.

그 후 멍청하게 서 있는 귀족들 사이를 빛살처럼 오갔다. 검은 드레스가 검은 바람처럼 파티 회장 전체에 휘감겼다.

"으아악!"

"아악!"

짧은 비명 소리들과 함께 순식간에 정리가 끝났다. 이아나가 흐트러진 머리를 정리하며 멍하니 선 대귀족들에게 다가갔다.

"어쩌실 겁니까. 원래 계획은 슈나이더 왕자가 왕이 된 이후 페르난도를 '공개 처형'하는 것이었을 텐데요. 이 자리에서 죽일 겁니까, 왕자의 말대로 가둬 둘 겁니까."

만약 페르난도가 최악의 짓을 하려 하거든, 뒷일은 내가 책임질 테니 반 죽여서 가둬 놓기만 하라고도 말했네. 자네가 놈을 패도 괜찮네.

카마트로스의 간부들과 대귀족들밖에 모르는 일이었다.

"영애, 혹시 카마트로스 소속인 건가?"

"네."

신가드라가 조심스럽게 묻자, 이아나가 긍정했다.

"아, 그, 그렇군. 정말 뜻밖일세. 슈나이더 저하께서 그런 명을 내리신 것을 알고 있는 걸 보니 간부인가 보군. 대단……."

"아뇨. 저는 카마트로스의 주인입니다."

"뭣!"

이아나의 말은 적잖은 파장을 일으켰다.

카마트로스가 어떤 단체인지 모르는 귀족은 이곳에 없었다. 아무렴, 요 몇 년간 블랙폭시와 전면전을 벌여 결국에는 파멸시키고 바하무트와의 전쟁에서 눈부신 실력으로 로안느를 돕고 있는 단체 아닌가.

처음에는 슈나이더와 카마트로스가 후원자와 피후원 단체라는 수직적 관계로 알려져 있었으나, 최근에는 동등한 협력 관계라는 사실이 밝혀졌다. 그런데 그 대단한 단체의 수장이 이아나 로베르슈타인이라니? 믿을 수 없는 일이었다.

하지만, 귀족들은 머릿속으로 엄청난 괴리감을 느끼면서도 가슴으로는 저도 모르게 납득하고 있었다.

저 뛰어난 실력, 저 차분한 분위기, 저 당당함. 사교계에서 한결같이 고지식하고 고고하게 굴던 이아나가 이런 상황에서 거짓말을 할 이유가 없었다.

그럼에도, 귀족들은 진실을 쉽게 받아들이지 못했다. 그들은 평민의 피가 반 섞였다는 이유로 그녀를 험담하고 깎아내렸다. 슈나이더의 회유를 영광으로 여겨 넙죽 엎드리지는 못할망정, 딱 잘라 거절하는 이아나를 주제도 모른다며 못마땅해했다.

그런데 그 이아나가 갑자기, 천하의 위프헤이머도 숨게 만드는 엄청난 존재로 격상했음에 당황해서 심장이 떨렸다. 믿고 싶지 않았다.

"라이너스!"

그때, 한쪽에서 새된 비명 소리가 홀을 울렸다. 이아나에게 쏠려 있던 시선이 비명을 지른 왕대비 뮤지니엘 로안느에게 향했다.

"어마마마!"

멀찍이서 이아나를 홀린 듯이 바라보던 안젤리나가 화들짝 놀라 뮤지니엘에게 뛰어갔다. 바닥에 주저앉은 뮤지니엘의 얼굴은 눈물로 흠뻑 젖어 있었다. 안젤리나가 그녀를 부축하자 뮤지니엘이 절규했다.

"안젤리나, 라이너스가, 네 동생이 갑자기 사라졌다. 분명 내가 손을 잡고 있었는데 정신을 차리고 보니 없었어. 아무리 찾아봐도 없구나."

뮤지니엘의 말을 듣고 정신을 차린 귀족들이 라이너스를 찾았다. 하지만 없었다. 이게 무슨 상황인지 곰곰이 생각해 본 이아나가 결론을 내렸다.

"페르난도 쪽 사람이 데려간 듯하군요. 현왕과 슈나이더 왕자를 제외하면 유일한 왕위 계승자니까."

머리 좋은 귀족들은 어찌 된 상황인지를 바로 알아차렸다.

페르난도가 오늘부로 끝장났으니, 슈나이더가 죽는다면 전통에 의해 왕위 계승 자격이 있는 왕족은 라이너스뿐이다.

천 년의 전통은 쉬이 깰 수 있는 것이 아니다. 바하무트는 어린 라이너스를 허수아비 겸 인질로 만들고 로안느를 지배하려는 듯했다.

이곳에서 페르난도의 세력과 슈나이더의 세력의 양패구상을 노린다. 이아나 때문에 슈나이더 세력이 이기는 게 당연하지만, 이 세력은 훗날 슈나이더만 제거하면 와해된다. 절묘한 계략이었다.

"아아……."

뮤지니엘이 이마를 짚었다.

쿠워어어어!

꺄아악!

언제부턴가 들려오기 시작한 몬스터의 울음소리와 사람들의 비명 소리는 시간이 지날수록 점점 커져 갔다. 이 난리가 났는데 라이너스를 구해야 한다고 고집을 부릴 수가 없어 뮤지니엘은 가슴을 쳤다. 안젤리나는 어찌할 바를 몰라 하며 그녀를 감싸 안았다.

"어쩌실 겁니까."

이아나가 솔사비어에게 물었다. 정신을 차린 솔사비어가 기절한 페르난도를 꾹 붙잡고 말했다.

"페르난도는 감금해 두겠네. 다른 귀족들도."

"알겠습니다. 그럼 저는 일단 밖으로 나가 보겠습니다. 위프헤이머를 막아야 해서."

"라이너스 저하를 찾아 줄 순 없겠나?"

"따로 알아보기는 하겠지만 지금으로서는 확언드릴 수 없습니다. 그분의 신변도 보장할 수 없고요. 저는 할 일이 많으니 라이너스 왕자 문제는 당신들이 해결하세요."

이아나는 위프헤이머에게 핍박당하고 있을 어린 라이너스가 안타까웠지만, 그것이 왕국을 대표하는 왕족의 숙명이니 어쩔 수 없다고 생각했다.

"영애가 카마트로스의 주인이라는 점은 납득했네. 하지만 영애는 로안느의 귀족이기도 해. 부디 라이너스 왕자를 찾는 일에 힘써 주게."

"아뇨."

외손자의 안위가 걱정되었던 워니프리드 공작이 어두운 얼굴로 부탁했지만 이아나의 말은 칼날 같았다.

"저는 로안느 귀족으로서의 권위를 즐긴 적 없으니 귀족으로서의 의무를 다할 이유도 없습니다. 왕자를 찾는 일은 당신들이 할 일입니다."

"그런……."

반박하려 했지만 그럴 수 없었다. 이아나는 귀족들과 일절 인연을 맺지 않은 데다가, 파티에도 거의 참석하지 않았다. 학술원에서도 귀족으로서의 권위를 내세우지 않고 평민들과 섞여 잘지내고 있다고 했다. 신분이 아니라 오로지 자신의 실력만으로 검술학부 수석을 독차지하고 인정받았다고도 했다.

"그리고 여기서 확실히 해 두겠습니다."

이아나의 말은 끝나지 않았다.

"저는 슈나이더 왕자의 즉위만 돕고 로안느를 떠납니다. 이는 왕자도 제게 약속해 준 부분이니 다른 일로 귀찮게 하지 마시길 바랍니다."

로안느의 귀족이기를 거부한 이아나의 말투는, 존대이긴 했으나 어느새 슈나이더 왕자와 같은 높이에 있었다. 귀족들은 감히, 라며 그녀를 손가락질하지 못했다.

이런 어려운 상황에 이아나 같은 실력자가 로안느를 떠난다고 생각하니, 이아나가 정체를 밝히지 않았다면 느끼지 않았을 이기적인 불안감과 후회감이 가슴 속에서 무럭무럭 자라났다. 이내 귀족들은 그런 스스로를 깨닫고 민망함을 느꼈다. 이것은 전형적인, 약자에게 강하고 강자에게 약한 모습이 아니던가?

"……."

신가드라는 말없이 마법을 시전해 보다가 인상을 찌푸렸다.

"영애, 밖으로 나가면 어디로 갈 것인가?"

"위프헤이머는 왕궁과 학술원의 배리어를 언급했었죠. 학술원으로 가 보려 합니다."

"그럼 혹시 우리가 따라가면 안 되겠나? 위프헤이머가 왕궁 배리어를 깨고, 역으로 마나 제어 방해막을 씌워 놓은 듯한데 여기에 있으면 몬스터에게 공격당하더라도 효율적으로 막아 낼 수가 없네. 차라리 군대를 이끌고 대피소인 학술원으로 가서 싸우는 게 낫지 않을까 해. 절대 방해는 되지 않을 것이네."

"아뇨. 방해가 되지 않을 거라고 말씀하셨지만 당신들은 짐이고, 짐을 주렁주렁 매달고 가면 시간이 지체됩니다. 왕궁을 아예 비워서도 안 됩니다. 제가 나가면서 게이트와 몬스터들을 정리하고 방해막도 부수겠습니다. 위프헤이머는 왕궁에는 별 관심이 없으니 그 후로는 당신들의 힘으로 방해할 수 있을 겁니다. 그러니까 안젤리나 왕녀님."

"네, 네?"

갑자기 이름을 불린 안젤리나가 깜짝 놀랐다. 이아나는 아공간을 열어 보석 하나를 꺼내더니 안젤리나에게 던져 주었다.

"저와 직통으로 연결되는 아티팩트입니다."

이아나는 아르하드와 일대일로 연결되는 반지 말고 다른 반지 하나를 오른손 검지에 끼고 있었다. 이아나가 다른 이들과 연락할 일이 많아지자 아르하드가 만들어 준 양산형 연락 아티팩트였다. 반지와 다른 보석들이 이어지는 구조였다.

"솔사비어 공작님도 가지고 계시죠."

"……그렇소."

안젤리나가 받은 보석이 제가 가지고 있는 것과 똑 닮아 있는 걸 발견한 신가드라는, 이아나가 정말로 카마트로스의 주인이라는 걸 인정할 수밖에 없었다.

"무슨 일 있으면 두 분 중 한 분이 저한테 연락하세요."

그리 말하는 이아나는 더 이상 한낱 귀족 영애가 아니었다. 신가드라는 이아나에게서 위압감을 느끼고 있었다. 그것이 당황스러우면서도 너무나 당연하게 느껴져 신가드라는 그저 고개를 끄덕일 수밖에 없었다.

"그럼."

타다다닥.

할 말을 모두 끝낸 이아나가 한쪽 벽면으로 뛰어가더니 창문을 넘어 훌쩍 뛰어내렸다. 3층인데도 거리낌이 없었다.

쾅! 콰앙! 콰아아아앙!

나간 지 얼마나 되었다고 굉음이 쏟아졌다.

긍정적이든 부정적이든, 이아나가 얼마나 강한지 궁금했던 몇몇 귀족들이 참지 못하고 창 쪽으로 달려갔다.

순식간이었다.

열려 있던 게이트들은 폭탄 터지듯 모조리 소멸당하고 있었다. 왕궁으로 달려오던 상급 몬스터 떼는 이아나가 강풍이라도 되는 양, 바람에 휩쓸려 눕는 풀처럼 좌르륵 쓰러졌다.

거기서 몬스터들을 막고 있던 기사들은 물론, 지켜보고 있던 귀족들마저 그 경이로운 장면에 넋을 잃었다.

아직까지도 은연중에 그녀를 부정하던 귀족들조차 결국 인정하고 말았다. 그들 중 몇몇은 과거에, 이아나를 대상으로 지껄여댔던 못난 발언들을 돌이켜 보며 부들부들 떨었다.

"살려 주세요!"

"아악!"

왕궁 밖에 나와 보니, 테오도르는 위프헤이머의 말대로 또다시 지옥이 되어 있었다. 사방에서 열린 게이트에서 쏟아져 나온 몬스터들이 축제를 즐기던 사람들을 학살하고 있었다.

온 세상에 퍼져 있던 몬스터들을 다 끌어왔는지 사람보다 몬스터가 더 많았다. 위프헤이머에게 조종당하고 있는지 눈에 초점이 없는 몬스터들은 그저 학살만을 수행했다.

왕궁만 마나 제어력을 박탈당한 게 아니었다. 테오도르 전체가 그랬다. 사람들은 오로지 기술만으로 몬스터를 막았다. 하지만 마나를 쓰는 상급 몬스터를 이길 수 없어 여기저기서 죽음을 맞이하고 있었다.

문제는 몬스터뿐만이 아니었다. 하늘에서는 위프헤이머가 시전한 재앙 마법이 무서운 기류를 만들어 내고 있었다. 아직 제대로 시작도 하지 않은 마법의 전조는 번개와 불덩이들이었다. 그것들이 하늘에서 쏟아져 내려 테오도르를 부수고 있었다.

이아나는 달렸다.

스스스스슥!

그녀가 지나가는 곳에 있던 몬스터들은 모조리 죽어 쓰러졌다. 마치 죽음의 삭풍에 베이기라도 한 것처럼…….

"으아아아악! 어어?"

"무, 무슨……."

공포에 질려 비명을 지르던 사람들은 눈앞에서 쓰러지는 몬스터들을 보며 영문을 알지 못해 그저 떨었다.

이아나의 관자놀이에 핏줄이 섰다.

이 빌어먹을 놈을 대체 어찌하면 좋을까.

하늘에서 떨어지는 마법들을 쳐 내며 달리던 이아나가 이대로는 안 되겠다 싶어서 멈춰 섰다. 그리고 아공간에서 라이즈를 꺼내 들었다.

우우우웅…….

눈을 감고 라이즈에 집중하던 이아나가 어느 순간 강하게 휘둘렀다.

쐐애애애애액!

라이즈에서 뻗어 나간 거대한 초승달이 공간을 가르며 하늘을 향해 날았다.

콰아아아아아앙!

하늘에 도달한 검기는 하늘의 마법을 완전히 파괴했다. 파괴의 결과는 세상이 무너지는 듯한 굉음이 되어 지상으로 떨어져 내렸다. 사람들은 비명을 지르며 귀를 막았다.

그때, 이아나는 오른손 검지를 울리는 진동을 느꼈다.

"으아앙."

"형, 형⋯⋯."

"애들아, 걱정 마. 걱정 말고 형 뒤에 있어."

헤레이스는 보육원의 아이들을 불러 모아 함께 축제를 즐기던 중이었다. 오랜만에 찾아온 평화에 아이들은 행복해했고, 헤레이스도 기뻐했다.

평화가 부서지는 건 순식간이었다.

"네놈이 눈앞에서 죽으면 하인리히가 얼마나 괴로워할까? 자, 같이 가자꾸나."

위프헤이머가 헤레이스를 찾아왔기 때문이었다. 위프헤이머는 오자마자 아이들에게 공격 마법들을 날렸고, 헤레이스는 위대한 대마법사의 습격을 단신으로 막느라 몸이 넝마가 되었다. 아이들은 피투성이가 된 헤레이스의 뒤에서 울었다.

"몸이 약해도 파편 수혜자라는 건가?"

위프헤이머가 헤레이스를 갈잖다는 듯 바라보며 손을 들었다. 헤레이스의 눈빛이 변했다.

콰아아앙!

"큭!"

이번에도 마법이 막힌 위프헤이머가 입가를 씰룩거렸다.

"눈물겹군. 이대로라면 네놈이 죽겠어. 좋아. 아이들은 내버려 둘 테니 순순히 가자꾸나."

"아뇨."

헤레이스가 고통을 참으며 검을 바로 잡았다. 상냥했던 갈색 눈동자에는 독기가 서려 있었다.

"아이들을 내버려 두겠다고요? 살려 주겠다는 말이 아니잖아요. 이 몬스터들 사이에 두시겠다는 거잖아요. 몬스터들을 부려 죽이실 거잖아요!"

헤레이스와 아이들의 주변에는 침을 뚝뚝 흘리는 몬스터들이 서 있었다. 위프헤이머가 명을 내리면 단숨에 달려들 터였다.

"똑똑하군."

위프헤이머가 비웃었다.

"그럼 반쯤 죽여서 데려가야겠구나. 내게는 시간이 없거든."

위프헤이머의 로브 자락이 펄럭거렸다. 진심을 다한 마법이라는 뜻이었다. 아이스 스피어, 얼음으로 이루어진 창들이 수십 개가 만들어져 헤레이스와 아이들에게 쏟아졌다.

헤레이스는 극도로 예민해졌다.

파창!

그의 의지가 악마의 힘을 부르고, 아이스 스피어를 산산조각 냈다. 얼음 조각들이 사방으로 튀어 댔다. 심사가 뒤틀린 위프헤이머가 눈을 치떴다.

퍼어어억!

그 틈에 헤레이스가 옆쪽의 몬스터들을 공격했다. 몬스터들 사이에 틈이 생겼다.

"애들아, 도망가. 엘리!"

아이들 사이에는 엘리도 있었다.

"네가 아이들을 보호할 수 있지? 학술원까지 그리 멀지 않으니까, 도망가! 빨리!"

"……."

잠시 망설이는가 싶던 엘리가 아이들을 이끌고 달리기 시작했다.

위프헤이머는 도망가는 아이들을 내버려 두었다. 어차피 사방이 몬스터들이다. 아이들이 살 확률은 적었다. 헤레이스도 그걸 알았지만, 그래도 위프헤이머의 발을 묶어 둬야만 했다. 시간을 끌다가 하인리히가 있는 학술원으로 도망쳐야 했다.

절대 위프헤이머에게 잡힐 수는 없었다.

그는 외조부의 눈앞에서 저를 죽일 생각이었으므로.

"재밌는 놈이군. 공유자 주제에 소유자의 마법을 부수다니."

위프헤이머가 뻗은 손가락 끝에서 속박 마법이 터졌다. 하지만 헤레이스는 힘겨워하면서도 그의 마법을 계속해서 쳐냈다.

본신의 능력을 초월하는 능력이 헤레이스의 몸에서 발휘되었다. 병에 짓눌려 있던 헤레이스의 천재적인 재능이 발아하는 순간이었다.

그의 심장 속에 잠들어 있던 막대한 신력, 거기에 깃든 강한 의지까지.

마나 제어가 방해받자, 헤레이스는 저도 모르게 심장의 신력까지 끌어내 쓰기 시작했다. 그의 신력이 내는 빛은 몹시 눈부

셨다. 헤레이스는 젖 먹던 힘까지 써서 위프헤이머의 공격을 막
았다.

"……!"

그와 동시에 위프헤이머는 점점 열이 뻗쳤다.

헤레이스를 미리 잡지 않은 건 위프헤이머가 귀족들의 사인을
받아 내려고 돌아다니느라 바빴기 때문이었다. 게다가 헤레이스
는 요즘 낮에는 훈련을 한다는 이유로 '이아나 로베르슈타인'의
근처에 있고, 밤에는 하인리히의 마탑에 가서 잠을 잤다.

그래서 그냥 오늘 잡기로 했는데 이렇게 성가시게 굴 줄 몰랐
다.

콰아아아아아아앙!

그때, 하늘에서 위프헤이머가 자신만만하게 펼쳐 놓은 마법이
깨졌다. 위프헤이머의 신경이 곤두섰다. 그 여자였다.

위프헤이머가 방심한 틈을 타, 헤레이스는 몬스터들 사이를
비집고 도망쳤다.

"이놈!"

하인리히 앞에서 죽이려고 손속을 두고 있었건만, 그냥 죽여
야겠다 싶었던 위프헤이머가 강한 마법을 흩뿌렸다. 뒤를 돌아
본 헤레이스가 이를 악물고 마법을 막았다.

콰아아아아아앙!

마법은 막았지만, 헤레이스의 살은 갈기갈기 찢겼다. 헤레이스
는 뒤로 넘어져서 데굴데굴 굴렀다. 그는 더 이상 일어나지 못
하고 쓰러진 채 움찔거렸다.

"이놈! 이것도 한번 막아 봐라!"

이성을 놓은 위프헤이머가 마지막 일격을 가하려 했다. 그러나 그는 결국 공격을 취소하고 텔레포트를 해야만 했다.

"으…… 흐윽……."

헤레이스는 부들부들 떨며 몸을 일으키려 했다. 휘청거리다가 다시 넘어지려는 그를, 까만 옷의 누군가가 받쳐 주었다.

"잘 버텼다."

그 목소리를 듣자 헤레이스는 안심해서 눈물이 났다.

"이아나 양……? 여긴 어떻게……."

"엘리한테 위험하면 연락하라고 아티팩트를 줬는데, 네가 위험하다면서 연락했어."

이아나는 위프헤이머가 아지랑이처럼 사라져 버린 곳을 싸늘한 표정으로 노려보았다. 자신이 접근하는 걸 눈치채고 쥐새끼처럼 도망쳐 버렸다.

'이놈이 날 이렇게 피해 다닐 생각이라면 장기전이 될 거야.'

"윽……. 아이들은……."

헤레이스는 너무 많이 다쳐서 몸도 제대로 못 가누면서도 아이들을 걱정했다. 이아나는 헤레이스를 업으면서 말했다.

"걱정 마. 학술원 안으로 잘 들어갔으니까. 학술원도 곧 엉망이 될 것 같지만."

이아나는 지금 바로 정령들을 불러 헤레이스를 치료해 주고 싶었지만 그래서는 안 된다는 걸 알고 있었다. 시선이 닿지 않는 곳에 가야 했다.

이아나는 이종족들과 신관들 앞에서 정령의 힘을 썼다가 과도하게 신격화되었던 순간, 정령의 힘은 정말 어쩔 수 없을 때 써야 한다는 것을 깨달았다.

그녀의 강함도 이질적이긴 마찬가지였지만 그래도 사람들이 현실적으로 납득할 수는 있는 부분이었다. 하지만 정령의 힘은 기적 그 자체였다. 그녀가 원하는 세상을 위해서는 사람들이 기적에만 매달려서는 안 되었다. 기적에 기댄다는 말은 노력이 아닌 행운, 혹은 누군가의 희생을 당연시하게 된다는 뜻이므로…….

이아나는 헤레이스를 업고 달리면서 생각했다.

'위프헤이머가 헤레이스를 잡으려 한 원인은 하인리히밖에 없어. 바하무트에서 하인리히가 배신자라는 걸 안 거겠지?'

에이지도 배척당하고 있는 마당에, 하인리히가 안 들켰을 거라고 생각하는 건 멍청한 짓이다. 어떻게 안 건지는 몰라도 하인리히의 정체가 들통났다고 가정하고 움직여야 했다.

만약 그렇다면, 아르하드의 정체 또한 바하무트 쪽에 흘러들어 갔을 수도 있다.

이아나의 손에 힘이 꾹 들어갔다.

황족이 눈을 뒤집고 찾아오지 않는 걸 보면 아직 들킨 것 같지는 않지만, 저쪽이 무슨 생각을 하고 있는지 알 수 없으니 매사에 주의해야 할 것이다.

하인리히는 마탑에서 정신없이 지시를 내리고 있었다. 학술원으로 피난민들이 꾸역꾸역 밀려들었기 때문이다. 넓은 부지로도 전부 수용할 수 없어 학술원 안은 아비규환이었다.

어떻게든 마무리한 후, 머리가 아파서 방에서 쉬고 있던 참이었다.

[하인리히!]

갑자기 위프헤이머의 분노한 목소리가 하인리히의 귀에 쩌렁쩌렁 터졌다. 연락 마법이었다. 하인리히는 놀라지 않고 침착하게 대답하려 했다.

"무슨 일……."

[닥쳐라. 이 배신자!]

하인리히의 수염이 한차례 떨렸다.

[그 멍청한 얼굴로 잘도 속였겠다. 네놈이 배신자라는 건 이미 다 들통 났으니 가식 떨지 마라.]

하인리히는 우려하던 바가 실제로 발생했다는 것을 깨달았다. 어떤 경로로 발각된 것인지는 알 수 없으나 혹시 아르하드의 존재까지 들킨 게 아닐까 싶어 심장이 덜컥했다.

[가면이 떨어져 나갔으니, 누가 더 우위인지 한번 제대로 붙어 보자. 명심해라. 네놈이 도망치면 나와 바하무트 제국이 네가 아닌 네 손자를 지옥 끝까지 쫓을 것이다. 손자가 죽는 꼴을 보기 싫다면 제대로 응해라!]

하지만 위프헤이머는 배신에 대해서는 더 언급하지 않고, 하인리히가 뭐라 말하기도 전에 연락을 뚝 끊어 버렸다. 하인리히가 자리에서 벌떡 일어났다.

'헤레이스!'

그의 얼굴이 새파랬다.

[이 멍청한 버러지들아, 잘 들어라.]

그때, 학술원 전체에 위프헤이머의 음성이 내려앉았다.

[겁에 질려 학술원으로 왔느냐? 그러나 어쩌하나. 학장 하인리히는 바하무트 제국에 충성을 맹세한 마법사다. 놈의 연구는 바하무트 마법의 발

전에 이바지했고, 놈이 추천한 우수생들은 바하무트를 위해 일하는 관료가 되었지. 그렇지? 이 상황에서 더 숨길 게 뭐가 있나, 하인리히?]

위프헤이머가 아까 소리를 지를 때와는 달리 아주 친근한 동료를 부르듯 다정하게 말했다. 하인리히는 아찔해졌다. 위프헤이머는 이쪽에서도 그를 배신자로 낙인찍으려 하고 있었다.

"하인리히 님이……?"

위프헤이머가 의도한 대로, 천둥처럼 울려 퍼진 말은 사람들에게 엄청난 충격을 주었다. 학술원으로 피난해서 간신히 당혹스러운 감정을 추스르고 있던 차에, 하인리히가 배신자라니? 이 무슨 뒤통수를 얻어맞는 말이란 말인가.

[자, 이제 학술원 배리어도 거두시게!]

파아아아앙!

하인리히가 뭘 하기도 전에 위프헤이머의 굉소와 함께 학술원의 배리어가 깨졌다. 배리어 파훼의 여파는 거대한 바람이 되어 학술원으로 몰아닥쳤다.

"꺄아악!"

"우와아악!"

학술원은 바로 아수라장이 되었다. 밖에서 배리어를 두드려 대던 몬스터들이, 배리어가 사라지자마자 괴성을 지르며 안으로 뛰어 들어왔기 때문이다.

"방어!"

경계를 서고 있던 학술원의 학생들이 정신이 없는 와중에도 몬스터들의 돌진에 맞섰다.

"아악!"

하지만 1차 충돌에서는 이쪽의 완전한 패배였다. 위프헤이머가 저와 몬스터들을 제외한 누구도 마나 제어를 하지 못하도록 마나를 통제하고 있었기 때문이다.

"마나가 움직이지 않아!"

"움직여, 움직이란 말이야!"

마나를 사용하지 않으면, 인간은 몬스터를 상대할 수 없었다. 그때, 하인리히는 학장실 안에 놓여 있던 배리어의 핵을 살피고 있었다. 핵 주변에 흐르고 있던 마나가 이탈해 있었다.

'부서진 건 아니야.'

마나만 공급하면 다시 배리어는 활성화될 것 같았다. 하인리히는 안도의 한숨을 내쉬었다.

학술원의 배리어는 고대의 대마법사 발젠타가 형성해 놓은 것이다. 현대의 마법사들조차 발젠타의 천재적인 마법 실력을 따라가지 못하는 경우가 많았다.

발젠타는 배리어의 핵에 온갖 보호 마법진을 중첩해 놓았다. 전에 위프헤이머에게 배리어의 핵을 보여 줄 때 보호 마법들에 대해서는 일부러 언급하지 않았는데, 그러길 잘했다 싶었다.

하지만 다시 살펴보니 배리어의 핵에 걸려 있던 보호 마법이 죄다 깨져 있었다. 위프헤이머가 발젠타 못지않은 뛰어난 마법사라는 뜻이었다.

우우우웅.

그때, 아르하드가 연락해 왔다. 연락을 받은 하인리히가 위프헤이머가 했던 말을 전해 준 후, 떨리는 목소리로 말했다.

"내가 어찌하면 되겠나? 헤레이스는 어떻게 되었을지……."

헤레이스를 가만두지 않겠다고 지껄인 걸 보면 무슨 짓을 해 놓았을 가능성이 높았다. 혹시 납치를 한 게 아닐까 싶어 하인리히는 두려웠다.

아르하드는 그런 하인리히에게 희소식을 전해 주었다.

[이아나가 위프헤이머가 헤레이스를 납치하려던 걸 막았습니다. 다친 헤레이스를 학술원으로 데려오는 중이라는군요. 위프헤이머는 당신에게 으름장을 놓은 겁니다.]

"하아."

하인리히는 완전히 안심했다.

"그럼 나는 이제 어찌하면 되겠나? 위프헤이머는 이판사판인 듯한데."

[위프헤이머의 말만 들어서는 저쪽이 제 존재를 알아차렸는지를 알 수 없으니, 저의 존재에 대한 내용만 제외하고 모두 밝히십시오. 이 상황을 그냥 방치하면, 당신은 배신자로 몰릴 겁니다.]

"알겠네. 그다음에는? 놈은 나와 싸우는 걸 바라는 듯하네만."

[위프헤이머에게 마법으로 밀리지 않을 자신 있습니까?]

"이길 수 있다고는 확신할 수 없지만 지지는 않을 것이네."

하인리히의 말에는 일말의 확신이 서려 있었다.

마법에 대한 열망이 헤레이스의 병에 대한 연구로 옮겨 간 건 사실이지만, 그리함으로써 얻은 것이 더욱 많았다.

마나의 저주를 연구하면서 악마의 파편 연구는 한층 더 빛을 발했다. 마법에 대한 집착을 버리자, 눈이 멀었을 때는 보이지 않던 마법의 원리가 보이기 시작했다.

누군가를 돕기 위해 마법을 쓰기 시작하면서, 학술원 학장이 되어 역대 위대한 마법사들의 유산을 이어받으면서, 그의 마법 실력은 더욱 일취월장했다. 바하무트 측에 넘긴 정보나 연구 결과는 극히 일부였다.

바하무트에 붙은 이후로, 하인리히는 철저히 자신의 본모습을 숨겨 왔다. 위프헤이머나 다른 마법사들이 조롱하고 안타까워해도 허허 웃으며 넘겼다. 자신의 실력이 떨어져 가는 것처럼 위장했다. 하지만 그는 자신의 진짜 실력이 위프헤이머에게 지지는 않을 거라고 믿고 있었다.

"공격과 방어라는 위치 때문에 불리하긴 하지만, 다른 이들이 도와준다면 아예 밀리지는 않을 걸세."

하인리히의 말을 듣고 있던 아르하드가 말했다.

[위프헤이머는 이번에 제거합니다. 당신의 최대 라이벌과 싸울 기회는 이번밖에 없다는 뜻입니다. 싸워 보시겠습니까?]

엉망진창인 테오도르에서도, 위프헤이머가 집중해서 공격하는 학술원은 지옥 중의 지옥이 되어 가고 있었다. 마나는 사람들이 아무리 움직여 보려 해도 돌덩이가 된 것처럼 요지부동이었다.

"어떻게 이런 일이……."

마법사들은 엄청난 무력감을 느끼며 주저앉아 있었고, 무인들은 마나 제어를 포기하고 오로지 육체와 기술만으로 몬스터들을 막고 있었다. 하지만 그것에도 한계가 있었다. 절망이 그들을 뒤덮으려 할 때였다.

누군가가 쥐어짜듯 외쳤다.

"마나가 움직이기 시작한다!"

그 말을 기점으로, 마나가 흐르기 시작했다. 그제야 몬스터와 인간 사이에 균형이 맞춰지며 몇 개월 전부터 몬스터와 줄기차게 싸워 왔던 경험이 빛을 발하기 시작했다.

"밀어붙여!"

마법사들은 떨어져 나갔던 팔다리가 다시 붙은 듯 힘차게 마법을 쓰기 시작했고, 무인들은 강기로 무기를 감싸며 몬스터들을 밀어냈다.

[여러분. 하인리히입니다.]

그때, 하인리히의 침착한 목소리가 학술원 전체에 울려 퍼졌다. 아무리 배신자라며 죽일 듯이 욕해도, 마탑에 몰려가서 돌을 던져도 침묵하던 하인리히였다. 사람들은 그런 그가 대체 무슨 할 말이 있나 싶어 흰 눈을 뜨면서도 귀를 기울였다.

[위프헤이머가 저를 배신자로 몰아갔지만, 저는 사실 카마트로스 소속으로, 바하무트에 침투한 간자입니다. 그들의 철옹성을 무너뜨리고자 오래전부터 이중 첩자로 활동하고 있었습니다. 배리어를 깬 것은 제가 아닌 위프헤이머이며, 저의 배신은 바하무트 측에 완전히 발각되었습니다.]

"카마트로스 소속이라고?"

"첩자? 학장이?"

사람들이 아연해져 있을 때, 부서졌던 학술원의 배리어가 재생되기 시작했다.

[이제부터는 전력으로 여러분을 보조하겠습니다. 저와 힘을 합쳐 위프헤이머와 몬스터들을 쓰러뜨려 주십시오.]

그리 말하고 숨을 고른 하인리히가 외쳤다.

[위프헤이머! 나와 싸우고 싶다고 했나? 그래. 싸워 주마. 모습을 드러내라!]

[드디어 본색을 드러내는군! 하지만 나는 이렇게 숨어서 싸울 건데 어찌할까?]

위프헤이머가 낄낄거리며 학술원의 사방에 화염으로 이루어진 회오리바람 수십 개를 형성했다. 쇠를 녹일 만큼 뜨거운 회오리들이 학술원을 자비 없이 후려쳤다.

콰과과과과광!

하인리히가 즉시 배리어에 마나를 집중하여 공격을 막아 내자 위프헤이머는 비틀린 웃음소리를 냈다.

[좋아, 좋아. 이렇게 마법으로 싸워 보자고. 비겁하다는 말은 하지 마라. 내가 본신을 드러내면 무인 놈들이 떼거리로 달려들 게 아니냐? 제일 먼저 카마트로스의 보스 계집이 뛰어와서 내 목을 베겠지.]

"……."

[나를 찾고 싶으면 직접 찾아보시지. 찾지 못하면 로안느는 멸망의 길을 걷게 될 것이다!]

위프헤이머는 약 올리듯 말하곤 확성 마법을 치웠다.

그때부터 전투가 본격적으로 시작되었다. 위프헤이머와 로안느 구석구석을 부수기 위해 따라온 그의 제자들, 그리고 그들에게 조종당하는 몬스터들이 로안느의 적이었다.

귀가 아플 정도로 시끄러운 소음들이 난무했다. 비명, 폭발 소리, 고함, 날 선 충돌음, 욕설……. 한창 전투가 벌어지고 있는 전선에서는 생과 사가 끊임없이 오갔다.

"으아아악!"

그곳에서 죽을 뻔한 누군가가, 그를 구해 준 이의 얼굴을 보고 반가움을 감추지 못했다.

"아, 이아나 양!"

헤레이스를 안전한 건물에 데려다 놓고, 치료까지 마친 후 밖으로 나온 이아나는 맹수의 얼굴이었다.

적은 외부에만 있는 게 아니었다.

"마틴 오웬! 이 쓰레기!"

왕궁에서 사태를 수습하다가 자신의 영지에서 연락을 받은 클라우드 후작이 분노를 터뜨렸다. 클라우드 영지가 오웬 후작가의 군대에 공격당하고 있다는 소식이었다.

게다가 그 소식을 전한 이가 마틴 오웬 본인이었다.

"이 역적 놈!"

[너무 그러지 말지. 우리도 바하무트의 계략에 당해 놈들의 꼭두각시가 된 것뿐이오. 깨달았을 때는 이미 늦었지. 늦어서 돌이킬 수 없다면, 삶을 도모하기 위해 바하무트에 붙는 수밖에 없지 않은가!]

"계략 같은 소리 하지 마라. 너는 네 더러운 욕심 때문에 바하무트의 개가 된 것뿐이다!"

[더 많은 것을 가지고 싶다는 욕심이 뭐가 더럽단 말인가? 하여튼 우리도 이판사판이오. 궁지에 몰아넣고, 탈출구까지 막은 주제에 물리지 않을 거라고 생각한다면 오산이지. 게다가 난 쥐새끼가 아니라 하이에나라서 당신들을 역으로 물어뜯으려 하오. 라이너스 저하를 왕으로 모시기 전에, 계속해서 시끄럽게 굴 게 분명한 당신들을 처리하겠소.]

"이놈!"

[두려우면 항복하시게.]

마틴 오웬은 그 말만 하고 연락을 뚝 끊어 버렸다.

내전의 시작이었다.

왕궁에 모여 있던 귀족들은 우중충한 얼굴로 어두운 미래를 그렸다. 이번 전쟁은 이때까지 치러 왔던 어떤 전쟁보다 어려웠다. 과거에는 뭉쳐 있기라도 했지만, 지금은 내부 분열까지 일어났기 때문이다.

하지만 그 시점에, 학술원에 있던 이들은 어둠을 찢어발기는 빛을 보고 있었다.

"우측 전방에 중첩 실드!"

싸울 수 있는 사람들은 모두 지휘관의 지시에 따라 싸웠다. 그러다가도, 때때로 전장에 힘이 담긴 목소리가 울려 퍼질 때면 저도 모르게 그 지시를 따랐다. 그녀가 눈앞에서 펼치고 있는 신위를 생각하면, 무서워서라도 따를 수밖에 없었다.

콰아앙!

"으헉!"

사방에서 날아온 실드 마법들이 중첩되어 강력한 방어막이 형성되었다. 그럼에도 몬스터들의 돌진과 충돌한 실드는 충격을 이기지 못하고 폭발했다. 시전한 마법사들은 타격을 입었고 무인들은 마나의 바람에 휩쓸려 휘청거렸다.

만약 실드 마법이 없었다면, 이쪽에 있는 전력은 모조리 죽은 목숨이었을 것이다.

퍼걱!

이아나는 앞장서서 몬스터들을 처리하면서도 힘의 균형을 기민하게 살폈다. 교수들과 전투조의 조장들이 전투를 잘 이끌어가고 있긴 했지만, 가끔 위험할 때가 있었다.

본능으로만 움직이는 몬스터들답지 않은 움직임을 보이는 순간, 즉 위프헤이머가 이쪽의 허점을 노려 몬스터들에게 지시를 내린 거라고 짐작되는 공격의 흐름이 느껴질 때였다.

"좌측, 플레임베어 쪽 빙결 마법!"

이아나는 지휘관들이 흐름을 놓쳤다 싶을 때마다 방어법을 지시했고, 지시에 따른 사람들은 위기를 모면했다. 지시를 내리고도 위험하다는 판단이 들면 이아나는 공격을 멈추고 그쪽으로 달려가 방어를 도왔다.

인간의 것이라고는 믿기지 않을 정도로 폭넓은 시야였다. 이쪽에 있는가 싶었더니 저쪽에 있고, 저쪽에 있는 줄 알았는데 벌써 이쪽에 있다.

후방의 보조자들은 전투에 집중하면서도, 어지럽게 이동하는 이아나에게 시선을 빼앗겼다. 이아나가 전투에 끼어든 이후로, 피해가 급격히 줄어들었다.

'이사벨라 폐하를 압도했다더니 확실히 엄청나군. 저 계집 때문에 하인리히와 제대로 싸울 수가 없지 않은가!'

어디선가 전투를 지켜보고 있던 위프헤이머는 지팡이를 꾹 움켜쥐며 분노를 토했다.

[이 계집, 역시 제법이구나!]

걸걸한 목소리는 못마땅한 기분을 잔뜩 담아내면서도 자신의 우위를 내세웠다.

이아나의 입술이 비틀렸다. 이 빌어먹을 놈이 아직 상황을 제대로 파악하지 못한 모양이었다.

이아나가 검 손잡이를 콰득 움켜쥐었다.

콰아아아아!

검신이 화염에 휩싸인 듯 붉은 기운으로 물들어 갔다.

"크르르륵."

"우우우……."

붉은 검기는 화산 꼭대기에서 뿜어져 나오는 화염 줄기처럼 끊임없이 흘러나오며 눈앞의 몬스터들을 압도했다. 몬스터들은 세뇌를 당한 상태임에도, 그 붉음에 홀려 다가가려는 듯 혹은 겁을 먹고 도망가려는 듯 어찌할 바를 모르며 주춤거렸다.

"쥐새끼처럼 숨어 있는 놈이."

검기는 압축되고 또 압축되며 흉악한 기세로 웅크렸다. 악마들의 지배하에 놓여 있던 마나들은, 생명의 탐스러움을 견디지 못하고 이아나의 검기에 이리저리 휩쓸리며 빨려 들어갔다.

"그런 말을 지껄일 처지는 아니다!"

검의 궤적에서 쏟아져 나온 빛이 몬스터를 집어삼켰다.

눈이 멀 듯한 빛이었다.

첫 번째 전투가 끝난 직후, 이아나는 아르하드를 만나서 상황 파악을 하고 위프헤이머를 잡을 계획을 세웠다.

"부탁해."

[노력할게!]

제일 먼저, 이아나는 정령들에게 위프헤이머와 라이너스의 탐색을 부탁했다. 정령들의 힘은 기적과도 같아, 이능인 마법으로도 불가능한 일들을 실현할 수 있었다. 예를 들면 은밀한 탐색이다.

정령들이 이미 존재하는 물질을 추적하는 건 불가했다. 하지만 어디든 녹아들 수 있으므로 구석구석 다니면서 은밀하게 탐색할 수는 있었다.

이아나는 정령들에게 위프헤이머와 라이너스의 외양을 알려 준 후 테오도르를 중심으로 반경을 넓혀 가며 이들을 찾아 달라고 부탁했다.

정령들은 이아나와 멀리 떨어져 있을수록 많은 신력이 소모되며, 악마의 기운이 사방을 짓눌러 대서 정확한 탐색은 힘들다고 말했다. 만약 위프헤이머가 악마의 기운으로 자연의 흐름을 방해하고 있다면 놓칠 수도 있다고 경고했다.

하지만 아무것도 안 하는 것보다는 낫다는 이아나의 말에, 정령들은 탐색을 시작했다. 이 땅, 이 하늘, 이 모든 것이 정령들의 일부였으므로 그들이 마음먹고 탐색을 시작한다면 찾지 못할 것이 없을 터였다.

탐색은 정령들에게 맡겨 놓고, 이아나와 아르하드는 지금 그들이 할 수 있는 일에 집중하기로 했다.

바로, 전투다.

"위프헤이머는 교활해서 웬만해서는 나타나지 않을 거야. 괜히 케이거스 드미트리의 스승이 아니지. 하지만 놈에게도 자존심이 있다."

"자존심?"

"놈은 로안느를 멸망시키겠다고 말했지. 끝을 볼 거라는 소리야. 하지만 놈이 그렇게 선언한 전쟁에서 승기가 이쪽으로 기울면, 결국에는 자존심이 짓뭉개진 채로 최종 병기들을 이끌고 나타날 거야."

"최종 병기가 뭔가요?"

"최상급 중에서도 최상위에 속한 몬스터들이다. 전에 롯소 산맥에서 바실리스크 본 적 있지? 그런 놈들이 열댓 마리는 될 거야. 그놈들은 가까이에 있지 않으면 조종할 수 없으니 모습을 드러낼 수밖에 없을 거다."

몬스터의 범주를 넘어서 영물에 속하는 그들은 머리가 아주 좋고 몹시 강하다. 이아나도 옛날에 그놈들을 상대하다가 애먹은 기억이 났다. 놈들은 이아나가 겪은 적들 중, 아르하드를 제외하면 누구보다 강했다.

"어떻게 그런 놈들을 길들인 거죠?"

"길들였다기보다는 강제하는 거야. 싫다는 놈들을 파편의 지배력으로 짓누르는 거지. 위프헤이머의 제어가 풀리면 그 몬스터들은 상황을 보고, 자기가 살던 곳으로 다시 돌아갈 거다. 그 점을 노려 위프헤이머부터 공격해야 돼."

이아나는 아르하드의 말을 조용히 듣고 있다가 말했다.

"자존심을 접고 물러날 가능성은 없을까요?"

"내가 아는 그놈의 성격을 생각했을 때, 그럴 일은 없어. 오만하고 자존심이 강해서, 이미 내뱉은 선언을 무르는 걸 죽도록 싫어하거든. 그놈은 바하무트 황족이 아닌 다른 놈들보다 자신이 못하다는 걸 인정하기 싫어해.”

‘회귀 전에도 그랬고.’

아르하드는 그리 말하면서 속으로 고민을 거듭했다.

‘놈이 혼자서 이렇게 침략한 건 과도한 자신감인가, 혹은 테일런이 구해 줄 거라고 믿는 건가. 아니면…….’

아르하드의 머릿속으로 어떤 기억 하나가 스쳐 지나갔다.

‘설마. 벌써 심장 공유 마법을?’

그렇다면 위프헤이머가 이렇게 대담하게 공격할 수 있는 것이 말이 된다.

‘너무 빠른데.’

에이지와 하인리히의 배신이 들통난 것도, 그 외 다른 상황들도 격류에 휘말린 것처럼 너무 빨랐다.

격류의 끝에는 테일런이라는 소용돌이가 있다. 그런데 테일런은 상황을 지켜보며 침묵할 뿐이다. 놈은 정말로 적이 성장하기만을 기다리고 있는 것인가? 아무리 거센 격류라도 집어삼킬 수 있다고 과신하면서?

아르하드가 알기로, 놈은 오만하긴 했지만 믿는 구석 하나 없이 적의 성장을 기다리는 성격은 아니었다. 상대가 아무리 기어올라도 제게 미치지 못한다고 판단하거나, 뭔가 다른 목표가 있을 때만 기다리곤 했다.

놈이 방심한 거면 그보다 좋은 일은 없을 것이다. 하지만……혹시 다른 무언가를 노리고 있는 건 아닐까? 이아나에게 말하진 않았지만, 그것이 최근 아르하드의 최대 고민거리였다.

생각에 잠긴 아르하드를 이아나가 빤히 바라보았다. 이아나는 천천히 손을 움직여 테이블 위에 놓여 있는 그의 손 위에 제 손을 포갰다. 아르하드는 믿음직스럽게 제 손을 붙잡아 오는 힘과 단단한 시선에 정신을 차렸다.

그는 이아나와 시선을 마주하며 픽 웃었다.

이아나를 보고 있으면, 고민은 정말 쓸모없는 것으로 전락한다. 지금, 이아나가 누구보다 강해지기 시작했는데 뭐가 걱정이랴?

그녀는 눈부시게 성장하고 있었다.

따라가기 버겁다, 라는 생각이 들 정도로…….

아르하드는 뒤처지는 기분이 전혀 싫지 않았다. 서로 후회 없이 노력하고 노력해서 도출한 결과였기 때문이다.

아르하드가 이아나의 매끈한 이마를 톡톡 두드렸다.

"너는 앞으로 싸우기만 해. 자신 있지?"

이아나는 비장하게 고개를 끄덕였다.

"맡겨만 주세요."

그리 말하며 제 머리에 얹힌 손을 천천히 잡아 내렸다. 커다란 손바닥에 약속의 증표로 짙은 입맞춤을 남겼다.

"……."

아르하드는 제 손바닥에 닿은 말캉한 감촉에 손을 움직여 그녀의 뺨을 감쌌다. 이아나는 눈을 내리뜨며 그의 손바닥에 뺨을 깊이 묻었다. 고양이가 비비적대듯 뺨을 움직여 손에 듬뿍 담겨 있는 것들을 느꼈다.

이아나는 그의 손에서 전해지는 감촉이, 힘이, 온기가, 애정이…… 모든 것이 좋았다. 그의 것이라면 뭐라도 좋았다. 이아나는 애정을 담아 그를 슬쩍 바라보았다.

아르하드의 손에 힘이 들어갔다. 의도한 건 아니겠지만, 유혹으로 느껴지는 그녀의 행동에 아르하드는 몇 번이고 백기를 들 뻔했다. 하지만 수십, 수백, 수천 년을 견뎌 온 인내심은 최후의 승리를 기대하며 그의 패배를 겨우, 겨우 막았다.

그리하여.

드디어 이아나의 인내심이 바닥나고 있었다. 극에 치달은 긴장감은 애가 달면서도 숨이 막혔다.

2주가 지났다.

위프헤이머와 몬스터의 침략, 라이너스 왕자의 납치, 페르난도의 세력에 속해 있던 귀족들이 일으킨 내전.

페르난도와 조무래기들은 무사히 감금했지만, 라오스감사절 파티에 참석하지 않았던 세력이 큰 귀족들이 대규모 내전을 일으켰다.

페르난도가 옥새를 부수겠다는 둥 개소리를 지껄여 댔기 때문에 영지에 머무르며 전열을 가다듬던 귀족들이 모두 테오도르로 올라온 참이었다. 그런데 반역을 꿈꾸는 귀족들은 그 틈을 타서, 물살처럼 그들의 영지를 먹어 치웠다.

수도 테오도르 밖에서는 내전이, 안에서는 외전이 발생한 기이하고 처참한 상황이었다. 하지만, 난국 속에서도 꿈틀거리기 시작한 빛은 점점 커져 가고 있었다.

그 중심에는 안젤리나, 하인리히, 그리고 이아나가 있었다.

"다친 사람은 이쪽으로!"

세간에서 꽃이라 평가받던 안젤리나는 이곳에 있는 유일한 왕족으로서 구심점이 되었다. 그녀는 여느 왕족 못지않게 귀족들과 평민들을 지휘했다. 귀족들이 허튼짓을 하지 못하도록 단속하고, 평민들을 세심히 보살폈다. 싸움이 끝나면 소매를 걷고 나서서 그들을 치료했다.

"이리 오세요! 어서요!"

"네, 네!"

사람들은 허겁지겁 안젤리나의 지휘에 따랐다.

아름다운 외모와 여자라는 성별. 사회가 바라는 전형적인 굴레에 억눌렸던 내면의 강함은, 안젤리나가 인식하지도 못한 사이에 싹이 트고 있었다.

하인리히는 다른 마법사들의 도움을 받아 아는 마법을 있는 대로 발휘했고, 이아나를 핵심으로 한 학술원의 병력은 마법의 힘을 등에 업고 몬스터를 처치했다.

위프헤이머는 시간이 흐를수록 악에 받쳐 가는 듯 더더욱 큰 마법을 쏟아붓고 더 강한 몬스터들을 내세웠지만 성장하는 병력에 번번이 막힐 수밖에 없었다.

매일매일 엄청난 전투가 발생했다.

테오도르는 전투의 여파로 망가지고 있었다. 그러나 치열한 전투는 사람들의 독기를 끌어내고, 전투 실력을 눈부시게 향상시켰다.

이아나는 위기를 넘기는 것으로 끝내지 않고 이를 기회로 활용했다. 그녀는 이번 위프헤이머 건이 끝나면 학술원, 그리고 로안느와 작별이었다. 그래서 작별 선물 겸, 추후 그녀가 없더라도 로안느를 방어하는 데 힘을 보탤 수 있도록 이 기회에 학생들을 제대로 교육시켜 주기로 했다. 우습게도 위프헤이머가 그럴 기회를 주었다.

이아나는 전투가 소강상태에 접어들었다는 판단이 들 때마다 학술원 학생들에게 가르침을 내렸다. 배우는 입장에서는 멱살을 잡고 더 높은 경지로 강제로 끌어올려 주는 기연을 만난 것이나 마찬가지였다. 이아나의 본 실력을 알게 된 사람들은 누구도 불만을 토하지 않았다.

그럴 때가 아니면, 이아나는 학술원의 전투조들과 함께 밖으로 나가서 몬스터를 처치하고 다녔다. 이아나 혼자 돌아다니며 학살을 일삼을 수도 있지만 그건 이아나에게 있어 단순 노동이었다. 다른 이들에게 실전 경험을 쌓게 해 주는 것이 더 이득이었다.

쉬지 않고 움직이는 이아나의 모습은 사람들에게 깊은 인상을 남겼다.

"3조, 좌측, 1형!"

"네!"

3조가 이아나가 말한 좌측으로 달려가 질주하던 몬스터들을 미리 정해 둔 대형으로 덮쳤다. 후방의 마법사들은 이들을 지원했다.

"이쪽에 사람이 있다."

돌아다니면서, 집에 꼭꼭 숨은 채 밖으로 나오지 못하고 있던 사람들도 구출했다.

"감, 감사합니다······ 흐흑."

학생들이 이아나의 지시에 따라 사람을 구하고 있을 때였다.

쿠워어어!

어슬렁거리던 몬스터들이 이쪽을 발견하고 달려들었다.

학생들이 긴장하기도 전에 이아나의 검이 빛을 뿜었다. '번쩍!' 하는 빛과 함께 몬스터의 목은 날아가고 없었다. 학생들은 이아나를 경이롭다는 듯 우러러보았다.

이아나가 정체를 드러낸 날, 이아나의 소문은 학술원에 금세 파다하게 퍼졌다. 카마트로스의 주인에, 붉은 검기에, 위프헤이머가 숨어 있게 만드는 장본인······.

학술원 학생들은 이미 이아나가 대단하다고 생각하고 있었음에도, 알고 있던 것보다 훨씬 대단하다는 걸 깨달은 후에는 경악하다 못해 질린 기분, 더 나아가 경외심을 느꼈다. 소문만 그런 게 아니라 전투 현장에서 직접 보여 주니 더욱 그랬다.

그리고 2주가 지난 지금, 이제 사람들의 눈에는 이아나가 인외 생물로 보였다.

이아나는 경계를 서면서 보이는 몬스터들을 죄다 죽였다. 검을 한번 가볍게 슥 그으면 몬스터는 생명을 잃고 지상에 널브러졌다.

'대단한 사람인 건 알고 있었지만······.'

'이건 좀 심하지 않냐? 저게 인간이야?'

학생들은 질렸다는 듯 혀를 내둘렀다. 그러나 지금, 역사에

기록될 만큼 강한 사람과 함께하고 있다고 생각하니 짜릿함이
온몸을 뒤덮었다.

'멋있다.'

'다음 해에 떠나신다고?'

이아나가 로안느를 떠난다는 이야기는 학술원 내에 파다했다.
학생들은 엄청난 아쉬움을 느꼈다. 이아나는 여러 사람에게 여
러모로 깊은 인상을 남기고 있었다.

"선배님, 전부 구출했습니다."

전투조에 속한 검술학부생이 주변을 살피고 있던 이아나에게
말했다. 이아나는 살짝 웃어 주었다.

"예상보다 빠르네. 잘했어."

후배는 뿌듯함을 느끼며 부르르 떨었다.

왜일까?

단순한 칭찬이었을 뿐인데 이아나에게 원래 호감을 품고 있던
데다가, 이번에 제대로 매료된 검술학부 학생에게는 그 뿌듯함
이 심각한 수준으로 다가왔다. 그런 이는 한둘이 아니었다.

시간은 속절없이 흘렀다.

나타나는 몬스터들은 점점 더 강해지고 사나워졌다. 위프헤이
머의 마법은 점점 더 무섭고 위험해졌다. 궁지에 몰려 배신했다
는 하이에나 귀족들은 빠르게 결판이 나지 않자, 정말 죽기 살
기로 사방을 물어뜯었다.

그에 비례하여 이쪽 사람들도 노련해지고 강해졌다.

사실, 균형은 몬스터들과 바하무트 쪽에 붙은 귀족들에게 한

껏 기울어 있었다. 만약 누군가가 균형을 맞추지 않았다면 바로 무너졌을 만큼의 격차였다.

그 누군가는 바로 카마트로스, 특히 이아나였다.

이아나는 그 불균형을 약 올리듯 일부러 아슬아슬하게 맞추며 아군에게 성장의 기회를 제공했다. 혼자 행동하며 검을 자비 없이 휘둘렀다면 적을 더욱 빠르게 무너뜨렸을 테지만 이아나는 그러지 않았다.

주변을 보지 않고 혼자 달려가며 사람들이 헐레벌떡 뒤따라오게 만드는 건 회귀 전의 이아나였다. 지금의 이아나는 사람들이 무작정 기대지 못하도록 일정한 거리를 두면서도, 지켜보고 있다가 홀로 선 그들이 절체절명의 위기에 처했을 때 보호해 주었다.

시간이 많이 걸렸지만, 이아나가 의도했던 대로 사람들은 빠르게 전쟁에 익숙해졌으며 급속도로 성장했다.

동시에, 매료되었다.

매료는 전염과도 같았다. 이아나가 함께했던, 혹은 구해 주었던 사람들이 늘어날수록 그녀를 좋아하는 이들 또한 늘어났다. 그녀가 떠날 날이 다가올수록 사람들은 애달파했다.

이아나는 깜깜한 어둠 속에서 주변을 어슴푸레하게 밝히는 등불이었다.

손을 잡고 이끌어 주지는 않으나 옆의 낭떠러지에 굴러 떨어지지 않도록, 어둠에 눈이 멀어 버린 이들의 시야를 틔워 주었다. 그러면서 어둠 속에서도 앞을 볼 수 있도록 서서히 어둠에 적응시켜 주었다.

이제는 등불이 없는 깜깜한 칠흑 속에서도 천천히 앞으로 나아갈 수 있을 만큼 시야가 밝아졌다. 그렇다 한들 익숙하던 등불이 사라지는 게 싫은 건 당연하지 않은가.

필요가 아니더라도, 이아나는 매력적이었다.

어리다면 무척 어린데도 기이할 정도로 강하며, 이런 극단적인 상황에서도 적아의 균형을 맞출 만큼 이성적인 그녀는 어떤 면에서는 비인간적이었다. 그러나 때때로 옅게 웃거나 화를 내고, 사람으로서 사람을 돕는 그녀는 인간적이었다.

이아나를 소문으로만 알고 있던 사람들은, 그녀의 언행을 먼발치에서 지켜보며 소문을 잊었다. 그녀의 있는 그대로를 받아들였다.

그랬기에 매료되었다.

이런 상황에서도 이아나를 아니꼽게 생각하는 사람이 당연히 있었지만 소수였다. 그건 귀족들도 마찬가지였다. 그녀가 권력의 욕심 없이 떠날 거라고 천명했기 때문일까, 시기와 질투를 하지도 못할 만큼 너무나 강해서일까. 귀족들은 그녀에게 불호를 표할 이유를 찾지 못했다.

오히려 귀족들 사이에서는 이아나를 잡아야 한다는 생각이 팽배했다. 그들은 자신들이 이아나를 어떻게 대해 왔는지 기억하면서도, 어떻게든 로안느에 붙들어 놔야 한다는 저열한 생각과 친해지고 싶다는 몰염치한 욕망으로 몸부림쳤다.

하지만 귀족들은 방법을 찾지 못했다. 전투에 관한 사항이 아니면 말조차 살갑게 붙이지 못하니 친해지는 건 어불성설이고, 너무나 강한 그녀를 강제로 억압할 수도 없었다.

귀족들은 이쯤 되어 슈나이더의 안목이 매우 탁월했음을 인정했다. 그는 귀족들이 반쪽짜리 계집이라 경멸하던 이아나에게 이해할 수 없을 정도로 집착했다. 슈나이더가 여자에 미친 것이 아니냐며 못마땅해했건만 이아나는 지금 구국의 영웅이 되어 있었다. 슈나이더라도 그녀에게 잘해 줘서 다행이었다.

이아나가 떠나더라도 바하무트로 가는 건 아니라는 점, 그리고 어딜 가더라도 슈나이더와 적대하지는 않을 것이라는 점이 천만다행이었다.

그리고 검술학부.

그녀를 아주 오랜 시간, 곁에서 지켜봐 온 이들.

차가운 이성, 따뜻한 성정, 뜨거운 욕망.

빛나는 재능, 치열한 노력, 아득한 끈기.

그 모든 것을 함께한 검술학부생들은 이아나에게 이미 완벽하게 감화되어 있었다. 그리고 이아나가 본격적인 실력을 발휘하기 시작하자, 이제는 그녀를 신봉하기 시작했다.

'어쩜 저렇게 강하지? 괴물이야?'

'괴물이라도 좋아. 좋다구!'

'부하가 되면 계속 가르침을 받을 수 있을까?'

'따라가고 싶어.'

'저 사람이 가는 곳이라면 어디든 멋질 거야.'

어렴풋이, 이럴 수도 있겠다······ 싶어 머릿속에 그려 봤던 망상은 점점 의지로 구체화되고 있었다.

마침내, 변화는 찾아온다.

'아악……!'

위프헤이머는 속이 터져서 뒷목을 잡았다.

위프헤이머는 이아나가 일부러 균형을 맞추며 사람들을 성장시키고 있다는 것을 깨달았다. 그래서 처음에는 정말 강한 몬스터들을 한 번에 밀어 넣어 피해를 극대화하려 했다.

서걱.

하지만 이아나가 몽땅 베어 버렸다. 이아나가 활약할 기회만 준 셈이었다. 세뇌시키느라 고생한 몬스터들이 이아나의 검에 두 동강 나 버리자 위프헤이머의 자존심은 완전히 뭉개졌다.

몬스터를 밀어 넣고 또 밀어 넣었다. 마법은 궁극기 직전까지 퍼부었다. 하지만 이아나는 건재했고, 목표였던 빌어먹을 하인리히에게는 손도 못 대고 있었다.

위프헤이머는 깨달았다.

이아나 로베르슈타인은 정말로 위험하다.

정말로, 정말로, 정말로! 위험한 인물이다!

[생각보다 더 대단하군.]

위프헤이머가 뭘 하든 가만히 내버려 두고 있던 테일런이 먼저 연락을 해 왔다.

"폐하, 그 계집은 정말 위험합니다. 아직 싹일 때 밟으셔야 합니다!"

위프헤이머가 수염을 부들부들 떨며 말을 이어 갔다.

"이 계집을 그냥 내버려 뒀다간 폐하께서 그리시는 미래가 어그러질 겁니다. 이 계집을 잡아 이사벨라 폐하께 선물해 주시거나 제게 실험체로 주십시오! 파편 소유자도 아닌데 이런 강함이라니, 실험을 해서 정체를 밝혀야 합니다!"

[위험하다는 건 알고 있어.]

테일런의 목소리는 단조로웠다.

"그런데 왜 내버려 두시는 겁니까? 그 여자도, 그 도둑도! 이미, 어디에 있는지 아시지 않습니까!"

위프헤이머가 부글거리는 속을 억누르며 말했다.

[내가 생각하는 미래는 망가지지 않아. 아니, 그들을 내버려 두는 건 미래를 완성하기 위해서다.]

"……."

[기억에는 없었던 '이아나 로베르슈타인'이 왜 등장했는지는 모르겠지만, 그 여자도 미래를 위해서는 필요해. 아마도.]

위프헤이머는 테일런을 이해할 수 없었다. 파편을 찾아 떠나기 전까지만 해도 그저 오만하기만 했던 황자였다. 그런데 전쟁의 소식을 접하고 황궁으로 복귀한 그는 정말 이상해져 있었다. 판데모니엄에서 얻은 '띄엄띄엄 끊어진 도둑의 기억' 중 일부를 재밌다는 듯이 읊어 줬던 그는 제 속내를 황족들과 위프헤이머에게까지 숨겼다. 위프헤이머는 테일런이 대체 무엇을 원하는지 알 수 없었다.

그래서 물었다.

"대체 폐하께서 그리시는 미래가 뭡니까?"

[말하지 않겠다.]

"왜 알려 주시지 않는 겁니까?"

[위험하니까 신중을 기해야 하거든. 까딱하면 뒤통수를 맞고 실패할 테니. 지금은 계획대로 돌아가고 있으니 걱정할 것 없어. 놈들의 동향만 살

피고 있으면 돼.]

그리 전한 테일런은 이와 관련해서 더 말하지 않았다.

[그래서, 네 패배인가?]

대신, 역으로 질문했다.

[패배한 거면 그냥 돌아와서 마법 연구나 해. 아니면 나에게 파편을 넘기든가.]

위프헤이머의 심장이 따끔했다.

그의 마음은 자존심 덩어리였다. 그런데 그 자존심이 갈기갈기 찢어발겨지고 있었다. 위프헤이머의 눈에서 광기에 가까운 불길이 치솟았다.

"아니요. 아직 승부는 가려지지 않았습니다! 이대로 끝낸다면 전 너무 억울해서 살지 못할 겁니다. 지든 이기든 여기서 끝장을 보겠습니다. 아주 철저하게 준비해서, 조만간 제 모든 것을 쏟아붓겠습니다!"

[그래? 그럼 싸워 봐. 관찰하겠다.]

테일런은 흥미롭다는 듯 웃었고, 위프헤이머의 눈에서는 귀기가 넘실거렸다.

−로안느, 가을 편 終

29. 로안느,
겨울 편

29. 로안느, 겨울 편

12월, 숨결조차 얼어붙는 추운 겨울이 되었다.

그해 겨울은 여느 때보다 가혹했다.

감사절 때부터 시작된 시련은 점점 더 악독해졌다. 사람들은 끝을 기원하며 악착같이 이겨 냈다.

그리고 12월 중순.

"와아아아아아!"

로안느 국민들은 여기저기서 눈물을 흘리며 환호했다. 그들은 현재, 믿기 어려운 희소식을 접하고 만세를 외치고 있었다.

"슈나이더 저하께서 돌아오신다고 합니다!"

무려 바하무트의 선황을 죽이고!

로안느의 진정한 왕이 테오도르로 돌아오고 있었다. 그들을 괴롭히던 바하무트 제국의 악마들 중 하나를 죽이고, 배신한 귀족들을 쳐부수며 진군하고 있다는 소식에 사람들은 눈물을 흘렸다. 슈나이더는 희망을 몰아오고 있었다.

그리고 그로부터 며칠 전.

"왜일까요?"

"글쎄……."

아르하드와 이아나는 슈나이더로부터 필리어드 사르폰 바하무트가 자결했다는 소식을 전해 받았다.

━━◦~⟨ ⟩~◦━━

슈나이더는 급속도로 강해졌다. 정말로 눈부시게 강해졌다.

비상식적인 성장 속도였다. 어찌 이렇게 빨리 강해질 수 있었을까?

그의 재능 때문이었을까?

재능이 원인 중 하나인 건 맞았다. 페르난도와 정치 싸움을 하느라 잠시 주춤했지만, 그의 재능은 누구보다 우월했다.

노력 때문이었을까?

노력도 원인 중 하나였다. 로안느를 지켜야 한다는 필사적인 마음가짐에, 바하무트 일족에게 질 수 없다는 오기 때문에 광인처럼 노력했다.

성물 때문이었을까?

성물에 깃든 기운은 슈나이더를 튼튼하게 만들고, 신체능력을 활성화하였으며, 신력을 더욱 능숙하게 제어하도록 도왔다.

하지만 이것들만이 원인은 아니었다.

무수히 많은 원인들 중에는 필리어드 사르폰 바하무트도 있었다. 슈나이더는 필리어드의 잔인한 가르침이 그를 성장시켰음을 절대 부정할 수 없었다.

뛰어난 마법사이자 검사인 필리어드는 매일 제 모든 기술들을 선보이며 슈나이더를 혹독하게 몰아붙였다. 슈나이더는 차라리 죽고 싶을 정도로 고통스러웠으나 필리어드와의 전투 경험을 바탕으로 누구보다 빠르게 성장할 수 있었다.

이것이 스승에게 가르침을 받는 것과 다를 게 뭐란 말인가?

그리고 오늘, 슈나이더는 처음으로, 진심으로 가해진 필리어드의 일격을 막아 냈다.

'된다!'

슈나이더의 전신은 강대한 의지를 머금은 신력으로 휩싸여 있었다. 은빛의 갑주로 화한 신력은 필리어드의 검을 막는 것으로도 모자라 튕겨 냈다.

콰콰콰콰!

초기, 슈나이더의 몸에 수십 개의 구멍을 내곤 했던 필리어드의 스피어 마법 수십 발이 쇄도했다.

슈나이더의 사방에서 은빛의 마법진 수십 개가 생겨나 마법의 창들을 빠짐없이 막아 냈다. 이를 확인한 슈나이더의 눈동자에서 은빛의 기운이 폭발적으로 넘실거렸다.

'마침내!'

슈나이더는 자신이 드디어 필리어드의 발끝에 닿았음을 깨달을 수 있었다.

"재능이 대단하군. 훌륭해."

필리어드의 칭찬은 진심이었다.

"아슬아슬했지만, 너는 나의 수준에 도달했다."

필리어드가 검을 거두며 말했다.

"그러니 아쉽지만, 가르침은 이걸로 끝이다."

슈나이더는 짓씹듯 말했다.

"대체 뭐지?"

"뭐가."

"적국의 왕자를 키운 이유가."

정곡이었다. 필리어드는 픽 웃고 말았다.

"유희라고 했을 텐데. 강해지고 강해져서 나를 즐겁게 해 달라고. 유희는 꽤나 재밌었다."

"단순히 유희로 반년 가까이 이런 짓을 했다는 말인가! 거짓말하지 마라!"

슈나이더는 굴욕적인 기분에 몸을 떨며 소리쳤다.

"당신은 애초에, 날 죽일 생각이 없었어. 내가 당신을 따라잡은 지금도 없겠지!"

"맞아."

필리어드는 공허하게 대답했다.

적국의 선황이 베푼 자비로 수백 번을 살아남았고, 이제는 죽을 일도 없음을 확인 사살 당한 슈나이더의 자존심이 와르르 무너져 내렸다.

"대체 왜?"

슈나이더는 별문제 아니라는 듯 쉽게 긍정하는 필리어드를 도저히 이해할 수 없었다. 그래서 목소리를 겨우 쥐어짜 내 물었다. 슈나이더의 일그러진 얼굴이 마음에 들었는지 필리어드가 바람 빠진 웃음소리를 냈다.

"궁금한가?"

"……."

"개인적인 즐거움과 자유로운 시간. 이것들도 자네와 어울려 준 이유가 맞긴 해. 하지만 가장 큰 이유는 아니지. 자네를 살려 주는 이유도 아니고. 내가 왜 이러는지 궁금하다면, 알려 줄까?"

"……말해라!"

필리어드는 크크, 웃더니 대답은 하지 않고 품에서 담배처럼 생긴 뭔가를 꺼냈다. 슈나이더의 앞에서 여유롭게 그것을 입에 물고 불을 붙였다.

"후우."

필리어드는 입안에 맺히는 연기를 깊숙이 빨아들였다가 뱉었다. 알싸한 향기를 풍기는 그것은, 마약이었다. 슈나이더가 저를 놀리나 싶어 얼굴을 붉히는 순간, 필리어드가 툭 뱉었다.

"나는 내 가족에 의해 이십여 년을 유폐당했다."

슈나이더는 놀라서 흠칫했다. 황제가 유폐당하다니? 농담을 하나 싶었다. 하지만 필리어드의 눈동자는 약 기운으로 점점 흐려지고 있는 것과는 다르게 사뭇 진지했다. 그리고 이 상황에 거짓말을 할 것 같지는 않았다.

"유폐되었던 것에는 별 불만이 없어. 가족을 미워하는 것과는 별개로 내가 큰 잘못을 저질렀음을 인정했기 때문이지."

얼마나 큰 잘못인지는 몰라도, 세상의 모든 것을 발아래에 두고 있다는 천하의 바하무트 황제가 다른 황족들에 의해 유폐당했을 줄 누가 알았겠는가.

혹시 바하무트가 전쟁을 멈춘 건, 부왕의 용맹함 때문이 아니라 황제의 유폐 때문이었을까. 슈나이더는 쓸쓸함을 마음 한편에 묻어 두고 필리어드의 이야기에 집중했다.

"유폐 생활은 나를 점점 미치게 만들었다. 내 팔다리와 입을 구속한 쇠사슬 말고는 아무것도 없는 방 안에서, 나는 내 자신의 몸과 과거의 기억에만 몰두할 수밖에 없었지. 오로지 생각, 생각, 또 생각하는 것뿐이었다. 그런데…… 그러다가 영혼 깊숙이 파묻혀 있던 놀라운 기억들을 떠올려 내고 말았어."

언제나 여유롭기만 했던 필리어드의 얼굴이 고문당하는 이의 것처럼 일그러졌다. 그는 연기를 길게 흡입하고는 정신없는 목소리로 말했다.

"자네는 사후 세계가 어떤 곳인지 알고 있나?"

슈나이더의 얼굴이 애매해졌다. 잘 나가다가 뜬금없이 사이비처럼 사후의 얘기를 왜 꺼낸단 말인가?

"나는 알아. 한 번 죽어서 갔다 왔거든."

실실 웃으며 그리 말하는 필리어드는 제정신이 아닌 것처럼 보였다.

"나는 그곳에서 내가 살면서 쌓은 업보의 대가를 치렀다. 대가는 상상을 초월할 정도로 끔찍한 고통이었고, 나는 이미 죽었음에도 차라리 죽여 달라고 비명을 질러 댔지."

무슨 소리인가? 약 기운에 정신이 나간 건가?

"그렇게 고통 속에서 허우적거리던 와중에 나는 삶 속으로 다시 되돌아온 것이었다. 어찌 된 영문인지는 모르겠지만, 마치 시간이 지워진 것처럼."

필리어드는 아랑곳 않고 제 말만 이어 갔다.

"사후 세계에서의 기억을 떠올린 후부터, 나는 그곳에서 겪었던 것과 똑같은 통증에 시달리기 시작했다. 그곳에 대해서 조금만 생각해도 온몸이 아파서 견딜 수 없어. 지금도, 마약을 하지 않았으면 기절했을 거다. 신의 영역을 엿본 대가일까?"

슈나이더는 광인처럼 중얼거리는 필리어드의 말을 이해할 수 없어 침묵했다.

"그곳은, 순행과 역행이 교차하는 중심이자 원점. 모든 시간들이 뒤죽박죽으로 섞인 채 존재하기에, 모순적이게도 정지된 것처럼 느껴지는 혼돈의 영역이었다. 죽은 자들을 모아 놓고 업보의 무게를 달아 대가를 치르게 하는 지옥이었지. 나는 과연 진리를 본 걸까? 아니면 오랜 유폐에 미쳐 버린 걸까?"

필리어드가 마약을 바닥에 떨어뜨린 후 발로 짓이겼다. 눈을 꾹 감았다가 뜨는 그의 흐린 눈동자에 빛이 서서히 돌아왔다.

"내가 무슨 말을 하는 건지 모를 거다. 이건 겪어 본 자가 아니면 절대 알 수 없어."

필리어드는 슈나이더를 향해 남은 연기를 훅 뱉었다.

"이것만 확실히 해 두지. 살면서 쌓은 업보는 사후에 어떻게든 대가를 치른다. 무게의 기준이 뭔지 명확하지 않지만."

"한 번 죽었다는 말이나 시간이 지워졌다는 말이 무슨 뜻인지는 모른다. 하지만 당신 말이 전부 진실이라면, 무게의 기준이 뭔지는 알겠군."

보통 라오스 신전의 사제들은 사후 세계에서 라오스가 기다리고 있다고 말한다. 선한 자들이 죽으면 그의 곁으로 가서 안식을 취하며, 악인들은 벌을 받는다고 주장한다.

"무게는, 당신이 살면서 빼앗은 삶들의 무게가 아니겠는가. 당신은 신벌을 받은 거다!"

필리어드는 성향이 비교적 온건하다고 알려져 있었지만 그건 역대 바하무트 황제들과 비교했을 때였다. 필리어드가 젊을 적 저지른 살생은 피로 강을 이루고도 남았다.

"그래서. 결국 당신이 나를 살리고 성장시킨 이유가 뭐란 말인가? 나를 살려 당신이 죽인 생명들의 무게를 덜려는 건가? 그럼 나 하나만으로는 부족하지. 세계를 구해야 할 텐데?"

슈나이더가 빈정거리자 필리어드가 픽 웃었다.

"로안느 왕족으로 태어나는 놈들이 어떤 놈들인 줄 아나?"

뜬금없이 사후 세계 이야기를 하더니 이번엔 로안느 왕족의 이야기다. 슈나이더가 눈썹을 올렸다.

"혼돈 속은 무척 어지럽다. 내가 방금 피운 마약의 수천 배는 복용한 듯한, 어지러운 기분이 들지. 생각은 제대로 할 수 없고 몸이 의지대로 움직여지지도 않아. 하지만 혼돈 속에서 유일하게 자기 의지대로 움직일 수 있는 하얀 존재가 있었다. 그것은 아마도, 라오스라는 절대자일 것이다."

필리어드는 그곳에서 라오스가 어떤 이들을 택하고 힘을 부여하는 걸 봤다. 그들은 강한 자아를 가지고 필사적으로 제 존재를 존속하고 싶어 하는 이들이었다.

힘을 받은 그들은 곧 그곳에서 사라졌다. 그리고 필리어드는 본능적으로 그들이, 새로 태어나리라는 것을 알았다.

"라오스가 택한 존재들, 그들은 로안느 왕족이었다."

슈나이더는 어쩐지 필리어드의 말이 익숙하게 들렸다.

마치, 라오스와 저의 계약을 뜻하는 것 같지 않은가?

"그들이…… 로안느 왕족으로 태어났다는 걸 어떻게 알지?"

"라오스가 부여하는 힘에서 지긋지긋할 정도로 익숙한 느낌을 받았거든. 지금 네게서 느껴지는, 로안느 왕족의 느낌 말이다. 태어난 후에 어찌 자라느냐는 복불복인 듯하지만."

필리어드가 어깨를 으쓱거렸다.

"아무튼, 네 말대로 생명의 무게가 업보에 포함되는 건 맞는 것 같다. 하지만 그보다는 '어떻게 살았는가'가 주된 기준 같더군. 내가 기준이 불명확하다고 말한 건, 이 '어떻게'의 기준이 뭔지 알 수 없기 때문이다. 이제 결론으로 들어가지."

필리어드는 혼란스러워하는 슈나이더를 직시했다.

"신벌이라고 했나? 나도 그렇게 생각해. 예전에는 신의 존재를 부정했지만, 이제는 믿거든."

"……."

"나는 이 끔찍한 고통의 양을 줄이고 싶다. 하지만 그렇다고 해서 어울리지도 않는 구원이나 선행 따위를 하진 않을 거다. 내 행동이 죄라고도 생각하지 않으니 회개할 생각도 추호도 없어. 그래서 내 아들에게 구걸하듯 매달려서 이곳으로 왔다."

필리어드가 빙글빙글 웃었다.

"내가 왜 자네를 성장시키고 살려 주냐고? 자네는 내 아들을 절대 이기지 못해. 균형이 심하게 기울어져 있다는 말이다. 그리고 뒤틀린 균형은 모두 나로부터 비롯된 것이지. 그러니 신이 선택한 너를 키우는 것, 그것을 신벌을 줄이기 위한 몸부림이라고 해 두겠다."

필리어드의 주변에서 마나가 부글부글 끓기 시작했다.

"자, 이제 가르침은 끝났다."

그의 마나는 이때까지와 비교되지 않을 정도로 깊고 짙은 어둠을 품고 슈나이더를 집어삼키려 하고 있었다. 슈나이더의 얼굴이 창백해졌다.

"난 이제 전력을 다할 예정이다. 자네는 나를 죽여 봐. 대충할 생각은 하지 마. 나를 죽이지 못한다면, 자네의 몸을 죄다 부러뜨릴 예정이니."

그로부터 전투, 전투, 또 전투였다.

12월. 마침내, 슈나이더는 제 은빛 신력을 이용해 펼친 마법으로 필리어드를 속박할 수 있었다.

"허억, 허억!"

슈나이더는 숨을 몰아쉬며 주변의 광경을 둘러보는 필리어드를 노려보았다.

두 사람의 주변은 온통 은빛으로 빛나는 얼음투성이었다.

하늘에서는 눈이 내리고 폭풍이 휘몰아쳤다.

빙벽과 빙산, 빙판과 얼음 호수가 되어 버린 대지는 눈이 부시도록 시렸다.

그리고 그 중심에서 얼음에 갇힌 필리어드의 팔다리와 몸통은 극한의 냉기로 얼어붙었다. 지상에서 자라난 수천 개의 얼음 가시들은 잔인하게 빛나며 필리어드를 겨누었다.

"히마라페 빙원 같군. 그리운 풍경이다."

그런 상황에서도, 필리어드는 재밌다는 듯 웃고 있었다. 슈나이더는 그 여유로움에 지독한 패배감을 느꼈다.

슈나이더는 주먹을 꽉 쥐었다.

"……나는 당신을 죽이지 않을 겁니다."

처음으로 들어 본 존대에, 필리어드가 슈나이더를 흘끗 쳐다보았다.

"그것이 내 마지막 자존심이고, 나를 가르친 당신에 대한 예우입니다."

"그래? 그런데 어차피 자네에게 죽을 생각은 없었어."

여상하게 말하는 필리어드의 말에 슈나이더의 기분이 처참해졌다. 죽이라고 말한 주제에 죽을 생각이 없었단다.

그 말은 상황을 이 지경까지 몰아와 놓고 슈나이더가 그를 죽이지 못할 거라는 걸 알고 있었다는 뜻이다. 슈나이더는 치를 떨었다.

"난 지금 매우 약화된 상태다. 전성기 시절의 실력을 잃었어. 그런 나에게 겨우 이겨 놓고 우쭐해하면 곤란해."

슈나이더의 자존심을 완전히 짓뭉개 버렸지만, 필리어드의 말은 그것으로 끝이 아니었다.

"그런 자네를 살려 보내고 제국으로 돌아간다면 나는 이번에야말로 살해당하겠지."

쩌적.

필리어드를 겨누고 있던 얼음 가시들이 변이하기 시작했다.

"그런데 날 평생 유폐했던 가족에게 죽고 싶진 않다. 그렇다고 내 평생의 숙적이었던 로안느 왕족에게 죽고 싶지도 않아."

쩌적, 쩌적.

"그럼에도, 지금의 나는 너무 지쳐서 그냥 모든 것을 끝내고 싶은 기분이다……."

그가 무슨 짓을 하는지 지켜보던 슈나이더의 뺨이 떨렸다.

푹, 푸욱, 푸북.

슈나이더가 일으킨 얼음 가시들은 필리어드의 마나에 의해 점점 길어져 그의 몸을 파고들었다. 그의 온몸을 파고든 얼음가시는 피로 젖어 갔다. 필리어드는 고통스러운 듯, 고통스럽지 않은 듯 기묘한 표정으로 웃었다.

"또다시 그곳으로 가겠군."

그의 심장 또한 피 얼음을 맺으며 서서히 박자를 잃어 갔다.

"난 이제 복수고 정복이고, 현실의 결말 따위는 관심 없다. 그러니 알아서 잘들 해, 봐……."

그리고 멎었다.

그렇게, 필리어드 사르폰 바하무트는 죽었다.

필리어드와 슈나이더가 싸우기 시작한 이후로, 그들의 주변은 언제나 비워졌다. 로안느 군대와 바하무트 군대는 먼 곳에서 사령관 없이 맞붙으며 무승부를 기록하고 있었다.

그날, 필리어드의 죽음이 바하무트 측에 알려졌다.

바하무트 측의 군단장은 이십여 년 전에도 필리어드와 함께 전쟁을 이끌었던, 바카티오라는 노장이었다. 그런데 그는 황제의 죽음을 예상하고 있었던 듯 무척 건조한 목소리로 말했다.

"선황 폐하의 시신을 인도받고 싶습니다. 그리고 동부에서는 일정 기간 휴전을 제의하고 싶습니다. 그래 주시겠지요."

당당하게 요구하는 걸 보니, 바카티오는 선황의 뜻을 이미 알고 있었던 모양이었다. 슈나이더는 그것조차 하지 않으면 견딜 수 없을 것 같아 허락했다. 아니, 현재 국내 문제 해결이 급했던 슈나이더는 그런 바하무트의 제안이 고마울 뿐이었다.

그리하여 동부는 일정 기간, 휴전에 들어갔다. 다시 개전할 경우 미리 알리되, 기습은 하지 않을 것임을 국가 대표의 이름으로 약속했다.

"정말 고생하셨습니다."

슈나이더를 도와 전쟁을 이끌었던 엔슈이라와 라이언이 기뻐하며 그를 치켜세웠지만 슈나이더는 별로 기쁘지 않았다. 하지만 그런 기분을 애써 접어 두고, 그는 의욕을 불태웠다.

"테오도르로 귀환한다!"

슈나이더의 군대는 테오도르를 향해 일직선으로 달렸다. 배신한 귀족들이 차지한 땅을 거치며 꿈에 부풀어 있던 그들을 바닥으로 추락시켰다.

"으악!"

"아아아악!"

강렬한 은빛의 신력은 징벌의 철퇴가 되어 로안느를 배반한 귀족들을 휩쓸었다. 눈부시게 강해진 슈나이더를 막을 수 있는 자는 없었다.

"모두 압송한다!"

배반한 귀족들은 그 자리에서 처형하거나 테오도르에서 공개 처형하기 위해 끌고 갔다.

일직선으로 진군하던 슈나이더는 길을 조금 꺾어, 오웬 후작령으로 향했다. 오웬 후작령의 주변은 몬스터들로 뒤덮여 있었으며, 놈들을 조종하는 마법사들이 분주하게 오가고 있었다. 슈나이더는 주먹을 꽉 쥐었다.

며칠 전, 슈나이더는 이아나의 연락을 받았다.

마틴 오웬의 수중에 라이너스 왕자가 있습니다.

오시는 길에 오웬 후작가를 부수고 당신의 형제를 구출하십시오. 다만 마틴 오웬은 절대 그 자리에서 죽이지 마십시오. 계획대로 페르난도와 함께 공개 처형 해 주십시오.

마틴 오웬이 너무나 괘씸해서 바로 끝장내 버리고 싶었던 슈나이더는 어째서냐고 물었고, 이아나의 답은 단순했다.

제 사람이 그것을 바라기 때문입니다.

거, 자기 사람도 많다. 어쩐지 묘하게 질투가 났지만, 슈나이더는 그런 기분을 억눌렀다.

"……."

슈나이더는 검은 로브를 입고 흰 가면을 뒤집어쓴 채 제 옆에 서 있는 남자를 흘끗 쳐다보았다.

이곳에는 카마트로스들도 서른 명 정도 와 있었다. 그들의 책임자는 덩치가 몹시 큰 이 남자였다. 그리고 슈나이더는 그가 어쩐 익숙했다.

"혹시 우리 전에 만난 적 있지 않나?"

"……."

용이 그려진 가면을 쓴 러스트는 아무 말도 하지 않았다. 이미 그의 정체를 짐작한 슈나이더는 허탈해서 한숨을 내쉬었다.

"카마트로스의 창단자가 대체 누구인지 모르겠지만…… 이 빌어먹을 놈, 안목 한번 끝내주는군."

이아나부터, 타이탄까지.

대부분의 사람들은 카마트로스의 주인이 처음부터 이아나인 걸로 알았지만, 슈나이더는 초기 창단자의 존재를 이미 알고 있었다.

건방진 놈. 슈나이더는 그놈의 얼굴을 꼭 한번 보고 싶다며 이를 갈았다. 분명 아르하드, 이아나의 연인인 그놈처럼 얄미울 것이다.

"쳐라!"

슈나이더의 군대가 오웬 후작령을 덮쳤다.

전쟁에 단련된 군사들은 몬스터에 뒤처지지 않았고, 엔슈이라와 슈나이더의 마법은 다른 마법사들을 압도했다. 슈나이더가 그들 입장에서는 하늘과 같은 필리어드를 무찔렀다는 소식을 이미 들어 알고 있던 바하무트 측 마법사들은 상황이 불리해지자 몬스터들을 이끌고 도망쳤다.

그리고 군대는 비밀 통로를 통해 도망치려던 마틴 오웬의 주변을 에워쌌다.

"형님!"

"왕자, 가까이 오지 마시오!"

마틴 오웬이 울고 있는 라이너스의 목에 칼을 겨누고 있었다. 슈나이더가 분노에 차 고함을 질렀다.

"마틴 오웬!"

"나를 얌전히 보내 주시오. 내게 손을 대려는 즉시 라이너스 왕자는 죽을 것이외다."

슈나이더가 혀를 찼다.

"어리석고 추하구나. 개국 공신 가문으로서 넘칠 만큼의 부와 권력을 누려 왔음에도, 거기에 만족할 줄 모르고 과욕을 부렸던 너로 인해 오웬 가문은 사라질 것이다."

마틴의 얼굴이 일그러졌다.

"끝을 인정하고 라이너스를 놓아라."

"끝? 무슨 끝!"

"이렇게 끝나는 거다."

마틴의 뒤에서 목소리가 들려왔다. 깜짝 놀란 마틴이 라이너스를 찌르려고 했을 때는 이미 늦었다.

"아악!"

러스트는 순식간에 굵은 쇠사슬로 마틴 오웬의 온몸을 꽁꽁 묶고 자살 방지를 위해 입에 재갈을 물렸다. 오웬 후작의 식솔들은 수장이 잡히자, 순순히 항복하고 슈나이더의 군대를 따랐다.

그리고 12월 말.

슈나이더의 군대가 테오도르에 도착했다.

"와아아아!"

"슈나이더 저하!"

몬스터와 위프헤이머 때문에 위험한데도, 사람들은 테오도르의 성문까지 앞다투어 뛰쳐나와 슈나이더의 군대를 반겼다. 사람들의 얼굴은 오로지 희망으로만 빛나고 있었다.

성문의 앞에는, 슈나이더의 세력에 속한 귀족들과…….

이아나가 있었다.

"저하!"

"기다렸습니다!"

눈물을 흘리며 슈나이더의 앞에 엎드리는 귀족들과는 달리 이아나는 태산처럼 꼿꼿하게 서 있었다. 슈나이더는 귀족들의 인사를 받아 주면서도, 이아나를 계속해서 훔쳐보았다.

결국 참지 못한 슈나이더가 귀족들을 물리며, 이아나의 앞으로 성큼성큼 걸어갔다. 묵묵히 지켜보고만 있던 이아나는 단정한 태도로 슈나이더에게 인사했다.

"수고하셨습니다."

슈나이더는 어쩐지, 심장이 울렁거렸다.

이 심정을 무어라 표현할 수 있을까.

표현하지 못했기에, 슈나이더는 입술을 떼었다 다물었다 할 뿐이었다. 그런 슈나이더에게 이아나가 말했다.

"약속은 지켰습니다."

이아나는 정말로 약속을 지켰다. 테오도르는 무사했다. 어쩐지 눈이 아려 왔다. 슈나이더는 제 눈두덩을 손바닥으로 꾹 누르며 진심을 담아 겨우 말했다.

"고맙네."

"별말씀을요."

어쩐지 울먹이는 듯한 슈나이더를 갸웃거리며 보던 이아나가 옅게 웃었다.

그녀의 웃음을 목격한 순간, 슈나이더의 심장이 세차게 뛰고, 흐려진 시야에는 이상한 형상이 맺혔다.

눈을 깜빡였더니, 왼쪽 심장 위에 로안느, 그것도 슈나이더를 상징하는 문장을 단 성숙한 이아나가 눈앞에 서 있었다.

"……!"

슈나이더가 눈을 비볐다.

그랬더니 그저 단정한 전투복 차림의 어린 이아나만 그곳에 있었다.

슈나이더는 헐떡거렸다.

미친 걸까……?

너무, 너무나 바라서 환상이라도 본 모양이었다.

환상의 여파는 너무나 강했다. 슈나이더는 감정을 주체하지 못해 어지러워졌다.

하지만, 없애야 할 감정이었다.

슈나이더가 돌아오자 마비되었던 국정이 정상화되기 시작했

다. 안젤리나와 슈나이더의 최측근 가신들이 노력하고는 있었지만 한계가 있는 법이었다.

슈나이더는 책상 앞에 앉아 그들에게 업무 인계를 받았다. 책상 위에는 서류들이 잔뜩 쌓여 있었다. 전쟁터에서도 신가드라에게 주기적으로 보고를 받았지만 매우 축약된 내용에 불과했다. 자세한 상황을 파악하려면 몇 날 며칠을 서류와 씨름해야만 했다.

"오늘은 이쯤 하지."

가신들은 슈나이더를 도와 일을 하다가, 그가 콧등을 주무르며 해산을 명하자 공손하게 인사한 후 나갔다. 마찬가지로 일을 돕고 있던 안젤리나도 나가려 했다.

"안젤리나, 넌 나랑 이야기 좀 하자."

하지만 슈나이더가 그녀를 붙잡았다. 슈나이더가 책상 앞 의자에서 일어나서 푹신한 소파로 향하자 안젤리나도 그의 눈치를 보며 뒤따랐다.

둘은 서로를 마주 보며 앉았다. 시녀가 그들의 앞에 찻잔을 놓고 따뜻한 차를 따라 주자 안젤리나는 고맙다고 인사했고, 슈나이더는 그런 그녀를 물끄러미 쳐다보았다.

"피곤하실 텐데 어서 드세요."

슈나이더는 별말 하지 않고 찻잔을 들었다.

안젤리나는 피곤해 보이는 슈나이더가 안쓰러웠다.

"오자마자 바쁘시네요."

슈나이더는 할 일이 정말 많았다. 페르난도가 망쳐 놓은 것들도 복구해야 했고, 바하무트와의 전쟁도 준비해야 했다.

하지만 슈나이더는 안젤리나가 존경해 온 오라비다웠다. 그는 불평 한번 하지 않고 원래 자기가 했어야 하는 일이라는 듯 묵묵히 일했다. 그 덕에 일은 순조롭게 진행되고 있었다.

안젤리나는 라이너스의 누이였지만, 어렸을 때부터 로안느의 왕이 될 사람은 슈나이더밖에 없다고 생각했었다. 최근에는 그런 생각이 더욱 강해졌다.

"바쁜 건 당연한 일이다. 각오하고 시작했으니 괜찮아. 그보다 너와 대화를 한번 해야겠다고 생각했는데, 바빠서 그럴 짬을 내지 못했구나."

찻잔을 내려놓은 슈나이더가 부쩍 성숙해진 안젤리나를 들여다보았다.

"안젤리나, 네가 큰 역할을 했다고 들었다."

"네? 저, 저요?"

"그래. 수도에 네 소문이 자자해. 나는 내가 사람 보는 눈이 있다고 생각했는데, 다 헛것이었어."

슈나이더는 자신이 자리를 비운 동안, 안젤리나가 어떤 일을 해 왔는지를 상세히 들었다. 왕족으로서 국가의 구심점이 되어 주었고, 불안해하는 왕국민들을 살뜰히 보살폈다. 말로 하니 매우 단순해 보이지만 보통 일이 아니었다.

특히 안젤리나에게는.

"너는 청안을 가졌다는 이유로 제왕학을 배우지 못했지."

안젤리나의 외양은 은발과 청안이었다. 로안느는 은발과 은안을 가진 왕족에게만 왕위 계승권이 부여되기에 그녀는 태어날 때부터 왕좌에 오를 기회 자체가 없었다. 그렇기에 여자라는 성별과 아름다운 외모를 살릴 수 있는 잡학들만 주로 배웠다. 사람들을 다스리는 제왕학은 배우지 못한 것이다.

그렇게 자란 안젤리나는 온실 안의 꽃 취급을 받았다. 비바람을 맞을 필요 없이, 시기가 되면 꺾여 다른 이의 손에 쥐어질 그런 꽃 말이다.

하지만 그런 꽃도, 처음부터 바깥에 잘만 심어 놓으면 누구보다 잘 살아남을 수 있었다. 오히려 더 튼튼해지고, 자연스러움을 뽐내며 더욱 아름다워질 수 있었다.

이번에 안젤리나가 한 일들을 보라.

꽃은 애초에 누구의 보살핌이 필요한 존재가 아니었다. 온실에다 가두고, 정해진 방법만으로 꽃을 키운 것은 정원사의 고지식한 편견 때문이었다.

"가끔 전통을 고수하는 것에 무슨 의미가 있나 하는 생각이 든다. 부왕도 그렇고, 페르난도도 그렇고, 은발과 은안이 능사는 아니야. 네가 은안을 가지고 어려서부터 제대로 배웠다면 나와 겨룰 왕재가 되었을 텐데."

"아니에요. 전 그렇게 큰 그릇이 못 돼요."

안젤리나가 책상 위 서류의 산을 보며 질린 얼굴을 했다.

"오라버니랑 며칠 동안 일하면서 느낀 건데요. 왕은…… 정말 힘들 것 같아요. 다른 형제자매들이랑 싸워야 하고, 귀족들과 알력도 해야 하고."

안젤리나가 고개를 저었다.

"전 그냥 사람들이 행복했으면 좋겠고, 다 같이 잘 지내길 바라요. 싸우는 건 힘들어요."

확실히, 날 때부터 순한 성정이었던 안젤리나에게는 어려운 일일 것이다. 본인이 그렇다고 하니 덧붙일 말은 없었던 슈나이더가 한숨을 쉬었다. 안젤리나가 조심스럽게 말했다.

"하지만 오라버니가 말씀하신 은발과 은안은 사실 조금 불공평한 것 같긴 해요. 다 같은 형제들인데."

"그래."

생각해 볼 문제였다.

페르난도 같은 놈이 은발과 은안을 가졌다는 이유만으로 왕이 되어서 이렇게 골치 아픈 일들이 생겼다. 물론 루리아의 잘못된 교육이 근본적인 원인이긴 했지만 말이다.

슈나이더는 생각을 마치고 안젤리나에게 물었다.

"넌 앞으로 무엇을 하고 싶으냐. 네 의사를 존중하마."

"아직은 모르겠어요. 일단 지금은 오라버니를 도와 로안느를 지키고 싶어요. 어려운 사람들을 돕고 싶고요."

슈나이더가 안젤리나를 기특하다는 듯 보자, 그녀는 쑥스러워하다가 눈을 반짝 빛냈다.

"그런데 오라버니, 이아나 양은 정말 대단한 사람이에요."

애써 잊고 있던 이름으로 불시에 공격당하자 슈나이더의 심장이 조여들었다.

"있죠. 몬스터들도, 귀족들도 이아나 양한테 꼼짝도 못 해요. 위험에 처한 약한 사람들은 척척 구해 주고요. 사람들이 스스로 몬스터를 무찌를 수 있도록 강하게 만들어 주고. 또……."

안젤리나는 한참이나 이아나의 칭찬을 늘어놓았다. 그것을 가만히 듣고만 있던 슈나이더는 겨우 한마디를 내뱉었다.

"······대단한 사람이지."

안젤리나는 그 말만 뱉어 놓고 침묵하는 슈나이더를 조심스레 살폈다.

"오라버니, 정말로······ 좋아하는 거 아니에요?"

"아니다."

슈나이더가 즉답하자, 안젤리나는 의심을 다 지우지는 못했지만 그래도 안심했다는 듯 휴, 하고 한숨을 내쉬었다. 그 모습이 거슬리는 스스로가 싫어서 슈나이더는 시선을 피했다.

슈나이더는 측근들이 놀라 까무러칠 정도로 강해져 있었다. 그는 로안느의 새로운 희망이었고, 모두가 슈나이더가 왕이 되기를 바랐다. 아직 정식으로 즉위하지는 않았지만 다들 그를 국왕으로 대우했다.

즉위식의 날짜가 정해졌다. 1월 1일, 건국기념일에 즉위식과 처형식을 동시에 치르며 로안느 전역에서 축제를 열기로 했다. 이런 상황에 무슨 축제냐고 하는 사람도 있었지만, 오로지 절망밖에 없다면 희망조차 생기지 않는다.

기세를 북돋을 뭔가가 필요했다. 라오스감사절 때도 그런 의도로 축제를 하려 했는데 위프헤이머가 망쳐 버렸다. 이번에야말로 성공해야 했다.

하지만 사람들이 희망을 찾는 꼴을 보기 싫어하는 위프헤이머는 언제나처럼 방심하고 있을 때 습격할 것이다.

예를 들면 축제라거나.

그래서 연말이 되기 며칠 전, 슈나이더는 이아나와 상의해서 기가 막힌 함정을 팠다. 진짜 축제를 벌이기 전에, 작은 축제를 한 번 더 열기로 한 것이다.

축제의 주제는 멸망시키겠다고 선언해 놓고 매번 쪽박만 차는 위프헤이머를 조롱하고 모욕하는 것, 그리고 로안느의 승리를 자축하며 역전의 용사들을 찬양하는 것이었다.

대놓고 함정을 판 거나 마찬가지고 유치하기도 유치했지만, 그렇게 대놓고 욕을 먹어 본 적 없을 자존심 강한 위프헤이머라면 걸려들 가능성이 높았다. 걸려들지 않더라도 왕국민들이 기분 전환을 할 수 있을 테니 괜찮았다.

그날을 위해, 슈나이더는 누구보다 바쁘게 움직였다. 배반한 귀족들을 잡아들이고 몬스터들을 몰아냈다.

그리고 이아나는 한발 물러섰다. 아예 손을 뗀 건 아니었지만 이제 주역은 슈나이더였다. 이아나는 아르하드의 방에서 바깥 풍경을 바라보며 그와 함께 차를 마셨다. 오랜만에 제대로 취하는 휴식이었다.

"우리, 로안느에 너무 좋은 일만 해 준 거 아닌가?"

아르하드가 나른해 보이는 이아나에게서 눈을 떼지 못하며 말했다. 제 앞에서 편안하게 축 처져 있는 이아나가 참 예뻤다. 다른 사람에게는 든든한 방패 같은 여자가 제 곁에서는 녹아내린 아이스크림처럼 굴었다. 최근 이아나가 활약하면서, 그런 차이가 더 극명하게 보였다. 아르하드는 그런 차별 대우가 너무 좋았다.

"바하무트를 상대할 때 좋은 동료가 되어 줄 겁니다."

"이미 바하무트 쪽은 로안느보다 우리한테 관심이 많을걸. 우리가 모습을 제대로 드러내면 놈들은 우리 쪽만 주력해서 공격할 거다. 그럴 때, 로안느는 우리를 도울까?"

"우리가 로안느에 도움을 바라고 도운 건 아니지 않습니까? 로안느가 우리를 돕지 않는다 해도 우리 힘으로 막아 내면 됩니다. 물론, 이와 별개로 은혜를 입고도 입 싹 닦은 로안느와는 그 후로 상종을 안 할 거고요."

"그건 그렇지. 그리고 이아나, 위프헤이머를 제거하기 전에 말해 둘 게 있다."

"뭔데요?"

"위프헤이머가 심장 공유 마법을 쓸 수 있을지도 몰라."

이아나가 멈칫했다.

"무슨 마법이죠? 엄청 거슬리는 이름인데."

"위프헤이머가 개발하고 있는 궁극계 마법이다. 내가 악마의 심장과 내 심장을 이은 건, 악마의 심장이 본디 내 심장이었기 때문에 가능했던 일이다. 하지만 심장 공유 마법의 경우 타인의 심장을 강제로 공동 소유로 만들 수 있어. 만약 죽으면, 다른 육체로 건너갈 수도 있고. 여러 가지 제한이 있긴 하지만 영생을 이어 갈 수 있는 엄청난 마법이지. 위프헤이머가 이렇게 막장으로 덤벼드는 게 이해가 안 가서 짐작해 본 건데, 가능성이 있어."

"그런 마법이……. 웬만하면 마법으로 안 되는 게 없군요."

"그렇지. 만약 그 마법을 완성했다면, 바하무트 어딘가에 자신의 새 육체를 준비해 뒀을 거야."

"그럼 지금의 위프헤이머를 죽이더라도 새로운 육체를 가진 위프헤이머가 나타날 수도 있다는 소리군요."

이아나가 인상을 찌푸렸다.

"귀찮게 하는군요. 알겠습니다. 그런데 위프헤이머가 그런 마법을 연구하는 건 또 어떻게 아셨습니까?"

아르하드는 뜨끔했지만 감정이 겉으로 드러나지는 않았다.

"정보를 얻었어."

"에이지가 알아낸 건가요?"

"그건 아니고, 다른 루트로."

"흐음."

이아나는 이상하다는 듯 고개를 갸웃했지만 그냥 넘겼다. 아르하드는 빠르게 주제를 바꿨다.

"위프헤이머는 죽더라도 여기서 죽지 않을 거야. 악마의 파편을 테일런에게 넘겨야 할 테니까. 죽을 위기에 처하면 황궁으로 도망갈 거다. 저번에 이사벨라 사건 때 그랬던 것처럼 테일런이 지켜보고 있다가 놈을 구해 갈지도 몰라. 육체가 저쪽으로 넘어가기 전에 죽여야 해."

"알겠습니다. 제가 그놈을 일격에 죽여 버릴 테니 당신은 뒤에서 얌전히 기다리고 계세요."

"……."

아르하드는 당당하게 선언하는 이아나를 손바닥으로 턱을 괴고 바라보았다.

콩깍지인가?

이아나는 든든하게 보이려고 그리 말한 것 같지만 자신감과 호기가 넘치는 모습이, 멋있으면서도 귀여웠다.

"위프헤이머의 공격 시기는 언제가 될까요?"

아르하드는 창밖의 하늘을 내다보았다. 최근 들어 무척 흐리고 어두운 하늘은 불길한 기운을 풍기고 있었다.

"마나의 기류가 심상찮아. 조만간이다. 그놈도 해를 넘기고 싶진 않을걸. 그런데 넌 위프헤이머가 나타나기 전까지 어떻게 할 생각이야? 몬스터들과 싸울 거야?"

"아뇨. 슈나이더 왕자도 돌아왔겠다, 이번 싸움은 로안느와 하인리히 님께 맡겨 두고 저는 빠지려 합니다. 하인리히 님이 자신 있다고 하시니 괜찮겠지요. 그리고 이제 로안느의 일은 로안느가 알아서 해야 하지 않겠습니까?"

그 말이 매우 마음에 들었던 아르하드의 얼굴에서 빛이 났다.

"그렇지. 로안느 일은 로안느가 알아서 해야지."

이아나는 눈을 깜빡거렸다. 아르하드는 저와 함께 있으면 늘 기분이 좋았지만, 지금처럼 심각하게 좋아하는 건 또 드물었다.

"로안느를 떠나는 게 그렇게 좋으신가요."

"엄청 좋아."

"……."

왜 저렇게 좋아하는지는 모르겠지만, 좋아하는 그를 보자 이아나도 괜히 설렜다. 이아나는 괜히 아닌 척 주제를 돌렸다.

"저는 숨어 있을 겁니다."

"숨어 있어? 왜?"

"그놈이 정령들도 찾아내지 못할 정도로 숨어 다니며 우리를 얼마나 귀찮게 했습니까? 바하무트 놈들에게 뒤통수를 맞은 건 또 몇 번이죠? 놈들의 손바닥 위에서 놀아난 기분이라 화가 납니다. 그래서 똑같은 방법으로 되갚아 주려고 합니다."

생각하다 보니 열이 오른 이아나가 이를 갈았다.

"사실 슈나이더 왕자와 하인리히 님이 놈을 죽이는 게 최상이 겠지만 테일런이 있는 이상 그럴 수 없겠죠. 숨어 있다가, 위프헤이머가 도망가거나 테일런이 위프헤이머를 돕기 직전에 격살하겠습니다. 그놈들도 뒤통수 한번 맞아 봐야 하지 않겠습니까."

이아나의 표정이 싸늘해졌다.

아르하드가 재밌다는 듯 물었다.

"자신 있어?"

"네. 위프헤이머의 모든 것을 파악해 뒀습니다. 놈들은 제가 위프헤이머를 얼마나 집요하게 관찰해 왔는지 모를 겁니다."

아르하드의 표정이 살짝 어두워졌다. 예전 같았으면 왜 저러나 싶었겠지만 이아나는 이제 척 보면 알았다.

"제가 그놈을 '집요하게' 관찰한 게 마음에 안 드시는 건가요."

"어떻게 알았어?"

"그야, 뭐……."

그것도 모르냐는 듯, 이아나가 슬쩍 쳐다보았다. 아르하드는 순간 욱해 버렸다. 곰처럼 둔한 줄만 알았던 이아나가 최근, 특수한 기술을 쓰고 있었다. 아르하드가 기대조차 하지 않았던 행동을 하니 지나치게 치명적이었다.

축제 당일.

"위프헤이머, 멍청한 얼간이!"

"너 같은 놈은 하인리히 님 발끝에도 못 미친다!"

"이 개쓰레기야!"

사람들은 위프헤이머를 욕하며 즐거워하다 못해 광기에 가까운 모습을 보였다. 위프헤이머의 인형을 만들어 불태우거나, 초상화를 그려 거기에 단검을 꽂아 넣는 등 그에게 당했던 만큼 분노를 발산했다.

축제의 이면에서는 단단히 준비를 한 군대가 위프헤이머의 출현을 기다렸다.

"이 빌어먹을 놈들!"

그날, 위프헤이머의 공격이 시작되었다.

조용히 돌아다니면서 상황을 살피던 위프헤이머는 머리끝까지 화가 났다.

그는 언제나 공포의 대상이었다.

유년 시절에는 괴물 같은 재능으로 부모의 공포를 샀다. 전쟁터를 쏘다니던 청년 때는 군병들에게 공포를 심었다. 파괴의 칭호를 얻은 노년에는 세상 모두가 이름만 들어도 벌벌 떨 정도로 공포의 대명사가 되었다.

그는 살면서 이토록 심하게 조롱당했던 적이 없었다. 누군가가 그를 조롱하려는 낌새만 보여도 죽여 버렸기 때문이다. 그런데 오늘, 살면서 들어 보지 못했던 비웃음과 조롱, 비난과 욕설이 숨어 있던 그에게 쏟아졌다.

위프헤이머는 이 우스꽝스럽고 유치한 축제가 저를 꾀어내려는 함정이라는 것도, 로안느 인간들이 저를 죽이기 위해 나름의 준비를 했다는 것도 알고 있었다. 그러니 놈들이 지쳐서 방심할 때까지 기다려야 옳았다.

하지만 위프헤이머는 이때까지 업신여겨 왔던 천민들이 입에 담는 조롱에 눈이 멀었다.

'믿는 구석이 있다고 감히 천것들이 나를!'

이게 다 이아나 로베르슈타인, 그 여자 때문이었다.

준비를 끝내고 시기를 보던 참에 이런 꼴을 당하자, 위프헤이머는 공격을 개시하기로 마음먹었다.

'오냐. 내가 그 계집을 죽이지는 못하더라도 네놈들은 죄다 죽여 주겠다!'

위프헤이머가 하늘을 향해 두 손을 뻗었다. 손끝에 맺히기 시작한 검은 마나가 거대한 마법진으로 화하면서 퍼져 나갔다. 사람들은 화들짝 놀라서 폭풍의 중심을 보았다. 악명이 자자한 얼굴이 보이자, 비명을 지르며 그로부터 멀어졌다.

"위프헤이머다!"

"도망쳐!"

위프헤이머는 잔챙이들이 도망치든 말든 관심 없었다.

투둑, 투둑.

그가 준비한 궁극 마법이 시작되었다. 하늘을 어둡고 흐리게 만들었던 검은 연기들이 진득해 보이는 먹구름들로 뭉쳤다. 하늘에서 구멍이 뚫린 듯 검은 비가 내리기 시작했다.

쏴아아아아…….

"앗, 차가워."

"뭔가 이상한데? 비가 검은색이야."

검은 비는 곧장 어떤 현상을 일으키지는 않았지만 불쾌감과 불안감을 유발했다.

멀찍이서 위프헤이머가 나타났다는 비명이 들려왔다. 정신을 놓고 위프헤이머를 욕하던 사람들은 그제야 퍼뜩 정신을 차리고 두려운 눈으로 하늘을 바라보았다.

콰르르르릉!

수십 개의 검은 회오리들이 생겨나더니 하늘과 땅을 이었다. 회오리가 대지에서 빨아 마신 생명은 하늘에 검게 맺혔고, 대지는 검게 젖어 들었으며, 그 위에 피었던 생명들은 빠르게 시들었다.

슈나이더는 걱정 말고 위프헤이머를 욕하라고 했다. 그 말만 철석같이 믿고 욕을 퍼부었던 사람들은 겁에 질렸다.

"저, 정말 괜찮은 걸까?"

"괜찮지 않은 것 같은데."

"라오스 신이시여!"

"잘못했습니다! 제발 그만둬 주세요!"

사람들은 미친 듯이 신의 구원을 바라고, 어떤 사람들은 위프헤이머에게 용서해 달라고 빌었다.

번쩍!

그때, 하인리히의 마탑에서 빛이 뿜어져 나왔다.

"이거, 색다른 경험인데?"

"집중하시오."

"흐음."

하인리히와 마이마예, 신가드라와 카마트로스의 행색으로 구경을 와 있던 도르시아니까지 합세하여 무려 네 명의 대마법사들이 학술원 배리어의 핵을 중심 삼아 힘을 합쳐 새로운 배리어를 펼쳤다.

배리어는 테오도르의 하늘과 대지 사이를 가로질렀다. 회오리들을 거칠게 치워 내며 테오도르의 상공을 흰 장막으로 감쌌다.

"와, 저것 봐."

엘리는 하늘을 보며 감탄했다.

마탑의 방 한 칸에서 엘리는 창밖을 내다보고 있었다. 겁에 질린 핀에게 수면 마법을 건 후 닛시를 데리고 나온 참이었다.

"장관이네. 굉장해."

"냐앙!"

닛시가 겁에 질려 울며 엘리의 다리 뒤에 숨었다.

"야, 이런 건 돈 주고도 못 보는 광경이야. 같이 보자."

엘리는 닛시의 목덜미를 잡아채서 창문으로 올리려 했지만 닛시의 반항이 너무 심해서 그럴 수 없었다. 엘리가 놓자마자 닛시가 도망가려 했다. 엘리는 닛시의 뒤에다 대고 외쳤다.

"언니의 활약을 볼 수 있을지도 모르는데 갈 거야?"

그 말에 닛시가 우뚝 멈춰 섰다. 그러더니 힘없이 엘리에게로 돌아왔다.

"바보 고양이."

엘리가 심술궂게 웃고는 겁에 질린 닛시를 안아 들었다. 그리고 다시 함께 창밖을 내다보기 시작했다.

검은 회오리와 빗줄기가 배리어와 충돌하며 겨루는 사이, 배리어 안쪽에서는 거대한 게이트 다섯 개가 열렸다. 그리고 그 안에서 위프헤이머가 준비한 것들이 등장하기 시작했다.

"세상에……."

사람들은 거기서 나오는 거대한 생물들을 보며 공포에 질렸다.

"크르르르르."

"끼리릭!"

그것들은 롯소 산맥 중앙에서도 아주 깊숙한 곳에서 산다고 알려진 전설의 몬스터들이었다. 드래곤만큼 정보가 없는 미지의 존재들이었다.

머리가 배리어에 닿을 만큼 커다랗고 맹독성의 숨결을 뿜어내는 독사. 온갖 역병을 몰고 다니는 까마귀들의 여왕. 늪의 호수가 통째로 기어 나온 듯한 끈적거리는 시궁창색의 악어. 저주의 번개를 내리치는 새까만 영양, 몬스터들 입장에서는 '신'에 가까운 신화의 괴수들이 등장하고 있었다.

괴수들이 게이트를 완전히 빠져나왔다. 그들은 발밑에서 비명을 지르며 뛰어다니는 인간들을 보며 경멸의 감정을 내비쳤다. 마치 인간이 벌레를 볼 때처럼…….

위프헤이머가 그들에게 명을 내렸다.

"전부 죽여라!"

괴수들이 위프헤이머의 뜻을 따르려 할 때였다.

"멈춰라!"

하인리히가 나타났다.

그의 등장에 모두의 시선이 쏠렸다.

학술원의 마탑에서 방어막을 형성하고 마법 보조에만 집중하던 그가 여기에는 왜 왔을까. 저 괴물들을 막을 방법이라도 있는 걸까.

하인리히가 최상급 괴수들 앞으로 다가갔다. 일반인들의 눈에는 죽음의 불구덩이 속에 스스로 들어가는 것처럼 보였다.

하인리히가 입을 열었다.

[돌아가 주시오.]

하인리히가 인간들은 알아들을 수 없는 말을 중얼거렸다. 하지만 괴수들에게는 말로써 전해졌다. 그것은 몬스터들 사이에서만 통하는 언어였다.

[나 또한 근원의 힘을 가진 자. 나를 공격할 수 있겠소?]

놈들은 하인리히에게 쉽사리 다가서지 못하고 주춤거렸다.

"캬아아."

"카악."

[롯소 산맥에서 나오기 싫어했던 당신들이 강제로 명령을 따르고 있다는 걸 알고 있소.]

하인리히의 말처럼, 놈들은 위프헤이머의 명을 어쩔 수 없이 따르고 있었다. 세뇌당한 건 아니었지만, 근원의 향기를 풍기는 자가 내리는 명령에 반항할 수 없었다.

머뭇거리는 괴수들에게 하인리히가 외쳤다.

[그러니 나 또한 명령하겠소. 돌아가시오!]

위프헤이머는 파괴 계열 마법의 일인자였고, 다른 마법에도 정통했다. 하지만 하인리히는 정신 계열에서는 타의 추종을 불허하는 실력을 가지고 있었다. 그의 정신적 장악력이나 지배력은 위프헤이머보다 우수했다.

하인리히의 말은 강한 파장이 되어 괴수들을 덮쳤다.

"카아악!"

최상급 괴수들 사이에 분쟁이 일어났다. 몇몇 괴수들은 돌아서서 괴성을 질렀고, 몇몇 놈들은 불만스럽게 입을 쩍 벌렸다. 그러더니 의견이 맞지 않았는지, 놈들끼리 싸우기 시작했다.

"캬아아아아아!"

"쿠워어어어!"

게이트에서는 다른 잡다한 몬스터들도 뛰쳐나왔다. 위프헤이머에게 완전히 세뇌당한 몬스터들은 최상급 몬스터들의 싸움에 휩쓸려 죽으면서도 인간들이 풍기는 맛있는 향기를 쫓아 이리저리 뛰어다녔다.

"가자!"

그때, 군대가 나섰다.

선두는 슈나이더였다.

"로안느를 지켜라!"

곳곳에 퍼져 있던 로안느 군대와 몬스터들이 정면충돌했다.

"이…… 이익……."

궁극 마법은 배리어와 충돌하고 있고, 최상급 몬스터들은 자기들끼리 싸워 대고, 다른 몬스터들은 군대에 막혔다.

"이노옴, 하인리히!"

마침내 위프헤이머가 하인리히 앞에 모습을 드러냈다. 하인리히는 분노로 활활 타오르는 위프헤이머의 눈을 가만히 들여다보았다.

"자네는 언제나 나를 업신여겼지. 방심과 오만이 자네의 생명을 좀먹는 독이 되었네."

위프헤이머가 분노를 참지 못하고 이를 뿌득뿌득 갈았다.

"크윽. 여우 같은 늙은이가 정말로 본래 실력을 감추고 있었구나! 너를 비웃는 나를 속으로 조롱하였느냐?"

하인리히는 침착하게 대답했다.

"자네를 인정하고 있었으니 조롱은 하지 않았네. 그걸 겸손이라고 하지."

"닥쳐라, 이 배신자!"

두 마법사가 격돌했다.

그야말로 최상급 마법들의 향연이었다.

불의 기둥과 물의 폭포.

바람의 폭풍과 땅의 벽.

뾰족한 철창과 단단한 방패. 치명적인 독과 흐름의 치유. 광활한 폭발과 파장의 축소. 저주의 어둠과 정화의 빛. 속박하는 세뇌와 자유로운 해방. 찢어지는 공간과 메워지는 틈.

하인리히와 위프헤이머.

젊을 때는 라이벌이었고 늙어서는 적이 된 두 위대한 마법사의 격돌은 장관을 연출했다. 세상에 존재하는 모든 이적들을 끌어다 모은 듯 온갖 마법들이 이곳에서 발현되고 있었다.

"와."

하인리히가 위프헤이머를 일대일로 상대하겠다고 했기에 마이마예와 신가드라를 비롯한 마법사들은 전투를 지켜보며 견식을 넓히고만 있었다.

마이마예가 배리어를 유지하면서 질렸다는 듯 구경했다.

"이 인간들은 대마법사가 아니라 대대마법사들이라고 불러야겠어. 그런데 오늘, 정말로 위프헤이머의 끝을 볼 수 있는 건가?"

"그럴지도……."

도르시아니가 가면 속에서 입술을 혀로 할짝댔다.

"흥미롭네."

그녀가 배리어의 핵에서 손을 떼고 창 쪽으로 다가갔다. 마이마예가 기겁했다.

"어디 가! 배리어를 유지해야지!"

"좀 더 가까이서 구경할래. 안녕."

"안 돼, 가지 마!"

도르시아니는 마이마예의 말을 무시하고 창밖으로 훌쩍 날아올랐다. 마이마예는 미친 여자라며 펄쩍 뛰었다.

하인리히도 없고, 도르시아니도 없다.

그들의 빈자리는 너무 컸다. 신가드라는 황급히 다른 마법사들을 불러 모았다. 거기에는 라랏슈아와 안젤리나도 있었다.

위프헤이머의 패색은 짙어져 있었다. 위프헤이머는 돌아 버릴 것 같았다. 미칠 것 같은 굴욕감이 그의 영혼을 잠식했다.

"크윽."

하인리히에게 졌다. 정말로 지고 만 것이다.

"그래. 내가 졌다!"

패배를 인정하고 마침내 각오를 다진 위프헤이머의 눈에 핏발이 섰다.

"내 여기서 모든 생명력을 퍼붓는 한이 있더라도 네놈들을 모두 죽이겠다!"

퍼어어엉!

위프헤이머의 몸 주변으로 새까만 기운이 불꽃처럼 샘솟기 시작했다. 끔찍하도록 무거운 살의가 깃든 신력이었다.

하인리히가 손을 쓰기도 전에, 최상급 몬스터들 중 거대한 뱀, 바실리스크가 위프헤이머를 감싸며 보호막을 제 몸 위로 단단히 겹쳤다.

살의와 생명, 모순적인 두 성질을 품은 신력은 저주가 되어 궁극 마법이 펼쳐지고 있는 하늘로 끊임없이 치솟았다.

동시에 나이에 맞지 않게 팽팽하던 위프헤이머의 피부가 급속도로 쪼그라들었다. 뼈는 삭고 머리는 하얗게 세어서, 그 나이대 노인들보다 더 늙어 버렸다.

그의 생명력이 고갈되고 있었다.

우우우웅…….

위프헤이머는 생명을 하늘 위로 쏟아부으면서도 텔레포트를 준비했다. 어디선가 상황을 지켜보고 있던 테일런은 게이트를 열기 시작했다.

하지만 그 순간, 새와 같이 날아오른 사람이 있었다.

"캬아아아아!"

바실리스크의 몸통을 찢었다.

위프헤이머의 텔레포트를 부쉈다.

테일런의 게이트를 방해했다.

이아나는 이미 모든 것을 준비하고 있었다.

그리고 아주 긴 시간을 관찰하며 노려 온.

단, 일격!

퍼어어억!

"아아아아악!"

이아나의 검에 꿰뚫린 위프헤이머의 심장이 그대로 찢어발겨졌다.

휘이이이.

이아나는 검 끝에서 휘몰아치는 기류를 느꼈다. 위프헤이머의 신력과 그가 제어하고 있던 마나, 그리고 '무언가'가 회오리에 뒤섞여 사방으로 튀어 나가고 있었다.

영계를 한번 접했기 때문일까?

특이한 움직임을 보이는 위프헤이머의 영혼을 인지하는 순간, 이아나는 물질계와 영계의 경계선에 서게 되었다.

콰아아아…….

그러자 이아나의 눈에 휘청휘청 흔들리는 위프헤이머의 검회색 영혼과, 구심점을 잃고 떨어져 나오는 칠흑의 조각이 보였다.

'저게 악마의 파편이구나.'

위프헤이머에게 사촌 이내의 혈족이 있었다면 악마의 파편은 그쪽으로 단숨에 이전됐겠지만, 그는 혈혈단신이었다. 파편은 심장이 파괴되자 세상으로 튀어나올 수밖에 없었다. 저것은 이제 뒤쪽에 몸을 숨기고 있던 아르하드가 회수할 것이다.

그때, 이아나는 요동치는 위프헤이머의 영혼이 기이하게 움직이는 것을 발견했다.

악마의 파편은 이 자리에 머물렀지만, 그의 영혼은 북쪽으로 스멀스멀 이동하고 있었다. 그리고 어느 순간 빠르게 도망치기 시작했다. 북쪽, 아마도 두 번째 몸이 있는 곳으로 가는 것이리라.

이아나가 다급히 그것을 붙잡으려 했지만 연기를 만지는 것처럼 손에 잡히는 것이 없었다.

이아나는 분통이 터졌다.

이 쥐새끼 같은 놈.

놓아줄 수밖에 없는 걸까?

절대 놓치고 싶지 않은데, 어떻게 잡을 방법이 없는 걸까?

그런 생각을 강하게 하는 순간, 심장이 박동했다.

「무엇을 심판할 텐가?」

이제는 익숙해진 울림이었다.

이아나는 심판의 권능에 혹했다. 그녀는 아주 많이 강해졌다. 신력도 아주 많아졌다. 그러니 권능을 쓸 수 있지 않을까?

'위프헤이머의 영혼을 소멸시킨다.'

촤르르르륵!

이아나의 살의는 천칭의 힘을 부르고, 천칭은 소망의 무게를 쟀다. 하지만 천칭은 이아나가 보유한 신력이 부족해서 '불가'하다는 답을 내밀었다.

답을 얻는 순간, 이아나는 본능적으로 천칭의 원리를 깨달았다.

천칭을 이용한 '심판'은 현실의 개연성을 모조리 무시하고 '결과'를 가져다주는 기적이다. 모든 중간 과정을 생략하는 것, 즉 과정에 필요한 시간의 양을 송두리째 덜어 내 버리는 것이다. 시간은 절대적인 영역에 있는 세계의 섭리다. 그것에 손을 대려면 엄청난 대가가 필요한 게 당연했다.

순리는 위프헤이머가 새 몸을 얻는 것이었다. 그는 오랜 시간을 들여 심장 공유 마법을 완성했고, 그러니 비밀스러운 장소에 숨겨 놓은 두 번째 몸에서 깨어나야 마땅했다.

지금 이곳에서 위프헤이머의 영혼을 아무 과정 없이 제거한다는 것은 그 모든 것을 무시한다는 뜻이었다. 그러니 엄청난 양의 신력이 필요할 수밖에.

'내가 지금 놈을 완전히 죽일 방법은 정말 없는 건가?'

천칭은 대답이 없었다.

체념한 이아나는 한숨을 삼키며 상황을 끝내려 했다.

분명 그러려고 했었다.

쾅!

심장이 부지불식간에 튀어 올랐다.

쾅!

'헉.'

이아나는 숨이 콱 막혔다.

심장이 폭발하듯 세차게 박동하고 있었다. 귀가 먹먹해져 아무것도 들리지 않을 정도로 강한 폭발음이 심장에서 연달아 터졌다.

쏴아아아아…….

심장은 이아나의 신력을 블랙홀처럼 빨아들였다. 이아나의 소
망에 이리저리 기울던 천칭이, 결국 그녀가 보유한 신력으로 위
프헤이머를 죽일 수 있는 방법을 찾아내고 만 것이다.

촤르르륵!

이아나가 생각을 마치기도 전에, 세상 어디엔가 존재하는 천
칭의 강제력이 이아나를 휘감았다. 공간과 공간, 시간과 시간의
틈새 사이로 이아나를 잡아끌었다. 엄청난 인력이 이아나를 빨
아들였고, 그녀는 반항할 수 없었다.

이아나의 시야가 순식간에 반전되었다.

진리가 눈앞에 펼쳐졌다.

'……!'

그곳은 무척 어지러웠다.

이아나는 순행으로 흐르는 시공간과 역행하여 거꾸로 흐르는
시공간이 교차하는 틈새에 있었다. 그리고 틈새에는 온갖 시공
간이 뒤섞여 있었다. 세상의 모든 시간과 정보들이 그곳에 존재
하고 있었다.

그리고 그 중심에는 영혼으로 보이는 수많은 영적 존재들이
있었다. 영혼은 새로 생성되기도 하고 비명을 지르며 사라지기
도 했다. 고통에 울부짖기도 하고 안식을 취하기도 했다.

영혼들이 발산하는 온갖 감정들은 바다를 이루어 출렁거렸다.
감정의 바다 속에서 영혼들은 정신을 차리지 못하고 허우적거렸
다.

이아나는 이곳에서 탄생과 죽음을 보았다.

순행의 흐름 속으로 빨려 들어가는 영혼이 있었다. 그것은 태어나는 존재였다. 순행에서 튕겨 나와 역행의 흐름 속으로 빨려 들어가는 영혼도 있었다. 죽은 존재였다.

키이이잉.

순행과 역행이 얽혀 '정지된' 이곳에서도 천칭의 힘은 발휘되고 있었다.

'여긴 대체……'

진리의 세계. 그곳에서 넋을 빼고 있던 이아나는 또다시 강제로 이끌려 가기 시작했다. 건져 내어지듯 순행 속으로 빨려 들어갔다.

❦

아르하드는 이아나가 위프헤이머의 심장을 파괴하는 걸 보자마자 파편을 회수하기 위해 손을 뻗었다. 위프헤이머의 육체는 피를 점점이 뿜어내며 추락했고, 그가 보유하고 있던 악마의 파편은 세상으로 튀어나왔다. 아르하드는 성공적으로 그 파편을 회수했다.

하지만 그에게 중요한 건 파편 회수가 아니었다.

아르하드의 얼굴은 완전히 창백해져 있었다.

'이아나!'

이아나가 사라졌다.

위프헤이머의 심장을 찌른 직후 갑자기 없어졌다.

마법이 아니었다.

그냥 어떤 전조도 없이 사라져 버렸다.

세상에 존재하지 않았다는 것처럼 완전히 지워져 버렸다.

아르하드는 다급하게 반지로 이아나의 위치를 추적했다. 이 세상 모든 곳에는 좌표가 있건만, 이아나의 좌표는 이상하게 떴다.

∞, ∞, ∞.

이런 좌표는 세상에 있을 수 없었다.

연락을 해 보려 했으나 불통이었다. 반지가 망가진 걸까?

반지에 새긴 보호 마법만 수십 개인데 그럴 리가 없었다.

마치, 이아나가 이 세상에서 사라져 버린 것 같았다.

'이아나.'

천방지축이지만 언제나 그의 범위 안에 있던 빛이 픽 하고 꺼져 버렸다. 눈앞이 캄캄해졌다. 심해 속으로 빨려 들어간 것처럼 숨을 쉴 수가 없었다. 그는 속이 울렁거려서 손으로 입을 막고 말았다.

'어디 간 거야.'

그의 이성이 이아나가 사라져 버린 이유를 필사적으로 분석했다. 그러다가 그녀의 권능에 생각이 미쳤다.

'설마 심판? 잘못해서 제 모든 걸 날려 버린 건 아니겠지?'

아르하드가 생각을 거듭하는 사이, 지상에는 지옥이 펼쳐지고 있었다.

"으아아악!"

"살려 줘! 악!"

위프헤이머가 제 모든 신력을 퍼부은 궁극 마법은 취소되지 않고 배리어를 뚫고 있었다.

쏴아아아.

처음에는 분명 별 영향을 주지 않았던 검은 비가 모든 것을 부식시키기 시작했다. 비를 맞은 생명체의 몸은 썩어 들어갔고, 건물은 먼지가 되어 사라졌으며, 땅은 생명이 자랄 수 없는 죽음의 땅이 되었다.

하늘과 지상을 다시 이은 검은 회오리는 부식된 것들로부터 신력을 빨아들였다. 신력은 마법으로 환원되어 더 극심한 재앙을 일으켰다. 무한동력과도 같았다.

아르하드는 그 장면을 핏기 없는 얼굴로 바라보았다.

'이아나. 돌아올 거지. 그리 믿는다.'

그가 하늘을 향해 손을 뻗었다.

위프헤이머의 마법은 마나가 아닌 그의 신력으로 이루어져 있었다. 악마의 파편을 아주 오랜 기간 품어 온 놈답게, 강한 증오와 사념을 머금은 신력과 그 마법은 아르하드조차 쉽게 볼 수 없을 정도로 단단했다.

하지만 시간문제일 뿐이었다.

아르하드가 속에 품고 있는 심연을 이길 자가 있을까?

있다면 그를 복제해 놓은 도플갱어뿐이다.

콰드드드드득!

하늘에 검게 휘몰아치던 신력이 물어뜯긴 것처럼 요동쳤다. 악몽 같은 마법이, 그보다 더한 악몽에게 잡아먹히고 있었다.

"우우우우우……."

"끼이이잉……."

모든 몬스터들이 전율하며 무릎을 꿇었다.

"이것들이 왜 이래?"

인간과 싸우고 있던 몬스터들도 모든 행동을 멈추고 그 자리에 털썩털썩 주저앉았다. 몬스터들은 겁에 질려 움직일 힘을 잃었고, 전투 불능의 상태가 되었다. 그것은 최상급 괴수들도 마찬가지였다.

'돌아와라. 꼭.'

이아나의 위치가 잡히지 않는 이상, 아르하드가 지금 할 수 있는 일은 이것뿐이었다.

이아나가 이 상황을 보면 좋아하지 않을 것이다. 또 제 탓으로 돌리며 자책할 것이다. 아르하드는 이성과 광기의 사이에서 위프헤이머의 마법을 부수는 데에만 집중했다.

아르하드가 마법을 파괴하고 있는 동안에도 마법의 위력은 계속 발휘되고 있었다. 아르하드는 파괴에 집중하느라 배리어를 뚫고 떨어지는 비까지는 신경 쓰지 못했다.

위프헤이머가 죽기 직전 불러낸 검은 비는 하인리히도, 마탑 안의 다른 마법사들도 막을 수 없었다.

"신이시여……."

마탑에 있던 마법사들은 무력감에 휩싸여 죽어 가는 테오도르를 보았다.

거기에는 엘리와 닛시도 있었다.

하지만 그들은 절망적으로 보이지는 않았다.

"위험해 보이네."

"냐아, 냐아."

넛시가 이아나가 걱정된다는 듯 울어 댔다. 어떻게 좀 해 보라는 듯 엘리의 바짓가랑이를 붙잡고 흔들어 댔다.

"어쩔 수 없는 것 같지?"

엘리의 말에 넛시가 그렇다는 듯 다급히 고개를 끄덕거렸다.

"흐어어엉. 허엉. 어쩜 좋아."

안젤리나는 창밖을 보며 울었다. 배리어 유지에 제 모든 힘을 다 쏟아붓고 있었지만 검은 비는 속절없이 지상으로 떨어져 내렸다.

'제발, 제발, 막아. 막으란 말이야.'

안젤리나가 배리어의 핵을 움켜쥐고 안간힘을 다 쓰고 있던 그때, 그녀의 시야가 반전되었다.

왜일까? 주변 사람들이 갖가지 색깔로 물들어 있었다.

'어⋯⋯?'

이게 무슨 상황인지 이해하지 못한 안젤리나가 어리벙벙한 소리를 내려 했지만 소리는 말로 빚어지지 않았다.

휘이이이⋯⋯.

그리고 어디선가 흘러 들어온 바람이 그녀의 앞에서 하얀빛으로 맺혔다. 어느새, 그녀의 앞에는 하얗게 빛나는 소년이 서 있었다.

'내가 보이지?'

영혼의 울림이었다. 안젤리나는 멍하니 하얗게 빛나는 말간 얼굴의 소년을 바라보았다. 그녀는 본능적으로 그 앞에 무릎 꿇고 싶었지만 허락되지 않았다.

'참견하고 싶지 않았지만, 이건 현재와 관련 없는 신성시대에서 비롯된 문제라서.'

소년의 생각은 언어가 아닌 생각으로 그대로 안젤리나에게 전해졌다. 소년이 안젤리나가 붙잡고 있는 배리어의 핵을 향해 고갯짓했다.

'이 아티팩트는 학술원에서 사용되고 있지만, 사실 자카라 발젠타가 여왕을 위해 만든 거야. 여왕을 보필할 인재들이 위험할 때, 여왕이 그들을 보호할 수 있도록 설계되었지. 여왕의 피를 짙게 물려받은 여인만이 진가를 이끌어 낼 수 있어.'

소년은 천천히 다가와서 안젤리나의 손을 붙잡았다.

'자, 공주님. 떠올려 봐. 소멸의 운명을 부여받았음에도, 내게 자아를 존속하고 싶다고 애걸했잖아.'

하얀 소년이 웃었다.

'나는 약한 영혼과는 계약하지 않아. 내가 도와줄 테니 의지를 발현해 봐.'

번쩍!

안젤리나의 손에서 은백색의 빛이 뿜어져 나왔다.

"앗!"

마법사들이 깜짝 놀라 안젤리나를 쳐다보았다. 안젤리나의 시선이 어딘가에 꼿꼿하게 박혀 있었다. 하지만 시선의 끝에는 아무도 없었다.

"……."

마법사들은 고개를 갸웃하며 창밖을 다시 보았다가, 거기서 펼쳐지고 있는 광경에 입을 쩍 벌렸다.

배리어에 빛이 덧입혀지고 있었다. 배리어의 핵으로부터 시작된 빛의 장막은 테오도르 전체로 드넓게 퍼져 나갔다. 장막은 그 안에서 마법에 의해 썩어 들어가던 생명을 재생했다. 지상에 쏟아지는 빗줄기를 단단하게 막는 우산이 되어 주었다. 기적과도 같은 광경에 모두가 넋을 잃었다.

후우우우욱!

기적이 벌어지고 있는 사이, 아르하드는 위프헤이머의 어둠을 모두 흡수했고 하늘은 푸른빛을 되찾았다.

아르하드는 저를 향해 엎드려 있는 몬스터들에게 말했다.

[돌아가.]

아르하드의 한마디에 모든 몬스터들이 허둥지둥 일어나 도망치기 시작했다. 어떻게든 이곳에서 벗어나고 싶어 안달이 난 모습들이었다.

"……."

모든 일을 끝냈다.

집중할 일거리가 사라지자 참을 수 없어진 아르하드가 얼굴을 감싸 쥐며 주저앉았다.

숨이 제대로 쉬어지지 않았다.

이아나를 믿고 기다리고 싶었다. 그의 인내심은 몹시 강했다.

하지만 사랑에는 그리도 끈질기게 버텼던 인내심이 이아나가 세상에서 사라졌다는 생각이 들자 순식간에 바닥나 버렸다. 죽고 싶다는 충동이 들 정도로 끔찍한 어둠이 그를 잠식했다.

반짝!

이아나의 위치를 찾아 헤매던 반지가 결과물을 얻었다.

"아!"

아르하드의 눈에 빛이 돌아왔다. 황급히 반지의 좌표가 가리키는 위치를 머릿속에 그려 보았다. 좌표의 위치를 떠올려 낸 순간, 아르하드의 머릿속이 다시 한번 정지했다.

그의 뺨이 경련했다.

"왜 거기에……."

이아나는 공간과 공간을 뛰어넘고, 시간과 시간을 건너 목표물이 있는 곳에 도달해 바닥에 내동댕이쳐졌다.

"우웩."

세상이 핑핑 돌았다. 이아나는 바닥에 쓰러져 헛구역질을 했다. 곧 메스꺼움을 참으며 바닥을 짚고 일어났다. 조금 어지럽긴 했지만 이 정도는 금세 나아질 것이다.

'여긴 어디?'

검은 돌벽과 어지럽게 널려 있는 약품들.

피가 묻어 있는 바닥과 제단.

그리고 그 위에 눈을 감고 누워 있는 작은 체구의 소년.

이아나는 제단 위의 창백한 소년을 바라보았다. 그때, 소년이 '헉!' 하고 숨을 들이켜며 벌떡 일어났다.

"으아아악!"

소년은 심장을 부여잡고 몸부림치다가 딱딱한 제단 위에 머리를 박았다. 통증을 느끼는지 한참을 벌벌 떨었다. 그러다 흐느적거리며 몸을 일으켰다.

"성공……."

본인이 뱉은 중얼거림에, 멍한 눈에 빛이 돌아왔다. 소년은 제 몸을 부산스럽게 쓰다듬기 시작했다.

"역시 성공했어!"

밝게 외친 소년이 좋아서 어쩔 줄을 모르겠다는 듯 어깨를 들썩거렸다.

"으핫, ……응?"

소년은 웃음을 터뜨리려다 말고 어둠 속에서 저를 조용히 관찰하고 있던 이아나를 발견했다. 소년의 눈이 튀어나올 듯 커졌다.

"이런 젠장!"

숨이 넘어갈 듯한 욕설이 단말마처럼 터졌다. 이아나는 순식간에 쇄도하여 으악, 하고 비명을 지르려는 소년의 입을 틀어쥐고 바닥에 처박았다.

소년은 손을 허우적거리며 도망치려 했지만 불가능했다. 마법을 쓰려는 시도를 막은 이아나가 손을 살짝 떼며 속삭였다.

"위프헤이머."

"……."

그는 새파랗게 질린 채 아무 말도 하지 못했다. 살기 위해 아니라고 변명하는 것조차 자존심 때문에 하지 못했다. 이아나의 손이 사신의 것처럼 내려왔다.

"자, 잠……."

콰득!

이아나의 손이 자비 없이 목을 비틀었다.

손끝에 닿는 박동이 끊어졌다.

위프헤이머의 두 번째 삶은 그로써 끝이었다.

"……."

이아나는 목에서 손을 떼었다. 손에 남은 느낌이 그다지 좋지 않았지만 몸속에 위프헤이머가 있었기에 어쩔 수 없었다. 이아나는 이제 마음만 먹으면 영혼을 볼 수 있었다. 그녀가 봤을 때, 소년의 몸 안에는 위프헤이머의 영혼밖에 없었다. 소년은 죽었으리라.

이아나는 이곳에 오기 전에 보았던 진리의 세계를 떠올렸다. 아마도 사후 세계이리라. 소년의 영혼이 그곳에 있다면, 편히 쉬었으면 좋겠다고 생각했다.

이아나는 화장해 줄 요량으로 시신을 아공간에 집어넣었다. 아공간에는 생명체를 제외한 모든 것을 넣을 수 있었다.

그러면서 제가 처한 상황을 파악했다.

'천칭은 위프헤이머의 영혼을 바로 제거하는 건 불가하지만, 나를 놈의 두 번째 몸이 있는 곳으로 데려다 놓는 건 가능하다고 결론 내린 거다. 물론 좌표를 파악하는 데도 많은 중간 과정을 생략했기에 굉장한 신력을 요했겠지.'

어쨌든 위프헤이머를 죽였다. 위프헤이머를 성공적으로 처치한 이아나는 뿌듯해졌다. 그러자 드디어 주변을 둘러볼 정신이 생겼다.

"여긴 그럼 위프헤이머의 실험실인가."

그리 중얼거리던 이아나는 그제야 벼락 맞은 듯 깨달음을 얻었다. 머리카락이 쭈뼛하고 곤두섰다.

'설마.'

멀리서 달려오는 발소리들이 들려왔다. 이아나는 황급히 기척을 숨기고 벽에 달라붙었다.

쿠당탕!

문을 박차고 들어온 마법사들이 비어 있는 제단을 보며 부르르 떨었다가 주변을 맴돌기 시작했다.

"위프헤이머 님!"

"스승님!"

그들은 위프헤이머를 애타게 찾아 댔다. 하지만 이아나가 아공간에 넣은 시신을 발견할 수 있을 리가 없었다.

"어디 가셨지?"

"방금 전 분명 여기서 비명 소리가 들렸는데."

"마법이 잘못된 거 아니야?"

"그럴 리 없어. 텔레포트로 밖에 나가셨나 본데."

이아나는 마법사들이 위프헤이머를 찾느라 정신이 팔린 틈을 타 방에서 탈출했다. 검은 로브를 아무렇게나 뒤집어쓴 이아나는 좁은 통로를 질주했다. 일반인의 눈에는 바람으로밖에 보이지 않을 만큼 빠른 속도였다.

이아나는 원형 계단을 발견했다. 계단을 빠르게 오르며 한 층, 한 층 올라가는데, 층마다 문이 하나씩 있었다. 살짝 열려 있는 문으로 마법사들이 연구를 하고 있는 모습이 보였다.

이곳은 아주 깊은 곳에 위치한 지하탑인 모양이었다. 지하 특유의 꿉꿉하고 축축한 냄새가 났다. 벽은 검은 벽돌로만 이루어져 있었다. 벽에는 어둠을 밝히는 불꽃 아티팩트들이 걸려 있었는데, 마나로 피어난 불꽃들은 이아나가 스쳐 지나갈 때마다 음산하게 일렁거렸다.

이아나는 바하무트의 황성이 검은 벽돌로 지어졌다는 사실을 새삼스레 떠올리며 식은땀을 흘렸다.

'아니겠지?'

애써 부정하려 했지만 왜인지 맞을 것 같다는 불길한 예감이 들었다.

그러다 계단을 내려오던 마법사 한 명과 떡하니 마주쳤다.

픽!

"억."

이아나는 그를 기절시킨 후 계단에 쓰러진 놈의 등을 밟으며 계속해서 올라갔다. 길은 오로지 하나뿐이었다. 이 길이 끝날 때까지는 달려야 했다.

올라가는 길에 몇 번이나 다른 마법사들과 마주쳤지만 무사히 지나쳤다. 그런데 얼마나 깊은 지하인지, 올라가고 또 올라가도 빛이 보이지 않았다. 혹시나 창문이 없는 게 아닐까 해서 벽을 뚫었더니 흙이 부스스 떨어졌다.

그래도 탑의 끝은 보였다. 이때까지 똑같은 층들만 보였지만, 이번엔 시야가 확 트인 공터가 나타났다.

이런 곳이 더 불안하다.

이아나는 입구를 통해 밖으로 튀어 나갔다.

"엇!"

그곳을 지키고 있던 기사들은 놀라서 뭔가를 하기도 전에 이 아나의 기습에 당해 쓰러졌다. 이아나는 이를 악물었다.

'이렇게 기절시키는 것에도 한계가 있어. 분명 발각된다.'

이아나는 뛰어가다가 인기척이 없는 공간에 들어섰다. 이곳 역시 너무 어두워서 아직도 지하인지 아니면 지상으로 올라왔는지 분간이 되지 않았다.

잠시 멈춰 서서 생각을 정리하기로 했다. 기척이 없는 방에 들어가 숨은 이아나가 숨을 골랐다.

이아나가 반지를 만지작거렸다.

'아르하드에게 연락을 해도 될까?'

마법의 효용 범위는 무궁무진하다. 혹시라도 마법으로 아르하드에게 연락했다가 추적당하는 게 아닐지 불안했다.

평소라면 제가 사라졌으니 아르하드가 바로 연락을 해 왔을 것이다. 예전의 동물 아티팩트와는 달리 소리가 나지 않고 작은 빛만 반짝거리기 때문에 언제라도 연락해도 괜찮았다.

그럼에도 아르하드가 연락을 하지 않는 이유가 있지 않을까?

이아나는 마나 대신 신력을 써서 아티팩트를 활성화하기로 했다. 권능을 쓰면서 신력이 거의 바닥을 쳤지만, 빠르게 회복되고 있었다.

아티팩트는 바로 연결되었다. 아르하드가 속삭였다.

[괜찮아?]

"네. 그런데 여기가 어딘지……."

[바하무트 황궁 지하.]

이아나는 속으로 한숨을 삼켰다.

[자세한 얘기는 나중에 해. 황궁의 모든 곳에 놈들의 눈이 닿기 때문에 짧게 끝내야 한다. 아직 괜찮은 걸 보면 안 들켰을 가능성이 높지만, 관찰

하고 있을 수도 있어.]

"······!"

이아나의 경계심이 바짝 올라갔다.

[난 황성에 마법을 쓸 수 없어. 마나가 전부 다 황족의 통제하에 있어서 외부인의 제어는 허용되지 않아. 쓰려고 하면 쓸 수 있겠지만, 바로 발각되어서 역추적당할 거야. 너도 마나를 쓰지 마. 이거 신력으로 연결한 거지?]

"네. 당신이 연락을 하지 않는 이유가 있다고 생각해서."

[잘했어. 길을 알려 줄 테니 어떻게든 황궁을 빠져나와.]

아르하드의 말에 의하면 그녀가 지금 있는 곳은 황궁의 지하 2층이었다. 이아나가 있는 지하 건물은 폐쇄된 공간이라 입구가 한 곳밖에 없었다. 빠져나가려면 일단 1층까지 가야 했다.

거기서도 길을 잘 찾아야 했다. 바하무트 황궁은 미로와 같아서 길을 알아도 미아가 되기 십상이었다. 한쪽 방향으로 뚫고 지나가면 어떻게든 탈출할 수 있을 테지만, 소란이 생길 것이다. 이아나는 아르하드가 알려 주는 길을 집중해서 외웠다.

[황궁을 탈출하는 즉시 네 앞에 게이트를 열 거다. 좌표를 추적하고 있을 테니, 길을 잃거나 무슨 일 있으면 바로 연락해.]

"알겠습니다."

[······마음 같아서는.]

애써 냉정을 유지하던 목소리가 한순간에 와르르 무너졌다.

[내가 바로 거기로 가고 싶어. 하지만 내가 가면 즉시 전면전이다.]

"안 됩니다."

준비가 되지 않은 상태에서 바하무트와 싸우는 건 절대로 사양이었다.

"반드시 황궁에서 탈출하겠습니다."

이아나가 다짐했다.

[그래. 최악의 상황이 아니고, 너를 믿으니까 길만 알려 주고 마는 거야. 그보다 정말 이해할 수가 없다. 대체 왜 황궁에 가 있는 건데?]

아르하드의 목소리가 이성을 잃은 듯 조금 커졌다. 이아나는 아르하드에게 몹시 미안했다. 갑자기 사라졌는데 바하무트 황궁에 가 있으니 얼마나 놀랐을까? 만나면 일단 질책은 확정이다.

[자세한 얘기는 나중에 해. 나와.]

"네……."

이아나는 위프헤이머의 두 번째 몸을 처치했다는 공은 입에 담지도 못하고 축 처져서 대답했다. 연락이 끊겼다.

이아나는 고개를 휙휙 저었다.

일단은 탈출이다.

땡! 땡! 땡!

그때, 침입자가 있다는 게 알려졌는지 성 전체에 종이 울려 퍼졌다. 예민해진 청각에 발소리와 병장기 소리들이 우르르 몰려오는 게 잡혔다. 이아나는 긴장해서 문을 열고 나왔다. 이쪽에는 아직 아무도 없었다.

이아나는 기척을 극한까지 감추었다. 그 상태로 아르하드가 알려 준 길을 따라 달렸다. 바하무트 황족이 지켜보고 있을지도 모른다는 생각에 그녀의 발은 더더욱 빨라졌다.

"침입자다!"

그럼에도 종종 들켰다. 길은 하나뿐이었고, 침입자 경보가 울리자마자 중간 문을 닫고 통제하는 놈들 때문이었다.

경계를 서는 황궁 기사들과 마법사들의 실력은 무척 뛰어났다. 그래도 이아나는 그들을 모두 제치고 달렸다. 바하무트의 군인들은 필사적으로 질주하는 이아나를 놓칠 수밖에 없었다.

그러나…….

이아나가 아르하드가 가르쳐 준 길의 삼분의 이 지점까지 왔을 때였다.

"새 한 마리가 겁 없이 날아들었군."

퍼억!

"큭!"

질주에 집중하고 있던 이아나는 갑작스러운 기습에 완벽하게 대처하지 못했다. 그녀를 제압하려던 손을 피하긴 했지만, 앞으로 나아가지 못하고 뒤로 물러날 수밖에 없었다. 유령처럼 엄습한 손이 이아나의 멱살을 움켜쥐었다. 이아나는 벽에 밀쳐졌다.

새카만 눈과 붉은 눈이 마주쳤다.

"놀라워. 텔레포트의 기적은 느껴지지 않았는데 어떻게 여기에 온 거지?"

이아나는 눈을 사납게 뜨고 두 팔에 붉은 신력을 머금었다. 그의 손목을 끊고자 팔을 내리찍으려는 순간, 그가 손을 떼었다. 이아나는 풀려나자마자 냉큼 뒤로 물러났다.

이아나는 아공간에서 라이즈를 뽑아내며 그를 겨눴다.

그녀는 길을 가로막은 그가 누구인지 바로 알아챘다.

새까만 머리칼과 새까만 눈.

아르하드보다 훨씬 나이가 많을 테지만 그리 나이 들어 보이지 않는 젊은 얼굴.

초상화로 자주 봤던 익숙한 체구와 생김새였다.

테일런 바하무트.

말로만 듣던 그 남자였다.

그는 커다란 몸으로 좁은 길을 막아섰다.

콰아아아아!

테일런의 주변으로 검은 마나가 휘몰아쳤다. 이아나도 이를 악물고 라이즈에 붉은 신력을 감아올렸다. 저놈은 아르하드 못지않은 실력자다. 잘못하면 되레 당할 수 있었다.

'어떡하지?'

이아나는 머리가 터지도록 갈등했다.

'못 죽여.'

놈의 공격을 받고, 그의 마나를 마주하자마자 확신했다. 놈은 저와 막상막하, 혹은 그보다 한수 위다.

"……."

그런데 테일런의 태도가 이상했다. 방금 전까지만 해도 재밌다는 듯 웃고 있던 놈이었다. 지금은 그저 무표정한 얼굴로 이아나를 뚫어져라 쳐다보고 있었다. 만약 시선이 검이었다면 이아나는 꿰뚫려서 죽고도 남았다.

그가 입을 열었다.

"그렇군. 빠져 있는 기억들, 죄다 너였구나?"

이아나는 그의 혼잣말이 무슨 말인지 이해할 수 없었다. 그저, 테일런이 방심한 사이 뒤돌아 달리기 시작했다.

'젠장!'

수치스럽지만 이번에도 후퇴였다. 예전에 이사벨라에게서 도망쳤듯, 이번엔 테일런에게서 도망칠 수밖에 없었다. 하지만 결말은 같을 것이다. 이사벨라가 제게 목이 베일 뻔했듯, 놈도 마찬가지일 테다.

"……."

테일런은 바람처럼 사라지는 이아나의 뒷모습을 가만히 바라보다가 그녀를 따라서 천천히 발걸음을 옮겼다.

파편 소유자는 판데모니엄의 균열을 통해 악마의 심장과 가까워질 경우 악마의 기억을 얻을 수 있다.

그리고 테일런은 몇 년 전, 판데모니엄의 균열을 통해 놀라운 기억을 얻었다.

한 번의 삶을 통째로 지워 버린 도둑.

아니, '진짜 악마'의 기억이었다.

그런데 기억은 이상할 정도로 드문드문 끊겨 있었다.

고대의 기억도, 지워진 시간에 대한 기억도.

악마의 파편마다 담겨 있는 기억이 다르므로, 기억이 들쑥날쑥한 건 이상한 일이 아니다. 하지만 쭉 이어지는 기억에서도 몇몇 부분은 사라져 있었다. 검게 칠해진 것처럼, 아니, 아예 통째로 들어내어진 것처럼 없었다.

그 때문에 기억은 난잡했고 개연성이 없었다. 놈이 집착하는 대상이 분명 있는데 그것이 무엇인지 아리송했고, 놈이 저지르는 행동들의 동기가 뚜렷하지 않았다.

하지만 오늘 저 여자를 직접 마주하고 나서야 깨달았다. 자신이 얻지 못한 악마와 도둑의 기억들은 모조리 저 여자와 관련되어 있음을······.

대체 얼마나 집착했으면, 시간을 지우는 엄청난 짓을 저지르고 영혼이 쪼개지는 와중에도 그녀에 대한 모든 기억을 가져갔을까.

깨끗하게, 먼지 하나 없이.

시간을 지워 모든 것을 잃더라도, 그녀에 대한 것들만큼은 반드시 제가 갖겠다는 엄청난 소유욕을 테일런은 엿봐 버렸다.

"흐음."

여자를 마주치고 나서야 이사벨라가 왜 여자에게 그리도 집착하는지를 알 수 있었다. 그의 심장에도 정체불명의 탐욕과 애욕이 불길처럼 치솟고 있었다. 악마의 자아가 저 여자를 가지라고 날뛰어 대고 있었다.

"어쩔까."

테일런은 그려 놓은 큰 그림을 위해 그녀를 놓아주려 했었다. 아직은 때가 아니었다.

얼마 남지 않았다.

도둑이 방심하고 최고점에 날아올랐을 때 날개와 심장을 한 방에 꿰뚫는 화살을 쏴야 했다. 그러려면 저 여자가 여기에 잡혀 있어서는 안 되었다.

악마를 완성하기 위해서는 그 여자가 필요하다.

현재의 도둑이 끈질기게 집착하는 이아나 로베르슈타인을 알게 된 순간 받았던 직감이었다.

기억에는 없었지만, 이아나를 중심으로 지워진 시간 속의 이야기들이 비틀리고 있었기에 테일런은 그녀가 악마에게 매우 중요한 인물이라고 판단했다.

그래서 살려 둬야겠다고 결정했다. 이번에도 그냥 얼굴 한번 보려고 대면했을 뿐인데…….

탐욕이 그의 오만함을 짓누르며 여자를 잡아채라고 윽박지르고 있었다. 저 여자만 있으면 악마를 완성하지 않아도 될 것 같은, 이 이상하고 야릇한 기분은 뭘까? 그의 야망까지 짓누르는 탐욕이 낯설면서도 유쾌해서 테일런이 낮게 웃었다.

테일런은 황궁을 뒤덮은 마나를 움직여 이아나를 찾았다.

황궁은 제 손바닥 안임에도, 이아나의 기척이 지나치게 흐릿해서 잡히지 않았다. 어린 계집 주제에 대단한 실력이었다. 테일런이 눈을 가늘게 떴다.

'내기할까.'

탈출한다면 놓아줄 것이요, 잡힌다면 가둔다.

"침입자다!"

"침입자!"

"이쪽으로 가라!"

마법사들이 이아나를 추적하고, 검은 갑주를 차려입은 기사들이 이아나를 찾으러 뛰어다녔다.

"이름이 이아나 로베르슈타인이라고 한다!"

"붉은 머리카락에 붉은 눈이다!"

테일런을 통해 이아나의 정보가 알려진 듯 기사들이 외치고 다녔다. 성안으로 물밀듯이 들어온 바하무트 군대가 이아나 하나만을 잡기 위해 뛰어다녔다.

촤아아악!

이아나는 들킨 김에 검을 마음껏 휘둘렀다. 그러면서 점점 더 인기척이 드문 깊숙한 곳으로 향했다. 테일런이 길을 막아서는 바람에 일이 틀어졌다. 아르하드에게 연락해야 했다.

그때, 검은 갑주 차림의 고위 기사가 이아나의 앞에 불쑥 나타났다.

"······!"

이아나는 그녀의 앞을 가로막은 바하무트 기사를 베려 했다. 하지만 그럴 수 없었다. 그녀의 동공이 확장되었다. 동공에 담긴 것은 경악이었다.

"아······."

덩치가 커다란 기사는 놀라서 굳어 버린 이아나를 이끌고 어딘가를 향해 달리기 시작했다.

'그럴 리 없어.'

네가 왜 여기에 있나.

하지만 절대 착각했을 리가 없었다.

이아나의 뺨이 파리해졌다.

짙은 갈색 머리카락과, 진지하면서도 올곧은 눈망울. 그녀를 선망하고 추종했던 그를 어찌 잊겠느냐 말이다.

회귀 전, 회귀 후를 통틀어 유일한······.

"아가씨, 어서."

호위 기사, 카니츠를.

"네가, 왜 여기에서."

바하무트의 갑주를 입고 있는 거지?

"카니츠."

이아나가 불가해한 상황에 카니츠를 추궁하자 카니츠는 차분하게 흔들림 없이 대답했다.

"아가씨께서는 바하무트 제국에 몸을 담겠다 하셨습니다. 제게 쫓아오지 말라 하셨고요. 그래서, 먼저 이곳에 와서 아가씨를 기다리고 있었습니다."

아찔해졌다. 이아나는 몇 년 전, 카니츠와 작별할 때 그에게 했던 말을 떠올려 내고 말았다.

"나는 바하무트 제국으로 향한다."

이아나는 숨이 턱 막혔다.

'그 말 한마디 때문에…….'

이아나는 부정했지만, 이 멍청할 만큼 충직한 기사라면 그럴 수도 있다는 사실을 누구보다 잘 알고 있었다. 이아나의 명이 아니라면, 바하무트를 꺼리는 듯했던 카니츠가 바하무트의 황궁에서, 그들의 기사복을 입고 있을 이유가 뭐란 말인가. 먼저 와서 기다리고 있었던 거니 쫓아오지 말라고 했던 그녀의 마지막 명을 어긴 것도 아니었다.

"대체…… 내가 뭐라고. 왜 그렇게 날."

카니츠는 회귀 전 로안느의 5대 기사 중 한 명이었다. 고위 귀족들이 열렬하게 회유할 정도로 대단한 실력의 기사였다. 우직하고 충성심이 깊은 성격으로 명망도 있었다. 최강의 기사이지만 권력에 미쳐 패륜을 저지르고, 손속에 자비를 두지 않는 악귀 이아나 로베르슈타인의 밑에 있는 게 너무 아깝다는 것이 그에 대한 평이었다.

그럼에도 카니츠는 이아나의 곁에 호위기사로서 끝까지 남았다. 이아나가 아르하드와의 전투에 집중할 수 있도록, 다른 모든 적을 막았다. 그러다가, 이아나가 죽었던 전투에서 그도 죽었다.

그런데 카니츠는 이번 생에서도 그녀를 따랐다. 메말랐던 이아나가 타인과 어울릴 수 있도록 정서적 토대를 닦아 주었다.

그것만으로도 너무나 고마워서 이번 생에서는 놓아주었다. 그가 이번엔 자신을 따르지 않고 자기 삶을 살길 바랐다. 그가 저를 따라 피의 길을 걷지 않길 바랐다.

그러길 바랐는데. 대체 왜?

"지금은 상황이 급박하니 말을 아끼겠습니다. 이것만 말씀해 주십시오. 계획이 틀어진 모양입니다. 맞습니까?"

"그래. 난, 바하무트로 안 가……."

헐떡거리며 말하던 이아나의 머릿속에 번개가 쳤다.

"설마 이스피도 여기에?"

"네. 어머니가 돌아가시고…… 함께 왔습니다."

"……!"

이아나는 과거에 말을 함부로 한 제 입에 주먹질을 하고 싶어졌다. 그들이 바하무트에 정착하면서 얼마나 고생했을지 상상도 하기 힘들었다. 앞으로도 수많은 위기가 있을 터였다.

잠시 고민하는가 싶던 카니츠는 이아나에게 바하무트 성에서 탈출하는 루트를 여러 가지 알려 주었다. 고위 기사인 카니츠는 황성의 탈출로를 꽤 많이 알고 있었다. 이아나는 카니츠의 말을 기계적으로 외우면서도 속이 탔다.

탈출할 수 있는 경로를 모두 가르쳐 준 카니츠가 말했다.

"저를 공격해서 큰 상처를 입히고 탈출하십시오."

"싫어."

카니츠에게 상처를 입히기도 싫거니와, 그를 여기 두고 가기도 싫었다. 이아나가 이를 악물었다.

"같이 나가자."

"저는 여기 있어도 괜찮습니다. 아가씨 혼자 탈출하십시오."

"아니, 넌 분명 위험해질 거다. 잘못해서 네가 로베르슈타인 가문 소속 기사였다는 게 알려지면 넌 고문을 받을 거야. 너를 이곳에 두고 갈 수 없어!"

"여기 올 때 신분 세탁을 아주 깨끗하게 했습니다."

카니츠가 살짝 웃었다.

"그리고 여기서 꽤 높은 직위에 있기 때문에 괜찮을 거라고 생각합니다. 저는 여기에 남아 아가씨의 정보통 노릇을 하겠습니다. 이야기는 나중으로 미루고, 어서 저를 공격하십시오."

"헛소리하지 마."

이아나가 결심하고 얼굴을 굳혔다. 손을 올렸다.

"기절시켜서라도 데려가겠다. 이스피도 데려갈 테니 지금 어디 있는지 말해."

"천천히 말씀드리려 했지만."

카니츠가 이때까지와는 다르게 조심스럽게 말했다.

"이스피와 결혼해서 아이를 낳았습니다. 낳은 지 얼마 안 됐습니다."

이아나가 흠칫했다.

"그런데 아이의 심장이 약해서 병원에서 아티팩트 신세를 지고 있습니다. 심한 정도는 아닙니다만, 아직은 바깥공기를 쐴 수 없습니다."

이아나는 카니츠와 이스피가 결혼하여 아이를 낳았다는 사실에 대한 놀라움은 둘째 치고, 그들의 아이를 생각하니 계속 고집을 부릴 수가 없었다.

만약 아이가 심장이 아닌 다른 곳이 아팠다면, 당장 가서 정령들의 힘으로 아이를 고쳐 줄 수 있었을 것이다. 하지만 심장이 약하다면 그녀가 가더라도 손쓸 도리가 없을 수 있다. 심판의 권능도 맹신할 수는 없다.

그리고 아이를 데리고 도망치다가 아이가 잘못되기라도 하면? 생각만 해도 끔찍했다.

이아나가 머뭇거리자 카니츠가 단호하게 말했다.

"아가씨, 저를 믿어 주십시오. 반드시 살아남겠습니다."

카니츠는 과묵했지만 자신이 했던 말을 지키지 않은 적이 없었다. 하지만 카니츠에 대한 신뢰만으로 결정을 내릴 수 없는 문제였다. 그녀는 얼굴을 딱딱하게 굳힌 채, 현 상황에서 발생할 수 있는 변수에 대해서 객관적으로 생각하려 노력했다.

테일런이 유일한 변수였다.

아르하드의 말에 의하면 테일런은 마법으로 바하무트 황성 전체를 들여다볼 수 있다. 테일런이 지금 그들을 보고 있지는 않을까?

'아니.'

이아나는 부정했다.

아까 테일런에게 멱살을 붙잡히긴 했지만, 그 전에 분명 전조가 있었다. 한순간 칼로 쑤셔지는 듯한 시선을 느꼈고, 그 직후 옆에서 인기척이 발생하는 걸 느꼈다.

이아나는 실험실을 나온 직후부터 존재감을 극도로 지우고 움직이고 있었다. 그녀가 이렇게 움직이면 아르하드도 추적하기 버거워했으니, 테일런도 마찬가지였을 것이다. 그럼에도 아까 전에 발각당한 건, 테일런이 이아나가 이동하는 경로를 짐작하여 추적하다가 그녀를 우연히 발견했기 때문일 터였다.

하지만 지금, 이아나는 마구잡이로 날뛰어 대다가 아무 길이나 골라 들어온 참이었다. 게다가 아까 테일런에게 발각된 것을 계기로 존재감을 지우는 데 더 집중하고 있었다.

'그러니 아직 들키지 않았다.'

로베르슈타인 가문 소속이었던 과거에 대해서는 카니츠의 말을 믿는 수밖에 없었다.

그렇다. 오로지, 신뢰할 수밖에.

이를 악문 이아나가 품에서 예비용으로 가지고 있던 연락용 반지 하나를 카니츠에게 떠넘겼다.

"나와 직통으로 연락할 수 있는 반지다. 일주일 내, 안전한 장소에서 마나를 불어넣어라. 연락이 없으면, 내가 직접 다시 바하무트로 침투할 거다."

이아나는 세 치 혀로 카니츠와 이스피를 악의 구렁텅이에 밀어 넣은 듯하여 눈앞이 캄캄했다.

"나를 기다리겠다며 바하무트로 와 놓고, 나와 함께하기도 전에 죽으면 절대, 절대로 용서하지 않겠다. 그것이 나에 대한 최악의 불충이다. 내 믿음에 대한 배신이다! 죽으면, 죽어서도 절대로 용서하지 않겠다. 살아서 연락해. 반드시, 꼭. 알겠나?"

이아나가 절박하게 말했다. 카니츠가 단단하게 말했다.

"물론입니다."

카니츠를 믿고 싶었지만, 이아나는 여전히 끔찍하게 불안했다. 제가 소중히 여겨 떼어 놓고 온 두 사람이 지금 이곳에 있다는 게 아직도 믿기지 않았다.

"아가씨를 만난 지 얼마나 됐다고 죽겠습니까. 저도 억울해서 죽지 못하겠습니다."

그때, 카니츠가 이아나의 긴장감을 풀어 주려는 듯 농담을 내뱉었다. 고지식한 그가 농담을 하는 경우는 거의 없었기에 이아나가 눈을 크게 떴다.

"믿는 구석이 없다면 남겠다고 하지 않았을 겁니다. 그리고."

카니츠가 우직하게 말했다.

"저는 제 가족인 이스피와 아이, 그리고 아가씨를 두고 절대 죽지 않을 겁니다. 믿어 주십시오."

그 말에 어쩐지 안심이 되었다.

"믿겠다."

이아나가 검으로 카니츠의 갑주를 세게 후려쳤다.

콰아아아아아앙!

"큽!"

카니츠가 피를 토했다. 충격은 그뿐만이 아니었다.

쾅! 콰앙! 쿠당탕탕.

카니츠는 그대로 날아가서 튼튼한 벽 몇 개를 뚫은 후에야 바닥을 굴렀다. 무너진 벽이 카니츠의 몸 위로 우수수 떨어져 내렸다. 묵직한 갑주가 공격을 어느 정도 막아 줬음에도 충격이 이만저만이 아닌 듯 일어나지 못했다. 바하무트가 아니라 그녀 때문에 카니츠가 죽지 않을까 싶을 정도였다.

하지만 이아나는 짧은 시간 내에 카니츠가 입은 갑주의 구조를 파악해서 갑주에서 가장 단단한 부분을 아슬아슬하게 쳤다. 갑주를 뚫고 피부에 상처가 났지만, 그럼에도 갑주 덕분에 간신히 살아남은 것처럼 보이도록. 하지만 그 공격만으로도 내장이 온통 뒤흔들려 카니츠는 한동안 요양을 해야 할 터였다.

'만약 다쳤더라도 정령들의 힘으로 고쳐 주면 돼.'

이아나는 쓰러져 있는 카니츠가 눈에 밟혔지만 애써 미련을 짓밟고 달렸다. 카니츠가 이렇게까지 해 줬는데 탈출하지 못하면 면목이 없었다.

카니츠는 그녀를 배신하지 않을 것이다. 회귀 전에도 그는 죽는 그날까지 그녀의 신뢰에 보답하지 않은 적이 없었다. 그는 언제나 든든한 호위 기사였다.

'아이가 낫는 즉시 나에게 오라고 해야겠어. 그들이 자력으로 탈출하기 어려우면, 지금처럼 계획 없이 말고 철저한 계획을 세워서 직접 침투한다.'

"저기다!"

소음을 들은 병사들이 이쪽으로 우르르 몰려왔다.

하지만 있는 힘껏 달리는 이아나를 따라잡을 수 있는 이는 없었다. 속도감이 붙자 이아나의 존재감이 더더욱 흐릿해졌다.

이아나는 일부러 병사들이 달려오는 방향과 다른 쪽으로 방향을 꺾어서 카니츠가 알려 준 비밀 탈출 루트 중 하나로 향했다. 아르하드가 그녀의 좌표를 추적하고 있기에 어떤 길로 가도 상관없을 터였다.

타다다다닥.

달리다 보니 마침내 끝이 보였다.

어두운 통로의 끝은 벽이었다. 하지만 이아나의 눈에는 인공적인 기관이 보였다. 그 틈으로 빛이 미미하게 새어 나오고 있었다.

쾅!

이아나가 벽을 뚫었다.

그리고 바하무트의 견고한 성벽에 구멍이 뚫리는 순간을, 테일런은 놓치지 않았다. 성을 샅샅이 뒤졌지만 영 꼬리가 잡히지 않던 이아나가 존재감을 드러낸 순간이었다.

"잡았다."

순식간에 텔레포트를 해 온 테일런이 바깥으로 달려 나가는 이아나에게 손을 뻗었다. 그의 손이 이아나가 입고 있던 로브의 모자 부분을 꽉 붙잡았다.

화아악!

눈에 띌 것 같아서 이아나가 로브 안으로 감춰 놓았던 붉은 머리카락이 튀어나와 파도처럼 퍼져 흘렀다. 태양처럼 찬란한 붉음은 순간적으로 테일런의 시선을 사로잡았다.

서걱!

테일런의 눈동자에 탐욕이 차오르고 있을 때, 이아나는 로브를 잘라 냈다. 테일런은 다시 한번 손을 뻗었다.

콰아아아아……

이아나의 앞에 게이트가 열렸다.

테일런은 압도적인 존재감을 뿜어내며 휘몰아치는 게이트의 소용돌이를 보며 얼굴을 굳혔다. 그리고 이아나는 게이트를 향해 몸을 날렸다.

"어딜!"

테일런이 소용돌이를 이루고 있는 마나 제어를 방해하려 했다. 게이트는 테일런과 힘겨루기를 하며 세차게 요동쳤다. 무너지지는 않았지만 극도로 불안정해졌다. 이아나가 게이트를 통과하는 도중 무너지면 그녀는 즉사할 것이었다.

그때, 소용돌이에서 굵은 두 팔이 빠져나왔다. 게이트 너머에 있던 대상이, 제 팔을 불안정한 게이트 속에 직접 집어넣어 게이트를 지탱한 것이다.

두 손이 게이트로 들어서는 이아나를 붙잡았다. 그녀를 보호하듯 끌어안고 집어삼켰다. 테일런과 기 싸움을 하던 게이트는 이아나를 날름 삼킨 다음에야 무너져 내렸다.

"……."

휘오오오오.

테일런은 무너진 게이트의 후폭풍으로 불안정하게 흐르는 마나의 바람을 맞았다.

"이거……."

테일런은 제 손아귀에 있는 로브 조각을 꽉 움켜쥐었다.

"생각보다 기분이 더 더러운데."

테일런이 사납게 웃었다.

슉!

이아나는 게이트를 넘어섰다. 게이트를 넘어오니 조금 어지러워서 저를 끌어안고 있는 상대의 어깨에 얼굴을 묻었다.

"아르하드······."

이아나는 게이트를 넘어올 때부터 그에게 안겨 있었다. 보호받는 느낌이라 이아나는 그제야 긴장감을 풀었다.

꽉······.

아르하드가 이아나를 꽉 끌어안았다. 이아나는 늘어지려다 말고 흠칫했다.

그의 몸이 떨리고 있었다.

제 팔 안에 갇혀 있는 이아나를 꽉 끌어안으며 떨림을 억누르려는 듯했다. 영문을 알 수 없었던 이아나가 걱정했나 보다 하고 아르하드를 마주 끌어안는데, 그녀의 뺨에 물기가 닿았다. 이아나는 깜짝 놀랐다.

'울고 있어?'

이아나를 꽉 끌어안은 아르하드는 아무 말 없이 눈물을 흘리고 있었다.

"······."

카니츠와의 조우에 이어 눈물을 흘리는 아르하드까지. 이아나는 연달아 혼란에 빠졌다. 늘 단단한 모습으로 그녀를 지탱해주던 아르하드가 눈물을 흘리는 건 처음 봤다. 이아나는 그것이 새삼 충격적이었다.

아르하드와 이아나가 있는 곳은 인적이 드문 숲이었다.

나무에 등을 대고 주저앉은 아르하드는 이아나를 말없이 끌어안고 있었다. 소리 없는 눈물은 오랜 시간 흘러내렸다.

"……."

얌전히 아르하드에게 안겨 있던 이아나의 얼굴이 묘한 감정으로 물들기 시작했다.

커다란 충격은 서서히 가라앉으면서 옅은 죄책감과 잔잔한 애잔함으로 남았다. 두 감정은 파도처럼 밀려들어 이아나의 심장을 두드렸다.

'이 남자가 울고 있어. 나 때문에. 나를 걱정해서.'

아르하드가 울 만한 이유는 그것밖에 없었다.

"걱정시켜 드려서…… 죄송합니다."

이아나가 사과하자 그녀를 끌어안고 있던 팔이 더 세게 조여들었다.

"네 존재가."

잠긴 목소리가 꾸욱 안겨 있는 그녀의 귀에 먹먹하게 파고들었다.

"한순간 세상에서 사라졌었다. 아예 세상에 존재하지 않았던 것처럼. 소멸이라도 한 듯 어디서도 너를 찾을 수 없었어."

위프헤이머의 심장을 찌른 후, 바하무트 황성에 떨어지기 전까지의 간극. 이아나는 천칭에 의해 끌려 들어갔던 진리의 세계를 떠올렸다. 한순간 세상이 뒤바뀌어 그녀는 이 세상에 존재하리라고는 생각할 수 없는 곳에 잠시 머물렀다. 그때, 세상에서 사라졌었던 걸까?

"정말 죽고 싶은 기분이었는데 네가 다시 세상에 나타났어. 겨우 정신을 차리고 황급히 좌표를 추적했더니 이번엔 바하무트의 황성이었지. 미칠 것 같은 기분으로 기다리다가 간신히 연락이 닿아 탈출로를 가르쳐 줬더니 쫓기고 있는 건지, 가르쳐 줬던 길이 아닌 다른 길로 가더군. 애타게 좌표를 추적하다가 드디어 탈출하는가 싶었는데 테일런이 널 따라왔어."

오늘 아르하드가 겪은 마음고생이 생생하게 전해졌다. 들어 보니 기분이 위로 치솟았다가 아래로 추락하는 걸 반복한 모양이었다. 그가 미쳐 가는 과정을 잠자코 듣고 있던 이아나는 아르하드에게 더 미안해졌다.

'내가 잘못했어.'

이아나는 위프헤이머를 죽이고 싶다는 욕망에 눈이 멀어 심판의 권능을 너무 무계획하게 썼음을 인정했다. 실전에 도입하기 전에 아르하드와 함께 확인해 봤어야 했다.

얼마나 걱정했을까?

처지를 바꿔 생각해 보니 제 뺨을 한 대 치고 싶었다. 만약 아르하드가 저와 똑같은 행동을 해 놓고, 아무것도 모른다는 얼굴로 걱정시켜서 미안하다는 소리나 하고 있으면 불같이 화를 냈을 것이다.

이아나는 잘못한 걸 알고 애착인형처럼 얌전히 안겼다. 아르하드는 품 안에 가둔 이아나의 몸 덕분에 서서히 진정되는 듯했다. 떨림은 점점 약해지고 호흡은 옳은 박자를 되찾았다.

"너를 믿지만…… 네가 잘못될까 봐 미칠 것 같았어. 모순이지. 나는 결국 너를 믿지 못한 걸까."

아르하드가 낮은 목소리로 중얼거렸다. 이아나가 아르하드를 조금 밀어내며 그와 얼굴을 마주했다. 아르하드의 붉어진 눈가와 젖어 든 뺨을 목격한 이아나의 기분이 이상해졌다.

"믿음과 걱정은 다릅니다. 사람 일은 어떻게 될지 알 수 없으니까요. 저는 당신이 걱정해 주는 게 좋습니다."

이아나가 아르하드의 눈가에 손가락을 댔다. 낮은 체온과는 달리 뜨거웠다. 그 열기에 심장이 콕콕 찔리는 듯했다.

'이상해.'

엉망이 된 얼굴이 야릇하게 느껴졌다. 미안함과는 별개로 우는 얼굴이, 정확히 말하자면 자신에 대한 감정이 북받쳐서 우는 얼굴이 마음에 들었다. 사람의 우는 얼굴을 보고 이런 기분을 느끼는 스스로가 못됐다는 생각이 들었다. 어색하고 이상하기도 했다.

하지만 아르하드가 대상이라면 그런 이상함도 괜찮지 않을까? 누구보다 이상한 남자가 그니까. 이아나가 아무리 이상해져도 그는 받아 줄 터였다. 아무리 못되게 굴어도 아르하드는 그녀를 놓지 못할 것이다.

그래서 이아나는 참지 않고 그에게 키스했다. 짧은 키스였다. 입술을 떼어 내고 물끄러미 올려다보는 이아나에게 아르하드가 화를 내려 했다.

"네가 이런다고……."

아르하드가 말을 끝맺기도 전에 이아나는 한 번 더 키스했다. 짓눌린 입술은 문장을 완성하지 못했다. 뭉개진 언어가 입안에서 흩어졌다.

"……."

이아나가 또다시 입술을 살짝 떼어 내고 그를 말없이 올려다 보았다. 아르하드의 얼굴이 화르륵 달아올랐다. 콩깍지인지 뭔지는 몰라도, 사고를 쳐 놓고 꼬리를 살랑살랑 흔드는 고양이 같았다. '이런 나한테 화낼 건가요?'라는 말이 들리는 듯했다.

속 안에서 들끓던 분노가 뚝 꺾여 버렸다.

이아나는 언제부턴가 이전까지의 목석같은 모습과 달리 그를 가지고 놀기 시작했다.

의도한 걸까? 이아나가 뭔가를 바라는 것처럼 물끄러미 쳐다 보기만 해도 그냥 그녀가 원하는 모든 것을 해 줘야 할 것 같았다.

"너……."

어느덧 놓아 버렸던 이성이 서서히 돌아오는데, 그의 이성을 날려 버리고 그의 심장을 아예 부숴 버리려는 듯, 이아나가 아르하드에게 매달리며 짙게 키스했다.

'좋아.'

당신이 너무 좋아.

당신의 손도, 까만 머리카락도, 빛나는 눈도.

당신의 웃는 얼굴도. 우는 얼굴도.

이아나는 샘물처럼 콸콸 솟는 감정에 스스로를 내맡겼다. 부정하지 않고 솔직하게 받아들이기로 마음먹은 이후로 감정은 개울이 되고, 강이 되고, 바다가 되었다. 나날이 부풀었다.

그냥 당신이 고백하는 게 어때?

당신은 내가 뭘 해도 좋잖아.

패배만 선언한다면, 당신은 나를 가질 수 있을 텐데.

나도 당신에게 모든 마음을 고백하고 당신을 가질 수 있을 텐데. 왜 이렇게 고집을 부려?

어서 말해. 나를 어떻게 생각하는지.

나는 절대 순순히 져 주지 않을 거야.

져 주기 싫은데…….

아르하드는 이아나의 키스를 거부하지 않았다.

하지만 그에게서 대답을 받아 내려는 듯, 생떼를 쓰는 것 같은 키스는 어쩐지 평소보다 훨씬 더 야했다. 직접적으로 말은 하지 않아도 제 감정을 온몸으로 표현하는 이아나 때문에 아르하드는 눈앞이 어찔어찔했다.

마음고생을 해서 인내심이 바닥난 상태였기 때문일까, 아니면 인내심의 한계를 넘어서는 유혹이기 때문일까. 밀착한 몸이 지나치게 위험하다 느껴져서, 이대로 끌어안고 싶으면서도 밀쳐 내고 싶었다. 선을 넘어 버릴 것 같았다.

'안 돼.'

겨우 이성을 챙긴 아르하드가 이아나를 제게서 떨어뜨려 놓았다. 이아나의 시선을 피했다. 이아나는 순순히 밀려나면서도 그를 불만스럽게 쳐다보았다.

"일단, 상황 정리부터 하자."

하지만 그의 말대로 이러고 있을 때가 아니었다. 진짜 미쳤나 보다. 이아나도 퍼뜩 정신을 차리고 머릿속에서 제 뺨을 철썩철썩 때렸다.

이아나가 금세 진지해져서 딱딱한 표정을 짓고 정자세로 앉자, 아르하드가 힘없이 고개를 떨어뜨렸다. 이아나 때문에 걱정이고 분노고 뭐고 모두 잊어버린 그가 씁쓸하게 말했다.

"나 점점 단순해지는 것 같은데."

원래는 단순하지 않았던 척하고 있다.

"저는 그런 당신이 좋아요. 아무튼 결과만 생각하세요. 마지막에 당신의 도움을 받긴 했지만, 바하무트 성에 갇히더라도 제 힘으로 탈출한다고 약속드렸지 않습니까. 이렇게 돌아왔습니다."

"말은 잘해."

핀잔을 준 아르하드가 한숨을 쉬었다. 시간이 조금 더 흘러 진정한 그가 차분하게 말했다.

"그래서. 얘기나 좀 해 보자. 어떻게 된 일이야."

"그게……."

이아나는 겪은 일에 대해서 대략적으로 말해 주었다. 조용히 듣고만 있던 아르하드는 제일 먼저 칭찬을 해 주었다.

"경솔하긴 했지만, 위프헤이머를 완전히 죽인 건 잘했어."

결국에는 칭찬을 받아 내고 만 이아나는 뿌듯해졌다.

"하나하나 자세히 정리해 보자. 진리의 세계라고?"

"네. 신기한 경험이었습니다. 세상이 시작된 순간부터의 모든 시공간의 기록이 그곳에 존재한다는 걸 본능적으로 느꼈습니다."

이아나는 영혼들, 그리고 탄생과 죽음에 대해서도 이야기해 주었다.

"신기한 경험이었습니다. 그곳은 어디였을까요?"

"……글쎄."

아르하드는 조용히 중얼거렸다.

"네가 말한 대로 진리의 세계겠지. 일반적인 방법으로는 절대 도달할 수 없는 차원이지만, 천칭이 시공간을 뛰어넘는 과정에서 너를 그곳으로 당겼나 보군. 그곳을 경험한 인간은 세상에서 네가 유일할 거야. 잘 모르겠으니까 그 건에 대해서는 일단 넘어가자. 이젠 테일런을 만난 이야기를 해 봐."

이상하게도, 아르하드는 그 주제에 대해서 빨리 넘어가려는 기색이었다. 이아나는 그런 태도를 이상하게 생각하지 않았다.

이아나는 테일런과 마주했을 때의 이야기도 해 주었다.

"그런데 테일런이 이상한 말을 했습니다. 빠져 있던 기억들이 전부 너였냐는데, 이게 무슨 말일까요?"

"......!"

아르하드의 머리에 번개가 쳤다.

'설마.......'

테일런이 악마의 파편을 빠르게 되찾고 있다는 건 알고 있었다. 그놈이 파편을 모을 때마다 아르하드도 파편이 융합되는 것을 느끼기 때문이었다.

아르하드는 그것을 바뀐 과거에 대한 나비 효과로 치부했었다. 하지만 단순하게 생각할 문제가 아닌 듯했다.

'놈이 내 기억을?'

아르하드와 악마는 별개의 존재가 아니었다. 그의 영혼은 악마이자 아르하드였다. 그 때문에 시간을 지우며 영혼이 다시 찢길 때, 영혼에는 악마의 기억뿐만 아니라 아르하드의 기억 또한 담겨 있었다.

'그 점을 생각 못 했군. 용아병들이 판데모니엄의 균열을 빠르게 메운다고 하지만, 놈이 균열을 발견했을 수도 있어. 그럼 소유하고 있던 파편이 보유한 내 기억을 봤을 거야.'

그렇다면 하인리히와 에이지가 배신했다는 것을 알아챈 것도 납득이 된다. 회귀 전 아르하드가 모았던 파편의 위치들도 확정되어 있으니, 찾아가서 가져가기만 하면 되는 거였다.

아르하드의 표정이 심각해졌다.

'만약 내 가정이 맞는다면, 놈은 이미 나에 대해서 알고 있을 거다. 그 외에 그놈이 가진 기억들이 뭔지가 중요한데…… 골치 아프군. 모르겠어.'

아르하드는 시간을 지우면서 영혼이 찢기는 끔찍한 고통을 겪었다. 그러면서 그의 기억들은 영혼의 파편들에 담겨 떨어져 나갔다.

하지만 영혼이 찢기는 와중에도, 그는 기억을 잃지 않겠다는 집념으로 끊임없이 기억을 되새겼다. 그리하여 거의 모든 기억을 '복제'했다. 덕분에 현재 그에게는 모든 기억이 남아 있었지만, 이것 때문에 테일런이 가진 기억을 특정할 수 없었다.

'이아나와 관련된 기억을 모두 가져왔다는 게 다행이라면 다행인가.'

이아나에 대한 기억만큼은 독점하고 싶다는 집착으로 통째로 가져와서 다행이었다. 테일런은 이아나의 존재를 절대 알 수 없었다.

'테일런은 대체 무슨 꿍꿍이인 거지?'

아르하드의 분위기가 심각해지자 이아나가 조심스럽게 물었다.

"뭐가 잘못되었습니까?"

"……아니. 그냥 그놈이 무슨 생각을 하는 건지 모르겠어서."

이아나에게 숨기는 게 없는 아르하드가 하지 않은 이야기는 회귀 전의 이야기가 유일했다.

테일런의 상황을 설명하려면 그 이야기를 해야 하는데 하고 싶지 않았다. 그에게는 이아나를 제 손으로 죽였다는 사실 자체가 악몽이었다.

이아나는 현재 그를 무척 좋아해 주고 있었다. 그런데 회귀 전에 이아나를 죽였다는 말이 그녀에게 어떻게 들릴지, 또 거기에 그녀가 무슨 감정을 느낄지 상상하기도 싫었다.

대담한 그녀는 재밌어할지도 모른다. 하지만 아르하드는 말할 용기가 나지 않았다. 언젠가는 고백하겠지만, 지금은 아니었다.

"괜찮습니다. 놈이 무슨 생각을 하든 깨부수면 되니까요."

씩씩하게 말한 이아나가 돌연 얼굴을 굳혔다.

"제가 지금 제일 걱정하는 건 바하무트의 성에 제 호위 기사와 유모가 있다는 겁니다. 둘이 결혼해서 낳은 아이까지, 총 세 사람을 바하무트에서 탈출시켜야 해요."

아르하드가 이해할 수 없다는 듯 물었다.

"그 둘은 바하무트 제국으로 왜 간 건데?"

"……글쎄요."

이아나는 설명하지 못하고 어물거렸다.

어찌 말하겠는가. 아르하드가 바하무트의 황제가 될 줄 알고 그 둘에게 섬길 이가 있다며 바하무트로 간다고 말했다가 사태가 이 지경이 되었다는 걸.

"그렇군."

아르하드는 그런 이아나를 이상하게 여기지 않았다.

"둘은 여전히 네게 충성하는 게 맞아?"

"네."

이아나가 단호하게 말한 후 걱정을 표했다.

"괜찮을까요? 저와의 관계 때문에 두 사람이 위험해지지 않을까요?"

아르하드는 잠시 생각하는가 싶더니 고개를 저었다.

"네 기사가 살아남겠다고 네게 약속했다며? 네 사람을 믿어. 괜찮을 거다."

"그렇겠지요?"

낙관적인 희망에 불과했으나, 아르하드가 그리 말해 주니 카니츠와 이스피가 정말 괜찮을 것 같다는 생각이 들었다. 이아나의 표정이 밝아졌다.

하지만 아르하드는 근거 없이 말한 게 아니었다.

'카니츠.'

아르하드는 카니츠에 대한 기억을 더듬었다.

그는 회귀 전에도 늘 이아나와 함께 다니던 우직한 기사였다. 죽이려고 몇 번이나 함정을 팠는데도 끝까지 살아남아 이아나를 보필했던 것이 떠올랐다. 명줄이 질긴 놈이었다.

테일런이 제 기억을 뒤져서 카니츠의 존재를 알아차릴 가능성에 대해 생각해 보았다.

그럴 가능성은 없었다.

카니츠에 대한 기억은 항상 이아나와 한 쌍이었다. 카니츠가 이아나와 떨어져 다닐 때는 그에게 관심이 없었기에 개별적으로는 뭘 하고 다녔는지도 알지 못했다. 이아나와 조금이라도 관련된 기억들은 모두 저 혼자 보유하고 있기에 카니츠에 대한 기억 또한 읽어 내지 못할 것이다.

아르하드가 결론을 내렸다.

"기회를 봐서 데려오도록 하자. 둘이 왜 거기 가 있는지는 들어 보면 알겠지. 네가 알아서 얘기해 봐. 나중에 나한테도 이야기해 주고."

이아나는 입술을 달싹거리다 다물었다.

결국, 회귀 전의 이야기를 해야 하는 걸까?

이아나는 가급적이면 그때의 이야기를 하고 싶지 않았다. 열등감 때문에 아르하드를 혐오하며 계속 상처를 줬던 부끄러운 과거와, 끝내는 그가 그녀를 죽였다는 과거의 끝을 혼자 묻고 싶었다.

고민하던 이아나가 고개를 저었다.

'나중에.'

언젠가는 고백하겠지만, 지금은 아니었다.

—로안느, 겨울 편 終

30. 사랑 편

30. 사랑 편

바하무트 선황 필리어드 사르폰 바하무트 사망!

바하무트 황실 대마법사장 위프헤이머 사망!

대륙을 악몽 속으로 밀어 넣은 거물들의 죽음에 전 대륙이 들썩거렸다. 게다가 로안느 동부에서의 전투와 테오도르에서의 전투는 바하무트의 패배였다.

그 후, 바하무트는 어떤 대응도 하지 않고 침묵을 지켰다. 연말까지는 조용히 지내면서 전열을 가다듬기로 한 듯 내부에서만 움직였다. 덕분에 로안느와 다른 국가들은 한숨 돌릴 수 있었다.

하지만 평화는 이미 깨졌고 전쟁의 소용돌이가 대륙에서 휘몰아치기 시작했음은 분명했다.

바하무트에서 조용히 즉위식을 치르고 황제가 된 '테일런 헬

칸 바하무트'와 다음 해 초에 로안느의 새로운 왕이 될 '슈나이더 오스틴 로안느'.

다음 해가 되면 세대가 완전히 교체된다. 사람들은 바하무트와 로안느가 용호상박으로 팽팽히 맞설 것이라 예측했다.

황태자였던 시절, 테일런의 악명은 매우 높았다. 그런 그가 황제가 되었는데도 제국이 미적거리다니 이상하다는 게 세간의 평이었다. 대부분 다음 해가 되면 본격적으로 전쟁을 벌일 것이라 예측하였다.

슈나이더도 좋은 의미에서 명성이 높았다. 이상적인 군주를 그려 낸 듯한 슈나이더만이 테일런을 상대할 수 있다고 떠들어 대는 사람들이 많았다.

하지만 상징적인 두 사람을 제외하고도 전쟁에 영향을 줄 것이 분명하여 이름이 알려진 사람들이 있었다.

올해, 몬스터게이트 사태와 블랙폭시 사태 그리고 바하무트와의 전쟁을 겪으면서 많은 영웅들이 탄생했다. 수많은 영웅담의 주인공들 중에서도 으뜸은 단연 이아나였다.

블랙폭시를 괴멸시킨 카마트로스의 주인. 위프헤이머가 날뛰어 대지 못하도록 견제하다 끝끝내는 그를 죽인 자.

그녀는 로안느의 어린 귀족이었지만 곧 떠난다고 알려져 있었다. 로안느 왕국민들은 그녀가 마음을 바꿔서 떠나지 않기를 바랐고, 타국민들은 그녀가 자신들의 국가로 와 주길 바랐다.

이처럼, 그녀의 행보를 궁금해하는 사람들이 수두룩했다. 하지만 누구도 그녀가 어디로 향할지 알지 못했다.

이틀 뒤, 카니츠가 이아나에게 연락을 했다.

[아가씨.]

이아나는 카니츠의 목소리를 듣자마자 깊이 안도했다.

카니츠는 이아나에게 입은 상처가 커서 병원에 앓아누웠지만 순조롭게 치료받고 있다고 말했다.

[완전히 치료한 후 뵙겠습니다. 그때, 여유롭게 대화를 나누고 싶습니다. 이스피도 아가씨를 몹시 뵙고 싶어 합니다.]

"아이는 어때."

[호전 중입니다. 제 말 때문에 걱정하신 모양입니다. 정말 괜찮으니 염려하지 마십시오.]

"……."

이아나는 손바닥에 뺨을 묻은 채 아이의 모습을 상상해 보았다. 이스피와 카니츠의 아이. 얼마나 사랑스러울까. 아끼는 두 사람의 아이라는 것만으로도 아이는 이아나에게 특별했다.

[사람이 옵니다. 끊겠습니다.]

이아나는 카니츠가 연락을 끊기 전에 불쑥 물었다.

"너희는…… 나와 함께할 생각인 거지?"

[네. 아가씨는 여전히 저희를 버리실 생각이십니까?]

"헛소리. 너희의 뜻을 확인받은 것뿐이다."

이아나가 주먹을 꽉 쥐었다.

"각오해라. 앞으로 있는 힘껏 굴려 줄 테니까."

아티팩트 너머로 낮은 웃음소리가 들려왔다.

[기대하겠습니다.]

"그래. 자세한 이야기는 나중에 하자. 쉬어."

카니츠와의 연락을 끝내고, 이아나는 기숙사의 방에서 조용히 일정을 정리해 보았다.

연말까지, 로안느 전 왕국민이 나서서 죽은 이들을 위한 위령제를 지내고 테오도르를 복구한다고 했다. 아르하드 덕분에 몬스터가 죄다 도망쳤기에 가능한 일이었다. 이아나는 거기에 힘을 보탤 필요가 없었기에 휴식을 취하면서 로안느에서의 생활을 하나둘 정리할 예정이었다.

올해의 마지막 날에는 처형식이 있다. 원래는 1월 1일에 죄인들을 처형하고 슈나이더가 즉위할 예정이었으나 귀족들의 반대로 일정이 바뀌었다. 묵은해와 함께 삿된 것들을 제거하고 새해를 맞이해야 한다는 주장에 의해서였다.

처형식 후에는 학술원과 아카데미의 연합 연말 파티가 열린다. 원래는 학술원이 준비했어야 하지만 올해만큼은 함께 준비했다. 그리고 이날, 두 교육 기관의 졸업식도 겸한다.

새해를 맞이하는 1월 1일에는 건국기념제와 동시에 슈나이더의 즉위식이 있었다.

그날은 이아나에게 몹시 특별했다.

열아홉 살이 되는 해의 건국기념일. 회귀 전 왕실 주최 청년 검술제에서 아르하드와 처음으로 만난 날이었다. 그리고 이번 생에서는 이아나가 로안느를 떠나는 날이기도 했다.

이아나는 대충 마무리를 지은 후 창밖을 보았다.

'파티는 나흘 남았군.'

졸업식에 참석하지 않고 그 전에 조용히 졸업장만 받아 가려했다. 그런데 연말 파티와 졸업식을 겸한다니 그냥 마무리하는 기분으로 참석하기로 했다.

벌컥!

"이아나 양!"

문이 열리고, 발랄한 목소리가 방 안에 쩌렁하니 가득 찼다.

"자기야, 너무 보고 싶었어!"

프리실라는 파티를 즐기기 위해 테오도르로 돌아왔다.

"그 소리, 며칠 전부터 수십 번은 들은 것 같습니다만."

며칠 전에 말이다.

"봐도 봐도 또 보고 싶은 걸 어떡해요?"

프리실라는 다다 달려와서 의자에 앉아 있던 이아나를 꼭 끌어안았다. 붉은 머리카락에 뺨을 비비적댔다. 이아나는 한숨을 내쉬었다.

"어쩜 갈수록 예뻐져요. 예전에는 딱딱하게 식은 오래된 빵이었다면 이젠 따뜻하게 데운 말랑한 빵 같아요."

"외모는 별로 변하지 않았을 텐데요?"

"분위기 말이에요! 사람은 분위기도 엄청 중요하거든요. 사랑의 힘인 거죠? 역시 사랑은 대단해!"

예전 같았으면 무슨 헛소리냐고 일갈했겠지만 이아나는 침묵했다. 프리실라가 말한 정도는 아니지만 이아나 스스로도 어느 정도 변화를 느끼고 있었기 때문이다.

"그리고 외모가 변하지 않았다니, 무슨 소리예요. 더 귀엽고 예쁘고 사랑스러워졌는데! 아이, 귀여워!"

프리실라가 이아나의 머리카락에 쪽쪽거렸다. 프리실라의 이 아나 중독 증세는 이아나가 시아이외와 함께 그녀를 구해 준 이 후로 더더욱 심각해졌다.

이아나는 제가 좋아서 어쩔 줄을 모르겠다는 프리실라를 그냥 내버려 두었다. 이제는 이런 프리실라도 익숙했다.

이아나를 이렇게 취급할 수 있는 사람은 세상에서 프리실라 하나뿐이다. 아르하드도 이렇게까지 적극적으로 그녀를 대하지 는 못했다.

이런 사람이 하나쯤은 있어도 괜찮지 않을까?

"앗, 내가 이럴 때가 아닌데 이아나 양만 보면 정신을 놓네. 방에 뭐 좀 가지러 왔어요. 저는 이아나 양의 드레스를 손봐야 해서 이만!"

프리실라는 가져갈 물건들을 챙기고는 이아나에게 손 키스를 날리며 바람처럼 사라졌다. 이아나는 프리실라가 사라진 문을 바라보다가 방을 휘둘러보았다. 프리실라의 여행 가방과 이아나 의 물건들밖에 없는 방은 몹시 휑했다.

이아나는 이참에 짐을 정리하려고 자리에서 일어났다.

검 몇 자루와 검 손질 도구. 아끼는 책 몇 권과 옷가지들. 그 리고 아르하드가 사 준 것들. 그녀의 물건은 몇 개 없었다. 아 공간에 모조리 넣은 후, 이아나의 방에는 통 하나만 남았다.

'이것도 이제 마무리 지어야지.'

달칵.

통에는 로베르슈타인 영지를 떠나올 때 가져왔던 계약서가 있 었다. 작성한 후 확인 차 읽어 본 후에는 한 번도 꺼내 보지 않았기 때문에 종이는 세월의 흔적이 덜했다. 이아나는 계약서의 내용을 천천히 읽어 보았다.

첫 번째, 독립은 열아홉 살에 한다.

두 번째, 열일곱 살에 사교계 데뷔를 한다. 그로부터 열아홉 살까지 이 년간 사라체 로베르슈타인과 함께 국왕탄신일, 라오스감사절, 그리고 건국일에 열리는 왕실 파티에 참가한다.

세 번째, 독립 이후의 생활을 책임질 만한 능력을 한 가지 이상 개발한다.

네 번째, 독립 전까지 무엇을 하며 살지 구체적으로 정해 온다. 단, 정해 온 계획에 대해 어떠한 질문도 받지 않는다.

다섯 번째, 발젠타 학술원에서 평균 학점을 B 이상 받아 온다.

위의 다섯 가지 조건을 만족할 시, 이아나 로베르슈타인을 로베르슈타인 가문에서 제명한다.

1512. 12. 3.
이아나 로베르슈타인.
사라체 로베르슈타인.

계약서를 읽고 있으니 감회가 새로웠다. 지금은 1515년. 곧 1516년이 된다. 정말 많은 일이 있었는데 삼 년밖에 지나지 않았다는 것이 이상했다. 많이 지난 것 같기도 하고, 별로 지나지 않은 것 같기도 한 묘한 느낌이었다.

첫 번째 조건은 며칠 뒤면 충족될 거고, 두 번째 조건도 착실히 수행했고, 세 번째 조건은 증명할 필요도 없고, 다섯 번째 조건도 삼 년 내내 학부 수석을 지켰으니 문제없다.

'문제는 네 번째인가.'

이 계약서를 쓸 당시 이아나는 심적으로 궁지에 몰린 채 상당히 비틀려 있던 상태였다.

지긋지긋한 로베르슈타인이라는 이름을 당장에라도 버리고 싶었다. 회귀 전에 제 손으로 독살한 사라체를 볼 때마다 죄책감과 동시에 억울함을 느끼는 스스로가 너무 싫어서 저택을 벗어나고 싶었다.

네 번째 조건. 이아나는 바하무트 제국으로 가서 로안느를 짓뭉갤 거라고 사라체에게 선언할 예정이었다. 그런데 사람의 일은 정말 알 수 없다. 너무 많은 것이 바뀌어 버렸다.

이아나는 책상 위에 종이를 펼쳐 두고 고민에 빠졌다.

'뭐라고 말하지.'

그냥 대충 둘러댈 수도 있었지만 이아나는 그러고 싶지 않았다. 약속은 약속이었기 때문이다. 하지만 새로운 국가 건국에 대해서 말하기에는 시기상조였다.

'······말할 수 없는 어떤 국가의 근위 기사단장이 된다?'

종이에 이것저것 끄적거려 보던 이아나는 한 가지 사실을 깨달았다. 그녀는 건국에만 관심이 있었을 뿐, 본인이 그곳에서 무엇을 할지에 대해서는 한 번도 생각한 적이 없었다.

당연히 아르하드의 최측근인 호위기사는 그녀였다. 그뿐만 아니라 체제가 지금과 비슷하다면 공작이 되어 권력의 정점에 설 예정이었다. 권력에는 욕심이 없었지만, 권력은 사람이 사는 곳에 존재하지 않을 수가 없다. 국가를 효율적으로 통치하려면 권력을 가진 위치에 있어야 했다.

'그뿐인가?'

뭔가 마음에 걸려서 펜을 툭툭 두드리던 와중에, 언젠가 들었던 사라체의 말이 떠올랐다.

"결혼이니?"

왜 갑자기 그 말이 생각나는지 모르겠다.

이아나는 고개를 붕붕 저었지만, 그다음에는 예전에 제게 목을 매는 아르하드가 불쌍해서 결혼이라도 해 줘야 하나 생각했던 것도 떠올랐다.

이아나는 심각하게 생각해 보기로 했다.

'결혼……. 나, 아르하드와 결혼하는 건가?'

이대로라면 결혼하지 않을까?

결혼은 형식상 두 사람이 부부라는 관계로 얽매이는 것뿐인데도, 몹시 어색했다.

'아르하드가 왕이 되면 왕비고 황제가 되면 황후?'

그 호칭이 매우 어색한 데다가 왕의 부인이 보통 하는 일들을 떠올려 본 이아나는 팔에 소름이 돋았다.

이아나는 사람들이 노력해서 원하는 것을 하며 살아가는 나라를 세우고 싶었다. 그런데 나라에서 제일 꼭대기에 있는 그녀가 하기 싫은 걸 하며 사는 건 뭔가 이상했다. 반드시 해야 하는 것은 수행하겠지만……. 어떻게 안 할 방법은 없을까?

이것저것 망상하던 이아나는 헛웃음을 지었다. 아르하드는 결혼에 대해서 말 한마디 꺼낸 적도 없는데 혼자 별생각을 다 하고 있었다.

'그럼 결혼을 안 할 수도 있나?'

하지만 왕은 결혼을 하고 아이를 낳아야 한다. 아르하드가 다른 여자와 그리하는 걸 상상해 본 이아나는 욱했다.

절대 용납할 수 없었다.

그는 그녀의 것이다.

'내 남자야.'

순간 화르륵 타올랐던 이아나는 조금 민망해져서 얼굴을 툭툭 두드렸다. 정신을 차린 이아나가 펜을 다시 바로잡았다.

다음 날, 이아나는 즉위식에 참석하기 위해 테오도르로 온 체르노와 사라체를 대면했다. 이 둘과 이렇게 마주 보고 앉는 것도 로안느에서는 마지막이라고 생각하니 감회가 새로웠다.

이아나는 사라체에게 종이 두 장을 내밀었다.

한 장은 삼 년 전에 작성했던 계약서였고, 한 장은 그녀가 무엇을 하고 살지 적은 계획서였다. 계획서에는 글이 꽤 많았지만, 큰 제목으로 묶은 세 가지 내용으로 나뉘어 있었다.

세계 최고의 검사.

아르하드의 훌륭한 기사.

…….

앞의 두 개는 이아나답게 거침없이 써 내려간 듯 필체에 머뭇거림이 없었지만 마지막 항목은 삐뚤삐뚤한 것이, 적으면서 식은땀을 흘렸을 이아나가 눈에 선했다. 엄청나게 갈등했다는 증거였다.

계획에 대해 질문을 하지 않는다는 조건이었기에 그저 읽어 내려갈 뿐 첨언하지는 않았지만, 이아나가 귀엽게 느껴져서 사라체가 속으로 웃었다.

종이의 내용을 꼼꼼히 읽어 내린 사라체가 말했다.

"잘 읽었어. 솔직하게 말해 줘서 고맙구나. 네 일생에 행운이 깃들길 빌어."

"……감사합니다."

이아나가 사라체에게서 종이를 다시 받아 가더니 호주머니에 꾸깃꾸깃하게 집어넣었다. 사라체는 이아나를 신기하다는 듯 바라보았다.

"네 검술이 대단하다는 건 학술제 때 보아 알고 있었지만, 얘기를 들어 보니 이해의 범주를 넘어서는 정도더구나. 대체 어떻게 그렇게 강해진 거니?"

"재능과 노력입니다."

"어쩜."

재능과 노력으로도 이해할 수 없는 성취였지만 사라체는 무슨 이야기를 들어도 납득하지 못할 것을 알았기에 그냥 고개를 끄덕거렸다.

'이제 정말로 떠나는구나.'

사라체는 몹시 아쉬워하며 가져온 책을 한 권 꺼냈다.

로베르슈타인 가문의 족보였다.

옆에서 가만히 대화를 듣고만 있던 체르노가 조용히 말했다.

"지금 족보에서 네 이름을 지워 주면 되겠느냐. 슈나이더 전하게도 제명 요청서를 제출하고."

이아나는 체르노를 바라보았다. 체르노는 생물학적 아비였지만 가까워질 수 없는 사이, 그 이상도 그 이하도 아니었다. 인간관계가 좋게만 풀리면 이 세상에는 가깝지 않은 관계가 없을 것이다.

하지만 이상할 정도로 사이에 진전이 없었다. 이아나는 체르노가 제게 어색하게 굴고 영 정을 못 붙였던 이유 중에 제가 로베르슈타인의 영혼을 지녔다는 이유도 있지 않을까, 라는 생각이 들었다. 로베르슈타인 일족은 붉음을 거부하면서 탄생했으니까…… 이제 와서는 아무래도 상관없지만.

체르노의 질문에 고개를 저었다.

"아뇨. 첫 번째 조건이 아직 충족되지 않았으니까요."

"응?"

순간 무슨 말인지 이해할 수 없었던 사라체가 멍하니 있다가 어떤 사실 하나를 깨닫고 어쩔 수 없다는 듯 웃고 말았다.

이아나는 아직 열아홉 살이 아니었다.

"번거로우시겠지만 1월 1일 당일 아침에 족보에서 제 이름을 빼 주십시오. 그 후 슈나이더 왕자에게 제명 요청서를 제출해 주시면 됩니다. 이미 왕자와 얘기가 끝난 사안입니다."

오늘 체르노와 사라체를 만난 건 계약을 완전히 끝내기 위해서가 아니었다. 1월 1일에는 떠날 예정이라 그들을 만날 시간이 없었기에, 미리 얘기를 나누며 계약서의 조건을 충족했음을 확인하기 위해서였다.

이아나는 1월 1일 오후에 슈나이더를 만나서 제적이 통과되었음을 증명하는 서류를 받기로 했었다.

"그렇구나……. 알겠어."

이아나의 말을 가만히 듣고 있던 사라체가 말했다.

"이아나, 너는 많이 변했지만 그래도 정말 한결같구나."

최근에는 융통성이 조금 생기고 약간 느슨해진 것 같기도 했지만 그래도 이아나는 고집스러운 원칙주의자였다.

"그렇게 살면 피곤하지 않니?"

비꼬는 게 아니라, 신기해서 묻는 질문이었다.

"제가 했던 약속을 지키는 건데 왜 피곤하겠습니까? 깔끔하고 개운하기만 합니다."

이아나는 그런 것을 묻는 사라체가 오히려 이해가 되지 않는다는 듯, 이상한 눈초리를 보냈다.

"전 피곤하게 산다는 말로 약속을 정확하게 지키는 사람을 폄훼하고 융통성을 주장하는 사람을 이해할 수 없습니다. 약속은 지키기 위해 하는 것이니 피치 못할 사정이 있지 않은 한 그대로 이행하는 게 당연한 겁니다."

정론이었다.

"그런데도 사람들은 왜 피곤하게 산다는 이상한 말을 제게 할까요? 저는 역으로, 그렇게 말하는 사람들을 신뢰하기 어렵습니다. 피곤하다는 이유로 말을 쉽게 바꿀 것 같아요."

말에 뼈가 있었다.

별생각 없이 던진 질문이 따끔하게 되돌아오자, 사라체는 얼굴이 홧홧해지는 민망함을 느끼며 서둘러 변명했다.

"아니, 아니. 내가 말실수를 좀 했구나. 나도 당연히 약속을 지켜야 한다고 생각하는데, 양쪽의 편의를 위해 합의해서 조금 바꿀 수도 있는 거잖니? 별 문제가 없으니 1월 1일까지 갈 것도 없이 오늘 바로 너와 나의 계약을 끝낸다든가. 내 질문은 그런 뜻이었어."

"물론 말씀대로 합의할 수도 있지만, 저는 별 문제가 없는 거면 약속을 그냥 그대로 지키는 편이 낫다고 생각합니다. 약속의 완벽한 이행은 불편을 감수할 가치가 있습니다."

맞는 말이었다.

분명 단점이 있음에도 불구하고, 이런 점이 이아나가 약속을 반드시 지킬 것이라는 신뢰의 증거가 되어 주었다.

"게다가, 부인과의 약속은 제 인생의 커다란 전환점이자 저 자신과의 약속이기도 해서요."

이아나의 선명하고 맑은 눈동자가 사라체를 바라보았다.

"반드시 지키고 싶었습니다."

거짓 한 점 없는 날것의 진심이었다.

사라체는 또 한 번 부끄러움을 느꼈다. 이아나는 이 계약서를 쓴 날부터 진지하지 않은 날이 없었는데, 자신은 처음부터 이아나의 능력을 인정한 현재까지도 내심 어린아이라 여겨 계약에 가볍게 임하고 있었다.

이아나는 이미 어른이었다.

어쩌면 저보다도 더 성숙한.

"꼭 지킬게."

그리 말하는 사라체는 이제 이아나를 아이가 아닌, 대등한 성인으로 보고 있었다. 이아나는 미소 지었다.

어느새 올해도 마지막 날을 맞이했다.

이른 새벽이었다.

어슴푸레한 푸른빛은 차갑고 스산했다.

"……."

시아이외는 슈나이더의 허가를 받고 감옥 앞에 섰다. 감옥을 지키고 서 있던 기사들은 묘한 눈빛으로 시아이외를 흘끗 바라보고는 자리를 비켜 주었다.

감옥의 창살은 지나치게 촘촘하여 눈을 가까이 가져다 대야 안이 보였다. 감옥의 내벽에는 창이 하나 나 있었는데, 어젯밤부터 내리기 시작한 하얀 눈송이들이 바람을 타고 안쪽으로 하나둘 떨어졌다.

독방의 주인, 루리아는 멍하니 그것을 보고 있었다.

"루리아 로안느."

시아이외가 그녀의 이름을 부르자, 루리아가 흠칫하며 고개를 돌렸다.

"시아이외!"

철컹!

루리아가 달려들더니 창살을 꽉 붙잡았다.

"너, 이 망할 자식. 어미를 이렇게 만들어서 만족하니?"

시아이외는 눈앞의 루리아를 위아래로 훑었다. 루리아는 감옥 안에서도 관리를 했는지 머리카락에는 윤기가 흘렀고 손은 주름 하나 없이 매끈했다. 입술은 촉촉하게 젖어 있었고 목소리에는 여전히 교태가 흘렀다.

루리아는 창살 너머에 있는 시아이외를 붙잡으려는 듯 손을 뻗었지만, 창살이 너무 촘촘해서 손이 들어가지 않았다. 시아이외는 저를 붙잡지 못하고 버둥거리는 손을 슥 훑었다.

마른 것을 빼면 루리아는 여전히 화려했다. 본인이 죽는 오늘마저도.

'잘됐어.'

시아이외는 루리아가 변하지 않을수록 좋았다.

"당신 인생을 이렇게 만든 건 당신 본인입니다."

"뭐……!"

"블랙폭시와 손을 잡은 것도, 사치에 미친 것도, 페르난도를 망나니로 키운 것도, 저를 낳은 것도 당신입니다. 분노와 증오에 어찌할 바를 모르던 저를 방치한 것도 당신이지요."

굵은 쇠창살들 사이로 보이는 시아이외의 낯은 몹시 싸늘했다. 서늘한 창살 너머에서 쏟아지는 냉기에, 흥분했던 루리아의 심장도 얼어붙었다.

루리아의 손이 창살에서 툭 떨어져 내렸다. 그녀는 맥이 풀린 듯 스르르 주저앉으며 창살에 머리를 기댔다.

"무서운 녀석……. 이게 네 진짜 얼굴이구나."

루리아는 언제나 시아이외에게서 거리감을 느끼곤 했다. 제

아들이건만 속을 알 수 없다고 생각했다. 그런 느낌들을 착각이라 여겨 넘겼지만 그가 여태 보인 모습들은 거짓이었다.

루리아는 시아이외와의 마지막 무도회에서, 그가 반쯤 돌아서 불같이 화를 내는 걸 보면서 깨달았다. 그리고 차갑게 경멸당하는 지금 한 번 더 깨달았다. 우아하게 웃는 가면 뒤로 이런 얼굴들이 숨겨져 있었다는 것을.

"저는 늘 이랬습니다. 당신이 저를 진지하게 들여다본 적이 없었던 것뿐이죠."

루리아는 시아이외의 말에 부정할 수 없었다.

"화 더 안 내십니까?"

"안 내."

그녀는 힘없이 말했다.

"마음 정리를 끝낸 상태였는데, 너를 보고 나도 모르게 북받쳐 오른 것뿐이야."

시아이외는 루리아를 물끄러미 바라보았다.

끝까지 패악을 떨 줄 알았다. 그런데 뜻밖에도 루리아는 매우 무기력했다. 시아이외는 루리아의 그런 모습을 보자 기분이 나빠졌다. 차분하게 정리한 마음이 흔들리고 있었다.

"왜 왔니?"

"마지막 정리 겸 대화 한번 하려고."

"할 얘기 없어."

"일기장은 읽어 보셨습니까?"

시아이외가 루리아의 말을 무시하고 물었다. 루리아는 대답하지 않았다.

철컹.

감옥의 문이 열렸다.

"어차피 오늘이 마지막인데 다 털어 내고 가시죠."

시아이외가 감옥 안으로 들어서서 루리아의 옆에 섰다.

"……그래. 좋아."

루리아가 킥킥 웃었다.

"일기? 그래, 읽었어. 초반부에는 나를 사랑했던 그자의 마음이 구구절절하게 담겨 있더구나. 너를 키우며 쓴 후반부는 문장 하나하나에 널 아끼는 그자의 마음이 묻어났고. 내 감상을 듣고 싶은 거니?"

시아이외가 대답하지 않자 루리아가 히죽 웃었다.

"네가 왕의 아들이 아니라는 걸 숨겼다는 것에 망자에게 또 한 번 배신감을 느꼈어. 그것 때문에 내 인생은 완전히 망했어! 사랑? 내 인생을 망친 주제에 나에 대한 사랑이라고 포장하는 게 가증스러워."

인생을 망쳤다……

"알았다면 어쨌을 겁니까?"

"어쩌긴. 당연히……."

"저를 죽였겠죠."

루리아의 대답이 끝나기 전에 시아이외가 끊었다.

"감상은 그뿐입니까?"

"……그래!"

시아이외를 잠깐 멀거니 바라보던 루리아가 눈을 부릅떴다.

"그 일기장을 본다고 해서 내가 뭐 후회라도 할 줄 알았니?

나는 다시 돌아가도 똑같이 사치를 선택할 거고, 지금이랑 똑같이 살 거야. 흥청망청 즐길 거고, 네 아버지를 버린 것을 후회하지 않을 거야."

루리아가 절규했다.

"왜냐고? 되돌아가더라도 나는 어리고 예쁜 왕녀일 테고, 또다시 늙은 왕에게 강제로 팔려 올 테니까! 지금 이 상황을 내가자초한 건 맞지만, 이런 나를 강제로 로안느에 들이민 놈들과받아들인 로안느에도 책임이 있어!"

"맞습니다. 원죄는 그들에게 있죠."

시아이외는 조용히 말했다.

"당신도 어릴 땐, 순진하고 소심한 평범한 소녀였으니까. 주변의 상황이 그랬던 당신을 괴물로 만들었을 뿐."

예상치 못한 시아이외의 이해에, 루리아의 눈이 흔들렸다.

"도망치지 그랬습니까? 당신밖에 몰랐던 기사와."

"도망쳤다면?"

루리아가 힘없이 말했다.

"베고이샤 왕국은 망했겠지. 그리고 난 강대국이었던 로안느의 국왕과의 결혼을 앞두고 도망칠 만큼 간이 크지 못해."

"겁쟁이처럼 도망치지 못했다면, 정당하게 로안느를 휘어잡지그랬습니까."

"나에겐 그럴 능력이 없었으니까. 그럼에도…… 평생토록 누려보지 못했던 사치가 끔찍하도록 달콤했으니까."

"그것이 당신의 죄로군요."

잠깐 대화가 끊겼다. 침묵하던 루리아가 힘없이 빈정거렸다.

"그렇게 말하는 너도 왕자의 자리가 그렇게 싫었으면 도망치지 그랬니? 사실은 왕자로서 누리는 사치가 좋았던 거 아냐?"

"무사히 도망칠 수 있을 때까지 준비한 것뿐입니다. 어린 나이에 블랙폭시의 눈을 피할 수 있었을 것 같습니까? 자."

시아이외가 아공간에서 묵직한 주머니를 하나 꺼냈다. 주머니는 루리아의 앞에 떨어졌다.

"제가 이때까지 당신에게 받았던 돈입니다. 이자까지 쳐서 그 값어치를 하는 보석들을 잔뜩 넣어 놨으니 가져가세요."

"……그래. 너 참 깨끗하구나."

조롱당하는 듯하여 루리아가 부들부들 떨었다.

"사실 모든 진실을 묻고 그냥 떠날 수도 있었습니다. 페르난도가 프리실라를 납치하기 전까지만 해도 갈등했습니다. 공개적으로 제가 증오했던 것들을 버리고 떠날지, 아니면 그냥 행방불명 처리를 하고 조용히 떠날지."

"왜. 그래도 혈연이라고 고민은 좀 했나 보지?"

루리아가 또 빈정거리자 시아이외가 그녀를 경멸이 담긴 눈으로 바라봤다.

"저는 옛날에 혈연에 대한 정을 버렸습니다. 하지만 부친은 죽는 그 순간까지도 당신을 사랑해서, 당신은 내버려 두고 그저 제 인생에 집중해서 살아가 달라고 했습니다. 당신이 말한 평계, 그 첫 단추. 늙은 왕에게 공녀로 팔려 갈 때 구하지 못했다는 것에 대한 죄책감 때문에요."

루리아의 눈이 흔들렸다.

"부친의 마지막 유언을 지키고 싶었기에 당신을 계속 지켜봤습니다만 당신은 점점 더 사치에 미쳐 갔죠. 그럼에도 저는 갈등했습니다. 하지만 최근에 어떤 생각이 강하게 들더군요."

이 오물들을 제대로 한번 털어 버리지 않으면 죽을 때까지 악취를 풍길 텐데, 내가 견딜 수 있을까. 새로운 곳에 가서, 새롭게 사랑하며 행복해지고 싶은데 진정으로 그럴 수 있을까.

그러던 와중에 페르난도는 시아이외가 겨우 찾아낸 사랑을 망치려 했다.

"그래서 결심했습니다."

시아이외가 주먹을 꽉 쥐었다.

"진짜 왕자라고 생각하고 살았던 십여 년. 모든 진실을 알면서도 가짜 왕자로 살았던 십여 년. 저는 왕자가 아님에도 이십여 년간 로안느 왕자의 특권을 누렸습니다. 당신을 끌어내리고 진실을 밝히는 것. 그것이 이제껏 로안느의 왕자로서 살아온 저의 마지막 의무입니다. 부친에게는 죄송하지만 그리할 겁니다."

끝이라고 생각하니 시아이외의 가슴속에 그동안 억눌러 온 설움이 북받쳐 올라 휘몰아쳤다.

"나는 당신처럼 살지 않을 겁니다."

"……그래. 마음대로 해."

루리아가 중얼거렸다.

"난 내가 잘못 살았다고 생각 안 해. 욕망에 너무 충실하긴 했지만 그래도 나름대로 열심히 살았고, 덕분에 많은 것을 누렸으니까. 손가락질하고 싶으면 하라지. 하지만!"

루리아가 입술을 꽉 깨물었다가 떨리는 목소리로 말했다.

"억울하니 너한테 이 말만큼은 해야겠어. 아까 대답하다 말았는데 네 부친이 네 존재를 알렸다면, 나는 벌벌 떨면서도 너를 키웠을 거야."

시아이외의 눈동자에 파문이 일었다.

"난…… 내 혈연에게 그리 잔인하지 못해. 우습게도 지금도 널 원망하지 못해! 네가 나에 대해 뭘 그렇게 잘 안다고 멋대로 떠들어?"

시아이외가 주먹을 세게 움켜쥐었다.

"그리고 난…… 난 욕망에 휘둘리는 여자야. 당시엔 기사를 진심으로 사랑했으니 일찍 말해 줬다면 너를 데리고 도망쳤을 수도 있어. 아니, 널 핑계로 도망쳤을 거야. 그때의 난, 로안느와 블랙폭시가 주는 사치가 사랑스러우면서도 너무 무서웠으니까."

루리아가 격해진 감정에 헐떡거렸다.

"하지만 나를 사랑한다던 기사는 나를 구하지도, 믿지도 못했지. 나도 결국 변해 버렸지. 네가 그토록 숭고하게 여기는 사랑? 별것 아니야. 너도, 그 계집애도 나처럼 될 수 있어!"

시아이외의 마음에 무슨 돌을 던지고 있는지도 모르고, 루리아는 고집을 부리며 씩씩거리다 맥없이 말했다.

"넌 이런 나를 혐오한다고 했으니…… 나처럼 살지 않도록 노력하렴."

루리아는 그리 말한 후 아무 말도 없었다. 시아이외는 그런 루리아를 가만히 내려다보다 충동적으로 물었다.

"……살고 싶으십니까?"

"그런 걸 왜 묻지? 정말로 살려 주고 내가 비참하게 살아가는 모습을 보고 싶어서? 살려 줄 생각은 없지만 내가 애원하는 모습을 보고 싶어서? 다 필요 없어. 난 추하게 살 바엔 차라리 죽는 게 낫다고 생각하는 여자야. 죽을 때조차 추하기 싫은 여자야!"

루리아는 피곤한 듯 벽에 기대며 눈을 감았다.

"나가."

루리아는 시아이외의 시선을 외면했다. 시아이외는 루리아를 멀거니 바라보다가 감옥을 나왔다.

쿵.

감옥의 문이 닫혔다. 시아이외가 말했다.

"잘 가세요."

"그래."

시아이외가 가 버렸다.

루리아는 눈을 뜨고 그가 주고 간 주머니를 열어 보았다.

아름다운 보석들이었다. 최상급 중에서도 최상급이었다.

다시 태어나도 사치할 것이라 여겼건만, 죽음을 눈앞에 둔 이 순간 어쩐지 그 아름다운 빛이 보기 싫어져서 루리아는 차가운 바닥에 보석들을 내동댕이치고는 등을 돌렸다.

"……."

감옥 밖으로 나온 시아이외는 기분이 착잡했다.

겉은 차가운데도 속은 뜨거웠다. 분명 속이 시원할 거라고 생각했는데 부글부글 끓는 이 기분은 뭘까.

루리아는 끝까지 패악을 부려 줘야 했다. 저를 그 지경으로 만든 그를 증오해야 마땅했다. 그런데도 원망하지 않는다고 말하던 루리아의 속내를 알 수 없었다. 반성한 것도 아닌 듯한데,

저렇게 죽음을 순순히 받아들이는 것도 이상했다.

그래서 저도 모르게 살고 싶으냐고 물었다.

살려 달라고 했다면…… 살려 줬을지도 모른다.

시아이외는 그런 생각을 한 스스로가 경멸스러워서 참을 수 없었다. 지금 이 순간, 기쁨이 아닌 슬픔을 느끼는 스스로가 미치도록 싫었다.

이 길은 옳다. 분명히 옳았다.

그런데 옳다고 생각했던 길이 틀린 것만 같다.

대체 어디서부터 잘못된 걸까?

이제 와서 뭐? 어쩌라고?

마치 길을 잃은 것만 같다.

그는 정신없이 어딘가로 향했다. 아침에 찾아가는 것이 실례라는 걸 알면서도 그곳으로 향할 수밖에 없었다. 프리실라가 있는 작업실이었다.

문을 두들겼다. 밤을 새운 듯 푸석푸석한 모습의 프리실라가 밖으로 나왔다.

"시아이외 님?"

시아이외는 프리실라를 끌어안았다.

그녀에게 오늘 있었던 일들을 고백했다.

시아이외에게 안긴 채 가만히 그의 말을 들어 주고 있던 프리실라가 발꿈치를 들어 올려 시아이외의 목뒤를 끌어안았다.

"마음껏 울어요, 내 사랑."

어느새 시아이외는 울고 있었다.

"당신이 걷기도 전에 길들이 엉켜 버리고 꼬여 버린 거군요.

당신은 그 길 위에 서자마자 미아가 되었지만, 최선을 다해 출구를 찾아 걸어온 거구요. 저는 그런 상황에서도 이렇게 멋지게 성장해 준 당신이 대단하고 기특하네요."

시아이외는 프리실라를 껴안고 소리 없이 눈물을 흘렸고, 프리실라는 그를 조용히 다독였다. 시아이외는 프리실라의 위로에 울적함이 조금 가시는 것 같았다.

"그리고 당신의 어머니는 저를 너무 얕봤군요."

시아이외의 눈물이 그쳐 갈 때쯤, 프리실라가 불쑥 말했다.

"……무슨?"

시아이외가 이해하지 못해 되묻자, 프리실라가 미소 지었다.

"제 별명이 미친개라는 거 알죠? 전 한번 제대로 사랑에 빠지면 옆을 보지 않고 달려요. 절대 포기 안 해요. 이런 제가 당신을 사랑하니 어쩌겠어요. 우린 죽을 때까지 사랑할 수밖에 없어요. 제가 당신을 절대 놔주지 않을 거니까요."

프리실라의 팔이 시아이외를 꽉 조였다.

"그리고 당신은 제 매력에 폭 빠져 버려서 절대 헤어날 수 없을 거예요. 제가 사랑하는 것 이상으로 저를 사랑하겠죠. 그런 직감이 들어요. 제 직감은 아주 잘 들어맞는답니다? 그럴 거죠? 그럴 거라고 말하지 않으면 말할 때까지 키스해 버릴 거예요. 내 사랑!"

무서우면서도 귀여운 말에, 시아이외는 시름을 잊고 웃을 수밖에 없었다.

날이 밝고, 정오가 되었다.

성난 군중의 고함 소리 속에서 처형식이 시작되었다.

"사형!"

왕국의 배반자들이 힘없이 끌려 나와 하나둘 처형당했다.

잔챙이들을 처리한 후에는 오웬 후작가의 차례였다. 제일 먼저 오웬 가문의 가신들이 처형당했다. 그다음에는 가솔들이 줄에 꿰인 썩은 생선들처럼 질질 끌려 나왔다. 그곳에는 웰스 오웬도 있었다.

"히히. 히히."

며칠 전, 리키젠과 이아나는 감금해 두었던 웰스 오웬을 광장에 풀어놓았다. 약에 미쳐 버린 둘째는 광장에서 으헤헤 웃고, 소변을 지리고 뛰어다니며 온갖 추태를 보였다.

사람들은 망나니로 이름을 떨쳤던 그놈을 알아보았다. 사람들의 신고로 냉큼 달려온 기사들이 놈을 잡아갔다.

"웰스 오웬!"

사형 집행관이 그의 죄목을 촬촬 읊었다. 도가 넘는 악행을 저지른 웰스 오웬에게 사람들이 야유했다.

"사형!"

철컹!

사형 집행관의 외침에 그는 깨끗하게 죽음을 맞이했다. 그다음은 오웬 후작가의 수장이자, 페르난도 세력의 주축이었던 마틴 오웬의 차례였다.

"마틴 오웬!"

그가 저지른 죄는 너무나 많았다. 집행관이 침을 튀기며 꽤 오랜 시간 읽어야 할 정도였다. 사람들은 마틴 오웬에게 돌을 던졌다. 마틴은 모든 것을 포기한 얼굴로 돌을 맞았다.

"사형!"

철컹!

마틴 오웬도 죽었다. 차가운 눈으로 그의 죽음을 바라보고 있던 슈나이더가 명했다.

"오웬 가문을 멸문한다!"

천 년의 세월을 가진 오웬 후작가가 오늘부로 로안느 귀족 계보에서 완전히 사라졌다.

영원할 것만 같던 막대한 권력도 사라질 땐 늦봄의 꽃이 지는 것처럼 한순간이었다.

그다음은 두 왕족의 차례였다. 왕족부터는 슈나이더가 직접 그들의 죄를 적은 서류를 들고 나섰다.

"루리아 로안느!"

"세상에!"

루리아는 시아이외가 주고 간 보석들로 화려하게 치장했다. 죽는 그 순간까지 사치를 포기하지 않겠다는 고집이 보였다. 사람들이 치를 떨었다.

슈나이더는 냉정한 목소리로 그녀의 죄를 읊었다. 제가 저지른 죄를 일일이 듣는 와중에도 루리아는 콧방귀를 뀌었다. 종이에 쓰인 것들을 모두 읽은 슈나이더가 망설임 없이 외쳤다.

"사형!"

철컹!

루리아도 죽었다.

마지막으로, 페르난도의 차례였다.

"페르난도 캐럿 로안느!"

페르난도는 역대 가장 짧은 기간 동안 군림했던 폭군으로 기록될 것이다. 페르난도는 정신이 이상해져 있었기에 히죽히죽 웃을 뿐 별다른 반항은 없었다.

슈나이더가 종이를 탁 접으며 외쳤다.

"사형!"

철컹!

섬광이 아래로 내리쳤다. 길었던 싸움의 끝을 선고하는 듯했다. 법에 의한 빠르고 깔끔한 처형에, 사람들은 속이 시원해지는 걸 느꼈다.

처형식이 끝났다. 처형식에 소요된 시간은 적었지만, 아주 많은 사람들이 한꺼번에 처형당했다. 처형할 때마다 어느 정도 수습을 하기는 했으나 그래도 처형장은 처참한 꼴이었다.

"정리하라!"

서슬 퍼런 명령에 뒤에서 대기하고 있던 병사들이 처형장을 빠르게 수습했다.

사람들은 새로운 왕이 될 슈나이더의 칼 같은 모습을 지켜보며 모골이 송연했다.

죽은 자들은 슈나이더에게는 최대의 정적이었고, 로안느를 바하무트에 팔아넘기려 한 죄인들이었다. 그럼에도 슈나이더가 서슴없이 처형을 외쳐 대니 지은 죄가 없음에도 심장이 철렁했다.

'죄를 지으면 저리되겠구나.'

사람들은 경계심을 드높였다. 동시에 슈나이더에 대한 신뢰도가 대폭 상승했다. 저렇게 죄인을 엄하게 처벌하니 앞으로 억울한 일은 덜 당하겠다 싶어서였다.

"가자."

일이 마무리되자 사람들이 하나둘 흩어지기 시작했다. 로안느를 좀먹고 있던 무리들이 사라졌으니 마음을 추스르고 새해를 맞이할 준비를 해야 했다.

내일의 건국제는 매우 특별했다. 슈나이더가 즉위를 하는 날이었기 때문이다. 사람들은 축제를 성심성의껏 준비하고 있었다. 전시이므로 성대하게 열지는 못하지만, 상황이 어려울수록 즐거운 일들로 우울함을 해소해야 한다고 생각해서였다.

게다가 오늘은 발젠타 학술원과 테오도르 아카데미가 합동해서 여는 파티가 열린다. 파티는 전투의 성지가 된 학술원에서 열리는데, 학술원의 수용 인원 때문에 들어갈 수 있는 인원이 '관련자'로 제한되었다.

사람들은 아쉬워하면서도 당연하다고 생각했다. 파티에 참석하지 못하는 사람들에게도 함께 즐기자는 뜻에서 음식과 파티 물품들을 제공한다고 하니 별 불만은 없었다.

"끝났네요."

일상으로 돌아가고자 흩어지는 군중들 사이에 리키젠이 있었다. 그리고 이아나와 아르하드가 그의 옆에 있었다.

"제 복수도 이렇게 끝나는군요. 왜일까요. 뿌듯하다기보다는 허무하네요. 몇 년 동안 복수심을 불태웠었는데, 이렇게 끝나 버리니까."

리키젠이 중얼거리자 이아나가 답했다.

"원래 그런 거야. 마이너스에 플러스를 채워 봤자 원점에 불과하잖아."

"그렇군요. 그런데 그거, 후유증이 꽤 커요. 복수를 끝내면 시원하기만 할 거라고 생각했는데, 사람들이 왜 일상으로 돌아가지 못하고 힘들어하는지 알겠어요."

"너무 원통하면 복수를 안 하고는 못 배기지. 하지만 복수가 전부였던 사람들은 복수가 끝나면 네 말대로 일상으로 돌아가기가 힘들 거야. 복수 외의 다른 목적지가 없었으니 길을 잃을 수밖에. 하지만 어쩔 거야? 제대로 복수하려면 거기에 온 정신을 다 쏟아부어야 하는데."

고개를 끄덕이며 이아나의 말을 듣던 리키젠이 불쑥 말했다.

"예전부터 생각했던 건데요. 이아나 님은 복수를 나쁘게 취급하며 상대를 용서하라는 말을 하지 않으셔서 좋습니다."

"용서? 성자가 아닌 이상 어떻게 그래. 복수를 해도 분이 풀릴까 말까 한데 뭔 용서. 상대가 죄의 대가를 치러도 용서는 고민해 볼 문제야."

리키젠이 픽 웃는데 이아나가 진지한 태도로 말을 덧붙였다.

"하지만 리키젠. 네 인생을 위해서라도 '용서'는 필요해. 내가 생각하는 용서란, 원한의 대상이 네게 더 이상 영향을 미칠 수 없음을 선언하고 네 안에서 너를 좀먹는 감정들을 쓸어 내 버리는 거다. 네 인생을 살기 위해서."

그렇죠?

당신이 가르쳐 줬잖아요.

이아나가 아르하드를 올려다보았다. 조용히 대화를 듣고 있던 아르하드가 기특하다는 듯 살짝 웃었다.

이아나가 리키젠을 다시 똑바로 쳐다보며 단호하게 말했다.

"너를 괴롭힌 상대가 죽어서도 후회할 정도로 멋진 삶을 살아야지. 그리고 너는 이미 그럴 생각인 것 같은데?"

"그렇습니다."

리키젠의 얼굴에는 어느새 강한 의지가 아로새겨져 있었다.

"복수를 끝낸 지금 후련하기도 하고 허탈하기도 하지만, 그것들을 넘어서는 책임감이 샘솟네요."

"무슨 책임감?"

리키젠이 안경을 고쳐 썼다.

"제게 있어 펜촉은 당신의 검과 같습니다. 제 무기예요."

어울린다. 이아나는 스스로 길을 찾은 리키젠에게 속으로 박수를 보내 주었다.

"제가 만약 평범한 사람이었다면, 평민인 제가 오웬 후작가에 법에 의거한 정당한 복수를 할 수 있었을까요? 아뇨. 그럴 수 없었을 겁니다."

누가 잘못을 했는가는 상관없다. 강자는 법마저도 요리조리 피해 간다. 모두가 그의 횡포를 암묵적으로 용인하고 약자에게 참을 것을 강요한다.

피해자가 죄를 고발하며 목소리를 높이면, 강자는 귀찮은 파리를 떼어 내듯 증거 인멸을 시도할 것이다. 그리하여 피해자가 죽더라도 타인은 그런 부당함으로부터 시선을 회피할 것이다.

리키젠의 아버지는 그렇게 죽었다.

"만약 법이 죄인을 심판하지 않는다면 사람들은 직접 보복을 할 수밖에 없을 겁니다. 하지만 그것조차 요원하죠. 보통 피해자는 약자니까요."

"그렇지."

이아나가 동의했다.

"저는 죄 없던 사람들이 복수에 눈이 멀어 죄를 짓지 않기를 바랍니다. 힘이 없어 복수는 꿈도 못 꾸고 억울하게 살아가는 것도 바라지 않아요."

리키젠이 주먹을 꽉 쥐며 말했다.

"저는 강력한 법에 의해 정의가 살아 숨 쉬는 나라를 원합니다. 죄를 지은 자는 누구든 합당한 벌을 받는 세상을 원해요. 저는 그런 세상을 만드는 데 제 인생을 바치고 싶습니다. 가능할까요?"

긴 말을 끝낸 리키젠이 숨을 몰아쉬면서도 두 눈을 이지적으로 빛냈다. 이아나는 적극적으로 지지의 뜻을 내비쳤다.

"물론이지. 아주 좋아. 잘해 보자."

리키젠은 그럴 줄 알았다는 듯 살짝 웃더니, 이번에는 걱정스러운 표정을 지었다.

"제가 잘못하면 어쩌지요?"

"나도 네 옆에서 같이 일할 텐데, 네가 잘못한 거면 나도 잘못했다는 거다. 괜찮아. 잘못했다는 걸 알면 고치면 되잖아. 그렇죠?"

"물론. 나는 너희를 무조건 지지한다. 뭐든 원하는 대로 해."

흡족한 표정으로 이아나와 리키젠의 대화를 듣고 있던 아르하드도 두 사람에게 신뢰를 표현했다. 군주가 될 그가 절대적인 지지를 표방했으니 얘기는 끝났다.

이아나와 아르하드를 물끄러미 바라보던 리키젠은 천천히 고개를 숙였다.

"아무것도 아닌 저를 이렇게 믿어 주시고, 지지해 주셔서 감사합니다. 제 손을 잡아 주셔서…… 정말, 정말로 감사합니다."

오늘, 복수를 완전히 끝낸 리키젠은 두 사람이 만들어 나갈 세상에 일생을 바치기로 결심했다. 저를 신뢰해 주는 두 사람을 위해서라면 그는 못 할 일이 없을 것이다.

"두 분은 내일 떠나시지요?"

"그래. 넌 어찌할래?"

"학술원에 반년만 더 있다 졸업하고 가겠습니다."

리키젠이 바로 대답했다.

"바로 가서 일하고 싶습니다만……. 저는 나이도 어린데, 그 정도 학력도 없으면 무시당할 가능성이 높습니다. 반년만 더 하면 수석으로 졸업할 수 있으니 기다려 주세요. 이럴 줄 알았으면 이아나 님처럼 교양을 듣지 말고 전공만 죽어라 팔 걸 그랬습니다."

"괜찮아. 일 년 정도는 준비 기간으로 두고 있으니까."

그동안 아르하드가 동부로 가서 열심히 준비를 했지만, 아직 마무리가 덜 됐다.

인간들만 살아갈 국가라면 빠르게 준비를 마쳤을 것이다. 하지만 곧 거주해 올 수인족과 드워프의 거점을 마련하고 제도를 정비하려니 아무리 일 잘하는 아르하드라도 시간이 부족했다.

게다가 이종족들과 인연이 있는 건 아르하드가 아니라 이아나였다. 이아나의 협력이 절대적으로 필요했다.

아르하드가 리키젠의 어깨를 툭툭 쳤다.

"자료들을 미리 보내 줄 테니 공부해. 그 내용을 숙지하는 데만도 시간이 많이 걸릴 거다."

"피 터지도록 공부하겠습니다."

"그래야지."

과연 주군과 충신이다.

"그럼 오늘 로안느에서의 마지막 파티를 즐기시겠군요. 저도 오늘까지만 마음을 정리하고 내일부터는 죽을 각오로 공부하겠습니다."

이아나가 그들을 바라보며 작은 감상에 빠지려는데, 리키젠이 불쑥 작별을 고했다.

"방해하기 싫으니 이만 가 볼게요."

리키젠이 꾸벅 인사했다.

"파티장에서 봬요."

"아니, 같이 가도 괜찮은……."

이아나가 말을 끝내기도 전에 리키젠이 빠르게 멀어졌다. 이아나는 손을 들었다가 내렸다.

"역시 눈치가 빨라."

이아나는 리키젠을 마음에 들어 하는 아르하드를 흘끔 쳐다보았다. 시선을 느낀 아르하드가 그녀를 내려다보았다.

"왜?"

이아나가 슬쩍 고개를 돌렸다.

"아뇨. 아무것도. 가요."

리키젠이 대화를 나누는 사이, 광장은 한산해졌다.

이아나와 아르하드는 여유롭게 거리를 걸었다.

하지만 이아나의 마음속에서는 폭풍이 몰아치고 있었다.

결혼.

한번 고민하기 시작한 문제는 며칠 내내 이아나를 괴롭히고 있었다.

이제는 결혼이 어색하거나 민망해서 괴로운 게 아니었다. 무엇이든 빠른 이아나는 며칠 동안 고민한 결과 결혼하는 게 당연하다는 판단을 내렸다.

'그까짓 결혼, 서류상으로 엮이는 것에 불과해. 아르하드도 분명 나와 결혼할 거라고 생각하고 있을 거야.'

이아나는 몹시 당당하게 그리 생각했다. 근거 없는 자신감이 아니었다. 아르하드는 만약 이아나가 다른 남자와 결혼한다면 결혼식 전에 그 남자의 장례식부터 열어 주겠다던 남자였다.

'하지만 혼자서 생각하는 것과 생각을 공유하는 것은 다른 문제야.'

뭐든 확실히 하는 이아나였기에 아르하드에게 묻고 싶었다.

'저랑 결혼하실 겁니까?'

그러나 물을 수 없었다. 이아나는 결혼이 서류상의 관계라 여기면서도 한편으로는 사랑으로 이뤄 낼 수 있는 마지막 관계라고 생각하고 있었다.

결혼이라는 말을 뱉는 순간 아르하드와 결판을 내야 할 것이다. 결혼까지 가면 거짓 연인이니 뭐니 하는 같잖은 핑계는 통하지 않았다. 그러고 싶지도 않았다.

'하지만 먼저 묻는 사람이 불리한데⋯⋯.'

이아나는 이제 결혼이 민망한 게 아니라, 결혼에 대해서 묻지 못하는 스스로가 답답했다.

부글부글 끓는다.

이놈의 승부, 이제는 지긋지긋했다.

아르하드는 인내심이 어찌나 끈질긴지 말할 듯 말 듯 넘어오질 않았다. 하긴 회귀 전에는 십 년 넘게 포기하지 않고 저를 쫓아다녔던 남자가 아닌가. 이대로라면 십 년은 너끈히 버틸 게 분명했다.

이아나는 골똘히 생각했다.

'이렇게 지겹도록 고민할 바에 그냥 확 질러 버려?'

"⋯⋯."

머리에서 김이 새어 나온다. 어찌나 생각에 몰두했는지 머리에 뜨끈하게 열이 올랐다. 아르하드는 열기를 폭폭 뿜어내는 이아나를 가만히 관찰하고 있다가 입을 열었다.

"이아나. 요새 무슨 고민 있어?"

이아나는 요즘 이상했다. 한동안은 함께 있는 것을 어색해하며 도망치고 싶어 하는 듯하더니 이제는 길 가다가 갑자기 생각에 빠져 멈춰 서거나, 그를 원망스러운 표정으로 빤히 쳐다보기 일쑤였다.

"⋯⋯."

이아나는 대답이 없었다.

아르하드가 이아나의 흐트러진 머리를 귀 뒤로 쓸어 넘겨 주었다. 아르하드의 손길이 스치자 이아나가 흠칫했다. 드러난 그녀의 귀가 빨개졌다. 아르하드는 그런 이아나의 귀를 보며 멈칫했다.

"······아뇨. 없습니다."

"그래?"

뭔지는 몰라도 좋은 징조 같았다.

아르하드는 이아나가 말하기 싫어하는 듯하자 그냥 넘어가 주었다.

"자, 우리도 로안느에서의 마지막 파티를 즐기러 가 볼까."

아르하드가 손을 내밀자 이아나는 속으로 끙, 하고 앓으며 그의 손을 순순히 붙잡았다. 이아나의 머릿속에 어떤 폭탄이 있는 줄도 모르고 아르하드는 소소한 행복을 평화롭게 만끽했다.

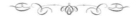

학술원과 아카데미의 연말 파티.

파티의 테마는 '먹고 마시고 살아가자'였다. 맛있는 것들을 배가 터지도록 먹고 마시면서 힘들었던 올해와 작별하고, 배에 가득 채운 에너지로 새해를 또 열심히 살아가자는 취지였다.

그래서 해가 바뀌는 자정까지 맛있는 음식들과 주류들이 무한정으로 제공될 예정이었다. 먹기 버거우면 알아서 그만 먹으면 된다. 행사도 다 먹는 것과 관련되어 있었다. 대식가 대회라든가, 주량 대회라든가. 일명 '돼지 파티'라고 할 수 있었다.

그러다가 춤을 추고 싶으면 춤추고, 노래를 부르고 싶으면 노래 부르고, 옆 사람과 포옹을 하고 싶으면 포옹하면서 힘들었던 한 해와 작별한다.

파티의 끝에 샀던 것들을 모조리 날려 버리기 위한 폭죽도 대량으로 준비되어 있었다.

즉, 사고만 안 치면 뭘 해도 되었다.

음식과 파티 물품은 학술원 밖의 왕국민들에게도 제공될 예정이었다. 원래는 학술원과 아카데미 학생들이 즐길 요량으로 계획한 소규모 파티였지만, 고생한 왕국민들과 함께 즐기기 위해 판을 키웠다.

전시에 이 무슨 사치냐 할 수도 있겠지만, 긴장만 지속되면 사람들이 심적으로 지칠 수 있었다. 그런 피곤함은 무기력으로 이어지기 쉬워, 장기적으로 봤을 때는 좋지 않았다.

올 하반기에 사건들이 너무 정신없이 터져서 사람들의 마음에는 여유가 없었다. 그러니 잠시 달리는 걸 멈추고 퍼져 앉아서 호화스러움을 즐기는 것도 나쁘지 않았다.

파티 준비는 비전투 계열 학생들과 일반인들이 했다.

비전투 인력의 역할은 전투 인력을 보조하고 전투 인력들이 휴식을 취할 장소를 마련하는 것, 그리고 그들이 전투를 끝내고 귀환하면 빠르게 일상에 적응할 수 있도록 돕는 것이었다. 그들은 나서서 싸우지는 못했지만 전시에도 일상을 이어 가고자 노력했다.

전투 계열 전공의 학생들은 다치기도 많이 다치고 죽기도 많이 죽었지만, 그런 역할의 분리에 불만이 전혀 없었다.

그들은 스스로 전투를 선택했다. 전투는 그들의 삶이었고, 앞으로도 그들이 해야 할 일이었다. 그런데 그들을 보조해 주고 쉴 장소를 마련해 줄 이들이 없으면 전투를 지속할 수 없었다. 전투를 끝내더라도 돌아갈 곳이 없다면 오로지 절망뿐이었다.

사람은 지켜야 할 것이 있으면 강해지고, 지킬 것이 없다면 길을 잃고 약해지는 법이다. 전투 인력은 뒤에서 받쳐 주는 비전투 인력들에게 감사했고, 그들을 지키고자 노력했다.

그리고 전쟁이 소강상태에 접어들자, 비전투 인력들은 그동안 보호받은 것을 보답이라도 하듯 열심히 파티를 준비했다. 부유한 평민들과 귀족들도 저택에 보관해 뒀던 귀한 술을 아낌없이 내놓고 지원금을 퍼부었다. 규모만 봐도 오늘 파티는 아주 훌륭했다.

웅성웅성.

"아, 사람이 왜 이렇게 많아?"

"그러게. 파티에만 참석하면 될 것이지."

"그러는 넌 왜 왔냐?"

본격적으로 파디를 시작하기 전에 학술원의 종업식과 졸업식이 진행되었다. 테오도르 아카데미에서도 마찬가지였다. 학술원에서의 파티는 그 후부터였다.

그런데 학술원 내의 넓은 공터는 구경꾼들로 바글거렸다. 구경꾼 중에는 테오도르 아카데미의 학생들도 적지 않았다.

테오도르 아카데미는 학술원보다 더 이른 시간에 행사를 시작한 데다 학생 수가 적었기 때문에 행사들은 금방 끝났다. 귀족 학생들이 치장을 해야 하니 말 길게 하지 말고 얼른 끝내라고 닦달을 했기에 빨리 끝난 것도 있었다.

학술원은 사람도 많고, 진행도 평소와 같았기에 여전히 종업식이 치러지는 중이었다. 그리고 아카데미의 귀족들은 저택으로 돌아가지 않고 학술원으로 왔다. 학술원의 졸업식을 보고도 꾸밀 시간은 충분했다. 무엇보다 호기심이 치장 욕구보다 더 컸다.

"다음은 3학년의 차례입니다."

그러자 사람들의 귀가 쫑긋했다.

종업식에서는 성적이 우수한 학생들을 불러 상을 주곤 했다. 이번 하반기는 대다수 수업이 평가하기 어려운 실전으로 대체되었기 때문에, 소수의 전공과목 점수에 따라 성적이 좌우되었다. 그리고 성적 우수생들 중 그녀가 빠질 리가 없었다.

"검술학부 3학년 수석, 이아나!"

단정한 교복 차림으로 단상에 오르는 그녀에게 모두의 시선이 쏠렸다. 오늘, 구경꾼의 대다수는 그녀를 직접 보기 위해 온 것이라고 해도 과언이 아니었다.

짝짝짝!

이아나가 수석을 뜻하는 상장을 받자, 우레와 같은 박수가 쏟아졌다.

시기와 질투.

아쉬움과 미련.

호기심과 관심.

경외심과 존경심.

그리고 호감……. 온갖 감정들이 박수 소리에 섞여 그녀에게 폭포수처럼 쏟아져 내렸다. 부정적인 감정은 거의 없었다. 시기와 질투도 사람이 어떻게 저럴 수 있냐는, 인외 생물을 대하는 듯한 질린 감정이었다.

이아나는 그녀를 쳐다보는 이들에게 고개 숙여 인사하고 계단을 내려갔다. 박수 소리가 더욱 커졌다. 그녀의 수석을 못마땅해하는 사람은 단 한 명도 없었다. 이아나가 세운 공을 생각하면 국가에서 표창장을 주고도 남았다.

결국 모두가 이아나를 인정했다.

인정할 수밖에 없었다.

고학년의 수석 발표까지 진행된 후 종업식이 마무리되었다. 그 뒤로는 졸업식이 이어졌다. 졸업하지 않는 학생들은 구경꾼들 사이에 섞여 들었다. 졸업식을 지켜보기 위해서였다.

졸업생들은 깨끗한 교복을 단정하게 차려입고 있었다. 그들이 교복을 입는 것도 오늘이 마지막이었다.

원한다면 졸업식에 참석하지 않고 학부 사무실에서 졸업장만 받아 가도 상관없었지만, 그러는 졸업생은 거의 없었다. 졸업식은 학술원에서 학업을 무사히 끝냈음을 모두에게 축하받고, 앞으로의 미래를 축복받는 행사였다. 모두가 졸업식에서 그들이 노력했던 시간들을 마무리하고 싶어 했다.

전통적으로 학술원의 졸업식에서는 학장이 축사를 하고 한명, 한명 이름을 불러 졸업장을 준다. 오늘도 그리 진행될 예정이었지만, 파티를 위해 소요 시간을 축소하느라 군더더기를 죄다 뺐다.

시간이 줄어든 대신 구경꾼은 수십 배였다. 졸업식은 졸업생들의 지인이 아니면 거의 참관하지 않는 편인데 오늘은 유난히 많았다.

[하인리히입니다. 졸업식을 시작하겠습니다.]

졸업생들이 단상 위에 서 있는 하인리히를 올려다보았다.

하인리히가 빙긋 웃으며 확성 마법을 이용해 크게 키운 목소리로 말했다.

[여러분. 오랜 시간 고생하셨습니다. 저도 오늘 여러분과 함께 학술원을 졸업합니다.]

하인리히는 학장직을 다른 마법사에게 넘기기로 했다. 사람들이 만류했지만, 위프헤이머를 꺾고 최강의 대마법사 자리에 오른 그의 결정을 바꿀 이는 없었다.

하지만 인수인계도 해야 했고, 헤레이스도 아직 졸업을 하지 않은 상태였다. 하인리히는 헤레이스가 졸업할 때까지만 로안느에 머물며 마법 연구를 하기로 했다. 그러다 바하무트 때문에 위험해지면 바로 동부로 넘어가겠다며 양해를 구했다.

이아나와 아르하드는 그의 선택을 존중해 주었다.

[올해는 유난히 힘들었지요. 그런데도 너무나 훌륭하게 학업을 마친 여러분에게 가슴 깊이 뜨거운 박수를 보냅니다.]

호명은 고학년부터 시작되었다. 검술학부는 올해 부장인 키에릭부터였다. 하나둘 이름을 불려 단상에서 졸업장을 받아 갔다.

짝짝짝…….

진심 어린 박수 소리들이 미래를 축복하듯 졸업생들에게 내려앉았다. 박수 소리는 끊이지 않았다.

"검술학부, 아르하드."

아르하드는 앞서지도 뒤처지지도 않은, 관심을 적게 받을 만한 순서에서 졸업장을 받았다. 하지만 그의 특출한 외모는 엄청난 관심의 대상이라 모두가 그의 얼굴을 뚫어져라 쳐다보았다.

이래서 아르하드는 졸업식에 참석하지 않으려 했다. 그러나 이아나가 졸업하는 그의 모습을 보고 싶다고 말해서 참석할 수밖에 없었다.

"고생했네."

"감사합니다."

아르하드는 졸업장을 받아 들고는 이아나 쪽을 보았다. 이아나는 살짝 웃으며 그에게 박수를 보내고 있었다. 아르하드는 기분이 좋아 보이는 이아나에게 엷게 웃어 주고 단상 아래로 내려갔다.

그 후로도 많은 이름들이 불리고, 마지막으로 최연소 졸업생인 이아나의 이름이 불렸다.

"이아나 로베르슈타인."

오늘은 모두가 주인공이었지만, 그중에서도 주인공은 단연 그녀였다. 졸업생들도 불만이 없었다. 왜냐하면 그들도 이아나에게 관심이 몹시 많았기 때문이었다.

'대체 어디로 가려는 걸까?'

'아, 어디 가는지만 알면 그냥 미리 가 있다가 우연인 척 만날 텐데……'

'이아나 님! 제발 말 좀 해 줘요!'

이번 전투에서 이아나에게 감화된 학생들 중에는 그녀를 따라가고 싶어 미칠 정도인 이들이 많았다. 학술원에는 로안느 국민뿐만 아니라 타국인들도 많았고, 그들은 강자에 의해 안정화된 국가를 바랐다. 하지만 이아나가 밝힌 정보는 전무했다. 그들은 이아나의 행동 하나하나를 주시할 수밖에 없었다.

하인리히가 졸업장을 건네며 이아나에게 악수를 청했다.

"늘 고맙게 생각해. 앞으로도 계속 잘 부탁하네."

"물론입니다."

이아나는 하인리히가 내민 졸업장을 받아 든 후, 하인리히와 악수하고 단상에서 내려왔다.

드디어 졸업이다.

짧지도 길지도 않은 시간에 너무나 많은 일들이 있었다.

이아나는 졸업장을 꼭 쥐었다. 벨벳으로 감싸인 졸업장의 촉감은 뭉클한 감정을 주었다.

[제가 학술원 입학식마다 하는 얘기가 있지요. 여러분, 기억하십니까?]

하인리히는 그때 했던 말을 똑같이 해 주었다.

학술원은 여러분을 위한 배움의 보고입니다.

배우고 싶은 것은 마음껏 배우십시오.

도전하고 싶다면 마음껏 도전하십시오.

이 학술원을 졸업하는 날, 여러분은 이 시대에 획을 그을 사람들이 되어 세상 밖으로 힘차게 발을 뻗게 될 것입니다.

여러분이 포기하지 않는 한, 학술원은 여러분께 든든한 지원자가 되어 드릴 겁니다.

여러분의 주위에 있는 수많은 사람들은 경쟁자이기도 하지만 더할 나위 없이 좋은 동기라는 것도 잊지 마십시오. 짧다면 짧고 길다면 긴 학술원 생활 동안 엮이고 엮일 동기와의 인연은 여러분께 소중한 인연이 되어 줄 것입니다.

"학술원에서 많은 것을 얻으셨습니까?"

졸업생들의 코가 찡해졌다. 몇 년 전의 일이지만 기억이 새록 새록 났다. 훌쩍훌쩍 우는 사람도 나타났다.

"이제 학술원이라는 작은 세상 밖으로 나가 커다란 세상 위로 발을 뻗으십시오. 여러분의 발자취 하나하나가 세상을 더 나은 세상으로 바꾸고, 역사가 되어 후대에 남을 것입니다."

하인리히도 눈시울을 붉혔다. 그가 학술원에서 학장으로서 보낸 긴 시간들에 작별을 고할 때였다.

"여러분의 미래에 빛이 가득하기를 기원합니다. 이것으로 졸업식을 마칩니다."

와아아아!

모두가 손을 번쩍 들며 환호했다.

펑! 펑!

입학식 때 그랬던 것처럼, 폭죽이 터지고 마법으로 만든 빛의 꽃잎들이 산산이 흩날렸다.

이아나는 하늘을 보았다.

시간의 흐름이 느껴졌다.

그날은 봄에 물든 분홍 꽃잎들이 빛의 꽃잎들과 함께 흩날렸지만, 오늘은 끝을 고하는 겨울의 하얀 눈꽃이 휘날리고 있었다. 이아나는 떨어지는 눈꽃을 톡 건드렸다. 온기에 녹아내린 눈꽃은 이아나의 몸과 마음을 흠뻑 적셨다.

"와, 진짜 제대로 준비했구나."

면적이 아주 넓은 건물 몇 채와 바깥 공터를 사용한 파티장은 여기를 봐도 저기를 봐도 온통 음식이었다. 한 발자국 내디디면 다른 음식이 있었다. 가끔 너무 실험적이어서 폭탄에 가까운 음식도 있었지만 그것조차 하나의 즐거움이었다.

음식은 떨어지기만 하면 귀신같이 따뜻한 음식으로 다시 채워졌고, 주류를 보관하고 있는 거대한 통들은 양이 워낙에 많아서 비워질 줄을 몰랐다. 사람들은 오늘만큼은 모든 것을 잊고 먹어대는 데만 집중했다.

그리고 파티장의 한쪽에서는 사람들이 고귀한 세 사람을 에워싸고 좋아서 어찌할 바를 몰라 하고 있었다.

"전하! 슈나이더 전하!"

"안젤리나 저하!"

"우리는 신경 쓰지 말고 파티를 즐기도록."

처형장에서는 냉기를 폴폴 날렸던 슈나이더가 소탈한 모습으로 곧 결혼식을 올릴 약혼녀 레리트와 이번 전쟁에서 엄청난 공을 세운 안젤리나를 대동하고 이번 파티에 참석했다. 슈나이더는 할 일이 무척 많았지만 오늘만큼은 휴식을 취하겠다는 듯 느슨한 태도였다.

그때, 사람들의 시선이 입구로 하나둘 향하기 시작했다.

"왔어!"

관심의 대상은 파티장으로 들어서는 이아나와 아르하드였다.

이아나는 화려한 파티풍의 드레스는 아니지만 고급 원단으로 제작한 예쁜 원피스를 입고 있었다. 전쟁터에서 범접하기 어려울 정도로 엄청난 모습들을 보여 줬던 그녀였기에, 편한 원피스를 입고 총총 걸어오는 지금도 누구보다 대단해 보였다.

아르하드는 단련된 육체의 날렵한 선을 드러내는 편한 정장 차림이었는데, 흑표범을 연상케 하는 잘생긴 외모와 몹시 잘 어울렸다. 침을 꿀꺽 삼키게 하는 위험한 매력이 물씬 풍겼다.

이아나와 아르하드는 귀족이라고 하면 귀족이라 볼 수 있고 평민이라고 하면 평민으로 볼 수도 있는, 그런 애매한 경계선에 서 있었다. 그 중간에서 모두에게 존중받고 있었다.

귀족이나 평민이나 사람은 다 똑같구나. 사람들은 새삼스레 그런 기분을 느꼈다.

그런 와중에, 사람들은 아르하드를 부러워하고 있었다.

'아, 부럽다.'

전쟁 중에 많은 영웅들이 탄생했다. 하지만 위프헤이머의 마법을 파괴하고 몬스터를 쫓아내던 당시 아르하드는 검은 로브를 입고 있었기에 그 정체가 드러나지 않았다.

아르하드에 대해 알려진 바는 거의 없었다. 전쟁이 벌어졌을 때도 모습을 드러내지 않았기에, 어디 숨어 있거나 비밀 임무 수행을 위해 다른 곳으로 갔다는 소문이 검술학부에 돌았었다.

겉으로 드러난 요소들만 보면 아르하드는 이아나에 비해 한참이나 부족했다. 이아나의 연인인 걸 보면 뭔가 비장의 한 수가 있지 않을까, 싶었다.

사람들은 그 한 수가 외모라고 주장했다.

외모가 워낙 특출한 탓에 마나 제어가 불가해도, 신분이 부족해도, 외향적인 면에서 이아나와 너무나 잘 어울렸다. 이아나가 태양이라면 아르하드는 달이고, 낮이라면 밤이었다. 이아나의 연인이라 해도 납득이 가는 외모였다.

'얼굴값 하네.'

아르하드는 그런 소문들을 미리 알고 재밌어했다. 그가 이아나에게 속삭였다.

"그 소문 알아? 난 얼굴만 잘난 속 빈 놈인데 너한테 얼굴을 들이밀어서 네 옆자리를 꿰찼다는군."

아니, 재밌어하다 못해 마음에 들어 했다.

"네가 얼굴을 밝힌대."

아르하드는 초콜릿을 집으면서 어떤 소문이 돌고 있는지 이야기해 주었다. 이야기를 끝낸 그가 재밌어하며 물었다.

"어때? 내 얼굴?"

"당신 얼굴이 잘나긴 했죠."

이아나의 산뜻한 대답에 아르하드는 그럴 줄 알았다는 듯 웃었다. 이아나는 아르하드를 흘끔거리며 그의 얼굴을 살폈다.

아르하드의 얼굴을 뜯어보던 이아나는 새삼스럽게 그가 매우 잘생겼다는 걸 인식했다.

'잘생기긴 했어.'

아르하드에게는 못난 부분이 없었다. 외모에 별 관심이 없는 이아나조차도 그를 보면 잘났다는 생각이 들었다.

이아나는 원래부터 외모에 무감했지만, 더 무심해진 건 아르하드 탓이었다. 이렇게 생긴 남자와 툭하면 얼굴을 맞대고 싸워 대니 눈높이는 하늘을 뚫고 우주로 날아갈 수밖에 없었다. 아르하드 때문에 다른 사람들은 다 평범해 보였다.

하지만 잘생긴 건 잘생긴 거고.

"기분 나쁘지는 않으십니까?"

아르하드는 아주 대단한 사람이며, 훗날 그녀의 왕이 될 것이다. 그런데 못난 취급을 받고 있었다. 이아나는 잘 알지도 못하면서 일부분만으로 사람을 멋대로 평가하고 이러쿵저러쿵 떠들어 대는 게 싫었다.

저 사람들은 왕이 된 아르하드를 보고 어떤 반응을 보일까? 민망해하며 머리를 한번 긁적이고 말면 그만일까.

"전혀. 내가 얼굴만 반반한 무능력자로 위장하고 있으니 자업자득이다."

"그건 그렇군요."

아르하드가 능력을 감추지 않고 발휘했으면 없었을 오해다. 오해를 하게 만든 자와 오해를 한 자 중 누가 잘못했는지는 상황에 따라 다른데, 이번 건은 아르하드도 오해에 한몫했다.

"하지만 서로 좋으면 좋은 거지, 제삼자가 급을 나눠 어울리니 마니 하는 것이 우습네요."

"맞아. 오지랖이지. 그래도 난 그 소문이 좋아."

"잘생겼다고 해서요?"

이아나는 자신이 말해 놓고도 아니라고 생각했다. 아르하드는 살면서 잘생겼다는 말을 수도 없이 들었을 것이다. 새삼스럽게 그 말을 좋아할 것 같진 않았다. 애초에 타인에게 칭찬을 듣는다고 좋아할 남자도 아니었다.

"얼굴이 잘난 건 사실이라 별 감흥 없고."

이아나가 역시나 하며 짧게 웃는데 아르하드가 말을 이었다.

"어떤 잘난 두 사람이 함께 다닐 때, 사람들은 더 부족한 사람을 부러워하곤 해."

뜬금없는 말에 이아나가 고개를 갸웃했다.

"아까 얼굴만 반반한 무능력자로 위장했다고 말했지만 사실 그 정도는 아냐. 적당히 능력 있고 잘생겼지만 마나 제어가 불가한 불쌍한 학술원 학생 정도로 연기했지. 그래서 난 학술원에 다니면서, 마나 제어 관련한 문제 빼고는 험담을 들은 적이 없었어. 나랑 함께 다니는 사람은 언제나 부러움의 대상이 됐었고. 너와 내가 엮였던 소문들을 떠올려 봐."

그랬다. 학술원에서 처음으로 아르하드에 대한 소문을 들었을 때, 소문 속의 그는 얼굴도 잘생겼고, 공부도 잘하고, 성격도 괜찮은 인기인이었다. 사람들이 친해지고 싶어 안달이 나 있었다는 뜻이다.

그래서 이아나가 아르하드를 쫓아다닐 때는 당연히 그녀가 첫눈에 반한 것처럼 소문이 돌았다. 아르하드가 그녀를 짝사랑한다는 소문이 퍼졌을 때 사람들은 그가 대체 무엇 때문에 이아나에게 빠져서 다 줄 것처럼 구는지 궁금해하고 부러워했다.

이아나는 악의적인 소문을 벗고 능력을 선보이고 나서야 그와 잘 어울린다는 이야기를 들을 수 있었다.

"그런데 이제는 소문이 반전되어서 내가 부족해 보인다고 해. 네가 그만큼 사람들에게 대단해 보이고, 인정받고 있다는 거다. 난 그게 좋아."

옆에 있는 빨간 체리를 집어 들려던 이아나의 손가락이 멈추었다. 이아나의 얼굴이 옅은 체리색으로 물들었다. 아르하드가 기분 좋을 땐 언제나 저와 관련되어 있구나 싶었다.

"사람들이 어떤 사람을 특별히 좋아하면, 자기는 선뜻 다가가지 못하는 그 사람 대신 옆에 있는 사람을 질투하고 깎아내리게 되지. 그게 지금 내 상황이야."

아르하드는 이아나가 집으려다 만 체리를 대신 집었다.

"너와 친해지고 싶은 사람들이 많은데, 넌 내 옆에 딱 붙어서 다른 사람들에게 관심을 보이지 않지. 사람들은 그런 나를 부러워해. 하지만 질투하면서도 네가 내 사람이라는 걸 인식하고 인정했어."

아르하드가 이아나의 입술 위에 작은 체리를 톡 대었다.

"나는 그게 좋아. 더 많은 사람들이 그랬으면 좋겠는데. 이런 게 과시욕인가?"

아르하드가 이아나에게만 들릴 만큼 작고, 그러면서도 낮은 목소리로 유혹하듯 속삭였다.

"……."

이아나의 심장이 술렁거렸다. 누군가의 얼굴에 홀린다거나, 마음을 빼앗긴다는 게 무슨 뜻인지 알 것 같았다.

아르하드가 잘생겼기 때문만은 아니었다.

그는 소위 말하는 조각 미남이다. 얼굴이 잘난 것도 잘난 거지만 평소에 표정을 잘 짓지 않기 때문에 그런 별명이 붙었다.

하지만 이아나와 관련된 일에 한에서는 저렇게 얼굴에 감정이 감돈다. 이아나는 저 완벽한 얼굴이 일그러지는 게 좋았다. 벅찬 애정 때문에 감정을 주체하지 못하는 얼굴을 보고 있으면 심장이 엇박자로 뛰어 댄다. 홀린다는 게 뭔지 알 것 같기도 했다.

"……."

이아나는 아르하드의 얼굴을 물끄러미 쳐다보며 입술을 작게 벌려 체리를 살짝 물었다. 그러자 그녀의 입술에 그의 손가락이 닿았다.

자기가 쥐 놓고 표정에 균열이 이는 아르하드를 보면서, 이아나의 마음에 비뚤어진 감정이 뭉글뭉글 솟았다.

왜일까?

이때까지는 별생각 없었는데, 저 잘난 얼굴이 마음에 들기 시작했다. 저 완벽한 얼굴이 더 일그러지는 모습을 보고 싶었다. 이아나는 제 입술에 닿아 있는 손가락을 의식했다.

손가락을 핥거나 깨물면 어떻게 나올까?

……체리가 거슬린다.

이아나가 체리를 입안으로 넣었다. 체리가 사라지자 정신을 차린 듯 동요를 빠르게 정리한 아르하드가 그녀의 입술에서 손을 떼었다. 하지만 이아나를 가만둘 수는 없는지, 이아나의 튀어나온 뺨을 귀엽다는 표정으로 콕 찔렀다.

"다 떠나서 외양만으로도 너무 잘 어울려 인정하고 말았다는 점이 마음에 들어. 내가 나중에 진짜 능력을 보이고 왕이 되면 그땐, 누구도 어울리지 않니 뭐니 하지 못할 테니."

손가락을 깨물지 못했다는 아쉬움도 잠시, 이아나의 신경이 아르하드의 말에 확 쏠렸다.

'저거, 나랑 결혼하겠다는 거지?'

요즘, 로안느에서의 일이 마무리되고 여유를 찾은 이아나의 머릿속에는 결혼과 승부에 대한 생각밖에 없었다. 그 생각을 기반으로 듣고 있자니 아르하드의 말 한 마디, 한 마디가 의미심장했다. 이아나는 저도 모르게 나랑 결혼할 거냐고 물으려 했다. 그러나 그 전에 아르하드가 여지를 두며 한 발 물러났다.

"……물론, 군신 관계로 말이야."

한 방 먹었다. 이아나의 입술이 다물리고 뺨에서 아르하드의 손이 떠났다. 손의 감촉이 사라지자 이아나는 허전한 기분을 느꼈다.

이아나는 부아가 치밀었다.

이곳에 오면서 간신히 가라앉혀 놓았던 속이 다시 부글거렸다. 이게 프리실라가 말한 밀고 당기기라는 건가? 당겨지다가 밀쳐진 기분이었다.

더 멀어지기 전에 잡아당기고 싶다. 아르하드가 의도한 바일 터였다.

이아나의 표정이 좋지 않자, 아르하드가 그녀의 기분을 살피며 말했다.

"난 오히려 네가 기분 나쁠까 걱정이다. 남자 얼굴 하나에 넘어간 사람 취급당해서. 당사자는 내 얼굴에 별로 관심이 없는데 말이야."

"저야 상관없습니다. 나중에 당신이 얼마나 대단한 사람인지 밝혀질 거고, 또 당신의 잘생긴 얼굴에도 흥미가 있는 게 사실이니까요."

방금 생겼지만.

"저는 당신의 잘난 얼굴이 좋습니다. 정확히는 저 때문에 동요하는 얼굴이 좋아요. 보고 있으면 심장 박동이 빨라집니다."

"……뭐?"

아르하드가 살짝 당황하며 반문하자 이아나는 입꼬리를 말아올렸다.

"그리고 아까는 손가락을 깨물거나 핥을 뻔했어요. 왜인 줄 아십니까?"

"……"

이아나의 엄청난 직구에 아르하드가 약간 달아오른 얼굴로 대답하지 못하고 주저했다. 이아나가 옆에 있던 체리를 한 움큼 집었다.

"배가 고팠거든요."

이아나가 복수했다.

"……"

서로 한 방씩 먹인 이아나와 아르하드가 서로를 못마땅한 표정으로 쳐다보았다.

그때, 파티장으로 한 쌍의 남녀가 입장했다. 에이지와 도르시 아니였다.

"야, 에이지!"

입구 근처에 있다가 에이지를 발견한 검술학부의 동기들이 눈을 반짝이며 그를 불렀다. 그들은 에이지의 옆에 있는 연상의 미녀를 매우 관심 있게 보았지만, 같이 올 줄 알았던 그녀는 이아나와 아르하드 쪽으로 가 버리고 에이지만 그들 쪽으로 왔다.

동기들은 아쉬워했지만 에이지를 반겼다. 많이 친하지는 않았지만, 나름대로 학부의 분위기 메이커인 에이지를 좋아하기 때문이었다.

"뭐야, 정말 오랜만이네!"

"어디 갔다 왔냐?"

"비밀 임무."

하지만 오늘 에이지는 평소와는 달리 조금 진지했다. 동기들이 의아해하는데, 에이지가 어깨를 으쓱였다.

"나, 오늘부로 학술원 자퇴한다."

"뭐, 자퇴?"

"그래. 오늘밖에 못 볼 거다. 오늘 실컷 봐 둬."

"지금까지 본 것만으로도 지겨운데 뭘 실컷 봐? 그냥 꺼져."

가벼운 농담을 하며 시시덕거리던 동기들이 약간 아쉬워하며 물었다.

"어디 가?"

"비밀이야. 언젠가는 볼 수 있을지도 모르지?"

"그래. 넌 어딜 가든 잘할 거다."

에이지는 가볍게 말했고 동기들도 가볍게 받았다. 에이지는 가벼운 듯했지만 비밀이 많았기에, 그들은 아무 말도 하지 않는 에이지를 이해했다. 인연이 닿아 있으면 언젠가는 다시 보리라.

'혹시……?'

하지만 그중 몇은 에이지가 이아나와 몹시 친하니 그녀가 있는 곳으로 따라가려는 게 아닌가, 하고 의심했다.

어떻게 캐 보면 정보가 나오지 않을까?

동기들이 전직 블랙폭시 정보상 보스에게 겁도 없이 정보를

캐 보려던 그때, 도르시아니를 흘끔거리던 눈치 없는 동기들이
말했다.

"저런 연상의 미녀는 어떻게 만났냐?"

"자식. 능력 있네. 이야기 좀 풀어 봐라."

동기들이 에이지를 팔꿈치로 쿡쿡 찔렀다. 에이지가 쯧, 하고
혀를 찼다.

"관심 가지지 마."

"오……. 이 자식, 안 그럴 줄 알았는데 애인 엄청 챙기네?"

"건들면 너희들 죽어. 저 사람 대마법사 도르시아니야."

"……?"

에이지의 말을 순간 이해하지 못한 동기들이 고개를 갸웃하다
가 쩡하니 얼어붙었다. 도르시아니. 최연소 대마법사. 성격은 무
심한 편이지만 몹시 제멋대로라고 알려져 있음. 수틀리면 번개
로 상대를 구워 버림. 어렵지 않게 접할 수 있는 정보였다.

"그리고 연인 아니니까 입조심해."

동기들이 말없이 고개를 끄덕거릴 때, 도르시아니는 이아나와
아르하드에게 중요한 말을 하고 있었다.

"진리의 탑 수장에게 방문을 허가받았어. 꼭 방문해 주길 바
란대."

며칠 전 위프헤이머와의 일전에서, 도르시아니는 위프헤이머
와 하인리히의 대결에 흥미가 생겨 배리어 유지를 관두고 그들
에게 가까이 다가갔었다.

두 마법사의 화려한 마법들을 보며 견식을 넓히고 있는데, 위
프헤이머가 위험한 마법을 시전하기 시작했다.

그때 이아나가 나타나 위프헤이머의 심장을 찌르고, 눈 깜빡할 사이에 사라지는 걸 목격했다. 대마법사의 이름을 걸고 맹세컨대 텔레포트가 아니었다. 그럼 어떻게 사라진 걸까?

그리고 검은 로브를 쓰고 있던 아르하드가 하는 행동을 목격했다. 그가 하늘을 향해 손을 뻗자 위프헤이머의 마법이 빨아올렸던 검은 신력이 그를 두려워하며 손바닥에 내려앉았다. 모든 몬스터들이 그에게 굴복했다.

도르시아니도 마찬가지였다. 악마의 작은 파편을 가진 그녀는 아르하드가 만들어 내는 기류에 무릎 꿇고, 제 심장을 뜯어내 그에게 파편을 바칠 뻔했다. 바하무트의 황제가 악마의 파편을 최대로 활용한다면 저것과 비슷한 기분이 들까? 아닐 듯했다.

"어디 갔었어?"

도르시아니는 귀환한 이아나를 찾아가 물었다. 이아나는 진리의 탑 소속인 도르시아니가 뭔가 아는 게 있지 않을까 싶어서 자신이 겪은 것들을 자세히 말해 주었고, 도르시아니는 그녀답지 않게 살짝 흥분해서 들썩였다.

안 그래도 북부의 '꽃'을 보여 주기 위해 진리의 탑에 이아나를 데려가려 했었다. 도르시아니는 즉시 진리의 탑 수장에게 연락하여 사정을 간략하게 설명한 후 방문 허가를 요청했다. 수장은 기꺼이 허락했다.

"고맙다."

이아나가 감사 인사를 하자 도르시아니가 고개를 저었다.

이아나와 아르하드. 아마도 '진리'에 가장 가까운 사람들일 것이다. 도르시아니는 그들의 옆에 꼭 붙어 있기로 다짐했다.

"앞으로 열심히 할 테니 예쁘게 봐 줘."

도르시아니가 달콤하게 속삭이고는 에이지가 있는 곳으로 향했다. 그와 함께 있던 동기들이 화들짝 놀랐다. 그들이 도르시아니에게 한눈파는 사이, 에이지는 이아나와 눈인사를 주고받았다.

에이지는 이미 오래전에 동부에서 세력을 만들어 놓았다. 아르하드와 손잡은 날부터 그를 따라갔고, 동부에 새로운 정보 조직을 창설해 키우고 있었던 것이다. 바하무트와의 본격적인 싸움이 동부에서부터 시작될 것이라 여겨 미리 준비해 둔 것이었으나 이제 새로운 국가를 세우는 일에도 힘쓰게 생겼다. 이미 덩치가 꽤 컸던 조직이었는데, 에이지가 동부로 가서 완전히 합류하자 몸집을 불리는 데 가속도까지 붙었다.

에이지와 그의 조직이 이아나와 아르하드의 나라에서 할 일은 이미 정해져 있다. 첩보와 정보 그리고 뒤처리 담당이었다.

"늘 했던 일이니 잘할 수 있어."

에이지는 자신만만하게 말했다. 이아나는 에이지가 누구보다 적임자라고 생각했지만, 블랙폭시 때문에 오랜 시간 고통받았던 그가 또다시 이 계통의 일을 해도 되나 싶었다.

이아나의 걱정에 에이지는 블랙폭시와 바하무트가 끔찍해서 그렇지 정보와 관련된 일을 하는 건 재미있다고 답했다. 이아나가 판단했을 때 거짓 하나 없는 진심이었다.

"이아나 양!"

라랏슈아, 타로, 헤레이스도 이아나와 아르하드에게 다가와 인사했다. 라랏슈아는 하인리히의 제자이고 헤레이스는 외손자다. 타로는 압실롯의 아들이다.

무엇보다 이아나와 친한 동기들이다. 그래서 세 사람은 이아나가 동부로 가서 건국에 힘쓸 예정이라는 걸 알고 있었다.

물론 정확히 누구를 도와, 어떻게 건국이라는 위업을 달성할 것인지는 아직 모른다. 이아나가 그런 계획을 세우고 있었다는 것만으로도 경악했기에 다른 생각을 하기는 벅찼다.

세 사람은 차후 본인들의 향방을 결정했다.

라랏슈아는 하인리히와 행동을 함께하기로 했고, 타로는 압실롯을 따라 동부로 이주할 것이다.

타로로서는 기쁘면서도 복잡한 기분이었다. 학술원을 졸업하고 서부로 떠나기 전까지 라랏슈아에게 구애하다가 안 되면 포기하려 했는데 계속 함께 있게 생겼다.

라랏슈아가 마음을 열어 준 것 같긴 했지만 그래도 남자로 보는 건 아닌 듯했다. 평생 이렇게 살지 않을까 싶어 걱정되었다. 하지만 라랏슈아만 보면 여전히 좋아서, 타로는 해탈했다.

그는 절대로 라랏슈아를 포기하지 못할 것이다.

그래서 타로는 요즘 될 대로 되라는 마음가짐으로 언제나처럼 라랏슈아에게 꼭 붙어 다니고 있었다. 라랏슈아는 항상 그래 왔듯 거부하지 않았고.

아무튼, 타로는 압실롯을 통해 이아나가 무슨 일을 해 왔는지 이미 이야기를 들어 알고 있었다. 그가 이아나를 향해 하얀 이를 드러내며 씩 웃었다.

"이아나 양은 멋져."

타로가 이아나를 향해 엄지손가락을 들었다. 이아나는 피식 웃으며 됐다는 듯 그의 손가락을 잡아서 밑으로 내렸다.

헤레이스는 살짝 흥분한 기색으로 말했다.

"아버지가 허락하셨어요."

헤레이스는 토호크 벤덤 자작에게 독립을 허락받았다. 헤레이스의 결심이 확고한 것도 토호크의 마음을 흔들었으나, 무엇보다 독립 후 무엇을 할 거냐는 질문에 이아나를 따라가고 싶다고 대답한 것이 허락에 상당히 큰 영향을 주었다.

토호크는 무를 숭상하는 기사로서 이아나가 이번 전투에서 보였던 실력에 감화된 사람들 중 한 명이었다. 그는 헤레이스가 이아나를 따라가서 가르침을 받으며 무에 힘쓴다면 훗날 위대한 검사가 되리라고 생각했다.

헤레이스는 마나의 저주 때문에 성장에 한계를 가지고 있었다. 그런데 이아나를 만나고 많이 변하고 성장했다. 그런 아들의 발목을 잡아 가문에 매어 두는 건 그의 미래를 망치는 것이나 마찬가지였다.

토호크는 마침내 결단을 내렸다. 츠레비스에게는 벤덤 가문을 물려주고, 헤레이스는 독립시키기로.

모두에게 좋은 일이었다.

츠레비스는 의외로 기뻐하지 않았지만…….

"저, 앞으로 더 노력해서 얼른 졸업할게요."

이아나를 따라 열심히 전공 수업을 들었던 헤레이스였기에 조기 졸업이 가능했다.

마나의 저주 때문에 멈춰 서 있어야 했지만, 잠들어 있던 천부적인 재능은 눈부셨다. 재능보다 더 대단한 건 그의 정의롭고 선한 성격이었다. 이아나는 헤레이스가 그녀의 국가에 많은 도움을 줄 것이라는 예감이 들었다.

"빨리 오도록 해."

이아나가 그리 말하자 헤레이스의 표정이 확 밝아졌다. 그가 고개를 세차게 끄덕였다.

그때였다.

"이아나 양!"

이아나와 아르하드가 들어올 때부터 이쪽을 흘긋거리고 있던 안젤리나가 결심한 듯 이아나를 부르며 빠르게 다가왔다.

"어머."

라랏슈아가 안젤리나를 보며 탄성을 흘렸다.

"아……."

비장한 표정으로 다가왔던 안젤리나였으나 라랏슈아를 보고는 흠칫거렸다.

"안녕하세요."

"네……. 라랏슈아 왕녀."

이아나는 안젤리나와 라랏슈아를 번갈아 보았다. 라랏슈아는 마르디알 왕국의 왕녀로, 안젤리나와 비슷한 신분이었다. 그런데 안젤리나는 라랏슈아를 어려워하는 듯했다.

"요즘 절 피해 다니셨어요?"

"아뇨, 그건 아닌데."

안젤리나가 조금 하얘진 얼굴로 고개를 팩팩 저었다.

라랏슈아가 고양이처럼 웃었다.

"피해 다닌 것 맞으면서. 제가 방문해도 잠드셨다거나 방금 외출하셨다는 둥 핑계가 아주……."

이아나가 의아한 표정을 지었다.

"두 분 친해지셨습니까?"

"이제부터 친해지려고요. 안젤리나 왕녀님한테 흥미가 생겨서. 그런데 왕녀님이 절 싫어하나 봐."

안젤리나가 추운 토끼처럼 벌벌 떨자 헤레이스가 안쓰럽다는 듯 그녀를 보았다.

"당신이 안젤리나 왕녀님에게 갑자기 왜?"

친해지려면 교환 학생 때 친해졌을 것이다. 그때도 라랏슈아는 안젤리나를 만났었다. 하지만 그때는 별 흥미를 보이지 않더니 갑자기 왜?

"아, 워낙에 쉬쉬해서 이아나 양은 모르겠구나? 안젤리나 왕녀, 대단한 마법으로 테오도르를 구했어. 난 옆에서 그걸 목격한 사람이고."

"대단한 마법? 아."

이아나는 위프헤이머의 심장을 찌르고 즉시 바하무트 황성으로 날아간 이후의 사정을 알지 못했다. 아르하드는 이아나 때문에 제정신이 아니었기 때문에 무슨 일이 있었는지도 몰랐고.

하지만 안젤리나가 대단한 마법을 써서 테오도르를 구했다는 건 들어 알고 있었다. 별로 회자되지 않기도 하고, 그 이후로 안젤리나를 만날 일도 없어서 잊고 있었을 뿐이다. 그런데 그

마법이 라랏슈아가 흥미를 보일 만큼 대단했다니 이아나도 호기심이 생겼다.

라랏슈아가 손바닥에 뺨을 기대며 얼굴을 기울였다.

"아주 순수한 느낌의 강한 마법이었지. 모든 게 정화되는 느낌이었달까…… 왕녀님, 언제까지 그렇게 꼭꼭 숨기실 거예요? 대체 그 마법을 어떻게 쓰신 거냐니까요?"

"그, 그게 저도 잘 모른다니까요? 전 이미 다 말씀드렸어요. 발젠타 학술원의 배리어 핵에, 로안느 왕실의 피를 짙게 이어받은 여자만이 발휘할 수 있는 마법이 있었다고요."

안젤리나가 손을 내젓자 라랏슈아가 콧방귀를 뀌었다.

"안 통해요. 전 거짓말쟁이는 정말 잘 알아보거든. 왕녀님은 분명 뭔가 숨기고 있어요. 그죠?"

"헉."

라랏슈아가 다 안다는 듯 말하자 순진한 안젤리나는 어찌할 바를 몰라 하며 이아나의 뒤에 숨었다.

"그만해요."

이아나가 그리 말하자 라랏슈아가 어깨를 으쓱였다.

"이아나 양을 방패로 삼다니……. 뭐, 시간은 많으니까요. 오늘은 파티를 즐기러 가 볼게요."

라랏슈아가 짓궂게 웃으며 윙크하자 안젤리나가 울상을 지었다. 세 사람이 떠나가고 안젤리나와 아르하드만 제 곁에 남자, 이아나는 안젤리나에게 무슨 마법을 썼냐고 물어보려 했다.

그런데 이번엔…… 예상치도 못하게, 슈나이더와 함께 있던 레리트 타루이트가 혼자서 다가왔다.

"안녕하세요."

"……네."

이아나는 레리트가 껄끄러웠다. 이 여자가 또 무슨 말을 하려나 싶었다. 이아나는 저 멀리서 평민들과 편하게 이야기를 나누고 있는 슈나이더를 흘끗 쳐다보았다.

요즘 슈나이더가 개인적으로 연락하는 일은 없었다. 일 이야기를 할 때도 슈나이더는 딱딱하고 사무적인 태도로 이아나를 대했다. 이아나를 감정적으로 대한 건, 동부 원정을 마치고 테오도르로 돌아왔을 때가 마지막이었다.

그리고.

"정말 고맙고…… 수고했다. 약속대로 로안느에서 보내 주겠어. 1월 1일, 내 즉위식을 마치고 오후에 한번 보지."

그것이 마지막 대화였다.

슈나이더는 신의를 지키고자 했다. 그런데 아무것도 모르는 레리트가 또 이상한 소리를 지껄일까 봐, 이아나가 저도 모르게 아르하드의 팔에 손을 얹었다.

"……."

아르하드는 이아나가 연달아서 지인들과 인사를 나누자 옆에서 조용히 와인을 마시고 있었다.

그런데 이아나가 옷소매를 붙잡자, 아르하드는 그녀의 손을 내려다봤다가 레리트를 보고 마지막으로 슈나이더를 보았다. 그러더니 상황 파악을 한 듯 이아나의 손을 붙잡아 팔짱을 끼게 했다.

레리트는 두 사람을 지그시 바라보더니 생긋 웃었다.

"잘 어울려요."

"감사합니다. 그런데 무슨 일로?"

"내일 로안느를 떠난다고 들었어요. 그 전에 당신에게 할 이야기가 있어서요."

"무슨 이야기입니까?"

이아나가 떨떠름하게 묻자 레리트가 표정 위로 뒤집어쓰고 있던 평온함을 무너뜨렸다. 드러난 진짜 얼굴에는 질투도, 분노도 아닌 자괴감이 묻어 있었다.

"미안해요."

"네?"

뜬금없는 사과에 이아나가 반문하자 레리트가 눈을 잠시 손으로 덮었다가 내리고는, 한숨을 내쉬며 미안함이 그득 묻은 눈길을 보냈다.

"전 정말로 슈나이더 전하가 당신을 여자로만 보고 있는 줄 알았어요. 당신의 실력이 뛰어나다는 걸 알면서도, 전하가 당신에게 매달릴 만큼은 아니라고 생각했어요. 그런데 당신은 저하기 끝까지 붙잡을 만한 사람이었군요. 제가 질투에 눈이 멀었었어요. 전하를 믿지 못했어요. 당신에게 계속 못난 모습을 보였던 거, 속으로 당신을 미치도록 질투했던 거 사과해요."

사과에는 진심이 담겨 있었다.

"아, 네."

"받아 주시는 건가요?"

"당신의 마음을 이해했으니까요. 못 받아 줄 것도 없죠."

최근 진짜 실력을 내보였더니 레리트도 이제 정신을 차린 모양이었다. 잘된 일이었다.

하지만 레리트의 사과 속에는 거슬리는 글자가 하나 있었다.

"그런데 여자로'만'이 아니라 '도'겠죠. 왕자는 저를 여자로 본 적 없습니다."

레리트가 어이없다는 듯 웃었다.

"당신은 바보인가요? 아니면 외면하는 건가요?"

순간, 이아나는 저도 모르게 아르하드의 눈치를 보았다. 하지만 아르하드는 눈썹을 한번 쓱 올리기만 하고 아무 말도 하지 않았다.

"저야 좋아요. 당신은 언제나 그렇게 저하를 차갑게 대해 주세요."

이아나가 후폭풍이 올까 봐 조마조마해하고 있는데, 레리트가 다시 귀족적인 미소를 뒤집어쓰며 말했다.

"잘 가요. 가서 잘 지내시고요. 그리고 두 사람, 잘 어울린다는 거 진심이에요."

이아나도 떨떠름하게 인사했다.

"당신도 잘 지내시길 바랍니다."

레리트는 작게 고개를 끄덕이고는 제게 달라붙는 사람들에게 여유롭게 미소를 지어 주며 슈나이더에게 돌아갔다.

"무서웠어요. 악몽이 재현되는 줄 알았다고요."

옆에서 두근거리는 심장을 붙잡고 상황을 지켜보던 안젤리나가 안도의 한숨을 내쉬었다. 어쩐지 기시감이 드는 상황이다. 또 악몽. 왕녀는 대체 뭐가 무서웠던 걸까?

"왕녀님."

"네, 네! 이아나 양! 정말 오랜만이죠!"

"별로 오랜만은 아닌데."

이아나는 밝게 인사하는 안젤리나를 훑어보았다. 안젤리나는 못 본 사이 많이 의젓해져 있었다. 얼굴에서 생기가 넘쳐났다.

그때, 안젤리나와 아르하드의 눈이 마주쳤다.

"저기, 안녕하세요……."

안젤리나는 저도 모르게 뒷걸음질 치다 결심한 얼굴로 멈춰 섰다. 이제 아르하드를 보는 그녀의 얼굴에는 설렘이 없었다.

"예. 안녕하십니까."

아르하드가 평범하게 인사를 받아 주었다. 안젤리나는 해냈다는 듯 주먹을 꽉 쥐더니 이내 그의 눈치를 보았다.

"저기, 정말 죄송하지만 이아나 양이랑 둘이서만 할 얘기가 있는데."

자리를 비켜 달라는 소리였다.

"이야기할래?"

"네."

아무래도 왕녀의 프라이버시는 지켜 줘야 하지 않을까 싶었다. 아르하드도 별 관심이 없는지 수긍했다.

"그럼 잠시 산책하고 올게."

산책…….

데뷔식 때 일이 떠올랐다.

이 남자, 사실 기분이 나쁜 건가.

쪽.

아르하드가 이아나의 동그란 이마에 키스했다.

"끝나면 연락해."

이아나는 반지를 가리킨 후 점차 멀어지는 아르하드를 물끄러미 쳐다보았다. 그가 사라지자 이아나는 안젤리나를 돌아보았다.

"할 얘기가 뭐죠?"

"으음. 이아나 양이 내일 가신다고 해서요. 저는 이아나 양과 계속 인연을 이어 갔으면 해요."

안젤리나가 손가락을 꼼지락거렸다.

"그런데 전에 이아나 양이 말씀하셨죠. 말하기 껄끄러운 목적으로 접근한 사람과 인연을 이어 갈 생각이 추호도 없다고……. 그, 그래서."

그녀가 눈을 질끈 감으며 외쳤다.

"제가 꿨던 악몽 얘기를 해 드리려고 해요!"

드디어. 사실 하도 바빠서 까맣게 잊고 있었지만, 안젤리나가 어렵게 말을 꺼내자 호기심이 솟았다.

"저랑 따로 산책하지 않으실래요?"

이아나는 거절하지 않고 안젤리나와 함께 밖으로 나왔다.

"이쪽으로 오세요."

이아나는 인적이 드문 숲으로 안젤리나를 이끌었다. 잎사귀들을 벗어 앙상했던 나뭇가지였으나, 오늘은 눈꽃을 입어 덥수룩했다. 하얀 눈에 겨울 특유의 시린 빛이 반사되어 아른거렸다.

이아나는 안젤리나를 돌아보았다. 풍성한 은발과 푸른 눈을 반짝이는 그녀는 겨울을 닮았다. 눈이 내리는 풍경 속 흰 토끼 같았다.

"이제 얘기해 보세요."

안젤리나가 결심한 듯 주먹을 꼭 쥐었다.

"처음부터 전부 이야기할게요. 우리 데뷔식 때부터요."

데뷔식. 무려 이 년 전의 일이다.

"저는 그때 아르하드 공자에게 첫눈에 반했어요. 함께 춤을 추면서 점점 더 빠져들었죠. 그분의 용모, 특히 금안이 너무 아름다워서 눈을 떼지 못했어요."

안젤리나가 이아나의 눈치를 보았다. 하지만 이아나가 '그래서?'라는 덤덤한 표정을 짓고 있자 안젤리나는 안심하고 계속 말을 이었다.

"저와 춤을 추는데도 공자의 눈은 언제나 당신을 향했어요. 저는 의미 없는 질문들을 던져서 저를 보게 만들었어요. 멋들어진 금안에 제가 들어찼을 때는 황홀했죠. 그리고 그분에게 왕궁 기사가 되지 않겠냐고 물었을 때."

안젤리나의 안색이 회게 질리더니 몸이 잘게 떨렸다.

"왜일까요? 저는 엄청난 공포를 느꼈어요. 어둠이 몰려온 것처럼 주변이 새까매지고, 아름답다고 생각했던 황금빛의 눈이 마치 끔찍한 괴물의 것처럼 느껴졌어요."

아르하드가 살기를 뿌렸나 보다. 뜻밖에도, 안젤리나는 그의 영혼의 모습을 접한 듯했고.

"제 망상이라고 생각했어요. 그래서 계속 아르하드 공자를 좋아했고, 그해 국왕탄신일 파티에서 당신에게 엄청난 무례를 저질렀지요. 하지만 마녀의 저주가 왕궁에 뿌려진 그날부터 끔찍한 악몽이 시작되었어요."

안젤리나가 새파란 입술로 음유시인이 노래하듯 악몽의 내용을 풀어놓았다.

한 나라의 꽃 같은 왕비였던 안젤리나.

국왕 슈나이더의 위대한 기사였던 이아나.

딱 두 가지를 들었을 뿐인데 이아나의 얼굴이 딱딱해졌다.

슈나이더에게 울며 살려 달라고 매달렸던 철없는 안젤리나.

왕좌에 앉은 채 그녀의 청을 딱 잘라 거절했던 냉정한 슈나이더. 안젤리나를 경멸했던 무서운 이아나.

"······!"

그녀의 이야기가 이어질수록 이아나의 얼굴은 하얘지고 뺨은 파르르 경련했다.

전쟁터에서 서로를 증오하며 싸우던 이아나와 아르하드.

아르하드의 명령에 목이 베인 안젤리나.

"하아."

떠올리기 싫었던 악몽의 조각들을 입 밖으로 그대로 쏟아 낸 안젤리나가 가쁘게 숨을 내쉬었다. 이아나는 주먹을 꽉 쥐었다. 손등 위로 푸른 핏줄이 섰다.

안젤리나가 말하는 것은 회귀 전의 이야기였다. 애써 아무렇지도 않은 척했지만 이아나는 정말 심하게 놀랐다.

'대체 어떻게?'

마르가리타의 저주는 무의식까지 긁어내서 가장 끔찍한 두려움을 선사한다. 하지만 안젤리나의 악몽은 이아나가 보았던 거짓된 환상과는 달랐다. 그녀의 악몽은 이아나만이 간직하고 있던 회귀 전의 내용을 담고 있었다.

"저는 매일같이 이 꿈을 꿨어요. 꿈은 언제나 제 목이 베이면서 끝이 났죠. 깨어날 때마다 제 목을 만졌어요. 무사한지 당겨 보느라 목에 상처까지 났었죠."

안젤리나가 목을 더듬거리며 악몽을 꾸기 시작한 지 얼마 안 되었을 때의 제 상태를 토해 냈다.

잠을 자는 게 무서워서 불면증이 생기고, 신경은 날카로워지고, 먹어도 토만 하고, 이불 속에 숨어 덜덜 떨고, 하루 종일 울고……. 부왕에게 아르하드를 죽여 달라고 해야 하나, 하는 극단적인 생각까지 했다고 고백했다.

"자꾸만 데뷔식 때 봤던 눈빛이 생각났어요. 달처럼 아름답지만, 잔혹한 괴물의 눈이. 제 목을 베라고 명하던 악몽 속의 눈동자와 똑같은 그 눈이……."

안젤리나는 눈을 질끈 감았다가 한숨을 쉬며 다시 떴다. 두려움으로 요동치던 그녀의 눈빛이 서서히 가라앉고 있었다.

"그런데 악몽을 반복하다 보니, 어느 순간부터 악몽에서 아무것도 못 하고 도움만 요청하는 제 자신이 한심해졌어요. 악몽이 끝나지 않으니 돌파구를 찾게 되었어요. 꿈에서 슈나이더 오라버니의 기사가 될 예정이었던 당신에게 의지하고 싶었어요. 당신은, 저조차도 경외심을 가졌던 기사였으니까요."

그 후로도 안젤리나의 이야기는 쭉 이어졌다. 학술원에서 그녀가 무슨 생각을 했고, 저질렀던 행동들의 이유는 뭔지.

이아나는 이제야 완전히 납득했다. 저를 보자마자 겁에 질린 새처럼 안겨 든 행동, 그리고 좋아한다던 아르하드에게서 공포에 질려 도망쳤던 행동…….

자기 때문에 이아나와 아르하드가 헤어져서 세상이 망한 미래인 줄 알고 두 사람의 사랑을 돕기로 마음먹었다고 고백하는 부분은 조금 어이없었다. 얼마나 어이없었는지 생각으로 터질 것 같던 머릿속이 살짝 환기될 정도였다.

모든 걸 털어 낸 안젤리나가 후련한 표정으로 휴, 하고 이마를 닦아 냈다.

"하지만 꿈은 역시 꿈이었나 봐요. 이아나 양은 슈나이더 오라버니의 기사가 되지 않고 떠나잖아요? 아니면 미래가 바뀐 걸까요? 제가 변해서!"

안젤리나가 뿌듯하게 주먹을 움켜쥐었다. 그런 안젤리나를 가만히 쳐다보던 이아나가 입술을 떼었다.

"정말 그냥 꿈이라고 생각합니까?"

"꿈이 아니면요?"

어리둥절하게 되묻곤, 안젤리나의 표정이 새파랗게 질렸다.

"정, 정말 미래일까요? 어떡해."

"그게 아니라 회……. 아닙니다."

이아나는 회귀를 입에 담으려 했지만, 안젤리나로서는 그냥 꿈으로 알고 있는 게 낫겠다 싶었다.

"흥미로운 꿈이네요."

"흥미……. 그죠? 저도 참. 망상하는 걸 줄여야겠어요."

꿈의 중요 인물인 이아나가 가볍게 취급하자 안젤리나의 안에서도 악몽의 무게가 가벼워졌다.

"제가 말했죠. 제가 왕녀님 꿈에서 무슨 짓을 했는지 들어 보고, 현실에서는 악몽에서 제가 했던 행동을 되도록이면 하지 않겠다고요."

이아나가 두 손을 들었다.

"저는 이제 당신을 경멸하지 않습니다. 아르하드와 헤어지지도 않을 거고, 죽일 듯이 싸우지도 않을 거예요. 아르하드가 당신을 죽이라고 명하는 일도 없습니다. 약속해요."

"아."

이아나의 약속은 깨끗한 겨울바람처럼 안젤리나의 영혼을 스쳐 지나갔다. 찝찝했던 먼지들이 모조리 떨려 날아가는 상쾌한 기분이었다.

"너무 좋아요!"

활짝 웃는 안젤리나의 얼굴에서 빛이 났다. 안젤리나가 발을 동동거리며 좋아서 어쩔 줄 몰라 했다.

이아나는 안젤리나를 물끄러미 바라보았다.

'당신 덕분에 확신했어.'

회귀 전의 시간은 정말로 존재했다는 것을.

시간이 돌아갔다고 생각했다. 회귀 전의 삶이 통째로 사라졌다고 생각했다. 저 혼자만 회귀 전을 기억하고 있다고 여겼다.

하지만 안젤리나의 영혼에도 회귀 전의 삶이 남아 있었다. 밑바닥까지 긁어내는 마녀의 저주를 통해 악몽으로 나타났고.

'뭐지? 사람들의 영혼의 기저에 회귀 전의 삶이 존재하는 건가?'

하지만 이때까지 회귀했다고 주장하는 사람은 한 명도 없었다. 그런 소문은 들어 본 적도 없었다. 지워진 시간을 기억하는 사람은 이아나가 알기로 안젤리나가 유일했다.

'나와 안젤리나에게만 회귀 전의 삶이 남아 있는 이유는?'

이아나는 회귀의 이유가 로베르슈타인의 영혼 때문이거나, 라오스 신이 어떤 수를 썼기 때문일 거라고 추측했었다.

'후자인가?'

안젤리나는 라오스 용아병의 핏줄이었다.

'아, 뭐가 뭔지 모르겠어.'

저조차도 전혀 모르겠는데 안젤리나를 붙잡고 이야기해 봤자 소득은 없을 것이다. 하지만 이아나의 안에서 안젤리나에 대한 관심이 대폭 상승했다. 이제는 다른 것이 궁금해졌다.

"당신이 위프헤이머와의 결전에서 썼다는 마법은 뭡니까?"

"아."

안젤리나가 우물쭈물하다가 에라 모르겠다 하고 냅다 질렀다.

"저 라오스 신을 접한 것 같아요."

이아나의 생각이 정지했다.

"위프헤이머의 마법을 막기 위해 배리어에 악착같이 집중하고 있었는데 사람들이 갑자기 여러 가지 색깔로 물들었어요. 그리고 새하얗게 빛나는 소년이 제게로 다가왔어요. 제 손을 붙잡고 제 의지가 발현되도록 도와주겠다고 말씀하셨어요."

라오스…….

라오스!

안젤리나는 라오스가 제게 했던 말들을 모두 전해 주었다.

"다른 사람들은 그분을 보지 못한 것 같았어요. 너무 비현실적이라서 누구에게도 말하지 못했는데, 이아나 양에게 말하니 시원하네요. 너무 답답했어요.”

정황상, 안젤리나는 영계에서 라오스를 본 게 분명했다.

‘라오스는 대체 뭘 하는 거야?’

안젤리나가 생각에 잠긴 이아나의 눈치를 살살 보며 그녀의 손을 살짝 붙잡았다.

“저 진짜 다 말했어요. 이제 저랑 친하게 지내 줄 거예요?”

이아나가 안젤리나의 손을 꽉 마주 잡았다.

“그래요.”

“헉, 정말요?”

안젤리나가 뺨을 붉히며 백합처럼 수줍게 웃었다. 너무 좋아하는 안젤리나를 보고 이아나는 제 속이 시커멓게 느껴져서 뜨끔했다.

“그럼…… 앞으로는 왕녀님 말고 안젤리나라고 불러 주실 수 있어요?”

이아나는 조마조마해하는 안젤리나에게 고개를 끄덕였다.

절대 친해질 수 없는 여자라고 생각했는데 틀렸다. 지금의 안젤리나는 무척 마음에 들었다. 사람은 쉽게 변하지 않는다고 생각했건만, 안젤리나를 보면 그렇지만도 않았다.

“그러죠. 안젤리나. 당신도 저를 이아나라고 불러 주세요.”

안젤리나가 활짝 웃었다.

“네, 이아나!”

두 사람은 파티장으로 돌아가면서 앞으로의 일에 대해 대화를 나눴다.

“오라버니가 제게 자유를 주시겠대요. 하고 싶은 대로 하라고 하셨어요."

"그래요? 앞으로 뭘 하실 겁니까?"

"음. 일단 지금은 전쟁 중이니까 후방 지원에 집중할 생각인데요. 나중에는 지금 위치에서 하고 싶은 일을 할 거예요. 소설을 읽거나, 사람들을 돕거나, 아이들과 놀거나, 사랑을 하거나……. 그러면서 행복을 찾아가고 싶어요. 아, 물론 왕녀로서 국민들을 돌보면서요. 저기, 이아나. 저 철부지 같은가요?"

"아뇨."

"하지만 당신은 왕녀로서의 책임을 다하라며 제 뺨을 때렸었잖아요. 제가 개인으로서 행복을 추구해도 될까요?"

"책임에서 눈을 돌리지 말라는 거였지, 그 책임에 당신의 모든 인생을 바치라는 뜻은 아니었습니다. 신분을 떠나서 당신에게도 삶을 누릴 자격이 있습니다. 당신도 사람이니까요."

"아……. 다행이다. 혼날까 봐 걱정했는데."

오늘 이아나는 언어라는 검으로 안젤리나의 모든 번뇌를 날렸다. 안젤리나의 눈시울이 시큰해졌다.

"당신은 소설 속 주인공 같아요."

"주인공이요?"

이아나가 되묻자 안젤리나가 당당하게 말했다.

"당신도 제가 한심한가요? 전 공상 과학, 로맨스 할 것 없이 모든 종류의 소설을 좋아해요. 요즘에도 빠져 살아요. 다른 사람들은 현실에 집중하지 못한다고 한심하게 보지만요. 하지만 누가 뭐라 할 거예요? 제가 좋다는데."

"한심하다고 생각하진 않았고, 이 세상 사람들 중에 주인공 아닌 사람이 어디 있나 해서……. 모두가 인생이라는 책의 주인공입니다. 당신도 마찬가지고요."

안젤리나의 얼굴이 빨개졌다.

"그렇군요. 하지만 당신은 특별해요. 당신 같은 사람이 주인공인 소설이 있다면 엄청 재밌을 거예요. 꼭 읽어 보고 싶어요. 없다면 제가 직접 써 보고 싶을 정도예요."

"별소릴……."

이아나는 그 뒤로도 안젤리나와 이것저것 이야기하며 파티장으로 돌아왔다. 파티장에 들어서기 직전 안젤리나는 이아나의 두 손을 꼭 붙잡고 말했다.

"이아나. 앞으로도 당신이랑 많은 이야기를 하고 싶어요. 자리 잡으면 꼭 저랑 교류하기예요. 당신은 많이 바쁠 테니까 제가 자주 놀러 갈게요."

이아나가 안젤리나에게 물었다.

"아르하드에게 당신의 악몽에 대해 이야기해도 될까요? 그분은 당신이 그런 꿈을 꾼 것에 별로 신경 쓰지 않을 겁니다."

안젤리나는 잠시 고민하는 듯하더니 허락했다.

"그래요. 꿈일 뿐이고, 당신의 반응도 괜찮았으니까요. 제가 봐도 이때까지의 제 행동은 너무 이상했어요. 그분도 어이없으셨을 거예요. 그분에게 잘 설명해 주세요."

이아나와 안젤리나는 파티장 안으로 들어서면서 작별했다.

"안젤리나, 잘 지내세요."

"네! 당신도요."

안젤리나는 아쉬움이 역력한 얼굴로 손을 흔들었다.

이아나는 두리번거렸다. 아이들이 얼마 없었기 때문에 찾고 있던 이들이 금방 눈에 띄었다.

"아하하하!"

엘리는 핀의 손을 붙잡고 춤을 추고 있었다. 천진난만한 웃음을 짓는 소녀는 즐거워 보였다. 도도한 닛시도 오늘만큼은 즐기기로 한 듯 엘리 근처를 폴짝거리고 있었다.

이아나는 멀리서 아이들을 지켜보았다.

'그때, 하인리히 님의 탑에는 엘리와 닛시도 있었을 거야.'

라오스와 관련 있는 아이들.

특히, 하얀 고양이 닛시.

'넌 누구니? 그리고 라오스는 무슨 생각을 하고 있는 거니?'

로베르슈타인의 마지막 기억 속에서 하얀 소년은 절박하게 그녀에게 손을 뻗었다. 가지 말라며, 죽지 말라며 눈물을 흘렸다. 드래곤의 말에 의하면 로베르슈타인을 떠나보내기 싫어 그녀의 영혼을 담은 일족까지 빚어냈다.

그런 주제에 로베르슈타인 그 자체인 이아나에게 접근하지 않고 있다. 라오스가 이 상황을 지켜보고 있는 건 분명한데 말이다. 왜일까?

'일단 계속 지켜보자.'

엘리와 닛시는 하인리히와 함께 이아나가 있는 동부로 오기로 했다. 라오스가 정말로 그들과 연결되어 있다면 그도 동부에 올 것이다. 그러다 때가 되면 알아서 나타나겠거니, 여기기로 했다.

'회귀의 비밀도 그때 풀 수 있겠지.'

지금 당장 해결할 수 없는 문제는 뒤로 살짝 미뤄 두었다.

이아나는 파티장을 다시 한번 둘러보았다. 안젤리나와 꽤 오랜 시간 이야기하다 왔는데도 아르하드는 아직 파티장으로 돌아오지 않은 듯했다.

아르하드…….

이아나는 벽에 몸을 툭 기댔다.

'나는 대체 뭘 하고 있는 거야.'

스스로가 한심해진 이아나가 머리를 싸쥐었다. 아까 체리 사건도 유치하기 짝이 없었다. 뭐? 배가 고파? 이아나는 그런 말을 내뱉은 스스로의 뺨을 한 대 치고 싶은 심정이었다.

아르하드가 한 짓을 그대로 돌려준 것뿐이지만 그런 스스로를 견디기 어려웠다. 애초에 이아나는 직설적인 말로 단칼에 끝내 버리는 성격이었다. 듣고 싶은 대답을 살살 유도해 내거나, 비밀로 해야 할 이유도 없는데 하고 싶은 말을 눌러 참는 성격이 아니었다.

이때까지는 아르하드가 먼저 말해 줬으면 해서, 그에게 그냥 져 주고 싶지 않아서 꾹 참고 기다렸지만 한계다. 살면서 하고 싶은 말이 있으면 그대로 내질러 온 이아나는 이런 면에서는 인내심이 약했다.

'정말 그냥 저질러 버려?'

이아나가 고민하면서 혼자 가만히 서 있자, 다른 사람들이 슬금슬금 다가왔다. 같은 검술학부생들뿐만 아니라 다른 무술학부 사람들도 많았다.

"이아나 양, 졸업 축하합니다."

"축하해요. 삼 년 조기 졸업이라니요. 정말 대단하십니다."

이아나는 살짝 들뜬 기색으로 말을 붙여 오는 이들을 보았다. 호기심과 선망이 넘실거리고 있었다. 회귀 전에 사람들은 이아 나를 무서워하면서도 이런 감정들을 내비치곤 했다. 그런데 이 제는 부정적인 기운은 일절 없고 긍정적인 느낌만 가득했다. 나 쁜 기분은 아니라서, 이아나는 그들의 말을 받아 주었다.

이들과 이렇게 이야기할 수 있는 건 지금이 마지막이라고 해 도 과언이 아니었다. 조금 이따가 아르하드와 만나면 파티장에 잠시 머무르다가 나갈 예정이었기 때문이다.

이야기 도중 누군가가 큰 소리로 물었다.

"어디로 가실 예정인지 알려 주시면 안 됩니까?"

이아나는 눈을 반짝거리는 사람들이 자신을 따라오고 싶어 한 다는 걸 이미 알고 있었다. 학술원의 무인들이라면 기본적으로 재능도 있는 데다 노력파다. 이번 전투로 경험도 많이 쌓았다. 현재 실력도 수준급이지만 잠재력이 무궁무진했다. 새로 세울 국가로 끌어들이면 많은 도움이 될 터였다.

하지만 아직 건국 계획을 사방팔방에 떠들어 댈 수 없다.

무엇보다 그녀가 먼저 회유하지는 않을 것이다. 오고 말고는 오로지 그들의 선택에만 맡겨 두고 싶었다.

"저를 따라오고 싶습니까?"

이아나가 직설적으로 묻자 사람들이 우물쭈물거렸다. 하지만 몇몇은 눈이 아예 홱 돌아서 네! 라고 외쳤다.

"아직은 말할 수 없습니다만 훗날 제 이름을 듣는다면, 진지 하게 고민해 보고 찾아와도 좋습니다. 하지만 같은 학술원 출신 이라고 특별 대우 받을 생각은 버리십시오. 오로지 그곳의 규칙에 따라, 실력으로만 대우할 테니.”

이 정도만 말해 둬도 충분할 것이다.

그때, 이아나는 자석에 이끌린 듯 입구를 보았다.

아르하드가 이아나만을 바라보며 입구로 들어서고 있었다.

아르하드는 산책을 하며 여러 가지 고민을 했다.

'테일런은 분명 내 존재를 알고도 내버려 두고 있다. 이렇게 파티를 벌이는 로안느를 방치하는 건 다른 속셈이 있어서인가, 아니면 로안느에 별 관심이 없기 때문인가.'

아르하드는 요즘 테일런의 속내를 분석하는 데 신경을 다 쏟아붓고 있었다. 놈이 대체 어디서부터 어디까지 알고 있으며, 무엇을 원하는지 알 수 없으니 답이 쉽사리 나오지 않았다.

'테일런이 내 존재뿐만 아니라 회귀 전 내게 패배했다는 것도 알고 있다는 전제를 깔면, 이건 확실하다.'

이번 싸움에서는 절대 지지 않으려 한다는 것. 그리고 자신의 뒤통수를 칠 뭔가를 준비하고 있다는 것……. 아르하드는 그것을 밝혀내야만 했다.

'어쨌든 지금은 날 건들 생각은 결단코 없어. 그래 주면 나야 감사하지. 멍청하긴.'

놈이 제 존재를 알고도 내버려 두는 게 확실하니 앞으로는 자신을 숨기지 않기로 했다. 테일런이 어디까지 용납하나 보기 위해서였다. 오늘 파티에 보란 듯이 이아나와 함께 참석한 것도 그래서였다.

'뭘 준비하고 있는지는 몰라도.'

아르하드의 동공이 뱀의 것처럼 가늘어지고, 금안은 어둠 속 맹수의 것처럼 섬뜩하게 빛났다. 무표정한 얼굴에 싸늘한 기운이 감돌았다.

'역으로 삼켜 주마.'

테일런은 맹수이지만 그 또한 맹수였다. 상대가 독사라면 그는 그보다 더한 독사였다.

이아나에게는 말 잘 듣는 개처럼 다정하고 상냥하게 굴었다. 그러나 그녀에게 잘 보여 주지 않는, 무정하면서도 잔인한 심성이 여전히 심장에서 살아 숨 쉬고 있었다.

'그러기 위해서는 빨리 강해지는 게 답이군.'

언제 판데모니엄의 균열에 다녀온 건지는 몰라도, 제 기억을 읽고 악마의 파편을 빠르게 회수한 지금 테일런은 회귀 전보다 훨씬 강해졌을 것이다. 테일런을 직접 만나고 온 이아나가 저보다 한 수 위라고 할 정도였으니 말 다 했다.

'강해져야 해.'

테일런은 분명 이아나를 노릴 것이다. 아르하드의 조각을 가졌으니, 아르하드가 그녀를 사랑하고 증오하고 집착한 만큼 이아나에게 손을 뻗을 것이다.

절대 용납할 수 없었다.

'이아나를 안전하게 내 곁에 두려면 더 빨리 강해져야 해.'

테일런이라는 미지의 위기가 닥쳐오자, 아르하드의 심장에 불이 붙었다. 이아나를 누구에게도 빼앗기지 않도록, 영혼을 불태워서라도 강해지고 싶어졌다. 절대적인 강함에 대한 갈망으로 목이 말랐다.

'이아나에게 온전히 집중하기 위해서라도……'

강해져야 했다.

아르하드는 숲 속을 거닐다가 파티장 주변으로 돌아왔다. 동물보다 더 짐승 같은 본능으로 파티장 안을 보았다. 이아나가 파티장으로 돌아와 있었다.

아르하드는 나무에 기댄 채 팔짱을 꼈다. 창문으로 사람들의 관심을 한 몸에 받고 있는 이아나를 물끄러미 바라보았다.

그렇지.

저 여자는 저렇게 빛이 난다.

사람들이 이아나의 대단함을 알아보고 찬양하자 아르하드는 자기가 더 기뻤다. 그리고 사람들이 갈망하는 저 빛이 제 곁에 머물며 반짝거린다는 것이 제일 좋았다.

이아나를 볼 때마다 심장이 울컥한다.

아르하드는 최근 삼 년간 이게 꿈인지 생시인지 알 수 없었다. 익숙해졌다 싶으면서도, 시간을 지우기 전을 떠올리면 정말 이 무슨 기적 같은 일인가 싶어 심장이 떨리곤 했다.

'시간을 지우길 정말 잘했어.'

시간을 지우는 건 보통 일이 아니었다.

사실, 아르하드는 이아나가 말한 '시간이 뒤죽박죽으로 뒤섞이고 영혼들이 존재하는 정지의 공간'에 가 본 적이 있었다. 아르하드의 권능, 시간 제거는 현재의 시점에서 어느 시점까지의 시간을 지우는 것이었다. 그리고 대상을 눈에 담고 상대와 접해 있어야 가능했다.

그 때문에 아르하드는 세계의 시간을 지울 때 라오스의 도움을 받아서 그곳으로 향했었다.

세상의 모든 시간과 역사의 기록, 그리고 천칭이 존재하는 세계의 중심점이자 무한한 공간. 진리 그 자체.

일명 '아카식 레코드'.

아르하드도 아카식 레코드에 대해서 잘 알지 못했다. 라오스에게 이름만 들어 알고 있을 뿐이었다.

심지어는 자신의 시간 삭제 권능에 대해서도 모르는 게 많았다. 왜냐하면 처음으로 권능을 쓴 것이 세계의 시간을 지울 때였고, 그 이후로 심장이 엉망이 되어서 권능에 대해 연구하기가 어려웠기 때문이었다.

하지만 이건 확실했다.

그는 시간을 지우는 대가로 모든 걸 버렸다. 심장도, 신력도, 신분도, 신하도, 황금도……. 정말로 모든 것을 버렸다.

그럼에도 지우길 잘했다. 정말로.

그 모든 것보다 이아나가 곁에 있어 주는 게 더 가치 있었다. 그것만으로도 차고 넘쳤다. 그러니 이아나에게만, 그녀와 함께하는 시간에만 집중하기 위해서라도 그는 강해져야 했다.

"……."

아르하드는 이아나가 사람들을 편안하게 상대하는 것을 가만히 지켜보았다.

저런 이아나를 볼 때마다 후회하는 게 있다. 용기를 내서 어릴 적의 그녀에게도 가 볼 걸 그랬다는 후회였다.

저렇게 예쁘고 멋진데 어릴 때도 귀엽고 올곧았겠지.

그런데도 사람들에게 상처받고 울었겠지.

아르하드는 이아나가 어릴 적 모두에게 외면당하고 심한 상처를 받았다는 걸 알고 있었다. 이번 생에서도 무수히 상처받을 거라고 예측했었다.

그럼에도 가지 않았다.

이아나가 태어나기 전까지 시간을 지우고 나서 그는 권능의 부작용과 감정 과다로 몹시 불안정한 시기를 겪었다.

그 시기에도, 그 시기 이후에도 이아나를 찾아갈 수 없었다.

이아나를 험담하고 괴롭히는 놈들을 죄다 죽여 버릴, 이아나밖에 모르는 잔인한 괴물이었기 때문에. 그렇게 또다시 첫 단추를 잘못 꿰었다가 잘못될까 봐 두려웠던, 용기 없고 이기적인 사람이었기 때문에.

이아나를 상처 입히는 놈들을 몰살하고 싶은 마음은 굴뚝같았지만 복합적인 문제로 그럴 수가 없었다.

'그런데 저렇게 혼자서도 똑바로 자란 게 기특해.'

시간을 지우기 전, 처음 만난 열일곱 살의 이아나는 소심하고 슬픔에 가득 차 있었다. 그런데 라오스 대신전에서 처음 만난 이아나는 그렇지 않았다.

그것은 그의 달라진 행동으로 인한 나비 효과일까, 혹은 라오스 때문일까…….

라오스는 아카식 레코드를 마음대로 드나들 수 있는 신이었다. 아르하드는 아카식 레코드가 어떤 기능을 하는지 알지 못했다. 라오스만큼은 아카식 레코드의 어떤 기능을 이용해서 시간

삭제라는 그의 권능을 피해 갔을 수도 있다.

라오스가 이아나에게 무슨 영향을 준 게 아닐까? 하지만 라오스는 세상에 손대지 않을 거라고 말했는데.

아무튼, 옛날 일이다.

어릴 적의 그녀에 대한 호기심을 지웠다. 이미 지나간 일이니 소용없지 않은가. 지금의 이아나만 있으면 충분했다.

'이아나.'

이름만 생각해도 좋다.

진득한 사랑이 촛농처럼 흘러내렸다.

이아나는 분명 그를 사랑하고 있다. 고집스레 굴고 있지만 머지않았다는 직감이 들었다. 이아나의 인내심이 서서히 바닥나고 있다는 걸, 모를 수가 없었다.

체리를 입술에 넣어 주면서, 이아나가 동요하고 있다는 걸 알면서 뒤로 한발 물러난 것도 의도한 바였다. 이아나가 답답해서 더 못 견디게 하기 위해서였다.

아르하드는 참을 수 있었다. 이때까지 참은 게 얼마인데.

그러나 붉은 입술로 붉은 과실을 삼키는 모습에 느껴 버린 갈망은 지나치게 뜨거웠다. 이아나의 귀여운 복수는 못마땅하면서도 아찔하도록 사랑스러웠다. 인내심을 모조리 깨부수고 싶을 정도로 치명적이었다.

열여섯 살의 앳된 티가 났던 소녀는 여인이 되어 가고 있었다. 열일곱 살의 가을부터 시작된 키스는 갈수록 농밀해졌고, 이아나가 내보이는 감정도 점점 더 짙어져 갔다.

그리고 열여덟 살의 끝인 지금, 그녀는 아르하드가 가슴 밑바닥에 박아 놓았던 열기를 서서히 건져 올리고 있었다.

너를 조금 더, 더 깊이 탐하고 네게 몰닉하고 싶다는.

너에게 극도로 밀착하고 싶다는.

그런 추한 듯하면서도 순수한, 날것의 욕망을.

'이제 그만, 져 주면 안 될까?'

그러면 가슴속에 들끓는 이 사랑을 네게 아낌없이 쏟아부을 수 있을 텐데. 이 고통스러운 인내를 더는 하지 않아도 될 텐데.

이아나의 주변으로 점점 더 많은 사람들이 모여들었다.

과시욕이 들끓었다.

저 여자가 제 사람이라는 것을 모두에게 보여 주고 싶었다. 보석을 제가 소유했다는 종류의 과시욕이 아니었다. 저 멋진 여자가 선택한 사람이 바로 자신이라는 걸 과시하고 싶었다.

아르하드가 입구로 성큼 들어서자 이아나는 주변에 다른 사람들은 없는 것처럼 곧장 그를 보았다. 시선이 매듭을 맺듯 꼬여들었다.

이렇게 저를 똑바로 봐 주는 것이 좋았다. 가슴이 에이도록 좋았다.

큰 보폭으로 이아나에게 다가선 아르하드가 그녀의 손을 잡자, 이아나도 거부하지 않고 당연하다는 듯 마주 잡았다. 이런 것조차 벅차도록 좋았다.

사람들은 아르하드를 부럽다는 듯 쳐다보았다. 그의 과시욕은 채워지고도 남았다.

사람들이 그에게 물었다.

"아르하드 군은 이제 뭘 할 거야?"

아르하드 대신 이아나가 대답했다.

"저와 함께 갑니다."

이아나의 똑 부러지는 말에 사람들의 눈에 부러움이 서렸다. 감정의 파도 속에서 아르하드는 즐거움을 느꼈다.

이아나가 옆에 있기를 허락한 사람은 나뿐이야.

너희는 그저 뒤를 따를 뿐이지.

"잠시 후 행사가 시작됩니다."

사람들과 한참 이야기를 나누다가 슬슬 몸을 빼려 하는데, 행사의 시작을 알리는 공지가 아티팩트를 통해 파티장에 울려 퍼졌다.

"아, 저거 참가하려 했었는데."

이것저것 말을 붙이던 사람들은 조금 시들해져 있었다. 아무리 캐물어도 돌아오는 대답은 의뭉스럽기만 했다. 친해지고 싶어서 얼쩡거렸지만 그들이 세운 벽이 너무나 견고했다. 체념한 사람들은 이제 행사 쪽으로 관심을 기울였다.

여러 가지 행사가 열리고 있었다. 시선을 확확 사로잡는 행사들도 많았다. 이아나와 아르하드 주변에 모였던 군중이 서서히 흩어졌다.

"……."

이아나의 시선은 한곳에 꽂혀 있었다. 아르하드는 그녀가 쳐다보고 있는 것을 확인하며 물었다.

"참가하고 싶은 거야?"

"글쎄요. 그건 아닌데……."

"그럼 술 마시고 싶어?"

이아나는 주량 대회가 열리는 곳을 멀거니 바라보았다. 딱히 대회에 참석하고 싶은 건 아니지만, 생각 없이 술을 퍼마시고 싶은 기분이었다. 아르하드 때문에 하루 종일 고민했더니 골이 아팠다.

'확 저질러 버려?'

이 생각을 대체 몇 번이나 하고 있는 걸까?

'아냐. 지기 싫다고.'

또 대체 몇 번을 승부욕 때문에 포기하고 있는 건지!

이아나 본인도 어쩌고 싶은 건지 갈피를 잡을 수 없었다.

감정이냐, 승부냐.

이리저리 왔다 갔다 하는 이아나의 속이 용암처럼 부글부글 끓었다.

지겹다.

지겨워!

지겹다고!

머릿속에서 펑 하고 소리가 난 것 같았다.

결론이 났다.

그래. 술.

술이다.

술밖에 없다.

'제정신이니 더 고민하는 것 같아.'

정신없이 퍼마시다 보면 쓸데없는 고민이 말끔히 닦여 나가고 결론만 남을 것이다. 술은 인간을 매우 솔직하고 대담하게 만드니까. 그러려면 주량 대회가 딱 맞았다. 남 눈치 보지 않고 미친 듯이 마실 수 있기 때문이다.

"네. 마지막이기도 하고. 마시고 싶네요. 아주 많이."

이아나가 매우 진지한 표정으로 강력하게 말하자 아르하드가 반대하지 않고 고개를 끄덕였다.

"네가 하고 싶으면 해."

"같이 참가하시겠습니까?"

아르하드가 팔짱을 꼈다.

"난 됐어. 네가 술에 취하고 싶다면 말릴 생각은 없는데, 난 너를 챙겨야 하니까."

이아나의 심장이 쿡 하고 찔렸다. 공기처럼 당연해진 다정한 배려가, 감정과 승부의 경계선에서 갈팡질팡하던 이아나를 저리 가라며 밀치고 있었다.

이아나가 이를 악물었다.

"와아!"

이아나가 앞으로 성큼 나서자 사람들이 환호했다.

"나도 참가할래!"

주량으로 이아나를 이겨 보겠다는 사람들이 속출했다.

최강자로 등극한 이아나였다. 어떤 식으로든 그녀를 이겼다는 건 두고두고 자랑할 업적이 될 것이다. 아무리 강하다지만 그래도 스물도 안 된 여자이니 술로는 이길 수 있을 거라고 생각하는 사람들이 많았다.

"……."

이아나는 근처에서 엉거주춤하게 서 있던 슈나이더를 발견했다. 그는 주량 대회에 참가하려고 나오다가 이아나를 보고 멈춰

서 있었다.

"전하, 이아나 양의 옆자리로 가 주십시오."

슈나이더가 오늘만큼은 편히 대하라 했지만, 감히 국왕을 함부로 할 수 없었다. 진행자가 슈나이더를 조심스럽게 이아나의 옆자리로 안내했다.

"……간만이군."

슈나이더가 먼저 인사를 건네었다.

"네. 그때 이후로 처음 뵙는군요."

이아나는 테이블 위로 엄청난 양의 술잔이 배치되는 것을 멀거니 바라보며 중얼거렸다.

"약속을 지켜 주셔서 감사합니다."

"아직 지키진 않았는데?"

슈나이더가 빈정거리자 이아나가 고개를 저었다.

"지켜 주실 거잖습니까? 내일 뵙겠습니다."

슈나이더는 애써 이아나를 외면했다. 저를 보고 할 말이 그것밖에 없나 싶어 욱했다. 하지만 한 길밖에 갈 줄 모르는 이아나가 패배한 길인 그에게 할 말이 뭐가 있겠는가?

이아나는 슈나이더를 똑바로 쳐다봤다.

슈나이더.

회귀 전 그녀의 주군…….

슈나이더도 고슴도치 같았던 이아나에게 수없이 찔렸을 것이다. 그러나 그는 진정으로 그녀를 아껴 주었다.

"그동안 죄송했고, 감사했습니다."

이아나가 진심을 담아 말했다.

슈나이더에게는 선 긋기로밖에 들리지 않았다.

슈나이더는 입술을 꾹 깨물었다.

"주량 승부만큼은 내가 이기겠다."

이길 것이다. 술에 취해 몸을 가누지 못하는 이아나를 내려다보다가 당당하게 뒤돌아설 것이다. 승리와 함께 다 털어 버릴 것이다. 같잖은 마지막 자존심이었다.

"시작합니다!"

테이블 위의 술잔들이 빠르게 비워졌다.

하지만 시간이 지나자 잔을 놓친 참가자들은 쓰러졌고, 술이 남아 있던 술잔은 테이블 위를 뒹굴었다.

마지막까지 남은 사람은 이아나와 슈나이더였다. 슈나이더는 오기를 부리며 이아나와 같은 속도로 술을 마셨지만, 너무 힘들어서 돌아 버릴 것 같았다. 이 여자는 대체 정체가 뭔가 싶었다. 위장과 간이 우주라도 되는 건가.

술기운으로 눈앞이 흐려졌다.

이아나의 모습도 흐려지고 있었다.

정말로, 놓을 때다.

'제기랄.'

쾅!

슈나이더가 술잔을 테이블에 쾅 내리찍었다.

"그래. 내가 졌다! 놓는다! 놔! 놓는다고! 가……!"

슈나이더가 혀 꼬인 목소리로 버럭버럭 외쳤다. 그 직후 이마를 테이블에 박았다.

와아…….

대회가 끝났다.

이아나의 압승이었다.

"후우."

이아나는 잔을 내려놓으며 한숨 돌렸다.

이아나의 신체는 알코올을 매우 빠르게 분해할 수 있었다. 하지만 그 속도를 훨씬 넘어설 정도로 마셔 댄지라 눈앞이 어질어질했다.

이아나는 상품인 최고급 와인을 받아 들고 시체가 된 이들 사이를 빠져나왔다. 그쪽에서 기다리고 있던 아르하드가 비틀거리는 이아나를 받쳐 안았다. 이아나는 아르하드의 팔을 꼭 붙잡았다.

"안 취했어요. 저 안 취했다니까요?"

"그래, 그래. 술도 깰 겸 산책하러 가자."

아르하드는 이아나를 데리고 파티장 밖으로 나왔다. 이아나가 알딸딸해하며 이제 올 일이 없으니 마지막으로 학술원을 쭉 둘러보고 싶다고 말하자 아르하드는 당연히 그 말에 따라 주었다.

그들은 이곳저곳 천천히 돌아다녔다. 삼 년 내내 걸었던 눈 덮인 길을 지나고, 열심히 강의를 들었던 건물도 가 보고, 맛있는 학식을 즐겼던 식당에도 들렀다.

이제는 집처럼 느껴지는 기숙사 주변을 빙글빙글 돌다가 기숙사 뒤편의 숲으로 향했다. 그들의 추억 대부분은 숲과 검술학부의 대련장에 있었다.

숲을 거닐자 차가운 공기와 눈이 바람에 실려 와 얼굴에 다닥다닥 붙었다.

"……."

술로 씻어 낸 머릿속은 백지 상태였다. 이아나는 아르하드를 멍한 눈으로 쳐다보았다. 할 말이 생각나지 않는다. 뭔가 할 얘기가 있었는데, 머릿속을 너무 비워 버렸나 보다.

이아나는 미간을 살짝 좁혔다가 아, 하고 탄성을 뱉었다.

"안젤리나가……."

이아나는 술기운과 이성이 반반 섞여 붕 뜬 상태에서 안젤리나의 꿈 이야기를 했다. 술 때문일까? 아르하드는 이상할 정도로 차갑고 무표정해 보였다.

"어처구니없는 꿈이로군."

"그렇죠?"

꿈. 안젤리나가 꿈으로밖에 치부하지 않는 꿈. 아르하드도 어이없어하는 꿈.

사라져 버린 시간…….

하지만 분명히, 존재했었다.

사박.

이아나가 멈춰 섰다. 함께 멈춰 서서 그녀를 바라보는 아르하드를 홀린 듯이 쳐다보았다.

'아르하드에게도 회귀 전의 기억이 존재하지 않을까?'

떠올리지는 못하더라도.

시간은 분명 존재했다. 그러니 지금의 아르하드는 그 시간을 겪었던 그 남자였다. 현재의 아르하드와 회귀 전의 아르하드가 겹쳐지고 이어졌다.

기억 상실증처럼 그저 기억을 잊었을 뿐인 그 남자.

그녀의 모든 부정적인 감정을 받아 주었던 그 남자.

그녀의 못난 면모를 모조리 봤을 그 남자.

심장이 꽉 조여들었다.

이아나는 아르하드가 꿈으로라도 회귀 전의 시간을 떠올리지 않기를 바랐다. 이번 생에서 품었던 애정이 악몽 때문에 사라져 버린 안젤리나처럼, 아르하드도 그렇게 된다면?

'싫어.'

아르하드가 이아나를 사랑하지 않을 리 없다. 하지만 사랑에 증오가 덧입혀져 애증이 될 수는 있지 않은가? 회귀 전의 그가 결국에는 체념하고 그녀를 죽였듯이.

아르하드는 불현듯이, 회귀 전의 못난 이아나를 떠올릴지도 모른다. 그가 떠올리지 않더라도 언젠가는 반드시 회귀 전의 못난 이야기를 할 것이다.

'그러니까 지금보다 더 많이 사랑해 줬으면.'

그 못남을 현재의 사랑으로 묻어 버릴 정도로. 모질기만 했던 그녀 정도는 감당하고도 남을 정도로, 아주 많이…….

이아나가 아르하드의 손가락들을 베를 짜듯 제 손가락들로 얽었다. 손을 쭉 잡아당겨 그의 손등에 젖은 입술을 묻었다. 꽈악, 하고 손을 마주 잡아 오는 힘이 기꺼웠다.

이아나는 아르하드를 흘끔 올려다보았다. 그는 흔들리는 표정으로 그녀를 바라보고 있었다.

쪽.

손등에 자국을 남긴 입술이 서서히 내려갔다. 펄펄 뛰는 손목의 동맥에 진하게 키스했다. 입술 너머의 거친 박동이 너무나 사랑스러웠다.

아르하드가 이아나의 손을 거칠게 잡아당겼다. 하지만 그 전에 이아나가 아르하드에게 달려들듯이 안겼다. 이아나를 안아들고 뒷걸음질 친 그의 등이 나무에 닿았다. 아르하드가 달아날 구석을 막은 이아나가, 그의 목뒤로 팔을 감고 살짝 녹은 사탕처럼 끈적거리는 입술로 키스했다.

농밀한 키스였다. 그러나 평소와는 달랐다.

입술을 미끄러뜨리는 점액과 달아오른 뺨은 평소와 같건만 술기운일까, 마음의 차이일까? 아르하드를 닦달하고 어서 고백하라고 떼쓰는 게 아니라, 그저 더 사랑해 달라는 투정으로 시작한 키스는 어딘지 야릇하고 오싹한 구석이 있었다.

"……하아."

입술 틈 사이로 아르하드가 뜨거운 한숨을 흘렸다. 얼굴이 일그러진다 싶더니 이아나의 목뒤를 잡아당겨 더 깊이 키스했다. 그녀의 영혼까지 탐닉하는 듯한 거칠면서도 유혹적인 입맞춤이었다.

이아나는 피부가 곤두서는 기분을 느끼며 살며시 눈을 떴다. 광적인 애정을 담은 두 동공이, 그녀의 상기된 얼굴을 사납게 바라보고 있었다.

아르하드는 다른 팔로 그녀의 허리를 꽉 끌어안고 이아나가 숨이 막혀서 헐떡거릴 때까지 그녀의 안을 엉망으로 헤집었다. 얽히는 숨결과 품의 체온이 지나치게 뜨거워서, 눈 내리는 겨울임에도 열이 났다.

이아나가 얼굴을 내려 겨우 숨 돌릴 틈을 만들어 냈다.

하지만 아르하드는 잠시라도 떨어져 있는 게 싫은 듯 이아나의 몸을 제게 더 밀착시키고 네가 좋아서 어찌할 바를 모르겠다는 듯 콧잔등을 비볐다. 견딜 수 없는 애정이 묻어났다.

이아나가 그런 아르하드의 태도에 짜릿한 만족감을 느끼고 있을 때, 그가 이아나의 입술을 엄지로 꾹 누르며 속삭였다.

"체리."

"……갑자기 웬 체리."

"빨간 체리를 붉은 입술에 문 너를 본 순간."

기묘한 열망이 부지불식간에 덮쳐들었다.

"네게 욕망을 느꼈다면 나를 경멸할 건가?"

남자, 였다.

이아나는 저를 적나라하게 갈망하는 남자의 형형한 눈빛을 이렇게 가까이서 마주하는 게 처음이었다. 아르하드는 늘, 참고 또 참았으니까.

"키스를 할수록, 더한 것을 원하게 되는 내가 이상한 건가?"

그녀가 살면서 경멸했던 애욕은 언제나 문란하고 저열하기만 했다. 하지만 왜일까, 그의 욕망이 기껍게 여겨지는 건. 그리고 상대가 아르하드라면 그 저열함에 더럽혀져도 괜찮을 것 같다는 생각이 드는 건.

이아나의 얼굴이 확 달아올랐다.

"응?"

그의 눈은 온순하면서도 위험했고, 욕망에 차 있으면서도 금욕적이었다. 갈피를 잡지 못하는 모순적인 모습이었다. 이아나는 아르하드 또한 한계에 달해 있음을 느꼈다.

아르하드의 옷깃을 꼭 붙잡았다.

"……이상하지 않습니다."

이아나는 곤란한 호흡으로 쥐어짜듯이 대답했다. 아르하드의 목덜미에 붉어진 얼굴을 묻으려 했다.

"왜?"

아르하드가 이아나의 얼굴을 붙잡아 올렸다.

"왜 이상하지 않은데. 파렴치하잖아."

아르하드는 대답을 강요하고 있었다. 아니, 갈구하고 있었다.

"대답해 줘. 넌…… 이미 알고 있잖아."

이아나가 대답하지 않자 아르하드가 들끓는 목소리로 애걸했다.

"말해 주면 안 될까. 이아나."

간절하기까지 했다.

"이번만. 정말 딱 한 번만. 먼저."

구걸하다시피 하는 아르하드를 보는 순간, 이아나의 머릿속이 완전히 하얘졌다.

이아나는 스스로가 비겁하고 치졸한 사람처럼 느껴졌다.

승부욕. 그까짓 것. 검술로 이기면 되는 일인데 뭘 그렇게 이기고 싶다고 아등바등했을까. 자존심. 그게 뭘 먹여 살려 준다고 답답함을 참고 버텼던 걸까.

이 빌어먹을 승부욕과 자존심은 이아나를 더욱 열심히 살아가게 했지만 그녀의 행복을 방해하는 제일 큰 요소이기도 했다.

그리고 스스로 맹세하지 않았던가.

다음 생에는 승리와 승리로 무승부를 내자고.

아르하드는 이번 생에서도 또다시 사랑해 주었다. 끊임없이 사랑을 퍼부어 이아나를 공격했다. 그래서 이아나는 이미 와르르 무너져 내린 지 오래였다.

아, 나는 당신에게 질 수밖에 없구나.

당신의 깊은 애정이, 나를 결국엔 무너뜨리고 말았구나.

심장이 쾅쾅 뛰었다.

이를 어찌하나.

증오와 열등감, 승부욕과 자존심.

이것들이 모조리 씻겨 나가고 나면 벌거숭이가 된 애정밖에 남아 있지 않을 텐데.

이아나는 상대방에게 순수한 애정만을 가져 본 적이 없었다. 그래서 제 안을 가득 채우는, 눈물이 날 것 같은 애정이 한없이 낯설었다.

열기가 영혼을 집어삼켰다.

이아나의 얼굴이 터질 듯이 빨개졌다. 어지러웠다. 어찌할 바를 몰랐다. 겁이 나기도 했다. 여태 스스로가 대담하다고 여겨 왔는데, 아닌 모양이었다. 이 벅찬 기분을 도저히 견딜 수 없었다.

그래서 이아나는 아르하드를 확 밀쳐 내고 도망쳐 버렸다.

"……."

아르하드는 쏜살같이 도망치는 이아나의 뒷모습을 밤하늘의 달과 닮은 두 눈으로 뚫어져라 쳐다보았다.

빈틈을 보인 먹잇감을, 특히 이아나를 놓칠 그가 아니었다.

그는 그녀를 따라가기 시작했다. 달이 태양을 좇으며 어둠을 몰고 오듯이 어둠은 빛을 삼키고 말 것이다.

차가운 바람이 이아나의 뜨거운 얼굴에 부딪쳤다.

'또 도망치고 있어.'

도망쳐 봤자 소용없다는 걸 알고 있었다. 언젠가는 말할 테니, 도망은 시일을 늦출 뿐이라는 것도 알고 있었다.

너무 벅차서 견딜 수 없었기에 도망쳐 버렸다. 하지만 마주할 줄 알아야 했다.

도망치다 보니 익숙한 길로 왔는지, 어느새 검술학부 건물이었다. 빠르게 달리는데 시야로 아르하드와 대련을 했던 학부의 수련장들이 스쳐 지나갔다.

챙!

지나칠 때마다 검들이 맞부딪치는 소리가 나는 것 같았다. 검들이 치열하게 만들어 내는 환청들이 이아나의 두려움을 썩둑썩둑 베어 냈다.

그래.

도망은 이제 그만두자.

이아나는 멈춰 섰다.

멈춰 선 곳은 검술학부 대광장의 경기장이었다. 이번 생에서, 아르하드의 얼굴을 처음으로 본 장소였다.

지금보다는 조금 어린 아르하드의 환상이 경기장 위에 그려졌다. 어두운 밤, 밝은 달 아래에서 그는 경기장의 흔적에 검을 박고 이아나를 되새기고 있었다.

"도망은 관뒀어?"

뒤에서 목소리가 들려왔다.

환상이 사라지자, 이아나는 몸을 돌렸다.

오늘도 그날처럼 아름다운 달이 하늘에 떠올라 있었다. 그리고 밤보다 더 밤 같은 남자가 이아나의 앞에 서 있었다. 그녀를 미치도록 원하면서.

이아나가 숨을 거칠게 몰아쉬었다.

"……."

아르하드는 불안정해 보이는 이아나를 물끄러미 바라보다가 제 감정을 억지로 삼켰다. 이아나의 침묵에 언제나처럼 물러서려는 것이다.

그는 체념하려는 듯 가라앉은 목소리로 말했다.

"미안하다. 부담스럽게 해서."

이아나는 아르하드의 사과를 듣고 싶지 않았다.

더 이상 반복하거나 미루고 싶지도 않았다.

퍼엉!

저 멀리서 자정과, 새해를 알리는 불꽃이 하늘 위로 터졌다.

폭죽들이 끊임없이 지상에서 하늘 위로 쏘아졌다. 폭죽은 꽃으로 피어나며 하늘 위를 아름답게 수놓았다.

아르하드가 말이 없는 이아나의 손을 이끌고 경기장 쪽으로 갔다. 먼저 경기장 위에 털썩 앉은 후, 제 옆의 자리를 손바닥으로 툭툭 두드렸다.

"불꽃 구경이나 하자."

그가 상냥하게 웃었다.

웃지 마.

웃지 말라고.

폭죽이 하늘에서 펑펑 터져 댔다.

밤의 마력일까. 폭죽의 마법일까.

펑!

이아나의 심장도 마침내 펑 하고 터졌다.

이아나가 옆에 앉지 않고 아르하드의 앞으로 성큼 다가섰다. 하늘을 올려다보고 있던 그의 시선이 그녀를 향했다.

이성이 마비되고 감정만이 고조되었다.

"좋아합니다."

모든 논리가 사라졌다. 이 말을 할 이유고 뭐고. 변명 따위 필요 없다. 그냥 말하고 싶으니까 말하는 거다.

"좋아해요."

이 마음이 흘러넘쳐, 뱉지 않고는 터져서 죽을 것 같으니까 말할 거다. 이 마음을 전할 거다. 내 마음을 당신에게 표현할 거다.

"너무 좋아해요."

당신의 사랑이 꽃을 피워 내고 말았다.

"정말로 좋아해요."

그녀는 졌다.

"당신을 좋아합니다."

완전히 졌다.

지고 만 것이다.

그런데 지면 뭐 어때서?

답답했던 속이 뻥 하고 뚫렸다.

"좋아해요."

한번 말하니 쉬웠다. 이아나는 막 언어를 배운 아기처럼 거듭 말했다.

"당신을 좋아한다고요. 좋아해요."

이아나의 뺨이 하늘을 밝히는 불꽃에 그늘졌다. 하지만 어둠 속에서도 붉은 기운이 완연했다.

"아주 많이."

좋아해요, 좋아해요.

펑! 펑!

불꽃이 시끄럽게 터져 댔다. 아르하드는 고백하는 이아나를 가만히 바라보다가 입을 열었다.

"꿈인가?"

"꿈 아닙니다. 진짜로 당신이 좋습니다. 미치도록 좋다니까요. 당신이 너무 좋아서 미치겠다고요. 한 번 더 말씀드려야 합니까? 당신이 좋아요. 좋아서 돌아 버릴 것 같아요."

이아나의 입은 한번 열리자 닫힐 줄을 몰랐다. 언제부턴가 마음속에서 치직, 치직 하고 타들어 가던 폭탄이 펑펑 터져 버렸다. 안에 꾹꾹 눌리고 갇혀 있던 감정들이 쾅쾅 치밀어 올랐다. 수문을 연 댐처럼 감정들이 거세게 쏟아져 나오고 있었다.

"술주정이야?"

"무를까요?"

"……아니."

아르하드가 천천히 고개를 숙이더니 손으로 제 얼굴을 덮었다. 이아나는 그를 씹어 먹을 듯 쳐다보았다.

커다란 손이 떨리고 있었고, 손 뒤로 가려진 피부는 체리처럼 새빨갰다. 이아나는 그런 그를 보며 야릇해졌다.

"······한 번만 더 말해 주면 안 될까."

아르하드가 부탁했다.

"당신을 좋아해요."

"미안한데 한 번만 더."

"좋아합니다."

이아나는 그의 소원대로 진심이 꿀처럼 뚝뚝 떨어지는 말들을 연달아 터지는 폭죽처럼 읊어 주었다. 이아나는 기분이 매우 좋았다. 말하면 말할수록 기분이 고조되고 속은 뻥 하니 뚫리는 것이 등에 날개가 달려 있다면 하늘로 날아갈 것 같았다.

하지만 부족했다.

좋아한다는 말로는 이제 부족했다. 아르하드도 부족한 거겠지. 그래서 계속해서 묻는 게 아니겠는가.

사랑.

사랑, 사랑, 사랑.

머릿속에 사랑이라는 단어만이 빼곡하게 들어찼다.

사랑.

사랑!

사랑은 재해와 같다. 논리는 필요 없다.

사랑이란 그런 거였다.

이아나는 아르하드를 사랑하고 있었다.

밤보다 깊은 애정을 주었던 그를 사랑하고 있었다.

정원 속에서 조심스레 키우고 있던 꽃은 이미 만개하여 주인을 기다리고 있었다. 아르하드의 사랑은 유리처럼 투명하던 얼음벽을 완전히 녹여 버렸다. 그리고 이아나는 이미 그녀의 정원에 그를 초대해 버렸다.

한번 용기를 내어 입을 열었더니 거침이 없어졌다.

이아나는 그녀의 꽃을 꺾어 그에게 건네었다.

"사랑해요."

말은 입 밖으로 내뱉은 순간 현실이 되었다. 안개 같던 감정은 실체가 되었다. 이아나의 심장에 빛살처럼 쏟아져 들어와 새로운 검 한 자루가 되었다.

그리고 그 검은 아르하드에게 닿았다.

"아……."

이아나는 그녀의 입에서 튀어나온 말이 현실처럼 느껴지지 않는 듯 희게 질린 아르하드를 가만히 내려다보았다. 그의 뻣뻣한 얼굴을 붙잡아 올리며 속삭였다.

"그래요. 사랑합니다. 당신을."

아르하드의 목이 젖혀지고 그의 입술에 이아나의 입술이 맞물렸다. 이아나의 머리카락이 흘러내려 아르하드의 몸에 번져 흘렀다. 부풀어 오른 숨이 맞닿아 뜨거운 열기가 되었다. 뜨끈한 입술의 감촉이 그의 눈을 멀게 하고, 숨을 멈추게 했다.

입술을 떨어뜨린 이아나가 눈을 살짝 내리떴다. 불꽃을 닮은 눈동자에는 뜨거운 애정이 넘실거리고 있었다.

"사랑해요."

아르하드는 불구덩이 속으로 밀려 떨어진 듯했다.

"사랑해요."

아르하드의 입술이 떨렸다.

고집불통인 여자가 쥔 검이었다.

결코 꺾이지 않을 마음이 아르하드의 심장을 찔렀다.

아르하드가 갑자기 이아나의 손목을 붙잡더니 홱 잡아당겼다. 이아나가 휘청거리다가 그의 무릎 위에 털썩 앉아 버리자 아르하드가 그녀를 끌어안았다.

콰악…….

그 힘이 너무 강해서 몸이 아팠지만 이아나는 가만히 있었다. 한참을 말없이 그렇게 안겨 있었다.

침묵이 이어지자 이아나가 물었다.

"제가 그렇게 좋습니까?"

"……좋아."

이때까지 좋아한다고, 사랑한다고 말한 사람은 이아나였기에, 이상한 질문이었다. 하지만 아르하드는 당연하다는 듯 벅차오른 목소리로 대답했다.

이아나는 폭죽이 터지는 하늘을 아르하드의 어깨 너머로 멀거니 바라보며 말했다.

"저는 고집불통입니다."

"……."

"고지식하고 말은 죽어라 듣지 않죠. 나긋나긋하거나 애교스럽지도 않아요. 말투는 딱딱하기 그지없습니다. 승부욕에 눈이 먼 바보예요."

"그래도 좋아. 네가 뭘 하든 좋아. 그런 너를 좋아해. 그렇지 않은 너도 좋아해. 그냥 네가 좋아. 무조건 좋아."

이아나는 아르하드의 어깨에 뺨을 기댄 채 그가 속삭이는 말들을 가만히 듣고 있었다.

그러다가 대답했다.

"알아요."

"다 알면서 이렇게 늦게……. 넌 정말 못됐어."

못됐지만 못된 것도 좋아.

아르하드가 그리 속삭이자 이아나는 상체를 살짝 일으키며 불만스럽게 말했다.

"당신이 먼저 말했으면 되었잖아요."

"네가 이렇게 준비됐다고 말해 줄 때까지 기다린 거다."

달을 닮은 금빛 눈동자가 뜨거운 감정에 물들어 갔다. 애정이 가득 실린 손길이 이아나의 뺨을 어루만졌다.

이제는 말해도 돼?

아르하드의 심장에 달렸던 모든 자물쇠가 바닥으로 떨어졌다. 무엇보다 순수하고 열정적이나 탐욕적이고 맹목적인, 그러나 한 결같은, 그런 연약한 감정이 목구멍을 간신히 타고 기어올랐다. 겨우 입술 위에 얹을 수 있게 된 그 감정.

"사랑해."

사랑이었다.

"너를 정말로 사랑해."

내 미친 사랑을 받아 줄 준비가, 이제는 됐어?

"사랑해."

귓가에 속삭여지는 말들에 이아나가 몸을 흠칫 떨었다. 뜨거운 숨결이 섞여 든 언어는 지나치게 농밀했다. 그가 말한 사랑이라는 단어에 실린 감정이 너무나 무거워서, 검은 늪에 코끝까지 잠긴 것처럼 숨이 막혔다.

"사랑해."

"사랑한다."

"널 사랑해."

"미치도록 사랑해."

사랑은 몇 번이고, 몇 번이고 해일처럼 밀려들었다.

이아나는 어쩐지 부끄러워졌다. 시선을 코끝으로, 입술로, 턱으로, 종래에는 가슴팍으로 떨구었다. 알고는 있었지만 말로 들으니 떨렸다.

"사랑해."

이아나의 손에 힘이 들어가서, 붙잡고 있던 아르하드의 옷깃이 구겨졌다. 아르하드가 그녀의 손등 위에 제 손을 올려 덮었다. 이아나는 흠칫했지만 피하지 않았다.

"……이제 제가 뭘 어떻게 하면 될까요? 이런 건 처음이라 뭘해야 할지 알 수 없어요."

아르하드가 황홀한 듯 절박한 듯, 울듯이 웃었다.

"특별한 걸 바라는 게 아니야. 다만."

아르하드가 이아나를 꽉 껴안았다.

"……계속 나를 사랑해 줘."

이아나의 등을 두른 손에 강한 악력이 들어갔다. 이아나를 절실히 움켜쥔 손마디가 떨렸다.

"사랑해 줘."

헐벗은 채 구걸하는 아이처럼, 아르하드가 음울하게 애원했다.

"사랑해 줘……."

이아나는 다시 서서히 시선을 들어 아르하드와 마주했다. 애걸하는 듯한 눈동자가 가까워졌다.

"그러니까 아무것도 할 필요 없어. 지금까지와 똑같이 행동하면 돼. 너는 이미, 나를."

아르하드가 말을 끝맺지 못하고 이아나에게 키스했다. 그 말은 입 밖으로 나오지 않았어도 이아나의 귓가에 맴돌았다.

'사랑하고 있잖아.'

입술이 떨어져 나갔지만, 이아나는 대답을 하지 못했다. 그의 미친 사랑 고백에, 이아나의 얼굴은 홧홧하게 달아올라 있었다.

그런 그녀를 본 아르하드의 얼굴이 미칠 듯한 희열로 물들었다. 소름 돋을 정도로 지독한 쾌감이 아르하드의 온몸을 적셨다.

"사랑해."

며칠, 몇 주, 몇 달, 몇 년, 수십, 수백, 수천 년이 지나더라도, 다시 태어나더라도. 영원히.

"사랑해……."

스스로가 징글맞게 여겨졌다. 하지만 어찌하겠는가, 사랑하는데. 끔찍하도록 사랑하는데. 이 맹목적이고 미친 심장은 이아나를 향해서만 뛰는데.

"사랑해."

더 이상은 참지 않을 테다. 아르하드는 언제나 속에만 쌓아왔던 말을 한 번, 두 번 읊조렸다.

"사랑한다."

그는 제가 사랑을 읊고 있는 현실이 도저히 믿기지 않았다. 끌어 안겨 있는 이아나가 미치도록 사랑스러워서 견딜 수 없었다.

"사랑해."

그래서 계속 사랑을 말했다. 혹시라도 꿈이라면 깨지 않도록.

⊰ ☙ ❦ ☙ ⊱

"으음……."

이아나가 깨질 듯한 이마를 짓누르며 인상을 찌푸렸다.

"깼어?"

옆에서 목소리가 들리자 이아나가 눈을 반짝 떴다.

마탑에 있는 아르하드의 방이었다.

이아나는 침대에 누워 있었고, 아르하드는 침대 옆 의자에 앉아 그녀를 물끄러미 쳐다보고 있었다. 아르하드가 불만스럽게 말했다.

"거기서 잠들어 버리면 어떡해."

"……."

"밤새도록 널 보면서 생각했는데. 사실 아직도 안 믿기거든. 이게 꿈인지, 생시인지, 술주정인지 뭔지. 그런데 뭐였든 절대 안 물러 줘."

아르하드가 단호하게 말하자 이아나가 멍하니 말했다.

"어제 무슨 일이 있었나요? 기억이 안 나는데."

"……."

아르하드의 얼굴이 설핏 굳었다. 머릿속이 백지장이 된 듯 창백해진 낯으로 어떤 말도 꺼내지 못했다. 당황하다 못해 참담해하다가, 공황 상태에 이르려 하고 있었다.

심장이 멎은 양 미동도 없는 아르하드를 보며 이아나가 픽 웃었다.

"농담입니다."

"……하."

그제야 피가 돌기 시작한 듯 아르하드가 얼굴을 감싸 쥐었다.

"농담 한번 무섭게 하는군."

이아나는 찌뿌듯한 몸을 일으켜 기지개를 켜고는 제 옷차림을 보았다. 설마, 하고 옷차림을 살폈는데 어제 입었던 옷을 그대로 입고 있는 걸 보니 추측은 비켜 간 모양이었다.

이아나의 생각을 알아챈 아르하드가 손바닥에 턱을 괴며 말했다.

"손 안 댔어. 내가 너를 미친 듯이 사랑한다지만 술 취해 쓰러져 있는 너한테 손대고 싶진 않거든. 제정신이었다면 가만두지 않았을 텐데."

이 남자, 이제 아무렇지도 않게 야한 말을 하고 있다. 이아나가 귀를 살짝 붉히곤 창문을 보았다. 날이 밝아 있었다.

"지금 몇 시인가요?"

"아침. 그런데 슈나이더의 즉위식까지 얼마 안 남았어."

"그럼 기숙사에 가서 짐을 다 챙겨 나와야겠군요. 이럴 줄 알았으면 미리 아공간에 넣어 두는 건데."

이아나가 흐트러진 옷을 정리하고 머리를 가다듬으며 나갈 준비를 했다. 그런 이아나를 물끄러미 바라보던 아르하드가 역시 믿기지 않는 듯, 조금 불안해하며 물었다.

"그래서, 어제 일 똑바로 기억하긴 해? 아니, 진짜 내 꿈이

아닌 거 맞긴 해? 당장이라도 널 깨워서 묻고 싶었는데."

자고 있는 네가 너무 예뻐서…….

아르하드의 목소리가 잦아들자, 이아나가 당당하게 말했다.

"당신을 사랑한다는 거요?"

이아나의 똑 부러지는 대답에 아르하드의 얼굴이 붉어졌다.

믿기지 않는 듯, 황홀한 듯, 쑥스러운 듯, 아르하드의 입매가 경련했다. 벅찬 기분을 참지 못한 아르하드가 침대에 푹 엎드렸다. 그러다가 상체를 일으켜서 또 이아나를 쳐다보더니 흐뭇하게 웃었다.

이아나는 나가려다 말고 멈칫했다. 아르하드가 좋아하는 건 많이 봤지만, 저렇게 아이처럼 좋아하는 건 처음 봤다. 싱글벙글하는 아르하드를 보자, 애써 아무렇지도 않은 척하고 있던 이아나의 뺨이 달아올랐다.

조금, 더웠다.

기숙사에서 짐을 모두 챙겨서 나왔다.

기숙사도 이제 안녕이었다. 밖에서 기다리고 있던 아르하드가 손을 내밀자 이아나는 망설임 없이 그의 손을 잡았다.

고백 직후였지만 겉으로 보기엔 별로 달라진 게 없었다.

달라진 게 있다면 오늘부로 가짜가 진짜가 되었고, 기분이 날아갈 정도로 좋은 듯 아르하드의 표정이 매우 밝다거나, 속이 뻥 뚫려 버려서 지나치게 시원해진 나머지 이아나의 표정이 아주 가볍다는 것 정도.

"이아나. 정말로 사랑해."

그리고 아르하드의 언행이 거리낌 없어졌다는 것 정도.

"알아요."

아침부터 잊을 만하면 그리 말하는 아르하드 때문에, 이아나는 그 말에 익숙해질 수밖에 없었다.

"진짜 사랑해."

"안다니까요?"

"너무 사랑해."

겉으로는 연인 간의 사랑이 조금 더 깊어진 것처럼 보일 뿐이었다. 하지만 이아나와 아르하드에게 어제와 오늘은 너무나 달랐다.

그들은 함께 학술원의 입구를 나섰다.

학술원과의 이별이었다.

즉위식 전, 슈나이더의 방.

시종들이 슈나이더의 매무시를 가다듬어 주고 있었다. 이미 단장을 끝낸 레리트는 곁에서 시종들에게 이것저것 명하며 오늘 열릴 즉위식을 꼼꼼하게 준비했다.

준비가 끝나자 시종들이 뒤로 물러서며 슈나이더에게 허리를 숙였다. 레리트는 그에게 안겨 들었다.

"축하드려요. 전하."

"고마워."

슈나이더가 레리트를 안아 주었다. 그들의 사이는 꽤나 좋아

보였다. 슈나이더가 동부 원정을 떠나기 전까지만 해도 싸우기 일쑤였고, 어제까지만 해도 어색한 감이 남아 있었지만 오늘은 아니었다.

어제 술에 만취한 슈나이더가 레리트에게 제 속내를 모조리 털어놨기 때문이다.

레리트는 어젯밤을 떠올렸다.

만취한 슈나이더는 레리트의 부축을 받아 찬 바람을 쐬었다. 그는 자괴감에 괴로워하며 고개를 숙였다.

"레리트. 네게 고백할 게 있어."

"뭔가요?"

"계속해서 부정하고, 질투하는 네게 화를 냈지만 나는 분명 이아나 영애를…… 좋아했어. 미안해. 나 때문에 힘들었지. 부정하고 또 부정했지만 그게 내 솔직한 마음이다."

레리트는 슈나이더를 물끄러미 보았다.

"내 약혼녀인 너는 그런 나를 보면서 괴로웠겠지. 나는 널 배신한 거나 마찬가지야. 난 정말 못난 남자야. 그렇지? 정말 못났어."

슈나이더는 먼 옛날, 약혼녀가 아닌 가장 친한 친구였을 적의 레리트를 대하듯 진솔하게 말하고 있었다.

"차라리 인정하면 끊어 내는 게 쉬울 것 같아서 이렇게 네게 고백하는 거야. 하지만 레리트. 내가 미울 거야. 만약 네가 원한다면 놓아줄……"

"그만해요. 그래서 그 영애를 계속 좋아하실 건가요?"

"아니, 절대. 오늘부로 끊는다."

단호한 말은 신뢰를 주었다. 레리트가 화사하게 웃었다.

"그럼 됐어요. 이렇게 인정하고 말해 주셔서 고마워요."

"괜찮은 거야?"

"괜찮을 리가 없지요. 하지만 당신을 사랑하니까. 저에게는 당신밖에 없으니까 당신을 놓지 않을 거예요. 그리고 이아나 영애와 별일 없었잖아요? 이아나 로베르슈타인 영애가 당신의 마음을 끌 만큼 대단한 사람이었다는 걸 알게 되어서 차라리 마음이 편해요. 그 여자가 대단한 거지 당신이 못난 게 아니더군요. 그 여자에게 홀린 남자가 한둘이 아니에요."

레리트는 슈나이더를 꽉 끌어안았다.

"그러니 괜찮아요. 당신이 날 좋아할 수 있도록 노력할 거예요. 그 사람보다 더 멋진 모습을 보여 줄게요."

슈나이더는 침묵하다가 레리트를 마주 끌어안았다.

"당신은 이미 멋진 사람이야. 미안해. 그리고 고마워. 앞으로는 절대 이런 일 없을 거야."

레리트는 오늘 왕이 될 슈나이더를 홀린 듯이 바라보았다.

그녀는 여자였고, 슈나이더를 사랑했다. 그에게 뜨겁게 사랑받고 싶은 욕망이 가슴속 깊이 내재되어 있었다. 하지만 슈나이더는 언제나 바빴고, 레리트는 약혼녀의 자리에 만족하기로 했었다.

원래 정치에 관심이 많았지만 그에게 도움이 되고자 더더욱 공부를 열심히 했다. 슈나이더가 직접 관여하기 어려운 부분에서 도움이 되기 위해 사교계를 휘어잡았다.

그에게 부담을 주기 싫었기 때문에 한 걸음 물러나서 고결한 척 바라보기만 했다. 하지만 이아나 때문에 위기감을 느낀 그녀는 이제 얌전하게 굴지 않기로 했다.

레리트가 눈을 가늘게 떴다.

'각오하라고요.'

슈나이더가 레리트에게 손을 내밀었다.

"가자."

그들은 방을 나섰다.

슈나이더는 그녀의 손을 붙잡고 붉은 융단이 깔린 왕의 길을 걸었다. 복도의 끝에서 빛이 나오고 있었다.

그는 빛 속으로 발을 내디뎠다.

슈나이더 오스틴 로안느 국왕 전하 만세!

바야흐로, 슈나이더의 시대였다.

슈나이더의 즉위식 후 건국기념일 축제가 시작되었다. 이아나와 아르하드는 축제를 휘이 둘러보다가 시간이 되자 어떤 곳으로 향했다.

"와아아!"

"휘익!"

"이겨라! 이겨라!"

건국 기념 청년 검술제가 열리고 있는 경기장이었다.

이아나와 아르하드는 환호성과 휘파람 소리가 넘실거리는 관람석에서 경기를 관람했다.

'오늘이구나.'

이아나는 감회가 새로웠다. 그녀는 아르하드를 이곳에서 처음으로 만났다. 관람석이 아닌 저 경기장의 결승전에서 아르하드에게 실력으로 처참하게 졌었다.

"나는 너라는 인재가 탐이 난다. 직접 마주하고 나니 더해. 그래, 나를 다시 만나는 그날, 너는 내 검을 꺾어 보아라."

"나는 이 시선을 꺾어 보이마."

그때 아르하드를 어떻게 쳐다봤더라. 처음으로 겪은 패배에 질투와 분노, 열등감을 표출하며 노려봤었다. 절대 그럴 일은 없다고 생각했다.

하지만 결국엔 꺾여 버린 걸 보면 인생은 알 수 없다.

이아나는 시간이 겹쳐지는 묘한 기분을 느끼다가 아르하드를 보았다. 그는 읽을 수 없는 표정으로 경기장을 바라보고 있었다.

'두고 봐.'

아직은 무승부를 그리고 있지만, 언젠가는 검술로 이기고 말 것이다. 이아나의 투지가 불타올랐다. 지긋지긋한 승부욕이었지만 검술만큼은 양보할 수 없었다. 아르하드를 검술로 이기는 것은 인생의 목표였다.

그런데 오늘, 또 새로운 평생의 목표가 생겼다.

사랑으로 아르하드를 이기는 것이다.

사랑하는 사람에게는 뭐든 주고 싶은 법이다. 상대보다 더 많은 것을 주고 싶은 법이다. 그래서 사랑하기 전에는 더 많이 사랑하는 사람이 진다. 사랑한 후에는 더 많이 사랑하는 사람이 이긴다.

왜냐하면 너무, 너무 사랑해서 사랑을 주고 또 줘도, 채울 수 없는 상대방의 깊은 사랑에 벅차 숨이 막힐 테니까.

그것이 사랑이다.

그래서…… 이아나는 또 져 버렸다. 앞으로도 이기기 어려울 것이다.

나는 당신에게 져 버렸어.

그리고 앞으로도 계속해서 지겠지.

하지만 당신을 이기도록 노력하고 싶다.

나는 당신을 지금보다 더 많이 사랑하고 싶어…….

"어제는 술에 취해서 정신없이 말하기도 했으니까 다시 말하겠습니다."

아르하드가 이아나를 돌아보았다. 이아나가 의미심장한 말을 꺼낸 순간 경기는 관심 밖으로 밀려났다. 이아나가 또 어떤 예쁜 말로 저를 기쁘게 해 줄까 잔뜩 기대했다.

사랑한다는 말일까? 사랑한다는 말은 몇 번을 반복해 들어도 황홀했다.

이아나가 당당하게 말했다.

"사랑해요. 저랑 결혼하실래요?"

어제 터뜨리지 못한 폭탄이 터졌다.

아르하드의 몸이 경직됐다. 굳었다가 믿을 수 없다는 표정으

로 이아나를 바라보았다. 이아나는 그가 당황하는 게 즐겁고 재
밌었다.

"미안. 내가 잘못 들은 것 같은데 다시 말해 줘."

"결혼하자고요. 이거 읽어 보세요."

이아나가 꾸깃꾸깃 구겨진 종이를 아르하드에게 내밀었다. 현
실이라는 생각이 안 들어서 얼떨떨했던 아르하드가 이게 뭔가
싶어서 머뭇거리다 종이를 펼쳤다.

"제 인생 계획서입니다."

아르하드는 멍한 기분으로 계획서를 위에서부터 꼼꼼히 읽어
내려갔다.

세계 최고의 검사.

아르하드의 훌륭한 기사.

그러다 마지막. 삐뚤삐뚤한 글씨에서 시선이 멈추었다.

아르하드와…… 결혼!

마지막엔 결심한 듯 느낌표까지 붙어 있었다.

그 단호함에 아르하드는 드디어 몽롱한 기분에서 깨어났다.
아르하드의 표정이 환희로 물들었다.

아르하드가 사랑스러워서 못 살겠다는 표정을 지었다. 그런
그가 좋아서, 이아나는 발그레하게 웃었다.

결국 이아나는 지고 말았다.

회귀 전의 이날, 아르하드에게 검술로 졌듯이.

이아나와 아르하드는 로안느의 국경에 섰다.

"수고했네. 이제부터는 내가 알아서 해야겠지."

즉위식 후 살인적인 일정이 몰아닥쳤지만, 슈나이더는 단호하게 시간을 비우고 이아나와 아르하드를 마중하러 나왔다. 흑색 표범과 은색 매가 마주했다.

'저놈.'

예전보다 훨씬 강해진 슈나이더는 아르하드가 초절정 강자라는 것을 드디어 눈치챘다. 음습하게 실력을 숨기고 있을 뿐 감춰져 있는 존재감이 어마어마했다.

"……."

"……."

아르하드와 눈싸움을 하던 슈나이더가 눈을 꾹 감았다. 품을 거칠게 뒤져 종이 두 장을 꺼내 이아나에게 건네었다.

"여기."

바스락.

이아나는 종이에 적혀 있는 글들을 보았다. 로베르슈타인 가문에서의 파문, 그리고 로안느 국적 포기 서류였다. 그를 허한다는 국왕의 옥새가 선명하게 찍혀 있었다.

이아나는 그것들을 고이 접어서 아공간에 넣었다.

끝났다. 이로써 이아나는 로베르슈타인의 귀족도, 로안느인도 아니게 되었다.

슈나이더는 이아나와의 계약서도 묵묵히 꺼내 들었다.

이아나 로베르슈타인은 슈나이더 레제 로안느의 즉위를 돕는
다.

슈나이더 레제 로안느는 다음의 대가를 이아나 로베르슈타인
에게 지불한다.

첫 번째. 계약서 작성 이후, 이아나 로베르슈타인을 어떤 방식
으로든 회유하지 않는다.

두 번째. 이아나 로베르슈타인의 요청 세 가지를 들어준다.

- 성물에 대해서 빠짐없이 이야기해 준다.

- 라오스 신전에 함께 가서 성물을 보여 준다.

-

위의 계약을 언급하면 본 계약서에 의해 죽는다.

위의 계약을 위반할 시, 본 계약서에 의해 죽는다.

1515. 06. 30.

이아나 로베르슈타인.

슈나이더 레제 로안느.

"마지막 요청이 남아 있는데, 남겨 둘 텐가?"

"아니요."

이아나도 아공간에서 자신의 계약서와 펜을 꺼내 들었다. 계
약서에 거침없이 글자를 휘갈겼다. 그리고 그것을 슈나이더에게

내밀었다.

마지막 공란에는 '행복'이라는 단어만이 적혀 있었다.

"당신이 행복하기를 바랍니다. 그게 제 마지막 요청입니다."

슈나이더는 그 계약서를 물끄러미 보다가 제가 쥐고 있던 계약서에 '행복'을 써 넣었다.

"그대도 행복하길 바라."

화륵!

계약이 완전히 끝났다.

두 계약서에 불이 붙었다. 타들어 간 종이는 재가 되어 하늘을 날았다. 슈나이더는 공기 중으로 흩어지는 재를 멀거니 바라보다가 이아나를 보았다.

"작별이군."

보내 줘야 할 때다.

가지고 싶지만 가질 수 없는 것이 생긴 것이다.

"그대를 탐냈어. 어쩌면 여인으로서도."

슈나이더가 눈을 감았다.

"하지만 내 헛된 욕심이었을 뿐이지. 나는 쥐고 있는 게 많고, 그대를 가지기 위해 모든 것을 포기하는 미친 짓을 할 수는 없어. 그대는 바라지도 않을 거고. 그러니 이쯤에서 놓겠네. 난 약속을 잘 지키니 믿어도 좋아."

슈나이더와 만난 순간부터 못마땅한 기색이던 아르하드는 여인으로 탐냈다는 말까지 듣고 속이 끓었다. 슈나이더가 하는 말한 마디 한 마디가, 아니 그의 호흡 하나하나까지 마음에 안 들었던 아르하드가 결국 빈정거리며 코웃음 쳤다.

"쥔 적도 없는데 뭘 놓는다는 건지."

슈나이더는 천천히 고개를 들었다.

"누가 누구의 부하인지 모르겠군. 누가 보면 네놈이 이아나 영애의 부하인 줄 알겠어."

그가 아르하드를 날카로이 쏘아보았다.

"네놈이 카마트로스의 '전 주인'이겠지?"

"맞다."

아르하드가 인정했다. 이제 말 못 할 것도 없었다.

슈나이더가 이를 갈았다. 속이 부글거렸다.

"네놈은 처음부터 마음에 안 들었다. 오십만 골드부터 시작해서. 내 눈에 띄기만 하면 죽여 버릴 생각이었는데 등잔 밑이 어둡다더니……. 내가 범을 키웠군."

"건방진 소리를 지껄이는 걸 보아하니 즉위하자마자 죽고 싶은 건가."

숨길 것도 없겠다, 아르하드는 거리낌이 없었다. 슈나이더가 아르하드를 노려보았다.

"감히 작위도 없는 놈이 왕인 나를 협박하느냐?"

"내가 아직도 자작의 양자 따위로 보이나? 그게 다라고 생각했다면 눈을 갈아 치워야겠군."

"물론 다가 아니겠지. 하지만 내 알 바냐?"

두 맹수의 자존심 싸움은 거셌다. 남자들의 유치한 힘자랑은 끝날 기미가 보이지 않았다. 이대로 두면 끝이 없을 듯했다.

이아나는 슈나이더에게 고개를 숙이지 않는 아르하드의 당당한 태도에 만족하면서도, 의아해서 고개를 갸웃했다.

냉정한 아르하드이지만 이아나에 한한 일이라면 언제든 냉정을 잃었다. 그렇게 확신을 시켜 줬는데도 아르하드는 날카로운 이를 드러내곤 했다.

특히 슈나이더에게. 왜일까?

어쨌든, 이쯤 해야겠다 싶었다.

이아나는 아르하드의 손을 붙잡았다. 아르하드가 언제 슈나이더에게 으르렁거렸냐는 듯 고개를 돌려 온순하게 이아나와 눈을 마주했다.

이아나의 눈동자에서 넘치는 신뢰와 이제 막 땅에서 싹트기 시작한 수줍은 애정이 돋보였다.

아르하드는 그런 이아나가 붙잡고 있는 제 손을 가만히 들어 보았다가, 힘을 꽉 주어 그녀의 손을 움켜쥐었다.

"……."

슈나이더는 그런 둘을 보면서 처음으로 가지지 못한 것에 대한 박탈감을 짙게 느꼈다. 하지만 그 감정을 외면하지 않고 순순히 인정했다. 억누를수록 더더욱 요동칠 감정이라는 것을 알기 때문이었다.

여유를 되찾은 아르하드가 슈나이더에게 말했다.

"언젠가 다시 만나는 날이 온다면 내가 왕이 된 이후일 것이다. 배 아파서 땅을 칠 그날까지 목숨 보전이나 잘 하도록 해라."

'그렇군. 왕이 되려는 건가.'

슈나이더는 강국의 출현을 예상하고 로안느의 왕으로서 경계심을 돋웠다.

"......그러든가. 어디, 얼마나 잘 먹고 잘 사는지 지켜보도록 하지."

슈나이더는 빈정거리다가 다시 이아나를 보았다. 그녀에게 작별 인사를 건네었다.

"그동안 수고했네. 갈 길 가게. 이아나 영애, 아니, 이제 영애가 아니로군. 이아나......"

슈나이더는 그 말을 입에서 중얼거려 보았다.

"잘 가라."

그는 등을 돌렸다. 자의로 끈을 뚝 끊어 버렸다. 마나를 움직이더니 텔레포트 정도는 이제 쉽다는 듯 냉큼 사라져 버렸다. 슈나이더가 있었던 자리에는 바람만 휘몰아치고 있었다.

승리감에 도취된 아르하드가 소리 없이 웃었다.

"가자."

아르하드가 후련함을 느끼며 고조된 기분으로 앞장섰다.

이아나는 그 뒤를 따랐다.

그러다가 멈춰 서서 고국의 땅을 보았다.

십팔 년의 시간, 그리고 이제는 꿈으로밖에 여겨지지 않는 회귀 전, 삼십사 년의 세월을 보낸 나라.

이아나의 눈이 먼 곳을 향했다.

그리고 저 너머, 북녘에 있을 그녀의 쉼터이자 거대한 세계수, 페임드라의 그루터기까지......

바람이 분다.

새로운 땅에서 불어오는, 차갑지만 신선한 바람이.

이아나는 환호성으로 휩싸인 로안느를 뒤로하고 앞을 보았다.

아르하드가 어느샌가 멈춰 서서 그녀를 물끄러미 바라보고 있었다. 그녀를 기다리고 있었다.

아르하드가 천천히 손을 뻗었다. 어서 내 손을 잡으라는 것처럼. 그 눈은 더 이상 흔들리지 않았다. 그저 이아나를 기다리고 있을 뿐이었다.

심장이 뛰었다.

그 모습에 이아나는 조그마한 감상조차 버렸다. 이아나의 발이 앞으로, 앞으로 향했다. 천천히, 천천히 빨라지더니 마침내 달리기 시작했다.

언제나 그녀를 바라기만 했던 그의 옆으로.

그녀를 기다려 주기만 했던 그의 곁으로.

이제는, 그녀가 원했기 때문에…….

-사랑 편 終
-10권에 계속